FARCES DU GRAND SIÈCLE

Collection dirigée par Michel Simonin

Farces du Grand Siècle

De Tabarin à Molière
Farces et petites comédies du XVIIᵉ siècle

INTRODUCTION, NOTICES ET NOTES
PAR CHARLES MAZOUER

LE LIVRE DE POCHE
classique

*Pour Laurence, François
et Cyrille, de quoi rire.*

Introduction

Quiconque aura le mal de rate,
Lisant ces vers gais et joyeux,
Je veux mourir s'il ne s'éclate
De rire et ne pleure des yeux.

Cabinet satyrique, I, 14.

Ces vers furent écrits en 1618 pour présenter aux lecteurs un recueil de pièces libres ; ils signalent la persistance, au début du XVIIe siècle, d'un esprit qui est celui de la gaieté gauloise traditionnelle. Ce même esprit anima, au XVe siècle, le théâtre des farces dites, par abus, médiévales, et dont la comédie savante imposée par les poètes de la Pléiade semble signer l'arrêt de mort après 1550, malgré quelques résurgences remarquables dans le premier tiers du XVIIe siècle.

Notre recueil voudrait prouver que la farce, qui n'avait pas à craindre la concurrence de la comédie humaniste et qui se renouvela au contact de la *commedia dell'arte* italienne, brilla de tous ses feux pendant les premières décennies du Grand Siècle et continua, au prix de quelques ajustements et changements, à être fort goûtée du public en plein cœur de la période classique.

I. De la farce à la petite comédie

Pendant un siècle, de 1450 à 1550, se développe, à côté d'un théâtre religieux et de finalité édifiante, celui des mystères, un théâtre purement profane, un théâtre du rire, celui des farces. Il

nous reste suffisamment de ces pièces — 150 environ — pour
que nous puissions nous faire une bonne idée du genre.

Écrite en vers octosyllabes, la farce est une pièce courte —
autour de 500 vers —, dont les sujets et les personnages sont
empruntés à la vie quotidienne, souvent la plus humble. On y
voit paraître et dialoguer de manière savoureuse gens de la
campagne et gens de la ville, avec leurs vêtements, leurs
habitudes de vie, leur métier, leurs loisirs, leurs pratiques
religieuses — et aussi leurs défauts, que la farce n'épargne pas.
À la campagne : quelques hobereaux lubriques, des jeunes
campagnards parfaitement sots que leurs parents ont parfois le
tort de vouloir confier à un magister, des curés ou des moines
sensuels. À la ville, car la farce met surtout en scène le peuple et
la petite bourgeoisie urbaine : nombre d'artisans et de gens de
métier, de petits marchands ou des marchands plus riches et
cupides, le clergé toujours, dont l'image est universellement
désastreuse dans les farces, et les femmes, qui introduisent la
guerre et la tromperie au logis. N'attendons pas des farces un
quelconque approfondissement de ces personnages : ceux-ci
restent des types, empruntés à la réalité mais simplifiés,
schématiques, réduits à quelque trait, quelque pulsion, désir ou
besoin élémentaire, plus bêtes et plus grossiers que nature, a-t-
on dit. Ce monde schématique est un monde dur, où règnent le
conflit et la violence, où le seul principe est celui de la
tromperie, où les personnages se distribuent entre les trompeurs
rusés, qui l'emportent, et les sots et les crédules, bernés et
trompés. Une farce est un bon tour, la mise en scène d'une
tromperie ou d'une friponnerie ; les farceurs se sont particulièrement complu à montrer les conflits et les tromperies dans la vie
conjugale, où s'opposent régulièrement un mari berné, sot,
crédule, lâche, insuffisant et une femme autoritaire, rusée,
sensuelle, qui s'empresse de prendre un amant et de faire cocu
son minable mari.

Mais de ce monde grimaçant, la farce, comme le fabliau, tient
à faire rire. La farce est bien un «mécanisme organisé pour
susciter le rire» (Michel Rousse), une «machine à rire»
(Bernadette Rey-Flaud). Elle ignorait les arts poétiques, l'agencement subtil d'une intrigue nourrie ; elle était souvent simple

parade, débat ou dispute tôt achevés, et l'on ne peut parler d'intrigue que lorsqu'elle développe des tromperies. Mais on s'aperçoit alors que les farceurs maîtrisaient des techniques structurelles précises (redoublements, symétries, renversements et surprises, etc.) qui s'avéraient d'une grande efficacité dramaturgique, scénique et comique. On insiste traditionnellement sur le comique visuel, celui des gestes, considéré comme le moins élaboré ; aux fameux coups de bâton et aux bagarres, il faudrait d'ailleurs ajouter la manipulation ou le jet d'objets facétieux, toutes sortes de déguisements et de gags (cachettes plaisantes ; personnage enfermé dans un sac). Et l'on a raison si l'on veut souligner par là à quel point le théâtre des farces est un théâtre d'acteurs, où tout repose sur l'acteur et sur son jeu puisque, sur de simples tréteaux sans décor, avec quelques accessoires, il doit retenir l'attention du public et le faire s'esclaffer. Les mots aussi l'aident, et il ne fait pas rire seulement de grossièretés ou de propos scatologiques ; avec l'utilisation du latin de cuisine, des jargons, avec le procédé de la fausse compréhension du langage, avec les répétitions et les énumérations, toute une fantaisie était mise en œuvre, qui prouvait culture et esprit dans le traitement ludique de la langue. De toutes les manières, par les mots, les gestes, le jeu des situations ou le spectacle réjouissant de la vanité, de l'entêtement, de la sottise ou de la naïveté de ces fantoches, les farceurs atteignaient leur but.

L'imprimé n'a pas été généreux pour ce genre théâtral de tréteaux et, le plus souvent, de plein air. Sans doute le chef-d'œuvre de la farce qu'est le *Pathelin* a-t-il été tôt confié aux presses ; mais l'essentiel de ce que nous pouvons lire n'a été sauvegardé que grâce à quelques amateurs (parfois des imprimeurs), dont les recueils proposent des textes moins géniaux mais qui donnent une idée plus juste de l'ensemble du genre, des textes aussi efficaces et drôles que *Le Badin qui se loue, La Cornette, Le Cuvier, Jenin, fils de rien, Maître Mimin étudiant, Le Pauvre Jouhan* ou les deux farces du *Poulier*...

En fait, l'éphémère représentation d'une farce était ouverte à tous et à chacun — aux badauds qui passaient là, aux commères qui s'arrêtaient devant les tréteaux en faisant leur marché, aux jeunes gens, aux écoliers et étudiants, au peuple, aux bourgeois, aux gentilshommes ; en ce sens de théâtre pour tous, la farce fut un théâtre populaire. Elle pourrait bien être populaire aussi en un sens plus restreint : reflétant une vision du monde carnavalesque qui montre l'interdit, le bas, les violences et qui prend le parti d'en rire, elle témoignerait de ce que Bakhtine appelle la culture populaire. Faut-il rappeler que le roman de Rabelais participe de la même culture ? Pendant toute la première moitié du xvie siècle, le seul théâtre qui se joue est le théâtre populaire des mystères et des farces ; ceux que nous considérons comme les meilleurs écrivains de cette époque ne boudaient pas leur plaisir à la farce. Marot l'adora, et il composa une épitaphe au farceur Jehan Serre, qui tenait l'emploi de badin. Rabelais, étudiant à Montpellier, joua avec ses camarades la farce de *La Femme mute* (muette), selon ce que raconte Panurge au *Tiers Livre* ; le *Gargantua* signale une autre farce perdue, la farce du *Pot au lait*. Ceux que nous appellerions les intellectuels ne sont pas encore coupés de la culture populaire ni de son théâtre.

Pendant tout le siècle qui a suivi la fin de la guerre de Cent Ans, la farce a donc été triomphante.

C'est à la Pléiade qu'elle doit sa première attaque, la première tentative d'un coup d'arrêt. Auteurs de traités de poétique et dramaturges s'en prennent à la farce, méprisée et rejetée au nom des modèles antiques qui doivent désormais fournir des patrons à une grande comédie nationale. « La farce retient peu ou rien de la comédie latine », écrit Sébillet dans son *Art poétique* de 1548 ; et il ajoute : « le vrai sujet de la farce ou sottie française sont badineries, nigauderies et toutes sotties émouvant à ris et plaisir. » Alors que les comédies grecques et latines apportaient de la morale et de la vérité, nos farces se cantonnent dans un « ris dissolu ». Du Bellay *(Défense et illustration de la langue française)*, puis J. Peletier *(Art poétique de 1555)* réclament donc qu'on substitue la comédie à la farce. On conçoit que Jodelle, Grévin et Jean de La Taille, qui se mettent à écrire des comédies à partir de 1552, aient toujours un mot féroce à l'encontre des farces dont ils veulent se démarquer en les

traitant de « badinage » ou d'« amères épiceries ». Au nom de
l'esthétique littéraire, le théâtre comique populaire est dorénavant honni. Fi de ces choses basses et sottes, de ces pièces sans
régularité ni construction, qui se complaisent chez les petites
gens dotés d'un langage bas, qui sacrifient tout au jeu physique
des acteurs et à des plaisanteries vulgaires ! Une nouvelle
comédie — comédie d'intrigue, comédie régulière, comédie
littéraire — veut se créer, comme en Italie ; d'ailleurs, plus que
dans l'Antiquité, les dramaturges trouvent leurs modèles dans
les *commedie sostenute* ou *erudite* italiennes, qu'un Larivey se
contentera de traduire et d'adapter à la fin du siècle.

Ce n'est pas le lieu d'évoquer les différents aspects de la
comédie humaniste, qui fut en quelque sorte notre première
comédie classique, ni ses auteurs. Deux remarques cependant,
qui touchent notre sujet, doivent être introduites. Ironie de
l'histoire : de l'*Eugène* de Jodelle (1552) à *La Reconnue* de
Belleau (1557), la comédie de la Pléiade montre la persistance
des caractéristiques de la farce. Et toutes ces comédies de la
deuxième moitié du siècle, aussi peu morales que la farce, mais
infiniment moins drôles, ne trouvèrent pas de public ; avec
d'indéniables réussites comme *Les Contens* d'Odet de Turnèbe,
elles restèrent très longtemps et presque exclusivement un
divertissement de lettrés.

On ne parla donc plus des farces, et les imprimeurs, qui
donnaient quelques rééditions, ne se souciaient pas de publier
celles qui furent sûrement composées dans la deuxième moitié
du xvie siècle. Mais sur les tréteaux, en marge de la belle
littérature, en province comme à Paris, il n'était pas d'autre
théâtre comique que le théâtre traditionnel des farces. Notons ici
à quel point la perspective de l'histoire littéraire fausse les faits
en matière d'histoire du théâtre : que les écrivains aient jeté
l'opprobre sur les farces et aient tenté de leur substituer un
théâtre littéraire et savant n'implique pas qu'ils y soient
parvenus ! Malgré eux et leurs décrets a persisté un théâtre
populaire.

Tandis que persiste la tradition de la farce française, arrive
d'Italie une autre tradition populaire et comique, celle de la

commedia dell'arte : fait capital dans l'histoire de notre théâtre comique.

C'est sous le règne de Charles IX, à partir de 1571, que les troupes de la comédie *all'improvviso* circulent en France, à commencer par les fameux *Gelosi* ; elles sont soutenues par les rois successifs et jouent beaucoup dans les résidences royales. Mais elles se produisent aussi devant un public plus large, par exemple à Paris, à l'Hôtel de Bourgogne, où farceurs italiens et farceurs français se trouvent confrontés parfois même dans des représentations bilingues ; car, lors de leurs séjours français, les acteurs italiens peuvent s'associer avec des farceurs français.

C'est la possibilité de contacts, d'influences, d'une sorte de symbiose entre les deux traditions. Sans doute la *commedia dell'arte* manifeste-t-elle ses singularités : l'improvisation sur canevas, les types fixés ou masques, une fantaisie très irréelle parfois. Mais que de points communs ! Une psychologie simplifiée qui réduit l'humain à quelques types, un mépris de l'action, de sa construction et de son agencement au profit d'un rythme comique, une certaine indifférence au dialogue afin que soient mis en valeur le jeu de l'acteur, ces jeux de scène que les Italiens appellent *lazzi* : les deux traditions avaient de quoi se fasciner et s'interpénétrer. C'est ce qui se produisit et dont on verra le résultat chez les farceurs du début du XVIIe siècle.

Les années 1610-1630 marquent en effet un beau regain de la farce. Le nombre des comédies composées à cette époque est infime, et encore s'agit-il de pièces fort irrégulières par rapport aux normes qu'avait voulu imposer la comédie humaniste, et qui rappellent la vieille farce, comme la *Gillette* de Troterel (1619), ou des pièces qui tentent de renouveler la comédie humaniste grâce aux traditions farcesques, comme *Les Ramoneurs* anonymes (vers 1624). En matière de théâtre comique, c'est la farce qui l'emporte, en province comme à Paris, chez les aristocrates comme devant les publics populaires qui applaudissaient les bandes de comédiens errants à travers la France ou qui se pressaient à Paris dans la salle houleuse de l'Hôtel de Bourgogne ; Henri IV s'était diverti à voir Gros-Guillaume jouer la *Farce du gentilhomme gascon*, qui daubait les Gascons et leur jargon. La farce et les farceurs sont en vogue. Les troupes de la *commedia dell'arte* continuent de séjourner chez nous, à la Cour — Marie de Médicis, puis Louis XIII sont attachés aux comédiens italiens —, à l'Hôtel de Bourgogne et dans les provinces. La langue ne constitue pas un obstacle pour le public : « pour ce qu'ils sont fort gestueux, et qu'ils représentent beaucoup de choses par l'action, ceux mêmes qui n'entendent pas leur langage comprennent un peu le sujet de la pièce ; tellement que c'est la raison pourquoi il y en a beaucoup à Paris qui y prennent plaisir », dira un personnage de Charles Sorel. Sur les tréteaux de la place Dauphine triomphent Tabarin, son frère Mondor et sa femme Vittoria Bianca ; sur ceux, tout proches, du Pont-Neuf, Desiderio Descombes, dit Grattelard. À l'Hôtel de Bourgogne, le public attend la fin de la représentation, c'est-à-dire le moment où sera donnée la farce et où le célèbre trio des farceurs Turlupin, Gros-Guillaume et Gaultier-Garguille viendra lui dilater la rate. Ce ne sont pas les seuls farceurs français ; d'autres farceurs de l'Hôtel de Bourgogne nous sont connus. Au demeurant, tout acteur de ce temps jouait la farce.

Il ne reste évidemment rien de ce qu'improvisaient les acteurs italiens ; et les neuf dixièmes de la production des farceurs français sont aussi à jamais perdus. Quatre farces tabariniques, une farce attribuée à Grattelard, une farce plaisante et récréative jouée par le trio de l'Hôtel de Bourgogne : reste infime, mais qui montre bien à quel point la dramaturgie et le jeu italiens ont imprimé leur marque sur les farces. Seule une pièce comme *Le Porteur d'eau*, qui a peut-être bien été écrite au début des années 1630, transmet purement la tradition française de la farce. Pour le reste, il faut se contenter du titre de quelques autres farces qu'on trouve dans des livrets facétieux. Ajoutons cet autre signe du succès réel des farces au début du XVIIe siècle : on édite ou on réédite alors un certain nombre de farces, parfois sous forme de recueils.

Pourquoi ce succès ? On invoque souvent l'époque troublée, cruelle, dont le rire indécent et irrespectueux de la farce guérissait la mélancolie, que la fantaisie comique soulageait et divertissait...

Quoi qu'il en soit, la liberté farcesque va bientôt se trouver passablement réprimée. La reprise en main politique et littéraire de l'activité théâtrale par Richelieu et son équipe tend évidemment à éliminer ce genre populaire, peu littéraire, où des bouffons de place publique font merveille avec leur corps, au profit d'une comédie régulière, qui reflète la vie des honnêtes gens de la bonne société, leurs préoccupations et leur langage dans des intrigues galantes, qui fasse enfin sourire finement. Pierre Corneille donne le coup d'envoi de cette comédie sentimentale avec sa *Mélite* de 1629-1630, qui sera suivie d'autres comédies de même style. En vérité, ce nouveau théâtre comique participe d'une vaste entreprise de réforme du théâtre : de nouvelles troupes s'installent à Paris — le théâtre du Marais, après celui de l'Hôtel de Bourgogne —, on songe à améliorer les salles, le métier de comédien est réhabilité ; honnêtes gens et gens du monde veulent faire du théâtre un divertissement de bon ton ; écrivains et doctes désirent qu'il devienne un art. Chacune à sa manière, la comédie sentimentale de P. Corneille et de Rotrou, puis la comédie à l'espagnole qui triomphe dans les années 1640-1660 avec un d'Ouville, un Thomas Corneille ou un Scarron, remplissent ce programme. Retour à la comédie littéraire et régulière qu'avaient voulue les jeunes poètes de la Pléiade.

La farce, spectacle grossier et tout juste bon pour le populaire, subit sa deuxième grande attaque, son deuxième coup d'arrêt, et se voit refoulée. Il faut d'ailleurs bien prendre conscience de la coupure qui s'instaure alors dans le public de théâtre français, du moins à Paris : le public assez large et encore populaire, qui goûtait la tragédie irrégulière, la tragi-comédie dramatique et s'esclaffait à la farce, va être chassé des théâtres, ou, si par hasard il y reste, se voit imposer un tout autre goût, celui des doctes.

On sait de reste ce que ceux-ci pensent de la farce et comment ils en font le spectacle du peuple méprisé. Chapelain la trouve juste bonne « à complaire aux idiots et à cette racaille qui passe en apparence pour le vrai peuple et qui n'en est en effet que sa lie et son rebut ». Dans sa *Pratique du théâtre*, l'abbé d'Aubignac réserve « les méchantes bouffonneries de nos farces » à « la populace élevée dans la fange » ; il ne comprend pas qu'on les ait supportées si longtemps à la fin des spectacles, car elles sont des ouvrages indignes « d'être mis au rang des poèmes dramatiques, sans art, sans parties, sans raison », et dignes de plaire aux seuls marauds et infâmes « à raison des paroles déshonnêtes et des actions indécentes » qui en font l'essentiel. Beaucoup plus tard, le chant III de *L'Art poétique* de Boileau séparera la belle comédie, celle qui imite Térence, des bouffonneries grimaçantes, sans art, épicées de grossièretés, des « mascarades » qui divertissent les laquais assemblés devant les tréteaux de Tabarin au Pont-Neuf. Boileau formule ainsi le mépris des théoriciens de la période préclassique et de la période classique pour la farce populaire — mépris dont les dramaturges doivent tenir compte, mais qui ne les empêche pas, témoin Molière, de faire perdurer la farce et ses procédés, qui continuent de plaire au public.

On a un peu trop carrément dit que les farces périclitaient à Paris après 1630. Si Gaultier-Garguille meurt en 1633, il est remplacé par un autre farceur, Guillot-Gorju, qui figure encore à l'Hôtel de Bourgogne en 1642. Gros-Guillaume meurt en 1636, Turlupin en 1637 ; mais Jodelet commence en 1634 sa carrière de farceur, qui le mènera du Marais à la troupe de Molière, en passant par l'Hôtel de Bourgogne. Les remarques acerbes des théoriciens cités prouvent assez qu'on a sans doute continué de donner des farces, et qui étaient attendues, à la fin des spectacles de théâtre, pendant pratiquement toute la première moitié du XVIIe siècle. D'aucuns se plaignent de la présence de la farce (« comme un poison ès viandes », dit Jean Bodin en 1629), ou y voient une concession plus ou moins supportable au peuple ignorant ; ainsi Georges de Scudéry, qui admettait en 1635 que le peuple soit contenté par la farce, après la pièce régulière apte à satisfaire les savants, se plaint en 1639 qu'une multitude ignorante, *composée aussi bien de gens du peuple massés dans le parterre que de gens de qualité installés dans les galeries*, vienne au théâtre pour la farce et prête peu d'attention à la grande pièce qui plaît aux doctes. On le voit, la représentation des farces perdure bel et bien. Quand Scarron, dans son *Roman comique*, affirme que la farce est « comme abolie » à Paris, il faut sans doute comprendre que le genre de la farce est méprisé par les dramaturges, les doctes et le public cultivé, et se trouve relégué un peu dans les marges de l'activité théâtrale, au fur et à mesure qu'on avance vers le milieu du siècle.

Mais Scarron introduit sa remarque pour opposer Paris et la province, où la farce continue de divertir essentiellement et massivement. À l'instar de Molière, tous les comédiens de campagne régalent les provinces de farces. De quelle sorte de farces ? Pratiquement aucun texte ne nous est parvenu ; mais on retrouvait certainement dans ces pièces les traits conjoints des traditions française et italienne qu'on voyait mêlés dans les farces parisiennes des années 1610-1630. Certains signes laissent à penser que la fantaisie caricaturale de la farce pouvait s'enrichir d'une observation sociale ou humaine plus nette.

C'est ainsi que Molière conçoit sa production farcesque, provinciale et parisienne, à qui ni lui-même ni ses éditeurs ne voulurent faire les honneurs de l'impression. Après ses quatorze années de pérégrinations provinciales, quand il tenta de s'imposer à Paris en jouant devant Louis XIV, n'oublions pas que Molière conquit le roi et sa cour réunis au Louvre, non par la tragédie de Corneille, *Nicomède*, qu'il avait d'abord jouée, mais par la petite farce du *Docteur amoureux*, farce identique à celles qu'il donnait en province. On observera que le récit de cette séance à la Cour, fait par les éditeurs de Molière en 1682, évite soigneusement d'employer le mot de *farce* — on comprend bien maintenant pourquoi ; *Le Docteur amoureux* est qualifié de *petit divertissement*, de *petite comédie*. C'est ce dernier terme qui va s'imposer ; mais ne nous y trompons pas : au prix de quelques ajustements et changements, c'est bien la tradition de la farce qui se perpétue sous l'appellation de *petite comédie*.

Les choses allèrent vite à partir de 1659. Molière continua de composer et de donner à son public du Petit-Bourbon de véritables farces ; il composa aussi des petites comédies en un acte comme ses *Précieuses ridicules* ou *Sganarelle*, qui poursuivent la lignée du genre de la farce. Ces pièces comiques remportèrent un grand succès. Du coup, les théâtres rivaux — concurrence oblige ! — durent céder à la mode et se fournir de telles œuvres pour arracher à Molière le monopole du rire. De là cette floraison de petites comédies en un acte : on en représenta 52 de 1660 à 1669 ! Au Marais, c'est d'abord Brécourt qui composa de ces œuvres, puis surtout Chevalier. Quand Dorimond, comédien de campagne, passe à Paris avec la troupe de Mademoiselle, il donne quatre petites pièces. C'est l'Hôtel de Bourgogne qui semble avoir suivi le mouvement avec le plus de mauvaise grâce, reprochant au succès du farceur Molière d'obliger « l'unique et incomparable troupe royale » — comme dit Robinet — à bannir les grandes pièces nobles et tragiques « de sa pompeuse scène, pour y représenter des bagatelles et des farces qui n'auraient été bonnes en un autre temps qu'à divertir la lie du peuple dans les carrefours et les autres places publiques ». Il n'empêche : sans bannir les grandes tragédies, la troupe royale dut mettre à l'affiche des petites pièces, fournies par de Villiers, A. de Montfleury ou Raymond Poisson. Mais avec ce comédien-dramaturge, nous outrepassons la limite chronologique fixée au présent recueil.

Il conviendra d'apprécier les quelques écarts et renouvellements qui accompagnent la métamorphose de la farce en petite comédie. Mais l'emporte finalement, en dépit de la volonté répétée des doctes des XVIe et XVIIe siècles de la réduire et de la bannir des théâtres, la permanence du genre ancien.

II. Esthétique d'un genre

La farce et la petite comédie du XVIIe siècle représentent un théâtre d'acteurs, un théâtre du schématisme et un théâtre du rire.

Qu'ils s'agglutinent en plein vent autour des tréteaux de la place Dauphine et du Pont-Neuf, ou dans l'enceinte des foires parisiennes, qu'ils se pressent devant la scène sommaire que les comédiens de campagne ont installée dans la rue, dans une cour d'auberge, dans une grange ou dans un jeu de paume, qu'ils se massent, debout au parterre ou à l'amphithéâtre et dans les loges, à l'intérieur des grands théâtres parisiens de l'Hôtel de Bourgogne, du Marais et du Petit-Bourbon, les spectateurs attendent avant tout de la farce ou de la petite pièce un divertissement que leur donne le jeu des acteurs — un plaisir purement théâtral.

D'ailleurs, ceux qui écrivent de ces pièces sont des farceurs ou des acteurs eux-mêmes, en général, et leur souci premier n'est pas de confier un chef-d'œuvre à l'impression. Les textes n'étaient pas publiés ou ils l'étaient sans grand soin. Il a fallu qu'un spectateur indélicat publie son répertoire pour que Tabarin se soucie de le faire lui-même, — et Molière connut des mésaventures identiques en voulant d'abord exploiter le succès de ses œuvres au théâtre. Le même Molière ne voulut pas imprimer ses farces de province, de même que La Fontaine n'aurait pas imaginé confier aux presses ses *Rieurs du Beau-Richard.* À partir des *Précieuses ridicules,* conscient d'avoir donné une sorte de dignité littéraire au genre, Molière fit publier ses petites pièces, et les auteurs de petites comédies l'imitèrent ; mais ils s'excusent d'offrir au lecteur une œuvre si mince, dont l'essentiel des charmes réside dans l'action théâtrale, qui échappe aux pages imprimées.

Car, dès le xve siècle, la farce est avant tout l'affaire des joueurs de farces, des farceurs, des acteurs. Aux Maître Mouche et autres Triboulet succèdent Jean du Pont-Alais, qui joua sous François Ier, ou Jehan Serre, le badin dont parle si bien Marot. La tradition des farceurs persiste évidemment dans la deuxième moitié du xvie siècle — farceurs français comme Agnan Sarat, et farceurs italiens de la *commedia dell'arte* qui se répandent chez nous. Comme l'a fait observer Eugène Rigal, les toutes premières décennies du xviie siècle marquent le temps des farceurs. Nous connaissons assez bien Tabarin et Mondor, Bruscambille, le grand trio de l'Hôtel de Bourgogne, parce que nous avons des bribes de leurs productions farcesques. Mais le nom de nombre d'autres farceurs reste seul : celui de Jean Farine, qui ressemblait tant à Gros-Guillaume, celui de Gringalet... Et tous les acteurs de l'époque brillaient dans la farce, à commencer par Valleran Le Conte, dont le nom est souvent suivi des épithètes de *bouffon* et de *bateleur.* Puis, alors même que le métier d'acteur conquiert une plus grande dignité, la tradition des farceurs se prolonge, avec les Guillot-Gorju et les Jodelet, jusqu'à Molière. Dans le beau *Tableau des farceurs français et italiens depuis 60 ans* conservé à la Comédie-Française, et qui rassemble les grands acteurs comiques des deux nations pour les années 1610-1670, on retrouve tous les farceurs français du demi-siècle, du trio de l'Hôtel de Bourgogne à Jodelet, Molière et Poisson. Il faudrait leur adjoindre d'autres comédiens qui brillent à partir de 1659-1660, comme Chevalier, dans les petites pièces où ils jouent souvent un type créé par eux. À l'instar de Molière qui créa et joua Mascarille, puis Sganarelle, Chevalier créa Guillot et R. Poisson Crispin.

Les farceurs imposent donc la primauté du jeu, d'autant que l'espace scénique où se donnent farces et petites pièces ne fait pas, ou très peu de place au décor. L'attention du spectateur est concentrée sur les comédiens, sur leurs apparences extérieures et sur leur expression corporelle. Les grands farceurs ont leur grimage, leur costume habituel et ses accessoires, leur type de jeu scénique. Tabarin est célèbre pour l'immense et informe chapeau qui surmontait sa défroque et qu'il triturait en tout sens. Chacun des membres du trio de l'Hôtel de Bourgogne s'était fait une apparence scénique, l'un soulignant sa rondeur et barbouillant de farine sa face niaise, l'autre mettant en valeur ses membres filiformes... Les visages sont enfarinés ou masqués. Un visage libre est travaillé par les mimiques incessantes et poussées à la grimace. Un visage masqué reporte sur le reste du corps les efforts d'expressivité. Telles étaient les traditions du jeu corporel dans la farce, aussi bien française qu'italienne. Ses ennemis ont assez reproché à Molière l'acteur comique d'avoir appris des Italiens à assouplir son corps et son visage, et à lui faire exprimer mille sentiments et mille attitudes.

En lisant ces petites pièces vieilles de plus de trois siècles, il faut absolument s'efforcer de rétablir la part du jeu des acteurs. Tout y est mimiques, gestes, déplacements. Les situations scéniques le veulent, bien sûr, où les sentiments élémentaires sont joués avec une netteté grimaçante et poussés au trait caricatural. Mais les occasions fourmillent d'exacerber le jeu, de multiplier les gags et les *lazzi*; les farceurs français sont aussi « gestueux » que leurs camarades italiens. Dans les farces tabariniques, on se cache, on est enfermé dans un sac, on se bat et chaque pièce s'achève dans la confusion d'une bagarre générale. Ailleurs, un pédant intarissable et solennel, un Capitan effrayant, un valet lâche et stupide donnent de la tablature aux performances des acteurs. Et les déguisements! Qu'ils se prolongent en impostures durables, et l'art de l'acteur l'emporte : voir, chez Molière, le Sganarelle du *Médecin volant* ou le Mascarille des *Précieuses ridicules.*

En mettant en valeur la souplesse physique des acteurs de la farce, il ne faudrait pas oublier que les farceurs parlent, débitent un texte le plus souvent versifié, et lui prêtent leurs intonations. Certains farceurs étaient célèbres pour un timbre ou un débit spécifiques ; tous mettaient au service du jeu comique leurs ressources vocales.

Une autre grande loi du genre est le schématisme, la tendance à la simplification. Mais justement, une évolution se dessine au xviie siècle : les farces du début du siècle illustrent bien le principe du schématisme ; à partir du milieu du siècle, le schématisme fondamental demeure dans les petites comédies, mais accepte quelques tempéraments. C'est tout le renouvellement de la farce de Tabarin à Molière.

Quant à la dramaturgie, la farce traditionnelle simplifiait le plus souvent et le contenu de l'action et son agencement — étant rappelé que le sujet presque exclusif de la farce était de mettre en scène une tromperie. Les farces n'étaient d'ailleurs pas bâclées, comme on le dit souvent, mais régies, nous l'avons vu, par quelques mécanismes structurels assez élémentaires. C'est un peu ce qu'on retrouve dans les farces des années 1620 : une situation de départ simple, où le souci de cohérence, de vraisemblance n'est pas primordial, comme on le voit par exemple dans les dénouements escamotés, mais dont le développement est régi par la structure du redoublement, du parallélisme ou du renversement. De petites choses efficacement organisées.

Dans les années 1659-1660, les petites pièces s'étoffent, enrichissent les situations en puisant dans la littérature narrative ou dans la vie ; de toute façon, la fable s'accroît. Il s'agit toujours d'une tromperie, mais elle prend plus d'envergure, se complique et se diversifie dans sa réalisation ; elle peut prendre pour cadre la traditionnelle intrigue italienne du mariage contrarié. En général donc, le souci de la structure est plus visible et l'intrigue subit un travail d'élaboration plus poussé. Le *Sganarelle* de Molière ou *La Femme industrieuse* de Dorimond proposent un véritable agencement ; mieux : un rythme.

L'évolution est semblable dans l'écriture. Les farces tabariniques, écrites en prose, se présentent parfois comme des canevas permettant l'improvisation des acteurs. Beaucoup plus longues — elles vont de 350 à 700 vers —, les petites pièces du milieu du siècle sont complètement écrites ; Molière est à vrai dire à peu près le seul à user aussi de la prose. Nos auteurs, avec plus ou moins de talent, d'adresse et de verve comique, composent en vers, et le plus souvent en vers alexandrins ; mais l'octosyllabe — le mètre de la farce française ancienne — peut subsister, chez un La Fontaine ou chez un Chevalier. Il va de soi que les dramaturges, bien qu'illustrant un genre qu'ils considèrent eux-mêmes comme mineur, sont devenus des écrivains de théâtre et qu'ils mettent en œuvre la stylistique propre au genre théâtral.

Que leurs comédies conservent malgré tout le schématisme de la farce, on le voit à l'usage qu'ils font des types. Cela est renforcé par le fait qu'il s'agit d'un théâtre d'acteurs et que les dramaturges eux-mêmes incarnent et imposent à la scène un type comique. La farce française ancienne simplifiait les personnages, les réduisant à quelques traits ; avec ses masques, la *commedia dell'arte* arrivait au même résultat. Farces et petites comédies du xviie siècle héritent de ces habitudes. Des vieillards amoureux, des Docteurs pédants, des Capitans fanfarons hantent nos pièces, et ces types se figent, s'usent, tout en gardant une certaine efficacité comique ; la part réservée au personnage du pédant est notable dans cette période préclassique, qui voit l'ancien modèle du savoir remplacé par la définition d'une nouvelle honnêteté. En dehors d'eux, les autres personnages présentent une psychologie pauvre, sommaire.

Les multiples valets n'échappent pas à cette règle. Mais n'oublions pas qu'ils sont souvent une création personnelle des auteurs-acteurs. Dans les farces du Pont-Neuf, Tabarin et Grattelard font d'ordinaire les valets ; Jodelet est un type de valet ; Mascarille et Sganarelle (à l'origine pour celui-ci, du moins) sont des valets de Molière ; Chevalier façonna Guillot. Ils occupent donc assez souvent une place de premier plan dans la pièce, et le prestige du jeu autant que sa portée comique oblitèrent un peu, chez les spectateurs qui attendent la venue en scène de la vedette, la conscience que ces personnages sont passablement simplifiés. D'ailleurs, on observe, à travers ces différentes figures de valets, la persistance remarquable d'un emploi médiéval — et qui dit *emploi*, dit conventions admises et perpétuées dans le costume, le jeu, les traits psychologiques — : celui du badin, personnage de niais qui fait rire de ses sottises de telle sorte qu'on se demande parfois s'il ne joue pas sa niaiserie. Il est des conventions et des simplifications inusables !

Toutefois, la simplification — mais comment, étant donné la longueur et la finalité des petites pièces, y déployer toutes les complexités et toutes les finesses d'un caractère ? — n'interdit pas une certaine vérité, et donc une certaine profondeur des personnages. Molière en est la preuve, qui à la fois sait reprendre un type conventionnel et en éclairer vivement l'essence même — c'est le cas pour le pédant —, sait imaginer des situations nouvelles et donc découvrir des aspects neufs dans un type traditionnel comme le valet — c'est le cas de l'imposture du Mascarille des *Précieuses ridicules*, lequel finit par être victime lui-même de l'illusion qu'il crée —, et sait enfin donner à des personnages dont il propose la caricature suivie, ou même à de simples silhouettes qui passent dans les quelques scènes de la pièce, une authenticité qui donne à réfléchir.

Car il ne faudrait pas croire que les petites pièces du XVIIe siècle se contentent de présenter un monde fantaisiste, conventionnel et caricatural — en un mot, un monde invraisemblable. La loi du schématisme comique demeure, assurément ; et nos auteurs font rire en simplifiant et en grossissant le trait, en poussant les personnages au burlesque. Mais on est frappé par les efforts de ce genre théâtral pour atteindre un certain réalisme. Depuis sa renaissance, la grande comédie s'est voulue « miroir de la vie » ; à travers la comédie humaniste, la comédie sentimentale des années 1630, la comédie burlesque des années 1640-1660, elle a été plus ou moins fidèle à ce programme. La tradition farcesque, qui n'a pas été sans influence sur la grande comédie, finit certainement par être atteinte, en retour, par ce souci d'un plus grand réalisme.

Beaucoup de fantaisie et d'invraisemblance demeure, à cause des types conventionnels, à cause aussi des personnages et des situations burlesques, qui doivent faire rire par leurs excès. Mais un substrat réaliste affleure ici ou là, ou se fait carrément plus visible. Ce qui nous reste des farces du premier tiers du siècle montre une certaine fidélité au réalisme populaire de la vieille farce française, avec la vie quotidienne de petites gens, avec ces ménages querelleurs et toujours au bord de la tromperie. Lors même qu'elles exploitent encore des types comiques anciens comme le pédant amoureux, on perçoit l'ancrage réel des petites pièces à la présence de tel ou tel trait qui renvoie à la société du temps et à ses mœurs, à son histoire parfois. Les milieux changent, aussi : on quitte le petit peuple, qui cède la place à la bourgeoisie, voire à la petite noblesse. Molière encore montre la voie : même dans la farce, le théâtre comique doit revenir à la vie, offrir des éléments pour la peinture sociale et la peinture humaine. La préciosité, l'émancipation des filles et des femmes, la mise en cause de la tutelle des pères sur les filles à marier ou des maris sur leurs femmes : autant de questions qui traversent la société du temps et que les petites pièces ne s'interdisent pas de traiter à leur manière. Et comment ne pas voir que la peinture sociale débouche naturellement, chez un dramaturge de génie, sur la peinture humaine ?

Tous ces renouvellements, qui tempèrent le schématisme traditionnel de la farce, ne vont pas à en affaiblir la visée fondamentale : le rire. Farces et petites comédies du XVIIe siècle se veulent et restent des pièces à rire.

Il n'est pas nécessaire d'en inventorier les moyens : ce sont ceux de la tradition française et, pourrait-on dire, de la tradition comique universelle. Reposant en grande partie sur le jeu des acteurs, ces pièces leur confient la charge de faire rire. En leur faisant incarner d'abord des types conventionnels dont les vices, les passions élémentaires, les travers excessifs, le costume, les

gestes et attitudes, les propos sont ridicules ; mais aussi en leur
faisant jouer à la charge, avec les mêmes moyens, des
personnages caricaturaux plus nouveaux. Il va de soi que les
mécanismes de la tromperie font de ces caricatures les victimes
comiques, et que l'agencement de l'intrigue organise leur
réjouissante déconvenue. Le comique visuel, prédominant au
début du siècle, garde une place importante. Mais il convient
d'insister sur le jeu avec les mots. Jargons étrangers, logorrhées
et fatras érudits des pédants, plaisanteries verbales imprégnées
de gauloiserie, facéties niaises des valets grossiers et inconve-
nants, néologismes et décalages à la mode burlesque, tics de
langage systématiquement repris : ces moyens, et d'autres,
assurent une place importante au comique et à la fantaisie
verbale.

　　Bornant leur ambition à dilater la rate du tout-venant des
spectateurs, à chasser la mélancolie par des éclats de rire, à
fournir un simple divertissement dans une forme devenue
littérairement acceptable, nos pièces ne sont cependant pas
dénuées de conséquence ni privées de sens. À travers les
grotesques, c'est bien du monde et des hommes qu'on rit — de
leur bêtise, de leur grossièreté, de leurs illusions, de leur
obstination. Les farces n'ont jamais prétendu les réformer ; le rire
au moins en exorcise les menaces et les dangers, et invite à la
distance. Au fond, de ses premières farces provinciales au
Malade imaginaire, Molière n'a pas illustré d'autre philosophie
comique.

III. Un choix

　　L'anthologie que nous présentons illustrera avec assez de
variété l'évolution des petites pièces au XVIIe siècle, de la farce
telle que la concevaient Tabarin et ses compères les farceurs de
l'Hôtel de Bourgogne, à la petite comédie de la fin des années
1650, ainsi que les traits permanents et fondamentaux du genre.
Les textes publiés se suivent dans l'ordre chronologique des
premières représentations, pour autant qu'on puisse les fixer.

Étant donné le tout petit nombre de pièces qui nous restent du premier tiers du siècle, le lecteur les trouvera en totalité ici : les quatre farces tabariniques, la *Farce plaisante et récréative*, la *Farce des bossus* et la *Farce du porteur d'eau*. Pour l'autre période — 1655-1660 —, nous avons dû éliminer, sans regret à la vérité, un certain nombre d'œuvres moins intéressantes, écrites par des dramaturges parisiens comme Boisrobert, de Villiers, Chappuzeau, Montfleury, Boursault, ou par la Lyonnaise Françoise Pascale. Restent donc : *Le Docteur amoureux*, faussement attribué à Molière, *La Feinte Mort de Jodelet*, de Brécourt, *L'École des cocus ou La Précaution inutile*, de Dorimond, *Les Rieurs du Beau-Richard*, farce-ballet de La Fontaine, *Le Cartel de Guillot*, de Chevalier, et une autre pièce de Dorimond, *La Femme industrieuse*.

Toute la production farcesque de Molière antérieure à 1661 se trouve dans cette anthologie, intégrée à sa place chronologique : *La Jalousie du Barbouillé* et *Le Médecin volant*, *Les Précieuses ridicules* et *Sganarelle ou Le Cocu imaginaire*. Ce n'est pas niveler l'auteur génial ; c'est au contraire, en le replaçant dans son contexte théâtral le plus exact, montrer dans quelle tradition, dans quel mouvement il se situe, afin que son originalité jaillisse plus nettement.

De Tabarin à Molière, la continuité sera donc montrée. Mais le genre ne s'arrête pas en 1660 ! La petite comédie ne va cesser de fleurir, chez Molière, chez ses contemporains et chez ses successeurs, jusqu'à Dancourt et à ses fameuses dancourades — dernier avatar de la petite pièce au crépuscule du xviie siècle. Quoi qu'en aient pensé les doctes et les théoriciens du classicisme, les spectateurs de théâtre ont continué de réclamer aux comédiens ces pièces à rire. Pour tout le xviie siècle, on compte environ 150 farces et petites comédies en un acte ; 25 environ seulement sont rescapées d'avant 1660.

Notre recueil s'ouvre par un Prologue de Bruscambille ; 17 farces ou petites comédies sont ensuite proposées, avec une graphie et une ponctuation modernes, chaque pièce étant précédée d'une notice historique, dramaturgique et littéraire. Il ne s'agit pas à proprement parler d'une édition critique, puisque toutes les variantes des différentes éditions ne sont pas données ; mais les textes sont établis selon les principes scientifiques habituels les plus rigoureux, et les corrections signalées. La langue des textes — populaire souvent, éloignée de nous toujours — et les allusions qu'ils contiennent ont nécessité une annotation relativement copieuse. Souhaitons qu'elle permette au lecteur de trouver son plaisir, celui du rire, quand il abordera ce théâtre trop négligé !

Bibliographie générale

ADAM (Antoine), *Le Théâtre classique,* Paris, P.U.F., 1970 (Que sais-je ?).

Aspects du théâtre populaire en Europe au XVIᵉ siècle, Actes du colloque de la Société Française des Seiziémistes réunis et présentés par Madeleine Lazard, Paris, C.D.U.-SEDES, 1989.

AUBAILLY (Jean-Claude), *Le Théâtre médiéval profane et comique,* Paris, Larousse, 1975 (Thèmes et textes).

BAR (Francis), *Le Genre burlesque en France au XVIIᵉ siècle. Étude de style,* Paris, d'Artrey, 1960.

BASCHET (Armand), *Les Comédiens italiens à la cour de France sous Charles IX, Henri III, Henri IV et Louis XIII,* Paris, Plon et Cie, 1882 (Genève, Slatkine, 1969).

BOWEN (Barbara), *Les Caractéristiques essentielles de la farce française et leurs survivances dans les années 1550-1620,* University of Illinois Press, Urbana, 1964 (Illinois Studies in Language and Literature).

BRAY (René), *Molière, homme de théâtre,* Paris, Mercure de France, 1954.

COHEN (Gustave), *Études d'histoire du théâtre en France au Moyen Age et à la Renaissance,* Paris, Gallimard, 1956.

DEIERKAUF-HOLSBOER (Sophie-Wilma), *Le Théâtre du Marais,* Paris, Nizet, 2 vol. en 1954 et 1958.

—, *Le Théâtre de l'Hôtel de Bourgogne,* Paris, Nizet, 2 vol. en 1968 et 1970.

DUFOURNET (Jean), *La Farce de Maître Pierre Pathelin,* texte établi et traduit, introduction, notes, bibliographie et chronologie par..., Paris, Flammarion, 1986 (G.-F.).

DUFOURNET (Jean) et ROUSSE (Michel), *Sur « La Farce de Maître Pathelin »,* Paris, Champion, 1986 (Unichamp).

ÉMELINA (Jean), *Les Valets et les servantes dans le théâtre comique en France de 1610 à 1700,* Cannes-Grenoble, C.E.Ł. P.U.G., 1975.

GARAPON (Robert), *La Fantaisie verbale et le comique dans le théâtre français du Moyen Age à la fin du XVIIe siècle,* Paris, A. Colin, 1957.

GUICHEMERRE (Roger), « Molière et la Farce », *Œuvres et critiques,* VI, 1, été 1981 *(Visages de Molière),* pp. 111-124.

GUTWIRTH (Marcel), *Molière ou l'invention comique. La métamorphose des thèmes. La création des types,* Paris, Minard, « Lettres modernes », 1966.

JAROSZEWSKA (Teresa), *L'Influence de la comédie italienne du XVIe siècle en France (vue à travers le vocabulaire et d'autres témoignages),* Ossolineum, 1983 (Polska Akademia Nauk. Instytut Neofilologiczny).

JASINSKI (René), *Molière,* Paris, Hatier, 1969 (Connaissance des Lettres).

LANCASTER (Henry Carrington), *A History of French Dramatic Literature in the Seventeenth Century,* Baltimore, Johns Hopkins Press, 1929-1942, 9 vol. [Part I : *The Preclassical Period (1610-1634)* et Part III : *The Period of Molière (1652-1672)*].

LEBEGUE (Raymond), « Molière et la farce », *C.A.I.E.F.,* 1964, pp. 183-201.

—, *Le Théâtre comique en France de « Pathelin » à « Mélite »,* Paris, Hatier, 1972 (Connaissance des Lettres).

—, *Études sur le théâtre français,* Paris, Nizet, 2 vol. en 1977 et 1978.

LEWICKA (Halina), *Études sur l'ancienne farce française,* Paris-Warszawa, Klincksieck-P.W.N., 1974 (Bibliothèque française et romane).

—, *Bibliographie du théâtre profane français des XVe et XVIe siècles,* Paris-Varsovie, CNRS-Académie Polonaise des Sciences, 2e éd. 1980 ;

— et JAROSZEWSKA (Teresa), *Supplément* à la 2e éd. revue et augmentée de la *Bibliographie du théâtre profane français des XVe et XVIe siècles, ibid., id.,* 1987.

MAZOUER (Charles), « Un personnage de la farce médiévale : le naïf », *R.H.T.,* 1972-2, pp. 144-161.

MAZOUER (Charles), « Du badin médiéval au naïf de la comédie du XVIIe siècle », *C.A.I.E.F.*, n° 26, 1974, pp. 61-76.

—, *Le Personnage du naïf dans le théâtre comique du Moyen Age à Marivaux*, Paris, Klincksieck, 1979 (Bibliothèque française et romane).

—, édition critique de Raymond POISSON, *Le Baron de la Crasse et l'Après-soupé des auberges*, S.T.F.M., 1987 ; diffusion : Paris, Nizet.

MERCIER (Alain), *La Littérature facétieuse sous Louis XIII (1610-1643). Une bibliographie critique*, Genève, Droz, 1991.

MONGRÉDIEN (Georges), *Les Grands Comédiens du XVIIe siècle*, Paris, « Le Livre », 1927 (Essais et curiosités littéraires).

— et ROBERT (Jean), *Les Comédiens français du XVIIe siècle. Dictionnaire biographique, suivi d'un inventaire des troupes (1590-1710) d'après des documents inédits*, Paris, C.N.R.S., 3e éd. revue et augmentée, 1981.

REY-FLAUD (Bernadette), *La Farce ou la machine à rire. Théorie d'un genre dramatique (1450-1550)*, Genève, Droz, 1984 (Publications romanes et françaises).

RIGAL (Eugène), *Alexandre Hardy et le théâtre français à la fin du XVIe et au commencement du XVIIe siècle*, Paris, Hachette, 1889.

TISSIER (André), *Recueil de farces (1450-1550)*, textes annotés et commentés par... Genève, Droz, 6 vol. de 1986 à 1990 (7 vol. prévus au total) (Textes littéraires Français).

WILEY (William L.), *The Early Public Theatre in France*, Cambridge (Mass.), Harvard Univ. Press, 1960.

Pour la langue, on utilisera les instruments anciens suivants :

OUDIN, *Curiosités françaises*, 1656.

Les trois principaux *Dictionnaires* du XVIIe siècle : ceux de RICHELET (1680), de FURETIÈRE (1690) et de l'Académie française (1694).

Deux dictionnaires plus tardifs : Ph. J. LE ROUX, *Dictionnaire comique, satyrique, critique, burlesque, libre et proverbial* (1re éd. 1718 ; éd. augmentée en 1735) ; *Dictionnaire de Trévoux* (1re éd., en 3 vol., 1738 ; 8 vol. en 1771).

BRUSCAMBILLE

Prologue sur un habit
(1610)

Au public encore populaire, c'est-à-dire indiscipliné, houleux, impatient, qui se presse devant la scène du théâtre de l'Hôtel de Bourgogne, les comédiens délèguent d'abord Bruscambille : son prologue bouffon calme les spectateurs et les met en belle humeur avant la représentation de la grande pièce — tragédie, pastorale ou comédie —, et avant celle, tant attendue, de la farce finale — quelque « petite farce gaillarde », « une farce qui vous fasse tellement rire que vous en puissiez tous pisser en vos chausses », annonce Bruscambille.

Qui était cet acteur[1], porte-parole de ses camarades et chargé de capter vivement l'attention et la bienveillance du public par quelque discours « nouvellement tiré de l'escarcelle de ses imaginations » ? Bruscambille était le nom, dans la farce, du Champenois Jean Gracieux, qui, dans la comédie, se faisait appeler Des Lauriers. Il joua souvent à Paris, à l'Hôtel de Bourgogne, où il était probablement en 1609 ; il y était sûrement en 1611-1612, dans la troupe de Valleran Le Conte, en 1618-1619, dans celle de Gros-Guillaume, et en 1623.

Bruscambille publia avec grand succès les facéties qu'il débitait à l'Hôtel de Bourgogne : Prologues tant sérieux que facétieux *(1610),* Fantaisies *(1612),* Nouvelles et plaisantes imaginations *(1613), et autres* Paradoxes *(1615). Ses textes courts, qui mêlent érudition et gauloiserie, à la manière de Rabelais, demanderaient une édition sérieuse et quelque étude approfondie. Ils renseignent sur la vie théâtrale de l'époque ; ils valent surtout par cette verve bouffonne et crue, par cette*

---

1. Voir Alan Howe, « Bruscambille, qui était-il ? », *xviiᵉ siècle*, nᵒ 153, 1986, pp. 390-396 (bibliographie copieuse et à jour ; ajouter W. L. Wiley, *The Early Public Theatre in France*, Harvard University Press, 1960).

fantaisie qui fait fi de la logique comme de la décence, qui joue avec la langue comme avec les références à la réalité.

En guise d'ouverture joyeuse à notre recueil, nous donnons le Prologue sur un habit[2], *appelé* Galimatias sur un habit *dans certaines éditions. On y verra comment Bruscambille prend en main son monde et le malmène, comment il l'amuse par des grossièretés, par le jeu verbal, par l'invention burlesque de ce personnage fantastiquement habillé, à propos duquel le prologue bascule souvent dans la fatrasie et l'absurdité.*

2. Notre édition ne peut être absolument critique. Le texte de base retenu est celui de la 1re édition reconnue par l'auteur (voir G. Mongrédien, «Bibliographie des œuvres du facétieux Bruscambille», *Bulletin du Bibliophile*, 1926, pp. 373-384) : *Prologues tant sérieux que facétieux avec plusieurs galimatias,* par le Sr D. L. (Des Lauriers), Paris, chez Jean Millot et Jean de Bordeaulx, s. d. (1610) ; notre prologue porte le no XIII et se lit aux pp. 54-57. Un choix de variantes signale les fluctuations textuelles et permet quelques corrections.

BRUSCAMBILLE

Prologue sur un habit

Messieurs et dames, je désirerais, souhaiterais, voudrais, demanderais et requerrais[1] désidérativement[2], souhaitativement, volontativement, demandativement et réquisitativement avec mes désiratoires[3], souhaitatoires, volontatoires, demandatoires et réquisitatoires[4], que vous fussiez enluminifiés[5], irrédifiés et éclarifiés[6], pour pouvoir pénétratoirement, secrétatoirement et divinatoirement *videre, prospicere, intueri et regardare*[7] au travers d'un petit trou qui est en la fenêtre du buffet de mes conceptions, pour voir la méthode que je veux tenir aujourd'hui à vous remercier de votre bonne assistance et audience, laquelle vous continuerez, s'il vous plaît, à[8] une petite farce gaillarde que nous vous allons représenter.

---

1. Première série de cinq verbes de volonté, qui sera suivie des cinq adverbes puis des cinq noms correspondants. Cette fantaisie systématique amène forcément la création de mots. **2.** VAR. : d'autres éd. (1618, 1668) ont *désirativement*. **3.** VAR. ultérieure : *désidératoires*. **4.** VAR. ultérieure : *réquisitoires*. **5.** VAR. : 1626 donne : *enluminés*. **6.** Cette nouvelle série de trois néologismes assonants illustre l'idée de la lumière intellectuelle, de la perspicacité attendue des spectateurs. **7.** Deux nouvelles séries d'adverbes forgés et de verbes latins pour l'idée de voir ce qui est caché. Les trois premiers verbes sont des formes classiques (·voir·, ·regarder·) ; le troisième est du latin de cuisine. **8.** VAR. : 1610 donne *en* ; corrigé en *à* dès 1618.

Avant laquelle je vous veux dire une grande, petite, courte, large, étroite et vieille nouvelle qui vous fera rire comme un microcosme de mouches[9], et vous donnera du plaisir pour plus de cent portugaises[10], si vous avez l'esprit de l'apprendre[11], sans y comprendre la doublure des chaussons de M. Pierre Faifeu[12], qui chia dans ses grègues[13] en la maison de ville[14], pour faire parler de sa vie.

L'autre soir, comme le soleil était couché, toutes les bêtes, Messieurs, étaient à l'ombre comme vous êtes ; je rencontrai un grand petit homme rousseau[15], qui avait la barbe noire, lequel venait d'un pays où, excepté les bêtes et les gens, il n'y avait personne. Au reste, comme il était habillé, *sequens pagina indicabit*[16]. Et premièrement, *in capite*[17], il avait un chapeau fait en seringue d'apothicaire ou chausse d'hypocras[18], le panache[19] d'une vessie de pourceau ; son pourpoint était d'un fin acier de fine serge de Florence, les galons[20] de crottes de Paris, les boutons de beaux oignons et les boutonnières[21] bordées de moutarde ; le rabat était de maroquin[22] du[23] Levant, avec un

---

9. Comme un petit monde de mouches.   **10.** Sorte de monnaie d'or.   **11.** VAR. : 1610, comme 1668, donne *le prendre* ; corrigé en *l'apprendre* en 1618 et 1626.   **12.** Écolier d'Angers, maître Pierre Faifeu était « homme plein de bons mots et de bonnes inventions et qui ne faisait pas grand mal, fors que quelques fois il usait de tours villoniques », selon Bonaventure Des Périers, qui raconte un de ses tours *(Nouvelles récréations et joyeux devis,* XXIII). Charles de Bourdigné a écrit, en 1532, *La Légende joyeuse de Maître Pierre Faifeu* ; aucune aventure n'y éclaire l'allusion de Bruscambille.   **13.** Son haut-de-chausses.   **14.** La maison commune, l'hôtel de ville.   **15.** Qui a le poil roux.   **16.** « La page suivante l'indiquera. »   **17.** « Sur la tête. »   **18.** Par comparaison de forme avec la pièce de drap ou d'étamine faite en pointe qui sert à filtrer ce breuvage tonique qu'est l'hypocras, *chausse d'hypocras* désigne un capuchon.   **19.** Les éditions anciennes ont la vieille forme *pennache,* que nous modernisons.   **20.** Rubans épais qui ornent le pourpoint.   **21.** VAR. : 1610 donne *boutonneries,* corrigé ultérieurement.   **22.** La pièce qui tombait sur le devant de la poitrine, le *rabat,* au lieu d'être en toile fine, est en peau de chèvre, en *maroquin.*   **23.** VAR. : les éditions anciennes donnent *de* ; nous donnons un *du* conforme à l'usage moderne.

point coupé[24] sur toile d'araignée. Il avait un haut-de-chausses déchiqueté comme une poêle à châtaignes[25], galonné de clinquant de fin lard à larder[26], le bas à attaches[27] de papier bleu écarlatin[28], surjeté[29] d'huile d'olive, les jarretières de six pans[30] de saucisses de couleur de merde de Phénix, mesure de Tours, les souliers de foin teint en soie, découpés à barbe d'écrevisse[31], les lacets d'une belle andouille incarnate[32], façon de Milan, et le manteau de toile blanche, teinte en couleur de lardoire[33], fait en tambourin de Suisse. J'oubliais la mirifique braguette qu'il portait, laquelle était faite en cornemuse, cousue[34] avec des soies[35] de pourceau.

Voilà en somme comme était habillé le compagnon, lequel, pour en cracher mon opinion dans le réceptacle de vos oreilles, ressemblait mieux à un gardeur de vaches qu'un âne à un quarteron[36] de pommes, et parlait si bon français que du commencement je pensais être en Allemagne. Il arrangeait ses mots avec une si belle industrie qu'au diable l'un que j'entendais[37]. En[38] cet entretien, j'eus plus de plaisir qu'un

---

24. Le *point coupé* était une ancienne sorte de dentelle. **25.** Laquelle est percée de trous. **26.** L'étrange haut-de-chausses est orné non de lamelles brillantes d'or ou d'argent *(clinquants)*, mais de bandes de lard! **27.** VAR.: les éd. anciennes hésitent entre le singulier et le pluriel; 1626 donne: *attaché.* **28.** De couleur rouge. **29.** Le *surjet* est le point qui assemble bord à bord deux tissus. **30.** *Pan* = empan. Cette mesure de longueur prise du pouce au petit doigt varie selon les régions; d'où «mesure de Tours». **31.** Découpés en forme de barbe d'écrevisse. Cette expression imagée fut déjà employée par Brantôme *(Les Dames galantes,* Le Livre de Poche, p. 165) pour dépeindre les lèvres des parties féminines; elle sera reprise par d'Esternod, dans la Satire XV de son *Espadon satyrique* de 1619 (éd. F. Fleuret et L. Perceau, Paris, 1922, p. 150), pour parler de la chair découpée «à barbe d'écrevisse». **32.** Belle andouille d'un rouge clair et vif! **33.** La brochette pour larder, en métal, n'est certainement pas blanche! **34.** VAR.: 1610 porte une graphie absurde *(convivé)*; nous adoptons la correction des éd. ultérieures. **35.** VAR.: 1610 donne: *sais*; 1626 et 1668 ont: *sains.* Seul 1618 donne le correct *soies,* que nous adoptons, car il s'agit évidemment des soies du porc. **36.** Le *quarteron* désigne ici la quatrième partie d'un cent: 25 pommes. **37.** Il arrangeait ses phrases si maladroitement que je me donne au diable si je comprenais un seul mot. **38.** Certaines éd., comme 1618 ou 1668, ont: *Et en.*

galeux[39] que l'on étrille, et n'eusse pas voulu être, pour toutes les cornes que j'ai au cul, mort à l'heure[40]. Tant y a qu'il me dit qu'il était fort bien versé en la manière d'ôter les cirons[41] des mains et des fesses, rogner les ongles et écumer le pot[42]. Aux citations des livres qu'il avait lus, je pris la mesure de sa mémoire, qui pesait environ six livres de fromage du pays d'Auvergne, sans comprendre son bonnet de nuit, qui était encore chez le potier, sur la contenance qu'il tenait en se grattant derrière les oreilles, comme vers le mitan du dos[43]. Et de là je me ressouvins sur le champ l'avoir[44] vu à Paris ramoneur de cheminée. Son style, pour n'en mentir point, était fort ample, et d'une impression nette comme un pot à pisser[45].

Ayant lu à travers d'un[46] petit trou qui était en la fenêtre de ses yeux, je feuilletai le commentaire des commenteurs[47], pour savoir leurs opinions. Mais je les donne à travers tous les diables, comme une boule dans un jeu de quilles, s'ils[48] ne sont obscurs comme une bouse de vache ! Je ne sus jamais rien comprendre ; je ne sais si vous y pourriez mordre[49]. L'un disait que « bran[50] », langage de Rouen, était « merde » au sens de ce pays. L'autre disait que tous les badauds n'étaient pas dans les boutiques, puisqu'il y en avait tant ici. L'autre disait que fièvres quartaines[51], selon l'opinion de Maître Serre[52], étaient un très digne collier

---

39. On sait les démangeaisons que provoque la gale. 40. À ce moment-là. 41. Cet insecte, le plus petit des animaux visibles à l'œil nu, se rencontre aussi chez l'homme, dans les vésicules de la gale. 42. Au sens propre, *écumer le pot*, c'est ôter l'écume de la bière ou de toute boisson qui fermente. 43. Vers le milieu du dos. Inutile de chercher un sens logique à cette phrase volontairement absurde ! 44. C'est aussi le texte de 1626 ; 1618 et 1668 ont : *de l'avoir*. 45. Son style laissait dans l'esprit des marques peu claires ! 46. VAR. : 1626 : *au travers d'un*. 47. Plus qu'une faute des protes (pour : *commentateurs*), il faut peut-être voir dans ce mot forgé un jeu avec le langage (commen*taires*/commen*teurs*). 48. Les « commenteurs ». 49. Réussir à comprendre. 50. Excrément, merde. 51. Fièvre *quartaine* ou *quarte*, qui revient de quatre en quatre jours. 52. Il s'agit de Jehan Serre, « excellent joueur de farces » selon Marot, qui lui consacra une *Épitaphe* (XIII) ; ce « très gentil fallot » (v. 2) faisait particulièrement rire dans les rôles de badin.

pour pendre au col d'Angoulvent[53]. Si bien qu'il fut conclu et arrêté, selon l'opinion de Gringalet[54], que pauvres gens qui n'ont ni pain ni dents sont bien empêchés de faire croûte[55].

C'est pourquoi je vous conjure tous, par les quatre fesses qui vous ont engendrés et par la vivifique cheville[56] qui les accouplait, de nettoyer la poudre de nos imperfections avec les époussettes[57] de votre humanité, et donner un clystère d'excuses aux intestins de votre mécontentement. Ce que faisant, vous nous obligerez à déboucher le trou du cul de l'occasion, pour cracher la matière que vous savez dans le bassin de vos commandements. Que si vous faites autrement, le mal finfio de ricrac[58], aussi menu que poil de vache, renforcé de vif-argent[59], vous puisse entrer au fondement et que l'estafier [de] saint Martin[60] se pende à votre collet (au hasard d'être frotté et étrillé) comme une andouille à la cheminée[61] !

---

53. Nicolas Jaubert, sieur d'Angoulevent, était Prince des Sots — cette corporation joyeuse qui s'adonnait au théâtre ; ses bons tours fournirent des sujets aux farces que composa l'acteur Valleran Le Conte, au début du xviie siècle. Mais Angoulevent fut, de 1603 à 1608, en procès avec les comédiens qui louaient l'Hôtel de Bourgogne (dont Bruscambille), pour affirmer contre eux ses prérogatives ; il gagna son procès, mais mourut aussitôt. Cela explique la hargne plaisante de Bruscambille. Ajoutons que le nom d'*Angoulvent* (celui qui *engoule*, qui avale le vent) se trouve déjà dans les farces des xve et xvie siècles, et chez Rabelais. **54.** Un farceur de ce nom jouait sûrement à l'Hôtel de Bourgogne en 1619 ; une dizaine d'années plus tôt, Bruscambille fait-il allusion au même personnage ? Le nom de Gringalet est ancien. **55.** De manger. **56.** Métaphore toute rabelaisienne pour désigner le membre qui donne la vie. **57.** Balayette de brin de bruyère, de poil ou de crin. **58.** Mal au nom plaisant, forgé à l'imitation du *mal Saint-Antoine,* du *mal Saint-Jean,* du *mal Saint-Lazare,* etc. On peut aussi penser que, par cette enfilade de mots fantaisistes, Bruscambille se moque des termes cabalistiques employés par les jeteurs de sort. **59.** Ancien nom du mercure. **60.** C'est le diable, qui suivait saint Martin comme un valet, pour contrecarrer le bien qu'il faisait. *Cf.* Rabelais, *Quart Livre*, XXIII. **61.** Toute cette dernière phrase a été imitée par Claude d'Esternod, dans la Satire XI, *L'Ambition d'une fille exempte de tous mérites*, de son *Espadon satyrique* (voir l'éd. citée, pp. 110-111). D'Esternod utilise décidément Bruscambille, qu'il mentionne d'ailleurs.

TABARIN

Farces
(1622-1624)

Nous quittons quelque temps le théâtre de l'Hôtel de Bourgogne pour rejoindre le Pont-Neuf et la place Dauphine. Commencé sous Henri III, terminé en 1604, le Pont-Neuf enjambe la Seine de ses douze arches ; il devient bientôt le centre des divertissements populaires. Une cohue de badauds de tous ordres, de tout âge, de toutes conditions se bouscule et se presse là, devant les tréteaux qu'ont dressés le long des parapets les marchands. Ceux-ci voisinent avec les chanteurs, les bateleurs, les charlatans de tout poil : vendeurs de pommades et d'onguents, arracheurs de dents, marchands d'orviétan dont les drogues miracles étaient supposées venir d'Orvieto, opérateurs. Ces derniers, rivaux des médecins galéniques passés par la Faculté et considérés par eux comme des charlatans, paient patente. Quand ils en ont les moyens, tous ces charlatans engagent des comédiens, français et parfois italiens, qui attirent la foule par une parade ou une farce.

*Du Pont-Neuf, la populace se déverse dans la place Dauphine, dont les deux bâtiments symétriques furent construits en 1608 ; elle s'y rassemble autour des tréteaux de Tabarin et de Mondor. Une estampe ornant l'*Inventaire universel des œuvres de Tabarin *représente l'échafaud de Mondor et de Tabarin, au pied duquel s'agglutine la foule mêlée des spectateurs, selon la tradition farcesque et populaire du théâtre en plein air. La simple estrade qui constitue la scène est barrée à l'arrière d'une tapisserie qui fait un rideau de fond ; deux musiciens, l'un assis avec sa viole de gambe basse, l'autre debout avec un dessus de viole ou une viole à bras, se tiennent près de la tapisserie[1]. Sur le côté, à la gauche des spectateurs, un jeune page garde le grand*

---

1. Une autre gravure du temps montre, toujours en arrière, à la gauche des musiciens, un acteur et une actrice supplémentaires, qui n'intervenaient que dans la farce.

coffre ouvert où se trouvent les drogues ; c'est que Mondor et Tabarin font le métier de charlatans — mot qui désigne proprement, selon le contemporain Daniel Martin, qui se dit « linguiste », « un homme qui par belles paroles vend une mauvaise marchandise[2] ». Sur le devant de la scène, on voit Mondor et Tabarin : à la gauche des spectateurs, Mondor, le maître, le docte marchand de baumes, avec sa barbe de vieux philosophe, sa fraise et son habit court et clinquant à l'ancienne ; à droite, Tabarin, son valet, porte une défroque blanche (certains témoignages parlent de toile verte et jaune) semblable à celle de Polichinelle ou de Pierrot, constituée d'un pantalon flottant jusqu'aux chevilles et d'une blouse lâche serrée par une étroite ceinture, à quoi s'ajoutent une cape courte drapée sur l'épaule, un sabre de bois au côté. Tabarin offre un visage tout à fait pittoresque : barbe en trident de Neptune, crâne hirsute surmonté de son fameux chapeau démesurément allongé, qu'il pétrissait et transformait de manière fantastique. Tout l'art des deux compères consistait à allécher « le sot et badaud peuple » par leurs dialogues ou leurs farces, afin de vendre leurs drogues qu'ils avaient habilement louées[3].

Mais qui étaient Tabarin et Mondor ? Il s'agit de deux frères, Philippe et Antoine Girard, nés entre 1580 et 1584 — Philippe (Mondor) étant l'aîné, et Antoine (Tabarin) le cadet. L'un et l'autre firent des études de médecine, Mondor devenant docteur en médecine et Tabarin seulement « maître opérateur ». Ils entreprirent un voyage en Italie, pendant lequel Antoine, qui

---

2. Dans son *Parlement nouveau...* (dernière éd., Strasbourg, 1660), sorte de manuel de conversation franco-allemand qui passe en revue les vocables et tours concernant les divers métiers, au chapitre de « L'arracheur de dents », p. 282 ; aux pages suivantes, il mentionne Tabarin et son fantastique chapeau, et signale qu'il s'est enrichi comme charlatan. **3.** Léon Chancerel, dans *Mécanismes et lazzi. Le jeu du sac. Deux farces tabariniques*, 1945, cite (n. 1, p. 4) un passage de l'édition de 1637, que nous n'avons pas trouvée, du *Parlement nouveau...* de D. Martin, où est montrée l'efficacité des charlatans : « [...] il y avait presse à qui jetterait le plus tôt son argent noué dans le coin d'un mouchoir ou dans un gant, sur l'échafaud, pour avoir une petite boulette d'onguent, enveloppée d'un billet imprimé contenant l'usage d'icelui et la façon de s'en servir. »

*avait déjà pratiqué la vie de comédien errant en 1602[4], connut
à Rome, et épousa Vittoria Bianca, comédienne ambulante de la*
commedia dell'arte. *Revenu en France, le petit clan vend des
drogues et joue la farce. Philippe prend le nom de Mondor,
Antoine celui de Tabarin — peut-être bien à cause de sa petite
cape ou mantelet, qui se dit en italien* tabarino, *dérivé de*
tabarro[5]. *L'aîné jouait les vieillards, ou Rodomont ; le cadet les
valets ; Vittoria Bianca, peut-être secondée par une autre actrice,
incarnait Francisquine ou la jeune Isabelle ; deux ou trois autres
acteurs, nécessaires dans la farce, complétaient la troupe. Fin
1618-début 1619, Mondor et Tabarin ont joué devant Marie de
Médicis, à Blois. Mais, de 1618 à 1625, date de la retraite de
Tabarin enrichi sur ses terres (natif de Verdun, Tabarin mourut
à Paris en 1626), la petite bande, avec les deux frères en vedette,
fit les beaux jours de la place Dauphine. Le populaire riait à
gueule bée des facétieux dialogues et des farces données le
vendredi, se fendant de rire « du talon gauche à l'oreille droite » ;
on désertait le sermon pour écouter Tabarin, et tout divertissement sembla aboli quand Tabarin ne monta plus sur ses
tréteaux !*

    Les dialogues, appelés encore questions, rencontres,
demandes, *forment la part la plus importante de ce qui est
imprimé des prestations des deux frères : 154 questions, qui sont
une version plus ou moins fidèle de ce qu'ils débitaient sur leur
échafaud, contre 4 farces. Laissons à Yves Giraud, qui a analysé
avec précision et verve le mécanisme des questions tabariniques,
le soin d'en décrire la technique : « C'est un jeu joué d'avance
entre le maître Mondor et son valet Tabarin qui lui pose une
question-devinette inattendue, faussement naïve, insidieuse ;
Mondor s'embarrasse dans d'interminables arguties, s'enferre*

---

4. Selon G. Mongrédien (*Les Comédiens français du xviie siècle...*, 1981,
p. 193), il se serait associé avec un ou deux compagnons pendant deux
ans « pour sauter et jouer comédies èz villes et lieux du royaume ». **5.** À
cause de ce manteau, plusieurs *zanni* de *l'arte*, dont un qui appartenait
à la troupe de Ganassa qui était en France en 1571, s'appelèrent
Tabarino. À noter qu'en argot, *tabar* (déjà chez Villon) et *tabarin*
signifient « manteau ».

congrûment dans sa verbeuse pédanterie jusqu'à ce que, excédé,
Tabarin lui coupe la parole par une pirouette saugrenue, un
paradoxe incohérent, un mauvais calembour ou un jeu de
mots[6] ». *Voici, choisies au hasard, quelques-unes de ces questions*
fantaisistes : Lequel est le meilleur, d'avoir la vue aussi courte
que le nez ou le nez aussi long que la vue ? Quel est le plus
honnête, du cul d'un gentilhomme ou du cul d'un paysan ?
Pourquoi les chiens lèvent la jambe en pissant ? *Et les réponses*
sont de même farine. Quelle différence il y a d'une échelle à
une femme ? *demande Tabarin. Le maître Mondor, s'appuyant*
sur les catégories aristotéliciennes, montre longuement que
l'échelle et la femme diffèrent quant à l'espèce ; et Tabarin de
donner une solution plus rapide : la femme diffère de l'échelle
« *en ce que, quand on veut monter sur une échelle, on la dresse,*
et quand on veut faire le même en une femme, on la couche[7]. »
Au moins le tiers des questions concerne d'ailleurs les femmes.
Mais la scatologie fournit une thématique abondante. Au
demeurant, comme chez Bruscambille, nous retrouvons ce
mélange étrange d'un savoir érudit (« érudition en folie », dit
Y. Giraud) dans lequel s'embarrasse Mondor, et d'une langue
verte, grossière mais savoureuse et variée que manie admirable-
ment Tabarin, et qu'on retrouvera dans ses farces.

En mars 1622, un vieillard qui signe H.I.B., sans doute un
spectateur parisien assidu de nos charlatans-farceurs, rassemble
et publie un Recueil général des rencontres, questions,
demandes et autres œuvres tabariniques avec leurs réponses...,
chez Sommaville. Du coup, Tabarin décide de publier lui-même
un florilège de ses facéties, un mois après le premier recueil, chez
Rocollet et Estoc, sous le titre Inventaire universel des œuvres de
Tabarin, contenant ses fantaisies, dialogues, paradoxes, gaillar-
dises, rencontres, farces et conceptions[8]. *L'*Inventaire universel
contient deux des quatre farces tabariniques ; les deux autres
*paraîtront dans la 2*e *partie (1624) de la 6*e *édition du* Recueil
général.

───────
6. Y. Giraud, « Tabarin et l'Université de la place Dauphine », *C.A.I.E.F.*,
1974, p. 83. **7.** Question XXIII du *Recueil général.* **8.** Voir G.
Mongrédien, « Bibliographie tabarinique », *Bulletin du Bibliophile*, 1928,
pp. 358-368 et 415-447.

Nous publions donc dans leur intégralité ces quatre farces tabariniques ; sans être un véritable canevas, le texte imprimé pouvait visiblement être développé et complété par les acteurs. Pillé par un vieillard amateur, ayant dû donner à la hâte une édition personnelle de ses œuvres, Tabarin n'a jamais pu soigner le livret de ses « rencontres » ni de ses farces, qui ne trouvaient leur pleine saveur que sur les tréteaux de la place Dauphine.

Ces farces, presque seules rescapées d'une production plus abondante, permettent de faire le point sur l'évolution du genre populaire au début du xviiᵉ siècle.

À l'évidence, la tradition de notre farce nationale s'est enrichie d'apports italiens prépondérants, issus de cet autre théâtre largement populaire qu'est la commedia dell'arte *; n'oublions pas que les frères Girard ont fait le voyage d'Italie et que Tabarin a épousé une comédienne de l'art ! Le vieillard Piphagne, le Capitaine Rodomont, le valet Fritelin (francisation de l'italien* Fritellino, *nom inventé au début du xviiᵉ siècle par Cecchini, qui obtint grand succès avec ses* Accesi *en France, particulièrement devant Marie de Médicis), Isabelle et Francisquine (*Franceschina*) viennent de la comédie italienne ; mais aussi certaines sources des situations et leur agencement. Et notre farce française n'utilisa jamais la prose. Pourtant, plus d'un rapprochement peut être fait entre les farces tabariniques et la tradition française : Nicolas ou Lucas Joffu (ou Joufflu ?) est bien français ; le personnage de Tabarin se situe dans la lignée du valet badin, dont la sottise est ambiguë[9] ; les histoires tirées de la vie conjugale sont françaises ; et le fameux jeu du sac est bien connu de notre farce. En fait, l'influence italienne est d'autant mieux assimilée que les deux traditions sont cousines et mettent en œuvre des procédés communs à tout théâtre de farces.*

Les farces tabariniques proposent des types sommairement définis et qui reparaissent de pièce en pièce, comme le vieillard

---

9. Voir Charles Mazouer : « Un personnage de la farce médiévale : le naïf », *R.H.T.*, 1972-2, pp. 144-161 ; « Du badin médiéval au naïf de la comédie du xviiᵉ siècle », *C.A.I.E.F.*, n° 26, 1974, pp. 61-76 ; *Le Personnage du naïf dans le théâtre comique du Moyen Age à Marivaux*, Paris, Klincksieck, 1979, pp. 111 et 125.

*amoureux, le fanfaron ou le valet Tabarin. Elles n'accordent
guère plus de soin au développement de l'intrigue, toujours
fondée pourtant sur quelque schéma structurel simple et
efficace ; Tabarin ne se soucie même pas beaucoup de ses
dénouements, qui tournent un peu court dans la bagarre finale.
Ni dramaturgie soignée, ni message ! Mais le schématisme sert de
base aux jeux comiques, — car ces farces ne cherchent qu'à
faire rire. Plaisanteries verbales parfois fort grossières, rôles en
jargons fantaisistes, rencontres saugrenues, menaces et coups,
bref, une série de jeux verbaux et de jeux scéniques, de lazzi,
suffisent aux spectateurs.*

*Sous deux avatars successifs, Tabarin joue un rôle central
dans les deux farces de 1622.*

*Dans la première, où il est le valet du Capitaine Rodomont, sa
maladresse crée la catastrophe comique : chargé, contre cinquante écus à chaque fois, de remettre la lettre de deux
amoureux séniles à l'objet de leur passion (chacun d'eux aime
la femme de l'autre), Tabarin, sur l'ordre de son fanfaron de
maître, doit rendre ces lettres à leurs expéditeurs ; il intervertit
évidemment les lettres, provoquant la fureur du vieillard
Piphagne et du vieillard Lucas, qui n'hésitent pas à donner
chacun cinquante autres écus à Tabarin pour qu'il tue le rival.
Sur cette épure structurale faite de parallélismes et de chassés-
croisés, paraissent quelques types comiques : Tabarin, grossier et
insolent, sauf devant son maître le Capitaine, dont les sonores
rodomontades n'effraient que son valet ; comme Rodomont,
Piphagne jargonne un mélange de langues romanes, où l'on
reconnaît surtout, à côté du français, des traces d'italien et
d'espagnol ; avec Piphagne, Lucas, autre vieillard marié, partage
le désir sénile, qui lui fait « cracher poésie » et l'entretient dans
l'illusion qu'il sera assez « robuste, guilleret et dispos » pour tirer
son coup.*

*Dans la seconde farce, Tabarin est le mari ivrogne de
Francisquine ; ce ménage branlant renvoie déjà à la farce
française médiévale ; mais la suite de l'histoire le fait encore
mieux. Francisquine, qui ne se sait pas espionnée par son mari,
donne rendez-vous aux deux vieillards amoureux de son corps,
Piphagne et Lucas, moyennant cent écus. Avait-elle vraiment*

l'intention de se donner ? On ne le saura pas. Mais elle laisse son mari duper les vieillards : habillé comme Francisquine, Tabarin reçoit comme on le devine les deux amoureux empaumés, se fait payer, attache l'un, le fait rosser par l'autre, et réciproquement, puis menace de châtrer Lucas. Cette intrigue est à rapprocher d'une célèbre farce française, Le Poulier à six personnages, *où le meunier berne les deux amoureux de sa femme et s'en venge cruellement. Les amoureux sont, dans la farce tabarinique, des vieillards qui brament leur amour à la nuit, comme Piphagne, et croient leur puissance à la mesure de leur désir, comme Lucas (« j'ai la tête blanche, mais la queue verte »). Une fois de plus, on notera l'importance du parallélisme et du redoublement dans la structure simple de cette farce, qui pivote au moment où Tabarin décide de prendre la place de sa femme au rendez-vous et de se venger. Jeu schématique, cruel et plaisant des instincts et des violences.*

La première des deux farces parues en 1624 donne le rôle moteur à Francisquine qui, pour se moquer de son mari Lucas toujours endetté et toujours poursuivi par les sergents, puis de Fritelin, le valet de cet amoureux rebuté qu'est Rodomont, les enferme chacun dans un sac. L'autre voie de l'intrigue mène à ces sacs jusqu'à la confusion comique, car Tabarin, valet du vieillard Piphagne, doit justement préparer le banquet de noce et se montre ravi que Francisquine lui propose deux prétendus pourceaux enfermés dans lesdits sacs. Sommaire, l'intrigue est donc assez bien agencée une fois encore ; elle roule sur le jeu du sac, promis à de beaux jours jusqu'aux Fourberies de Scapin. À *côté de l'astuce de Francisquine, les spectateurs pouvaient s'amuser de Tabarin, toujours insolent, grossier et plus plaisant, plus badin peut-être que sot ; ils goûtaient en particulier le joli monologue où l'affamé, chargé des achats du repas, en refait plusieurs fois la liste, parce que ce qu'il prévoit d'acheter excède toujours les vingt-cinq écus qu'on lui a alloués (scène 4).*

La dernière farce de 1624 est d'abord très proche de la Farce plaisante et récréative, *qui fut publiée et très probablement jouée à l'Hôtel de Bourgogne avant la farce tabarinique, mais plus développée qu'elle (nous donnons plus loin cette* Farce plaisante...). *Le vieillard Lucas, devant quitter Paris pour les Indes, en vue de son commerce, laisse sa fille Isabelle en garde au facétieux Tabarin, son valet. Promu messager d'amour entre Isabelle, fort galante, et son amoureux le Capitaine Rodomont, Tabarin subtilise au passage les cadeaux que l'un et l'autre se font réciproquement passer par son entremise.*

Mais se greffe à cet endroit de la farce tabarinique une autre action, qui réutilise le jeu du sac. En lui faisant espérer de voir ainsi Isabelle, Tabarin fait entrer le fanfaron amoureux dans un sac (son mantelet, sa cape pouvait-elle se déployer en sac comme pour le Scapin de Molière, qui, au dire de Boileau, s'enveloppait dans un sac?), comptant, en bon gardien du logis de Lucas, bâtonner et faire bâtonner l'amoureux. Mais Lucas Joffu revient inopinément et se laisse enfermer à la place du Capitaine dans le sac, croyant naïvement dans sa cupidité que le Capitaine a effectivement été enfermé là pour avoir refusé d'épouser une vieille femme laide, mais riche de 50 000 écus. C'est donc, pour finir, Lucas qu'on étrille, à la grande surprise d'Isabelle et de Tabarin, qui croyaient trouver là le Capitaine. La substitution d'un personnage à l'autre dans un sac se rencontre aussi bien dans la farce française que dans la tradition comique italienne.

Cette farce plus complexe (elle comporte une péripétie et un retournement de situation) que les autres, plus longue (le texte imprimé ne donne parfois que des résumés de ce qui était joué), présente aussi trois types nouveaux: le marchand, l'amoureux et l'amoureuse. Mais nous restons dans le même univers, rudimentaire, caricatural, grossier, dur et drôle.

*Pour les deux farces de 1622, j'ai suivi le texte de l'édition originale de l'*Inventaire universel des œuvres de Tabarin, *de 1622 (B.N.). Pour celles de 1624, j'ai également choisi la première édition des deux* Farces tabariniques non encores veuës ny imprimées, *qui se trouve dans la* Seconde partie du Recueil général des œuvres et fantaisies de Tabarin, *Paris, A. de Sommaville, 1624, pp. 145-176 (B.M. de Rouen). Dans l'un et l'autre cas, j'ai collationné diverses autres éditions qui peuvent proposer des variantes plus ou moins intéressantes. Il était hors de question, et d'ailleurs sans intérêt, de procurer une véritable édition critique, tant les éditions de Tabarin furent nombreuses.*

Ces nombreuses éditions attestent le succès et la célébrité de Tabarin, dont le nom devint bientôt un nom commun pour désigner bouffons et farceurs.

BIBLIOGRAPHIE

Les Œuvres complètes de Tabarin avec les rencontres, fantaisies et coq-à-l'âne facétieux du baron de Grattelard, et divers opuscules publiés séparément sous le nom ou à propos de Tabarin ont été procurées par Gustave AVENTIN, Paris, P. Jannet, 1858, 2 vol.

Dans son *Théâtre du XVIIe siècle*, t. I, Paris, Gallimard, 1975 (Bibliothèque de la Pléiade), J. SCHERER a publié les deux farces tabariniques de 1624, pp. 232-244, sous les titres *Les Deux Pourceaux* et *Le Voyage aux Indes*.

Yves GIRAUD, dans *Les Fantaisies du farceur Tabarin*, Paris, La Pensée Universelle, 1976, propose un montage enjoué d'extraits des dialogues et questions tabariniques autour des 4 farces.

Aux études citées dans la notice de l'éd. de J. Scherer (p. 1203), on pourra ajouter :

Léon CHANCEREL, *Mécanismes et lazzi. Le jeu du sac. Deux farces tabariniques*, Lyon, La Hutte, 1945 (Répertoire du Centre dramatique) ;

Yves GIRAUD, « Tabarin et l'Université de la place Dauphine », *C.A.I.E.F.*, mai 1974, n° 26, pp. 77-100.

FARCES TABARINIQUES

tirées de

*L'Inventaire universel des œuvres
de Tabarin*

(1622)

PREMIÈRE FARCE

L'argument de la première farce

Piphagne se trouve amoureux de Madame Olimpia, femme de Lucas, et lui envoie une lettre par Tabarin. Lucas est amoureux de la seignore[1] Isabelle, et donne un poulet à Tabarin pour lui porter. Le Capitaine Rodomont, son maître, intervient, qui, le trouvant en cet office, le veut tuer. Il lui commande de rendre ces lettres ; Tabarin les donne, mais il prend l'une pour l'autre. Piphagne se fâche de voir la lettre de Lucas, Lucas celle de Piphagne. Isabelle vient. Piphagne promet cent écus à Tabarin pour tuer Lucas, qui lui en offre autant pour tuer Piphagne. Piphagne, à ce mot, saute sur Tabarin. Isabelle vient au bruit, puis tous se battent.

---

1. *Seignore* ou *seigneure* : hispanisme *(señora)* pour « la dame » ou « madame ».

Piphagne, vieillard, amoureux de la femme de Lucas.
Lucas, vieillard, amoureux de la femme de Piphagne.
Le Capitaine Rodomont.
Tabarin, son valet.
Isabelle, femme de Piphagne.]

[*SCÈNE I*]

Piphagne : Depis que l'amor intraé dans le cao del l'huomo, depis que sto foco s'insinuaé dans le cor et la cogitation dellé personé, on ne fat que souspirar, que gemir, que lacrimar ; on n'entendi que doulour, que singulti, que tribulation, que calamitaé. Il y a quelquo tempo que mi trouve inflamao de la moyer de Messire Lucas, madona Olimpia, beltaé incomparabilé, lé stelé del' mia anima, li ochi di mia fortuna. Et me sento ardente d'un tel desiderio de la pouvoir parlar, de ly communicar la mea volontaé, que non possum avoir bin ; et volio terminar la mia passion et demandar remedio al seignor Tabarin[2]. — Tabarin !

---

2. Piphagne, et bientôt Rodomont, s'expriment dans un jargon composite où l'on reconnaît, passablement déformés, de l'espagnol et de l'italien, ainsi que du français vaguement travesti en ces langues, à moins que ce ne soit l'inverse ! La traduction n'en est pas toujours évidente, et il serait trop long de justifier tous les choix. Nous donnerons toujours une traduction, au moins approximative, et soulignerons les difficultés. Voici la traduction de la première réplique : « Depuis que l'amour est entré dans la tête de l'homme, depuis que ce feu s'est insinué dans le cœur et la pensée des personnes, on ne fait que soupirer, que gémir, que pleurer, on n'entend nouvelle que de douleur, que de sanglots, que de tribulations, que de calamités. Il y a quelque temps que je me trouve enflammé pour la femme de Messire Lucas, Madame Olimpia, beauté incomparable — l'étoile de mon âme, les yeux de ma fortune. Et je me sens brûlant d'un tel désir de lui pouvoir parler, de lui communiquer ma volonté, que je ne peux goûter aucun bien ; et je veux mettre fin à ma souffrance et demander remède au seigneur Tabarin. »

TABARIN [*à l'intérieur*] : Qui va là ? Mort de ma vie, vous me ferez chier dans mes chausses !

PIPHAGNE : Tabarin, que fasto, filio ? Vien que te volio communicar un negotio d'importentia, fradelle[3].

TABARIN [*à l'intérieur*] : Je suis empêché.

PIPHAGNE : Il s'amuse à cagar, à urinar, sto larro Tabarin[4].

[*SCÈNE II*]

PIPHAGNE et TABARIN

TABARIN : Qu'y a-t-il ? Ah ! c'est donc vous, sieur Piphagne ? Mettez dessus[5], s'il vous plaît ; je crois qu'il y a longtemps que vous n'y avez mis[6].

PIPHAGNE : Tabarin, me caro, my te volio pregar d'una difficultaé[7].

TABARIN : D'una difficultaé ?

PIPHAGNE : Mi trouve inamourao de la moier del seignor Lucas[8].

TABARIN : Vous êtes amoureux de la femme de Nicolas Joffu ? Et allez, vieux péteux ! Vous faites comme les chats, qui font l'amour en hiver. Vous voilà sur l'âge ; vous êtes plus propre à aller à Saint-Innocent[9] qu'à courtiser.

PIPHAGNE : Adagio, Tabarin ! Som il cao blanché, fradelle, ma

---

3. « Tabarin, que fais-tu, mon fils ? Viens, je veux te communiquer une affaire d'importance, frère. » **4.** « Il s'amuse à chier, à pisser, ce larron de Tabarin. » **5.** *Mettre* ou *mettre dessus,* c'est mettre sa coiffure. « Mettez dessus », dit un supérieur à un inférieur pour lui permettre de se couvrir devant lui ; Tabarin renverse plaisamment les rôles. **6.** Après une insolence, un jeu de mot très probablement grivois : *y mettre,* comme *le mettre,* doit signifier « faire l'amour ». **7.** « Tabarin, mon cher, je veux te faire une demande à propos d'une difficulté. » **8.** « Je me trouve amoureux de la femme du seigneur Lucas. » **9.** Tabarin envoie Piphagne au cimetière. Pendant huit siècles, le cimetière des Innocents, autour de l'église consacrée aux saints Innocents, a été le plus grand cimetière de Paris.

la cauda viridé ; et te volio donnar cesta lettera pour portar al mia anima, madona Olimpia[10].

TABARIN : Vous voulez que je porte cette lettre à Madame Olimpe ?

PIPHAGNE : Chi, Tabarin, por ly communicar la mea affection, l'incendio et le foco qui m'enflammao el cor[11].

TABARIN : Que me donnerez-vous ?

PIPHAGNE : D'homme da bin, ti daro cinquanti ducati[12].

TABARIN : Cinquante écus ! Allez-vous-en à la maison ; par la mort de ma vie, elle est à vous !

[*SCÈNE III*]

TABARIN et LUCAS

LUCAS :   *Comme j'étais au banquet,*
               Bon birolet[13],
               Et qu'on dansait à ma noce,
               La mère au cousin Jacquet,
               Bon birolet,
               Me dit : « Votre femme est grosse. »

Oh, vive l'amour ! Vive le phénix des amants ! Le petit Cupidon est entré si avant dans ma poitrine que je ne puis plus vivre sans donner quelques allégements à mes flammes. Le feu me transporte de telle façon que je ne fais que cracher poésie.

TABARIN : Sans doute, il est arrivé un bateau d'amoureux.

LUCAS : Je suis épris de l'amour de Mademoiselle Isabelle, la femme du sieur Piphagne. Il faut que je lui relance la babaude[14] ;

---

10. « Doucement, Tabarin ! J'ai la tête blanche, frère, mais la queue verte ; et je veux te donner cette lettre pour que tu la portes à mon âme, à Madame Olimpia. » **11.** « Oui, Tabarin, pour lui faire savoir mon affection, l'incendie et le feu qui m'enflamment le cœur. » À propos de *chy*, on fera remarquer que l'argot du XVIIᵉ siècle connaissait déjà *gy* pour *oui*. **12.** « Foi d'homme de bien, je te donnerai cinquante ducats. » **13.** Probablement le même mot que *virolet*, « membre viril ». **14.** *Relancer la babaude* (ou, dans une autre farce tabarinique, *relancer l'ababaude*), c'est évidemment faire l'amour.

c'est une petite friquette[15]. Je voudrais bien rencontrer quelque estafier de la Samaritaine[16] pour lui envoyer une lettre. À propos, voici un homme que je cherche. À vous, galant homme ; à vous, Monsieur Tabarin !

TABARIN : Il m'appelle Monsieur, par ma foi ! Diable ! Il veut attraper quelque chose de moi, sans doute. Qu'y a-t-il, Messire Lucas ?

LUCAS : Monsieur Tabarin, je voudrais bien que vous me fissiez un plaisir ; je vous donnerais bonne récompense.

TABARIN : Il n'y a chose qu'on ne fasse pour ses amis.

LUCAS : C'est que je suis grandement passionné de l'amour de Mademoiselle Isabelle. Si vous lui voulez porter ce poulet et me rapporter bonne réponse, je vous donnerai cinquante écus.

TABARIN : Tête non pas de ma vie[17] ! Voici des vieillards qui se veulent faire cocus l'un l'autre. Si est-ce[18], puisqu'ils m'offrent de l'argent, j'en veux voir l'expérience. Messire Lucas, je vous promets d'effectuer vos commandements.

LUCAS : Dites-lui que je suis robuste, guilleret et dispos ; au reste, ne lui dites pas que je porte le brayer[19]. Me donne[20] au diable si je ne lui relance le limosin[21] comme il faut ; laissez faire à moi seulement ! Me[22] recommande, Tabarin ; il y a cinquante écus pour la récompense.

TABARIN : Nous en verrons les effets.

---

15. Femme vive et délurée. **16.** Sur le Pont-Neuf s'élevait l'élégant bâtiment de la Samaritaine, ainsi appelé car on y voyait en ornements des figures de Jésus et de la Samaritaine ; il protégeait une pompe hydraulique. Près de ce bâtiment stationnaient des domestiques armés (*estafiers*) prêts à escorter leurs maîtres ; Lucas se servirait de l'un d'eux comme messager. — Mais toutes sortes de gens de sac et de corde fréquentaient cet endroit du Pont-Neuf, de jour et de nuit : agitateurs et voleurs, rodomonts espagnols faméliques et efflanqués, qu'on raillait du titre de *chevaliers de la Samaritaine*, brigands dénommés *frères de la Samaritaine*, qui détroussaient et tuaient les noctambules. **17.** Redoublement (Tête ! Par ma vie !) et atténuation du jurement par la négation. **18.** S'il en est ainsi. **19.** « Bandage fait d'acier que ceux qui sont sujets aux hernies et descentes sont obligés de porter », dit Furetière. **20.** Je me donne au diable. **21.** Comme *relancer la babaude*, « faire l'amour ». **22.** Je me recommande.

[SCÈNE IV]

TABARIN, *seul*: Me voilà bien empêché: j'ai ici deux lettres à
porter à deux diverses personnes, où il y a de l'argent à gagner;
d'autre côté, mon maître, qui est le capitaine Rodomont, me
criera tantôt. Je sens déjà une grêle de coups de bâton sur mes
épaules; s'il reconnaît que j'ai ces deux lettres ici, il m'estro-
piera, par ma foi.

[SCÈNE V

LE CAPITAINE RODOMONT et TABARIN]

RODOMONT: Cavallierès, mousquetaderes, bombardas, cano-
nés, morions, corseletés! Aqui, veillaco[23]!

TABARIN: Il appelle le lieutenant, le caporal, le porte-enseigne,
les sergents, et si[24] il est tout seul en sa compagnie. (Il est bien
vrai qu'il en a toujours plus de cent[25] dans ses chausses, qui lui
font escorte.)

RODOMONT: Som il capitanio Rodomonté, la bravura, la valore
de toto del mondo. La ma spada s'est rendue triomphanté del
toto universo[26].

TABARIN: Il est vrai, par ma foi! Il n'y a personne qui joue
mieux de l'épée à deux jambes[27] que lui.

RODOMONT: Que fasto en sta casa, Tabarin? Que fasto,
veillaco? Que volio ste lettere? Io te quero ablar[28].

---

23. «Cavaliers, mousquetaires, bombardes, canons, morions et corselets! Ici, veillaque!» Les *bombardes* sont des mortiers, les *morions* des
casques et les *corselets* de petites cuirasses. Le texte original porte *à qui*,
en deux mots; je traduis cependant comme si on lisait *aqui*, «ici».
Veillaque: lâche.   **24.** Et pourtant.   **25.** À défaut d'avoir des soldats
dans sa compagnie, car Rodomont est un capitaine de chimères, le
fanfaron est probablement couvert d'insectes qui habitent sa pouille-
rie.   **26.** «Je suis le capitaine Rodomont, le plus brave et le plus
valeureux du monde entier. Mon épée a triomphé de tout l'uni-
vers.»   **27.** C'est-à-dire: qui fuie.   **28.** «Que fais-tu dans cette maison,
Tabarin? Que fais-tu, veillaque? Que signifient ces lettres? Je te
demande de parler.»

TABARIN : Me voilà perdu ; mon affaire est découverte ! Ah ! je suis mort ! Que dois-je faire ? Il vaut mieux lui confesser ingénument la besogne. Mon maître, ce sont deux lettres, l'une pour porter à la femme de Piphagne...

RODOMONT : A la seignor[29] Isabella ?

TABARIN : Oui, mon maître. Et l'autre à Madame Olimpe.

RODOMONT : A qui, veillacon ? A qui, poerco ? Io te quero matar, eres moerto ! El creados du grand Capitanio, eras Mercorio amoroso ? Io te quero matar[30].

TABARIN : Ah ! Monsieur, ne poussez pas davantage, vous effondrerez le baril à la moutarde[31].

RODOMONT : Io te quero matar, veillaco.

TABARIN : Hélas ! mes amis, il m'a fait faire une omelette sans beurre[32]. Comment ! que ces vieux pénards[33] me veulent faire servir de maquereau ? J'en aurai ma raison, foi de caporal, devant qu'il soit une heure.

[*SCÈNE VI*]

PIPHAGNE, TABARIN

PIPHAGNE : L'impatientia grandé que senté un cor amoroso produisé mille tormenti en la anima. Mi sento transportao de manera pour respecto de la moier de messire Lucas que non possom respirar[34].

TABARIN : Ah ! Monsieur le marchand !

---

29. Comme *seignore* ; voir n. 1. **30.** « À qui, veillaque ? À qui, porc ! Je veux te tuer, tu es mort ? Toi, le serviteur (espagnol : *criado*) du grand capitaine, faire le Mercure d'amour ! Je veux te tuer. » Le *Mercure d'amour* est le messager d'amour. **31.** Vous allez mettre à bas ma panse, ma personne. **32.** De peur, Tabarin a fait dans ses chausses. Oudin, dans ses *Curiosités françaises* de 1656, relève l'expression proverbiale « faire une omelette dans ses chausses ». **33.** Ces vieillards usés. **34.** « La grande impatience que ressent un cœur amoureux produit mille tourments dans l'âme. Je me sens tellement transporté pour le respect de la femme de messire Lucas que je ne peux pas respirer. »

PIPHAGNE : Responso, fradelle[35].

TABARIN : Oui, vraiment ! Mais ce sera à coups de bâton sur vos épaules. Mort de ma vie, pour qui me prenez-vous ? Vous me prenez pour un maquereau !

PIPHAGNE : Pian, pian ! adagio[36] !

TABARIN : Tenez, de par le diable, voilà votre lettre. [*(À part.)*] Encore ne sais-je si je ne lui ai pas baillé l'une pour l'autre.

[*SCÈNE VII*]

LUCAS, TABARIN

LUCAS : Qu'est-ce depuis qu'un homme est amoureux ! Il ne mange, ne boit ; il est toujours aux écoutes[37]. J'ai tant de désir de savoir ce qu'aura fait le sieur Tabarin que je ne fais que languir.

TABARIN : Eh bien, Monsieur l'affronteur[38], vous venez ainsi abuser des pauvres orphelins ! Quel métier m'avez-vous fait exercer ? Vous deviez vous adresser aux courtauds[39] de la Samaritaine, et non pas à moi. Tenez, voilà votre lettre !

LUCAS : Monsieur, si j'ai offensé, je vous prie de me pardonner la faute. Au reste, je vous tiens pour un homme de bien.

[*SCÈNE VIII*]

PIPHAGNE, ISABELLE

PIPHAGNE : Ah ! pauvreto mi ! Y pensé far l'altri becco cornuo, et ly corni mi vienné al cao de mi ! La mea moyer me voillio plassar

---

35. •Parle ! la réponse, frère ! • **36.** •Piano, piano ! Douce-ment ! • **37.** À l'affût des nouvelles. **38.** Trompeur. **39.** Le *courtaud* est habillé court ; les grands sont habillés long, le peuple court. Encore une allusion aux valets qui traînaient autour de la Samaritaine.

al signo di capricornio! O vituperoso de Tabarin! O mariol! Ty
sera matao. Et volio mandar mea moyer, et luy communicar la
lettera del fato mio. Isabelle! Isabelle, moyer[40]!

ISABELLE : Qui va là?

PIPHAGNE : Corni qui me vienné, cornucopia, qui me croissé en
le cao. Madona putana, deshonnour de casa mia, marchantia del
regimente dei Guardi, vedesto sta lettera? Cognosseo sta
scriptura, madona moier, an[41]?

ISABELLE : On dit bien vrai, qu'il n'y a jamais personne de plus
jaloux que les vieillards. Toujours mon mari est aux aguets,
toujours il a quelque chose en la tête.

PIPHAGNE : Ah! vituperosa! Va in casa, que ne te volio
vedere[42].

[SCÈNE IX]

TABARIN, PIPHAGNE

TABARIN : Mon maître le capitaine Rodomont m'envoie
chercher à dîner; il est temps de lui en trouver. À propos, voici
le sieur Piphagne.

---

40. «Ah! pauvre de moi! Je pensais faire l'autre cocu, et les cornes
poussent sur ma tête! Ma femme veut me mettre sous le signe du
capricorne! Ô infâme Tabarin! Ô coquin! Tu seras tué. Et je veux
appeler ma femme et lui communiquer la lettre qui scelle mon sort.
Isabelle! Isabelle, femme!» L'italien *beccocornuto* désigne le cocu
(*becco* signifie «bouc», ou «cocu», et *cornuto*, «cornu» ou «cocu»); voir
le français *becques-cornus* pour «maris trompés». *Mariol* est à rapprocher
de l'italien *mariolo*, «filou». **41.** «Par les cornes qui me viennent,
vraies cornes d'abondance qui me poussent sur la tête! Madame la
putain, déshonneur de ma maison, ribaude du régiment des Gardes,
vois-tu cette lettre? Reconnais-tu cette écriture ou non, Madame ma
femme?» *Marchantia* est difficile à expliquer; faut-il penser à
marchande et à l'espagnol *marchanta*? En tout cas, si la dame vend
quelque chose au régiment, ce doit être surtout ses charmes; d'où la
traduction. *Cf.* la 1ʳᵉ farce tabarinique de 1624, sc. 4, où Tabarin parle de
la future épouse de Piphagne qui a de quoi assouvir tout un régiment
des Gardes. **42.** «Ah! infâme! Va à la maison; je ne veux pas te voir.»

PIPHAGNE : Tabarin, remedio ! Ty ma donao la lettera del messire Lucas. Remedio, fradelle[43] !

TABARIN : Vertu de ma vie ! L'affaire est découverte. Je lui ai donné l'une pour l'autre, par ma foi.

PIPHAGNE : Me volio far un servitio, fradelle ? Ty daro centi ducati[44].

TABARIN : Cent écus ? Mort de ma vie, c'est double gagnage[45] ! Que désirez-vous de moi ?

PIPHAGNE : Volio matar messire Lucas, qui me volio plantar des corni sur le cao[46] !

TABARIN : Vous le voulez tuer ?

PIPHAGNE : Chy, Tabarin ; veritaé, fradelle[47].

TABARIN : Il est mort, par ma foi ! Vous me donnerez cent écus ?

PIPHAGNE : Centi ducati, fradelle.

[*SCÈNE X*]

LUCAS, TABARIN, PIPHAGNE, *qui demeure à la porte*

LUCAS : Comment, trente diables ! que je reçoive un affront du sieur Piphagne ! Il me veut faire cornard !

TABARIN : Voici le moyen de [de]venir riche. Il me faut aller tuer le sieur Lucas. Je l'empêcherai bien de courir ; je lui couperai les jarrets. Le voici venu tout à propos. Il ne le faut pas prendre en traître ; je m'en vais l'avertir que je le veux tuer.

LUCAS : Tabarin, si tu me veux faire la courtoisie d'aller trancher la tête au sieur Piphagne, je te donnerai cent écus.

TABARIN : Cent écus ? N'y a-t-il qu'à le jeter du haut en bas du Pont-Neuf ? Il est mort, par ma foi ! Voici une journée heureuse pour moi ; gagner deux cents écus ! Oui, je vous promets de le tuer.

---

43. « Tabarin, trouve un remède ! Tu m'as donné la lettre de messire Lucas. Trouve un remède, frère ! » **44.** « Veux-tu me rendre un service, frère ? Je te donnerai cent ducats. » **45.** Gain, profit. **46.** « Je veux tuer messire Lucas, qui me veut planter des cornes sur la tête. » **47.** « Oui, Tabarin ; c'est la vérité, frère. »

[*SCÈNE XI*]

Piphagne, Lucas, Tabarin et Isabelle

Piphagne : O traditoré della carne salatà ! Me voillé matar, mariol[48] ?

Tabarin : Tout beau, Monsieur ! Regardez ce que vous faites !

Isabelle : Quel bruit entends-je à[49] la place ?

Lucas : Comment, Monsieur ? vous voulez donc ventouser[50] ma femme ?

Piphagne : Ti sera matao, laro oriental ! Ti sera matao[51] !

Fin de la première farce[52]

---

48. · Ô traître à la viande salée ! Tu veux me tuer, coquin ? · **49.** Sur. **50.** Baiser, vous appliquer sur elle comme une ventouse. **51.** · Tu seras tué, voleur oriental ! Tu seras tué ! · **52.** Pas de didascalie pour l'indiquer, · mais la farce se termine en bagarre générale.

FARCE SECONDE

L'argument de la seconde farce

Francisquine, jointe par mariage à Tabarin, se plaint de lui et donne promesse au sieur Piphagne et au sieur Lucas de la venir trouver[1], l'un à minuit, l'autre à deux heures, moyennant chacun cent écus. Tabarin, ayant entendu le marché, se découvre à Francisquine, prend ses habillements, et vient à l'heure[2] en habit de femme, reçoit les cent écus de Piphagne, puis l'attache à un poteau. Lucas vient à son heure, donne l'argent, et est commandé[3] de Tabarin, qu'il pense être Francisquine, de bâtonner Piphagne. Cela fait, Tabarin se découvre à Lucas et l'attache au même lieu, puis le fait battre par Piphagne. Mais comme il le veut châtrer, Francisquine et Piphagne se jettent sur sa fripperie[4].

[*Personnages*

Tabarin.
Francisquine, sa femme.
Piphagne, vieillard, amoureux de Francisquine.
Lucas, vieillard, amoureux de Francisquine.

---

1. Leur donne promesse qu'ils pourront venir la trouver.   **2.** À l'heure dite du rendez-vous.   **3.** Reçoit l'ordre.   **4.** *Se jeter sur la fripperie de quelqu'un*, c'est le battre, le tirailler, lui déchirer ses habits *(Dictionnaire de* Le Roux).

SCÈNE I]

FRANCISQUINE, TABARIN

FRANCISQUINE : C'est une chose misérable d'être mariée aujourd'hui à des ivrognes et à des gens qui n'ont autre soin que de la cuisine[5] ! Il y a quelque temps que je suis jointe par mariage à Tabarin, [et] il est toujours aux cabarets.

TABARIN : Est-ce de moi que tu parles ? Par la mort diable, regarde ce que tu dis ! Car si tu me fâches, je me jetterai sur ta fripperie[6] et n'en bougerai de trois heures. Tu m'appelles ivrogne ! Y a-t-il homme qui vive plus de ménage[7] que moi ?

FRANCISQUINE : Vraiment oui, vous vivez de ménage : toute notre vaisselle est engagée. Maudite soit l'heure que je vous vis jamais !

TABARIN : Tu as un si beau pot[8] ! S'il n'y a point de pied, il y en faut mettre un.

FRANCISQUINE : Encore ne me sera-t-il pas permis de me plaindre ! Toujours il est autour de moi pour épier mes actions.

TABARIN : Ô la fausse chatte ! Elle demande le matou, par ma foi ! C'est l'humeur des femelles d'aujourd'hui : à peine sont-elles aussi grandes qu'un tonneau qu'elles veulent avoir le bondon[9]. Je veux faire semblant de me retirer et veiller sur ses actions. Je sais bien qu'il y a longtemps qu'elle me veut faire cornard ; il faut que j'en voie l'expérience.

---

5. Que de boire et de manger.   **6.** Voir n. 4.   **7.** Tabarin et sa femme jouent sur le double sens de l'expression *vivre de ménage*, qui signifie à la fois « vivre avec économie » et « vivre en vendant ses meubles ». Martine et Sganarelle feront la même plaisanterie dans la dispute conjugale qui ouvre *Le Médecin malgré lui* de Molière (I,1).
8. Sûrement une métaphore pour désigner une partie du corps de Francisquine. Mais laquelle exactement ? et quel pied s'y mettra ? Toute interprétation grivoise est possible.   **9.** Le *bondon* est un morceau de bois qui sert à fermer le trou rond, la bonde, du tonneau ; jolie métaphore sexuelle.

[*SCÈNE II*]

PIPHAGNE, FRANCISQUINE, TABARIN [*caché*]

PIPHAGNE : Si la natura produisé qualco flore bellissimo, ié por un ruffian et por un asino. Mi trové inamourao grandemanté de la moier de Tabarin, qui se nommeo Francisquina. Sto larro la captivaé en sua casa, de manera qu'elle est à l'extremitaé ; et my ly volio communicar la mea affection[10].

TABARIN : Sans doute voici quelqu'un qui veut faire l'amour[11] à ma femme. Il faut que j'écoute et que je voie les actions qui se feront au marché de la bête[12].

PIPHAGNE : D'homme da bin, trouvao l'objetto radioso de la mea passion[13].

FRANCISQUINE : Bonjour, seigneur Piphagne !

PIPHAGNE : Bon journo, filia chara ! Il som vestro servitore, filia dolcissima. L'amor mi a rendué esperduo del vestra beltaé, de sorté que non possum mangear ni dormir por vestra consideration, filia chara[14].

FRANCISQUINE : Sieur Piphagne, vous savez que nous sommes pauvres : Tabarin boit et mange tout ce que nous avons.

PIPHAGNE : Donna mi la man et vo daro centi ducati, d'homme da bin, avec un bragar pour vestro mario et dué corni[15].

---

10. « Si la nature produit quelque très belle fleur, c'est pour un ruffian et pour un âne. Je me trouve grandement amoureux de la femme de Tabarin, qui se nomme Francisquine. Ce larron la tient captive en sa maison, de sorte qu'elle est à l'extrémité ; et je veux lui communiquer mon affection. » **11.** Au XVIIᵉ siècle, *faire l'amour*, c'est faire sa cour ; mais Piphagne voudrait bien aussi faire l'amour au sens moderne ! **12.** Pour le grossier Tabarin, la bête qu'on marchande, c'est sa femme. **13.** « Foi d'homme de bien, voici que je trouve l'objet radieux de ma passion. » **14.** « Bonjour, chère enfant ! Je suis votre serviteur, enfant très douce. L'amour m'a rendu éperdu de votre beauté, de sorte que je ne peux ni manger ni dormir à cause de vous, chère enfant. » **15.** « Donnez-moi la main et je vous donnerai cent ducats, parole d'homme de bien, avec un brayer pour votre mari et deux cornes. » Piphagne raille le futur cocu et son âge ; il est tout juste bon à porter le brayer, ce bandage nécessaire à ceux qui sont sujets aux hernies (voir la sc. 3 de la farce précédente, à la n. 19). *Bragar* doit être rapproché de l'italien *braga* ou *braca*, qui a aussi le sens de « brayer ».

FRANCISQUINE : L'heure que vous pourriez venir à mon logis, car Tabarin est allé à la taverne, c'est sur la minuit.

PIPHAGNE : Media nocté, filia dulcissima[16].

FRANCISQUINE : Ne manquez pas d'apporter les cent écus !

PIPHAGNE : Centi ducati, filia cara[17].

TABARIN : Par ma foi, voilà le marché fait ; la bête est vendue. Si est-ce que[18] je ne veux point qu'elle m'aperçoive. Nous verrons autre chose avec le temps ; je sens déjà les cornes qui me percent la tête.

[*SCÈNE III*]

LUCAS, FRANCISQUINE, TABARIN [*caché*]

LUCAS : Un amoureux n'a point de repos. J'étais dernièrement caché derrière un arbre ; le dieu Cupidon me donna un coup de flèche au bas du ventre. La flèche est demeurée, qui me donne mille tourments. Je me suis rendu amoureux de la femme d'un certain cornard de Tabarin, qui s'appelle Francisquine.

TABARIN : Il parle de moi, par ma foi ! Quel diable lui a si bien dit mon nom ?

LUCAS : C'est une petite friquette[19], le miroir de la perfection ; l'eau m'en vient à la bouche quand j'y songe.

FRANCISQUINE : C'est aujourd'hui la journée des amoureux ; en voici encore quelque nouveau.

LUCAS : Ah ! la voilà, la petite friande[20] ; je lui veux faire la révérence. Madame Francisquine, si vous me vouliez faire part en vos affections et me faire cette courtoisie que de me mener en votre logis ce soir, je vous donnerais cent écus.

FRANCISQUINE : Mais vous me semblez déjà vieillard.

---

16. À la minuit, très douce enfant. **17.** Cent ducats, chère enfant. **18.** Toujours est-il que. **19.** Voir la n. 15 de la première farce. **20.** L'appétissante Francisquine représente pour Lucas un morceau friand.

Lucas : Diable m'emporte ! Je suis robuste et du naturel des poireaux : j'ai la tête blanche, mais la queue verte[21]. Au reste, vous aurez cent écus ; laissez faire à moi seulement.

Francisquine : Cent écus et cent écus font deux cents écus ; voici une bonne journée pour moi.

Lucas : Où est allé votre cornard de mari ?

Francisquine : Il est allé boire à son accoutumée.

Tabarin : Ah ! la double carogne[22] ! Ah ! la vilaine ! Tu ne crois pas que je sois ici. Endurer qu'on me fasse cornard en ma présence ! Il faut prendre patience. Ainsi font les filles qu'on ne marie point en temps et en heure : elles se tirent la queue entre les jambes et prennent patience.

Francisquine : Si vous me voulez venir trouver, venez à deux heures après minuit et apportez les cent écus.

Lucas : Faites en sorte que votre cocu de mari n'en sache rien, et me[23] recommande.

Francisquine : Adieu, sieur Lucas !

[SCÈNE IV]

Tabarin, Francisquine

Francisquine : On dit bien vrai, qu'il n'est que de chercher fortune. Si je me fusse tenue dans le logis, je n'eusse pas fait cette heureuse rencontre.

Tabarin : Eh bien, Madame la carogne ! Madame la putain ! Quel marché avez-vous fait ?

Francisquine : Voilà comme Tabarin me traite ordinairement. Merci de ma vie[24], je ne suis pas de ces gens-là.

Tabarin : Comment, mort diable ! Ne t'ai-je pas ouïe faire le

---

21. Piphagne fait, pour affirmer sa puissance, la même plaisanterie grivoise dans son jargon, à la sc. 2 de la farce précédente : « *Som il cao blanché* [...], *ma la cauda viridé.* » **22.** Fréquente chez Molière, cette injure qu'on adresse aux femmes signifie « friponne, putain, garce ». **23.** Et je me. **24.** Exclamation marquant l'indignation.

marché ? N'as-tu pas donné l'heure à l'un à minuit, à l'autre à deux heures ? Ô fausse vilaine !

Francisquine : Sans doute je suis découverte ; il vaut mieux lui déclarer entièrement l'affaire sans la celer.

Tabarin : Ô l'effrontée[25] !

Francisquine : Je n'eusse pas voulu faire cela sans vous en avertir, mon mari ; mais c'est pour attraper leur argent.

Tabarin : Encore as-tu de l'esprit. Laisse-moi manier cette affaire-là ! Va-t'en au logis seulement, et m'apprête tes vieux habits, et me laisse faire du reste ! Je m'habillerai à la façon de Francisquine, et après avoir pris leur argent, je leur donnerai cent coups de bâton.

[*SCÈNE V*

Piphagne, Tabarin, *habillé comme Francisquine*]

Piphagne : La nocté obscura é le journo de la mia felicitaé ; le tenebré sarano la clartaé radiosa del mia–anima et de mes contenti. Aportao centi ducati pour far la simbolisambula et engendrar un Piphanio dans la matricé de Francisquina. La media nocté favorisé al mia amor. Francisquina ! Francisquina[26] !

Tabarin : Que vous plaît-il, Monsieur ? Je n'ai pas manqué de me trouver à l'heure, cependant que mon cocu de mari est à la taverne. [(*À part.*)] J'attraperai les cent écus.

---

25. VAR. : 1622 donne *affrontée* ; dès 1623 est faite la correction en *effrontée*, que nous adoptons. 26. · La nuit obscure est le jour de mon bonheur ; les ténèbres seront la clarté radieuse de mon âme et de mes contentements. J'ai apporté cent ducats pour faire la conjonction amoureuse et engendrer un petit Piphagne dans la matrice de Francisquine. La minuit favorise mon amour. Francisquine ! Francisquine ! · *Sarano* est la correction qui s'impose pour le *sonora* original. Pour le plaisant mot de *simbolisambula*, qui contient à la fois l'idée étymologique de · mettre ensemble · et celle de mouvement, J. Scherer transpose en · symbolique ambulante · ; je choisis une expression moins précise, mais plus claire : · la conjonction amoureuse ·.

PIPHAGNE : Ah, filia cara ! Mi sento transportao d'amor[27].

TABARIN : Avez-vous apporté les cent écus ?

PIPHAGNE : Chy, filia, tenié les centi ducati. Allòns al casa del vestra signoria[28] !

TABARIN : Tout beau, tout beau ! À qui pensez-vous parler ? C'est à Tabarin à qui vous parlez.

PIPHAGNE : Ah, pauvreto mi ! Y som ruinao, y som desesperao[29] !

TABARIN : Vraiment, il faut que vous soyez attaché à ce poteau. Je vous frotterai tout mon soûl pour votre argent.

PIPHAGNE : Ah, journo malheureusa ! Calamitaé grande qui me tombé sur le cao[30] !

[*SCÈNE VI*]

LUCAS, PIPHAGNE, TABARIN [*déguisé,* FRANCISQUINE]

LUCAS : Voici l'heure que m'a donnée Francisquine pour venir à son logis ; j'apporte les cent écus. Ah ! comme je lui relancerai la babaude[31]. Holà ! holà !

TABARIN : Qui va là ?

LUCAS : Madame Francisquine, je suis venu à l'heure que vous m'aviez donnée ; au reste, j'apporte les cent écus.

TABARIN : Vous plaît-il les[32] donner, Monsieur ? [*(À part.)*] Il se faut toujours faire payer devant le coup[33]. Apprenez, vous autres !

---

27. ▪Ah, chère enfant ! Je me sens transporté d'amour.▪ **28.** ▪Oui, mon enfant ; voici les cent ducats. Allons dans votre maison !▪ **29.** ▪Ah, pauvre de moi ! Je suis ruiné, je suis désespéré !▪ **30.** ▪Ah, malheureuse journée ! Quel grand malheur me tombe sur la tête !▪ **31.** Voir la n. 14 de la première farce. **32.** De les. **33.** Avant l'action, et aussi : avant que l'autre tire son coup.

[*(À Lucas.)*] Monsieur, puisque vous me portez tant d'affection, il faut que vous donniez cent coups de bâton à un de vos corrivaux[34] qui est venu ce soir à ma porte.

PIPHAGNE : Centi bastonaé ! Ah, pauvreto my[35] !

LUCAS : Ah, pendard ! Vous venez donc à la poursuite de Madame Francisquine ! Vous aurez cent coups de bâton.

PIPHAGNE : La fievre amorosa qui me transportao, ah, pauvreto Piphanio[36] !

LUCAS : En a-t-il assez, Madame[37] ?

TABARIN : Il est bon crocheteur[38], il en portera bien encore une douzaine. Mais ce n'est pas tout : pourquoi m'appeliez-vous, tantôt, cornard ? Vous le paierez.

LUCAS : Ah ! Monsieur, pardonnez-moi ! [*(À part.)*] Je pensais parler à Madame Francisquine, et c'est à Tabarin que je m'adresse. Me voici perdu ! Je sens déjà une grêle de coups de bâton sur mon dos.

TABARIN : Vous ne vous moquerez point de votre compagnon ; je veux qu'il vous en donne autant comme il en a reçu.

LUCAS : Ô pauvre Lucas ! Te voilà bien traité.

PIPHAGNE : Et ty m'a donnao des bastonnaé et te les volio rendre, fradelle[39].

LUCAS : Tout beau, Monsieur, mes épaules sont trop faibles.

TABARIN : Ce n'est pas tout, je le veux châtrer.

FRANCISQUINE : Quelle rumeur est-ce que j'entends à la porte ? J'ai peur que Tabarin n'ait[40] joué quelque mauvais tour à ces pauvres amoureux.

TABARIN : Apporte-moi un couteau, je le veux châtrer.

LUCAS : Eh, Monsieur ! n'est-ce pas assez, si vous avez eu cent écus de moi ?

---

34. Rivaux. **35.** «Cent coups de bâton ! Ah, pauvre de moi !» **36.** «C'est la fièvre amoureuse qui me transportait, ah, pauvre Piphagne !» **37.** Depuis le début de la scène, Lucas, trompé par le déguisement de Tabarin, croit parler à Francisquine. **38.** Le *crocheteur* est «un portefaix qui transporte des fardeaux sur des crochets» (Furetière), donc un homme fort, résistant, capable de supporter de nombreux coups. **39.** «Tu m'as donné des coups de bâton, je veux te les rendre, frère.» **40.** VAR. : 1622 donne *n'eut* ; nous adoptons la correction ultérieure en *n'ait*.

PIPHAGNE : Ti le volio castrar, mariol, et ti daro cinquante
bastonnaé. Ti m'a robao, larro, forfante oriental ! Ti m'a robao la
mea pecunia, et ti volio matar[41].

Fin

---

41. Tu veux le châtrer, coquin, et je te donnerai cinquante coups de
bâton. Tu m'as volé, larron, fanfaron oriental ! Tu m'as volé mon argent,
et je veux te tuer. — Piphagne s'en prend à Tabarin ; mais la farce
s'achève éncore sur une mêlée générale.

FARCES TABARINIQUES
NON ENCORE VUES NI IMPRIMÉES

(1624)

PREMIÈRE FARCE

Argument de la première farce

Piphagne est accordé à la seigneure[1] Isabelle, et donne charge à Tabarin de faire le préparatif des noces. Lucas se plaint des sergents qui le veulent emprisonner ; Francisquine, qui se veut dépêtrer de lui, lui fait accroire[2] que les sergents sont à sa porte, et par ainsi se cache dans un sac. Elle en exécute la même à l'endroit d'un laquais du capitaine Rodomont. Tabarin va pour chercher de la viande ; Francisquine lui vend ces deux sacs pour deux pourceaux. Isabelle et Piphagne veulent voir la marchandise. Tabarin s'habille en boucher pour les égorger, et enfin on trouve que c'est Lucas ; puis tous se battent.

[*PERSONNAGES*

PIPHAGNE, vieillard.

LUCAS, vieillard.

TABARIN, valet de Piphagne.

FRITELIN, valet de Rodomont.

FRANCISQUINE, femme de Lucas.

ISABELLE, fiancée de Piphagne.

---

1. Voir la première farce tabarinique de 1622, à la n. 1. **2.** Croire. La fin de la phrase se comprend ainsi : et ainsi donc, il se cache dans un sac. Et le début de la suivante : elle met en œuvre la même ruse.

SCÈNE PREMIÈRE]

Piphagne et Tabarin

Piphagne : L'amor é unà divinitaé chi ravissé toute lé affection dellé personé. Depis que le vichessa s'inflamao el cor di questo foco, la barba blanché perdi tutta la sua prudentià : *omnia vincit amor*. Questa cupiditaé s'insinuao per li occhi de manera que quicunqué se laissé oppugnar di questa fiamma sen va tout in brouetto et non se senti. Questo incendio mi a transportao dé sorté que mi som resolvo de querir copulation et far la simbolisanbula, la trambula trimble[3].

Tabarin : Voilà notre maître qui est tellement passionné de l'amour de Mademoiselle Isabelle, qu'on lui a promise en mariage, qu'à peine peut-il donner air à ses soupirs ; depuis deux jours il ne fait que siringuer des sanglots culiques[4]. Il aurait grand besoin qu'on lui soufflât au cul[5], car il s'en va en cendre.

Piphagne : Vien kà, Tabarin. Sas-to que me voglio meridar ? Allegressa, fradelle, alligressa ! Vidis-to com som disposto[6] ?

---

3. « L'amour est une divinité qui ravit toutes les affections des gens. Depuis que la vieillesse s'est enflammé le cœur de ce feu, la barbe blanche a perdu toute sa prudence : *l'amour vainc tout*. Ce désir s'insinue par les yeux de manière que quiconque se laisse attaquer par cette flamme s'en va tout en brouet et ne se sent pas. Cet incendie m'a transporté de sorte que je me suis résolu à rechercher la copulation et à faire la conjonction amoureuse, le trimbalement tremblant. » — Nous corrigeons l'orig. *tutte* en *tutta* et *vithessa* en *vichessa. Omnia vincit amor* vient de Virgile (*Bucoliques*, X, 69). *Brouetto* est à rapprocher de *brouet ; s'en aller en brouet*, c'est aboutir à sa perte. Pour la traduction de *simbolisanbula*, voir à la n. 26, sc. 5 de la 2e farce tabarinique de 1622 ; pour celle de *la trambula trimble*, où l'on reconnaît l'idée du *tremblement*, je suis J. Scherer. **4.** S'il a du mal à exhaler ses soupirs amoureux, le vieillard en revanche lâche ses pets *(sanglots culiques)* comme avec une seringue. *Seringuer*, forme plus fréquente que *siringuer* au XVIIe siècle, signifie « jeter (généralement du liquide) avec une seringue ». **5.** Pour raviver sa flamme, comme on le fait au feu. **6.** « Viens çà, Tabarin. Sais-tu que je veux me marier ? Allégresse, frère, allégresse ! Vois-tu comme je suis dispos ? » *Meridar* est à rapprocher de l'espagnol *maridar*, « se marier ». — Et, pour accompagner sa réplique, le vieillard doit sauter de joie, ce qui explique la réflexion suivante du plaisant et insolent Tabarin.

TABARIN : Nous aurons de la pluie, voilà les crapauds qui sautent ; l'amour lui trotte dans le ventre comme les carpes en notre grenier[7]. Ah ! mon maître, vous venez de lâcher un soupir amoureux qui est bien puant[8] ! Tête non pas de ma vie[9], en faites-vous de tels avec votre maîtresse ? S'il pleut de ce vent-là, nous sommes en grand danger d'être embrenés[10].

PIPHAGNE : Adesso, adesso, Tabarin. Sas-to che voglio te communiquar ? Voglio far una dispensa, un banquetto, et convocar tutti li mei parenti[11].

TABARIN : Bon ! Vertu de ma vie, vous me faites venir l'eau à la bouche ! Je m'en vais élargir ma ceinture. Jamais vous ne vîtes un tel gosier ; si je montais comme j'avale[12], j'aurais piéça[13] détrôné Jupiter de sa place. Il faut donc convoquer vos parents aux noces ; vous avez Michaut Croupière, Flipo Léchaudé, Guillemin Tortu, Pierre l'Eventé, Nicaise Fripesauce[14].

PIPHAGNE : Ti oblivisseo Fritelin, come ti et tutti li altri[15].

TABARIN : Je les trouverai tantôt. Il n'en faut pas tant prier[16], afin que je puisse remplir mes boyaux. Il y a huit jours que je n'ai point excrémento-pharmacopolé[17] ; mon ventre en un besoin servirait d'une vraie lanterne si on y mettait une chandelle[18]. Et puis je voudrais être tout seul aux noces : jamais vous ne vîtes un tel escrimeur de dents[19].

---

7. Comparaison très fantaisiste ! **8.** Un autre de ces « sanglots culiques ». **9.** Voir, *supra*, 1re farce tabarinique de 1622, sc. 3, à la n. 17. **10.** Couverts de *bren*, de merde. **11.** « Tout de suite, tout de suite, Tabarin ! Sais-tu ce que je veux te communiquer ? Je veux faire une dépense, un banquet, et convoquer tous mes parents. » *Adesso* est la forme italienne de l'adverbe de temps. Un des sens de *dispensa* en italien est « la distribution » ; Piphagne doit vouloir fêter largement ses noces. **12.** Jeu de mot sur *avaler*, qui signifiait couramment au XVIIe siècle « faire descendre par le gosier », mais qui pouvait garder le sens usuel au XVIe siècle de « descendre », d'où l'opposition *monter/avaler* (je corrige l'orig. *montrais*, sûrement fautif). **13.** Depuis long-temps. **14.** Jolie série de noms plaisants : *Nicaise*, c'est le niais (voir le *nice*, « le naïf, le sot »). **15.** « Tu oublies Fritelin, ainsi que toi et tous les autres. » **16.** Il ne faut pas en inviter autant. **17.** Mot plaisamment composé au sens clair de « déféquer » ; selon le grec, le *pharmacopole* est le vendeur de drogues. **18.** Car le ventre de Tabarin est vide. **19.** Glouton, qui joue des dents, qui s'escrime avec ses dents.

[*SCÈNE II*]

Lucas et Francisquine

Lucas : Oh, pauvre Lucas ! Tu sens bien maintenant l'usufruit[20] de tes débauches. Dès mon jeune temps, je n'ai fait autre chose que hanter les cabarets et les tavernes. Maintenant on me poursuit de tous côtés : les sergents[21] sont toujours aux environs de ma porte ; je ne peux sortir de mon logis qu'on ne me guette au passage.

Francisquine : Merci de ma vie, où allez-vous ? N'avez-vous point de honte de sortir ? Ne voyez-vous pas que les sergents vous mettront la main sur le collet ?

Lucas : Les sergents sont dangereux, car ils sont pires que les diables : les diables ne tourmentent que l'âme, mais ceux-ci tourmentent l'âme et le corps.

Francisquine : Que fer[i]ons-nous si on vous menait à la Conciergerie ou au Châtelet[22] ? Il est impossible de vous arrêter en une place[23].

Lucas : Quel bruit entends-je ? On frappe à la porte de derrière. Ce sont des sergents sans doute : me voilà perdu ! Où me cacherai-je ?

Francisquine : Ne voilà pas[24] ce que j'ai toujours dit ? Quel remède maintenant ? Car s'ils vous aperçoivent, nous sommes pris. Il faut se résoudre devant[25] qu'ils arrivent ici. J'ai un sac en notre chambre de devant ; il vous faut mettre dedans. On ne prendra pas garde.

(Francisquine enferme Lucas dans un sac.)

Lucas : Ah ! pauvre homme ! Je suis réduit à une fâcheuse cadène[26].

---

20. Le résultat. **21.** Ces officiers de justice chargés des poursuites judiciaires (nos actuels huissiers) risquent d'arrêter Lucas pour dettes. **22.** La Conciergerie, partie médiévale du Palais de Justice de Paris, comme la forteresse du Petit Châtelet, servaient de prisons. **23.** Il doit changer de lieu pour échapper aux poursuites. **24.** Ne voilà-t-il pas. **25.** Avant. **26.** *Cadène* signifie « chaîne », au sens propre ; se dit au figuré « pour marquer de grandes incommodités » (*Dictionnaire* de Trévoux).

FRANCISQUINE : Taisez-vous, merci de ma vie, qu'on ne vous entende d'aujourd'hui !

[*SCÈNE III*

LUCAS *dans son sac*, FRANCISQUINE, FRITELIN]

FRITELIN, *serviteur du capitaine Rodomont, entre* : Madame, je suis très aise que je vous trouve en bonne disposition. Voici un poulet[27] que je vous apporte de la part de mon maître.

LUCAS : Je serais volontiers content de sortir du sac pour en manger.

FRANCISQUINE : Il y a longtemps que ce capitaine me poursuit de mon déshonneur ; il faut que je lui joue d'un trait[28]. Mon ami, notre maître se porte-t-il bien ? Vous m'apportez un indicible contentement de m'apporter de ses nouvelles. Mais quel bruit entends-je à la porte ? Ah ! mon ami, nous sommes perdus si on vous reconnaît ici ; je serai scandalisée[29]. Je vous supplie me faire ce bien d'entrer dans le sac.

FRITELIN : Qu'y a-t-il, Madame ? Qu'y a-t-il ?

FRANCISQUINE : N'entendez-vous pas qu'on frappe à cette porte ? Entrez, je vous supplie ; vous n'y serez pas longtemps.
                (Fritelin entre dans le sac.)

FRANCISQUINE : Voilà mon affaire jouée. Je me veux venger de ces deux personnages ici : de l'un, à cause qu'il est cause de ma ruine et qu'il a tout mangé mon bien ; de l'autre, à cause qu'il m'importune de mon déshonneur[30]. De les jeter tous deux dans la rivière, ce serait user d'une cruauté trop inhumaine ; j'aime mieux les laisser quelque temps en cette posture, pour voir ce qui en arrivera.

---

27. Fritelin parle d'un billet galant ; Lucas, qui est enfermé dans le sac, pense qu'il s'agit de la volaille. **28.** Que je lui joue un bon tour. **29.** Calomniée, décriée. Comprendre le début de la phrase suivante : je vous supplie *de* me faire ce bien. **30.** Ses poursuites visent à me faire perdre mon honneur. Pour se venger, Francisquine songera un instant à faire ce que fait la femme de Trostole dans la farce des *Bossus* : jeter à l'eau les deux personnages.

[*SCÈNE IV*

Lucas et Fritelin *dans leurs sacs,* Francisquine, Tabarin]

Tabarin, *entre*: Enfin, j'ai tant fait que nous ferons le banquet ;
je n'eusse su au monde faire une meilleure rencontre. C'est
maintenant la difficulté de dresser les préparatifs. Le sieur
Piphagne s'est mis en frais : à cause des noces, on lui a fait un
nouveau brayer[31] ; il s'est frisé la moustache. Mais je crois que
l'horloge ne marquera pas, car la pointe de l'aiguille est bien
usée et les contrepoids sont bien bas[32]. Il dit qu'il est gaillard et
dispos ; mais, pour moi, je ne tiens pas qu'il soit de la nature des
chats : on aurait beau lui frotter le dos devant que la queue lui
dressât[33]. Quoi que c'en soit, il m'a donné vingt-cinq écus pour
aller donner ordre aux provisions de gueule. Il me faut
premièrement avoir pour cinq écus de salade, pour cinq écus de
sel, pour cinq écus de vinaigre, pour cinq écus de raves, et pour
cinq écus de clous de girofle. Mais je n'ai ni pain, ni vin, ni
viande ; il faut mieux faire mon calcul. J'aurai pour cinq écus de
pain, pour cinq écus de vin, pour cinq écus de salade (ce sont
déjà quinze écus), pour cinq écus de champignons pour l'entrée
de table, et pour cinq écus de tripes. Mais je n'ai point de
moutarde ; il faut que mon calcul ne soit pas juste. J'aurai donc
pour cinq écus de pieds de pourceaux pour l'entrée de table,
pour cinq écus de cerises pour le second mets, pour cinq écus
de confiture pour le troisième service, pour cinq écus de
jambons et pour cinq écus d'andouilles pour le dessert[34]. Cela
sera bon pour notre maître, car il en a grand besoin ; il a affaire

---

31. Voir *supra*, 1re farce tabarinique de 1622, sc. 3, à la n. 19.   **32.** Jolies
métaphores sexuelles. Il faut évidemment corriger l'orig. *manquera* en
marquera.   **33.** On aurait beau lui frotter le dos, sa queue ne se
dresserait pas.   **34.** Ces menus toujours incomplets et toujours recom-
posés aboutissent à un résultat passablement étrange pour les différents
services du repas *(entrée de table, second mets, troisième service,
dessert)*.

avec une gueule qui assouvirait tout un régiment des Gardes si elle était seule[35]. Il faut donc que je m'avance pour aller à la boucherie. Mais, à propos, je ne sais pas le chemin ; il me le faut demander à Francisquine, que voici. Ma commère[36], je vous prie de m'enseigner le chemin de la boucherie.

Francisquine : Si c'est pour acheter quelque viande, je vous en donnerai à bon marché.

Tabarin : Est-ce chair fraîche que vous avez ? Car si les vers y sont, je craindrai d'aller en Syrie faire guerre au sultan Soliman[37] à la sueur de mon corps.

Francisquine : Ce sont deux pourceaux que voici qu'on m'a amenés ce jourd'hui[38].

Tabarin : À la vérité, ils en ont la forme. En voici un qui a bon râble.

Francisquine : Vous n'avez qu'à convenir de prix[39] avec moi, et je vous livrerai ma marchandise. Je vous baille[40] le tout pour vingt écus.

Tabarin : Tenez donc ! Voilà sur et tant moins de la somme[41]. J'aime mieux me décharger[42] ici, je n'aurai pas la peine d'aller à la boucherie ; à tout le moins nous ferons des boudins. Adieu donc, Madame Francisquine ; je m'en vais quérir mes instruments pour égorger ces pourceaux.

Francisquine : Ce drôle ici sera tantôt bien étonné quand il rencontrera Lucas et Fritelin dans le sac. Pour moi, je m'en vais regarder par la fenêtre la fin de la tragédie.

---

35. Notre maître a grand besoin d'une bonne *andouille* (au sens sexuel) pour satisfaire une *gueule* (au sens d'un sexe féminin, d'une femme) qui suffirait à contenter un régiment entier ; la future de Piphagne est assimilée à une fille à soldats, au sexe largement accueillant. *Cf.* 1ʳᵉ farce tabarinique de 1622, sc. 8, à la n. 41. **36.** *Commère* est ici simple terme de familiarité. **37.** La crainte de Tabarin d'aller en Orient est assez anachronique et fantaisiste : c'est avant 1566, date de sa mort, que le grand sultan ottoman Soliman le Magnifique intervint dans la politique européenne, prenant parti pour François Iᵉʳ contre Charles Quint. **38.** Aujourd'hui. **39.** Vous mettre d'accord sur le prix. **40.** Donne. **41.** Voilà un acompte sur la somme, ce qui fera autant de moins à payer finalement. **42.** Laisser ma charge.

[*SCÈNE V*]

Piphagne, Isabelle, Tabarin, Lucas, Fritelin

Piphagne : O caro cor ! cara fia ! Que veré dié li philosophi que l'amor é cieco, ne val niente, sto larro ! Il ma transperçao el cor de tes belessé, cara Isabella[43] !

Isabelle : Deux cœurs joints d'une parfaite amitié[44] produisent de riches effets, sieur Piphagne, et de leur mariage ne peut résulter qu'une harmonieuse union qui apporte du contentement à l'un et à l'autre.

Piphagne : Intendeo, cara fia, veritaé. Mas voglio cognoscere si sto Tabarin a donna l'ordine requisiti alle nuptié[45].

Tabarin : Mon maître, sans aller à la boucherie, j'ai trouvé en mon chemin, le plus à propos du monde, deux porcs. Voyez-vous comme ils sont grands ! Puisque nous devons faire noces, je suis d'avis de m'aller accommoder en boucher[46] pour les égorger.

Isabelle : C'est très bien fait, Tabarin. Il s'en va tard[47] ; il est temps de faire les préparatifs, car nous devons avoir bonne compagnie.

(Tabarin retourne s'habiller en boucher.)

Tabarin : Voici mes armes, il faut que je m'en escrime. Apporte-moi la lèchefrite[48] pour retenir le sang, afin que nous fassions force boudins ! C'est ce que demande notre maîtresse ; elle ne fut jamais soûle de cervelas ni d'andouille[49].

(Tabarin découvre le sac et, pensant voir un pourceau, trouve que c'est Lucas.)

---

43. « Ô cher cœur ! chère enfant ! Que les philosophes disent vrai quand ils affirment que l'amour est aveugle, qu'il ne vaut rien, ce larron ! Il m'a transpercé le cœur de tes beautés, chère Isabelle ! » *Fia* est plutôt à rattacher au français *fille*, ou à l'italien *figlia* ; nous traduisons par *enfant* ce mot que Scherer traduit par *fiancée*. **44.** Amour. **45.** « Je comprends, chère enfant, ces vérités. Mais je veux savoir si ce Tabarin a donné l'ordre requis pour les noces. **46.** D'aller prendre les habits et les instruments de boucher. **47.** Il se fait tard. **48.** La *lèchefrite*, qui reçoit le jus et la graisse d'une viande mise à rôtir ou à griller, recueillera ici le sang des pourceaux à égorger. **49.** Autres équivoques sexuelles.

Piphagne : Oi mé ! Quali miracole prodigio grande qui paroissé[50] !

Lucas : Au meurtre ! On me veut égorger ! Je suis Lucas, et non pas un pourceau.

Tabarin : *Vade*[51], sac à noix ! Tête non pas de ma vie[52], voilà un pourceau qui parle !

Fritelin : Soignez à moi[53], mes amis, je suis mort.

Tabarin : En voici encore un qui est dans ce sac.

Isabelle : Hay ! hay ! voilà pour me faire avorter et renverser toute la matière[54].

Tabarin : Prodige, Messieurs ! Prodige ! voilà les pourceaux qui sautent. Je n'en demeurerai pourtant point là ; il faut que je vous étrille : vous êtes cause que je perds un bon souper.

(Tous se battent.)

---

50. « Hélas ! Quel prodigieux miracle, quel grand miracle paraît ! » *Oi mé* n'est autre que l'italien *ohimé*, « hélas, pauvre de moi ». **51.** Va ! **52.** Voir *supra*, n. 9. **53.** Prenez soin de moi. **54.** Isabelle allait se marier et elle est déjà enceinte !

SECONDE FARCE

Argument de la seconde farce

Lucas va en marchandise[1], donne sa fille en garde à Tabarin, laquelle l'envoie vers le capitaine Rodomont. Ce capitaine donne une chaîne à Tabarin pour sa maîtresse. Tabarin le fait entrer dans un sac ; il veut garder la fidélité à son maître Lucas, arrivé de son voyage. Le capitaine, enfermé dans le sac, pour sortir trouve une invention, qui est de persuader à Lucas qu'on l'a mis en ce sac à cause qu'il ne voulait se marier avec une vieille qui avait cinquante mille écus. Lucas, comme les vieillards sont ordinairement avaricieux, demande la place du capitaine Rodomont et s'enferme dans le sac. Tabarin et Isabelle viennent pour frotter le capitaine, et, après l'avoir bien battu, trouvent que c'est Lucas, et demeurent bien étonnés.

[Personnages

Lucas, vieillard.
Le Capitaine Rodomont, amoureux d'Isabelle.
Tabarin, valet de Lucas.
Isabelle, fille de Lucas.

SCÈNE I]

Lucas, Tabarin, [puis] Isabelle

Lucas : Vive l'amour et la vieillesse ! Je fais toujours état d'un vieillard qui a la tête blanche, mais la queue verte[2]. Entre nous autres qui sommes marchands, il nous faut courir de grands

---

1. Part pour faire du commerce. **2.** Lucas faisait la même réflexion à Francisquine dans la 2e farce tabarinique de 1622, sc. 3.

risques, avoir des correspondances en l'Orient et en l'Occident.
Depuis peu de temps j'ai pris une résolution d'aller aux Indes. Il
faut nécessairement que je parte : mes vaisseaux sont équipés, il
n'y a plus qu'à faire voile. Pourvu que le vent souffle bien à
propos, le moulin tournera bien[3]. Il n'y a qu'une chose qui me
donne du tourment en la tête : j'ai une petite friquette[4] au logis,
qui commence déjà à vouloir flairer le melon à la queue[5] ; j'ai
peur qu'elle ne marche sur quelque écorce de citron[6], et qu'elle
n'entre dans un lieu infâme. Et de fait, son honneur étant déjà
fendu, il ne faudrait pas tomber de trop haut pour le casser tout
à fait. Elle a les talons bien courts[7] ! Je la veux laisser en garde à
mon serviteur Tabarin ; il est fidèle, il y prendra soigneusement
garde. Je m'en vais l'appeler. Tabarin ! Tabarin !

Tabarin : Paix là ! Notre âne dort, il n'a point encore mis de
béguin[8]. Que diable faut-il ? Ah, ah ! C'est donc vous, notre
maître ? Excusez-moi, notre âne n'était point encore allé à la
selle.

Lucas : Les ânes ne parlent que des ânes ; et moi je te veux
communiquer une affaire d'importance. J'ai résolu d'aller aux
Indes pour trafiquer[9].

Tabarin : Quoi faire aux Indes ? Faut-il sortir de la ville de
Paris ?

---

3. À l'époque où les moulins à vent sont d'un grand usage sur les
collines qui entourent la vieille ville de Paris, cette phrase métaphorique
vient naturellement à la bouche de Lucas pour parler de sa navigation,
qui elle aussi aura besoin du vent. **4.** Voir *supra*, 1re farce tabarinique
de 1622, sc. 3, à la n. 15. **5.** L'image reste crue et dit ce qui intéresse
Isabelle chez les hommes. **6.** Elle glisserait, au sens figuré, et
aboutirait dans un lieu infâme. **7.** Ces deux phrases décrivent la
grande fragilité de la vertu d'Isabelle, qui n'est déjà plus intacte (faut-il
voir une allusion obscène supplémentaire dans l'honneur *fendu*?).
Tomber de haut et *avoir les talons courts* renvoient à la facilité des filles
qui ne résistent guère à se coucher. **8.** Selon le *Dictionnaire* de
Trévoux, « on dit proverbialement que les ânes ont les oreilles bien
longues parce que leurs mères ne leur ont point mis de béguin (coiffe
de linge qu'on mettait aux enfants) ». Tabarin parle de manière sotte,
comme un badin, de son âne. **9.** Faire un commerce lointain, sans
nuance péjorative.

Lucas : Oh, la grosse bête ! Les Indes sont éloignées d'ici d'un grandissime espace ; il faut traverser les mers et passer l'océan.

Tabarin : Vous embarquerez-vous à Montmartre ?

Lucas : Qu'est-ce[10] d'avoir affaire à des esprits si grossiers ! N'est-ce point sur l'eau qu'on s'embarque pour naviguer sur la terre ?

Tabarin : Dame, vous le devez dire sans parler[11].

Lucas : Mais ce n'est point là où je me veux arrêter. Je te veux donner en garde ma petite Isabelle. Tu sais qu'elle est jeune. Si le fier-à-bras Rodomont vient pour la courtiser, tranche-lui les deux jambes.

Tabarin : Il faudrait donc qu'il marchât du cul[12].

Lucas : Il n'importe ; mais conserve-lui son honneur.

Tabarin : Vous avez raison de me la recommander : elle commence à sentir l'avoine d'une lieue loin[13], par ma foi.

Lucas : Je la veux appeler et lui dire adieu. Isabelle, ma fille, venez parler à votre père ! Oh ! la voilà, la petite friande[14].

Isabelle : Bonjour, mon père.

Tabarin : Elle a les joints[15] bien souples, elle fait bien la révérence.

Lucas : Ma fille, je vous veux dire adieu ; il faut résolument que je m'en aille. Au reste, gardez bien la maison, et fermez la porte de la casemate virginale[16], surtout ! Pour mon regard[17], je veux aller trafiquer[18] aux Indes ; il est temps de songer à ma vieillesse.

Isabelle : Comment, mon père, vous me voulez donc ainsi

---

10. Qu'est-ce que c'est, quel malheur c'est. 11. Nous retrouverons plus tard cette expression populaire dont aucun dictionnaire, ancien ou moderne, ne donne, à ma connaissance, l'explication ; le sens semble bien être : vous pouviez me dire cela directement, clairement, simplement, sans faire de longs détours. 12. Sur son cul et non plus sur ses jambes. 13. Comme les chevaux qui sentent leur nourriture de loin, Isabelle commence à être attirée par les hommes. 14. Voir *supra*, 2e farce tabarinique de 1622, sc. 3, à la n. 20. 15. Les articulations. 16. La protection de la virginité emprunte au vocabulaire des fortifications. 17. Pour ce qui me regarde, pour moi. 18. Voir la n. 9.

quitter? Comment sera-t-il possible que je vive en votre absence?

TABARIN [*à part*]: Oh, la vilaine! Comme elle fait la pleureuse! Elle voudrait qu'il lui eût coûté la tête de son père, et que le reste du corps fût à Saint-Innocent[19].

LUCAS: Tabarin, je te recommande ma maison et l'honneur de ma fille. Au reste, prends-y garde, et laisse faire à moi seulement! Je te donnerai à mon retour un de mes anciens brayers[20] et une paire de sabots.

TABARIN: Vous vous pouvez assurer que votre fille est en bonne main; je serai toujours dessus ou auprès d'elle[21]. Si elle ne tombe point de haut, jamais elle ne se cassera les jambes[22]. Adieu donc, mon maître!

[*SCÈNE II*]

TABARIN et ISABELLE

ISABELLE: Maintenant que mon père est sorti, je te voudrais bien communiquer un secret, Tabarin: c'est que je suis grandement éprise d'amour.

TABARIN: N'est-ce point de moi, ma maîtresse? Mort de ma vie, c'est un beau sujet.

ISABELLE: Je voudrais que tu m'eusses fait un plaisir.

TABARIN: Tout à l'instant, si vous voulez; couchez-vous là!

ISABELLE: Et allez, vilain! Êtes-vous si impudent de me parler d'une chose si déshonnête? Retirez-vous de ma compagnie!

---

19. Elle préférerait voir son père mort, la tête tranchée et le corps au cimetière; sur Saint-Innocent, voir *supra*, 1re farce tabarinique de 1622, sc. 2, à la n. 9. *Elle voudrait* est une VAR.; l'orig. porte *elle voulait*, qui n'est d'ailleurs pas impossible. **20.** Voir *supra*, 1re farce tabarinique de 1622, sc. 3, à la n. 19. Bien piètre générosité de Lucas! **21.** Le premier adverbe, qui exprime la sexualité déplacée du badin, est rectifié par le second, qui correspond mieux aux ordres de Lucas. **22.** Platitude apparente; mais *tomber de haut* implique la connotation sexuelle (tomber à la renverse pour faire l'amour), surtout chez le libidineux Tabarin.

Croyez-vous que ma puissance soit terminée d'un objet[23] si désagréable ? C'est une particulière affection que j'ai vouée au capitaine Rodomont. Je désirerais que vous lui eussiez porté cette bague.

TABARIN : Ah, dame ! Il me faut donc réserver mes pièces[24]. S'il ne tient qu'à lui donner cette bague, assurez-vous-en sur la foi de Tabarin, et allez à la maison pour préparer ma soupe ! Je ne manquerai point de lui donner.

[SCÈNE III

LE CAPITAINE RODOMONT, TABARIN]

LE CAPITAINE RODOMONT : Io ritourno di Holandia, di Flandria, Italia, Castilia, et som il mas valiente Capitanio que la terra produisi. Mas qualqua parté que la mea bravura m'a portado, li ochi de mea Isabella mi fato escorta, Isabella mas bella que Cipris, mas gratiosa que Minerva[25].

TABARIN : Mon maître m'a donné charge de garder le logis. Voici sans doute quelque estafier de la Samaritaine[26] qui veut escalader la muraille de ma maîtresse et monter au donjon. Qui va là ? Mort de ma vie, que demandez-vous ? Ne bougez de là !

Quid statis, quae causa viae, queisve istis in armis[27] ?

---

23. Que ma volonté s'attache à un objet. **24.** Il me (l'original *ne* est à corriger en *me*) faut donc retirer ma proposition. La métaphore est vraisemblablement empruntée au langage juridique, pour lequel les *pièces* sont les documents qu'on produit pour faire valoir son droit. **25.** Je reviens de Hollande, de Flandre, d'Italie, de Castille, et je suis le plus vaillant capitaine que la terre ait produit. Mais où que ma bravoure m'ait porté, les yeux de mon Isabelle m'ont fait escorte, — Isabelle plus belle que Cypris, plus gracieuse que Minerve. Le premier mot de la réplique est *Il* dans l'orig. ; il est à corriger en *Io*. Cypris est Vénus. **26.** Voir *supra*, 1re farce tabarinique de 1622, sc. 3, à la n. 16. **27.** Tabarin, qui a des souvenirs de son Virgile, transforme et malmène un peu le v. 376 du livre IX de l'*Énéide*, qui est le suivant : *State, viri. Quae causa viae ? quive estis in armis ?* ; mais le vers est en situation : Arrêtez, là-bas. Pourquoi prenez-vous cette route ? Qui êtes-vous sous ces armes ? (trad. A. Bellessort).

Le Capitaine : A qui, veillacon, à qui, cacoethei, et ti fasto parallelo cum le Capitaine Rodomonte[28].

Tabarin : Tout beau, Monsieur ! Regardez ce que vous faites, car si vous me baillez un coup d'estoc[29], vous percerez le baril à la moutarde[30] ; si le verre est une fois cassé, vous perdrez l'occasion d'y boire[31]. J'ai charge de[32] Madame Isabelle de vous parler.

Le Capitaine : De mi hablar de la parté de mia signora Isabella ? O felice nontio ! Comme se niommé[33] ?

Tabarin : Je me nomme Tabarin, Monsieur.

Le Capitaine : Gagarin, mi caro[34] !

Tabarin : Je vous prie, n'estropiez point mon nom ! Je m'appelle Tabarin. Votre maîtresse se recommande à vous. La pauvre fille est bien malheureuse : elle avait une chaîne comme la vôtre ; en allant par la rue, on [la] lui a dérobée. [*(À part.)*] Il faut tâcher d'avoir sa chaîne et la bague ; et puis lui jouer un tour dont il ne se doute point : je le ferai entrer dans un sac et le ferai épousseter[35] par sa maîtresse.

Le Capitaine : Li voglio far presenti de la cathena, Tabarin[36].

Tabarin : Voilà qui va très bien. Mais vous savez que le monde parle à travers des actions d'autrui. C'est pourquoi, pour visiter Madame Isabelle, il serait très à propos qu'on ne vous aperçût point. C'est pourquoi je vous conseillerais de vous mettre dans le sac que voici ; je vous transporterai dans le logis sans aucun soupçon.

Le Capitaine : Bonna inventioné, Tabarin ! Monstre lou sacco, et volio intrar[37].

---

28. À qui crois-tu parler, veillaque, infâme ? Tu oses te comparer au capitaine Rodomont ! *Cacoèthe* : de mauvaise nature ; pour *veillaque*, voir *supra*, 1ʳᵉ farce tabarinique de 1622, sc. 5, à la n. 23. **29.** Épée longue et droite. **30.** Mon ventre ; voir *supra*, 1ᵉʳ farce tabarinique de 1622, sc. 5, à la n. 31. **31.** Autre expression proverbiale employée par Tabarin pour défendre sa peau. **32.** Je suis chargé par. **33.** De me parler de la part de ma dame Isabelle ? Ô heureux messager ! Comment te nommes-tu ? **34.** Gagarin, mon cher ! **35.** Au sens figuré : battre. **36.** Je veux lui faire présent de la chaîne, Tabarin. **37.** Bonne invention, Tabarin ! Montre le sac, et je veux y entrer.

(Tabarin met le capitaine dans le sac sous l'espérance de lui faire voir Isabelle.)

TABARIN : Je suis tenu de servir mon maître, et prendre soigneusement garde aux actions qui se brassent contre son honneur. Voici un de ces coureurs d'Espagnols qui se dit capitaine, jaçoit qu'il[38] soit tout seul en sa compagnie[39], lequel veut entrer dans le logis du sieur Lucas et ravir l'honneur de sa fille. J'ai déjà eu une bague et une chaîne ; je veux maintenant bâtonner ce drôle ici, et le faire étriller par Isabelle même. Il faut garder la fidélité à mon maître. Te voilà maintenant enchaîné, capitaine Rodomont ! Tu crois posséder les faveurs de ta maîtresse ; mais je te veux bien montrer qu'il ne se faut pas adresser en ce logis pour corrompre les filles d'honneur. Je m'en vais chercher cinq ou six crocheteurs auprès de la Samaritaine[40], afin de te mesurer les côtes.

LE CAPITAINE : Oh, infelice capitanio ! Endiablados de Tabarin ! La rabie furiosa me transportado, le furie me tormenti. Som el mas desvergonsado capitan de toto l'universo[41].

[*SCÈNE IV*]

LUCAS et LE CAPITAINE

LUCAS : Heureux voyage, heureux voyage ! Je n'ai pas eu la peine d'aller aux Indes, et si[42] j'ai fait un grand trafic[43]. Je

---

38. Bien qu'il. **39.** Ce capitaine commande une compagnie vide d'hommes de troupe, une compagnie en imagination ; en fait, ce capitaine n'en est pas un. *Cf.* 1ʳᵉ farce tabarinique de 1622, sc. 5, à la n. 25. **40.** Là se tenaient, comme nous l'avons déjà signalé (voir *supra*, 1ʳᵉ farce tabarinique de 1622, sc. 3, à la n. 16) de solides portefaix prêts à tout mauvais coup ; pour les *crocheteurs*, voir *supra*, 2ᵉ farce tabarinique de 1622, sc. 6, à la n. 38. **41.** « Oh, malheureux capitaine ! Diabolique Tabarin ! La rage furieuse me transporte, la fureur me tourmente. Je suis le plus malchanceux capitaine de tout l'univers. » *Endiablados* est à rapporter à l'espagnol *endiablado*, « endiablé, diabolique » ; *desvergonsado* à l'espagnol *desvergonzado*, « effronté, dévergondé ». **42.** Pourtant. **43.** Commerce ; voir *supra*, n. 9, pour *trafiquer*.

voudrais à cette heure rencontrer un bon parti et me marier. Foi
de Lucas Joffu, je relancerais bien l'ababaude[44].

(Le capitaine Rodomont trouve invention de sortir du sac,
faisant accroire à Lucas Joffu qu'on l'a enfermé à cause qu'il ne
se voulait marier à une vieille qui avait cinquante mille écus[45].)

Lucas : Mais qu'est-ce que je remarque ici ? Voilà quelque
balle[46] de marchandise, sans doute.

Le Capitaine : Mi faut hablar francese[47]. Monsieur, je suis ici
enfermé dans ce sac à cause qu'on me veut marier à une vieille
femme qui a cinquante mille écus. Mais elle est si laide que je
ne l'ai point voulu prendre.

Lucas : Cinquante mille écus sont bons ; il ne faut pas regarder
à la beauté. Si vous me voulez mettre en votre place, je prendrais
bien ce marché-là.

(Lucas entre dans le sac, et le capitaine s'en va, joyeux de n'avoir
eu les coups de bâton qui doivent tomber sur Lucas[48].)

Lucas : Quand les parents viendront, je dirai que je veux la
vieille, et qu'on me compte les cinquante mille écus. Ce sera
double hasard[49] que je rencontrerai aujourd'hui.

[SCÈNE V]

Lucas [*dans le sac*], Tabarin et Isabelle

Tabarin : Il faut que je vous conte un plaisant trait. Comme
vous m'avez envoyé chercher le capitaine Rodomont, j'ai
rencontré un de ces coupeurs de bourses de la Samaritaine[50],
lequel voulait entrer dans le logis, sachant bien que le maître n'y

---

44. Je me remettrais bien à faire l'amour ; voir *supra*, 1ʳᵉ farce
tabarinique de 1622, sc. 3, à la n. 14.   **45.** Cette phrase n'est pas une
véritable didascalie ; elle résume le dialogue qui va suivre.   **46.** Gros
paquet.   **47.** « Il me faut parler français. »   **48.** Ce dernier membre de
phrase peut être la trace d'un monologue non écrit.   **49.** Double
chance.   **50.** Les environs de la Samaritaine, comme l'ensemble du
Pont-Neuf, n'étaient décidément pas très bien famés : valets armés,
portefaix et voleurs s'y retrouvaient. Voir *supra*, 1ʳᵉ farce tabarinique de
1622, sc. 3, à n. 16.

est pas, et vous enlever. J'ai eu l'industrie[51] de le faire entrer dans
ce sac. C'est pourquoi je me suis armé de bâtons et de
houssines[52], afin de le frotter de tête en pied.

LUCAS : Voici les parents qui viennent ; il n'y a qu'à leur
demander la vieille. Comptez, parents, comptez les cinquante
mille écus !

ISABELLE : Vraiment, nous te les compterons, et en belle
monnaie ! Frappons, frappons !

*(Lucas est battu et reconnu. Tabarin est bien étonné, Isabelle
encore plus. Le capitaine arrive, qui termine le différend. Et puis
on tire le rideau : la farce est jouée[53].)*

Fin

---

51. J'ai été assez habile, rusé. **52.** Baguettes. **53.** Visiblement, de la
fin de cette farce nous n'avons que le canevas.

FARCE PLAISANTE
ET
RÉCRÉATIVE
(1622)

Les liens ne manquaient pas entre Tabarin et les autres farceurs et comédiens français ; comédien de campagne lui-même au tout début du siècle, Tabarin avait dû tisser et maintenir, après son retour d'Italie, plus d'une relation avec eux. En 1623, son épouse Vittoria Bianca est marraine de la première fille de Gaultier-Garguille, dont la femme est peut-être la nièce de Mondor. Les tréteaux de la place Dauphine sont donc en rapport avec l'Hôtel de Bourgogne de plus d'une manière.

Avec Gros-Guillaume et Turlupin, Gaultier-Garguille constituait le célèbre trio des farceurs de l'Hôtel de Bourgogne, qui connut un énorme succès à partir de 1615 et pendant tout le premier tiers du siècle. Dans la farce qu'on va lire, paraissent Gros-Guillaume et Turlupin. Robert Guérin, dit La Fleur dans la comédie et Gros-Guillaume dans la farce, était le chef de troupe. Son personnage était gras, obèse et deux ceintures, l'une presque à la hauteur des seins, l'autre au-dessous du nombril, soulignaient un ventre énorme que recouvrait une casaque blanche échancrée, au bas de laquelle dépassait un pantalon rayé ; un bonnet rouge sur la tête, un faux coutelas en bois à la ceinture complétaient son accoutrement. Mais Gros-Guillaume avait surtout le visage enfariné. « il ménageait sa farine — dit Sauval[1] — de sorte qu'en remuant seulement un peu les lèvres, il blanchissait tout d'un coup ceux qui lui parlaient. » Turlupin[2] (Henri Legrand pour l'état civil, et Belleville dans la comédie) jouait quant à lui sous le masque. Son habit, qui se voit un peu différent sur plusieurs gravures, ressemble étrangement à celui de Brighella (zanni très proche du type de Turlupin) — et aussi à celui de Tabarin : une culotte en tuyau, une blouse de

---

1. *Histoire et recherche des antiquités de la ville de Paris*, 1724, III, p. 38 (cité par G. Doutrepont, *Les Acteurs masqués et enfarinés du XVIᵉ au XVIIIᵉ siècle*, Bruxelles, 1928, p. 32). **2.** G. Mongrédien, *Les Grands Comédiens du XVIIᵉ siècle*, Paris, « Le Livre », 1927, pp. 1-19.

*livrée serrée par une ceinture à laquelle sont accrochées une
petite gibecière et une batte de bois ; sur l'épaule gauche, une
courte cape ; un grand chapeau extravagant est juché sur sa
tête, d'où débordent barbe et cheveux abondants. Comme Gros-
Guillaume, Turlupin porte des sortes d'amusants chaussons à
pompons.* « *Jamais homme — affirme Sauval — n'a composé,
joué ni mieux conduit la farce que Turlupin ; ses rencontres
étaient pleines d'esprit, de feu, de jugement* [...][3]. »

Comme le signale souvent Bruscambille dans ses Prologues, *le
public de l'Hôtel de Bourgogne attend l'apparition des farceurs,
clou du spectacle ; la farce fait* « *rire jusqu'aux larmes* », « *pleurer
en riant* » *et* « *fendre délicatement la bouche comme l'orifice
d'un four banal* » ! *Guillot-Gorju, qui remplacera Gaultier-
Garguille, dit d'elle :* « *Si la comédie n'était assaisonnée de cet
accessoire, ce serait une viande sans sauce et un Gros-
Guillaume sans farine*[4]. »

De fait, notre Farce plaisante et récréative, *seul témoignage
écrit de l'activité des farceurs, a été publiée, et certainement
aussi jouée, à la suite d'une tragédie :* Tragédie nouvelle de la
perfidie d'Aman, mignon et favori du roi Assuérus [...]. *Avec une
farce plaisante et récréative, tirée d'un des plus gentils esprits de
ce temps,* Paris, chez la Veuve Ducarroy, 1622.

*Sa lecture révèle vite qu'il s'agit d'une version beaucoup plus
simple et plus courte — mais les acteurs pouvaient improviser à
partir de ce livret — de la deuxième farce tabarinique de 1624,
qui lui est sans doute postérieure. Entre l'Hôtel de Bourgogne et
la place Dauphine, on échangeait aussi le répertoire ! Écrite en
prose, avec ce personnage de père marchand qui part aux Indes
comme Pantalon, et en revient invraisemblablement quelques
heures plus tard, avec ces deux amoureux aux noms italiens,
avec cette ébauche d'action qui montre comment Turlupin,
pensant voler les cadeaux que Florentine et Horace le chargent,*

---

3. Cité par S.W. Deierkauf-Holsboer, *Le Théâtre de l'Hôtel de Bourgogne*,
Paris, Nizet, t. I, 1968, p. 108.   **4.** *Apologie de Guillot-Gorju* (cité par E.
Rigal, *Alexandre Hardy et le théâtre français à la fin du XVIe et au
commencement du XVIIe siècle*, Paris, 1889, p. 156, n. 5).

chacun de son côté, de transmettre à l'autre, doit les restituer quand les amoureux, cette fois ensemble, s'aperçoivent du vol, la Farce plaisante et récréative *marque bien la prépondérance de la comédie italienne dans le répertoire des farceurs français. Plus que Gros-Guillaume, qui fait ici le père, Turlupin amuse dans le rôle du valet plaisant, mauvais gardien et maladroit voleur — comme le fait Tabarin dans la farce correspondante.*

Nous donnons la transcription scrupuleuse du texte original et unique de 1622 (B.N., Yf 6536); dans leur Histoire du théâtre français..., *Paris, 1745, t. IV, pp. 254-364, les frères Parfaict avaient proposé une édition non parfaitement exacte de notre* Farce plaisante et récréative.

FARCE PLAISANTE ET RÉCRÉATIVE

Argument de la farce

Gros-Guillaume va en marchandise[1], donne sa fille en garde à Turlupin. Le sieur Horace vient pour l'avoir en mariage. Turlupin le veut tuer[2] ; il le reconnaît, demande des gages[3] pour porter à Florentine sa maîtresse. Le sieur Horace lui donne une chaîne ; il la retient. Le mariage se fait. Le père revient de la marchandise, puis tous se battent.

---

1. Part pour son commerce ; voir *supra*, 2e farce tabarinique de 1624, à la n. 1. **2.** L'argument est inexact. À la scène 6, Turlupin se met en garde devant le logis, face à Horace qui survient, et lui ordonne d'arrêter ; mais c'est Horace qui menace aussitôt de tuer le défenseur. **3.** En fait, Turlupin, à la fin de la même scène 6, suggère adroitement à Horace le cadeau qu'il se chargera de transmettre à Florentine, comme gage, comme témoignage de son amour.

[*Acteurs*[4]

G ROS-G UILLAUME, vieillard.
F LORENTINE, fille de Gros-Guillaume.
H ORACE, amant de Florentine.
T URLUPIN, valet de Gros-Guillaume.

La scène est à Paris, dans la maison de Gros-Guillaume et dans la rue[5].

SCÈNE PREMIÈRE]

G ROS-G UILLAUME, *vieillard* : En campagne, en campagne ! Foi d'homme, il n'est que de faire trafic[6]. J'ai pris une résolution d'aller aux Indes[7]. Il faut nécessairement que je parte ; mes vaisseaux m'attendent, tout est équipé. Il n'y a qu'une chose qui me baille du soin en la tête : j'ai une petite friande au logis ; je crains, puisque son honneur est déjà fendu, qu'il ne se casse du tout. Toutefois, j'en veux demander conseil à Turlupin. Turlupin !

---

4. La liste des acteurs n'est pas dans l'éd. originale ; les frères Parfaict l'établissent. Ils procèdent aussi au découpage et à la numérotation des scènes, 1622 se contentant de marquer par des blancs une séparation aux endroits suivants : début des sc. 1, 4, 5, 7 et 9 actuelles. Nous suivons les frères Parfaict. **5.** Deux lieux fictifs, assurément. Les farceurs usaient-ils aussi de la possibilité de plusieurs compartiments scéniques réalisables alors à l'Hôtel de Bourgogne ? Peut-être ; mais tout peut se jouer dans un espace unifié, devant la maison de Gros-Guillaume. **6.** Rien n'a de valeur que de faire du commerce ; voir *supra*, 2e farce tabarinique de 1624, à la n. 43. **7.** À partir de cette phrase, on retrouve souvent, mot pour mot, le texte de la deuxième farce tabarinique de 1624, mais très abrégé ; Lucas est devenu Gros-Guillaume, Isabelle Florentine, Rodomont Horace et Tabarin Turlupin. On se reportera à ce texte et à son annotation.

[*SCÈNE II*

Gros-Guillaume, Turlupin]

Turlupin : Qui va là ?

Gros-Guillaume : Je te veux communiquer une affaire d'importance. J'ai résolu d'aller aux Indes.

Turlupin : Que faire ? Vous faut-il sortir de[8] la ville de Paris ?

Gros-Guillaume : Ô la bête ! Les Indes sont éloignées d'ici d'un grand espace.

Turlupin : Vous embarquerez-vous à Montmartre ?

Gros-Guillaume : Ô le gros âne ! C'est par mer qu'il faut que j'aille aux Indes. Mais ce n'est pas là où je me veux arrêter : je te veux donner en garde ma petite Florentine. Tu sais qu'elle est jeune. Il ne faut que faire un faux pas pour glisser dans un bourdeau[9] ; et puis l'honneur serait répandu.

Turlupin : Vous avez raison. Elle commence déjà à sentir l'avoine d'une lieue loin, par ma foi.

Gros-Guillaume : Je la veux appeler. Florentine, ma fille, venez parler à votre père ! Ah ! la voilà, foi d'homme, la petite friquette.

[*SCÈNE III*

Gros-Guillaume, Florentine, Turlupin]

Florentine : Bonjour, mon père.

Gros-Guillaume : Ma fille, je veux vous dire adieu. Il faut résolument que je m'en aille. Au reste, gardez bien la maison, et fermez la porte de la casemate virginale, surtout ! Pour moi, je veux aller aux Indes trafiquer.

Florentine, *pleurant* : Comment, mon père, vous nous voulez donc ainsi quitter ? Comment sera-t-il possible que je vive en votre absence ?

---

8. VAR. : 1622 omet ce *de* que rétablissent justement les frères Parfaict. **9.** Bordel.

Turlupin, *à part*: Oh la vilaine! Comme elle fait bien la pleureuse! Elle voudrait qu'il lui eût coûté la tête de son père, et[10] que le reste du corps fût à Saint-Innocent.

Gros-Guillaume : Turlupin, je te recommande la maison et l'honneur de ma fille ; fais-y soigneuse garde !

Turlupin : Je serai toujours dessus, ou auprès d'elle. Adieu donc, mon maître !

[*SCÈNE IV*]

Turlupin, Florentine

Florentine : Maintenant que mon père est sorti, je voudrais bien te communiquer un secret, Turlupin : c'est que je suis grandement éprise d'amour.

Turlupin, *à part*: N'est-ce pas de moi ? Mort de ma vie, c'est un beau sujet !

Florentine : Je voudrais que tu m'eusses fait un plaisir.

Turlupin : Tout à l'instant. Si vous voulez, couchez-vous là !

Florentine : Eh ! allez, vilain ! Croyez-vous que ma puissance soit bornée d'un si pauvre objet que vous[11] ? C'est que je porte une affection particulière au sieur Horace. Je voudrais que vous lui eussiez porté cette bague.

Turlupin : Je ne manquerai point de lui donner. Allez à la maison, et préparez toujours la soupe !

---

10. VAR. : 1622 omet ce *et*, que rétablissent justement les frères Parfaict, conformément aussi au texte de la farce tabarinique. **11.** La farce tabarinique a un texte légèrement différent («Croyez-vous que ma puissance soit terminée d'un objet si désagréable ? »), mais de sens identique.

[*SCÈNE V*

Horace[12], *seul* :] Je viens de Hollande, de Flandre, d'Italie, d'Angleterre et d'Espagne ; mais je n'ai jamais rien rencontré qui m'ait tant ému que les beautés de Florentine.

[*SCÈNE VI*]

Horace, Turlupin

Turlupin, *à part* : Mon maître m'a donné charge de garder le logis. Voici sans doute quelque amoureux : je me veux mettre en défense. *(Haut.)* Qui va là ? Que demandez-vous ici ? Ne bougez de là !

Horace : Comment, coquin ! Vous faites des comparaisons avec mon courage et avec ma valeur ? Il faut que je vous tue à l'instant.

Turlupin : Eh ! Monsieur, regardez ce que vous faites. Si vous me baillez un coup d'estoc, vous crèverez le sac à la merde[13]. Si le verre est une fois cassé, vous perdrez l'occasion d'y boire.

Horace : Qui es-tu ? Qui me vient ici au-devant ?

Turlupin : Qui êtes-vous, toi-même[14] ?

Horace : Je suis le sieur Horace, la valeur et la fleur de l'armée.

Turlupin : Eh ! mort de ma vie ! Vous me voulez tuer, et c'est vous que je cherche. J'ai charge de Madame Florentine de vous parler.

---

12. Horace, qui remplace le capitaine Rodomont de la farce tabarinique, est probablement un jeune noble, assez vain de ses services dans les armées ; ses voyages dans l'Europe n'ont certainement pas tous des raisons militaires. Il parle français, mais tient des propos très proches de ceux que le fanfaron espagnol ou international débite dans son sabir.   **13.** *Le sac à la merde* vaut exactement « le baril à la moutarde » de la farce tabarinique, pour désigner la panse, et par extension, la personne de Turlupin.   **14.** Mettons sur le compte de la peur ce mélange des personnes grammaticales.

Horace : Est-il possible ? Quoi[15], vous êtes son serviteur ? Vraiment, Monsieur, je vous demande pardon d'avoir attenté[16] si avant sur vous.

Turlupin, *à part* : De lui bailler la bague, il n'est pas besoin. Elle me servira bien.

Horace : Quelles nouvelles as-tu de ma maîtresse, Turlupin ?

Turlupin : Bien tristes, Monsieur. La pauvre fille avait une chaîne comme la vôtre ; en allant près de la rivière, elle l'a laissée tomber dedans.

Horace : Je lui veux faire un présent de la mienne. Donne-lui de ma part !

Turlupin : Je n'y manquerai pas[17]. Mais je vous avertis d'une chose, de ne lui en point parler, car elle ne veut pas qu'on lui reproche ce qu'on lui donne[18].

Horace : Je ne lui en dirai jamais mot.

Turlupin : Venez d'ici à demi-heure !

[*SCÈNE VII*

Turlupin, Florentine]

Florentine : Eh bien, Turlupin, as-tu parlé au sieur Horace ? Lui as-tu donné l'anneau ?

Turlupin : Oui, Madame. Mais comme vous savez que les hommes généreux ne veulent pas qu'on leur reproche rien, aussi ne faut-il pas que vous lui en parliez[19].

Florentine : Vraiment, je n'ai garde.

Turlupin : À propos, le voici.

---

15. VAR. : 1622 donne *Quoi, que vous êtes* ; nous supprimons le *que*, en suivant les frères Parfaict. **16.** D'avoir montré une attitude hostile à votre égard. **17.** Dès lors, notre farce se sépare de la farce tabarinique, qui utilise le jeu du sac. **18.** Elle ne veut pas qu'on lui rappelle ce qu'on lui a donné pour l'accuser de l'avoir oublié. **19.** Pour empocher l'anneau donné par Florentine, comme pour empocher la chaîne donnée par Horace, Turlupin fait la même recommandation de silence successivement aux deux amants ; voir note précédente.

[*SCÈNE VIII*]

Turlupin, Florentine, Horace

Horace : Ma chère âme, il y a une infinité de siècles que je désire de vous voir. Pardonnez au trop de hardiesse que j'ai de vous présenter mon service.

Turlupin, *bas à Horace* : Ne lui parlez pas de la chaîne !

Horace : Oh, le brouillon ! Tu m'empêches en mes discours.

Florentine : Monsieur, ce n'est pas peu d'honneur que vous me faites, de me faire participante de vos affections.

Turlupin, *bas à Florentine* : Gardez surtout de ne lui parler point de la bague[20] !

Horace : Madame, vos yeux peuvent graver toutes sortes de lois sur mon esprit, tant leurs rayons ont de puissance.

Turlupin, *bas à Horace* : Ne soyez pas[21] si indiscret que de lui parler de la chaîne !

Florentine : Monsieur, je vous ai déjà témoigné, en vous envoyant ma bague, combien je vous affectionnais.

Turlupin, *à part* : Tête non pas de ma vie[22], me voilà découvert !

Horace : Madame, je n'ai pas ouï parler de bague. Mais il est bien vrai que je vous ai envoyé une chaîne d'or par Turlupin.

Turlupin, *à part* : Oh, le diable ! Me voilà séduit[23], il faut tout rendre.

Horace : Turlupin ! Où avez-vous mis la bague et la chaîne ?

Turlupin : Les voici toutes deux, Monsieur ; j'avais oublié à les donner.

---

20. Faites bien attention à ne pas lui parler de la bague.   **21.** VAR. : les frères Parfaict ajoutent ce *pas* qui n'est point dans 1622 ; nous les suivons. Comprendre : ne soyez pas assez indiscret pour lui parler de la chaîne.   **22.** Sur ce juron, voir *supra*, 1re farce tabarinique de 1622, sc. 3, à la n. 17.   **23.** Trompé dans mes rêves d'attraper les deux bijoux.

[*SCÈNE IX*]

TURLUPIN, HORACE, GROS-GUILLAUME et FLORENTINE

GROS-GUILLAUME : Heureux voyage ! Heureux voyage[24] ! Foi d'homme, j'ai apporté toutes sortes de marchandises. Mais quel bruit est-ce que j'entends devant ma porte ? Ah ! ah ! c'est Turlupin. Eh bien, mon serviteur, quelles nouvelles ? Quel est ce nouveau venu ici ?

TURLUPIN : C'est votre gendre, Monsieur.

GROS-GUILLAUME : Comment ? Trente diables, mon gendre ? S'est-il marié à ma fille ?

HORACE : Oui, Monsieur.

GROS-GUILLAUME, *à Turlupin* : Et vous avez enduré cela sans y contredire ? Il faut que je vous tue. C'est fait de votre vie !

TURLUPIN : Ah, Monsieur, ne tuez pas un pauvre orphelin !

GROS-GUILLAUME : Et vous, Monsieur Horace, vous aurez cent coups de bâton. Et vous aussi, Madame la vilaine. Adieu[25] !

---

24. Ces deux exclamations se trouvent aussi dans la farce tabarinique, au retour de Lucas ; mais les deux dénouements sont absolument différents. **25.** La farce se termine normalement par des coups. La formule finale, adressée aux spectateurs, rappelle les habitudes de la farce médiévale.

FARCE DES BOSSUS

(1622 ou 1623)

De l'Hôtel de Bourgogne, nous repassons à nouveau, avec la Farce des bossus, *aux tréteaux de la place Dauphine et du Pont-Neuf.*

Notre farce se lit dans Les Rencontres, fantaisies et coq-à-l'asne facetieux du baron de Grattelard, *tenant sa classe ordinaire au bout du Pont-Neuf ; ce livret, publié pour la première fois en 1622 ou en 1623 (les bibliophiles en discutent), qui reprenait textuellement plusieurs questions du* Recueil général *de Tabarin, fut ensuite régulièrement associé par les imprimeurs aux éditions des Œuvres de Tabarin. En fait, sous la signature pompeuse et plaisante du baron de Grattelard était proposé le répertoire du charlatan Desiderio de Combes ou Descombes, qui avait établi son théâtre à l'entrée du Pont-Neuf et de la rue Dauphine et tentait, comme Mondor et Tabarin, d'écouler ses drogues en proposant des parades théâtrales aux badauds. Desiderio Descombes rivalisait donc doublement avec Tabarin, comme charlatan et comme farceur ; il lui a certainement emprunté beaucoup pour ses facéties théâtrales, et il est juste que le* Grattelard *fasse traditionnellement partie des* Œuvres *de Tabarin.*

L'histoire des bossus est fort répandue dans la littérature européenne ; Joseph Bédier, qui ne peut affirmer l'origine orientale du conte, en dénombre quatorze versions, depuis des fabliaux comme celui des Trois Bossus ménestrels, *jusqu'à notre farce, en passant par un récit des* Facétieuses Nuits *de Straparole[1]. La farce met donc en œuvre le thème des trois frères bossus qui se ressemblent tant que le valet Grattelard, qui les jette successivement à la rivière (il les pense morts, alors qu'ils sont seulement ivres), croit n'en avoir transporté qu'un toujours revenu ; le thème est d'ailleurs traité avec fantaisie : d'une part,*

---

1. J. Bédier, *Les Fabliaux*, 6e éd., Paris, Champion, 1964, pp. 236 sq.

le valet finit par aller noyer aussi, alors qu'il était bien vivant, le bossu Trostole, quatrième frère bossu qui avait interdit sa maison aux autres ; d'autre part, tous les quatre reviennent sur la scène et se battent !

Mais la farce est faite d'autres éléments. Elle nous introduit encore dans un ménage mal assorti. Le vieux mari Trostole (ce nom tout à fait français était aussi celui d'un éditeur du *Grattelard*) est poursuivi devant le tribunal par ses créanciers ; autoritaire, il enjoint à sa femme de ne pas recevoir ses trois frères bossus. La femme de Trostole transgresse cette défense par pitié, nourrit les bossus et les dissimule à Trostole une première fois revenu ; mais comment se débarrasser des bossus ivres avant le second retour de Trostole ? C'est là qu'intervient à point nommé le valet Grattelard, envoyé à la femme de Trostole de la part de son galant Horace ; porteur d'un poulet, Grattelard va surtout être embauché par la femme de Trostole pour noyer les bossus encombrants.

Voilà comment sont constitués les linéaments d'une intrigue. À côté d'Horace, l'amoureux à l'italienne, « embrasé des beautés de sa maîtresse », dont le vocabulaire rappelle celui des amoureux, jeunes ou vieux, des farces tabariniques, le personnage le moins inintéressant reste Grattelard — Desiderio Descombes devait être Grattelard, comme Antoine Girard était Tabarin —: sot et plaisant messager d'amour qui feint de prendre « missive » pour « lessive », confond « poulet » et couple de chapons, facilement berné par la femme de Trostole qui lui fait enlever les trois frères bossus l'un après l'autre, Grattelard fait aussi penser au traditionnel badin français[2].

Nous suivons le texte de la farce qui se trouve aux pp. 60-71 des *Rencontres, fantaisies et coq-à-l'asne facetieux du baron de Grattelard*, *Paris, A. de Sommaville, 1623 (B.M. de Rouen)* ; G. Mongrédien pense que ce livret constitue l'édition originale du *Grattelard*[3]. D'autres éditions, comme celle que suit Gustave

---

2. Ch. Mazouer, *Le Personnage du naïf dans le théâtre comique du Moyen Age à Marivaux*, 1979, pp. 140-141.   **3.** Voir sa « Bibliographie tabarinique », art. de 1928 cité p. 46 n. 8.

Aventin (t. II des Œuvres complètes de Tabarin, 1858, pp. 193-200), présentent parfois des variantes substantielles. Mais comment établir une véritable édition critique de ces livrets qui échappent très souvent au contrôle de leur auteur désigné ?

FARCE DES BOSSUS

[*PERSONNAGES*

TROSTOLE.
LES TROIS FRÈRES BOSSUS de Trostole.
LA FEMME DE TROSTOLE.
HORACE, amoureux de la femme de Trostole.
GRATTELARD.

SCÈNE I]

HORACE et GRATTELARD

HORACE : C'est une passion étrange que l'amour. Je suis tellement embrasé des beautés de ma maîtresse que je me consomme comme la cire, au seul aspect des rayons de ses yeux ; je ne fais que soupirer. On m'a dit qu'un certain nommé Grattelard demeure en ces quartiers, et que seul il peut m'apporter quelque soulagement. Il me faut frapper à la porte. Holà !

GRATTELARD : Qui va là si tard, vertubleu, à me rompre ici la tête, cependant que je suis sur mes conceptions[1] ?

HORACE : Grattelard, je te voudrais bien prier de porter cette missive à ma maîtresse.

---

1. Dans mes profondes méditations intellectuelles.

GRATTELARD : Lessive[2] ! Mort de ma vie, il n'y a point ici de blanchisseuses. J'ai mis mon linge à la lessive dès la semaine passée.

HORACE : Je dis une missive. [*(À part.)*] Qu'est-ce quand on a affaire à des bêtes[3] !

GRATTELARD : Ah ! ah ! une missive ! Dame, vous le deviez dire sans parler. Mais qu'appelez-vous une missive ?

HORACE : C'est un poulet que je veux envoyer à ma maîtresse.

GRATTELARD : Vous êtes un grand sot : que ferait-elle d'un poulet[4] ? Il vaut bien mieux lui envoyer un couple de chapons.

HORACE : Je vois bien que tu ne m'entends pas. C'est une lettre que je veux que tu lui portes.

GRATTELARD : À propos, je vous entends. Et pour qui me prenez-vous, Monsieur ? Pour un huissier de la Samaritaine[5] et pour un maquereau ?

HORACE : Je te prétends pour mon Mercure[6] d'amour.

GRATTELARD : Oui, j'irai marquer la chasse, et vous tirerez dans

---

2. En badin qu'il est, Grattelard fait mine d'avoir confondu deux mots aux sonorités proches, mais de sens bien différent. **3.** « Qu'est-ce d'avoir affaire à des esprits si grossiers ! », dit Lucas dans la deuxième farce tabarinique de 1624 (sc. 1) ; et Tabarin répond : « Vous le devez dire sans parler. » Voir, pour la dernière expression, la n. 11 de cette farce. **4.** Jeu traditionnel entre les deux sens du mot *poulet* ; *cf.* la première farce tabarinique de 1624, sc. 3. Encore dans *Le Cartel de Guillot* de Chevalier, sc. 2, Guillot ignorera, comme Grattelard, le sens de « billet d'amour ». **5.** Par cette expression, Gratellard désigne quelque valet, quelque gueux ou quelque mauvais garçon en faction dans les alentours de la Samaritaine, et qui serait prêt à transmettre un message d'amour. Les farces tabariniques font souvent allusion à la Samaritaine, endroit mal famé du Pont-Neuf ; voir *supra*, 1re farce tabarinique de 1622, sc. 3, à la n. 16. Mais Grattelard s'amuse en employant le mot *huissier*, comme si les mauvais garçons de la Samaritaine pouvaient se comparer à ces officiers qui étaient au service de la justice et des juges. **6.** Je veux faire de toi mon Mercure d'amour. Assimilation flatteuse du valet au dieu messager. *Cf.*, à la sc. 5 de la première farce tabarinique de 1622, l'expression « *Mercorio amoroso* », employée par Rodomont, pour désigner Tabarin.

la grille[7]. Mais qu'y a-t-il dans cette lettre ?

Horace : Ce sont mes tourments, mes peines, mes travaux, mes langueurs et mes maux qui y sont écrits.

Grattelard : Et vous me baillez tout cela à porter ! Tenez, voilà votre lettre. J'ai du mal assez à porter mes tourments, sans me charger de ceux d'autrui ; j'en ai toujours une escouade dans mes grègues[8]. Mais à qui voulez-vous envoyer ce poulet ?

Horace : C'est à la femme de Trostole, ce vieux bossu que tu connais.

Grattelard : Je ne manquerai de lui donner. Revenez d'ici à une heure !

[SCÈNE II]

Trostole *bossu et* Sa Femme

Trostole : Oh, pauvre homme, pauvre homme ! Voici bien de la rabat-joie[9] et de la tristesse : mes créanciers m'ont fait donner assignation au Palais[10]. Patience, patience, et veux voir si je pourrai avoir un défaut à l'encontre d'eux ; et veux dire adieu à ma femme. Holà ! holà !

La Femme : Qu'est-ce, mon mari ? Il semble à voir que vous ayez de la tristesse. Où allez-vous maintenant ?

---

7. La métaphore est empruntée au jeu de paume. Selon Furetière, la *chasse* désigne la « chute de balle à un certain endroit du jeu, qu'on marque, au-delà duquel il faut que l'autre joueur pousse la balle pour gagner le coup. Des marqueurs marquent les chasses » ; quant à la *grille*, c'est la fenêtre, le « trou carré qui est sous le bout du toit hors du service ». Grattelard veut donc dire que dans cette affaire il ne sera que le serviteur (comme celui qui marque les chasses), alors qu'Horace agira, jouera pour son compte (comme le joueur qui fait un beau coup de grille). 8. *Grègues* : haut-de-chausses, culotte sans braguette que portaient encore les pages au XVIIe siècle. 9. *Rabat-joie* désigne l'événement qui vient troubler la joie ; mais le mot a toujours été normalement masculin. 10. Il s'agit évidemment du Palais de Justice, où Trostole est convoqué. Il espère que ses adversaires feront *défaut*, qu'ils ne comparaîtront pas ou que leur avoué n'aura pas déposé ses conclusions.

TROSTOLE : Je m'en vais à mon assignation. Mais surtout vous recommande une chose, de ne laisser [entrer] mes frères au logis ; ce sont trois bossus comme moi. Soignez bien[11] qu'ils n'entrent en la maison !

LA FEMME : Toute votre race est donc bossue ? C'est que votre père n'avait point le droit quand il faisait ce procès-là[12], sans doute.

TROSTOLE : Et me recommande, car il faut aller solliciter mon procès[13].

LA FEMME : Je ne sais où est allé ce coquin de Grattelard. On m'a dit qu'il me cherche pour me donner lettre.

[*SCÈNE III*]

LES TROIS FRÈRES BOSSUS [, LA FEMME DE TROSTOLE]

LE PREMIER BOSSU : Il y a longtemps que nous n'avons pas mangé ; mon ventre en un besoin servirait d'une lanterne, si on avait mis une chandelle dedans[14].

LE SECOND : Voici le logis de notre frère ; il nous faut frapper à la porte.

LE TROISIÈME : Holà !

LA FEMME : Que demandez-vous, mes amis ? Il n'y a plus de potage.

LE PREMIER : Ne nous reconnaissez-vous point, ma sœur ?

LA FEMME : J'ai fait mes aumônes dès le matin. Mais ne serait-ce point ici mes trois bossus ? Ils ont tous leurs paquets sur le dos.

---

11. Veillez bien à ce que. **12.** La femme de Trostole joue avec les mots, dans le contexte du procès de son mari ; le procès dont il s'agit pour le père de Trostole est le fait d'engendrer, et il n'était pas dans son droit, il n'y allait pas droit, puisqu'il a fait des enfants bossus ! **13.** *Solliciter son procès*, c'est en prendre soin, faire des démarches pour le gagner. **14.** Au besoin, mon ventre servirait de lanterne pour une chandelle, car il est absolument vide ; même réflexion dans la bouche de Tabarin (sc. 1 de la première farce tabarinique de 1624).

Le Second : Nous sommes vos frères, qui vous prions de nous donner quelque chose pour manger ; autrement la faim nous fera chier en nos chausses.

La Femme : Encore faut-il avoir pitié d'eux. Entrez, mes enfants, entrez ! Mais il faut prendre garde que votre frère ne vous surprenne.

[*SCÈNE IV*]

Trostole [, La Femme de Trostole]

Trostole : Gaillard, gaillard[15] ! Foi d'homme, mes affaires sont en bon état : ai fait faire mes forclusions[16]. Et est bien vrai que je suis un peu défiant, car j'ai toujours mes pièces[17] sur mon dos. Mais patience ! Ah, pauvre homme ! qu'est-ce que j'entends en ma maison ? Ce sont mes frères sans doute. Holà !

La Femme [(*À part, aux trois frères bossus qui sont dans la maison.*)] : Cachez-vous vitement, qu'il ne vous voie. [(*À Trostole.*)] Qui va là ?

Trostole : Ai-je pas entendu du bruit là derrière ? Mes frères ne sont ils pas venus ? Foi d'homme de bien, dites-moi la vérité, car vous baillerai de la marotte[18].

La Femme : Personne n'est venu. Entrez dedans et visitez partout !

Trostole : Elle a raison, foi d'homme. Maintenant, puisqu'ils

---

15. L'adjectif est employé comme interjection d'allégresse : parfait, parfait ! **16.** Il doit falloir comprendre que les créanciers qui l'avaient assigné ne s'étant pas présentés dans les délais, ou n'ayant pas fait présenter leurs conclusions, l'action contre Trostole est éteinte. **17.** Selon Furetière, les *pièces* désignent « tout ce qu'on écrit et produit en un procès pour le mettre en état et justifier de son droit ». Mais, pour la malice, n'oublions pas que Trostole porte toujours sur son dos non seulement le sac de ses pièces, mais aussi sa bosse ! **18.** Trostole s'assimilerait-il au fou muni de son sceptre plaisant ? Il menace tout simplement sa femme du bâton.

ne sont pas venus, je m'en vais chez le greffier pour tirer tout le reste de mes pièces[19].

[*SCÈNE V*]

La Femme de Trostole, Grattelard

La Femme : Je ne sais ce que je dois faire. Je crois que ces trois bossus ont un réservoir derrière le dos ; ils ont bu un plein tonneau, les voilà ivres. Si mon mari les trouve, il criera ; il vaut mieux trouver quelque portefaix.

Grattelard [*arrivant*] : Enfin, j'ai tant cherché que...

La Femme : Grattelard, il faut que tu me fasses un plaisir : un bossu est tombé mort devant ma porte ; il faut que tu le portes dans la rivière.

Grattelard : Que me donnerez-vous ?

La Femme : Vingt écus.

Grattelard : Çà, entrons en besogne !

La Femme : Tiens, voici le drôle.

Grattelard : Il est bien pesant ; je crois qu'il n'a point chié d'aujourd'hui. [*(Il s'en va.)*]

La Femme : Je veux affiner[20] ce compagnon ici. Je n'ai fait marché à lui que d'en porter un, mais il faut qu'il les porte tous trois.

Grattelard [*revenant*] : Me voilà retourné. Il était bien lourd, par ma foi.

La Femme : Comment ! Crois-tu l'avoir jeté dans l'eau ? Il est retourné. Tiens, le voici !

Grattelard : Au diable soit le bossu ! Il faut que je le recharge encore un coup. [*(Il s'en va.)*]

La Femme : Je vous réponds qu'il gagnera bien ses vingt écus.

Grattelard [*revenant*] : Je l'ai jeté si avant qu'il ne retournera plus.

La Femme : Ne vois-tu pas que le voilà retourné ?

---

19. Au greffe se conservent toutes les minutes de la procédure, le reste des pièces du procès de Trostole.   **20.** Tromper par une finesse.

GRATTELARD : Mordienne ! je me fâche, à la fin. Je pense que je n'aurai jamais fait. Il le faut porter encore un coup. S'il revient, je lui attacherai une pierre au col. [*(Il s'en va.)*]

[*SCÈNE VI*]

TROSTOLE, GRATTELARD

TROSTOLE : Enfin, j'ai levé la sentence et toutes mes pièces[21]. Maintenant, je m'en vais au logis voir si mes frères ne sont pas venus.

GRATTELARD [*revenant*] : Comment ? Mort de ma vie, voici encore mon bossu !

TROSTOLE : Ah ! pauvre homme, je te baillerai de la cuillère de mon pot[22], foi d'homme.

GRATTELARD : Comment, coquin, je vous retrouve ici ! Vous irez avec les autres dans la rivière. [*(Il saisit Trostole et l'emporte.)*]

[*SCÈNE VII*]

GRATTELARD, LA FEMME [DE TROSTOLE, puis] HORACE [, puis TROSTOLE et LES TROIS FRÈRES BOSSUS]

GRATTELARD : J'ai enfin jeté le bossu dans l'eau. Il me faut aller recevoir les vingt écus.

LA FEMME : Eh bien ! avez-vous jeté le bossu dans la rivière ?

GRATTELARD : Il me l'a fallu reprendre par quatre fois.

LA FEMME : Quatre fois ! N'aura-t-il pas mis mon mari avec les autres ?

GRATTELARD : Le dernier parlait, par ma foi !

---

21. *Lever la sentence et les pièces*, c'est se faire délivrer une expédition, une copie du jugement et des différents actes. **22.** *La cuillère à pot*, avec laquelle on prend le bouillon dans le pot-au-feu pour tremper la soupe, est large et profonde ; c'est avec cet ustensile que Trostole menace de battre Grattelard.

LA FEMME : Oh ! qu'as-tu fait, Grattelard ? C'est mon mari que tu as jeté dans l'eau.

GRATTELARD : Il n'y a rien de perdu. Aussi bien cet homme-là est-il bossu ; je crois qu'il n'a jamais été droit. Tenez, voilà une lettre du sieur Horace.

LA FEMME : Est-il loin d'ici ?

GRATTELARD : Puisque votre mari est mort, il faut vous marier ensemble. Tenez, le voici !

HORACE [*arrivant*] : Madame, si l'affection que je vous porte me peut servir de garant pour vous présenter et sacrifier mes vœux, vous pouvez croire que je suis un de vos plus fidèles sujets[23].

(Trostole et les trois frères bossus reviennent, qui se battent[24].)

---

23. C'est l'amant soumis. Dans cette farce, Horace aura usé du vocabulaire galant, en singulier décalage par rapport au vocabulaire des autres personnages.   **24.** Dans certaines éditions, cette dernière didascalie est suivie de la phrase : « À demain toutes choses nouvelles. » Cette phrase s'adresse au lecteur du livret et ne fait pas partie de la pièce de théâtre représentée.

FARCE DU PORTEUR D'EAU

(1632)

Un certain mystère entoure la farce du Porteur d'eau, *qui se donne pour écrite en 1632. L'auteur en est inconnu ; mais la quasi-totalité des farces sont anonymes. A-t-elle été jouée à cette date ? à l'Hôtel de Bourgogne ? ailleurs ? Nous n'en savons rien. Seule certitude : des farces sont régulièrement jouées après 1630 dans le théâtre parisien de l'Hôtel de Bourgogne. S'agit-il, enfin, de l'impression ou de la réimpression en 1632 d'un texte de farce plus ancien ? Les historiens du théâtre sont partagés. A. Adam[1] prend le contre-pied de la thèse traditionnelle et pense, à cause de sa langue, que la farce a bien été écrite aux environs de 1630 ; il a sans doute raison.*

Le Porteur d'eau *nous fait en tout cas quitter l'ambiance des farces des années 1620, marquées d'influences italiennes, et retrouver plutôt l'esprit des vieilles farces françaises. À preuve ses 300 octosyllabes, son intrigue sans soin qui se contente de dramatiser vaille que vaille les étapes d'un fait divers — qui est d'ailleurs un « trait », un bon tour, une farce jouée par le porteur d'eau —, ses petites gens de la vie quotidienne. Les XVe et XVIe siècles ont produit plus d'une farce beaucoup mieux écrite, d'une technique dramatique et scénique, d'une verve comique bien supérieures ; mais le* Porteur d'eau *donne à entendre comme un écho de la tradition nationale.*

Négligeant donc la suite assez informe des scènes, depuis le moment où le porteur d'eau charge l'entremetteur de mariage de prendre contact avec la fille, jusqu'au moment où, marié, il laisse la noce, en passant par la rencontre des amoureux, l'autorisation de la mère, les fiançailles et le mariage à l'église, on sera particulièrement sensible ici à la saveur réaliste des acteurs du fait divers : l'entremetteur jovial ; Gilles, le porteur d'eau indélicat finalement plus attiré par les quelques sous et les

---

1. *Le Théâtre classique*, Paris, P.U.F., 1970, pp. 95-96.

quelques avantages qu'il tire de la célébration du mariage que par la fille qu'il abandonne sans regret ; Madeleine, la jeune fille tout heureuse de trouver mari et dont les rêves s'écroulent[2] ; sa mère, qui l'avait mise en garde contre le mariage ; jusqu'aux invités qui en sont pour leurs cadeaux de noce et aux violons qui réclament leurs gages !

Le Porteur d'eau, que nous publions comme un témoignage unique de la tradition farcesque française, nous est connu par un texte exécrable : Farce plaisante et recréative sur un trait qu'a joué un porteur d'eau le jour de ses noces dans Paris, s.l., s. n., 1632 (B.N., Yf Réserve 3442) : des vers incomplets ou excédant les huit syllabes, des vers manquants signalés par les perturbations du système des rimes, des passages obscurs. Si bien qu'Édouard Fournier, au lieu de recopier ce texte unique, lui fit subir un sérieux remaniement pour lui donner plus de régularité et le publia ainsi dans son Théâtre français avant la Renaissance (1450-1550). Mystères, moralités et farces, Paris, Laplace, Sanchez et Cie, s. d. (1872), pp. 456-460.

Nous revenons au texte de 1632, en signalant les corrections intéressantes de Fournier.

---

2. Ch. Mazouer, *Le Personnage du naïf dans le théâtre comique du Moyen Age à Marivaux*, 1979, pp. 59-60.

FARCE PLAISANTE ET RÉCRÉATIVE
SUR UN TRAIT
QU'A JOUÉ UN PORTEUR D'EAU
LE JOUR DE SES NOCES
DANS PARIS

Avant-propos

Un porteur d'eau[1] se voulant marier fit l'amour[2] à une jeune fille ; là où ils convièrent leurs amis, lui[3] ayant emprunté un manteau de vingt francs et un habit à l'équipollent[4], le galant s'en alla avec les étrennes[5], les écots[6] et l'habit, et si peu que[7] pouvait avoir son épousée, et depuis le temps personne n'en a jamais ouï parler, — qui est la cause que pour réjouir le lecteur on a mis cette farce en public, laquelle sera jouée en six personnages, savoir est[8] : l'épousée, le porteur d'eau, la mère de l'épousée, l'entremetteur du mariage, les violons et tous les conviés ensemble.

---

1. Métier essentiel, à l'époque, pour apporter l'eau dans les maisons. Les canalisations alimentent la trentaine de fontaines publiques de la ville et quelques rares immeubles ; la plupart des Parisiens doivent donc envoyer leurs domestiques chercher l'eau à la fontaine ou l'acheter aux porteurs d'eau qui parcourent les rues. **2.** Courtisa. **3.** 1632 a : *elle lui* ; nous suivons Fournier, qui corrige cette absurdité. **4.** À proportion, de même valeur. **5.** Présents, ici reçus pour les noces. **6.** Sommes rassemblées pour payer le repas. **7.** Et tout le peu que. **8.** À savoir.

Le Porteur d'eau.
L'Épousée.
Sa Mère.
L'Entremetteur.
Les Violons.
Les Conviés.

[SCÈNE I]

Le Porteur d'eau :

En me promenant dans les rues,	1
La couleur me vint tout émue[9]	
De ce que je vis en passant	
Une très belle jeune fille.	
Ell'[10] me sembla assez habile	5
Pour accommoder[11] un garçon,	
D'autant que[12] son maintien très bon,	
Sa beauté et sa bonne grâce,	
Qui les autres beautés surpasse[13],	
M'a si bien donné dans le cœur	10
Qu'il me faut un entremetteur	
Aller trouver incontinent[14]	
Afin de trouver allégeance[15]	
Dans ma douleur et ma souffrance.	

(Ici, il s'en va trouver un sien ami.)

---

9. L'émotion me fit changer de couleur.   **10.** Ellision nécessaire à l'octosyllabe.   **11.** Convenir à.   **12.** La locution n'a pas le sens causal ; elle marque plutôt un enchaînement, une conséquence.   **13.** Qui surpasse les autres beautés.   **14.** Qu'il me faut aller trouver tout de suite un marieur.   **15.** Adoucissement.

[*SCÈNE II*[16]

Le Porteur d'eau, L'Entremetteur

Le Porteur d'eau :]
Dieu te gard', compèr' mon ami !   15
Tu ne sais qui[17] m'amène ici ?

L'Entremetteur :
Ce sont tes pieds, je te l'assure.

Le Porteur d'eau :
Je le sais bien ; mais autre chose
Il y a que déclarer je[18] n'ose.

L'Entremetteur :
Si tu as l'âme si coüarde[19],   20
Va-t'en quérir[20] une hallebarde !
Tu en seras plus assuré.

Le Porteur d'eau :
Il est vrai ; mais vous vous gaussez.
Sus, taisez-vous et écoutez !
Hier, je rencontrai Magdeleine,   25
Vous savez bien : votre voisine.
Si lui voulez pour moi parler,
De beaucoup pourriez m'avancer[21] ;
Car vous avez un beau langage
Pour ménager un mariage.   30
Et si vous me faites cela,
Vers[22] vous je ne serai ingrat.

L'Entremetteur :
Ah, parbleu ! compère, je l'entends[23] :
Des martyrs tu veux être au rang[24].

Le Porteur d'eau :
Soit, c'est tout un ; cela n'importe.   35

---

16. Nous avons rétabli la division des scènes et leur numérotation suivant les usages modernes.   **17.** Ce qui.   **18.** Ce *je*, que supprime Fournier, rend le vers faux.   **19.** *Coüarde* (3 syllabes) : lâche.   **20.** Chercher.   **21.** Vous pourriez faire avancer beaucoup mon affaire.   **22.** Envers.   **23.** Vers faux ; Fournier supprime le *Ah* initial.   **24.** Encore une inversion du complément du nom.

L'Entremetteur :
Eh bien ! puisque tu veux que je porte
À elle la parole pour toi[25],
Je te dis que je le ferai,
Et la réponse te rendrai.

Le Porteur d'eau :
Adieu, compèr' ! Va, je te prie ;   40
Fais comme tu aurais envie
Que moi ou autre fît pour toi !
(Ici l'entremetteur va trouver la fille en lui disant de la façon[26] :)

[*SCÈNE III*

L'Entremetteur, L'Amoureuse[27]

L'Entremetteur :]
Tu ne sais pas, Magdeleine,
Ici le sujet qui m'amène.

L'Amoureuse :
Par ma foi non, je n'en sais rien.   45

L'Entremetteur :
Tu serais bien étonnée. Dis-moi[28] :
De servir[29] n'es-tu pas lasse ?
J'aperçois ton temps qui se passe ;
Ne te veux-tu pas marier ?

L'Amoureuse :
Et à qui ? Hélas, qui seroit   50
Le lourdaud qui voudrait de moi[30] ?

---

25. Que je lui parle pour toi. Ces deux vers sont faux.   **26.** En lui parlant ainsi. Ce genre de didascalie s'explique dans l'édition ancienne par l'absence d'indication des scènes.   **27.** Selon les situations et la progression de l'action, la jeune fille va changer de nom : l'amoureuse, la fille, la fiancée, l'épousée. Nous respectons ces variations du texte original.   **28.** Vers de 9 syllabes.   **29.** Être à un maître comme domestique.   **30.** 1632 donne : *Et à qui ? Las, qui seroit le lourdaud / Qui voudrait de moi ?* Ce qui n'est pas possible. Nous adoptons la correction de Fournier, qui rétablit deux octosyllabes, en gardant la forme *seroit* pour la rime.

L'Entremetteur :
Va, va, Magdeleine, tais-toi !
Je t'ai trouvé un amoureux.
    L'Amoureuse :
Hé, qui est-il, le malheureux ?
    L'Entremetteur :
Malheureux ? Vraiment pas trop !   55
Je reconnais à ses[31] propos
Qu'il gagne assez bien sa vie.
C'est pourquoi, si tu as envie
De te marier, dis-le-moi,
Et si as quelque peu de quoi   60
Pour avancer en un ménage[32].
    L'Amoureuse :
J'ai un peu d'argent de mes gages,
Que j'ai tâché à épargner.
Mais qui est-il ? De quel métier
Se mêle donc cet amoureux ?   65
    L'Entremetteur :
Ma foi, je te le veux bien dire :
C'est ce porteur d'eau nommé Gille.
Tu ne seras pas mal avec lui[33],
Car il est gaillard et joli.
    L'Amoureuse :
Il me faut savoir si ma mère   70
Veut consentir en cette affaire.
Je m'en vais chez elle à ce soir[34],
Et le tout lui ferai savoir.
    L'Entremetteur :
Eh bien ! adieu donc, Magdeleine.
Dis-moi des nouvelles certaines   75
Lorsque tu y auras été.
(Ici, la fille s'en va voir sa[35] mère.)

---

31. 1632 : *ces* ; la correction de Fournier s'impose.   **32.** Pour faire démarrer le ménage.   **33.** Vers faux.   **34.** *À ce soir* : ce soir.
35. 1632 a : *voir sur sa* ; nous suivons la juste correction de Fournier.

[*SCÈNE IV*

L'Amoureuse, La Mère

L'Amoureuse :]
Bonsoir, ma mère !
    La Mère :
Bonsoir, Magdeleine ! Qui te mène[36] ?
    L'Amoureuse :
Pas grand-chose je ne vous veux dire[37] :
Je suis lasse d'être en martyre,   80
Je voudrais bien me marier ;
Ma maîtresse toujours grogne[38]
Si je me joue avec quelque homme.
Et si je vous dis en un mot,
Mon chos'[39] ne me laisse en repos.   85
    La Mère :
Eh quoi, ma fille, que veux-tu faire[40] ?
En ménage il y a bien affaire[41] :
Il faut du beurre et du fromage,
Et du sel pour mettre au potage,
Du pain, du bois et de l'argent.   90
Et puis, quand on a des enfants,
À l'un il faudra une cotte,
À l'autre un bonnet. Je suis sotte[42]
En songeant comme j'ai été.
    La Fille :
Vous avez beau m'en détourner,   95
C'est une chose résolue,
Et dedans mon esprit conclue.

---

36. Qu'est-ce qui t'amène ? — Le texte est très défectueux : un vers de 4 et un vers de 9 syllabes. La correction de Fournier est la suivante : v. 77 : *Bonsoir, ma mère ! — Magdeleine*, et v. 78 : *Bonsoir ! Ici qui te mène ?* (7 syllabes). **37.** Je ne veux pas vous dire grand-chose. Vers de 9 syllabes. **38.** Fournier ajoute *me* (*me grogne* : grogne après moi) pour obtenir un octosyllabe. **39.** Mon sexe, mon instinct sexuel. **40.** 9 syllabes, sauf si l'on élide le *e* de *fille* à la césure. **41.** Bien des besoins, des difficultés. **42.** 1632 a : *folle* ; il faut suivre Fournier qui corrige en *sotte*.

LA MÈRE :
Peut-être tu auras un ivrogne
Qui te dira : « Putain ! Carogne[43] !
Mort ! Tête ! Donne-moi[44] de l'argent ! »   100
Puis il te cassera la tête.
Voilà tout ce qui me moleste[45] ;
Cela me mettrait en tourment.

LA FILLE :
Celui que l'on me veut donner
N'est pas de ces[46] jeunes éventés ;   105
Il gagne joliment sa vie.
C'est pourquoi de lui j'ai envie,
Et je ne m'en puis[47] désister[48].

LA MÈRE :
Et qui est-il[49] ?

LA FILLE :
C'est ce porteur d'eau nommé Gille.   110

LA MÈRE :
C'est un garçon assez habile,
S'il veut[50] prendre garde à lui.

LA FILLE :
Chacun dit qu'il a du souci[51]
De se tenir honnêtement.

LA MÈRE :
Il faut avertir tes parents   115
Pour quand tu seras accordée[52].

LA FILLE :
Bonsoir ! Je crains d'être tancée
De ma maîtresse rudement.

LA MÈRE :
Bonsoir ! Va-t'en bien vitement !

---

43. À peu près synonyme de *putain.* 44. Fournier supprime ce *moi* pour obtenir un octosyllabe. 45. Inquiète, tourmente. 46. Fournier corrige *de ces* en *des* pour l'octosyllabe. 47. 1632 a : *pis,* justement corrigé en *puis* par Fournier. 48. Je ne peux pas y renoncer. 49. Vers incomplet. 50. Fournier ajoute *bien* pour l'octosyllabe. 51. Il se soucie de. 52. De la date de tes *accordailles* (cérémonie où l'on signe le contrat de mariage).

[*SCÈNE V*

L'Amoureuse, L'Entremetteur]

L'Amoureuse :
Ah, bonsoir, Monsieur un tel !   120
J'apporte des bonnes nouvelles :
Ma mère le veut bien[53].
        L'Entremetteur :
Adieu, ne te soucie de rien !
Je vais trouver le pauvre Gille.
Je le mettrai hors de martyre ;   125
Il sera en contentement.
        L'Amoureuse :
Allez, dites-lui hardiment
Qu'il prenne jour pour accorder[54].
        (*L'entremetteur s'en retourne trouver le porteur d'eau.*)

[*SCÈNE VI*

L'Entremetteur, Le Porteur d'eau

L'Entremetteur :]
Bonsoir, compère ! Eh bien, comme[55] va ton affaire[56] ?
        Le Porteur d'eau :
Hélas ! je n'en sais rien, compère.   130
Dites un peu ce que vous avez fait[57],
Et si tout est bien avancé !
        L'Entremetteur :
Veux-tu que te dise en un mot ?
Elle m'a tins[58] très bons propos.

_____

53. Sur trois vers, un seul octosyllabe ! **54.** Qu'il fixe le jour des accordailles. **55.** Comment. **56.** C'est cette fois un alexandrin ! **57.** Décasyllabe. **58.** Forme du participe passé de *tenir* (pour *tenu*) qu'on rencontrait encore au xvie siècle.

Ne te soucie plus de rien :   135
Sa mère et elle le[59] veulent bien.
Prends un jour pour accorder !
> LE PORTEUR D'EAU :

Ah ! bon, bon ! bonnes nouvelles !
Ça, mettons ici tout par écuelles[60] !
Compère, je m'en vais quérir du vin,   140
Car maintenant j'ai envie
De manger quelque fricanderie[61]
En nous réjouissant sans fin.
> L'ENTREMETTEUR :

Va tôt ! Et puis nous parlerons d'affaire[62].
> LE PORTEUR D'EAU :

Eh bien ! compèr', voilà du vin !   145
Buvons jusqu'à demain matin !
> L'ENTREMETTEUR :

Non, non, il ne faut pas tant boire !
Mets-toi[63] sur ta bonne mine[64],
Afin d'aller voir Magdeleine !
Et puis on ira convier   150
Ceux que vous voudrez demander[65].
> LE PORTEUR D'EAU :

Allons-nous-en de ce pas !
Après que nous aurons bu,
Je serai plus gracieux
À lui parler d'amourette[66].   155
(Ici, ils s'en vont voir l'amoureuse, et le porteur d'eau lui dit :)

---

59. Fournier supprime ce *le* pour l'octosyllabe.   **60.** *Mettre tout par écuelles*, c'est ne rien épargner pour faire grand-chère. Si le v. 138 a 7 syllabes, le v. 139 en a 9, le v. 140 en a 10 et le v. 141 en a 7 !   **61.** Ce mot, dont l'origine n'est pas complètement claire et que la plupart des dictionnaires anciens et modernes ne semblent pas connaître, ne paraît pas désigner un plat précis, mais « un bon plat » (d'après H. Lewicka, *La Langue et le style du théâtre comique des XVᵉ et XVIᵉ siècles*, t. I, 1960).   **62.** Décasyllabe.   **63.** Fournier ajoute *tôt* pour l'octosyllabe.   **64.** Habille-toi pour avoir belle allure !   **65.** Inviter.   **66.** Je lui conterai fleurette de meilleure grâce.

[*SCÈNE VII*

L'Entremetteur, Le Porteur d'eau, L'Amoureuse, puis La Mère
et Les Conviés

Le Porteur d'eau :]
Dieu vous gard', ma mignonnette[67] !
Et comment vous portez-vous ?
   L'Amoureuse :
Assez bien, Dieu merci.
Et vous, Gille ?
   Le Porteur d'eau :
      À votre sercice, mon cœur[68].
Excusez si je n'ai pas fait tant l'amour[69]   160
Ainsi que l'on fait en ce jour !
Vous savez bien que nous autres
Je ne savons[70] pas discourir.
Or bien, sus, qu'est-il de faire[71] ?
   L'Amoureuse :
Rien autre chose[72],   165
Sinon qu'il faut vos parents
Avoir ici présentement.
   Le Porteur d'eau :
Pour moi, je n'ai pas de parents.
Mon compère fera[73] pour moi.
   La Mère :
Eh bien ! mon pauvre Gille,   170
Vous voulez avoir ma fille ?

---

67. 1632 a *mignonne*; Fournier a raison (voir la rime) de substituer le diminutif, ce qui allonge le vers. Le vers suivant n'a que 6 syllabes. **68.** Fournier distribue autrement les v. 158 et 159 (6 et 10 syllabes en 1632), pour obtenir deux octosyllabes ; au prix d'un enjambement audacieux (« Et vous, / Gille ? ») **69.** 11 syllabes. **70.** Faute typique du langage populaire ou paysan (mélange des 1res personnes du sing. et du plur.). Voir aussi le v. 203. **71.** Que faut-il faire ? **72.** Rien d'autre. Ce vers n'a que quatre syllabes. **73.** Fera office de parent. Fournier corrige en *sera*.

Le Porteur d'eau :
Oui, s'il vous plaît, et à elle aussi[74].
La Mère :
Bien ! Voici tous nos amis
Que nous avons mandés[75] ici.
Ils sont venus d'un franc courage[76]   175
Pour accorder le mariage[77].
Les Conviés :
Or sus, Gille mon ami !
Il ne faut pas songer[78] ici.
Accordez-vous, je vous supplie,
Puisque la voulez pour amie !   180
Le Porteur d'eau :
Oui-da, Messieurs, c'est bien parlé !
Afin que soyez contentés,
Voici une bague jolie.
Tenez, prenez, ma douce amie,
Je vous fais présent de mon cœur.   185
L'Amoureuse :
Je vous remercie de l'honneur
Qu'il vous plaît de me faire.
Sus, avisons à nos affaires !
Quand vous voulez-vous marier ?
Le Porteur d'eau :
Il ne me le faut pas demander ;   190
Car je voudrais que ce fût fait,
Tant que j'ai cela à souhait[79].
L'Amoureuse :
C'est pour d'ici à quinze jours.
Avez-vous quelque accoutrement ?

---

74. Et s'il lui plaît. Vers de 9 syllabes. **75.** Fait venir. **76.** De bon cœur. **77.** Pour assister aux *accordailles.* Celles-ci ne se font pas devant le notaire, avec un contrat en bonne et due forme ; Gille se contente de donner une bague à sa promise devant la famille. **78.** Retarder les accordailles par des rêveries. **79.** Contrairement à la lettre, il faut comprendre : tant je souhaite le mariage, et non : aussi longtemps que je le souhaite.

LE PORTEUR D'EAU :
J'en ai un qu'est[80] assez joli.   195
Le voilà, voyez-le plutôt !
Chacun me dit à ce propos[81] :
« Il est bon pour vos fiançailles ;
Puis votre accordée tâchera,
Par quelque moyen qu'ell' fera,   200
D'en avoir un en quelque part ».
            (Ils s'en vont fiancer[82].)

[*SCÈNE VIII*

LA FIANCÉE, LE PORTEUR D'EAU]

LA FIANCÉE :
Or, avant[83], Gille, mon ami !
Je sommes fiancés, Dieu merci !
Pour moi, je le dis sans frivole[84],
J'ai quelque sept ou huit pistoles.   205
Et vous, n'avez-vous rien ?
            LE PORTEUR D'EAU :
Pour moi, d'argent j'en ai bien peu.
Mais en quoi je me tiens heureux,
C'est que j'ai des bonnes maisons[85],
Là où je gagne bien ma vie.   210
Sur personne je n'ai envie,
Car j'aime tous les bons garçons.
            LA FIANCÉE :
Eh bien ! songeons à nos affaires.

---

80. Qui est ; élision populaire ? **81.** Nous adoptons les deux corrections de Fournier, *me* pour *lui* et *ce* pour *ces*. **82.** Après les
accordailles, et avant la célébration du mariage, viennent les *fiançailles*
— promesse de mariage faite en présence du prêtre, à l'église.
83. Allons ! **84.** Sans frivolité, avec sérieux. **85.** Ces bonnes maisons
constituent sa clientèle ; c'est là qu'il porte de l'eau. Il n'a pas un sou
vaillant, mais une pratique assurée.

Allons-nous-en porter des arrhes[86]
Aux rôtisseurs et aux violons!   215
Nous voilà tantôt[87] à dimanche.
Mon pauvre Gill', mon espérance,
Fort bien nous nous réjouirons.

LE PORTEUR D'EAU :

Oui ; mais je n'ai pas de manteau.

LA FIANCÉE :

Va, va, ne te soucie pas!   220
Bientôt on y pourvoiera ;
J'en aurai un en quelque part.

LE PORTEUR D'EAU :

Bien donc, Magdeleine, ma mie!
Cherchez-en un, je vous en prie,
Car c'est demain, vous le savez,   225
Qu'il nous faut aller à l'église.
Soyons d'une façon exquise
Tous deux fort bien accommodés[88].

[*SCÈNE IX*

L'ÉPOUSÉE, LE PORTEUR D'EAU, LES CONVIÉS, LES VIOLONS]

LE PORTEUR D'EAU :

Voilà le dimanche venu.
Nos gens sont-ils[89] pas couru   230
Au bruit de nos violons?

L'ÉPOUSÉE :

Oui-da, Gille, les voilà.
Apprêtez tout votre cas[90]!

LE PORTEUR D'EAU :

Chacun est-il prêt ?

LES CONVIÉS :

        Oui.

---

86. 1632 donne *aires*, qui convient pour la rime ; c'est que le mot *arrhes* se prononçait, et en particulier à Paris, *erres*. Je donne la forme moderne. **87.** Bientôt. **88.** Soyons joliment habillés. **89.** N'ont-ils. **90.** Veillez à préparer tout ce qui vous concerne !

Les Violons :
Comment, Monsieur le marié,   235
Vos violons n'ont-ils pas de livrée[91] ?
    Le Porteur d'eau :
Comment, vertubieu, je m'appelle livrée[92] ?
(Ils s'en vont à l'église et, étant revenu, le porteur d'eau
                    commence à dire :)

                        [*SCÈNE X*

Le Porteur d'eau, Les Conviés, La Mère, L'Épousée, Les Violons,
                        L'Entremetteur

    Le Porteur d'eau :]
Sus, Messieurs, chacun entrez !
Ma foi, il m'a bien ennuyé
D'être si longtemps là à jeun.   240
    Les Conviés :
Voilà ce que nous étrennons[93] !
Sus, avancez-vous, violons,
Et jouez une entrée de table,
Afin que tout chacun[94] s'apprête
Pour bien danser à cette fête !   245
Les coqs d'Inde et cochons de lait
Étaient[95] exquis à ce banquet.
    Le Porteur d'eau :
Hélas ! Messieurs, prenez en gré
Si peu que l'on a apprêté !

---

91. Rubans de couleur que la mariée distribue à toute la noce.   **92.** Ce
vers de 11 syllabes que donne 1632, et qui peut se comprendre comme
une plaisanterie du porteur d'eau, est carrément remplacé par Fournier,
qui propose : *Bientôt vous en sera livré.*   **93.** Voilà ce banquet que nous
allons entamer (*étrenner*, c'est avoir le premier usage d'une chose).
Fournier, insatisfait du texte de 1632, corrige en *Voilà ! Sus, que nous
étrennions !*   **94.** Tout un chacun.   **95.** Étrange imparfait, alors que le
banquet va juste commencer ! Le *coq d'Inde* est le dindon.

La Mère :

Notre gendre, apportez le plat ;   250
Que chacun apprête son cas,
Afin de payer les écots[96] !

Le Porteur d'eau[97] :

Parbieu, je serais fol et ignorant !
Voilà que[98] me vois de l'argent,
Un bon habit, un bon manteau.   255
Ma foi ! je serais bien lourdaud
Si j'étais ici davantage.
C'est tout vu pour le mariage !
J'ai moyen de prendre bon temps.
Voilà mes gens, sans raillerie,   260
Qui mangent la fricanderie[99]
Là-haut, ainsi que des gàlants[100] !

(Il s'en va sans dire mot.)

La Mère :

Où est mon gendre ?

L'Épousée :

Il est là-bas. Appelez-le !

La Mère :

Gille ! Gille[101] !   265

Les Conviés :

Il faut qu'il vienne remercier
Tous les gens qu'il a conviés
Pour venir ici à ses noces.

Les Violons :

Jamais n'avons[102] vu telle chose :

---

96. Que chacun prépare sa participation aux dépenses du repas (voir n. 6), qui sera déposée dans le plat. On voit que, pour cette noce populaire, les conviés sont sollicités et versent leur quote-part. **97.** Le marié a passé le plat et recueilli l'argent (l'avant-propos dit qu'il part avec les écots). Il prononce sa réplique à part, en retrait de la noce. **98.** 1632 a : *Voilà je me vois* ; Fournier donne : *Voilà que me vois*, que nous adoptons. Il faut comprendre : voilà que je me vois. **99.** Voir au v. 142. **100.** Des gens qui aiment bien s'amuser, prendre du bon temps. **101.** Les v. 263 et 265 sont très atrophiés. **102.** 1632 a *je n'avons* ; nous suivons Fournier qui supprime *je*.

Un marié ne pas assister[103] !   270
Il faut aller voir où il est.
    La Mère :
Hélas, mon Dieu ! tout est perdu :
La porte ouverte et le bahut,
Le manteau emporté encore.
    L'Épousée :
Comment, ma mèr', que dites-vous ?   275
    La Mère :
Il est vrai ce que je dis.
    Les Violons :
Je voulons de l'argent[104].
    Les Conviés :
Je ne vous devons rien.
Comment, mort diable !
C'est chose admirable.   280
Je sommes dupés.
    Les Violons :
Par le grand Dieu, ce n'est pas tout !
Je ne voulons pas de discours.
Or sus, qui est-ce qui nous paiera ?
    Les Conviés :
Parbieu ! il faut   285
Savoir à qui en aura[105].
Monsieur l'entremetteur,
Vous serez battu à cette heure.
    L'Entremetteur :
Hélas, pardonnez-moi !
    Les Violons :
De l'argent !

---

103. Ne pas assister au banquet.   **104.** Le porteur d'eau est parti avec les sommes récoltées auprès des conviés ; ni les violons, ni le rôtisseur (voir v. 293) n'ont été payés. Est-ce sous l'effet de la colère que les violons et les conviés vont à leur tour mélanger les premières personnes grammaticales ?   **105.** Je comprends : à qui on s'en prendra pour avoir de l'argent.

L'Épousée :

        Mon manteau,   290
Et mon habit, et mes pistoles !
Voilà un tour qui est drôle.

La Mère :

L'argent pour le rôtisseur,
Vous le paierez, Messieurs
Qui avez bien dîné.   295

Les Conviés :

Vous aurez[106] menti, j'avons payé !
(Ils commencèrent à se battre comme[107] il faut. Voilà le trait du
porteur d'eau[108].)

Fin

---

106. Fournier corrige en *avez.* **107.** 1632 donne *comment* ; nous adoptons la correction de Fournier. **108.** Ce texte n'est pas une didascalie dramatique ; il marque l'intervention d'un narrateur, celui-là même qui parlait dans l'avant-propos et annonçait la mise en forme théâtrale, au présent, d'une anecdote survenue naguère.

MOLIÈRE

La Jalousie du Barbouillé
et
Le Médecin volant
(avant 1658)

Que la farce, désormais nourrie des influences de la commedia dell'arte, *ait fait s'esclaffer aussi bien les spectateurs de la province que les spectateurs parisiens de la première moitié du XVIIᵉ siècle est une évidence. Les comédiens de campagne, qui circulaient alors dans toutes les régions du royaume, savaient leur public friand de ce genre de spectacle — tous leurs publics même, et pas seulement le public populaire et mêlé qui se bousculait dans une salle d'auberge ou qui se pressait, un peu plus confortablement, dans quelque jeu de paume aménagé en salle de théâtre. Dans son* Baron de la Crasse[1] *de 1662, Raymond Poisson qui, comme Molière et vers la même époque, a commencé sa carrière d'acteur dans diverses troupes errantes, met en scène un baron du Languedoc chez qui s'annoncent des comédiens de campagne. Ceux-ci lui proposent les grandes pièces — tragédies, tragi-comédies, comédies — créées à Paris ; mais le baron n'a de goût que pour une farce, qu'on finit par lui jouer. À Paris, la naissance d'une véritable comédie littéraire à partir des années 1630 relégua peut-être la farce, dont on imagine mal qu'elle ait totalement disparu, au second plan. Mais Molière allait remettre la* petite comédie — *car on évitait désormais de parler de* farce — *en vogue.*

Il le fit le 24 octobre 1658 très précisément, pour son grand début parisien devant le roi, au Louvre. Les comédiens de Molière donnèrent d'abord le Nicomède *de Corneille ; puis Molière s'avança sur le théâtre et s'adressa à Sa Majesté, en lui disant finalement « que puisqu'Elle avait bien voulu souffrir leurs manières de campagne, il la suppliait très humblement d'avoir agréable qu'il lui donnât un de ces petits divertissements*

---

1. Éd. Ch. Mazouer, Société des Textes Français Modernes (Paris, Nizet, 1987).

qui lui avaient acquis quelque réputation, et dont il régalait les provinces». Et la Préface de l'édition de 1682 des Œuvres de Molière, celle qui est due à La Grange et à Vivot, poursuit : « Ce compliment, dont on ne rapporte que la substance, fut si agréablement tourné et si favorablement reçu, que toute la cour y applaudit, et encore plus à la petite comédie, qui fut celle du Docteur amoureux. Cette comédie, qui ne contenait qu'un acte, et quelques autres de cette nature, n'ont point été imprimées : il les avait faites sur quelques idées plaisantes sans y avoir mis la dernière main ; et il trouva à propos de les supprimer, lorsqu'il se fut proposé pour but de toutes ses pièces d'obliger les hommes à se corriger de leurs défauts. Comme il y avait longtemps qu'on ne parlait plus de petites comédies, l'invention en parut nouvelle, et celle qui fut représentée ce jour-là divertit autant qu'elle surprit tout le monde[2]. »

En somme, c'est grâce à la farce que Molière s'attira la faveur du monarque et, du coup, l'auteur du Docteur amoureux remit le genre à la mode dans les théâtres parisiens ! Boileau lui-même regrettait que soit perdu Le Docteur amoureux, parce que, disait-il, « il y a toujours quelque chose de saillant et d'instructif dans ses moindres ouvrages[3] ». Molière avait donc composé et représenté des farces au cours de ses pérégrinations provinciales ; il en joua aussi à Paris après 1658. Les titres seuls de ces petites pièces nous sont connus[4], Molière estimant indigne du peintre de la nature humaine et du contempteur des vices — d'après la Préface de 1682 — de donner une forme littéraire définitive à ces minces divertissements et de les confier à l'impression. Les registres de la troupe mentionnent ainsi Gros-René écolier, Le Docteur pédant, Gorgibus dans le sac, Plan plan, Les Trois Docteurs, Le Fagoteux, La Casaque, Le Fin Lourdaud...

Deux de ces farces ont heureusement échappé au naufrage : La Jalousie du Barbouillé *et* Le Médecin volant. *J.-B. Rousseau*

_____

2. P. 998 du t. I de l'éd. G. Couton des *Œuvres complètes* de Molière, 1971. **3.** *Boloeana*, 3 (cité par G. Michaut, *La Jeunesse de Molière*, 2ᵉ éd., Paris, Hachette, 1923, p. 219). **4.** Voir G. Michaut, *La Jeunesse de Molière, op. cit.*, pp. 212 sq.

en possédait le manuscrit en 1731[5], et ne croyait pas que
ces pièces fussent de Molière ; c'est Viollet-le-Duc qui, en 1819,
les publia sous le titre de Deux pièces inédites de J.-B. Poque-
lin Molière. *La discussion sur leur authenticité a continué ;
G. Michaut en doute encore. Mais elles sont maintenant
communément attribuées à Molière et l'on peut se ranger aux
arguments de Georges Couton[6].*

*

La Jalousie du Barbouillé, *dont on ne sait à quelle date elle a
été créée, a été rejouée par la troupe de Molière entre 1660 et
1664, sous le nom de* La Jalousie de Gros-René *ou de* Gros-René
jaloux *; Gros-René était le nom de farce de l'acteur René
Berthelot, qui tenait le rôle du Barbouillé — celui dont le visage
était enfariné, ou bien barbouillé de lie de vin ou de noir (voir
la note 1 du texte).*

*En amont, la farce est tournée vers l'Italie. Le sujet — la
femme qui fait sortir son mari retranché au logis en feignant de
se jeter dans un puits, rentre alors subrepticement et laisse le
jaloux dehors — est de Boccace (quatrième nouvelle de la
septième journée), et a dû passer dans des canevas italiens
connus de Molière. Un personnage comme le Docteur vient tout
droit de la* commedia dell'arte. *Mais ce couple désaccordé que
forment le Barbouillé et Angélique était bien connu de notre
farce.*

*Quelle pénible situation conjugale ! Un mari grossier, débau-
ché et ivrogne qui voudrait confiner sa femme au logis, qui
songerait même à la tuer ; une épouse qui trouve à se consoler
avec un amant. Le Barbouillé tente de se venger, mais si
maladroitement qu'il est berné et se retrouve en posture
d'innocent accusé ; comme les cocus de la farce médiévale, il
doit reprendre le joug conjugal avec une résignation lucide[7].*

5. Probablement le manuscrit qui est actuellement à la Bibliothèque
Mazarine.   **6.** Notice sur les premières farces de Molière, éd. cit., t. I, pp.
5-6.   **7.** Ch. Mazouer, *Le Personnage du naïf dans le théâtre comique
du Moyen Age à Marivaux,* 1979, pp. 171-172.

Ce personnage n'est pas le seul à faire rire. Le Docteur dix fois docteur anime à lui seul deux scènes (sc. 2 et 6), et paraît encore à la fenêtre, en bonnet de nuit et en camisole, dans la dernière scène. Comme tout pédant, il est enfermé dans son savoir — savoir difficilement communicable et sans utilité —, incapable de s'ajuster à la réalité et aux autres. Débitant comme une mécanique les éléments de sa science, s'étourdissant de jeux rhétoriques et formels, éructant des citations latines à tout propos, menaçant de lire un plein chapitre d'Aristote, il interrompt sans cesse les autres et ne les écoute pas. Comment pourrait-il donner un conseil de sagesse pratique au Barbouillé ? Comment pourrait-il rétablir la paix dans la famille ? Ajoutons que le personnage donne lieu à un comique de langage très soigné et très écrit[8], mais aussi à des jeux de scène physiques[9] favorisés par son aspect mécanique.

En aval, cette première farce regarde vers le reste du théâtre de Molière. Molière n'en a pas fini avec les pédants, forcément inadaptés au réel[10] — précepteurs comme Métaphraste (Le Dépit amoureux), docteurs aristotélicien ou pyrrhonien comme Pancrace et Marphurius (Le Mariage forcé) ; la situation conjugale conflictuelle et l'épisode de la femme qui parvient à rentrer chez elle en laissant son mari dehors seront repris dans le George Dandin de 1668. Ces échos, cette continuité militent en faveur de l'authenticité moliéresque de La Jalousie du Barbouillé.

*

Le Médecin volant *appelle des observations semblables.*
Plusieurs Medico volante *sont signalés — pièces ou canevas de*

---

8. On ne peut dire que cette farce soit vraiment un canevas. Le dialogue est soigneusement écrit et presque complètement ; seule l'extrême fin de la scène 6 est résumée. **9.** Voir la longue didascalie de la fin de la scène 6, où le Docteur continue de disserter alors qu'il est à terre et qu'on le traîne sur le dos. **10.** Voir : A. Gill, « "The doctor in the farce" and Molière », *French Studies,* april 1948, pp. 101-128 ; M. Guggenheim, « Les Pédants de Molière », *Revue de l'université d'Ottawa*, vol. 44, n° 1, janvier-mars 1974, pp. 78-94.

la commedia dell'arte — *depuis le début du siècle ; le célèbre
Domenico Biancolelli en donna un à Paris après 1660. Un père
berné, des amoureux sympathiques mais assez fades, un valet
qui met son astuce à leur service : voilà l'univers italien. Molière
en reprend les éléments dans cette farce, dont des représentations sont mentionnées entre 1659* — *la première signalée ayant
eu lieu au Louvre, pour le roi, décidément amateur de farces !* —
*et 1664. Signe du succès du sujet : les autres théâtres parisiens
firent brocher un* Médecin volant *à quelques dramaturges ;
Boursault en fit une version versifiée pour l'Hôtel de Bourgogne.*

    *Deux personnages peuvent retenir l'attention dans cette farce
de Molière :* Gorgibus[11] *et Sganarelle.*

    *Molière sera très longtemps fidèle au personnage du père
berné qui remplit, dans l'intrigue de la comédie, la fonction
d'obstacle ; après le Gorgibus du* Médecin volant, *il y aura les
pères de* L'Amour médecin, *du* Médecin malgré lui, *de* Monsieur
de Pourceaugnac *et des* Fourberies de Scapin. *Sans compter* —
*mais alors, la fonction de père opposant n'est plus qu'un socle
sur lequel se dressent des créations géniales, hors de toute
tradition* — *ces pères butés que sont un Orgon, un Monsieur
Jourdain ou un Argan. Gorgibus n'atteint pas ces sommets !
Comme le Sganarelle de* L'Amour médecin *et le Géronte du*
Médecin malgré lui, *Gorgibus est joué par sa fille qui feint la
maladie ; sa tendresse naïve la voit déjà morte. Mais sa crédulité
ne s'arrête pas là : les boniments burlesques du faux médecin ne
l'inquiètent pas, ni l'existence de ce jumeau supposé que
s'invente le médecin Sganarelle surpris dans ses habits de valet.
Tant de confiance permet aux jeunes gens de se rejoindre.*

    *Mais le rôle scéniquement le plus brillant de la farce était tenu
par Sganarelle, c'est-à-dire par l'acteur Molière. C'est la première
apparition de ce personnage nouveau, de ce type*[12] *créé par
Molière et qui se fixera mieux, dans ses traits psychologiques et*

---

11. Ch. Mazouer, *Le Personnage du naïf dans le théâtre comique du
Moyen Age à Marivaux*, 1979, pp. 182-184. **12.** J.-M. Pelous, «Les
Métamorphoses de Sganarelle : la permanence d'un type comique»,
R.H.L.F., 1972, n⁰ 5-6, pp. 821-849.

scéniques, à partir de Sganarelle ou Le Cocu imaginaire, *à travers divers avatars. Dans notre farce, Sganarelle est un valet, et qui ne paraît pas d'abord très fin. Mais devant jouer un rôle et se déguiser en médecin, puis devant jouer un second rôle, celui de Narcisse, frère supposé de ce faux médecin, Sganarelle passe de la maladresse amusante à une habileté étourdissante. Une première série de scènes (sc. 4 à 8) fait rire des balourdises de l'ignorant et inculte valet dans son rôle d'emprunt ; à partir de la scène 11, la farce repose uniquement sur la virtuosité technique du comédien qui interprète Sganarelle, jouant alternativement deux rôles, quittant et remettant à toute vitesse son habit de médecin, sautant par la fenêtre, faisant croire à l'existence simultanée de lui-même et de son jumeau en mettant un chapeau et une fraise au bout de son coude — et cela de plus en plus vite, jusqu'au moment où il est surpris. Performance d'acteur que ces rôles d'emprunt, avec le déguisement : déguisement du costume et déguisement de la voix[13]. Performance réservée à la farce ? Que non pas : Toinette, la jeune suivante de la dernière comédie de Molière, reprendra le jeu de Sganarelle* (Le Malade imaginaire, *III, 8-10).*

Il n'est pas surprenant que le grand farceur italien du XXᵉ siècle Dario Fo, appelé à mettre en scène, en 1990, la farce de Molière pour la Comédie-Française, ait accentué les lignes du jeu farcesque : la bêtise du père, la maladresse, d'abord, de Sganarelle, puis sa rapidité — son envol, devrait-on dire, car Dario Fo faisait littéralement voler Sganarelle, vrai *médecin volant, au bout d'une corde !*

*

Se présentant peut-être un peu davantage parfois comme un canevas à développer — mais, encore une fois, le dialogue des deux farces est pour ainsi dire entièrement écrit —, Le Médecin volant, *au-delà de la spécificité des deux fables et de leurs personnages, présente des qualités communes avec* La Jalousie

---

13. Ch. Mazouer, « Molière et la voix de l'acteur », *Littératures classiques*, nᵒ 12, janvier 1990, pp. 261-274.

du Barbouillé, *qui sont aussi celles des meilleures des anciennes farces : action vive, structurée et rythmée, personnages typés, parfois poussés au ridicule et à la caricature, dialogue familier et vivant, le tout devant engendrer le rire puisqu'un bon tour est joué à quelque naïf.*

Molière excella d'abord, et continua d'exceller dans la farce. De Visé en témoigne : « Molière fit des farces qui réussirent un peu plus que des farces et qui furent plus estimées dans toutes les villes que celles que les autres comédiens jouaient[14]*. »*

*

Pour les deux pièces, nous donnons le texte qu'Eugène Despois établit pour le t. I des Œuvres de Molière *dans la collection des « Grands Écrivains de la France » (Paris, Hachette, 1873), c'est-à-dire le texte à peine corrigé du manuscrit conservé à la Bibliothèque Mazarine.*

Quant à l'établissement du texte et à l'annotation, l'édition des « Grands Écrivains de la France », à certains égards, n'a jamais été surpassée ; elle a souvent été utilisée, en revanche... La meilleure édition moderne, également tributaire des « Grands Écrivains de la France », mais annotée dans un esprit différent, est celle de Georges Couton pour « La Pléiade » (Paris, Gallimard, 1971).

---

14. *Nouvelles Nouvelles*, 1663 (cité par G. Michaut, *op. cit.*, p. 219).

LA JALOUSIE
DU BARBOUILLÉ

Comédie

ACTEURS

LE BARBOUILLÉ[1], mari d'Angélique.

LE DOCTEUR.

ANGÉLIQUE, fille de Gorgibus.

VALÈRE, amant d'Angélique.

CATHAU, suivante d'Angélique.

GORGIBUS[2], père d'Angélique.

VILLEBREQUIN[3].

[LA VALLÉE.]

---

1. Les farceurs français, qui ne portaient pas le masque comme les acteurs de la *commedia dell'arte*, avaient l'habitude de se fariner le visage ou de se le barbouiller de noir ou de lie de vin. D'où le nom du Barbouillé. **2.** Ce nom, qui est celui de diverses personnes réelles à l'époque, sert à Molière pour désigner des pères encore dans *Le Médecin volant, Les Précieuses ridicules* et *Sganarelle*. **3.** Ce personnage, dont le nom est peut-être tiré de celui de l'acteur Edme Villequin, dit de Brie, paraîtra encore dans *Sganarelle*; un Villebrequin est mentionné dans *Le Médecin volant*.

SCÈNE PREMIÈRE

Le Barbouillé : Il faut avouer que je suis le plus malheureux de tous les hommes. J'ai une femme qui me fait enrager : au lieu de me donner du soulagement et de faire les choses à mon souhait, elle me fait donner au diable vingt fois le jour ; au lieu de se tenir à la maison, elle aime la promenade, la bonne chère, et fréquente je ne sais quelle sorte de gens. Ah ! pauvre Barbouillé, que tu es misérable ! Il faut pourtant la punir. Si je la tuais... L'invention ne vaut rien, car tu serais pendu. Si tu la faisais mettre en prison... La carogne[4] en sortirait avec son passe-partout. Que diable faire donc ? Mais voilà Monsieur le Docteur qui passe par ici ; il faut que je lui demande un bon conseil sur ce que je dois faire.

SCÈNE II

Le Docteur, Le Barbouillé

Le Barbouillé : Je m'en allais vous chercher pour vous faire une prière sur une chose qui m'est d'importance.

Le Docteur : Il faut que tu sois bien mal appris, bien lourdaud, et bien mal morigéné[5], mon ami, puisque tu m'abordes sans ôter ton chapeau, sans observer *rationem loci, temporis et personae*[6]. Quoi ? débuter d'abord par un discours mal digéré[7], au lieu de dire : « *Salve !* », vel « *Salve sis, Doctor, doctorum eruditissime*[8] ! » Hé ! pour qui me prends-tu, mon ami ?

Le Barbouillé : Ma foi, excusez-moi ! C'est que j'avais l'esprit

---

4. « Friponne, libertine, mauvaise », dit le dictionnaire de Richelet. **5.** Mal instruit, mal éduqué. **6.** « Ce qui convient (selon la raison : *ratio*) au lieu, au temps et à la personne ». **7.** Mal mis en ordre, mal organisé. **8.** « Salut ! » ou « Sois sauf, Docteur, le plus érudit des Docteurs ! »

en écharpe[9], et je ne songeais pas à ce que je faisais. Mais je sais bien que vous êtes galant homme[10].

LE DOCTEUR : Sais-tu bien d'où vient le mot de *galant homme*?

LE BARBOUILLÉ : Qu'il vienne de Villejuif ou d'Aubervilliers, je ne m'en soucie guère[11].

LE DOCTEUR : Sache que le mot de *galant homme* vient d'*élégant*; prenant le *g* et l'*a* de la dernière syllabe, cela fait *ga*, et puis prenant *l*, ajoutant un *a* et les deux dernières lettres, cela fait *galant*, et puis ajoutant *homme*, cela fait *galant homme*. Mais encore, pour qui me prends-tu?

LE BARBOUILLÉ : Je vous prends pour un docteur. Or çà, parlons un peu de l'affaire que je vous veux proposer. Il faut que vous sachiez...

LE DOCTEUR : Sache auparavant que je ne suis pas seulement un docteur, mais que je suis une, deux, trois, quatre, cinq, six, sept, huit, neuf et dix fois docteur :

1o parce que, comme l'unité est la base, le fondement et le premier de tous les nombres, aussi, moi, je suis le premier de tous les docteurs, le docte des doctes ;

2o parce qu'il y a deux facultés nécessaires pour la parfaite connaissance de toutes choses : le sens[12] et l'entendement ; et comme je suis tout sens et tout entendement, je suis deux fois docteur.

LE BARBOUILLÉ : D'accord. C'est que...

LE DOCTEUR : 3o Parce que le nombre de trois est celui de la perfection, selon Aristote ; et comme je suis parfait, et que toutes mes productions le sont aussi, je suis trois fois docteur.

LE BARBOUILLÉ : Eh bien ! Monsieur le Docteur...

LE DOCTEUR : 4o Parce que la philosophie a quatre parties : la logique, morale, physique et métaphysique ; et comme je les

---

9. J'avais l'esprit embrouillé, je manquais de jugement, de bon sens. **10.** Poli, courtois, qui mérite la même courtoisie en retour. **11.** Plaisanterie que reprendra la Martine des *Femmes savantes* (II, 6, v. 495-496). Villejuif et Aubervilliers sont alors de simples villages en dehors de Paris. **12.** Le jugement.

possède toutes quatre et que je suis parfaitement versé en icelles[13], je suis quatre fois docteur.

Le Barbouillé : Que diable ! je n'en doute pas. Écoutez-moi donc !

Le Docteur : 5º Parce qu'il y a cinq universelles[14] : le genre, l'espèce, la différence, le propre et l'accident, sans la connaissance desquels il est impossible de faire aucun bon raisonnement ; et comme je m'en sers avec avantage et que j'en connais l'utilité, je suis cinq fois docteur.

Le Barbouillé : Il faut que j'aie bonne patience.

Le Docteur : 6º Parce que le nombre de six[15] est le nombre du travail ; et comme je travaille incessamment pour ma gloire, je suis six fois docteur.

Le Barbouillé : Oh ! parle tant que tu voudras.

Le Docteur : 7º Parce que le nombre de sept est le nombre de la félicité ; et comme je possède une parfaite connaissance de tout ce qui peut rendre heureux, et que je le suis en effet par mes talents, je me sens obligé de dire de moi-même : *O ter quatuorque beatum*[16] !

8º Parce que le nombre de huit est le nombre de la justice, à cause de l'égalité qui se rencontre en lui, et que la justice et la prudence avec laquelle je mesure et pèse toutes mes actions me rendent huit fois docteur ;

9º parce qu'il y a neuf Muses, et que je suis également chéri d'elles ;

10º parce que, comme on ne peut passer le nombre de dix sans faire une répétition des autres nombres, et qu'il est le

---

13. En celles-ci ; le Docteur utilise une forme considérée comme archaïque après le premier tiers du siècle. **14.** Natures universelles ou *universaux*. Les philosophes scolastiques utilisaient ce terme de logique pour désigner les cinq catégories, énumérées ici par le Docteur, qui servaient à classer les êtres et les choses. **15.** Pour 6, 7 et 8, le Docteur va utiliser la riche symbolique des nombres. **16.** « Ô trois et quatre fois heureux ! » Le Docteur devrait dire *quaterque* (« et quatre fois ») et non *quatuorque* (« et quatre ») ; erreur du copiste ou solécisme doctoral ?

nombre universel, aussi, aussi[17], quand on m'a trouvé, on a
trouvé le docteur universel : je contiens en moi tous les autres
docteurs. Ainsi tu vois par des raisons plausibles, vraies,
démonstratives et convaincantes, que je suis une, deux, trois,
quatre, cinq, six, sept, huit, neuf et dix fois docteur.

Le Barbouillé : Que diable est ceci ? Je croyais trouver un
homme bien savant qui me donnerait un bon conseil, et je
trouve un ramoneur de cheminées qui, au lieu de me parler,
s'amuse à jouer à la mourre[18]. Un, deux, trois, quatre, ah, ah, ah !
— Oh bien ! ce n'est pas cela : c'est que je vous prie de
m'écouter, et croyez que je ne suis pas un homme à vous faire
perdre vos peines, et que si vous me satisfaisiez[19] sur ce que je
veux de vous, je vous donnerai ce que vous voudrez ; de l'argent,
si vous en voulez.

Le Docteur : Hé ! de l'argent.

Le Barbouillé : Oui, de l'argent, et toute autre chose que vous
pourriez demander.

Le Docteur, *troussant sa robe derrière son cul* : Tu me prends
donc pour un homme à qui l'argent fait tout faire, pour un
homme attaché à l'intérêt, pour une âme mercenaire ? Sache,
mon ami, que quand tu me donnerais une bourse pleine de
pistoles, et que cette bourse serait dans une riche boîte, cette
boîte dans un étui précieux, cet étui dans un coffret admirable,
ce coffret dans un cabinet curieux[20], ce cabinet dans une
chambre magnifique, cette chambre dans un appartement
agréable, cet appartement dans un château pompeux, ce château

---

17. Cette répétition des *aussi* est peut-être une faute du copiste ; mais
elle pourrait être voulue par Molière pour souligner l'archarnement du
Docteur dans son raisonnement.   **18.** En énumérant ses raisons, le
Docteur a dû étendre les doigts comme au jeu de la *mourre* ; ce jeu,
venu d'Italie, consistait à montrer rapidement une partie des doigts levée
et l'autre fermée, le partenaire devant deviner le nombre de doigts levés.
Ce jeu était sans doute apprécié des petits ramoneurs de cheminées.   **19.** C'est bien la forme donnée par le manuscrit ; mais, étant
donné les deux futurs qui suivent (je *donnerai* ce que vous *voudrez*),
on attendrait plutôt, dans la conditionnelle, le présent *satis-
faites.*   **20.** Le *cabinet* est ici un meuble à tiroirs, un secrétaire.
Curieux : précieux.

dans une citadelle incomparable, cette citadelle dans une ville célèbre, cette ville dans une île fertile, cette île dans une province opulente, cette province dans une monarchie florissante, cette monarchie dans tout le monde ; et que tu me donnerais le monde où serait cette monarchie florissante, où serait cette province opulente, où serait cette île fertile, où serait cette ville célèbre, où serait cette citadelle incomparable, où serait ce château pompeux, où serait cet appartement agréable, où serait cette chambre magnifique, où serait ce cabinet curieux, où serait ce coffret admirable, où serait cet étui précieux, où serait cette riche boîte dans laquelle serait enfermée la bourse pleine de pistoles, que je me soucierais aussi peu de ton argent et de toi que de cela[21].

Le Barbouillé : Ma foi, je m'y suis mépris : à cause qu'il est vêtu comme un médecin[22], j'ai cru qu'il lui fallait parler d'argent. Mais puisqu'il n'en veut point, il n'y a rien plus aisé que de le contenter. Je m'en vais courir après lui.

SCÈNE III

Angélique, Valère, Cathau

Angélique : Monsieur, je vous assure que vous m'obligez beaucoup de me tenir quelquefois compagnie. Mon mari est si mal bâti, si débauché, si ivrogne que ce m'est un supplice d'être avec lui, et je vous laisse à penser quelle satisfaction on peut avoir d'un rustre comme lui.

Valère : Mademoiselle[23], vous me faites trop d'honneur de me vouloir souffrir[24], et je vous promets de contribuer de tout mon

---

21. *De cela* est accompagné d'un geste de mépris.   **22.** Le Barbouillé fait l'habituelle confusion. Est *docteur*, en a le titre et le costume, celui qui a passé tous les grades d'une des quatre facultés (théologie, droit, médecine et arts), et pas seulement de la faculté de médecine. Ici, le Docteur vient plutôt de la faculté des arts et n'est pas un docteur en médecine.   **23.** Titre qu'on donne à une femme mariée qui n'est pas noble.   **24.** Supporter, tolérer.

pouvoir à votre divertissement; et que, puisque vous témoignez que ma compagnie ne vous est point désagréable, je vous ferai connaître combien j'ai de joie de la bonne nouvelle que vous m'apprenez, par mes empressements.

CATHAU : Ah! changez de discours! Voyez porte-guignon qui arrive[25].

SCÈNE IV

Le Barbouillé, Valère, Angélique, Cathau

VALÈRE : Mademoiselle, je suis au désespoir de vous apporter de si méchantes[26] nouvelles; mais aussi bien les auriez-vous apprises de quelque autre. Et puisque votre frère est fort malade...

ANGÉLIQUE : Monsieur, ne m'en dites pas davantage. Je suis votre servante[27] et vous rends grâce de la peine que vous avez prise.

LE BARBOUILLÉ : Ma foi, sans aller chez le notaire, voilà le certificat de mon cocuage[28]. Ah! ah! Madame la carogne, je vous trouve avec un homme, après toutes les défenses que je vous ai faites, et vous me voulez envoyer de Gemini en Capricorne[29]!

ANGÉLIQUE : Eh bien! faut-il gronder pour cela? Ce Monsieur vient de m'apprendre que mon frère est bien malade. Où est le sujet de querelles?

CATHAU : Ah! le voilà venu! Je m'étonnais bien si nous aurions longtemps du repos[30].

---

25. Le style de la suivante change aussi, par rapport aux propos galants de Valère! **26.** Mauvaises. **27.** Formule de politesse qui marque la déférence, ici pour prendre congé. **28.** Pas besoin d'acte par-devant notaire; ce qu'il voit suffit à certifier son cocuage. **29.** Le Barbouillé était sous le signe des *Gémeaux*, qui indique l'union et la concorde; l'inconduite de sa femme le ferait passer sous le signe du *Capricorne*, constellation zodiacale figurée par un bouc, animal cornu qui convient aux maris trompés porteurs de cornes. **30.** Cela m'aurait bien étonnée que nous ayons longtemps du repos.

Le Barbouillé : Vous vous gâteriez[31], par ma foi, toutes deux, Mesdames les carognes. Et toi, Cathau, tu corromps ma femme : depuis que tu la sers, elle ne vaut pas la moitié de ce qu'elle valait.

Cathau : Vraiment oui, vous nous la baillez bonne[32].

Angélique : Laisse là cet ivrogne ! Ne vois-tu pas qu'il est si soûl qu'il ne sait ce qu'il dit ?

SCÈNE V

Gorgibus, Villebrequin, Angélique, Cathau, Le Barbouillé

Gorgibus : Ne voilà pas encore mon maudit gendre qui querelle ma fille ?

Villebrequin : Il faut savoir ce que c'est.

Gorgibus : Eh quoi ? toujours se quereller ! Vous n'aurez point la paix dans votre ménage ?

Le Barbouillé : Cette coquine-là m'appelle ivrogne. Tiens, je suis bien tenté de te bailler une quinte major[33], en présence de tes parents.

Gorgibus : Je dédonne au diable l'escarcelle[34], si vous l'aviez fait.

Angélique : Mais aussi, c'est lui qui commence toujours à...

Cathau : Que maudite soit l'heure que vous avez choisi ce grigou !

Villebrequin : Allons, taisez-vous, la paix !

---

31. Vous vous entretiendriez dans le vice, vous vous dépraveriez, vous corrompriez. **32.** *La bailler bonne*, c'est chercher à en faire accroire. **33.** Une *quinte mayeure*, au jeu du piquet, est une suite de cinq cartes de même couleur commençant par l'as. Le Barbouillé menace sa femme d'une gifle magistrale des cinq doigts. **34.** Les commentateurs butent sur cette formule, que Despois traduit ainsi : « Je rends la bourse et l'envoie au diable (*i.e.* : maudit soit ce riche mariage) si vous avez fait ce qu'il vous reproche » ; comme pour se préserver des dangers de l'invocation au diable (je donne mon escarcelle au diable), on la nierait en remplaçant *donne* par *dédonne*.

SCÈNE VI

Le Docteur, Villebrequin, Gorgibus, Cathau, Angélique,
Le Barbouillé

Le Docteur : Qu'est ceci ? Quel désordre ! quelle querelle !
quel grabuge ! quel vacarme ! quel bruit ! quel différend ! quelle
combustion[35] ! Qu'y a-t-il, Messieurs ? Qu'y a-t-il ? Qu'y a-t-il ? Çà,
çà, voyons un peu s'il n'y a pas moyen de vous mettre d'accord,
que je sois votre pacificateur, que j'apporte l'union chez vous !

Gorgibus : C'est mon gendre et ma fille qui ont eu bruit[36]
ensemble.

Le Docteur : Et qu'est-ce que c'est ? Voyons, dites-moi un peu
la cause de leur différend !

Gorgibus : Monsieur...

Le Docteur : Mais en peu de paroles.

Gorgibus : Oui-da. Mettez donc votre bonnet.

Le Docteur : Savez-vous d'où vient le mot *bonnet* ?

Gorgibus : Nenni.

Le Docteur : Cela vient de *bonum est*, « bon est, voilà qui est
bon », parce qu'il garantit des catarrhes et fluxions[37].

Gorgibus : Ma foi, je ne savais pas cela.

Le Docteur : Dites donc vite cette querelle !

Gorgibus : Voici ce qui est arrivé...

Le Docteur : Je ne crois pas que vous soyez homme à me tenir
longtemps, puisque je vous en prie. J'ai quelques affaires
pressantes qui m'appellent à la ville ; mais pour remettre la paix
dans votre famille, je veux bien m'arrêter un moment.

Gorgibus : J'aurai fait en un moment.

Le Docteur : Soyez donc bref !

Gorgibus : Voilà qui est fait incontinent[38].

---

35. Discorde amenant le trouble. **36.** Querelle. **37.** Ces deux
termes techniques de la médecine désignent ici essentiellement le
rhume et ses manifestations, dont garantit le port du bonnet.
38. Aussitôt.

Le Docteur : Il faut avouer, Monsieur Gorgibus, que c'est une belle qualité que de dire les choses en peu de paroles, et que les grands parleurs, au lieu de se faire écouter, se rendent le plus souvent si importuns qu'on ne les entend point : *Virtutem primam esse puta compescere linguam*[39]. Oui, la plus belle qualité d'un honnête homme, c'est de parler peu.

Gorgibus : Vous saurez donc...

Le Docteur : Socrate recommandait trois choses fort soigneusement à ses disciples : la retenue dans les actions, la sobriété dans le manger, et de dire les choses en peu de paroles. Commencez donc, Monsieur Gorgibus !

Gorgibus : C'est ce que je veux faire.

Le Docteur : En peu de mots, sans façon, sans vous amuser[40] à beaucoup de discours, tranchez-moi d'un apothtegme[41] ! Vite, vite, Monsieur Gorgibus, dépêchons, évitez la prolixité !

Gorgibus : Laissez-moi donc parler !

Le Docteur : Monsieur Gorgibus, touchez là[42] : vous parlez trop ; il faut que quelque autre me dise la cause de leur querelle.

Villebrequin : Monsieur le Docteur, vous saurez que...

Le Docteur : Vous êtes un ignorant, un indocte[43], un homme ignare de toutes les bonnes disciplines[44], un âne en bon français. Eh quoi ? Vous commencez la narration sans avoir fait un mot d'exorde[45] ? Il faut que quelque autre me conte le désordre. Mademoiselle, contez-moi un peu le détail de ce vacarme.

Angélique : Voyez-vous bien là mon gros coquin, mon sac à vin de mari ?

Le Docteur : Doucement, s'il vous plaît ! Parlez avec respect de votre époux, quand vous êtes devant la moustache d'un docteur comme moi.

---

39. « Croyez que la première vertu est de retenir sa langue. » Ce vers est un adage ancien, souvent repris. **40.** Vous attarder. **41.** Coupez court aux longs discours par quelque formule concise comme un *apothtegme*. **42.** *Toucher là, toucher dans la main* marquent l'accord ; mais la locution peut s'employer par antiphrase, comme ici, pour rompre et couper court. **43.** *Indoctus*, ignorant. **44.** Sciences. **45.** En bonne rhétorique, tout récit doit commencer par une entrée en matière.

Angélique : Ah ! vraiment oui, docteur ! Je me moque bien de vous et de votre doctrine[46], et je suis docteur quand je veux.

Le Docteur : Tu es docteur quand tu veux, mais je pense que tu es un plaisant docteur. Tu as la mine de suivre fort ton caprice. Des parties d'oraison, tu n'aimes que la conjonction ; des genres, le masculin ; des déclinaisons, le génitif ; de la syntaxe, *mobile cum fixo* ; et enfin de la quantité, tu n'aimes que le dactyle, *quia constat ex una longa et duabus brevibus*[47]. Venez ça, vous ! dites-moi un peu quelle est la cause, le sujet de votre combustion.

Le Barbouillé : Monsieur le Docteur...

Le Docteur : Voilà qui est bien commencé : «Monsieur le Docteur !» Ce mot de docteur a quelque chose de doux à l'oreille, quelque chose plein d'emphase : «Monsieur le Docteur !»

Le Barbouillé : À la mienne volonté...

Le Docteur : Voilà qui est bien : «à la mienne volonté» ! La volonté présuppose le souhait, le souhait présuppose des moyens pour arriver à ses fins, et la fin présuppose un objet. Voilà qui est bien : «à la mienne volonté» !

Le Barbouillé : J'enrage.

Le Docteur : Ôtez-moi ce mot : «j'enrage» ! Voilà un terme bas et populaire.

Le Barbouillé : Hé ! Monsieur le Docteur, écoutez-moi, de grâce !

Le Docteur : *Audi, quaeso*[48], aurait dit Cicéron.

---

46. Science. **47.** Joli mélange, digne d'un Bruscambille ou d'un Tabarin, entre la grammaire et la gauloiserie ! Les *parties d'oraison* sont le nom, le verbe, l'adverbe, la préposition, la conjonction, etc. ; Angélique aime surtout la *conjonction* — mot à prendre au sens sexuel. Même chose pour le cas de la déclinaison des mots qu'est le *génitif*, rapporté par l'équivoque à *genetivus*, «qui engendre». *Mobile cum fixo* («le mobile avec le fixe») et le *dactyle* (pied usuel du vers latin qui est composé, comme le dit la citation latine, d'une syllabe longue et de deux brèves) renvoient aussi au membre masculin et à l'activité de ces «parties vergogneuses» comme on disait alors. **48.** «Écoute, je te le demande» ; le cuistre traduit la réplique du Barbouillé en latin de Cicéron.

Le Barbouillé : Oh! ma foi, si se rompt[49], si se casse, ou si se brise, je ne m'en mets guère en peine. Mais tu m'écouteras, ou je te vais casser ton museau doctoral ; et que diable donc est ceci ?

(Le Barbouillé, Angélique, Gorgibus, Cathau, Villebrequin parlent tous à la fois, voulant dire la cause de la querelle, et le Docteur aussi, disant que la paix est une belle chose, et font un bruit confus de leurs voix. Et pendant tout le bruit, le Barbouillé attache le Docteur par le pied et le fait tomber ; le Docteur se doit laisser tomber sur le dos. Le Barbouillé l'entraîne par la corde qu'il lui a attachée au pied et, en l'entraînant, le Docteur doit toujours parler, et compte par ses doigts toutes ses raisons, comme s'il n'était point à terre, alors qu'il ne paraît plus.)

Gorgibus : Allons, ma fille, retirez-vous chez vous, et vivez bien avec votre mari !

Villebrequin : Adieu ! serviteur[50] et bonsoir.

(Villebrequin, Gorgibus et Angélique s'en vont[51].)

SCÈNE VII

Valère, La Vallée

Valère : Monsieur, je vous suis obligé du soin que vous avez pris, et je vous promets de me rendre à l'assignation que vous me donnez, dans une heure.

La Vallée : Cela ne peut se différer. Et si vous tardez un quart d'heure, le bal sera fini dans un moment, et vous n'aurez pas le

---

49. Calembour sans doute usé entre *Cicéron* et *si se rompt.* **50.** Le mot sert à prendre congé de manière rapide et un peu désinvolte. **51.** Nous donnons ici la didascalie de 1819, et supprimons corrélativement celle que le manuscrit donne après la liste des personnages de la scène suivante : (« *Angélique s'en va* »). Après la réplique de Villebrequin, la scène se vide entièrement, tandis qu'arrivent Valère et La Vallée (ce personnage est omis dans la liste des acteurs), familier de la voisine d'Angélique qui vient inviter Valère au bal.

bien d'y voir celle que vous aimez, si vous n'y venez tout présentement.

VALÈRE : Allons donc ensemble de ce pas !

SCÈNE VIII

ANGÉLIQUE : Cependant que mon mari n'y est pas, je vais faire un tour à un bal que donne une de mes voisines. Je serai revenue auparavant[52] lui, car il est quelque part au cabaret ; il ne s'apercevra pas que je suis sortie. Ce maroufle-là me laisse toute seule à la maison, comme si j'étais son chien.

SCÈNE IX

LE BARBOUILLÉ : Je savais bien que j'aurais raison de ce diable de Docteur, et de toute sa fichue doctrine. Au diable l'ignorant ! J'ai bien renvoyé toute la science par terre. Il faut pourtant que j'aille un peu voir si notre bonne ménagère m'aura fait à souper.

SCÈNE X[53]

ANGÉLIQUE : Que je suis malheureuse ! J'ai été trop tard, l'assemblée est finie ; je suis arrivée justement comme tout le monde sortait. Mais il n'importe, ce sera pour une autre fois. Je m'en vais cependant au logis comme si de rien n'était. Mais la porte est fermée. Cathau, Cathau !

---

52. Avant. L'adverbe *auparavant* était employé comme préposition. **53.** Les situations théâtrales qui suivent seront reprises et amplifiées dans *George Dandin*, III, 6 et 7.

SCÈNE XI

Le Barbouillé, *à la fenêtre,* Angélique

Le Barbouillé : Cathau, Cathau ! Eh bien ! qu'a-t-elle fait, Cathau ? Et d'où venez-vous, Madame la carogne, à l'heure qu'il est et par le temps qu'il fait ?

Angélique : D'où je viens ? Ouvre-moi seulement, et je te le dirai après.

Le Barbouillé : Oui ? Ah ! ma foi, tu peux aller coucher d'où tu viens, ou, si tu l'aimes mieux, dans la rue. Je n'ouvre point à une coureuse comme toi. Comment, diable ! être toute seule, à l'heure qu'il est[54] ! Je ne sais si c'est imagination, mais mon front m'en paraît plus rude de moitié[55].

Angélique : Eh bien ! pour être toute seule, qu'en veux-tu dire ? Tu me querelles quand je suis en compagnie ; comment faut-il donc faire ?

Le Barbouillé : Il faut être retirée à la maison, donner ordre au souper, avoir soin du ménage, des enfants. Mais sans tant de discours inutiles, adieu, bonsoir, va-t'en au diable et me laisse en repos !

Angélique : Tu ne veux pas m'ouvrir ?

Le Barbouillé : Non, je n'ouvrirai pas.

Angélique : Hé ! mon pauvre[56] petit mari, je t'en prie, ouvre-moi, mon cher petit cœur !

Le Barbouillé : Ah, crocodile ! Ah, serpent dangereux ! Tu me caresses pour me trahir.

Angélique : Ouvre, ouvre donc !

Le Barbouillé : Adieu ! *Vade retro, Satanas*[57] !

---

54. Comprendre : être toute seule dehors, à une heure où une bonne épouse et mère devrait être chez elle et donner soin au ménage ! **55.** Car il sent les cornes du cocu lui pousser. **56.** Le terme ne marque nullement la compassion, mais l'affection, qu'Angélique tente de réchauffer chez son mari pour se faire ouvrir. **57.** - Retire-toi, Satan ! - Comparée à un crocodile puis à un serpent, Angélique est enfin assimilée au diable que la formule d'exorcisme doit chasser.

Angélique : Quoi ? tu ne m'ouvriras point ?

Le Barbouillé : Non.

Angélique : Tu n'as point de pitié de ta femme, qui t'aime tant ?

Le Barbouillé : Non, je suis inflexible. Tu m'as offensé, je suis vindicatif comme tous les diables, c'est-à-dire bien fort ; je suis inexorable.

Angélique : Sais-tu bien que si tu me pousses à bout, et que tu me mettes en colère, je ferai quelque chose dont tu te repentiras ?

Le Barbouillé : Et que feras-tu, bonne chienne ?

Angélique : Tiens, si tu ne m'ouvres, je m'en vais me tuer devant la porte. Mes parents, qui sans doute viendront ici auparavant de se coucher pour savoir si nous sommes bien ensemble, me trouveront morte, et tu seras pendu.

Le Barbouillé : Ah, ah, ah, ah, la bonne bête ! Et qui y perdra le plus de nous deux ? Va, va, tu n'es pas si sotte que de faire ce coup-là.

Angélique : Tu ne le crois donc pas ? Tiens, tiens, voilà mon couteau tout prêt ; si tu ne m'ouvres, je m'en vais tout à cette heure m'en donner dans le cœur.

Le Barbouillé : Prends garde, voilà qui est bien pointu !

Angélique : Tu ne veux donc pas m'ouvrir ?

Le Barbouillé : Je t'ai déjà dit vingt fois que je n'ouvrirai point. Tue-toi, crève, va-t'en au diable, je ne m'en soucie pas.

Angélique, *faisant semblant de se frapper* : Adieu donc !... Ay ! je suis morte.

Le Barbouillé : Serait-elle bien assez sotte pour avoir fait ce coup-là ? Il faut que je descende avec la chandelle pour aller voir.

Angélique : Il faut que je t'attrape. Si je peux entrer dans la maison subtilement, cependant que tu me chercheras, chacun aura bien son tour.

Le Barbouillé : Eh bien ! ne savais-je pas bien qu'elle n'était pas si sotte ? Elle est morte, et si[58] elle court comme le cheval de

_____
58. Et pourtant.

Pacolet[59]. Ma foi, elle m'avait fait peur tout de bon. Elle a bien fait de gagner au pied[60] ; car si je l'eusse trouvée en vie, après m'avoir fait cette frayeur-là, je lui aurais apostrophé cinq ou six clystères de coups de pied dans le cul, pour lui apprendre à faire la bête. Je m'en vais me coucher cependant. Oh ! oh ! je pense que le vent a fermé la porte. Hé ! Cathau, Cathau, ouvre-moi !

Angélique : Cathau, Cathau ! Eh bien ! qu'a-t-elle fait, Cathau ? Et d'où venez-vous, Monsieur l'ivrogne ? Ah ! vraiment, va, mes parents, qui vont venir dans un moment, sauront tes vérités. Sac à vin infâme, tu ne bouges du cabaret, et tu laisses une pauvre femme avec des petits enfants, sans savoir s'ils ont besoin de quelque chose, à croquer le marmot[61] tout le long du jour.

Le Barbouillé : Ouvre vite, diablesse que tu es, ou je te casserai la tête !

SCÈNE XII

Gorgibus, Villebrequin, Angélique, Le Barbouillé

Gorgibus : Qu'est ceci ? Toujours de la dispute, de la querelle et de la dissension !

Villebrequin : Hé quoi ? vous ne serez jamais d'accord ?

Angélique : Mais voyez un peu, le voilà qui est soûl et revient, à l'heure qu'il est, faire un vacarme horrible ; il me menace.

Gorgibus : Mais aussi ce n'est pas là l'heure de revenir. Ne devriez-vous pas, comme un bon père de famille, vous retirer de bonne heure, et bien vivre avec votre femme ?

Le Barbouillé : Je me donne au diable si j'ai sorti[62] de la

---

59. C'est-à-dire : très vite. Le nain Pacolet, par magie, avait fait de son cheval de bois la monture la plus rapide pour se transporter par air ; Pacolet figure dans un roman de chevalerie devenu populaire, *Valentin et Orson*. **60.** De se sauver. **61.** *Croquer le marmot*, c'est attendre longtemps, comme les compagnons peintres qui, en attendant quelqu'un, « se désennuient à tracer sur les murailles quelques marmots ou traits grossiers de quelque figure » — ce qu'on appelle *croquer le marmot* (Furetière). **62.** Au XVIIᵉ siècle, le verbe *sortir*, normalement conjugué avec *être*, peut aussi l'être avec *avoir*.

maison ; et demandez plutôt à ces Messieurs qui sont là-bas dans le parterre. C'est elle qui ne fait que de revenir. Ah ! que l'innocence est opprimée !

Villebrequin : Çà, çà ! Allons, accordez-vous ; demandez-lui pardon !

Le Barbouillé : Moi, pardon ! J'aimerais mieux que le diable l'eût emportée. Je suis dans une colère que[63] je ne me sens pas.

Gorgibus : Allons, ma fille, embrassez votre mari et soyez bons amis !

SCÈNE XIII ET DERNIÈRE

Le Docteur, *à la fenêtre, en bonnet de nuit et en camisole*[64], Le Barbouillé, Villebrequin, Gorgibus, Angélique

Le Docteur : Hé quoi ! Toujours du bruit, du désordre, de la dissension, des querelles, des débats, des différends, des combustions, des altercations éternelles ? Qu'est-ce ? qu'y a-t-il donc ? On ne saurait avoir du repos.

Villebrequin : Ce n'est rien, Monsieur le Docteur. Tout le monde est d'accord.

Le Docteur : À propos d'accord, voulez-vous que je vous lise un chapitre d'Aristote[65], où il prouve que toutes les parties de l'univers ne subsistent que par l'accord qui est entre elles ?

Villebrequin : Cela est-il bien long ?

Le Docteur : Non, cela n'est pas long : cela contient environ soixante ou quatre-vingts pages.

Villebrequin : Adieu, bonsoir ! nous vous remercions.

Gorgibus : Il n'en est pas de besoin.

Le Docteur : Vous ne le voulez pas ?

Gorgibus : Non.

---

63. Telle que. **64.** Petit vêtement court et à manches, qu'on peut mettre la nuit comme le jour. **65.** Ce pourrait être le chapitre v du traité *Du monde*, attribué à Aristote.

Le Docteur : Adieu donc, puisqu'ainsi est ! Bonsoir ! *Latine :
bona nox*[66] !

Villebrequin : Allons-nous-en   souper   ensemble,   nous
autres !

---

66. « En latin : bonne nuit ! »

LE MÉDECIN VOLANT

VALÈRE, amant de Lucile.
SABINE, cousine de Lucile.
SGANARELLE[1], valet de Valère.
GORGIBUS[2], père de Lucile.
GROS-RENÉ[3], valet de Gorgibus.
LUCILE, fille de Gorgibus.
UN AVOCAT.

---

1. Première apparition de ce type comique créé par Molière, qui jouera lui-même les rôles de Sganarelle. Après *Le Médecin volant*, on trouvera encore six apparitions de Sganarelle, jusqu'en 1666, soit comme valet *(Dom Juan)*, soit comme bourgeois parisien tourmenté par le spectre du cocuage *(Sganarelle, L'École des maris)*, soit comme père bourgeois *(L'Amour médecin)*. **2.** Voir *supra, La Jalousie du Barbouillé*, n. 2. **3.** *Gros-René* est le nom de farce de René Berthelot, connu au théâtre sous le nom de Du Parc. Du Parc joua dans la troupe dirigée par Molière en province dès 1647 ; à une année près, il lui resta fidèle jusqu'à sa mort (1664). Il sera encore Gros-René dans *Sganarelle*.

SCÈNE PREMIÈRE

VALÈRE, SABINE

VALÈRE : Eh bien ! Sabine, quel conseil me donneras-tu ?

SABINE : Vraiment, il y a bien des nouvelles. Mon oncle veut résolument que ma cousine épouse Villebrequin[4], et les affaires sont tellement avancées que je crois qu'ils eussent été mariés dès aujourd'hui, si vous n'étiez aimé. Mais comme ma cousine m'a confié le secret de l'amour qu'elle vous porte, et que nous nous sommes vues à l'extrémité par l'avarice de mon vilain oncle, nous nous sommes avisées d'une bonne invention pour différer le mariage. C'est que ma cousine, dès l'heure que je vous parle, contrefait la malade[5] ; et le bon vieillard, qui est assez crédule, m'envoie quérir un médecin. Si vous en pouviez envoyer quelqu'un qui fût de vos bons amis et qui fût de notre intelligence, il conseillerait à la malade de prendre l'air à la campagne. Le bonhomme ne manquera pas de faire loger ma cousine à ce pavillon qui est au bout de notre jardin, et par ce moyen vous pourriez l'entretenir à l'insu de notre vieillard, l'épouser et le laisser pester tout son soûl avec Villebrequin.

VALÈRE : Mais le moyen de trouver sitôt un médecin à ma poste[6], et qui voulût tant hasarder pour mon service ? Je te le dis franchement, je n'en connais pas un.

SABINE : Je songe une chose : si vous faisiez habiller votre valet en médecin ? Il n'y a rien de si facile à duper que le bonhomme.

VALÈRE : C'est un lourdaud qui gâtera tout : mais il faut s'en servir faute d'autre. Adieu ! Je le vais chercher. Où diable trouver ce maroufle à présent ! Mais le voici tout à propos.

---

4. Voir *supra*, *La Jalousie du Barbouillé*, n. 3.   **5.** Le thème reviendra chez Molière de ces filles qui, pour échapper au mariage voulu par leur père, feignent la maladie : Lucinde dans *L'Amour médecin* et dans *Le Médecin malgré lui*. Et les pères sont toujours crédules.   **6.** À ma convenance.

SCÈNE II

Valère, Sganarelle

Valère : Ah ! mon pauvre[7] Sganarelle, que j'ai de joie de te voir ! J'ai besoin de toi dans une affaire de conséquence ; mais, comme je ne sais pas ce que tu sais faire...

Sganarelle : Ce que je sais faire, Monsieur ? Employez-moi seulement en vos affaires de conséquence, en quelque chose d'importance. Par exemple, envoyez-moi voir quelle heure il est à une horloge, voir combien le beurre vaut au marché, abreuver un cheval ; c'est alors que vous connaîtrez ce que je sais faire.

Valère : Ce n'est pas cela. C'est qu'il faut que tu contrefasses le médecin.

Sganarelle : Moi, médecin, Monsieur ! Je suis prêt à faire tout ce qu'il vous plaira ; mais pour faire le médecin, je suis assez votre serviteur[8] pour n'en rien faire du tout. Et par quel bout m'y prendre, bon Dieu ? Ma foi, Monsieur, vous vous moquez de moi.

Valère : Si tu veux entreprendre cela, va, je te donnerai dix pistoles.

Sganarelle : Ah ! pour dix pistoles, je ne dis pas que je ne sois médecin. Car, voyez-vous bien, Monsieur, je n'ai pas l'esprit tant, tant subtil[9], pour vous dire la vérité. Mais quand je serai médecin, où irai-je ?

Valère : Chez le bonhomme Gorgibus, voir sa fille qui est malade. Mais tu es un lourdaud qui, au lieu de bien faire, pourrait bien...

Sganarelle : Hé ! mon Dieu, Monsieur, ne soyez point en

---

7. Mon cher ; Sganarelle est d'autant plus cher à Valère qu'il va lui être indispensable ! Cf. *La Jalousie du Barbouillé*, sc. 11 et la n. 56.　**8.** Jeu habituel sur les mots : Sganarelle est effectivement le serviteur de Valère, mais il emploie aussi l'expression *je suis votre serviteur* comme formule de refus.　**9.** Pourquoi cet aveu de son esprit épais ? Pour s'excuser de n'avoir pas tout de suite compris qu'il gagnerait des pistoles en acceptant de faire le médecin et d'avoir d'abord refusé ? Ou, plus simplement et plus probablement, pour souligner que, même s'il accepte finalement par appât du gain, il se sent trop lourdaud pour bien jouer ce rôle ?

peine ! Je vous réponds que je ferai aussi bien mourir une
personne qu'aucun médecin qui soit dans la ville. On dit un
proverbe, d'ordinaire : *Après la mort le médecin*[10] ; mais vous
verrez que si je m'en mêle, on dira : *Après le médecin, gare la
mort !* Mais néanmoins, quand je songe, cela est bien difficile de
faire le médecin ; et si je ne fais rien qui vaille... ?

Valère : Il n'y a rien de si facile en cette rencontre[11] : Gorgibus
est un homme simple, grossier, qui se laissera étourdir de ton
discours, pourvu que tu parles d'Hippocrate et de Galien[12], et
que tu sois un peu effronté.

Sganarelle : C'est-à-dire qu'il lui faudra parler philosophie,
mathématique. Laissez-moi faire ! S'il est un homme facile[13],
comme vous le dites, je vous réponds de tout. Venez seulement
me faire avoir un habit de médecin, et m'instruire de ce qu'il faut
faire, et me donner mes licences[14], qui sont les dix pistoles
promises.

SCÈNE III

Gorgibus, Gros-René

Gorgibus : Allez vitement chercher un médecin, car ma fille
est bien malade ; et dépêchez-vous !

Gros-René : Que diable aussi ! Pourquoi vouloir donner votre
fille à un vieillard ? Croyez-vous que ce ne soit pas le désir
qu'elle a d'avoir un jeune homme qui la travaille ? Voyez-vous la
connexité qu'il y a, etc. *(Galimatias*[15].*)*

---

10. Pour dire qu'on apporte le remède à une affaire quand il est trop
tard.   **11.** En cette circonstance.   **12.** Les deux grands médecins grecs
de l'Antiquité, dont l'enseignement servait de référence à la médecine
du temps.   **13.** Qui se laisse docilement mener, manœuvrer.
14. Sganarelle n'aura guère peiné à la faculté de médecine pour obtenir
ses *licences, ses lettres de licence,* afin d'accéder au degré de
licencié !   **15.** Selon la tradition de ce genre de théâtre farcesque et
populaire, les acteurs pouvaient improviser en dehors du canevas ou du
dialogue incomplètement écrit. Gros-René se lançait librement dans un
discours embrouillé *(galimatias).*

GORGIBUS : Va-t'en vite ! Je vois bien que cette maladie-là
reculera les noces.

GROS-RENÉ : Et c'est ce qui me fait enrager : je croyais refaire
mon ventre d'une bonne carrelure[16], et m'en voilà sevré. Je m'en
vais chercher un médecin pour moi aussi bien que pour votre
fille ; je suis désespéré.

SCÈNE IV

SABINE, GORGIBUS, SGANARELLE

SABINE : Je vous trouve à propos, mon oncle, pour vous
apprendre une bonne nouvelle. Je vous amène le plus habile
médecin du monde, un homme qui vient des pays étrangers, qui
sait les plus beaux secrets, et qui sans doute guérira ma cousine.
On me l'a indiqué par bonheur, et je vous l'amène. Il est si
savant que je voudrais de bon cœur être malade, afin qu'il me
guérît.

GORGIBUS : Où est-il donc ?

SABINE : Le voilà qui me suit ; tenez, le voilà !

GORGIBUS : Très humble serviteur à Monsieur le médecin ! Je
vous envoie quérir pour voir ma fille, qui est malade. Je mets
toute mon espérance en vous.

SGANARELLE : Hippocrate dit, et Galien par vives raisons
persuade qu'une personne ne se porte pas bien quand elle est
malade. Vous avez raison de mettre votre espérance en moi ; car
je suis le plus grand, le plus habile, le plus docte médecin qui
soit dans la faculté végétale, sensitive et minérale[17].

---

16. Selon Furetière, une *carrelure de ventre* est « un bon repas qu'un
goinfre ou un parasite ont été faire quelque part et qui ne leur a rien
coûté ». *Cf.* l'espoir de Tabarin quand son maître Piphagne lui annonce
ses noces et le festin des noces (1re farce tabarinique de 1624, sc. 1).
17. Malgré un docte début, le faux médecin tombe vite dans de belles
platitudes, et la fin de son couplet n'est pas bien claire ; il faut peut-être
comprendre qu'il utilise des remèdes tirés des végétaux, des animaux et
des minéraux, selon la suggestion de G. Couton.

GORGIBUS : J'en suis fort ravi.

SGANARELLE : Ne vous imaginez pas que je sois un médecin ordinaire, un médecin du commun. Tous les autres médecins ne sont, à mon égard, que des avortons de médecine. J'ai des talents particuliers, j'ai des secrets. *Salamalec, salamalec.* Rodrigue, as-tu du cœur ? *Signor, si : segnor, non. Per omnia saecula saeculorum*[18]. Mais encore, voyons un peu[19].

SABINE : Hé ! ce n'est pas lui qui est malade, c'est sa fille.

SGANARELLE : Il n'importe : le sang du père et de la fille ne sont qu'une même chose ; et par l'altération de celui du père, je puis connaître la maladie de la fille. Monsieur Gorgibus, y aurait-il moyen de voir de l'urine de l'égrotante[20] ?

GORGIBUS : Oui-da. Sabine, vite, allez quérir de l'urine de ma fille ! Monsieur le médecin, j'ai grand-peur qu'elle ne meure.

SGANARELLE : Ah ! qu'elle s'en garde bien ! Il ne faut pas qu'elle s'amuse à se laisser mourir sans l'ordonnance du médecin. *(Sabine rentre*[21].*)* Voilà de l'urine qui marque grande chaleur, grande inflammation dans les intestins. Elle n'est pas tant mauvaise pourtant.

GORGIBUS : Hé quoi ? Monsieur, vous l'avalez ?

SGANARELLE : Ne vous étonnez pas de cela ! Les médecins, d'ordinaire, se contentent de la regarder ; mais moi, qui suis un

18. Il tombe cette fois dans le galimatias, mêlant au célèbre hémistiche du *Cid* (v. 263), des mots arabes (*salamalec* = la paix soit avec toi), italiens, espagnols, et même du latin d'Église (le *per omnia saecula saeculorum*, dans les siècles des siècles , est la formule de conclusion des prières) ! **19.** Ici, Sganarelle prend le pouls de Gorgibus, du père, donc, et non de sa fille malade. Même jeu de la part du faux médecin Clitandre, dans *L'Amour médecin* (III, 5). **20.** *L'égrotante* est la malade (mot calqué sur le participe présent du verbe latin *aegrotare*, être malade). L'examen des urines, dont la tradition comique tire, depuis la farce médiévale, des effets peu délicats mais irrésistibles, tenait une grande place dans la médecine de l'époque. **21.** Elle apporte les urines. Cette didascalie est donnée seulement en 1819. Dans un certain nombre de cas, en particulier dans les six dernières scènes, nous empruntons à l'édition de 1819 les didascalies qu'elle juge à bon droit nécessaires pour la compréhension des mouvements scéniques, mais que le manuscrit ne porte pas.

médecin hors du commun, je l'avale, parce qu'avec le goût je discerne bien mieux la cause et les suites de la maladie[22]. Mais, à vous dire la vérité, il y en avait trop peu pour asseoir un bon jugement. Qu'on la fasse encore pisser!

SABINE *sort et revient*: J'ai bien eu de la peine à la faire pisser.

SGANARELLE: Que cela? voilà bien de quoi! Faites-la pisser copieusement, copieusement. Si tous les malades pissent de la sorte, je veux être médecin toute ma vie.

SABINE *sort et revient*: Voilà tout ce qu'on peut avoir; elle ne peut pas pisser davantage.

SGANARELLE: Quoi? Monsieur Gorgibus, votre fille ne pisse que des gouttes! Voilà une pauvre pisseuse que votre fille; je vois bien qu'il faudra que je lui ordonne une potion pissative[23]. N'y aurait-il pas moyen de voir la malade?

SABINE: Elle est levée; si vous voulez, je la ferai venir.

SCÈNE V

LUCILE, SABINE, GORGIBUS, SGANARELLE

SGANARELLE: Eh bien! Mademoiselle, vous êtes malade?

LUCILE: Oui, Monsieur.

SGANARELLE: Tant pis! c'est une marque que vous ne vous portez pas bien. Sentez-vous de grandes douleurs à la tête, aux reins?

LUCILE: Oui, Monsieur.

SGANARELLE: C'est fort bien fait. Oui, ce grand médecin, au chapitre qu'il a fait de la nature des animaux, dit... cent belles choses; et comme les humeurs qui ont de la connexité ont beaucoup de rapport; car, par exemple, comme la mélancolie

---

22. Les médecins examinaient le volume, la couleur, l'odeur, voire aussi le goût de l'urine. Quant à l'avaler (ou à avaler ce qui tient lieu d'urine sur la scène) comme Sganarelle, c'est un jeu de tréteaux! **23.** Jeu avec les mots de la même famille: *pisser, pisseuse*, et le dérivé forgé *pissative* (« qui fait pisser »).

est ennemie de la joie, et que la bile qui se répand par le corps nous fait devenir jaunes, et qu'il n'est rien plus contraire à la santé que la maladie, nous pouvons dire, avec ce grand homme, que votre fille est fort malade[24]. Il faut que je vous fasse une ordonnance.

GORGIBUS : Vite une table, du papier, de l'encre !

SGANARELLE : Y a-t-il ici quelqu'un qui sache écrire[25] ?

GORGIBUS : Est-ce que vous ne le savez point ?

SGANARELLE : Ah ! je ne m'en souvenais pas ; j'ai tant d'affaires dans la tête que j'oublie la moitié... — Je crois qu'il serait nécessaire que votre fille prît un peu l'air, qu'elle se divertît à la campagne.

GORGIBUS : Nous avons un fort beau jardin, et quelques chambres qui y répondent[26]. Si vous le trouvez à propos, je l'y ferai loger.

SGANARELLE : Allons, allons visiter les lieux !

SCÈNE VI

L'AVOCAT : J'ai ouï dire que la fille de Monsieur Gorgibus était malade. Il faut que je m'informe de sa santé et que je lui offre mes services comme ami de toute sa famille. Holà ! Holà ! Monsieur Gorgibus y est-il ?

SCÈNE VII

GORGIBUS, L'AVOCAT

GORGIBUS : Monsieur, votre très humble, etc.[27]

---

24. Sganarelle est incapable de mener à son terme une phrase ou un raisonnement articulé ; son galimatias dégénère en une énumération décousue d'évidences ou de lapalissades, abruptement conclue par la donnée de départ que son discours aurait dû expliquer. **25.** Maladresse de l'imposteur, qui laisse transparaître son ignorance de valet ! **26.** Qui donnent sur ce jardin. **27.** Deuxième exemple d'improvisation laissée à l'acteur. Voir *supra*, n. 15, à la sc. 3.

L'Avocat : Ayant appris la maladie de Mademoiselle votre fille, je vous suis venu témoigner la part que j'y prends, et vous faire offre de tout ce qui dépend de moi.

Gorgibus : J'étais là-dedans avec le plus savant homme.

L'Avocat : N'y aurait-il pas moyen de l'entretenir un moment ?

SCÈNE VIII

Gorgibus, L'Avocat, Sganarelle

Gorgibus : Monsieur, voilà un fort habile homme de mes amis qui souhaiterait de vous parler et vous entretenir.

Sganarelle : Je n'ai pas le loisir, Monsieur Gorgibus : il faut aller à mes malades. Je ne prendrai pas la droite avec vous, Monsieur[28].

L'Avocat : Monsieur, après ce que m'a dit Monsieur Gorgibus de votre mérite et de votre savoir, j'ai eu la plus grande passion du monde d'avoir l'honneur de votre connaissance, et j'ai pris la liberté de vous saluer à ce dessein. Je crois que vous ne le trouverez pas mauvais. Il faut avouer que tous ceux qui excellent en quelque science sont dignes de grande louange, et particulièrement ceux qui font profession de la médecine, tant à cause de son utilité que parce qu'elle contient en elle plusieurs autres sciences, ce qui rend sa parfaite connaissance fort difficile ; et c'est fort à propos qu'Hippocrate dit dans son premier aphorisme : « *Vita brevis, ars vero longa, occasio autem praeceps, experimentum periculosum, judicium difficile*[29] ».

Sganarelle, *à Gorgibus* : *Ficile tantina pota baril cambustibus*[30].

---

28. On laisse la droite à ceux qu'on respecte : Sganarelle s'efface ; on comprend qu'il ne tienne pas à une conversation avec l'avocat ! **29.** « La vie est brève, l'art est long (*i.e.* long à acquérir), l'occasion fugitive, l'expérience périlleuse, le jugement difficile » (premier des *Aphorismes* d'Hippocrate). **30.** Enchaînant sur les trois dernières syllabes entendues, Sganarelle aligne des mots d'un latin parfaitement imaginaire.

L'Avocat : Vous n'êtes pas de ces médecins qui ne vous appliquez qu'à la médecine qu'on appelle rationale ou dogmatique, et je crois que vous l'exercez tous les jours avec beaucoup de succès : *experientia magistra rerum*[31]. Les premiers hommes qui firent profession de la médecine furent tellement estimés d'avoir cette belle science, qu'on les mit au nombre des dieux pour les belles cures qu'ils faisaient tous les jours. Ce n'est pas qu'on doive mépriser un médecin qui n'aurait pas rendu la santé à son malade, parce qu'elle ne dépend pas absolument de ses remèdes, ni de son savoir : *Interdum docta plus valet arte malum*[32]. Monsieur, j'ai peur de vous être importun : je prends congé de vous, dans l'espérance que j'ai qu'à la première vue[33] j'aurai l'honneur de converser avec vous avec plus de loisir. Vos heures vous sont précieuses, etc.[34]

Gorgibus : Que vous semble de cet homme-là ?

Sganarelle : Il sait quelque petite chose. S'il fût demeuré tant soit peu davantage, je l'allais mettre sur une matière sublime et relevée. Cependant, je prends congé de vous. *(Gorgibus lui donne de l'argent.)* Hé ! que voulez-vous faire ?

Gorgibus : Je sais bien ce que je vous dois.

Sganarelle : Vous vous moquez, Monsieur Gorgibus. Je n'en prendrai pas ; je ne suis pas un homme mercenaire. *(Il prend l'argent[35].)* Votre très humble serviteur.

(Sganarelle sort et Gorgibus rentre dans sa maison.)

SCÈNE IX

Valère : Je ne sais ce qu'aura fait Sganarelle. Je n'ai point eu de

---

31. • C'est l'expérience qui enseigne toute chose. • Par cet adage d'Érasme, l'avocat loue Sganarelle de fonder sa pratique médicale sur l'expérience empirique, et pas seulement sur le savoir rationnel et dogmatique de la Faculté. **32.** • Parfois le mal est plus fort que l'art docte • (Ovide, *Pontiques*, livre I, chant III, v. 18). **33.** La première fois qu'on se verra. **34.** Autre improvisation, comme aux sc. 3 et 7. **35.** Cette plaisanterie du médecin qui refuse en paroles ce qu'il accepte en fait est ancienne, et Molière s'en servira encore (p. ex. dans *Le Médecin malgré lui*, II, 4).

ses nouvelles, et je suis fort en peine où je le pourrais rencontrer. *(Sganarelle revient en habit de valet.)* Mais bon, le voici. Eh bien ! Sganarelle, qu'as-tu fait depuis que je ne t'ai point vu ?

SCÈNE X

SGANARELLE, VALÈRE

SGANARELLE : Merveille sur merveille ! J'ai si bien fait que Gorgibus me prend pour un habile médecin. Je me suis introduit chez lui et lui ai conseillé de faire prendre l'air à sa fille, laquelle est à présent dans un appartement qui est au bout de leur jardin, tellement qu'elle est fort éloignée du vieillard et que vous pouvez l'aller voir commodément.

VALÈRE : Ah ! que tu me donnes de joie ! Sans perdre le temps, je la vais trouver de ce pas.

SGANARELLE : Il faut avouer que ce bonhomme Gorgibus est un vrai lourdaud de se laisser tromper de la sorte. *(Apercevant Gorgibus.)* Ah ! ma foi, tout est perdu : c'est à ce coup que voilà la médecine renversée. Mais il faut que je le trompe.

SCÈNE XI

SGANARELLE, GORGIBUS

GORGIBUS : Bonjour, Monsieur.

SGANARELLE : Monsieur, votre serviteur[36]. Vous voyez un pauvre garçon au désespoir. Ne connaissez-vous pas un médecin qui est arrivé depuis peu en cette ville, qui fait des cures admirables ?

GORGIBUS : Oui, je le connais : il vient de sortir de chez moi.

SGANARELLE : Je suis son frère, Monsieur, nous sommes

---

36. C'est la formule de salutation déférente.

gémeaux[37] ; et comme nous nous ressemblons fort, on nous prend quelquefois l'un pour l'autre.

Gorgibus : Je me dédonne au diable[38] si je n'y ai été trompé. Et comme vous nommez-vous ?

Sganarelle : Narcisse, Monsieur, pour vous rendre service. Il faut que vous sachiez qu'étant dans son cabinet, j'ai répandu deux fioles d'essence[39] qui étaient sur le bout de sa table ; aussitôt il s'est mis dans une colère si étrange contre moi, qu'il m'a mis hors du logis et ne me veut plus jamais voir, tellement que je suis un pauvre garçon à présent sans appui, sans support[40], sans aucune connaissance.

Gorgibus : Allez, je ferai votre paix ; je suis de ses amis, et je vous promets de vous remettre avec lui. Je lui parlerai d'abord que[41] je le verrai.

Sganarelle : Je vous serai bien obligé, Monsieur Gorgibus.

(Sganarelle sort, et rentre aussitôt avec sa robe de médecin.)

SCÈNE XII

Sganarelle, Gorgibus

Sganarelle : Il faut avouer que quand les malades ne veulent pas suivre l'avis du médecin, et qu'ils s'abandonnent à la débauche, que...

Gorgibus : Monsieur le médecin, votre très humble serviteur. Je vous demande une grâce.

Sganarelle : Qu'y a-t-il, Monsieur ? Est-il question de vous rendre service ?

Gorgibus : Monsieur, je viens de rencontrer Monsieur votre frère, qui est tout à fait fâché de...

Sganarelle : C'est un coquin, Monsieur Gorgibus.

---

37. Jumeaux. **38.** Je me donne au diable. *Dédonne* atténue le danger de ce juron (voir *supra*, *La Jalousie du Barbouillé*, sc. 5 et la n. 34) ; le *me* a été ajouté par l'éd. de 1819. **39.** Ces fioles contenaient probablement des liquides extraits de végétaux. **40.** Secours, appui. **41.** Dès que.

GORGIBUS : Je vous réponds qu'il est tellement contrit de vous avoir mis en colère...

SGANARELLE : C'est un ivrogne, Monsieur Gorgibus.

GORGIBUS : Hé ! Monsieur, vous voulez désespérer ce pauvre garçon ?

SGANARELLE : Qu'on ne m'en parle plus ! Mais voyez l'impudence de ce coquin-là, de vous aller trouver pour faire son accord[42] ! Je vous prie de ne m'en pas parler.

GORGIBUS : Au nom de Dieu, Monsieur le médecin ! et faites cela pour l'amour de moi. Si je suis capable de vous obliger en autre chose, je le ferai de bon cœur. Je m'y suis engagé, et...

SGANARELLE : Vous m'en priez avec tant d'insistance que, quoique j'eusse fait serment de ne lui pardonner jamais, allez, touchez là : je lui pardonne. Je vous assure que je me fais grande violence, et qu'il faut que j'aie bien de la complaisance pour vous. Adieu, Monsieur Gorgibus.

- GORGIBUS : Monsieur, votre très humble serviteur. Je m'en vais chercher ce pauvre garçon pour lui apprendre cette bonne nouvelle.

SCÈNE XIII

VALÈRE, SGANARELLE

VALÈRE : Il faut que j'avoue que je n'eusse jamais cru que Sganarelle se fût si bien acquitté de son devoir. *(Sganarelle rentre avec ses habits de valet.)* Ah ! mon pauvre garçon, que je t'ai d'obligation ! que j'ai de joie ! et que...

SGANARELLE : Ma foi, vous parlez fort à votre aise. Gorgibus m'a rencontré ; et sans une invention que j'ai trouvée, toute la mèche était découverte[43]. Mais fuyez-vous-en, le voici !

---

42. Sa réconciliation avec moi. **43.** Le secret de mon déguisement était trouvé.

SCÈNE XIV

GORGIBUS, SGANARELLE

GORGIBUS : Je vous cherchais partout pour vous dire que j'ai parlé à votre frère ; il m'a assuré qu'il vous pardonnait. Mais, pour en être plus assuré, je veux qu'il vous embrasse en ma présence. Entrez dans mon logis, et je l'irai chercher.

SGANARELLE : Ah ! Monsieur Gorgibus, je ne crois pas que vous le trouviez à présent. Et puis je ne resterai pas chez vous : je crains trop sa colère.

GORGIBUS : Ah ! vous demeurerez, car je vous enfermerai. Je m'en vais à présent chercher votre frère. Ne craignez rien, je vous réponds qu'il n'est plus fâché. *(Gorgibus sort.)*

SGANARELLE, *de la fenêtre* : Ma foi, me voilà attrapé ce coup-là ; il n'y a plus moyen de m'en échapper. Le nuage est fort épais, et j'ai bien peur que, s'il vient à crever, il ne grêle sur mon dos force coups de bâton, ou que, par quelque ordonnance plus forte que toutes celles des médecins, on m'applique tout au moins un cautère royal[44] sur les épaules. Mes affaires vont mal ; mais pourquoi se désespérer ? Puisque j'ai tant fait, poussons la fourbe[45] jusques au bout. Oui, oui, il en faut encore sortir, et faire voir que Sganarelle est le roi des fourbes[46].

(Sganarelle saute par la fenêtre[47] et s'en va.)

---

44. Le *cautère* est la substance qu'on utilise, ou l'instrument métallique qu'on chauffe pour brûler superficiellement des tissus organiques ou pour détruire une partie malade. Par plaisanterie, la fleur de lys, la marque royale, appliquée au fer rouge pour marquer l'épaule de certains condamnés, était appelée *cautère royal.* **45.** La fourberie. **46.** Pour sa part, Mascarille se dit *fourbum imperator* (*L'Étourdi,* II, 8, v. 794). **47.** Voici notre médecin volant !

SCÈNE XV

GROS-RENÉ, GORGIBUS, SGANARELLE

GROS-RENÉ : Ah ! ma foi ! voilà qui est drôle ! Comme diable on saute ici par les fenêtres ! Il faut que je demeure ici et que je voie à quoi tout cela aboutira.

GORGIBUS : Je ne saurais trouver ce médecin ; je ne sais où diable il s'est caché. *(Apercevant Sganarelle, qui revient en habit de médecin.)* Mais le voici. Monsieur, ce n'est pas assez d'avoir pardonné à votre frère ; je vous prie, pour ma satisfaction, de l'embrasser. Il est chez moi, et je vous cherchais partout pour vous prier de faire cet accord en ma présence.

SGANARELLE : Vous vous moquez, Monsieur Gorgibus. N'est-ce pas assez que je lui pardonne ? Je ne le veux jamais voir.

GORGIBUS : Mais, Monsieur, pour l'amour de moi.

SGANARELLE : Je ne vous saurais rien refuser. Dites-lui qu'il descende !

(Pendant que Gorgibus entre dans sa maison par la porte, Sganarelle y rentre par la fenêtre.)

GORGIBUS, *à la fenêtre* : Voilà votre frère qui vous attend là-bas. Il m'a promis qu'il fera tout ce que je voudrai.

SGANARELLE, *à la fenêtre* : Monsieur Gorgibus, je vous prie de le faire venir ici. Je vous conjure que ce soit en particulier que je lui demande pardon, parce que sans doute il me ferait cent hontes et cent opprobres devant tout le monde.

(Gorgibus sort de sa maison par la porte, et Sganarelle par la fenêtre.)

GORGIBUS : Oui-da, je m'en vais lui dire. Monsieur, il dit qu'il est honteux et qu'il vous prie d'entrer, afin qu'il vous demande pardon en particulier. Voilà la clef, vous pouvez entrer. Je vous supplie de ne me pas refuser et de me donner ce contentement.

SGANARELLE : Il n'y a rien que je ne fasse pour votre satisfaction :

vous allez entendre de quelle manière je le vais traiter[48]. *(À la fenêtre.)* Ah! te voilà, coquin! — Monsieur mon frère, je vous demande pardon, je vous promets qu'il n'y a point de ma faute. — Il n'y a point de ta faute, pilier de débauche[49], coquin? Va, je t'apprendrai à vivre. Avoir la hardiesse d'importuner Monsieur Gorgibus, de lui rompre la tête de tes[50] sottises! — Monsieur mon frère... — Tais-toi, te dis-je! — Je ne vous désoblig... — Tais-toi, coquin!

GROS-RENÉ: Qui diable pensez-vous qui soit chez vous à présent?

GORGIBUS: C'est le médecin et Narcisse son frère; ils avaient quelque différend et ils font leur accord.

GROS-RENÉ: Le diable emporte[51]! ils ne sont qu'un.

SGANARELLE, *à la fenêtre*: Ivrogne que tu es, je t'apprendrai à vivre. Comme il baisse la vue! Il voit bien qu'il a failli, le pendard. Ah! l'hypocrite, comme il fait le bon apôtre!

GROS-RENÉ: Monsieur, dites-lui un peu par plaisir qu'il fasse mettre son frère à la fenêtre.

GORGIBUS: Oui-da. Monsieur le médecin, je vous prie de faire paraître votre frère à la fenêtre.

SGANARELLE, *de la fenêtre*: Il est indigne de la vue des gens d'honneur; et puis je ne le saurais souffrir[52] auprès de moi.

GORGIBUS: Monsieur, ne me refusez pas cette grâce, après toutes celles que vous m'avez faites.

SGANARELLE, *de la fenêtre*: En vérité, Monsieur Gorgibus, vous

---

48. On arrive aux merveilleux jeux de scène qui couronnent l'imposture de Sganarelle: un *seul* acteur doit faire croire, à la faveur du changement de voix et de quelques éléments de costume, à l'existence de *deux* personnages contigus, dont l'un est purement imaginaire, en montrant d'abord *successivement* l'un puis l'autre, et enfin en s'efforçant de les donner à voir *ensemble*. D'une manière un peu différente, l'acteur Molière renouvellera cette performance dans la fameuse scène du sac des *Fourberies de Scapin* (III, 2); mais d'autres grands acteurs s'y essayèrent, tel Domenico Biancolelli, l'Arlequin du Théâtre Italien dans la deuxième moitié du XVIIᵉ siècle. **49.** Habitué des débauches. **50.** Le manuscrit porte *ses*; il faut adopter la correction de 1819 en *tes*. **51.** Que le diable m'emporte! **52.** Supporter, admettre.

avez un tel pouvoir sur moi que je ne vous puis rien refuser. Montre, montre-toi, coquin ! *(Après avoir disparu un moment, il se montre en habit de valet.)* — Monsieur Gorgibus, je suis votre obligé. *(Il disparaît encore, et reparaît aussitôt en robe de médecin.)* — Eh bien ! avez-vous vu cette image de la débauche ?

GROS-RENÉ : Ma foi, ils ne sont qu'un ; et, pour vous le prouver, dites-lui un peu que vous les voulez voir ensemble.

GORGIBUS : Mais faites-moi la grâce de le faire paraître avec vous, et de l'embrasser devant moi à la fenêtre.

SGANARELLE, *de la fenêtre* : C'est une chose que je refuserais à tout autre qu'à vous. Mais, pour vous montrer que je veux tout faire pour l'amour de vous, je m'y résous, quoique avec peine, et veux auparavant qu'il vous demande pardon de toutes les peines qu'il vous a données[53]. — Oui, Monsieur Gorgibus, je vous demande pardon de vous avoir tant importuné, et vous promets, mon frère, en présence de Monsieur Gorgibus que voilà, de faire si bien désormais que vous n'aurez plus lieu de vous plaindre, vous priant de ne plus songer à ce qui s'est passé. *(Il embrasse son chapeau et sa fraise qu'il a mis au bout de son coude.)*

GORGIBUS : Eh bien ! ne les voilà pas tous deux ?

GROS-RENÉ : Ah ! par ma foi, il est sorcier.

SGANARELLE, *sortant de la maison, en médecin* : Monsieur, voilà la clef de votre maison que je vous rends. Je n'ai pas voulu que ce coquin soit descendu avec moi, parce qu'il me fait honte : je ne voudrais pas qu'on le vît en ma compagnie dans la ville, où je suis en quelque réputation. Vous irez le faire sortir quand bon vous semblera. Je vous donne le bonjour, et suis votre, etc.[54]
(Il feint de s'en aller, et après avoir mis bas sa robe, rentre dans la maison par la fenêtre.)

GORGIBUS : Il faut que j'aille délivrer ce pauvre garçon. En vérité, s'il lui a pardonné, ce n'a pas été sans le bien maltraiter.

---

53. Après cette réplique, Sganarelle quitte à la dérobée son habit de médecin pour réapparaître en valet.   **54.** Ici, l'acteur n'avait à improviser que la fin de la formule de congé !

(Il entre dans sa maison, et en sort avec Sganarelle en habit de valet.)

Sganarelle : Monsieur, je vous remercie de la peine que vous avez prise et de la bonté que vous avez eue. Je vous en serai obligé toute ma vie.

Gros-René : Où pensez-vous que soit à présent le médecin ?

Gorgibus : Il s'en est allé.

Gros-René, *qui a ramassé la robe de Sganarelle*: Je le tiens sous mon bras. Voilà le coquin qui faisait le médecin et qui vous trompe. Cependant qu'il vous trompe et joue la farce chez vous, Valère et votre fille sont ensemble, qui s'en vont à tous les diables.

Gorgibus : Ah ! que je suis malheureux ! Mais tu seras pendu, fourbe, coquin !

Sganarelle : Monsieur, qu'allez-vous faire de me pendre ? Écoutez un mot, s'il vous plaît. Il est vrai que c'est par mon invention que mon maître est avec votre fille ; mais en le servant, je ne vous ai point désobligé : c'est un parti sortable[55] pour elle, tant pour la naissance que pour les biens. Croyez-moi, ne faites point un vacarme qui tournerait à votre confusion, et envoyez à tous les diables ce coquin-là, avec Villebrequin. Mais voici nos amants.

SCÈNE DERNIÈRE

Valère, Lucile, Gorgibus, Sganarelle

Valère : Nous nous jetons à vos pieds.

Gorgibus : Je vous pardonne, et suis heureusement trompé par Sganarelle, ayant un si brave gendre[56]. Allons tous faire noces, et boire à la santé de toute la compagnie !

---

55. Assorti, convenable.   **56.** Un gendre excellent.

LE DOCTEUR AMOUREUX

(après 1652)

Le texte du Docteur amoureux *qu'on va lire a été retrouvé il y a une trentaine d'années par A. J. Guibert, très médiocrement imprimé, sans lieu ni date, dans un recueil de quatorze pièces de théâtre. Divers indices poussèrent le bibliographe à admettre que ce* Docteur amoureux « *ne peut être que celui joué par Molière, le 24 octobre 1658*[1] » *devant le roi, et dont parle La Grange.*

Ce serait trop beau ! En fait, cette petite comédie se contente, pour l'essentiel, de reprendre textuellement un certain nombre de scènes à une comédie en cinq actes de Gillet de La Tessonnerie intitulée Le Déniaisé, *représentée en 1647 et publiée pour la première fois en 1648 ; le plagiaire s'est probablement servi de l'édition de 1652 du* Déniaisé. *Pierre Lerat a montré*[2] *que neuf des scènes du* Docteur amoureux, *sur treize, ont été pillées ; sur les 702 vers de la farce, une soixantaine seulement sont originaux. P. Lerat voudrait que Molière ait été le plagiaire et ait repris et arrangé ensemble toutes les scènes farcesques du* Déniaisé *construites autour du pédant et des valets. L'hypothèse n'est pas admissible*[3]. *Outre qu'il est invraisemblable que Molière ait commencé sa carrière devant le roi par une imposture, la main de* « *l'auteur* » *du* Docteur amoureux *montre bien de la maladresse, en particulier dans les raccords mal faits ; comment Molière, qui sait brocher avec l'habileté que l'on sait un scénario de farce, en faisant un usage efficace mais discret et équilibré du type comique du pédant — témoin la farce de* La Jalousie du Barbouillé — *aurait-il pu commettre un aussi lourd plagiat ?*

Il faut penser qu'une troupe, parisienne ou provinciale, ayant

1. Introduction de son éd. en fac-similé du *Docteur amoureux*, 1960, p. XIX. **2.** Dans l'introduction de son éd. critique du *Docteur amoureux*, 1973. **3.** Voir la discussion de G. Couton dans le t. I de son éd. de Molière (pp. 6-7), et dans *Studi francesi*, 56, mai-août 1975, pp. 304-307.

*besoin d'une farce autour d'un pédant, en façonna une en
pillant* Le Déniaisé *de Gillet de La Tessonnerie, après 1652 ; le
texte n'en fut publié, sans aucun soin, que beaucoup plus
tardivement, peut-être au début du siècle suivant.*

Comme son titre l'indique, Le Docteur amoureux *est la farce
d'un pédant ridicule, ici nommé Pancrace.*

*Ce personnage traditionnel du pédant[4], servant de repoussoir
à l'honnête homme, ne cesse de faire rire au xvii* siècle : farces
et comédies font de lui un usage fréquent, selon le patron fixé
en Italie et déjà acclimaté chez nous par la comédie de la
Renaissance. Chez Le Vert (auteur d'un* Docteur amoureux *en
1637), chez Rotrou, chez Cyrano de Bergerac (Le Pédant joué),
chez Gillet de La Tessonnerie, que connaissait aussi Molière[5],
chez Molière évidemment, et bientôt chez Dorimond, Montfleury
et leurs successeurs, le personnage présente les mêmes traits : son
pédantisme, son langage savant truffé de latin, sa vanité le
séparent de la société des hommes ; dès qu'il agit dans le monde
qui l'entoure, il manifeste sottise et maladresse, en particulier
quand il prétend aimer et être aimé.*

*Notre Pancrace affiche un savoir étonnant. De la littérature,
de la science, de la médecine, de la pensée antique, de la
mythologie, il n'ignore rien... et nous le démontre. Enumérations
copieuses d'auteurs, développements sur la création et sur l'âme
tout imprégnés d'Aristote et de scolastique, interminables
références à la Fable, exposés scientifiques et philosophiques,
peinture exhaustive de la puissance de l'amour : rien n'est
épargné au lecteur de ce tohu-bohu érudit ; mais on rit de cette
avalanche d'érudition, qui finit par être fantaisiste en ce qu'elle
tourne au catalogue systématique. Et l'on comprend que
Pancrace ait des dettes auprès du libraire !*

*Mais le savoir livresque n'est d'aucune utilité au pédant
amoureux. Comment ce personnage, traditionnellement vieux,
laid, ridiculement accoutré, sale, pourrait-il séduire par le seul
étalage de sa cuistrerie ? Quel réjouissant dialogue entre un*

---

4. Ch. Mazouer, *Le Personnage du naïf dans le théâtre comique...*, 1979,
pp. 129-132.   **5.** Voir A. Gill, « "The doctor in the farce" and Molière »,
art. cit. de 1948.

Pancrace barbouillé de toutes sciences et la simple et très populaire servante Lisette, à qui le docteur in utroque jure *ne parvient pas à faire admettre sa bouleversante passion! Il la poursuit en ces termes: «Ah! cruelle! Ah! bacchante! Ah! scythique merveille!»; mais la fille ne peut que le rebuter: «Le bel ameublement qu'un amant à calotte*[6] *!»*

Précisons que Pancrace semble être employé chez Garos comme précepteur de son fils, pour lors à l'armée. Ce Garos n'est qu'une silhouette à peine esquissée: gentilhomme avare, importuné par les demandes d'argent, et qu'un soldat, qui se dit envoyé par son fils blessé pour réclamer des secours, achève de mettre en rage.

En contraste avec le pédant, les valets de la farce constituent l'autre source du plaisir comique.

Nous avons entr'aperçu Lisette: fille simple, elle rembarre rudement le vieux et laid pédant, dont le savoir lui reste impénétrable. C'est que cette savoureuse personne aime ailleurs. Elle «s'emmaigrit», elle dépérit pour l'indifférent Jodelet; à force de gâteries, en lui proposant de lui donner toutes ses économies, Lisette parviendra-t-elle à faire fléchir Jodelet? La farce ne le dit pas.

Quant à Jodelet, il était attendu par les spectateurs. Ce personnage, que nous n'avons pas fini de retrouver, avait été créé par le farceur Julien Bedeau[7] *— de même que le farceur Molière créa Sganarelle ou que le farceur R. Poisson créa Crispin. Julien Bedeau-Jodelet joue au théâtre du Marais en 1634; mais, à la fin de la même année, le roi le fait passer à l'Hôtel de Bourgogne. Il reviendra au Marais à partir de 1641. En 1659, il est entré dans la troupe de Molière; pour peu de temps, car il mourut en 1660.*

Après avoir joué Cliton dans Le Menteur *et* La Suite du

---

6. Scène 3, v. 120 et 163.   **7.** Voir: Georges Mongrédien, *Les Grands Comédiens du* XVII* siècle*, Paris, «Le Livre», 1927, pp. 63-96; Colette Cosnier, «Jodelet: un acteur du* XVII* siècle devenu un type», *R.H.L.F.*, 1962, pp. 329-352; Jean Émelina, *Les Valets et les servantes dans le théâtre comique en France de 1610 à 1700*, Cannes-Grenoble, 1975, pp. 146-150.

*Menteur de Pierre Corneille, Jodelet dut à Scarron de le faire
paraître sous son nom de farce à la scène : c'est* Jodelet ou Le
Maître valet *de 1643, puis* Les Trois Dorothées ou Jodelet
souffleté *de 1645 (la comédie s'appellera ensuite* Jodelet
duelliste*). Un nouveau personnage de valet était lancé, que les
autres dramaturges comiques vont exploiter et faire représenter
par le célèbre acteur : d'Ouville donne un* Jodelet astrologue*,
Gillet de La Tessonnerie son* Déniaisé[8] *; après la Fronde, Thomas
Corneille* (Le Geôlier de soi-même ou Jodelet prince, *1655) et à
nouveau Gillet de La Tessonnerie* (Le Campagnard, *1656)
réservent un rôle important au plaisant valet. Jodelet n'est plus
au Marais quand Brécourt y fait jouer, fin 1659, sa* Feinte Mort
de Jodelet, *et le rôle du valet était tenu par un autre acteur. On
comprend que Molière ait voulu engager l'irrésistible farceur du
Marais, dont il fit le Vicomte de Jodelet dans ses* Précieuses
ridicules.

*Devenu type de théâtre, Jodelet présentait des traits stables, à
commencer par ceux de son physique et de son costume. Son
visage au nez mòqueur, orné d'une barbe et d'une moustache,
était enfariné, selon la tradition du farceur Gros-Guillaume, et
complètement entouré d'une sorte de capuchon ajusté ; le public
éclatait de rire quand, de cette face blafarde et hilare, sortait
une voix nasillarde (dans notre* Docteur amoureux, *v. 402,
Lisette rappelle que Jodelet « nasonne », parle du nez). Diverses
gravures montrent son pourpoint, son haut-de-chausses sombre
à bandes verticales, qui se poursuivait en bas bruns et en
chaussures noires ; à sa ceinture, une batte et une petite
gibecière. Une large coiffure et une cape ample descendant
jusqu'aux mollets complétaient son habillement. La lecture de ses
rôles donne l'image d'un personnage grossier et balourd, alléché
par la mangeaille, ivrogne, souvent fanfaron mais toujours
poltron, volontiers insolent. Sans initiative et sans grand rôle
dans l'intrigue, il agrémentait celle-ci de ses commentaires*

---

8. Le valet Jodelet du *Déniaisé* a été créé au Marais en 1647 par l'acteur
Jodelet. Mais rien ne prouve que le rôle de Jodelet du *Docteur
amoureux* ait été tenu par cet acteur.

burlesques, de ses impertinences de gracioso. *Devenu, comme Tabarin, un nom commun, un* jodelet *sera ainsi défini par le* Dictionnaire *de Trévoux :* « *Badin, folâtre qui fait rire par ses sottises* ». *Le vieil emploi français de badin aura décidément eu la vie longue !*

Le Jodelet du Déniaisé *et, naturellement, du* Docteur amoureux, *ignorant, est plus agacé que fasciné par le torrent de savoir que lui déverse le pédant ; les poings lui démangent de* « *casser la gueule* » *à Pancrace (v. 69). Son autre caractéristique dans la farce est qu'il reste parfaitement froid devant Lisette et sa passion, quitte cependant à profiter des avantages matériels par lesquels Lisette pense l'attirer ; peu sensuel, Jodelet propose même quelques jolies caricatures de filles en chaleur (scène 11, vv. 578-585).*

Bref, avec ses quelque 700 alexandrins, cette farce, qui n'a pas la légèreté ni la vivacité des premières farces de Molière, propose plus d'un passage d'une vraie drôlerie.

Mais elle met l'éditeur et l'annotateur à la peine ! Le texte, simplement présenté en fac-similé par A. J. Guibert[9], est désastreux et lacunaire. Pierre Lerat en a fourni une édition critique[10] ; il corrige très souvent le texte du Docteur amoureux *par celui du* Déniaisé, *qui en est la source. Le travail de P. Lerat, qu'on ne peut pas suivre en tout point et qu'il faut parfois rectifier et compléter, est d'une grande aide à l'éditeur.*

9. « *Le Docteur amoureux* ». *Comédie du* XVIIe *siècle*, Genève, Droz — Paris, Minard, 1960, XXII-71 p. (T.L.F., 91). **10.** « *Le Docteur amou- reux* », *comédie attribuée à Molière. Suivi du* « *Desniaisé* » *de Gillet de La Tessonnerie*, Paris, Nizet, 1973, 203 p.

LE DOCTEUR AMOUREUX

Comédie

Personnages

Pancrace[1], Docteur et amoureux de Lisette.
Garos[2], gentilhomme.
Jodelet, valet de Garos.
Lisette, servante de Garos, amoureuse[3] de Jodelet.

La scène est [à[4]] Paris, dans la maison de Garos.

---

1. *Pangrazio* ou *Pancrazio* figure dans le théâtre italien de la *commedia dell'arte* comme Dottore et comme pédant, mais pas avant le XVIIIe siècle, semble-t-il. Molière se servira de Pancrace dans *Le Mariage forcé*. **2.** Ce nom rappelle celui de *Gareau*, que Cyrano donna au paysan de son *Pédant joué*. **3.** Lisette est *amoureuse* de Jodelet comme Pancrace est *amoureux* de Lisette, sans être payée de retour ; au XVIIe siècle, l'*amoureux* est parfois celui qui aime en vain. **4.** La correction faite par Lerat s'impose.

SCÈNE PREMIÈRE

PANCRACE, GAROS

PANCRACE :
Je ne saurais payer de si puissantes⁵ dettes ;   1
Achevez donc, Monsieur, le bien que vous me faites !
    GAROS :
Toujours des demandeurs... Eh bien ! que voulez-vous ?
Vous êtes...
    PANCRACE :
            Mais, Monsieur, calmez votre courroux !
J'aime votre santé beaucoup plus que moi-même.   5
    GAROS :
Qu'il dise mon argent, et voilà ce qu'il aime⁶ !
Oui, Monsieur le Docteur, je vous suis obligé
Du soin que vous prenez.
    PANCRACE :
                        Je serai dégagé
D'un fardeau bien pesant moyennant trois cents livres.
Morbleu de la science ! il nous faut trop de livres.   10
Il m'en coûte déjà près de trois cents écus⁷.
Mais, Monsieur, prêtez-moi, je vous...
    GAROS :
                                    C'est un abus.
Tous les jours de l'argent pour donner au libraire !
Allez, c'est se moquer, c'est être téméraire
Que de vouloir... Adieu⁸ !   15

---

5. Grandes, importantes. **6.** Qu'il dise qu'il aime mon argent, voilà ce qu'il aime. Ce vers est prononcé en aparté. **7.** L'écu vaut 3 livres (ou 3 francs). **8.** Vers incomplet et hors du système des rimes plates.

SCÈNE II[9]

LISETTE, PANCRACE, JODELET, GAROS

LISETTE :
Monsieur, on a servi. Venez donc prendre place !

JODELET :
Tandis qu'il va dîner, un petit mot, Pancrace !
Diriez-vous qu'une fille eût de l'amour pour moi ?

PANCRACE :
C'est qu'elle a reconnu quelques appas[10] en toi.

JODELET :
Qu'est-ce que des appas ? Est-ce une belle chose ?   20

PANCRACE :
C'est le visible effet d'une agréable cause ;
C'est un enthousiasme[11], un puissant attractif[12],
Qui rend individus le passif et l'actif[13],
Et qui dans nos esprits, domptant la tyrannie,
Forme le plus farouche au goût de son génie[14].   25

JODELET :
Je m'en étais douté, mais...

PANCRACE :
                              Les doutes sont grands
Pour définir s'il est des appas différents.
Pythagore, Zénon, Aristote, Socrate[15],

---

9. On retrouve ici à peu près mot pour mot *Le Déniaisé*, I, 4. **10.** Attraits, charmes. Le XVIIᵉ siècle ne distingue pas entre *appât* et *appas*. **11.** Un mouvement passionné, comme inspiré par une divinité. **12.** Une force qui attire puissamment. **13.** L'éd. originale porte : *individu, le passé et l'actif*. Pour donner un sens acceptable au vers, il faut adopter les corrections de Lerat. Comprendre : la force de l'attrait amoureux est telle qu'elle rend compatibles (est *individu* ce qui ne peut être divisé) les contraires mêmes (comme *le passif* et *l'actif*). **14.** L'attait amoureux rend l'être humain le plus farouche docile à ce qu'est et à ce que veut l'amour (le *génie* est la nature propre). **15.** Ce vers ne rime avec aucun autre.

Aristippe, Plutarque, Isocrate, Platon,
Démosthène, Luculle, Hésiode, Caton,   30
Ésope, Eusèbe, Érasme, Ennius, Aulu-Gelle,
Épictète, Cardan, Boèce, Columelle,
Ménandre, Scaliger, Aristarque, Solon,
Homère, Buchanan, Polybe, Cicéron,
Ausone, Lucien, Xénophon, Thucydide,   35
Diogène, Tibulle, Appien, Aristide,
Anacréon, Pindare, Horace, Martial,
Plaute, Ovide, Lucain, Catulle, Juvénal,
Carnéade, Sapho, Théophraste, Lactance,
Sophocles et Sénèque, Euripide et Térence,   40
Chrysippe[16]...

JODELET :

      À quel besoin nommer tous ces démons ?

PANCRACE :

C'est des dieux, des savants, dont je te dis les noms.
Et j'en ai mille encore, que manque de mémoire...

JODELET :

Ah ! ne m'en nomme plus ! Je suis prêt à te croire.

---

16. Le texte de cette liste copieuse présente des coquilles évidentes, car il est douteux que le pédant écorche par ignorance les noms de ses dieux ; nous corrigeons les coquilles. La plupart de ces philosophes ou écrivains de l'Antiquité grecque et romaine, et des temps modernes, sont bien connus ; d'autres un peu moins. *Aristippe de Cyrène* fut un disciple de Socrate. Pour *Démosthène*, le texte original imprime *Despothène*. Il donne également *Lucelle*, qu'il faut corriger en *Luculle*, pour *Lucullus* ; se glisse donc curieusement ici Lucius Licinius Lucullus, général romain célèbre pour ses victoires sur Mithridate et pour ses richesses, admiré par Caton et par Cicéron. *Eusèbe* est probablement l'évêque de Césarée, né vers 265. Après le grand humaniste hollandais du xvıᵉ siècle *Érasme*, on revient à la latinité ancienne (*Ennius*, l'auteur de l'épopée des *Annales*, est né en 239 av. J.-C.) ou plus tardive (*Aulu-Gelle*, auteur des *Nuits attiques*, est né vers 130). *Jérôme Cardan* est un médecin, mathématicien et philosophe italien du xvıᵉ siècle. *Boèce*, fils d'un consul romain, doué d'un immense savoir, mourut probablement pour sa foi chrétienne (480-524). *Columelle*, écrivain latin contemporain des règnes de Claude et de Néron, écrivit un grand traité en vers sur l'agronomie. *Joseph Juste Scaliger* (*Scaligei*, dans l'éd. orig.), fils de l'humaniste padouan Jules César Scaliger fixé en France, fut lui-même un des grands intellectuels de l'époque (1540-1609). *Aristarque de Samothrace*, critique et grammai-

PANCRACE :

Donc tous ces vieux savants n'ont pu nous exprimer   45
D'où vient cet ascendant[17] qui nous force d'aimer.
Les uns disent que c'est un vif éclair de flamme
Qu'un être indépendant alluma dans notre âme,
Et qui fait son effet, malgré notre pouvoir,
Quand il trouve un objet propre à le recevoir.   50

JODELET :

Les autres...

PANCRACE :

       Éclairés d'une moindre lumière[18],
Enveloppent[19] sa force au sein de la matière,
Et nomment un instinct ce premier mouvement
Qui nous frappe d'abord avec aveuglement,
Et qui, prenant du temps des forces suffisantes,   55
En[20] forme dans les sens des images pressantes
Qui n'en font le rapport à notre entendement
Qu'après s'être engagées sans[21] son consentement.

JODELET, *levant la main pour parler* :

Ainsi donc...

---

rien grec fixé à Alexandrie, passe pour le critique des critiques (mort vers 143 av. J.-C.). *Buchanan* est un humaniste écossais qui passa de longues années en France comme professeur et eut Montaigne parmi ses élèves de Bordeaux (1506-1582). Le Bordelais *Ausone*, maître de rhétorique du IVe siècle ap. J.-C., est l'auteur de poésies en latin. *Appien* est un historien grec du IIe s. ap. J.-C. *Aristide* est un apologiste chrétien du IIe s. (à moins qu'il ne s'agisse d'Aristide le Juste, célèbre homme d'État athénien). *Carnéade* est un philosophe de l'époque alexandrine (156-129 av. J.-C.). *Théophraste*, auteur célèbre des *Caractères*, fut l'élève et l'ami d'Aristote. *Lactance*, né en 250, se convertit au christianisme et écrivit les *Divinae Institutiones*. *Sophocles* est écrit avec un *s* pour le juste compte des syllabes. *Chrysippe* (280-207 av. J.-C.) passe pour le « second fondateur » de l'école stoïcienne. Quelle époustouflante culture révèle l'énumération, si du moins Pancrace a lu ces auteurs ! **17.** Cette puissance, cette influence aussi forte que celle des astres sur notre destinée. **18.** Pénétration intellectuelle. **19.** Placent, renferment, cachent. **20.** Le *et* original est à corriger en *en*, comme le fait Lerat, d'après le v. 353 du *Déniaisé*. **21.** Le *dans* original est à corriger en *sans*, comme le fait Lerat, d'après le v. 355 du *Déniaisé*.

PANCRACE :

      Nous perdrions le droit du libéral arbitre[22].

JODELET, *veut parler* :

Mais...

PANCRACE :

    Il n'est point de mais, c'est notre plus beau titre.   60

JODELET, *encore de même* :

Quoi ?

PANCRACE :

    C'est parler en vain, l'âme a sa volonté.

JODELET, *encore de même* :

Il est vrai...

PANCRACE :

      Nous naissons en pleine liberté.

JODELET, *voulant parler* :

C'est sans doute...

PANCRACE :

        Autrement notre essence est mortelle...

JODELET, *voulant parler* :

D'effet[23]...

PANCRACE :

    Et nous n'aurions qu'une âme naturelle.

JODELET :

Bon.

PANCRACE :

    C'est le sentiment que nous devons avoir.   65

JODELET :

Donc...

PANCRACE :

    C'est la vérité que nous devons savoir.

JODELET :

Un mot...

---

22. Le libre arbitre. Le v. 59, après un premier hémistiche correct (à condition de bien dire *per-drions* en deux syllabes), aligne encore huit syllabes ; avec *libre arbitre*, le vers correspondant du *Déniaisé* est un alexandrin exact. **23.** En effet. Jodelet ne peut glisser que de courtes approbations sous le déluge verbal de Pancrace.

PANCRACE :

      Quoi ! voudrais-tu des âmes radicales[24],
Où l'opération[25], pareille aux animales...

JODELET, *en lui voulant fermer la bouche* :
Je voudrais te casser la gueule.

PANCRACE, *en se débarrassant* :

                On a grand tort
De vouloir que l'esprit s'éteigne par la mort.   70
Il faut, pour en avoir l'entière connaissance,
Savoir que l'âme vient d'une immortelle essence,
Et qu'en nous animant[26], il est tout évident
Qu'elle est une substance et non un accident[27].
Ayant des attributs du maître du tonnerre[28],   75
Elle n'est pas de feu, d'air, d'eau ni moins de terre[29] ;
Ni le tempérament[30] des quatre qualités,
Qui renferme dans soi tant de diversités...

JODELET, *s'apprête à parler* :
Enfin...

PANCRACE :

      Les minéraux produits d'air et de flamme
Ont un tempérament[31], mais ce n'est pas une âme.   80
L'âme est encore plus que n'est le mouvement.
Plusieurs choses en ont, sans avoir sentiment[32],

---

24. Partisan de l'origine transcendante de l'âme, Pancrace refuse énergiquement une âme naturelle, qui aurait son principe en elle-même, qui serait par sa nature attachée au sujet humain (c'est le sens technique de *radical*). **25.** Si l'homme est doté d'une âme naturelle, celle-ci exerce chez lui sa puissance, son action (son *opération*) comme chez les animaux. **26.** En nous donnant la vie *(anima)*. **27.** La philosophie scolastique oppose ce qui est accidentel, qui n'existe pas en soi-même *(l'accident)*, à ce qui a une nature propre *(la substance)*. **28.** Zeus, pour dire que l'âme est d'origine divine. **29.** Pancrace va énumérer, pour les refuser, un certain nombre de théories sur la nature de l'âme (l'âme composée d'une combinaison des divers éléments ; l'âme comme mouvement ; l'âme faite de sang ; etc.). On comparera avec l'énumération analogue que fait Montaigne dans l'*Apologie de Raimond Sebond* (*Essais*, II, 12), où il s'amuse à entasser tout ce qu'a pu inventer «l'humaine raison» sur l'âme et son lieu, sans pouvoir être assurée de rien. **30.** Composition, mélange des quatre éléments *(qualités)*. **31.** Un mode de composition des éléments constitutifs qui n'est pas une âme. **32.** Une conscience.

Et qui sur les objets agissent avec force.
D'un arbre mort le fruit, ou la feuille, ou l'écorce
Donnent à nos humeurs un secret mouvement[33] ;   85
L'ambre[34] attire des corps ainsi que fait l'aimant.

JODELET, *lassé* :

Ah !

PANCRACE :

   L'âme n'est donc pas cette aveugle puissance,
Qui se meut ou qui fait mouvoir sans connaissance.

JODELET, *jetant son chapeau à terre* :

J'enrage.

PANCRACE :

      Elle n'est pas le sang, comme on a dit.

JODELET, *le regardant de[35] colère* :

Parlera-t-il toujours ? Mais...

PANCRACE :

              Ce mais m'étourdit.   90

JODELET, *fermant les poings* :

Peste !

PANCRACE :

     Nous pouvons voir des choses animées
Qui sans avoir de sang avaient été formées ;
Il est des animaux qui n'en répandent pas
Après le coup fatal qui cause leurs trépas.
L'âme n'est pas aussi[36] l'acte ni l'énergie ;   95
C'est au corps qu'appartient le mot d'entéléchie[37].

JODELET :

Holà !

PANCRACE :

     Prête l'oreille à mes solutions !
L'âme n'ayant donc point ces définitions,
Pour te faire savoir comme elle est immortelle,

---

33. Agissent sur notre complexion, sur la disposition de notre caractère. **34.** *L'ambre jaune* ou succin, frotté quelque temps, devient électrique. **35.** Avec. **36.** Non plus. **37.** Pancrace vise Aristote dans ces deux vers. *L'entéléchie*, terme créé par Aristote, désigne la forme ou la raison qui détermine l'actualisation d'une puissance ; ainsi l'âme est l'entéléchie du corps physique.

Écoute les vertus[38] qui subsistent en elle !   100
Par un divin génie et des ressorts divers,
Trois âmes font mouvoir tout ce grand univers[39] :
Aux plantes seulement est la végétative ;
La sensitive[40] aux corps ; l'âme a l'intellective
Et donne l'existence aux deux qu'elle comprend,   105
Ainsi qu'un petit nombre est compris au plus grand[41].
Des trois, la corruptible est jointe[42] à la matière ;
La seconde, approchant de sa clarté première,
Agit dans les démons[43] sans commerce des corps ;
Et la troisième enfin, par de divins efforts,   110
Pour faire un composé sait renfermer en elle
La matière divine avecque la mortelle.
Aussi l'âme a l'arbitre[44].

    JODELET :

                    Ah ! c'est trop arbitré.
Au diable le moment que je l'ai rencontré[45] !

    PANCRACE :

Au diable le pendard qui ne veut rien apprendre !   115

    JODELET :

Au diable les savants et qui les peut comprendre !

---

38. Les qualités, les forces.   **39.** La pensée divine a organisé le cosmos selon l'agencement des trois âmes. Pancrace fait, en l'utilisant à sa manière, retour à Aristote, qui, analysant ce principe immatériel de vie et de pensée qu'est l'âme, distingue *l'âme végétative* (limitée à la nutrition, à la croissance et à la reproduction), *l'âme sensitive* (principe de la sensation et de la sensibilité) et *l'âme pensante*, que Pancrace appelle *intellective* (principe de la pensée).   **40.** Il faut corriger le *sentive* original d'après le *sensitive* du v. 400 du *Déniaisé*.   **41.** L'âme intellective génère et contient les deux autres, qui lui sont inférieures.   **42.** Le *teinte* de l'éd. orig. doit être corrigé en *jointe*, d'après le v. 404 du *Déniaisé*.   **43.** Êtres intermédiaires entre les hommes et la divinité, non pourvus de corps ; l'âme agit en eux sans *commerce*, sans rapport avec les corps.   **44.** Le libre arbitre, la liberté.   **45.** Où j'ai eu le malheur de rencontrer le savant Pancrace.

PANCRACE :

Va ! si tu m'y retiens, on y verra beau bruit[46].
Mais...

JODELET, *sortant* :

    Encore me parler ? Bonsoir et bonne nuit !

SCÈNE III[47]

PANCRACE, LISETTE

LISETTE :

Quoi, pour moi ta folie est toujours sans pareille ?

PANCRACE, *en la poursuivant* :

Ah ! cruelle ! Ah ! bacchante[48] ! Ah ! scythique[49] merveille !   120
De l'élément nitreux[50] le monstre le plus fier
Se rendrait plus sensible en m'écoutant prier.
Le discourtois Sarmate et le froid Sycophage[51],
Auprès de ton humeur n'ont rien qui soit sauvage.
La Sibylle, ou Niobé à l'âme de rocher[52],   125
Du vent de mes soupirs se laisserait toucher.
Ô Charybde amoureux où je prévois l'orage !
Ô Scylle[53] dangereux où je ferai naufrage !
Ô bel œil sanguinaire ! Aimable Lestrygon[54]

---

46. On me verra capable de faire des démonstrations éclatantes. **47.** Cette scène reprend *Le Déniaisé*, II, 7. **48.** Lisette n'est pas une prêtresse de Bacchus ; mais Pancrace veut dire qu'elle est méchante, furieuse. **49.** Les *Scythes*, comme les *Sarmates* (v. 123), peuples d'Asie, passaient pour farouches et cruels. **50.** Il faut corriger *mitreux* de l'éd. en *nitreux* (cf. *Déniaisé*, v. 674). Est *nitreux* ce qui contient du nitre — nitrate ou salpêtre ; comme la terre aussi bien que l'eau peuvent être nitreuses, on ne sait trop lequel des éléments désigne le pédant. **51.** Le *Sycophage* vit de figues. Peuple inventé par le pédant. **52.** Parmi toutes les prophétesses chargées de faire connaître les oracles d'Apollon, Pancrace pense sans doute à la *Sibylle* de Cumes, dont parle Virgile. *Niobé*, trop fière de ses enfants, fut transformée en rocher. **53.** *Charybde* et *Scylla* sont les deux monstres fabuleux qui gardaient le détroit de Messine. **54.** Les *Lestrygons* étaient des géants anthropophages, qui dévoraient les étrangers ; Ulysse aborda chez eux, de même qu'il eut à affronter les monstres du détroit de Messine. Notre pédant n'est pas loin de s'assimiler à Ulysse !

Qui surpasse en force et Briare et Typhon[55] !   130
Âpre aimant de mon cœur ! Adorable Cyclope
Qui n'eût pas épargné l'amant de Pénélope[56],
Et veut ensanglanter les myrtes glorieux
Que cueille dans Paphos un cœur victorieux[57] !
À la fin tu me vois loin des ports et des rades,   135
À travers des écueils, au-dessous des Pléiades,
Sans que j'y puisse avoir de plus doux réconfort
Que d'être auxilié[58] par les traits de la mort.
Cruelle, arrête un peu ! Ces regards homicides
Sont bons dans le Cocyte aux yeux des Euménides[59].   140
Mais toi ?

LISETTE :
            Le bel amant, avec son poil grison !

PANCRACE :
Je puis me rajeunir mieux que ne fit Æson,
Et domptant la rigueur des fières destinées,
Dérober à Clothon le fil de mes années[60].
Par la rare vertu d'un savoir dominant,   145
Je confondrai mon être avec l'altitonnant[61],
Et joignant le principe à la cause première,
J'emprunterai d'un dieu l'éclat et la lumière ;
Et devenu divin par la réflexion[62],
N'irai jamais de l'être à la privation.   150

---

55. *Briarée*, géant à cent bras et à cent têtes, et *Typhon*, fils de Gaia et du Tartare, sont deux monstres de la mythologie.   **56.** *L'amant de Pénélope* est Ulysse, son mari, qui eut affaire avec le Cyclope Polyphème, autre monstre inquiétant.   **57.** Pancrace veut tout simplement dire que Lisette dédaigne son amour (*Paphos* était un lieu de culte d'Aphrodite, à qui le *myrte* était consacré) !   **58.** Secouru (latinisme sur *auxilium*, « secours »).   **59.** Le *Cocyte* est un fleuve des Enfers, où demeurent les Érinyes ou *Euménides*, divinités des châtiments infernaux.   **60.** Æson fut rajeuni par les enchantements de Médée. Pancrace prétend échapper au destin cruel (*fier*) du vieillissement et rajeunir. Les Anciens figuraient la destinée par les trois Parques, trois sœurs qui filaient inéluctablement le destin des mortels ; *Clotho* était l'une d'elles.   **61.** C'est évidemment Jupiter.   **62.** Les caractères de la divinité, en particulier celui de l'immortalité, se réfléchiront sur Pancrace. Délire philosophico-mythologique !

LISETTE :

Tu n'es qu'un cajoleur[63] avec tes balivernes.

PANCRACE :

Je suis sot en effet, souffrant[64] que tu me bernes.

Mais Ovide m'apprend, dedans son *Art d'aimer*,

Qu'au véritable amant rien ne doit être amer.

Aristote m'a dit que notre âme enflammée   155

Doit bien moins vivre en nous que dans la chose aimée.

Épicure a voulu que l'esprit de l'amant

Fît vœu d'être sensible aux plaisirs seulement.

Platon a souhaité que notre âme obsédée

Se donnât tout entière à cette belle idée.   160

Et moi qui les connais, et qui vaut mieux qu'eux tous,

Je veux tout endurer et tout souffrir pour vous.

LISETTE :

Le bel ameublement qu'un amant à calotte[65] !

Voyez ce qu'il veut dire avec son Aristote,

Sa piqûre à Platon et ses brides à veaux[66] !   165

Que croit-il attraper avec ses mots nouveaux ?

Vraiment, vieux rocantin[67], vous me la baillez bonne.

Ou ne haranguez point, ou ne raillez personne !

Car si je ne suis pas la perle de Paris,

Vous ne devez pas croire être le beau Pâris.   170

PANCRACE :

Celle qui descendit de la voûte étoilée

Pour se faire admirer aux noces de Pélée,

Et fut après porter dessus le mont Ida

---

63. *Cajoleur* désigne ici celui qui s'efforce de plaire à une femme. **64.** Je suis vraiment sot de supporter. **65.** « Le joli meuble que voilà ! » s'exclame Sganarelle devant la nourrice (*Le Médecin malgré lui*, II, 2) ; ironiquement, Lisette assimile le pédant à un *ameublement*. *Amant à calotte* : pour dire « un vieux barbon [...] qui se mêle encore de pousser la fleurette » (*Dictionnaire* de Le Roux). **66.** La *piqûre* est un calembour d'ignorante, qui ignore Épicure. On appelle *brides à veaux* « les raisons qui persuadent les sots et dont se moquent les gens éclairés » (Le Roux) ; Pancrace ne convainc pas Lisette ! **67.** « Mot injurieux qu'on dit aux vieillards » pour les traiter de vieux radoteurs, vieux grondeurs (Le Roux).

Le fameux différend que ce Grec décida[68],
N'avait pas plus que vous d'appas hiéroglyphiques[69]   175
Pour donner à mon cœur des coups symptomatiques[70].
Et celle qui, fuyant des bras de Ménélas,
Réduisit Ilion à dix ans de combats,
Et, chassant de Priam les lares domestiques,
Attacha son génie à des destins tragiques,   180
Eût moins fait que vos yeux d'efforts herculiens,
Et n'aurait jamais pu me donner des liens[71].
Car ce cœur que j'ai mis au rang de vos conquêtes,
En bonnes qualités est une hydre à cent têtes ;
Et quand de ses vertus un gros[72] est abattu,   185
Il en renaît un autre avec plus de vertu[73].
Jugez s'il est aisé de lui donner la gêne,
Et ce que peut l'objet qui le met à la chaîne[74] !
        LISETTE :
Moi, je pourrais aimer ce nez de Harlequin,
Ce poil de goupillon et cet œil de bouquin[75] !   190
Pour attraper la miche[76] allez à l'autre porte !
        PANCRACE :
Aimable et cher objet, traitez-moi d'autre sorte !
L'ironie est choquante à l'esprit d'un amant
Qui n'a pas reconnu qu'on l'aime infiniment.

---

68. Il s'agit d'Aphrodite, qui alla *(fut)* porter sa contestation (elle prétendait être plus belle qu'Athèna et Héra) sur le mont Ida, où Pâris trancha *(décida)* en sa faveur. **69.** Il ne faut pas trop chercher à savoir pourquoi les appas de la déesse et de Lisette sont en rapport avec les hiéroglyphes égyptiens ! **70.** Des coups qui sont signes de sa passion, sans doute. **71.** Il s'agit cette fois de la belle Hélène, femme de Ménélas, dont le naturel amoureux provoqua bien des malheurs : la guerre de Troie, la destruction du palais de Priam et de sa ville. *Efforts herculiens :* effets, hauts faits dignes d'Hercule ; la séduction d'Hélène n'aurait pu produire sur Pancrace les effets extraordinaires des yeux de Lisette ! **72.** Un grand nombre. **73.** Force. **74.** Lisette est *l'objet* qui enchaîne le cœur de Pancrace et le met à la torture (la *gêne*). **75.** *L'Arlequin* italien et son masque étaient connus depuis longtemps en France. Le *goupillon* a fini par désigner un petit bâton garni par le bout de soies de porc. Un *bouquin* est un vieux débauché. **76.** *Attraper la miche,* c'est obtenir l'aumône.

Après l'énormité de cette catachrèse[77], 195
Qu'un propos moins acide en ma douleur m'apaise,
Et qu'un trait de vos yeux me redonne le jour !
Cette vicissitude[78] est plaisante en amour.
Que si vous affectez de parler par figures,
Ou que vous en usiez par instinct de nature, 200
Chérissez l'antithèse, et pour parler d'amour
Prenez la tapinose et l'énigme à son tour !
Le sarcasme est plaisant, fuyant le cacozelle[79] ;
L'apothtegme[80] est savant et l'hyperbole est belle.
Alors...

LISETTE :

    Adieu, Docteur !

PANCRACE :

              Écoute ma raison[81] ! 205

Un mot...

LISETTE :

    Il faut aller balayer la maison.

PANCRACE :

Hélas ! Je voudrais bien que ton âme abstersive[82]
Chassât loin de mon cœur une douleur trop vive,
Et qu'en y balayant des tristesses d'amour,
Tu le fisses passer de la poussière[83] au jour. 210

LISETTE :

Bon ! Mais il faut aller faire mettre sur table[84].

PANCRACE :

Hélas ! Fais bien plutôt repaître un misérable !
Et de mille douceurs lui faisant un festin,
Fais-le vivre d'amour et change son destin !

---

77. Comme l'*ironie*, la *catachrèse* et, dans les vers suivants, l'*antithèse*, la *tapinose*, le *sarcasme* et l'*hyperbole* sont des figures de style. **78.** Changement fréquent et ordinaire. **79.** Zèle indiscret et trop ardent. **80.** Pensée formulée de manière concise. **81.** Mon raisonnement. **82.** *Abstersive*, « qui purge et qui nettoie » (*Dictionnaire* de Richelet). **83.** L'éd. porte *lumière*, peu compréhensible ; Lerat suggère de suivre une var. du vers correspondant du *Déniaisé* (v. 763) et de remplacer par *poussière*, qui convient pour le sens. **84.** Faire disposer les nourritures sur la table.

LISETTE :

Il faut que j'aille enfin...

PANCRACE :

                Quoi ? poignarder Pancrace !   215

LISETTE :

Faire allumer du feu dans la salle.

PANCRACE :

                     Ah ! de grâce,

Ma chère dulcinée[85], attends encore un peu,

Et loin de t'en aller faire allumer du feu,

Apaise dans mon cœur la dévorante flamme

Qui met mon corps en cendre et consomme[86] mon âme ! 220

LISETTE, *voulant s'enfuir* :

Bon Dieu ! Je n'ai pas fait nettoyer le jardin.

Monsieur criera tantôt.

PANCRACE :

                Tu veux t'enfuir en vain.

Et tu dois bien plutôt, par ta grâce divine,

Arracher de mon cœur les soucis et l'épine,

Et ne pas endurer qu'un chardon rigoureux   225

Se trouve avec le myrte et le trèfle amoureux.

LISETTE :

Il faut faire apporter de l'eau de la fontaine :

La rivière est mauvaise.

PANCRACE :

             Hélas ! belle inhumaine !

Tu peux te satisfaire après tant de douleurs,

Et ne prendre de l'eau qu'au torrent de mes pleurs. 230

Mes yeux sont d'un canal l'inépuisable source,

Et toi seule as pouvoir d'en arrêter la course.

Mais je ne parle plus qu'à la fille de l'air.

Elle a fermé l'oreille et vient de s'en aller.

Allons chercher l'écho de quelque antre sauvage, 235

Et plaignons-nous à lui d'un si sensible outrage !

---

85. La *Dulcinée* de Don Quichotte est devenue un nom commun pour désigner la maîtresse. **86.** Consume.

SCÈNE IV

Garos, Pancrace

Garos :
Qu'avez-vous donc, Pancrace ? Où courez-vous, hélas ?
  Pancrace :
Où je cours ? Je vais chercher dans mon trépas[87]
Le remède à mon mal.
  Garos :

        Et quelle est votre peine ?
La doctrine souvent met les gens à la gêne,   240
Et quand ils en ont trop, ils en sont souvent fous.
Je crois qu'il est du nombre[88]. Eh bien donc ! qu'avez-vous ?
Ne peut-on vous guérir, et n'est-il de remède
Que la mort ? Mais quel est le mal qui vous possède ?
Ne peut-on le savoir ? Peut-être pourra-t-on   245
Vous soulager. Monsieur, dites, dites-moi...
  Pancrace :

                  Non.
Ce n'est que m'irriter et faire enfler ma bile.
Adieu !
  Garos :
     Faut-il que moi, moi qui lui suis utile,
Je ne puisse en avoir d'autre raisonnement ?

SCÈNE V[89]

Lisette, Garos

Lisette :
Un marchand du Palais[90] vous demande instamment.   250

---

87. Il manque une syllabe à cet alexandrin. **88.** Ces deux dernières phrases sont prononcées en aparté. On le comprend : la science (la *doctrine*) torture *(gêne)* les esprits et les mène à la folie. **89.** Reprise du *Déniaisé*, III, 2. **90.** Il s'agit sans doute du Palais de Justice, dont la galerie était bordée de boutiques (voir Corneille, *La Galerie du Palais*).

GAROS :
Qu'il revienne tantôt! Ne plaignez point sa peine.
    LISETTE :
Un linger[91] vient d'entrer, qui veut vous...
    GAROS :

                                        Qui l'amène ?

    LISETTE :
Ils sont ici tous deux pour avoir de l'argent.
    GAROS :
Toujours ces demandeurs! J'enrage en les voyant.
Mais il faut les payer.

SCÈNE VI

PANCRACE, LISETTE

    PANCRACE :
                        La voilà, ou je meure[92].   255
Un mot, Lisette, un mot!
    LISETTE :
                        Je ne puis à cette heure :
On a besoin de moi.
    PANCRACE, *arrêtant Lisette qui s'en va* :
                        Quoi! Sans amour, toujours ?
    LISETTE :
Adieu! Je ne veux point [ni[93]] d'amants ni d'amours.
    PANCRACE :
Mais ce grand dieu[94] pourtant anime toutes choses.
L'être aime son principe, et les effets leurs causes,   260
La nature l'instinct, l'astre son ascendant[95],

---

91. Un marchand de linge, autre fournisseur que le gentilhomme Garos
doit payer.   **92.** Subjonctif de souhait sans *que*.   **93.** Lerat a raison de
proposer cet ajout d'après *Déniaisé*, v. 869, pour avoir l'alexandrin
exact.   **94.** L'amour. Dans les vers qui suivent, Pancrace reprend et
développe à sa manière l'idée de la célèbre invocation à Vénus qui ouvre
le *De rerum natura* de Lucrèce.   **95.** Son influence sur les destinées.

La matière la forme et le corps l'accident[96].
Lui seul fit ce grand tout de contraires parties[97],
Calma les éléments dans leurs antipathies,
Et formant l'union de leurs diversités,   265
Sut faire un composé des quatre qualités.

LISETTE :

Mais au moins...

PANCRACE :

           Le soleil amoureux de la terre,
En tire les vapeurs dont il fait le tonnerre,
Et la décharge ainsi des esprits empestés
Qui pourraient l'infecter ou ternir ses beautés.   270
L'hiver, que nous croyons l'ennemi de nature,
Est de la passion la vivante peinture,
Et dessous les glaçons, la neige et les frimas,
Tient en bride le feu qui s'exhale d'en bas,
Et l'ayant condensé[98], fait germer la semence   275
Qui nous donne le fruit et produit l'abondance.
C'est l'esprit animant de[99] l'être sensitif,
Et du rationnel et du végétatif.

LISETTE :

Adieu !

PANCRACE :

          Les vents qui font trembler les Néréides[100]
Les obligent d'aller dans leurs grottes humides,   280
Pour y ressusciter les tritons langoureux,
Et piquer les poissons d'un instinct amoureux.

---

96. Il faut corriger *la cerdent* original en *l'accident*, d'après *Déniaisé*, v. 873. On reconnaît les concepts philosophiques de *matière, forme* et *accident.* **97.** À partir de parties contraires. **98.** Nous corrigeons *condamné* en *condensé* (voir *Déniaisé*, v. 886), comme nous avons corrigé *l'exhale* en *s'exhale* au v. 274 (voir *Déniaisé*, v. 885) et comme nous avons corrigé *tenir* en *ternir* au v. 270 (voir *Déniaisé*, v. 881). **99.** Qui donne leur vie aux trois règnes du végétatif, du sensitif et du pensant (voir *supra*, v. 102-105 et la note). **100.** Les *Néréides*, filles de Nérée, étaient des divinités marines, personnifiant peut-être les vagues de la mer ; elles nageaient parmi les *tritons*, qui faisaient partie du cortège du dieu de la mer Poséidon.

Les arbres aiment l'air, et leurs têtes superbes,
Faisant hommage au ciel, parlent d'amour aux herbes.
Bref, tout ce qui subsiste ou qui voit le jour   285
Reconnaît la nature et conçoit de l'amour.

LISETTE :

Tout ce que tu me dis ne servira de guère[101].

PANCRACE :

Que s'il faut m'abaisser aux exemples vulgaires,
Et me servir ici des termes triviaux,
Tu connaîtras qu'en tout je n'eus jamais d'égaux.   290
Les poissons aiment l'eau, l'œil aime la peinture,
La terre les métaux, les plantes la verdure ;
L'ombre chérit la nuit, le silence les bois,
Les rochers les déserts, et les échos la voix ;
Le dauphin la baleine, et la conque la perle ;   295
Le singe la guenon, et la grive le merle,
La chienne le mâtin, la féline[102] les chats,
La fourmi son semblable, et les souris les rats ;
L'éperon la molette, et le fourreau l'épée,
L'écuyer son cheval, et l'enfant sa poupée.   300
Et moi qui suis Docteur *in utroque jure*[103],
Je n'aime que toi seule ou le bonnet carré.

---

101. Ne servira pas à grand-chose.   **102.** C'est le texte de l'édition ;
pour désigner évidemment la chatte, Pancrace substantive l'adjectif *félin*,
« qui appartient au genre chat ». *Le Déniaisé*, v. 898, donne *felice*, qui
serait acceptable aussi (fabriqué sur *felis/faelis* latin, « le chat »).
103. Pancrace est docteur *en l'un et l'autre droit*, *i.e.* le droit canon et le
droit civil ; il tient à l'insigne de son grade, le *bonnet carré*.

SCÈNE VII[104]

PANCRACE, *seul*:

Elle fuit, et je suis féru[105].
Ma poitrine est mortiférée[106],
Et d'amour la flèche acérée   305
Me va rendre l'esprit bourru[107].
Mon étude[108] est bouleversée,
Ma capacité fracassée.
Et dedans mon individu,
Avec le sel et le mercure   310
Tant de soufre est confondu,
Que sous un zemy[109] morfondu
J'y pourrais brûler la nature.

Ce brasier est si violent,
Que par la vertu spécifique,   315
En m'échauffant d'un feu centrique[110],
Je suis un Vésuve brûlant.
De sa consommante hypostase
Se forme une antipéristase
Avecque ma froide raison[111].   320
D'où vient la foudroyante flamme,
Qui, sans espoir de guérison,
Produit cet amoureux poison,
Qui détruit mon corps et mon âme?

---

104. Voir *Le Déniaisé*, III, 4, qui donnait déjà ces mêmes stances d'octosyllabes, pédantesquement parodiques et burlesques. **105.** Frappé. **106.** Frappée à mort (création burlesque à partir de *mortifère*). **107.** Fantasque, bizarre, extravagant. **108.** Ma science, mon expérience. **109.** C'est la leçon de l'édition; *Déniaisé*, 913, donne *zen*, qui n'est pas plus compréhensible. Il faut probablement, comme le fait Lerat, corriger en *zénith*; mais on ne voit pas mieux le sens de ces vers... Allusion est faite aux trois principes *(sel, mercure* et *soufre)* qui entreraient dans la composition de l'homme selon les Paracelsistes. **110.** Le brasier de l'amour brûle au centre même de Pancrace. **111.** Comprendre: le dépôt (sens médical d'*hypostase*) de l'amour brûlant qui me consume *(consommant)* entre en conflit *(antipéristase)* avec ma froide raison.

Clair rayon plus clair que le jour,   325
Esprit de mes savants ancêtres,
Qui pourtant de différents êtres[112],
N'avez jamais conçu d'amour ;
Souverain des métamorphoses,
Arbitre des métempsycoses,   330
Dieu des savants et du savoir,
Si dans moi ton âme est passée,
Que peux-tu dire de la voir
Si honteusement concevoir
L'accident dont elle est forcée ?   335

Vous qui n'avouez[113] pour vrais biens
Que ceux qui semblent impossibles,
Nobles et divins insensibles,
Miraculeux stoïciens,
Qui des passions mordicantes[114]   340
Réprimez les flammes piquantes,
Éclairez mon entendement
D'un rayon de votre lumière,
Pour lui rendre son élément[115]
Et le dégager noblement   345
Des faiblesses de la matière !

Mais, ô déplorable rigueur !
Il faudrait une main divine
Pour chasser l'amoureuse Érine[116]

---

112. De différentes natures, différents ; mais si différents qu'ils
fussent, les ancêtres de Pancrace n'ont jamais été soumis comme lui à la
passion de l'amour. Les deux apostrophes de cette stance, à l'esprit de
ses ancêtres et au dieu des savants, ont un achèvement commun dans les
vers 333-335. **113.** Il faut corriger le *n'avouerez* de l'éd. d'après
Déniaisé, v. 937. *Avouer*, c'est admettre. **114.** Piquantes, acides.
115. L'*élément* de Pancrace est l'esprit ; il demande donc aux stoïciens
de l'aider à maîtriser la pulsion charnelle, celle de la
matière. **116.** L'éd. donne *haine*, qui est absurde ; nous adoptons la
leçon proposée par Lerat, *Érine*, pour *Érinye*, nom collectif de ces
déesses des Enfers violentes que les Latins identifièrent avec leurs
Furies.

Qui met tout l'enfer dans mon cœur. 350
Cette furie est si fatale
Qu'avec toute votre cabale[117],
Vous n'y pourriez pas un fétu[118].
Mes poumons perdent leurs haleines,
Mon cœur en est tout abattu, 355
Et mon sang restant sans vertu,
Coule tout nitreux dans mes veines[119].

SCÈNE VIII

GAROS, PANCRACE

GAROS :
Se plaindre incessamment[120], et sans savoir pourquoi[121] !
Je le saurai sans doute[122], et j'en jure ma foi.
PANCRACE :
Et moi, par Cupidon, je jure, et par sa mère[123], 360
Que vous n'en saurez rien. Parlons d'une autre affaire !
Votre fils m'a mandé[124] par un de ses soldats
Qu'il fut blessé deux fois dans les derniers combats,
Qu'on eut depuis huit jours dans les confins de Flandre[125].
GAROS :
Quoi ! mon fils est blessé ?
PANCRACE :
                              Si vous voulez m'entendre, 365
Je vous apprendrai tout. Comme il est généreux[126],

---

117. Toute la troupe des stoïciens coalisés. **118.** Nous remplaçons l'absurde *festin* par *fétu*, que donne le v. 954 du *Déniaisé. Pas un fétu :* rien du tout. **119.** Son sang a perdu sa force *(vertu)* et s'est imprégné de nitre. **120.** Sans cesse. **121.** Sans que je sache pourquoi. **122.** Sans aucun doute. **123.** Vénus, déesse de l'amour. **124.** Fait savoir. **125.** Cette allusion ne permet pas de dater la pièce : on se battit longtemps en Flandre, depuis les débuts de la guerre ouverte avec l'Espagne, en 1635, jusqu'à la paix des Pyrénées, en 1659. **126.** Il est bien né et a la bravoure de sa race noble.

Et qu'il ne cède en rien à ces héros fameux
Dont les historiens nous rapportent la vie,
Dans le désir de vaincre il lui prit une envie...

GAROS :

Comment donc ?

PANCRACE :

             De vouloir rompre des ennemis   370
Les rangs bien ordonnés ; il se l'était promis.
Et sans doute il l'eût fait, si par une disgrâce
Il n'eût été frappé d'une balle.

GAROS :

                     Ah ! Pancrace !

PANCRACE :

Ce n'est pas encor tout.

GAROS :

              Quoi donc ?

PANCRACE :

                        Par un malheur
Qui n'eut jamais d'égal, il fut pillé.

GAROS :

                     Seigneur !   375

PANCRACE :

Le malheur est bien grand, et vous êtes à plaindre.
Encor plus votre fils, car la mort est à craindre ;
Et n'ayant point d'argent pour se faire traiter[127],
Il est fort en péril. Il faut donc vous hâter
D'en donner au soldat.

GAROS :

             Ah ! ce coup-là me tue.   380
Puisqu'il faut de l'argent, adieu !

PANCRACE :

                  Eh ! comme il sue
Quand il faut débourser de l'argent pour son fils !
D'un si vil excrément[128] c'est être bien épris.

---

127. Soigner.   **128.** La leçon originale *(exercement)* est impossible ; j'adopte la correction proposée par Lerat.

SCÈNE IX[129]

Lisette, *seule*:

Allons chercher celui dont j'ai reçu les coups[130]!
    (Elle tousse.)
Je crois que j'ai dessein de mourir de la toux.   385
Et la fraîcheur qui vient de l'air et de la terre
Pourrait-elle être bonne à guérir mon caterrhe[131]?
Moi! chercher un valet et me mettre en danger!
En perdre pour le voir le boire et le manger!
Avoir martel en tête et la puce à l'oreille,   390
Dont le bourdonnement à toute heure m'éveille
Et m'emmaigrit si fort, qu'avant ce renouveau[132],
Je pense que les os me perceront la peau!
Ah! de dépit j'enrage, et de dépit j'en pleure.
A-t-il, le chien qu'il est, résolu que j'en meure?   395
Ah! folle que je suis d'aimer trop[133] ce lourdaud!
Encor s'il était beau! Mais ce n'est qu'un badaud[134].
Et quelque long chagrin qui m'ait défigurée,
Je ne suis pas si sotte et pas tant déchirée[135],
Que je ne vaille bien un amour mutuel.   400
Vraiment, c'est bien à lui de faire le cruel!
Mais c'est lui que j'entends qui nasonne[136] et qui gronde.

---

129. Reprise partielle du *Déniaisé*, IV, 3. **130.** Celui dont je suis tombée amoureuse. **131.** Forme de *catarrhe*, «rhume». **132.** Ce printemps. **133.** Adverbe ajouté d'après *Déniaisé*, v. 1167, et qui rend exact l'alexandrin. **134.** Niais, sot. **135.** Défraîchie, laide; Lisette s'estime assez jolie encore pour qu'on la courtise et l'aime. **136.** *Nasonner*, c'est nasiller. On sait que c'était la caractéristique de l'acteur Jodelet de parler du nez.

SCÈNE X[137]

JODELET, LISETTE

JODELET :
Oui, Jodelet, sans eux tu n'étais plus au monde[138].
Quelle commission mon maître me donna !
Et m'envoyer encor, nonobstant tout cela,   405
Chercher pour son souper quatre brins de salade[139] !
LISETTE :
Rôder ici la nuit ! Tu te feras malade.
(Jodelet veut s'évader.)
Jodelet, un moment ! Je te cherchais ici.
JODELET :
Va-t'en conter ailleurs ton amoureux souci !
Que tu me cherches ou non, ma foi pour te le dire,   410
Laisse-moi ! L'on n'est pas toujours d'humeur à rire.
LISETTE :
Te priant d'arrêter[140], tu me refuserais ?
JODELET :
Je voudrais t'obliger, mais je ne le saurais.

---

137. D'après *Le Déniaisé*, IV, 4. 138. Ces vers, prononcés par Jodelet
sans qu'il voie encore Lisette, témoignent de la maladresse de l'auteur
du *Docteur amoureux*, qui pille *Le Déniaisé* sans trop se soucier de la
cohérence des raccords. Les v. 403 et 404 de la farce sont les vers 1174
et 1175 du *Déniaisé* ; mais ces vers n'ont de contexte que dans *Le
Déniaisé* : pour jouer un tour à ses adversaires, le maître de Jodelet, qui
devait se rendre à un rendez-vous déguisé en archer, envoie à sa place
son valet Jodelet, lequel est donc malmené et arrêté par le caporal et de
vrais archers (III, 7) ; à l'acte suivant (IV, 4), nous retrouvons Jodelet
méditant sur l'aventure que lui a valu cette commission quand il entre en
scène — songeant en lui-même, dit la didascalie qui précède le v. 1174,
« comme il avait été pris par des archers ». D'autre part, le « sans eux » du
v. 403 n'est pas bien compréhensible ; Jodelet veut-il dire que s'il n'avait
pas été arrêté par les archers, qui l'ont pourtant mis à mal, il serait tombé
dans le danger plus grave de perdre la vie du fait des adversaires de son
maître ? 139. Autre   trait,   plaisant   celui-là,   de   l'avarice   de
Garos. 140. Si je te priais.

LISETTE :

À d'autres yeux qu'aux tiens je ne suis pas tant laide[141].

JODELET :

Pour me guérir d'amour, tes yeux sont un remède.   415

LISETTE :

Si mes yeux sont ardents et rouges de feu,
C'est celui de l'amour.

JODELET :

                          De grâce, éteins-le[142] un peu !
Avec le vermillon dont ton œil gauche éclate,
Tu pourrais d'un regard me teindre en écarlate[143].
Trêve de compliment !

LISETTE :

                          Ô mon cher Jodelet,   420
Mon bedon, mon fanfan, mon poupon[144], mon valet !

JODELET :

Ah ! ne me touche point avecque tes mains sales !

LISETTE :

Es-tu si délicat ?

JODELET :

                  Peste ! je crains les gales[145].

LISETTE :

Écoute encore un mot !

JODELET :

                       Parle donc !

LISETTE :

                                   Mais...

---

141. Je suis Lerat et remplace l'orig. *sotte* par *laide*, d'après *Déniaisé*, v.
1185.   **142.** Pour le compte des syllabes, le *e* doit s'élider devant la
voyelle de *un*. À l'inverse, le v. 416 est incomplet.   **143.** Il faut corriger
le *parais* de l'éd. en *pourrais*, d'après *Déniaisé*, v. 1189. Un seul regard
de Lisette teindrait Jodelet en rouge vif !   **144.** Trois termes caressants
pour marquer la tendresse. *Bedon* « dit autant que mon cœur, m'amour »
(Le Roux) ; les deux termes puérils de *fanfan* et de *poupon* se trouvent
souvent, p. ex. chez Molière (« Oui, ma pauvre fanfan, pouponne de mon
âme », *L'École des maris*, II, 9).   **145.** Le pluriel est curieux. Régnier
(*Satire X*) l'emploie à propos d'un chien et des croûtes de sa gale.

JODELET :

Holà !

Adieu, ton mot est dit !

LISETTE :

Pour t'arrêter donc là,   425

Je t'en conjure enfin par ces franches lippées[146],
Par ces bribes de pain dedans le pot trempées,
Par ces soupers gardés quand tu venais si tard,
Et que dessous mon nom je faisais mettre à part,
Par ces deux bouillons faits quand tu pris médecine,   -   430
Un jour que je te vis malade en la cuisine ;
Bref, par tout ce qui peut d'un gosier altéré,
Plus que l'or et l'argent être considéré.
Hélas ! pour adoucir ton humeur rogue et fière,
Que le ciel ne m'a-t-il fait naître sommelière !   435
Peut-être que l'Arbois, le Grave et le Muscat[147]
Ne te permettraient[148] pas d'être si délicat.

JODELET :

En as-tu ?

LISETTE :

Non.

JODELET :

Adieu ! je vais coucher en ville.

LISETTE :

La gabatine[149] est franche et la ruse est subtile.

JODELET :

Tu m'as tout déchiré !

LISETTE :

Tu ne t'en iras point.   440

JODELET :

Donne-moi donc de quoi raccoutrer[150] mon pourpoint !

---

146. - Festins plantureux et à bon marché - (Le Roux).   **147.** Trois vins
déjà appréciés au XVIIᵉ siècle !   **148.** Comme le proposent Lancaster
puis Lerat, il faut remplacer le *promettais-je* original par *permettraient
pas* (*Déniaisé*, v. 1208, a *promettraient pas*).   **149.** Fourberie, tromperie subtile et rusée (Le Roux).   **150.** Lisette, en saisissant vigoureuse-
ment Jodelet qu'elle veut retenir, a déchiré son vêtement ajusté, qu'il va
falloir *raccoutrer*, raccommoder.

LISETTE :

Ah ! que d'or et d'argent n'ai-je une vive source !
Tu pourrais disposer du cœur et de la bourse,
Et je te montrerais, en te soûlant de bien,
Que ce qui m'appartient est absolument tien.   445
Cruel ! Loin de m'aigrir après de tels outrages,
Veux-tu manger encor quatorze ans de mes gages[151] ?
Il n'est présents, épargne, étrennes ni profit
Que mon cœur n'immole à ton grand appétit.

JODELET :

Pourquoi différais-tu cette belle harangue ?   450
Je veux aimer ton corps à cause de ta langue.
Et de quelques défauts qu'on te puisse blâmer,
Si tu parles toujours, je veux toujours t'aimer.

LISETTE, *se tire à part et lui parle à l'oreille* :

Jodelet, viens ! Écoute[152] !

SCÈNE XI[153]

PANCRACE, JODELET

PANCRACE, *seul* :

                          Elle n'est pas sortie,
Mes yeux se sont trompés. J'ai fait mal ma partie[154].   455

JODELET :

Pancrace !

PANCRACE :

          Qui va là ? Que viens-tu faire ici ?

---

151. Construction un peu abrupte ; comprendre : toi qui ne parviens pas à me fâcher par tes outrages, veux-tu, etc.   **152.** Orthographiée et ponctuée ainsi, la réplique qu'on lit dans l'original est possible, tout comme la didascalie qui précède. Dans *Le Déniaisé*, on a la didascalie : « LISETTE *le tire à part* [...] », et la réplique : « Pancrace vient, écoute » (v. 1224) ; c'est peut-être meilleur.   **153.** Repris du *Déniaisé*, IV, 5.   **154.** J'ai mal joué mon rôle.

JODELET :

Et toi, Pancrace, que viens-tu faire aussi ?

PANCRACE :

Je me promène afin de chasser ma tristesse.

JODELET :

Tu le peux sans sortir.

PANCRACE, *bas ces deux vers* :

                              Il faut jouer d'adresse,
Et ne pas témoigner que l'amour me menait.   460
Oui, mais l'impatience au logis me tenait[155].

JODELET :

De vrai, l'impatience est une étrange chose.

PANCRACE :

Elle perdra l'éclat de mon apothéose[156].

JODELET :

Sans doute. Mais encor, que veut dire ce mot ?

PANCRACE, *en frappant sur l'épaule de Jodelet* :

J'aime les curieux.

JODELET, *faisant l'habile homme[157]* :

                              Je ne suis pas tant sot.   465
Mais si tu veux parler, modère-toi, de grâce !
Du latin j'en sais peu, mais pour du grès[158] j'en casse.

PANCRACE :

L'apothéose donc est un grand changement,
Qui d'un homme mortel fait un dieu promptement.

JODELET :

Et combien vendrait-on l'once[159] d'apothéose ?   470

PANCRACE :

Si l'homme la vendait, ce serait peu de chose.

---

155. On peut comprendre : l'impatience s'était emparée de moi au logis ; ou suivre *Déniaisé*, v. 1232, et substituer *prenait* à *tenait*. **156.** Le modeste personnage se voit élevé au rang d'un dieu ! **157.** L'homme intelligent, le connaisseur. **158.** Calembour attendu entre *grès* et *grec* ; au sens figuré, *casser du grès* signifierait « envoyer promener ». **159.** L'*once* est un ancien poids (douzième partie de la livre romaine). Comme si l'apothéose se débitait au poids !

JODELET :
S'il en est sous le ciel, notre épicier en a ;
Il vend bien du mercure et du diapalma[160].
    PANCRACE :
En voulant t'enseigner mon erreur est extrême.
Mais je n'y prends pas garde à cause que je t'aime.   475
    JODELET :
De vrai l'on dit qu'amour aveugle les esprits.
Je crois qu'il fait du mal.
    PANCRACE :
                Tu ne t'es point mépris.
C'est un ver pétillant[161], ennemi de la joie,
Qui porte un grand désordre aux régions du foie,
Et qui, par le venin d'un esprit sulfuré[162],   480
Corrompt le meilleur sang et le plus épuré.
C'est le funeste auteur de ces tristes ravages
Qu'excitent les désirs dans le cœur des plus sages,
Et le noir séducteur des belles passions
Par où l'honneur nous pousse aux bonnes actions[163].   485
Par un amas confus de flegmes et de bile,
En offusquant l'organe[164], il rend l'homme inhabile,
L'attache à la matière, et fait qu'elle ne peut
S'en rendre la maîtresse alors qu'elle le veut[165].
Ce sont les sentiments qui sont les moins vulgaires[166].   490
    JODELET :
Si tu n'en sais pas plus, ma foi, tu n'en sais guère.
Et sans avoir appris de grec et de latin,
Je sais bien que l'Amour n'est qu'un fils de putain,

---

160. *Diapalma* ou *diapalme*, sorte d'emplâtre. **161.** Ardent à agir, impatient d'agir (ici pour corrompre l'organisme). **162.** Ce ver qu'est l'amour diffuse comme un venin une essence volatile qui contient du soufre. **163.** L'amour détourne d'accomplir les belles actions que commanderait l'honneur. **164.** Le *flegme* et la *bile* sont deux des humeurs que distingue l'ancienne médecine ; leur abondance entrave le fonctionnement du foie. **165.** Enchaîné à la matière par l'amour, devenu uniquement matière, l'homme ne peut surmonter la puissance de l'amour. **166.** Conclusion de la tirade, où Pancrace a donné à Jodelet, à propos de l'amour, les opinions *(sentiments)* les moins communes *(vulgaires)*, les plus savantes.

Qu'un rustre était aimé de Madame sa mère,
Et qu'il ne fut jamais à feu Monsieur son père[167].   495
  PANCRACE :
Ce divin forgeron, ce boiteux renommé,
Qui règne auprès du Styx sur un trône enfumé,
Et qui prête la force aux bras nerveux de Bronthe,
Vit un jour forligner la reine d'Amathonte,
Et dedans la prison des réseaux qu'il avait[168],   500
Fit voir à tous les dieux l'affront qu'il recevait.
Mais je soutiens enfin à tous gymnosophistes[169],
Cosmographes du ciel, et tous mythologistes,
Que l'enfant Cupidon voyait déjà le jour
Quand Mars connut sa mère et qu'il lui fit l'amour[170].   505
  JODELET :
Eh bien ?
  PANCRACE :
            C'est un discours digne de ma colère
D'alléguer que l'Amour est né dans l'adultère ;
C'est une médisance horrible aux gens d'esprit
Qui savent mieux que toi ce qu'Ovide[171] en écrit.

---

167. Exposé de mythologie à la Jodelet, sur le mode burlesque. On sait que la mère de Cupidon (d'*Amour*), Vénus, mariée à Vulcain, dieu du feu, aima en cachette le dieu de la guerre Mars ; mais elle en aima bien d'autres, et les légendes varient sur le père de Cupidon.   **168.** Il faut corriger l'original en suivant Lerat : *dans* doit devenir *dedans* (voir *Déniaisé*, v. 1271) ; *roseaux*, qu'on trouve aussi dans *Le Déniaisé*, est certainement une faute pour *réseaux*, « rets, filets ». Allusion à l'inconduite de Vénus (*reine d'Amathonte* car on lui rendait un culte dans cette ville de Chypre) avec Mars, par quoi elle dégénéra de sa race (*forligna*) ; son *boiteux* de mari, le dieu *forgeron* Vulcain (associé, près du fleuve des Enfers le *Styx*, au cyclope *Brontès*, forgeron de la foudre divine), prit les amants dans un filet invisible.   **169.** Anciens philosophes indiens dont l'ascétisme et la sagesse étaient célèbres (voir Apulée, *Florides*, VI), ainsi nommés car ils vivaient nus. Pancrace se plaît à une énumération de tous ceux dont il veut combattre l'avis, en soutenant que l'Amour est un enfant légitime ; les *cosmographes du ciel* sont ici ceux qui décrivent le monde des dieux, habitants du ciel.   **170.** Nous corrigeons *qui lui fit* de l'éd. en *qu'il lui fit*, d'après *Déniaisé*, v. 1276. *Faire l'amour*, c'est courtiser.   **171.** L'auteur des *Métamorphoses* et des *Amours* (les « folles amours » du v. 513). C'est à propos des *Métamorphoses* qu'Ovide suivit

Ce subtil scrutateur des affaires du monde,   510
Qui suivit Pythagore en sa route profonde,
N'osa pas insérer cet étrange discours
Dans le plaisant tissu de ses folles amours.
Ce dieu des chantres grecs[172] et ce Thébain lyrique[173],
Par qui nous savons l'art de l'ode pindarique,   515
Soutient bien le contraire à la barbe de tous.
Aussi je veux dans peu confondre ces vieux fous,
Et prenant comme Atlas le fardeau sur l'épaule[174]...

JODELET, *se lassant*:

C'est assez ! Concluons que l'Amour est bon drôle.
Tu te mets en colère ?

PANCRACE :

              Est-ce mal à propos ?   520
Et l'Amour n'est-il pas fils aîné de Chaos[175] ?

JODELET :

Du chaos ! Par ma foi, tu m'en fais bien accroire.

PANCRACE :

Hésiode[176] t'en[177] peut rafraîchir la mémoire,
Et te faire savoir si ce sont des abus[178].

JODELET :

N'est-ce pas cet auteur qui fait ces beaux rébus[179] ?   525
Eh bien ! j'ai dit rébus au lieu de coq-à-l'âne.
Voilà bien de quoi rire !

PANCRACE :

              Ah ! stupide ! Ah ! profane[180] !
Nommer un philosophe un faiseur de rébus !

Pythagore (v. 511), en lui reprenant l'idée d'une échelle ininterrompue
des êtres depuis la plante jusqu'au dieu. **172.** Homère, sûrement. **173.** Pindare, poète lyrique né près de Thèbes. **174.** Comme
le géant *Atlas* supporta sur ses épaules la voûte du ciel, Pancrace va
tâcher d'affronter l'armée de ses contradicteurs. **175.** Les plus vieilles
théogonies montrent Éros sorti directement du *Chaos* primi-
tif. **176.** Hésiode est l'auteur de la *Théogonie* (généalogie des
dieux). **177.** À ce sujet. **178.** Erreurs. **179.** Pour Jodelet, Hésiode
est indéchiffrable et incompréhensible ; il corrige le mot au vers suivant,
Pancrace ayant eu certainement un mouvement devant cette impropriété
ou cette insulte pour le poète. **180.** Étranger à la science sacrée.

JODELET :
Mais n'est-ce pas tout un, puisqu'il parlait phébus[181] ?
Dis-en la vérité !

    PANCRACE :

          Respecte un philosophe !   530

    JODELET :
Pourquoi le respecter s'il est de ton étoffe ?

    PANCRACE :
Oui, mais tel que je sois[182], je lis dedans les cieux,
Et suis quand il me plaît dans le secret des dieux.
Je sais par quel pouvoir et par quelle aventure
Ils commirent le monde au soin[183] de la nature ;   535
Comme[184] ils ont inspiré le pouvoir aux agents,
Éclairé les esprits de feux intelligents,
Soumis l'être inhérent à sa cause première,
Joint la chaleur au feu, l'éclat à la lumière,
De contrariétés formé les éléments,   540
Et de diversités fait nos tempéraments ;
Ce qu'une étoile peut, quelle est son influence,
Comme sans nous forcer elle émeut la puissance,
Et donne quelque pente à l'inclination,
Sans la violenter dans l'opération.   545
Je sais comme se font les carreaux du tonnerre,
Les éclipses du jour, les tremblements de terre ;
Ce que l'on peut trouver de soufre aux minéraux,
Et ce qui peut entrer de sel dans les métaux.
Je connais les secrets des vertus harmoniques   550
Que l'âme renferma dans les corps organiques ;
Comme les embryons créés de sang et d'air
Après quarante jours se laissent informer ;
Comme elle donne aux corps les ordres nécessaires ;
Comme se font les nerfs, les veines, les artères,   555
Les fibres, les tendons, le sang, les ligaments,

---

181. *Parler phébus*, c'est parler un langage obscur et prétentieux.
182. De quelque qualité que je sois. **183.** Ils confièrent le monde
au soin ; *soin* est la leçon du *Déniaisé* (v. 1306), qu'il faut préférer au
sein de l'éd. **184.** « Comment », dans toute la tirade.

Muscles, os, cartilages, et chair et filaments ;
Comme sont confondus par un lien[185] utile
L'esprit, la pituite, et le sang et la bile.
Je sais que le poumon, le cœur et le cerveau[186]...   560

    JODELET :

Ma foi, tu n'es qu'un sot.

    PANCRACE :

               Et toi, tu n'es qu'un veau.

    JODELET :

Va-t'en le demander à cette jeune folle,
Qui me dit tous les jours que je suis son idole,
Et qui te tient un fol[187] quoique tu sois Docteur.
Lisette...

    PANCRACE :

    Que dis-tu ?

    JODELET :

             Je ne suis pas menteur.   565

    PANCRACE :

Mais sachons tout de lui[188]. Jodelet, si ton âme
Est flexible aux élans d'une amoureuse flamme,
Dis-moi ce que tu sais de Lisette et de toi !
T'aime-t-elle ?

    JODELET :

        Elle m'aime.

    PANCRACE, *bas* :

             Ah !

---

185. Il faut remplacer le *plus un lieu* orig. par la leçon *par un lien*, d'après *Déniaisé*, v. 1329. **186.** Belle tirade où Pancrace étale son savoir en plus d'un domaine. Sur la formation du monde, qui est création divine, avec la composition des éléments contraires qui constituent la matière et l'être humain ; sur l'astrologie, qui enseigne l'ascendant des astres sur les hommes ; sur les phénomènes célestes comme la foudre (les *carreaux* étaient, croyait-on, une substance solide lancée par la foudre) ; sur les minéraux ; sur l'harmonie des organismes vivants ; sur l'embryologie, l'âme imposant une forme au fœtus pour sa réalisation ; jusqu'à la composition des humeurs (la *pituite* ou flegme, la bile...). **187.** Pour un fol. **188.** Phrase prononcée en aparté.

JODELET :

                         Voilà bien de quoi[189] !

PANCRACE :

Ingrate ! Préférer ses services[190] aux nôtres !   570
Tu l'aimes ?

JODELET :

                Point du tout.

PANCRACE :

                         Mais...

JODELET :

                              J'en ai bien vu d'autres.
Ils[191] ont beau me prier, mon honneur m'est trop cher.
S'ils veulent de l'amour, qu'ils en aillent chercher !
Je ne suis pas payé pour souffrir leurs fredaines ;
Et j'aimerais bien mieux que les fièvres quartaines[192]   575
Les prissent au collet et les vinssent serrer,
Que de les écouter se plaindre et soupirer.
L'une en vous œilladant d'un regard ridicule
Vous vient dire : « Je meurs, ah ! je pâme, je brûle ;
J'enrage, mon amour, je suis dans les transports[193]. »   580
L'autre plus engrognée[194] invoque mille morts,
Et pour vaincre une humeur trop rebrousse[195] et trop aigre,
Fait la mine d'un chat qui boirait du vinaigre
Et se met à piauler sur un ton si touchant
Qu'il ferait enrager la bête et le marchand.   585
Je ne suis pas si sot que de croire Lisette ;
Elle a perdu son temps et sa fortune est faite[196].
Elle a beau me vouloir déchirer le manteau,

---

189. Ce n'est pas la peine de tant se récrier. **190.** Soins, atten-
tions. **191.** Ce *ils* et les deux du vers suivant, qui sont aussi dans *Le
Déniaisé*, posent un problème, car on attendrait évidemment *elles* :
comme il éconduit Lisette, Jodelet a éconduit d'autres filles qui lui
demandaient son amour. Je laisse malgré tout le *ils*, parce que leur
remplacement par *elles* aboutirait à deux vers horriblement faux et
cacophoniques.   **192.** Fièvres *quartes*, qui reviennent tous les quatre
jours. **193.** Manifestations de l'amour. **194.** *Engroigné*, selon la
forme ancienne : de mauvaise humeur, en colère. **195.** Revêche.
196. Ironique, car Lisette n'a pas réussi à acquérir la condition d'épouse
de Jodelet.

M'arracher les cheveux, ou[197] m'écorcher la peau,
On ne dira jamais dedans notre village   590
Que j'aie[198] démenti l'honneur de mon lignage
Et que je ne sois plus un garçon vergogneux[199].
Je sais ce qu'on disait de Pierrot le honteux
Quand il s'amouracha de sa jeune commère[200].

PANCRACE :

Mais...

JODELET :

      M'aime-t-elle bien ? Qu'elle en parle à ma mère,   595
Et ne prétende pas m'attraper comme un veau !
Car Garos me fera geôlier de son château[201],
Où mon père possède un emploi fort honnête.
Un jour, j'aurai du bien, et ne suis pas si bête
Que...

PANCRACE :

      Je ne puis penser qu'elle t'estime tant.   600

JODELET :

Si je t'en dis la preuve, en seras-tu content ?

PANCRACE :

Tu ressusciteras et mon cœur et mon âme[202].

JODELET :

Elle dit que toujours tu lui parles de flamme,
Que pour elle tes feux sont des plus élégants,
Et que tous tes discours sont bien extravagants.   605

PANCRACE :

Ne raille point, ami ! Dis-moi tout, je te prie.

JODELET :

Je parle tout de bon, ce n'est point raillerie.
Elle m'a dit de plus que tu veux l'épouser,
Et que sur l'escalier en la voulant baiser[203]

---

197. Mot rajouté d'après *Déniaisé*, v. 1360, et qui rend le vers exact. **198.** La graphie originale *aye* signale que ce subjonctif vaut deux syllabes. **199.** Qui a de la vergogne, de la honte. **200.** La *commère* est la marraine par rapport au parrain ; mais le mot peut désigner familièrement toute voisine. **201.** Gardien de la prison de son château. **202.** Pancrace dissimule évidemment ses vrais sentiments. **203.** En voulant lui faire un baiser.

Tu te fis en tombant cette bigne[204] à la tempe[205].   610
    Pancrace :
En puis-je demander une preuve plus ample ?
    Jodelet :
De plus elle m'a dit — mais au moins sois discret ! —
Que ton maître enfin lui fiant[206] le secret,
Tu lui dis que demain il devait faire gilles,
Peur de ses créanciers, et qu'il troussait ses quilles[207].   615
En veux-tu davantage ?
    Pancrace :

                Ah ! dieux, je suis perdu !
Je voudrais de bon cœur que tu fusses pendu.
    Jodelet :
Et moi, pour te payer des souhaits si louables
Que ne te puis-je voir aller à tous les diables !
    Pancrace :
Malheureux, qu'ai-je fait ?
    Jodelet :

                Au moins...
    Pancrace :

                     Éloigne-toi !   620
Ah, mort !
    Jodelet :
      Il fait le fou, le grand sot !
    Pancrace :

                  Laisse-moi !
Mais j'entends quelque bruit[208].

---

204. Bosse. **205.** Le texte orig. donne l'orthographe ancienne *temple*, d'ailleurs nécessaire à la rime. **206.** Confiant. **207.** *Faire gilles* et *trousser ses quilles* sont deux expressions familières proches de sens : respectivement, « s'enfuir » et « partir précipitamment ». **208.** Cet hémistiche ne sera pas complété.

SCÈNE XII

Pancrace, Lisette, Garos, Jodelet

Pancrace :

Ah ! que je suis heureux de te revoir, ma chère[209].
Mais qu'est-ce que je vois ? Garos tout en colère.
Je suis perdu, sans doute ; il me va reprocher   625
L'argent que pour son fils...

Garos :

                       Je vous allais chercher,
Pour m'éclaircir...

Pancrace :

            Touchant ?

Garos :

                    Je doute[210] d'une chose :
Je crois que ce soldat qui se nomme La Rose
N'est point d'avec[211] mon fils, et que je suis dupé.

Pancrace :

Mais quel homme êtes-vous ? Vous vous croyez trompé ?   630
Ce soldat n'étant pas[212] dedans sa compagnie,
Comment aurait-il su...

Garos :

               Mais...

Pancrace :

                    C'est une manie[213] !

Garos :

Il n'est point de manie, et je me ressouviens...

Pancrace :

De quoi ?

---

209. Dans l'éd., *Ma chère* est placé sur une ligne spéciale, avant le vers
« Ah ! que je suis heureux... » ; l'apostrophe à Lisette fait pourtant partie du
même vers. Nous rétablissons la continuité du vers et transportons cette
apostrophe à la fin, car elle rime avec le vers suivant. **210.** Je me pose
des questions à propos. **211.** Ne vient point d'auprès de. **212.** Si ce
soldat n'était pas. **213.** Folie.

GAROS :

     Que ce soldat ne fut jamais des siens.
Car quand son régiment passa par cette ville,   635
Je les regardai tous...

PANCRACE :

        Vous êtes malhabile.
Vous parlez de deux ans, et ce soldat m'a dit
Qu'il était de recrue[214].

GAROS :

          Ah ! je meurs de dépit,
Et vous en êtes cause[215].

PANCRACE :

          Eh ! quoi ? Je vous assure
Que ce qu'il vous a dit est la vérité pure.   640

GAROS :

Monsieur, n'en parlons plus ! D'où viens-tu, Jodelet ?

JODELET :

Je viens d'où vous m'aviez...

GAROS :

            Traître et maudit valet !
Demeurer si longtemps pour de si courts messages !
Va, fripon ! va, maraud ! je rabattrai tes gages.

JODELET :

Monsieur, quand vous saurez ce qui m'a retardé...   645

GAROS :

Qu'as-tu vu de si beau ?

JODELET :

         C'est que j'ai regardé
Un homme qui parlait seul dedans l'autre rue,
Habillé comme un fou, faisant le pied de grue.

PANCRACE :

Que disait-il enfin ? Apprends-nous vitement !

---

214. Qu'il faisait partie de la plus récente levée de soldats.   **215.** Comme Lerat, il faut corriger l'éd., qui porte l'impossible *Et
vous en est la cause.*

JODELET :

Voilà ce qu'il disait ; écoutez seulement[216] !   650
« Amour, jeune falot[217], petit monstre fantasque,
Qui pour nous attraper cours toujours mieux qu'un Basque[218],
Et faisant de nos cœurs un amoureux tison
Mets enfin tôt ou tard le feu dans ta[219] maison,
N'es-tu pas satisfait de me voir de la sorte ?   655
Ne ris-tu point de voir les armes que je porte ?
Et n'es-tu pas enfin un plaisant maroquin[220]
De m'avoir engagé dessous ce casaquin[221] ?
Par toi je suis archer, mais [un] archer sans gage ;
Par toi je suis soldat, mais soldat sans courage ;   660
Par toi je suis amant, mais amant sans amour ;
Et par toi je produis sans rien mettre au jour[222].
D'un jeune enamouré qui va voir sa donzelle,
Sans être en faction, je suis la sentinelle ;
Et des pièces d'amour dont il est l'inventeur   665

---

216. Que ce récit est laborieusement amené ! C'est qu'il s'agit de replacer ici la presque totalité du monologue prononcé par Jodelet dans *Le Déniaisé* (III, 6). Mais dans *Le Déniaisé*, il est situé dans un autre contexte : pour suivre les ordres de son maître amoureux, Jodelet doit se déguiser en archer et le remplacer de nuit ; c'est à cette occasion qu'il prononce le monologue des vers 1029 à 1077. L'auteur du *Docteur amoureux* a voulu conserver ce monologue, mais, comme hors du contexte du *Déniaisé* le Jodelet du *Docteur amoureux* n'a aucune raison de le prononcer, le maladroit dramaturge imagine que Jodelet l'a entendu prononcer par un autre et le répète à Garos ! On remarquera de surcroît qu'aux vers 403-406 du *Docteur amoureux* sont utilisés des vers du *Déniaisé* postérieurs à ceux qui sont repris ici (voir *supra*, n. 138). **217.** Plaisant, drôle, grotesque. **218.** Expression familière, qu'on retrouvera chez Molière, pour dire « trotter alertement ». **219.** La maison que tu occupes, *i.e.* le cœur de l'amoureux. **220.** Mot injurieux. : sot, bête, sauvage (Le Roux). **221.** Pourpoint, habit, casaque. Le personnage dont Jodelet rapporte les paroles est censé être déguisé en archer. **222.** Jeu sur les mots : le personnage va présenter (c'est un sens de *produire*) des vers galants de son maître à la faveur de la nuit (en dehors du jour) ; il n'est donc pas l'auteur de ces vers, il ne les a pas produits ni mis au jour.

Je ferai la machine, alors qu'il est l'acteur[223].
Je suis, par le secret de cette hallebarde,
Caporal et sergent, soldat et corps de garde ;
Et seul faisant le tout dans un si bel emploi,
Toute la compagnie est au-dessous de moi[224].   670
J'y suis un peu gruyer[225], et j'en ferai la nique
Au plus mauvais garçon des courtauds de boutique[226].
Mais à quoi m'amusé-je ? Amour, peste aux écus[227],
Petit cousin germain du bon père Bacchus,
Qui force les clients qui voguent sous ton aile   675
À prendre un vomitif qui vide l'escarcelle,
Fais couler jusqu'à moi quelques méchants ducats,
Donne-moi le moyen d'aller vider les plats
Et d'aller m'ébaudir avec le dieu des pintes[228],
Et te sacrifier des chants au lieu de plaintes !   680
Exauce mes souhaits, Amour, écoute-moi,
Puisque je suis archer aussi bien comme toi[229] !
Nous sommes compagnons et devons, ce me semble,

---

223. Dans cette petite mise en scène, dans cette ruse d'amour (c'est le sens de *pièces*) qu'a imaginée son maître, le personnage ne joue pas un rôle actif *(acteur)* et se contente d'être un simple moyen mécanique, un simple ressort *(machine)*. **224.** L'auteur du *Docteur amoureux* a laissé ici de côté huit vers du *Déniaisé* (v. 1049-1056). Lerat pense que le raccord se fait mal après cette coupure et que le v. 671 ne se comprend bien qu'avec le passage coupé, qu'il rétablit donc dans le texte du *Docteur amoureux*. N'étant pas convaincu, nous ne corrigeons pas le texte, mais nous donnons ici les vers en question : « Mais sais-je bien jouer de cette arme ferrée / Qui chez nos bon bourgeois est si considérée, / Et que mon vieil voisin appelle un bon bâton ? / Au diable, je me suis écorché le menton, / Et pour peu que je veuille en savoir davantage, / Je reconnaîtrai bien que je ne suis pas sage. / Si faut-il toutefois faire le moulinet. / Eh bien ? Le tour est vite, et l'écart est bien net. » **225.** Habile en son métier. Le personnage se vante d'être un habile archer. **226.** Au plus mauvais garçon d'entre les commis de marchands. **227.** Le petit dieu Amour oblige à dépenser et ravage les fortunes de ses clients (orig. : *chiens*, à corriger au v. 675) ! **228.** Toujours Bacchus, sous le patronage de qui on vide bien des mesures de vin ou d'autres liquides. **229.** Amour (le Cupidon latin, l'Éros grec) est traditionnellement représenté comme un enfant ailé, muni d'un arc, et qui, ayant souvent les yeux bandés, décoche ses flèches sur les cœurs.

Travaillant l'un pour l'autre aider qui nous ressemble.
Nous, de la ressemblance ? Ah, fat[230] au dernier point[231] !   685
J'ai des yeux qui sont bons, et toi tu n'en as point.
D'un cocuage encor nul mari[232] ne me blâme,
Et ma mère après tout est fort honnête femme.
Non, non, je suis archer, tu n'es qu'un archerot[233] ;
Je suis fort honnête homme, et toi tu n'es qu'un sot.   690
Au diable soit l'Amour avec la hallebarde !

    GAROS, *sortant* :

Allez, qu'une autre fois tel[234] cas ne vous retarde !
Trente coups de bâton vous sont toujours acquis.

    LISETTE :

Jodelet, je voudrais te donner un avis.
Suis-moi !

    JODELET, *sortant avec Lisette* :
              Nous allons voir[235].

SCÈNE DERNIÈRE

PANCRACE, *seul* :

                 Mais de quelle manière   695
Le sort me traite-t-il ? Plus je l'aime elle est fière[236].

---

230. Sot. Le personnage trouve sa comparaison mauvaise.   **231.** Ce vers est incompréhensible dans l'éd. *(Nous de la ressemblance ai fait au dernier point)* ; il faut le corriger en suivant *Déniaisé*, v. 1071.
232. L'éd. a encore un texte absurde *(D'un courage mal mari)*, que le v. 1073 du *Déniaisé* permet de rectifier.   **233.** Ce diminutif mignard, créé par la Pléiade pour désigner Amour, est ici employé de manière amusante et irrespectueuse.   **234.** L'éd. porte *un tel* ; comme Lerat je supprime *un*, qui rend le vers faux.   **235.** La formule est plus encourageante pour Lisette que les autres propos tenus à elle par Jodelet au cours de la pièce ; mais aucune décision n'est prise ici, alors qu'à la fin du *Déniaisé* (V, 8), Jodelet épouse la servante.   **236.** Il faudrait (mais la métrique interdit la correction) : « Plus je l'aime, *plus* elle est fière » (farouche, cruelle).

Peut-on ne m'aimer pas? Mes rares qualités
Valent sans doute[237] mieux que toutes ses beautés.
Un homme comme moi trouve peu de semblables,
Soit qu'on lise l'histoire, ou qu'on lise les fables[238].   700
Non, je n'aimerai plus! Aussi bien, en amour
Un Docteur ne vaut pas un âne de la cour[239].

Fin de la comédie

---

237. Sans aucun doute. **238.** Les fictions, opposées à l'histoire. **239.** Mépris du savant pour les courtisans, galants certes, mais ignorants.

BRÉCOURT

La Feinte Mort de Jodelet
(1659)

Après une pièce comique qui s'alourdit un peu sur le personnage du pédant tel qu'on aimait en présenter la caricature dans les années 1630-1650, voici, vivement troussé en 400 vers, le coup d'essai d'un jeune comédien ambitieux de 21 ans.

Guillaume Marcoureau, dit Brécourt, baptisé en 1638, était le fils du comédien Pierre Marcoureau, dit Beaulieu, et de la comédienne Marie Boulanger, dite Mlle Beaulieu. Enfant de la balle, le « petit Beaulieu » débuta tôt sur les planches et suivit ses parents dans diverses troupes errantes, qui parcoururent aussi la Belgique et la Hollande. En décembre 1659, il épousa Étiennette Des Urlis, qui faisait partie de la troupe du Marais ; à cette date, et même probablement avant, Brécourt faisait aussi partie de cette troupe. C'est l'époque où, Molière ayant tant de succès dans la farce, chaque théâtre s'efforce d'attirer le public parisien par une petite comédie finale — une pièce sans prétention, mais apte à « faire passer quelques moments de mélancolie », comme l'écrit Brécourt dans la dédicace de sa Feinte Mort de Jodelet. *Le Marais ne veut pas être en reste : « On a toujours la farce après la comédie », affirme Turlupin, orateur de la troupe, à la fin de la même comédie[1]. Nous pensons que Brécourt écrivit justement sa première pièce pour que lui et ses camarades aient à jouer une de ces petites comédies à mourir de plaisir[2].*

Mais pourquoi Jodelet en est-il le héros comique ? On sait que Jodelet l'acteur ne reparut pas au Marais après 1657 et qu'il fut engagé par Molière à Pâques 1659. Le type perdure au-delà du comédien qui l'a créé ; le Jodelet de La Feinte Mort de Jodelet *a été joué, au cours de l'année 1659, par un autre comédien que*

---

1. *La Feinte Mort de Jodelet*, v. 404.   2. *Ibid.*, au vers 402.

Julien Bedeau, mais qui en gardait l'apparence (le vers 275 fait allusion à la barbe et au « teint blême » du célèbre farceur). Manière aussi, pour Brécourt et ses camarades, de montrer que même après le départ de Julien Bedeau, ils sont capables de réussir dans la farce, et avec l'emploi de Jodelet. En tout cas, La Feinte Mort de Jodelet *permet à Brécourt de se faire connaître. Ce comédien de talent, apprécié de Louis XIV, qui sera l'auteur d'autres petites pièces comme l'amusante* Noce de village, *n'en était qu'au début d'une carrière qui le mènera à la Comédie-Française, en passant par la troupe de Molière (en 1664, cette troupe donna une farce de Brécourt intitulée* Le Grand Benêt*), l'Hôtel de Bourgogne et des troupes ambulantes comme celle du Prince d'Orange, dont il fut le chef. À cette carrière théâtrale, Brécourt mêla d'ailleurs de fort peu recommandables aventures*[3].

Quant à sa Feinte Mort de Jodelet, *n'y cherchons aucune prétention dramaturgique. Brécourt reprend simplement les éléments de l'intrigue à l'italienne commune : un mariage contrarié par le choix parental d'un futur gendre qui n'est pas l'aimé de la jeune fille ; la mise en œuvre d'une tromperie agencée par un valet fourbe pour éliminer le prétendant dont ne veut pas la jeune fille. N'attendons pas davantage du réalisme des portraits. Sans doute devine-t-on en Fabrice, l'amant de la jeune Florice, un jeune gentilhomme passablement désargenté ; sans doute entrevoit-on, à travers la dizaine de vers que prononce Pâquette (nom populaire qu'utilisera aussi La Fontaine dans une des* Fables *du second recueil,* Le Curé et le Mort*), une suivante au parler dru. Mais Brécourt ne s'intéresse guère à la vérité de ses personnages, dont il est plutôt porté à faire des caricatures ; témoin les deux pères Carpollin et Policarpe, qui se guindent ridiculement et se prennent très au*

---

3. G. Mongrédien intitule justement le chapitre qu'il consacre à notre personnage « Brécourt l'aventurier » (*Les Grands Comédiens du XVIIᵉ siècle, op. cit.,* pp. 261-291), car Brécourt, violent et débauché, meurtrier à l'occasion, fut compromis dans de vilaines affaires. Il mourut en 1685, après avoir renoncé à sa profession de comédien.

sérieux dans les premières scènes, avant de se mettre à pleurer en chœur avec leurs enfants.

En fait, Brécourt veut surtout nous amuser et nous faire rire avec les deux personnages opposés qui tiennent le devant de la scène : le rusé Turlupin et le niais Jodelet ; la petite comédie repose sur ce couple. Turlupin est le valet plaisant, intéressé, mais inventif et trompeur. On peut dire qu'il a la partie facile avec Jodelet, « l'innocent personnage », puéril, bouffon, sot et crédule — badin⁴ en un mot — qui est le prétendant indésirable. Sans grande difficulté, Turlupin lui fait croire que Florice, qu'on lui destine, est peu vertueuse et a secrètement épousé Fabrice il y a six mois ; Turlupin finit aussi par faire accepter à Jodelet, pour que les pères renoncent à leur projet, de jouer une invraisemblable comédie, où le badin contrefait le mort. Ce jeu comique culmine à la scène 6, où Jodelet, qui se croit vraiment mort, se trouve face à face avec Turlupin, qui s'est habillé comme Jodelet et le mime à la perfection pour lui faire admettre qu'il n'est autre que son âme — occasion d'un drolatique dialogue entre ce « mort tout nouveau-né » et son âme !

Les situations ne sont pas les seules à faire rire ; le langage apporte tout son sel à la farce. Nous avons mentionné les propos des pères ridicules. Turlupin nous fait rire avec lui de ses reparties. Jodelet nous fait rire de lui et ne cesse d'égayer la pièce de ses facéties verbales, de ses niaiseries, de son « sot badinage » (v. 344). Un mot vient naturellement à la plume : celui de burlesque. *Non seulement parce que Policarpe, Carpollin ou Jodelet se rapprochent de types caricaturaux qu'on trouvait dans le théâtre d'un Scarron ou d'un Thomas Corneille (parents ou prétendants ridicules), mais aussi parce que Brécourt exploite les habitudes de création de mots plaisants à quoi s'adonnent les burlesques* : Jodelette, empolicarper, funérailler, célibatique *et autres* cigissages...

Oui, ce « coup d'essai » peut donner « quelques moments de joie ».

---

4. Ch. Mazouer, *Le Personnage du naïf dans le théâtre comique...*, 1979, p. 141.

La Feinte Mort de Jodelet n'a connu qu'une édition : à Paris, chez Jean Guignard le fils, dans la grande salle du Palais, à l'image S. Jean, 1660 (achevé d'imprimer le 23 novembre 1660). Nous transcrivons (en corrigeant les coquilles évidentes et, si possible, un certain nombre de vers faux) ce texte, qui est conservé à l'Arsenal (Rf 5661).

LA FEINTE MORT DE JODELET

Comédie

À MONSIEUR DE*****

MONSIEUR,

Je m'imagine que vous trouverez assez étrange qu'un homme qui n'a jamais eu l'honneur de vous parler que deux fois, prenne la liberté de vous dédier un ouvrage si peu digne de vous occuper. Mais comme la représentation ne vous en a pas déplu, je me persuade facilement que la lecture vous pourra faire passer quelques moments de mélancolie, si vous en avez. Je ne me vante pas que ce soit par le peu de mérite de cette petite comédie, mais peut-être bien par le souvenir que vous aurez en la lisant de la charmante exécution de ceux qui l'ont représentée. Ce n'est que par là sans doute qu'elle nous avertit[1]. Et très assurément, si vous l'aviez lue avant que de l'avoir vu jouer, vous l'eussiez jouée vous-même, et son pauvre père aussi[2] ;

---

1. Ce n'est que par la représentation qu'une comédie nous apprend qu'il importait de la connaître. **2.** Comprendre probablement ainsi : Monsieur de*** aurait désiré jouer lui-même la comédie, avec Brécourt son auteur, en société ; cet honneur aurait été trop grand pour la pièce et pour l'auteur.

elle en serait morte de regret, et moi de honte. Mais comme les comédiens servent d'âme à la comédie, je l'ai animée en la faisant représenter ; et sa réussite m'a fait regagner ma pudeur poétique. Et principalement quand j'ai vu qu'elle vous faisait épanouir la rate. Mais, MONSIEUR, malgré cet enthousiasme, je vous trouve bien malheureux [d'] en rire : vous ne vous êtes pas sitôt réjoui que vous en portez la folle enchère[3]. Parce que *La Feinte Mort de Jodelet* vous a donné quelques moments de joie, il faut que vous ayez peut-être l'éternel chagrin de vous voir dédier un coup d'essai. Voilà qui est bien fâcheux pour vous, mais plus encore pour moi : car j'appréhende bien que pour punition de ces deux contraires[4] que je cause, vous ne me souffriez pas la qualité de,

MONSIEUR,

votre très humble et très obéissant serviteur,
BRÉCOURT.

---

3. *Porter la folle enchère de sa faute*, c'est en porter la peine (Furetière) ; d'avoir ri à cette comédie entraîne pour Monsieur de*** le fait que Brécourt lui dédie sa pièce, qui est un simple coup d'essai, et attend sans doute aussi de lui quelque gratification. **4.** Quelques moments de joie et le regret durable de se voir dédier cette première pièce.

CARPOLLIN, Père de Jodelet.
POLICARPE[5], Père de Florice.
JODELET, Fils de Carpollin.
FABRICE, Amant de Florice.
TURLUPIN[6], Valet de Fabrice.
FLORICE, Fille de Policarpe.
PAQUETTE, Suivante de Florice.

La scène est à Paris.

SCÈNE PREMIÈRE

POLICARPE, CARPOLLIN

POLICARPE :
Cette faveur est grande, et je n'osais penser   1
Que votre vieil esprit[7] pût assez s'abaisser
Jusqu'à venir vous-même, en demandant ma fille,
Me proposer l'honneur d'être en votre famille.
Jodelet est d'un sang si noble et si parfait,   5
Qu'il faudrait être fol pour n'aimer Jodelet ;
Et Policarpe au jour ayant mis une fille
Qui ne démentira l'honneur de ma famille,
Je crois qu'à moins qu'avoir l'esprit fol et malsain
Elle ne peut blâmer le choix de Carpollin,   10
Et je croirai sa gloire entièrement parfaite,
Épousant Jodelet, d'être une Jodelette[8].

---

5. On remarquera le jeu de sonorités entre les noms des deux pères : Poli*carpe* / *Carp*ollin, comme si le radical de chacun était *carpe* ! **6.** *Turlupin*, nom de farce d'Henri Legrand, compagnon de Gros-Guillaume et de Gaultier-Garguille, mort en 1637, est donc resté un nom de valet de comédie. **7.** *Votre esprit*: vous ; insistance sur l'âge : *votre vieil esprit*, vous qui êtes âgé. **8.** Je croirais la gloire de ma fille parfaite, si épousant Jodelet, elle prenait son nom et devenait ainsi *Jodelette* (féminin de style burlesque.)

CARPOLLIN :

Brisons là, je vous prie, et croyez, vieil ami,
Que je n'aimai jamais Policarpe à demi.
Il me souvient toujours du premier de décembre,   15
Alors que, tête à tête en ma petite chambre,
Nous jurâmes tous deux que malgré le destin,
Nous aurions même sort, mêmes biens, même fin.
Et puisque la fortune aveugle et clairvoyante[9]
A voulu qu'aujourd'hui je possède une rente   20
De quatre cents écus, deux moutons, quatre bœufs,
Une botte de foin et trois quarterons[10] d'œufs,
J'aurais d'aveuglement l'âme préoccupée[11]
Si mon humeur n'était bien empolicarpée[12].

POLICARPE :

Je vous suis obligé d'un si bon sentiment.   25

CARPOLLIN :

Mais sans perdre de temps, dépêchons vitement[13].

POLICARPE :

Appelez Jodelet, j'appellerai Florice.
Dans ce rencontre[14] heureux, que le sort m'est propice !
Florice, venez çà !

CARPOLLIN :

                    Holà, ho ! Jodelet !

---

9. La fortune est d'ordinaire *aveugle* ; se trouvant à son aise, Carpollin a tendance à croire qu'elle est aussi *clairvoyante*. D'où l'oxymore plaisant.   **10.** Un *quarteron* est le quart d'un cent. Inutile d'insister sur la dégradation burlesque de l'énumération plaisante des biens de ce petit hobereau.   **11.** J'aurais l'âme défavorablement disposée par l'aveuglement. L'inversion et la prétention de la tournure sentent leur burlesque.   **12.** Autre néologisme burlesque sur *Policarpe* ; cf. *Jodelette* du v. 12.   **13.** Dépêchons-nous et hâtons ce mariage.   **14.** *Rencontre* (« circonstance fortuite ») pouvait être encore du masculin.

SCÈNE II

FLORICE, JODELET, CARPOLLIN, POLICARPE

POLICARPE :
Je vous veux marier, ma mignonne.
FLORICE :

                    En effet,   30
Il serait à propos ; mais avec qui, mon père ?
POLICARPE :
C'est un homme opulent, et qui te doit bien plaire.
FLORICE, *bas, en soupirant* :
Ce n'est donc pas Fabrice.
CARPOLLIN :

                  Holà, ho ! viendras-tu ?
JODELET :
Me voici, mon papa.
CARPOLLIN :

               Tu sens ton vieux battu,
Et tu fais le fripon, lorsque l'on te caresse[15].   35
Tiens ! Je t'ai de ma main choisi cette maîtresse,
Et tu l'auras pour femme avant la fin du jour.
FLORICE, *bas* :
Fabrice, que ce choix maltraite notre amour !
POLICARPE :
Ma fille, qu'en dis-tu ? Ce choix te doit-il plaire ?
JODELET :
Ma maîtresse est savante à se savoir bien taire ;   40
Et tiens[16] que pour répondre à ce qu'elle m'a dit
Je n'aurai pas besoin de tout mon bel esprit.
CARPOLLIN :
Je ne verrai jamais la fin de tes sottises.
JODELET :
Elle a les cheveux noirs et les prunelles grises ;
Cela n'est pas commun, et je crois, sur ma foi,   •   45

---

15. Tu as la mine de celui qu'on bat toujours, et tu fais l'espiègle, le coquin, quand on te traite avec douceur.   **16.** Et je tiens.

Que l'on l'a faite exprès pour homme tel que moi.
Jaserai-je longtemps sans vous ouïr répondre ?
Parlez donc, animal que Dieu puisse confondre !

CARPOLLIN :

Sot, parlez autrement !

POLICARPE :

                Ma fille, approchez-vous !
Ne recevez-vous pas Jodelet pour époux ?   50

FLORICE, *en pleurant* :

Tout ce qu'il vous plaira.

JODELET *soupirant* :

                Vous pleurez, ma chère âme.

CARPOLLIN :

Toi, ne reçois-tu pas Florice pour ta femme ?

JODELET, *du ton de Florice* :

Tout ce qu'il vous plaira.

POLICARPE, *à Florice* :

                Pourquoi donc pleures-tu ?

CARPOLLIN :

Ce n'est là qu'un effet de sa grande vertu ;
La pudeur fait toujours soupirer une fille.   55

FLORICE :

Pourrai-je sans regret quitter votre famille ?

POLICARPE :

Si ce n'est que cela, va, je t'en sais bon gré.

CARPOLLIN :

Quoi, tu pleures aussi ?

JODELET :

                Moi ? C'est qu'elle a pleuré.
Je tiens qu'un bon mari qui voit pleurer sa femme
Doit bien ouvrir aussi le robinet de l'âme.   60

CARPOLLIN *pleurant* :

Ah ! les pauvres enfants, qu'ils me font grand-pitié !

POLICARPE :

Je partage avec eux leurs pleurs par la moitié[17].

(Tous quatre rentrent en pleurant.)

---

17. Policarpe prend la moitié des pleurs.

SCÈNE III

FABRICE, TURLUPIN

FABRICE :
As-tu vu mon cheval ?

TURLUPIN :

Il est à l'écurie.

FABRICE :
Et ma jument ?

TURLUPIN :

Monsieur, elle est fort bien guérie.
Le maréchal[18] m'a dit que quand vous voudriez,   65
Il vous rendrait l'argent que vous en refusiez.
Mais à présent, Monsieur, qu'elle a sa housse[19] verte,
Vous ne pourriez jamais la revendre sans perte.

FABRICE :
Comment ? Ma tante morte et d'hier au cercueil,
Tu me donnes du vert pour en porter le deuil !   70

TURLUPIN :
Monsieur, je savais bien la mort de votre tante,
Mais je ne croyais pas la jument sa parente.

FABRICE :
Maraud...

TURLUPIN :

Sans vous fâcher...

SCÈNE IV

PAQUETTE, FABRICE, TURLUPIN

FABRICE :

Que viens-tu faire ici ?

PAQUETTE :
Vous causer du chagrin, des pleurs et du souci.

---

18. Le *maréchal* (maréchal vétérinaire) traite les chevaux quand ils sont malades. **19.** La *housse* est la «couverture de cheval qu'on met sur la selle et qui couvre une partie de la croupe» (*Dictionnaire* de l'Académie).

FABRICE :

Ah ! découvre-moi donc les maux que tu me caches !   75

PAQUETTE :

Tout est perdu, Monsieur ; le diable est bien aux vaches[20] !

FABRICE :

Ah ! quel plaisir prends-tu de te faire prier !

PAQUETTE :

Florice, dès demain, s'en va se marier.

FABRICE :

Pâquette, que dis-tu ?

PAQUETTE :

Que son vieil fol de père
N'est rien à vos désirs qu'un vieillard fort contraire[21].   80
Enfin, malgré l'effort que Florice en a fait[22],
On lui verra demain épouser Jodelet.
Mais si vous aimez bien ma maîtresse Florice,
Il faut que votre esprit invente un artifice
Pour détourner ce coup.

FABRICE :

Quel malheur imprévu   85
Que dans si peu de temps cet hymen soit conclu !
Retourne promptement assurer ma Florice
Que l'amour seul pourra trouver un artifice
Pour détourner ce coup. Que je suis malheureux !

(Pâquette sort.)

TURLUPIN :

Le[23] sort n'est pas toujours favorable à nos vœux,   90
Et l'on éprouve l'homme alors qu'il s'équivoque[24].
S'équivoquer ! Ce mot !

---

20. *Le diable est aux vaches* : « il y a du bruit, du fracas, du tintamarre ; tout est en désordre et en confusion » (Le Roux). **21.** Qu'un vieillard fort contraire à vos désirs. **22.** Malgré les efforts que Florice a faits pour vous faire agréer comme gendre. **23.** L'éd. orig. porte *ce*, qu'il faut évidemment corriger en *le*. **24.** La leçon de morale de Turlupin est que l'homme s'éprouve quand le sort lui devient défavorable ; mais il emploie le mot *équivoquer*, dont le signifiant l'amuse, sans bien connaître le signifié (*s'équivoquer*, c'est se tromper, sens vieilli et du style burlesque au xviiᵉ siècle).

FABRICE :

                Ta morale me choque.
Et tu devrais plutôt, dans ce présent danger,
Secourir mon amour.

TURLUPIN :

                Si le sort doit changer,
Comme il peut être enfin (ou bien je n'y vois goutte),   95
Oui, je gagerais bien qu'il changera sans doute.

FABRICE :

Le beau raisonnement !

TURLUPIN :

                Monsieur, consolez-vous !
J'imagine un dessein qui les trompera tous.

FABRICE :

Ah ! que ne dois-je point à ton rare service !
Mais quel est ce dessein ?

TURLUPIN :

                Abandonner Florice.   100
En cessant de l'aimer, vous n'aimerez plus rien ;
Et si vous aimez plus, vous me tromperez bien[25].

FABRICE :

Maraud, si je vous prends...

TURLUPIN :

                Doucement, je vous prie !
Au diable les amants, avecque leur folie !
Vous vous repentirez de cet emportement.   105
Et... Mais je ne dis rien ; vous verrez seulement.

FABRICE :

Turlupin, cher ami !

TURLUPIN :

                Fabrice, mon cher maître ?

FABRICE :

Si tu m'aimes...

---

25. Les raisonnements de Turlupin sont tellement confus (*cf.* v. 94-96)
qu'on n'est pas sûr de bien comprendre. *Et si vous aimez plus* doit
signifier « et si vous aimez davantage, si vous aimez encore ».

TURLUPIN :

        Eh bien, quoi ?

FABRICE :

               Fais-le-moi paraître !

Voilà quelques ducats.

    TURLUPIN, *prenant l'argent* :

            Vous me faites pitié.

Mais je n'ai point encor ce qu'on nomme amitié.   110

    FABRICE, *lui redonnant* :

Ta dureté par là peut-être se va rendre ;

Tiens, mon cher Turlupin !

    TURLUPIN :

              Ah ! que j'ai le cœur tendre !

Si vous continuez seulement jusqu'au soir,

Peut-être l'amitié pourra bien s'émouvoir.

    FABRICE :

Je ne vois point encore que ta fierté[26] lui cède.   115

As-tu le cœur si dur ?

    TURLUPIN :

           L'or est un grand remède

Pour attendrir un homme endurci comme nous.

    FABRICE :

Ma foi, je n'en ai plus.

    TURLUPIN :

             Ma foi, tant pis pour vous.

    FABRICE :

Turlupin, tu veux donc que je me désespère ?

    TURLUPIN :

Mon maître, vous ferez ce qu'il vous plaira faire[27].   120

    FABRICE :

L'amitié[28] ne peut rien, ni le devoir encor[29] ?

    TURLUPIN :

J'ai le cœur diamant[30] et l'âme toute d'or.

---

26. Ta cruauté, ton insensibilité — laquelle fond à mesure que pleuvent les ducats, selon un jeu comique qu'on retrouve chez les valets français comme chez l'Arlequin italien. **27.** Plaira *de* faire. **28.** L'affection. **29.** Non plus. **30.** Le cœur aussi dur que le *diamant* (à prononcer en trois syllabes). Mais son âme se laisse fléchir par l'or !

FABRICE :
Cherche dans ton cerveau, Turlupin, quelque chose,
Un secret pour casser l'hymen que l'on propose...
Je sens quelque ducat.

TURLUPIN :

                    Quoi ?

FABRICE :

                              Je me suis trompé.   125

TURLUPIN :
J'avais bien un secret, mais il m'est échappé.

FABRICE :
Turlupin, je te jure, et foi de gentilhomme,
Que dès demain je dois recevoir une somme,
Dont je te fais toucher au moins trente ducats[31].

TURLUPIN :
Je pourrais la toucher et ne les avoir pas.   130
Êtes-vous gentilhomme ?

FABRICE :

                    Oui, par toute la terre.

TURLUPIN :
Soufflez-moi donc au cul, vous me ferez un verre[32].

FABRICE :
Ah ! c'est trop ; je vois bien qu'à la fin il faudra...

TURLUPIN :
Si vous heurtez encor, le portier répondra[33].

FABRICE :
Pourquoi ne veux-tu pas soulager ma misère[34] ?   135

TURLUPIN :
Ah ! ma foi, c'en est trop ; allez, laissez-moi faire !
J'ai forgé là-dedans[35] un fort plaisant dessein.
Travaillez[36] seulement !
     (*À l'oreille.*)

---

31. Si ce sont des ducats d'or, Fabrice promet une jolie gratification à son valet. **32.** Grosse obscénité en guise de réponse, par comparaison avec le souffleur de verre. **33.** Cette fois, Turlupin répond par une phrase proverbiale ; *heurter*, c'est frapper à la porte. **34.** Mon malheur. **35.** J'ai imaginé dans ma tête. **36.** Donnez-vous de la peine.

FABRICE :

Ah ! mon cher Turlupin,
De cette invention j'ose bien me promettre
Tout l'espoir que l'amour aux amants peut permettre.   140

TURLUPIN :

Et moi, de mon côté...
    (À l'oreille.)

FABRICE :

Voilà qui vaut l'argent[37].

TURLUPIN :

Vous verrez si pour vous je serai négligent.
Mais sans perdre le temps, commençons l'artifice[38].
Surtout, dites-vous bien le mari de Florice,
Afin que Jodelet savoure bien la peur.   145
Holà !

SCÈNE V

JODELET, FABRICE, TURLUPIN

JODELET :

Que vous plaît-il de[39] votre serviteur ?

FABRICE :

Quatre mots, cher ami.

JODELET :

Plutôt quatre douzaines,
Que vous ne recueilliez le doux fruit de vos peines[40].
Et que vous plaît-il donc ?

TURLUPIN :

Vous dire quatre mots.

JODELET :

Ne vous ai-je pas dit, maître doyen des sots,   150

---

37. Voilà qui est une idée de valeur, de qualité. **38.** La ruse, la tromperie. **39.** Que désirez-vous de. **40.** Je vous donnerai quatre douzaines de mots *plutôt que* de vous laisser sans recueillir le fruit de vos efforts (la locution conjonctive est disjointe dans la phrase). On remarquera l'élégance fleurie de la réponse de Jodelet.

Que j'étais prêt d'ouïr[41] votre sotte éloquence.
    FABRICE :
Monsieur, de ce maraud pardonnez l'insolence.
Il a cru...
    JODELET :
                Je crois bien qu'il a cru. Mais pourquoi ?
Croit-il sans me fâcher que l'on croie de moi...
    TURLUPIN :
Ne sachant pas...
    JODELET :
                Je sais ce que vous voulez dire.   155
    FABRICE :
Mais...
    JODELET :
            Mais je ne suis pas dans mon humeur de rire.
Tout homme comme moi qui se va marier
N'a pas dedans la tête un mal trop singulier[42].
    FABRICE :
Quoi ? Vous vous mariez ?
    JODELET :
                    On me le fait accroire.
Mais dans peu la gazette[43] en écrira l'histoire.   160
    FABRICE, *lui mettant la main sur le front* :
Et ne craignez-vous point...
    TURLUPIN :
                Ce mal[44] est si commun
Que chacun aujourd'hui le souffre[45] de chacun.
On reçoit bien souvent quand on pense moins prendre,
Et tel croit en donner qui ne fait rien qu'en rendre.
    JODELET :
Et quel est donc ce mal que l'on dit si commun,   165
Et qu'aujourd'hui chacun souffre aussi de chacun ?

---

41. Prêt à ouïr (le mot compte pour deux syllabes). **42.** Original, unique, personnel. **43.** *La Gazette*, fondée par Théophraste Renaudot en 1631, ne s'intéressait pas à ce genre de nouvelle ! **44.** Le cocuage, qui se marque aux cornes qui poussent sur le front — ce qui explique le geste de Fabrice. **45.** Supporte patiemment.

Pour moi, je n'entends point ce préambule morne.

   Turlupin :

C'est-à-dire, Monsieur, gardez-vous de la corne !

   Jodelet :

Vous m'offensez, l'ami, de me prendre pour sot[46].

   Fabrice :

Sors, ou bien résous-toi de ne dire plus mot !   170

   Turlupin, *à part* :

Bon ! Eh bien, je me tais ! Que maudit soit l'empire[47]
Qui fait taire un valet au plein de son beau dire[48] !

   Fabrice :

Enfin donc, aujourd'hui vous allez épouser...

   Jodelet :

Voyez ! pour cet effet[49] je me suis fait raser ;
Et je prendrai bientôt l'habit des funérailles.   175

   Turlupin :

Vous vous trompez, Monsieur ; ce sont les fiançailles.

   Jodelet :

Qu'importe ! Dit-on pas que qui va fiancer,
Dedans le même temps s'en va funérailler[50] ?

   Turlupin :

Je vais tout apprêter.

   Fabrice :

                En effet, l'un suit l'autre,
Ou vous ne savez pas quel malheur est le vôtre.   180

   Jodelet :

Eh bien ! je le saurai, si je le veux savoir,
Comme j'y pourvoirai, si je veux y pourvoir.

   Fabrice :

Je ne puis m'empêcher de vous rendre un service :
Je sais que dans ce jour vous épousez Florice ;
Mais je dois l'empêcher.

---

46. *Sot* a aussi, au xviie siècle, le sens de « mari trompé ».   **47.** L'autorité, le pouvoir.   **48.** De ses beaux propos.   **49.** Pour l'exécution de mon mariage.   **50.** Le prêtre fiance (*fiancer* : trois syllabes) et célèbre les funérailles ; les dictionnaires ne connaissent pas le mot *funérailler*, néologisme burlesque qui fait pendant à *fiancer* dans ce dicton populaire qui veut que la mort suive de près le mariage.

JODELET :

Êtes-vous le censeur 185

Du matrimonium[51], ou le perturbateur ?

FABRICE :

Non, non ! C'est seulement par une amitié[52] pure
Que je préviens pour vous une sensible injure[53].

JODELET :

Dites-moi ! Qu'est-ce donc ?

FABRICE :

Florice a des appas.

Mais savez-vous aussi tout ce qu'elle n'a pas ? 190

JODELET :

Et quoi ?

FABRICE :

De la vertu.

JODELET :

De plus ?

FABRICE :

De la sagesse.

Et vous aurez fort mal choisi votre maîtresse.
Enfin, gardez-vous bien d'être négligent !

JODELET :

De quoi vous mêlez-vous ? Est-ce de votre argent ?

FABRICE :

Je tâche seulement, comme un ami doit faire, 195
D'empêcher un hymen qui vous serait contraire.

JODELET :

Mais me dites-vous vrai ?

FABRICE :

Je ne mentis jamais.

Elle a tous ces défauts, Monsieur, je vous promets.
Quoiqu'elle ait l'esprit fin et qu'elle soit bien faite,
Elle est un peu mutine[54] et beaucoup plus coquette. 200

---

51. Le mariage. On trouve souvent *matrimonium* ou *matrimonion* chez Molière et les autres dramaturges comiques. 52. Voir le vers 121, n. 28. 53. Tort, dommage que Jodelet ressentirait vivement. 54. Révoltée, indocile.

Et je m'assure bien que si vous l'épousez,
Avant qu'il soit fort peu vous vous repentirez.
    JODELET :
Si ce n'est que cela, déjà je m'y prépare.
    FABRICE :
De plus, elle est... *(À part.)* Faut-il qu'ici je me déclare...
    (Haut.)
Si vous ne m'assurez de n'en parler jamais,   205
Je ne le dirai point.
    JODELET :
                Oui, je vous le promets.
Et s'il faut en jurer, j'en jure par ma fique[55],
Par Carpollin mon père, et moi son fils unique.
    FABRICE :
Pour rompre le serment vous aurez trop d'honneur,
Et je me fie à vous.
    JODELET :
              Ah! n'ayez point de peur!   210
Avant que le secret[56] on m'arracherait l'âme.
    FABRICE :
Sachez depuis six mois que[57] Florice est ma femme.
Voyez si vous voulez encore l'épouser!
    JODELET :
Diable! à la pendaison ce serait m'exposer[58].
Je ne suis pas si sot que de m'en aller prendre   215
Une femme, pour qui l'on pourrait bien me pendre.
On m'appelle à présent le gendre prétendu[59],
Et je serais dans peu peut-être le pendu,
Alors qu'au bord d'un bois, sans violon ni viole,
On me verrait sur rien faire une cabriole[60]!   220

---

55. Par ma foi. **56.** Avant qu'on m'arrache le secret. **57.** Sachez que depuis six mois. **58.** Jodelet a peur, en étant le deuxième mari de Florice, de subir le même châtiment que ceux qu'on accuse de polygamie (*cf.* Molière, *Monsieur de Pourceaugnac*, II, 8 *sq.*). **59.** Le gendre auquel on aspire, on prétend : le futur. **60.** Et alors, à ce moment-là, on me verrait danser au bout de la corde, dans le vide *(sur rien faire une cabriole)*, sans musique ; avec la diérèse, *violon* compte pour trois syllabes.

Jodelet, là-dessus résolu bien et beau,
Ne servira jamais de repas de corbeau ;
Et l'on ne verra point pour diffamer ma race
Employer à ma mort un sabre de filasse[61].
Mais ma maîtresse enfin, et pour m'en décharger[62],   225
Quel remède trouver ?

    Fabrice :

                C'est à vous d'y songer.

Avisez promptement !

    Jodelet :

                Voilà bien du mystère.

Gardons-la pour nous deux !

    Fabrice :

                Cela ne se peut faire.

    Jodelet :

Nous nous en servirons alternativement ;
Vous serez le mari, je serai le galant.   230
Ainsi nous mêlerons d'une adroite pratique,
Et la loi conjugale et la célibatique[63].

    Fabrice :

C'est avoir de l'esprit.

    Jodelet :

                Et du fin et du bon.

    Fabrice :

Attendez ! J'imagine une autre invention
Qui réussira mieux. Dites à votre père   235
Que vous ne voulez pas.

    Jodelet :

                Ah ! je n'en veux rien faire.

Qui, moi ? désobéir à mon papa mignon !
Ah ! je n'en ferai rien, foi d'honnête garçon !

    Fabrice :

Ce remède est pourtant un secret infaillible,

---

61. Amusante métaphore pour désigner la corde du pendu. Pour bien comprendre le v. 223, il faut savoir qu'un noble est décapité et ne subit pas le supplice infamant de la pendaison.   **62.** Construire : mais enfin, pour me décharger de ma maîtresse.   **63.** Néologisme burlesque.

Pour détourner ce coup qui vous serait nuisible.   240
Ou bien, si vous croyez qu'il ne soit pas trop bon,
Je pourrai bien trouver quelque autre invention...
Il faut que vous feigniez de[64] quelque maladie,
Du corps ou de l'esprit.

JODELET :

                  C'est-à-dire folie.

Mais pourquoi éviter le lien conjugal ?   245
Que ne préfère-t-on à ce dangereux mal[65] !
Mais, Monsieur, dites-moi, que faut-il que je fasse,
Pour leur faire goûter l'appât de ma grimace ?
Et...

FABRICE :

    Si vous m'en croyez, contrefaites le mort,
Et par là nous verrons débrouiller notre sort[66].   250
Car, quand on croit un homme atteint d'une folie,
Je vous laisse à penser si l'on le marie !
Vous les tromperez tous d'un appât décevant[67].

JODELET :

Oui, car chacun sait qu'un mort n'est pas vivant.

TURLUPIN, *revenant à son maître* :

Eh bien ?

FABRICE :

    Tout réussit.

JODELET :

                Oui, je me mortifie[68].   255
Allez, l'invention m'en semble assez jolie.
Rentrez, et soyez sûr que je vais m'employer,
Pour servir votre amour, à me mortifier.

---

64. Sorte de *de* partitif : feignez, parmi les maladies, une maladie du corps ou de l'esprit. **65.** Sens le plus probable : Jodelet préférerait le mariage au *dangereux mal* de la folie. Mais la suite des pensées de Jodelet pourrait être telle que le *mal* désigne le mariage, si *dangereux* qu'on est prêt à simuler la folie pour y échapper. **66.** Nous verrons notre sort se démêler et devenir favorable. **67.** D'un artifice trompeur. **68.** Ici, comme au v. 258, *se mortifier* n'a pas le sens figuré habituel, mais la signification étymologique précise (selon une formation verbale chère aux burlesques) de « se rendre mort », ou, au moins, de « faire le mort ».

FABRICE :

Et toi, pour m'obliger et pour servir ma flamme,
Il faudra[69] que du mort tu contrefasses l'âme,   260
Et contraindre ce fol, par un dernier effort,
À se persuader qu'il soit tout à fait mort.

TURLUPIN :

J'ai déjà préparé tout pour ce stratagème.
Mais rentrons, et dans peu vous le saurez vous-même.

SCÈNE VI

[JODELET, puis TURLUPIN]

JODELET *seul* :

Enfin me voilà mort, quand j'y pensais le moins !   265
Mais à faire le mort appliquons bien nos soins.
Supposons que ceci soit le drap mortuaire,
Que je voie[70] venir ma maîtresse et mon père.
— « *Jodelet, Jodelet, parle-moi ! Que fais-tu ?*
Tu ne me réponds rien ? » — « Je suis mort impromptu[71]. »   270
— « *Et depuis quand, mon fils ?* » — « Depuis quand bon me
                                                  [semble. »
Mais que diable aperçois-je ? Ha ! tout le corps me tremble.
        (*Turlupin rentre sous les mêmes habits que Jodelet,*
                et le contrefait en tout[72].)
Je n'ai jamais rien vu qui me ressemblât mieux :
Il a tout comme moi le front, le nez, les yeux,
La barbe, le menton, avecque mon teint blême[73].   275
Mais aussi me trompé-je ; et n'est-ce point moi-même ?
Avançons !

---

69. *Il faudra* est construit d'abord avec une conjonctive par *que*, puis avec un infinitif. **70.** *Voie* : deux syllabes. **71.** Sans préparation, de manière inopinée. L'adverbe est plaisant en pareille situation ! **72.** Molière n'a pas dû ignorer cette idée dramatique ; il lui donnera un développement génial dans la grande scène de la rencontre entre Sosie et Mercure (*Amphitryon*, I, 2). **73.** On sait que Jodelet avait en scène le visage enfariné. L'acteur qui jouait ici le rôle de Jodelet se farinait certainement comme lui, d'où l'allusion à son « teint blême ».

TURLUPIN :

      Avançons !

JODELET :

            Dites-moi !

TURLUPIN :

                  Dites-moi !

JODELET :

Quand je pense[74] avancer, il s'approche de moi,
Et se retire aussi lorsque je me retire.
Peste ! je suis plaisant de me faire ainsi rire ;   280
Mais pourtant en riant j'ai bien peur, sur ma foi.
Qui sait si c'est moi-même ? Est-ce un autre ou bien moi ?

TURLUPIN :

Moi.

JODELET :

      Moi ? Tu t'es trompé. Car encore je doute
Si tu m'entends parler ou bien si je t'écoute.
Dis-moi, qui donc es-tu ?

TURLUPIN :

                Mon nom est Jodelet.   285

JODELET :

Ah ! Monsieur Jodelet, je suis votre valet[75].
Que de civilité[76] se répand sur ma race !
Mais la cérémonie étrangement me lasse ;
Je n'ai jamais tant vu de tours de pieds, de bras.
Fais-en plus si tu veux, mais pour moi j'en suis las.   290
Je ne puis plus souffrir cette sotte grimace,
Je vous l'ai déjà dit ; à la fin je m'en lasse.
Mais n'est-ce point mon ombre ? Observons-le de près !
Il me ressemble en tout, jusques aux moindres traits.
Par quel plaisant caprice a voulu la nature   295
De mes proportions[77] faire une autre figure !

---

74. Quand je me mets à.   **75.** Formule d'adieu, probablement accompagnée d'une révérence ironique et qui marque la dénégation ; le vrai Jodelet n'admet pas un autre Jodelet.   **76.** Un jeu de scène qui n'est pas indiqué explique ces vers : Turlupin mime en la multipliant la révérence de Jodelet, qui doit d'abord répondre par d'autres salutations ; puis Jodelet se lasse de ce qui lui paraît une comédie et qu'il ne supporte pas.   **77.** À partir de mes dimensions, sur mon modèle. Noter la diérèse *proporti-ons* (quatre syllabes).

Êtes-vous Jodelet ?

TURLUPIN :

>   Je suis son âme au moins.

JODELET :

Ah ! Messieurs, je suis mort[78], vous en êtes témoins.
Mais puisqu'il est ainsi, trouvez bon, ma chère âme,
Que n'ayant pas vécu tout à fait en infâme,   300
Je dresse un mausolée au pauvre Jodelet.
Autrefois dans ce monde on le considérait ;
C'est pourquoi ce serait faire outrage à sa gloire
Que de n'en vouloir plus conserver la mémoire.
Mais, ma chère âme, avant qu'en écrire ce sort[79],   305
M'assurez-vous au moins que je suis fort bien mort ?

TURLUPIN :

Oui.

JODELET :

>   Oui. Tant pis, ma foi, car j'aimais bien à vivre ;
Et je crois sans mentir que la Parque était ivre
Alors qu'elle coupa le filet de mes jours.
Mais puisque sa sottise en a borné le cours,   310
Allons donc chez Pluton faire le géographe[80].
Mais je voudrais devant[81] faire mon épitaphe,
Car c'est là le seul bien que prétendent les morts.
Ci-gît...

TURLUPIN :

>   Ci-gît.

JODELET :

>   Paix là, sotte âme de mon corps !

Ci-gît...

TURLUPIN :

>   Ci-gît.

---

78. Puisque son âme (Turlupin) est là devant lui, séparée de lui, il est bien mort ! **79.** Je comprends : avant de rédiger l'inscription qui rappellera, sur le mausolée, mon destin, mon *sort*. **80.** Jodelet s'en prend de manière burlesque à Atropos (voir encore au v. 318), celle des trois Parques qui coupait le fil de la vie, envoyant ainsi les mortels au royaume des morts, le royaume de Pluton ; là, Jodelet pourra *faire le géographe*, c'est-à-dire découvrir et décrire un autre canton de l'univers ! **81.** Avant (sens temporel).

JODELET :

             Encore ! Oh, que de cigissage[82] !   315
Ci-gît...

  TURLUPIN :

     Ci-gît.

JODELET :

          Ma foi, mon âme n'est pas sage.
Âme de feu moi-même, un moment de repos !
Laissez-moi condamner la rigueur d'Atropos !
Ma mort vous intéresse[83] à blâmer cette infâme.
Bon ! mon âme se tait. Ah ! mon Dieu, la bonne âme !   320

ÉPITAPHE

    Ci-gît le pauvre Jodelet ;
    Mais puisqu'il est mort, c'en est fait.
    Sa gloire est pourtant sans seconde.
    Passant, ne plaignez point son sort,
    Car s'il fit rire tout le monde,   325
    Il n'a pas fait pleurer sa mort.
    Il avait l'âme belle et bonne ;
Il mérite à l'envi qu'on lui dresse un bûcher.
    Car pour ne déplaire à personne,
Il mourut en riant, de peur de se fâcher.   330

  TURLUPIN :

Tandis que je suis seul, il me prend grande envie
De rendre à ce faquin une oreille étourdie[84],
De quelque coup de poing ou bien d'un bon soufflet.

  JODELET :

Tu frappes sur ton corps, âme de Jodelet.

  TURLUPIN :

Qu'importe ! J'aime bien des passe-temps semblables.   335

---

82. Substantif burlesquement fabriqué sur *ci-gît*. **83.** Vous engage pour votre intérêt (séparée de son corps par la mort, l'âme s'en prendra évidemment à l'*infâme Atropos*). **84.** Un coup de poing ou une gifle appliquée sur le visage feront tinter les oreilles de la victime et l'étourdiront. Et Turlupin joint le geste à la parole.

JODELET :
Je ne les aime pas, moi, de par tous les diables !
Tu redoubles encore : à l'aide, mes amis !

TURLUPIN, *se cache* :
Nos desseins par ce bruit pourraient être trahis.
Cachons-nous ! Quelqu'un vient.

SCÈNE DERNIÈRE

TURLUPIN, JODELET, FABRICE, FLORICE, POLICARPE, CARPOLLIN

CARPOLLIN :

                                          Qu'est-ce donc ?

JODELET :

                                                    C'est mon âme
Qui sort pour m'étriller de l'infernale flamme[85].   340

CARPOLLIN :
Que veut dire ce sot ? Pourquoi crier si fort ?
Es-tu fol ? Réponds-moi !

JODELET :

                          Non pas ; mais je suis mort.

FABRICE, *bas à Florice* :
La fourbe réussit.

FLORICE *à Fabrice, bas* :

                  L'innocent personnage !

CARPOLLIN :
Jodelet, je suis las d'un si sot badinage.

POLICARPE :
Qu'as-tu donc, Jodelet ?

CARPOLLIN :

                          Je vous romprai le cou,   345
Si vous ne répondez.

---

85. *L'infernale flamme* : l'enfer, lieu des châtiments par le feu et les flammes dans la mythologie chrétienne, que Jodelet mélange donc avec la mythologie antique. À vrai dire, il ne sait trop d'où faire venir son âme !

JODELET :

                    Ah ! père loup-garou[86],
Laisse vivre en repos un mort, ou...
    POLICARPE :

                                Quel mystère ?

JODELET :
Ou je t'étranglerai de mon drap mortuaire.
    CARPOLLIN :
C'est l'effet de la lune[87].
    POLICARPE :

                    Ou bien de quelque peur.

JODELET :
Vous en aurez menti, je suis un mort d'honneur.   350
Tout bourgeois comme moi de la Mauritanie[88]
Ne peut être accusé de peur, ni de folie.
    CARPOLLIN :
Hélas ! mon fils est fol. Ah ! pauvre Carpollin.
    POLICARPE :
Il faudrait promptement avoir le médecin.
    CARPOLLIN :
Jodelet, savez-vous que vous n'êtes pas sage ?   355
    JODELET :
Savez-vous que Pluton vous fera mettre en cage,
Si vous ne respectez les gens de son pays ?
    CARPOLLIN :
Mais quoi ? Je suis ton père.
    JODELET :

                        Eh bien, je suis ton fils.

    CARPOLLIN :
Insolent, est-ce ainsi que l'on parle à son père ?
Je vois bien qu'à la fin...

---

86. *Loup-garou* : c'est, dans l'esprit du peuple, un esprit dangereux et
malin qui court la nuit. C'est en fait un fou furieux qui court les nuits sur
les routes, et bat et outrage ceux qu'il rencontre (Furetière). Jodelet
assimile au loup-garou son père qui menace de le battre.   **87.** Qui
passe pour rendre fou.   **88.** Jeu de mots : se croyant mort, Jodelet se dit
citoyen *(bourgeois)* du pays des *morts* ; mais pour désigner ce pays, il
utilise le mot *Mauritanie*, qui est le pays des *Maures* !

JODELET :

Allez vous faire faire   360
Ou les yeux mieux ouverts, ou l'esprit mieux tourné[89] !
Il est vrai que je suis un mort tout nouveau-né ;
C'est pourquoi je pardonne à ce mot d'insolence.
Vous me devez respect, et je vous en dispense.
Mais à condition de laisser en repos   365
Mon âme, mon esprit, et ma chair et mes os.

CARPOLLIN :

Qui peut me consoler d'une telle disgrâce ?
Fabrice, dites-moi, que faut-il que je fasse ?
Policarpe ?

FABRICE :

Monsieur...

CARPOLLIN :

Hélas !

FABRICE :

Si vous voulez,
Je guéris Jodelet.

CARPOLLIN :

Quoi, vous le guérirez ?   370

FABRICE :

Si vous y consentez, sa folie est guérie.

CARPOLLIN :

De bon cœur pour cela je donnerais ma vie.

FABRICE :

Non, je ne veux pas tant. Mais si dedans ce jour
Vous me faites avoir l'objet de mon amour[90],
Votre fils est guéri. Je l'adore, elle m'aime,   375
Et si mon oncle veut, finissant votre peine
La mienne finira, votre fils guérira[91].

CARPOLLIN :

Ami, le voulez-vous ?

---

89. Mieux fait, plus juste, plus sain. **90.** Florice. **91.** Ces deux vers un peu maladroits signifient que, dès lors que Fabrice sera heureux en pouvant épouser Florice, il fera en sorte que Carpollin le soit aussi en rendant Jodelet à la raison. Si *mon oncle* désigne Policarpe, comme semble bien le suggérer le contexte, Fabrice épousera sa cousine.

POLICARPE :

Tout ce qu'il vous plaira.
Mais je me trompe fort, ou par quelque finesse[92]
Vous nous avez joué de quelque adresse[93].   380

CARPOLLIN :

Oui, Florice est à vous[94] ; et guérissez mon fils.

FABRICE :

Jodelet !

JODELET :

Que veux-tu ?

FABRICE :

Va, remets tes esprits :
Chacun sait à présent que Florice est ma femme.

JODELET :

Ma foi, s'il est ainsi, rendez-moi donc mon âme !

TURLUPIN, *sortant d'où il était caché* :

Bon, bon ! Tout réussit, et je puis maintenant   385
Tirer tous ces Messieurs de leur aveuglement.
Messieurs !

JODELET :

Ah ! la voilà !

CARPOLLIN :

Qui donc ?

JODELET :

Mon âme même.

POLICARPE :

Ma foi, je comprends peu quel est ce stratagème,
Ni cette ressemblance et ce déguisement.

JODELET :

C'est mon âme, vous dis-je !

CARPOLLIN :

Ah ! tais-toi !

TURLUPIN :

Nullement.   390

---

92. Duplicité, ruse. **93.** Fourberie. Ce vers est un décasyllabe. **94.** Je
corrige l'orig. qui porte : *Florice, c'est à vous* ; le mécanisme de la
coquille est parfaitement visible, par le biais de la liaison.

JODELET :
Vous en aurez menti, vous l'avez dit vous-même.
    CARPOLLIN :
Bien loin de s'amoindrir, sa folie est extrême.
    FABRICE :
J'y va[i]s remédier. Monseigneur Jodelet,
Remettez vos esprits : cette âme est mon valet,
Et par mon ordre seul il vous était semblable.   395
    TURLUPIN :
Si vous ne m'en croyez, tâtez : je suis palpable ;
Une âme ne l'est pas.
    JODELET :
                    Il a ma foi raison.
    CARPOLLIN :
Mais pourquoi s'introduire ainsi dans ma maison ?
    FABRICE :
Rentrons, et plus au long vous apprendrez la suite
De notre fourberie et de notre conduite.   400
    TURLUPIN :
Cependant, si quelqu'un de vous[95] voulait mourir,
Qu'il s'en vienne chez nous : on y meurt de plaisir.
Nous chassons les accès de la mélancolie.
On a toujours la farce après la comédie :
Vous le verrez demain, environ sur le soir.   405
Mais ne me croyez pas, Messieurs ; venez-y voir !

Fin

---

95. Turlupin s'adresse dès lors au public, se faisant *l'orateur* de la troupe du Marais ; en annonçant le spectacle du lendemain, il insiste sur la présence de la farce, qui, après la grande comédie, renvoie les spectateurs sur un dernier éclat de rire.

MOLIÈRE

Les Précieuses ridicules
(1659)

L'historien ne peut qu'être frappé par la disproportion qui s'établit entre l'importance et la complexité du phénomène de la préciosité et la caricature théâtrale brillante, mais très simplifiée, que fit Molière de certains de ses aspects ou de leurs contrefaçons dans ses Précieuses ridicules de 1659.

Comme le rappelle son meilleur historien, Roger Lathuillère[1], la préciosité a revêtu plusieurs aspects : elle a été littéraire ; elle a été un phénomène social dû à l'importance des salons — qu'on pense à l'Hôtel de Rambouillet, aux samedis de Sapho (Mlle de Scudéry) ! —, où régnaient des femmes qui voulaient fixer les principes de la galanterie et du bon ton ; soucieuse de vie morale et psychologique, elle s'est attachée avec prédilection à définir l'amour, ses délicatesses et son idéal[2] ; elle s'est aussi passionnée pour les questions de langage. C'est après la Fronde, à la faveur d'une paix qui permet à la vie mondaine de reprendre, que naît la préciosité. Un texte de 1654 signale l'apparition de ce genre « de filles et de femmes à Paris que l'on nomme Précieuses, qui ont un jargon et des mines avec un débanchement merveilleux[3] » ; la définition comporte déjà un jugement dépréciatif. L'abbé de Pure qui, de 1656 à 1658, dans les quatre parties d'un roman à clefs, La Précieuse ou Le Mystère des ruelles, s'efforça d'observer et de peindre avec lucidité les milieux précieux, note aussi la nouveauté de la précieuse : « Pour la Précieuse, c'est un animal d'une espèce autant bizarre qu'inconnue[4]. »

---

1. La Préciosité. Étude historique et linguistique. T. I : Position du problème. Les origines, Genève, Droz, 1969, pp. 14-15. 2. Sur ce point, voir la thèse de Jean-Marie Pelous, Amour précieux, amour galant (1654-1675). Essai sur la représentation de l'amour dans la littérature et la société mondaine, Paris, Klincksieck, 1980. 3. Correspondance du chevalier de Sévigné et de Christine de France, duchesse de Savoie, Lettre XC. 4. T. I de La Précieuse, 1656.

*Si l'on pense que « précieux» n'est pas une simple invective,
que la précieuse est davantage qu'un type littéraire artificiel
simplifié et un peu mythique, bref, que des précieuses, si tôt
dépréciées, existèrent réellement, comment les définir[5] ? Ces
dames du grand monde « se tirent du prix commun des autres»
et veulent s'élever au-dessus du vulgaire par l'élégance des
manières, des sentiments et du goût ; dans leurs ruelles, elles
entendent donner le ton. Le raffinement du langage, dont le
souci n'est pas original ni propre aux précieuses, n'est pas
l'essentiel. Leurs revendications féministes sont plus profondes.
Elles répugnent aux réalités de la sexualité, d'abord, préférant
les préliminaires galants du roman amoureux, les subtilités d'un
amour idéal qui prend le temps de parcourir la carte de Tendre ;
dans le mariage, elles contestent la tyrannie masculine, les
maternités rapprochées et accablantes, et elles iront jusqu'à
prôner le mariage à l'essai. Elles s'épanouissent plutôt dans les
salons, où elles font briller leur culture et leur esprit. Elles ont du
goût pour les formes brèves de la poésie et s'exercent elles-mêmes
dans des genres divers, comme le portrait ou, à l'opposé pour la
longueur, le roman, qui permettent la recherche de toutes les
finesses et subtilités de l'analyse de l'âme, et en particulier du
sentiment amoureux.*

*Les précieuses, qui cristallisèrent en fait, au début des années
1650, des éléments plus anciens, n'eurent pas la vie longue ; au
sens strict de ses manifestations explicites, la préciosité n'existe
plus guère après 1660. Ce n'est pas à dire qu'elle se limite à une
mode passagère au milieu du Grand Siècle. Née de l'héritage
d'Honoré d'Urfé, de Guez de Balzac, de Voiture et de Corneille,
la préciosité irradie sur toute la période classique ; dans la belle
conclusion de son ouvrage[6], R. Lathuillère fait remarquer ses
traces chez La Fontaine et Racine, chez le P. Bouhours, chez
Mme de La Fayette, comme chez La Rochefoucauld, dans la
poésie, le roman, le théâtre, voire l'opéra, — tous marqués par la*

---

5. Voir aussi les articles « Préciosité » de R. Lathuillère, dans
l'*Encyclopaedia Universalis*, vol. 13, et de J. Landy-Houillon dans le
Dictionnaire du Grand Siècle (sous la dir. de F. Bluche, Paris, Fayard,
1990).   **6.** *Op. cit.*, pp. 677-681.

*psychologie amoureuse de la préciosité, par ses analyses
psychologiques et morales.*

Les contemporains de Mlle de Scudéry n'avaient pas notre
recul pour juger de la portée exacte du phénomène de la
préciosité ; dans ses pamphlets et caricatures, la polémique, le
plus souvent masculine, donne une vision réductrice des
précieuses. Les griefs ne tardèrent pas à être formulés : on
reprochait aux précieuses leur jargon, l'affectation dans leurs
manières et leur refus de l'amour. De surcroît, le sujet est à la
mode.

Molière participe au mouvement. En écrivant ses Précieuses
ridicules — car il écrivit sa pièce à Paris et non auparavant,
tandis qu'il circulait en province —, il s'empare d'un sujet
d'actualité, d'un sujet piquant grâce auquel s'exerce sa verve
satirique. Créées le 18 novembre 1659, puis redonnées à partir
du 2 décembre, Les Précieuses ridicules obtinrent un vif succès ;
à tel point que le libraire Ribou s'apprêtait, sans l'aveu de
Molière, à en imprimer le texte. Molière dut à la hâte faire
publier sa pièce ; c'est ainsi que Les Précieuses ridicules furent
la première comédie de Molière publiée, en janvier 1660, par
G. de Luynes.

À qui s'en prenait exactement Molière ? On a voulu que
Cathos et Magdelon aient trouvé leur original en Mme de
Rambouillet, « l'incomparable Arthénice », ou en sa fille
Angélique-Clarisse d'Angennes, Mlle de Rambouillet, ou en
Mlle de Scudéry, la célèbre romancière, — qui pouvaient toutes
passer pour des modèles de précieuses. R. Lathuillère montre
l'impossibilité de ces assimilations[7]. Pourquoi ne pas croire
Molière qui déclare, à la fin de sa Préface, « que les plus
excellentes choses sont sujettes à être copiées par de mauvais
singes, qui méritent d'être bernés », et que « les véritables
précieuses auraient tort de se piquer lorsqu'on joue les ridicules
qui les imitent mal » ? Cathos et Magdelon sont des petites
bourgeoises provinciales — il semble bien que Molière les ait
toujours conçues comme provinciales —, incapables d'accéder à

---

7. *Op. cit.*, pp. 102-157.

la véritable préciosité et qui, par snobisme, n'en attrapent que certains traits qu'elles dégradent sans se hausser jusqu'aux valeurs véritables de la préciosité. Restent que les mauvais singes, en avilissant la préciosité, mettent en valeur des défauts potentiels ou réels de celle-ci... La vision comique du dramaturge ne retient donc de la préciosité que ses petits côtés — langage affecté, habitudes mondaines et littéraires d'une coterie, envahissement du romanesque —, et les pousse à la caricature, sans équilibrer la satire par des aperçus plus justes et plus profonds sur le phénomène. Quelques années plus tard, le Tartuffe *et le* Dom Juan *se heurteront à une difficulté du même ordre, en ne présentant du christianisme que ses dégradations, ses perversions ou ses contrefaçons. Ajoutons qu'ultérieurement, de comédie en comédie, Molière trouvera l'occasion d'élargir, de compléter et de nuancer sa position sur les problèmes féminins.*

Magdelon et Cathos, les victimes de la satire moliéresque, renient leur nature[8] et rejettent le destin normal de la fille et de la nièce d'un « bon bourgeois ». Cathos va jusqu'à refuser l'idée même du mariage ; pour le moins, l'amour doit se soumettre aux rites et aux règles de la vraie galanterie, telle qu'elle est développée dans les romans précieux dont nos sottes sont intoxiquées. Le refus de l'idée bourgeoise de l'amour et du mariage se greffe chez elles sur le refus plus profond de leur origine, de leur passé : mépris du père bourgeois, volonté de changer un nom trop plat pour ce qu'elles rêvent d'être. Les pecques provinciales désirent se changer pour briller à Paris ; aussi ont-elles adopté d'autres habitudes pour leur toilette, d'autres manières, un autre langage (leur jargon repose d'ailleurs sur des faits de langage véritables). Mais, ce faisant, les sottes n'ont attrapé que les outrances et les ridicules de la mode précieuse. Et le décalage est plaisant entre elles et ceux qui restent dans leur ordre : la servante Marotte[9], le bon bourgeois Gorgibus, les deux honnêtes prétendants rebutés.

---

8. Ch. Mazouer, *Le Personnage du naïf dans le théâtre comique du Moyen Âge à Marivaux*, 1979, pp. 224-225.   **9.** *Ibid.*, p. 194.

Elles devaient être prises aux apparences du bel air que Mascarille, puis Jodelet leur proposent ; ils comblent trop leur attente — attirer les beaux esprits, en particulier ceux de l'aristocratie, des gentilshommes galants, tenir salon — pour qu'elles puissent soupçonner l'imposture. L'excès de la bouffonnerie des valets déguisés n'est pas pour les détromper, et renforce même leur crédulité. L'échec sera cinglant : l'aspiration à devenir autre de ces donzelles ridicules, sottes et crédules ne se sera réalisée qu'à la faveur d'une mystification dérisoire, qui est l'œuvre de deux valets.

En vicomte, le valet Jodelet vient renforcer Mascarille. Molière utilisait au mieux le vieux et célèbre farceur, qui avait rejoint sa troupe à Pâques 1659 et devait mourir en mars 1660. Mais il s'était donné le beau rôle de Mascarille, instrument principal de la disgrâce des précieuses[10]. C'est le troisième avatar du personnage de Mascarille dans le théâtre de Molière — avatar particulièrement intéressant car, si le spectateur n'oublie jamais qu'il a affaire à un valet qui agit sur ordre, Mascarille quant à lui se prend au jeu, oublie qu'il est en service commandé et se retrouve victime de l'illusion qu'il est chargé de donner aux pecques. Ce valet original qui veut passer « pour une manière de bel esprit », qui aspire à faire l'homme de condition, saisit ici l'occasion d'oublier ce qu'il est et de se croire un instant ce qu'il veut être, grâce aux habits de son maître : un marquis et un bel esprit. Son costume rutilant et extravagant, son insolence avec les porteurs, sa verve et son esprit ridicules quand il a été introduit montrent le plaisir qu'il éprouve à se poser dans son rôle. Si les sottes sont ravies d'accueillir le beau monde, Mascarille ne l'est pas moins d'être pris pour un bel esprit ; les deux rêves se rejoignent et se confortent mutuellement. Mais la chute est proche de l'apothéose du rôle : les maîtres entrent brutalement, battent, puis, dans une seconde intervention, font déshabiller les laquais sur scène, aux yeux des pecques. Perdue la défroque, le rêve doit s'évanouir !

Ainsi, dans cette farce géniale, on voit s'ébaucher une

---

10. *Ibid.*, pp. 198-199.

réflexion sur les femmes, leur place dans la société, leur culture, et l'on voit poindre certains des thèmes les plus profonds de l'univers moliéresque, tels que celui du refus de soi ou celui de l'illusion.

Mais Les Précieuses ridicules *restent bien une farce. Les contemporains de Molière — et pas seulement ses ennemis qui, en traitant la pièce de* farce, *veulent la dégrader au rang de simple bagatelle — les voyaient ainsi ; Mlle Desjardins, plus tard Mme de Villedieu, publia un* Récit en prose et en vers de la farce des Précieuses, *en 1660.*

Les Précieuses ridicules *sont d'abord la mise en scène d'une tromperie, d'une mystification — une « pièce » que La Grange et Du Croisy s'apprêtent à jouer aux filles à la scène 1, et qu'à la scène 16 Gorgibus estime avoir été « une pièce sanglante ». Dans sa construction, la farce des* Précieuses *suit la progression de la mystification qui s'épanouit longuement dans la scène 9, se renforce dans la scène 11 et culmine dans le bal de la scène 12, tout juste avant le renversement apporté à la scène 13 par l'irruption des maîtres. On peut aussi rattacher à la farce cette volonté de la charge, de transformer les personnages en caricatures grotesques et bouffonnes pour faire rire d'eux. J'insisterai pour ma part sur l'importance du jeu scénique ; Molière le note dans sa Préface : une grande partie des grâces qu'on a trouvées à sa pièce « dépendent de l'action et du ton de la voix », indispensables « ornements ». Or les acteurs pouvaient ici s'en donner à cœur joie ; les rôles des deux pecques, de Jodelet enfariné, de Mascarille masqué surtout sollicitent toutes les qualités de l'acteur : déguisement, minauderie et langage affecté, manières recherchées, poses de beaux esprits, louange et explication des productions poétiques... La farce ne se limite pas aux soufflets, coups de bâton, grossièretés échappées ou au déshabillage sur scène — d'ailleurs aussi présents dans* Les Précieuses ridicules.

Molière n'a jamais lui-même appelé la première pièce qu'il offrit aux Parisiens une farce. *Mais le pouvait-il, étant donné le mépris dans lequel on tenait le genre ? Il n'empêche qu'il en reprit les éléments pour sa petite pièce en un acte, sans que cela lui interdise de pousser la réflexion et de donner aux* Précieuses ridicules *une profondeur inconnue des farces antérieures. Mais la dernière comédie de Molière, la plus profonde aussi,* Le Malade imaginaire, *ne récapitule-t-elle pas tous les procédés de la farce ?*

Nous donnons le texte de l'édition originale, confronté avec ceux des éditions collectives de 1682 et de 1734, moins utiles pour les corrections du dialogue que pour les didascalies. Pour l'établissement et l'annotation du texte, trois éditions des Précieuses ridicules *sont importantes : celle d'Eugène Despois (*Œuvres de Molière, *t. II, Paris, Hachette et Cie, 1875, pp. 1-134, pour « Les Grands Écrivains de la France ») ; celle de Georges Couton (*Œuvres complètes *de Molière, t. I, Paris, Gallimard, 1971, pp. 247-287, pour La Pléiade ; celle de Micheline Cuénin (*Molière, *Les Précieuses ridicules. Documents contemporains. Lexique du vocabulaire précieux, *Genève-Paris, Droz-Minard, 1973, LXXIV-205 p.). Ces éditions, à l'égal des notes de la présente introduction, donnent des références sur les problèmes spécifiques que posent* Les Précieuses ridicules *; et tout ouvrage consacré à Molière comporte un développement sur cette petite pièce.*

LES PRÉCIEUSES RIDICULES

Comédie représentée au Petit-Bourbon

Préface

C'est une chose étrange qu'on imprime les gens malgré eux. Je ne vois rien de si injuste, et je pardonnerais toute autre violence plutôt que celle-là[1].

Ce n'est pas que je veuille faire ici l'auteur modeste et mépriser par honneur[2] ma comédie. J'offenserais mal à propos tout Paris, si je l'accusais d'avoir pu applaudir une sottise. Comme le public est le juge absolu de ces sortes d'ouvrages, il y aurait de l'impertinence à moi de le démentir ; et quand j'aurais eu la plus mauvaise opinion du monde de mes *Précieuses ridicules* avant leur représentation, je dois croire maintenant qu'elles valent quelque chose, puisque tant de gens ensemble en ont dit du bien. Mais comme une grande partie des

---

1. Victime du libraire Ribou qui avait cherché à s'approprier frauduleusement le texte des *Précieuses* pour le publier (il obtint même un privilège, c'est-à-dire une autorisation d'imprimer, pour la copie qu'il avait dérobée), Molière dut, pour contrer Ribou, faire imprimer sa comédie à la hâte, et plus tôt qu'il n'aurait désiré, par de Luynes. **2.** Par complaisance, par excès de civilité, pour me montrer modeste aux yeux d'autrui.

grâces qu'on y a trouvées dépendent de l'action[3] et du ton de
voix, il m'importait qu'on ne les dépouillât pas de ces
ornements ; et je trouvais que le succès qu'elles avaient eu dans
la représentation était assez beau pour en demeurer là. J'avais
résolu, dis-je, de ne les faire voir qu'à la chandelle, pour ne point
donner lieu à quelqu'un de dire le proverbe[4] ; et je ne voulais
pas qu'elles sautassent du théâtre de Bourbon dans la galerie du
Palais[5]. Cependant je n'ai pu l'éviter, et je suis tombé dans la
disgrâce de voir une copie dérobée de ma pièce entre les mains
des libraires, accompagnée d'un privilège obtenu par surprise.
J'ai eu beau crier : « Ô temps ! ô mœurs[6] ! », on m'a fait voir une
nécessité pour moi d'être imprimé, ou d'avoir un procès ; et le
dernier mal est encore pire que le premier. Il faut donc se laisser
aller à la destinée, et consentir à une chose qu'on ne laisserait
pas de faire[7] sans moi.

Mon Dieu, l'étrange embarras qu'un livre à mettre au jour ! Et
qu'un auteur est neuf la première fois qu'on l'imprime ! Encore
si l'on m'avait donné du temps, j'aurais pu mieux songer à moi,
et j'aurais pris toutes les précautions que Messieurs les auteurs,
à présent mes confrères, ont coutume de prendre en semblables
occasions. Outre quelque grand seigneur que j'aurais été
prendre malgré lui pour protecteur de mon ouvrage, et dont
j'aurais tenté la libéralité[8] par une épître dédicatoire bien fleurie,

---

3. La contenance, les gestes, le débit des acteurs — ce que les orateurs
appellent l'*actio*, la mise en œuvre de la parole à travers le
corps. **4.** « *Chandelle* se dit proverbialement en ces phrases : *Cette
femme est belle à la chandelle, mais le jour gâte tout*, pour dire que la
grande lumière fait aisément découvrir ses défauts » (Furetière).
N'oublions pas que le seul éclairage des théâtres était alors réalisé par
des chandelles. **5.** Nombre de libraires, dont de Luynes, celui de
Molière, vendaient leurs nouveautés dans les boutiques installées dans
la galerie du Palais de Justice ; *Les Précieuses ridicules* sautent donc du
théâtre du Petit-Bourbon, où elles ont été créées et sont jouées, à la
galerie du Palais, où, devenues livre, elles sont vendues. **6.** C'est le
« *O tempora, o mores !* » cicéronien des *Catilinaires*. **7.** Qu'on ferait
néanmoins. **8.** Molière se moque ici de ses confrères dramaturges, qui
sollicitent la générosité d'un grand en lui dédiant leur ouvrage par une
épître dithyrambique. Il raille ensuite les préfaces pédantesques et
l'habitude de faire publier en tête de ses livres des vers de complaisance
écrits par des amis.

j'aurais tâché de faire une belle et docte préface ; et je ne manque point de livres qui m'auraient fourni tout ce qu'on peut dire de savant sur la tragédie et la comédie, l'étymologie de toutes deux, leur origine, leur définition et le reste. J'aurais parlé aussi à mes amis qui, pour la recommandation de ma pièce, ne m'auraient pas refusé ou des vers français ou des vers latins. J'en ai même qui m'auraient loué en grec, et l'on n'ignore pas qu'une louange en grec est d'une merveilleuse efficace[9] à la tête d'un livre. Mais on me met au jour[10] sans me donner le loisir de me reconnaître ; et je ne puis même obtenir la liberté de dire deux mots pour justifier mes intentions sur le sujet de cette comédie. J'aurais voulu faire voir qu'elle se tient partout dans les bornes de la satire honnête et permise ; que les plus excellentes choses sont sujettes à être copiées par de mauvais singes, qui méritent d'être bernés[11] ; que ces vicieuses imitations de ce qu'il y a de plus parfait ont été de tout temps la matière de la comédie ; et que, par la même raison que les véritables savants et les vrais braves ne se sont point encore avisés de s'offenser du Docteur de la comédie et du Capitan, non plus que les juges, les princes et les rois de voir Trivelin[12], ou quelque autre sur le théâtre, faire ridiculement le juge, le prince ou le roi, aussi les véritables précieuses auraient tort de se piquer lorsqu'on joue les ridicules qui les imitent mal. Mais enfin, comme j'ai dit, on ne me laisse pas le temps de respirer, et Monsieur de Luynes veut m'aller relier de ce pas. À la bonne heure, puisque Dieu l'a voulu !

---

9. Efficacité. **10.** On me publie. **11.** *Berner*, c'est, proprement, faire sauter quelqu'un en l'air dans une couverture ; mais le xviie siècle connaît déjà le sens figuré de « tourner en ridicule, mystifier ». **12.** Le *Dottore*, le *Capitan* et *Trivelin* sont trois personnages de la *commedia dell'arte*. On sait que Molière jouait en alternance avec les comédiens italiens au Petit-Bourbon.

LES PERSONNAGES

LA GRANGE, } amants rebutés. *discouraged*
DU CROISY[13], }

GORGIBUS[14], bon bourgeois.

MAGDELON, fille de Gorgibus, } précieuses ridicules. *precious absurds*
CATHOS, nièce de Gorgibus, }

MAROTTE[15], servante des précieuses ridicules.

ALMANZOR[16], laquais des précieuses ridicules.

LE MARQUIS DE MASCARILLE[17], valet de La Grange.

LE VICOMTE DE JODELET, valet de Du Croisy.

DEUX PORTEURS DE CHAISE.

VOISINES.

VIOLONS.

SCÈNE PREMIÈRE

LA GRANGE, DU CROISY

DU CROISY : Seigneur[18] La Grange...

LA GRANGE : Quoi ?

DU CROISY : Regardez-moi un peu sans rire.

LA GRANGE : Eh bien ?

---

13. Ces deux personnages d'amants sont désignés par le nom de théâre des deux acteurs qui les jouent (Charles Varlet, dit *La Grange*, et Philibert Gassot, dit *Du Croisy*).   **14.** Nous retrouvons ce personnage, présent déjà dans les deux premières farces de Molière.   **15.** *Marotte* est un diminutif de Marie.   **16.** Les précieuses ont donné à leur laquais un nom de roman : *Almanzor* est un personnage du *Polexandre* de Gomberville.   **17.** *Mascarille* est un type de valet créé par Molière dans *L'Étourdi*, et vraisemblablement joué par lui sous le masque (l'espagnol *mascarilla* est le diminutif de *mascara*, « demi-masque »). Le costume de Mascarille dans *Les Précieuses* nous est connu par Mlle Desjardins : grande perruque, petit chapeau, rabat démesuré, luxe de rubans jusque sur les souliers très hauts de talon.   **18.** Ce *seigneur* lancé par Du Croisy est teinté d'ironie.

Du Croisy : Que dites-vous de notre visite ? en êtes-vous fort satisfait ?

La Grange : À votre avis, avons-nous sujet de l'être tous deux ?

Du Croisy : Pas tout à fait, à dire vrai.

La Grange : Pour moi, je vous avoue que j'en suis tout scandalisé[19]. A-t-on jamais vu, dites-moi, deux pecques[20] provinciales faire plus les renchéries[21] que celles-là, et deux hommes traités avec plus de mépris que nous ? À peine ont-elles pu se résoudre à nous faire donner des sièges. Je n'ai jamais vu tant parler à l'oreille qu'elles ont fait entre elles, tant bâiller, tant se frotter les yeux, et demander tant de fois : « Quelle heure est-il ? » Ont-elles répondu que oui et non[22] à tout ce que nous avons pu leur dire ? Et ne m'avouerez-vous pas enfin que, quand nous aurions été les dernières personnes du monde[23], on ne pouvait nous faire pis qu'elles ont fait ?

Du Croisy : Il me semble que vous prenez la chose fort à cœur.

La Grange : Sans doute je l'y prends[24], et de telle façon que je veux me venger de cette impertinence. Je connais[25] ce qui nous a fait mépriser. L'air précieux[26] n'a pas seulement infecté Paris, il s'est aussi répandu dans les provinces ; et nos donzelles ridicules en ont humé leur bonne part. En un mot, c'est un ambigu[27] de précieuse et de coquette que leur personne. Je vois ce qu'il faut être pour en être bien reçu ; et si vous m'en croyez, nous leur jouerons tous deux une pièce[28] qui leur fera voir leur sottise, et pourra leur apprendre à connaître un peu mieux leur monde.

---

19. Troublé, irrité.   **20.** Comprenons : deux *pécores* (dont *pecques* pourrait être l'abréviation), deux filles bêtes, stupides. Les dictionnaires du temps donnent diverses explications de ce mot considéré comme burlesque et injurieux.   **21.** *Faire la renchérie*, c'est être vaine, dédaigneuse.   **22.** Ne se sont-elles pas contentées de répondre par de simples oui ou non ?   **23.** Dans la hiérarchie sociale.   **24.** Sans aucun doute, je prends la chose fort à cœur (*y* représente *à cœur*).   **25.** Je comprends, je me rends compte de.   **26.** L'air transporte la maladie épidémique de la préciosité.   **27.** Mélange ; au sens propre, l'*ambigu* « est une collation lardée où l'on sert la viande et le fruit ensemble » (Furetière).   **28.** Farce, tour.

Du Croisy : Et comment encore ?

La Grange : J'ai un certain valet nommé Mascarille, qui passe, au sentiment de beaucoup de gens, pour une manière de bel esprit[29], car il n'y a rien à meilleur marché que le bel esprit maintenant. C'est un extravagant, qui s'est mis dans la tête de vouloir faire l'homme de condition[30]. Il se pique ordinairement de galanterie[31] et de vers, et dédaigne les autres valets jusqu'à les appeler brutaux[32].

Du Croisy : Eh bien, qu'en prétendez-vous faire ?

La Grange : Ce que j'en prétends faire ? Il faut... Mais sortons d'ici auparavant.

SCÈNE II

GORGIBUS, DU CROISY, LA GRANGE

Gorgibus : Eh bien, vous avez vu ma nièce et ma fille : les affaires iront-elles bien ? Quel est le résultat de cette visite ?

La Grange : C'est une chose que vous pourrez mieux apprendre d'elles que de nous. Tout ce que nous pouvons vous dire, c'est que nous vous rendons grâce de la faveur que vous nous avez faite, et demeurons vos très humbles serviteurs[33].

Gorgibus, *seul* [34] : Ouais ! il semble qu'ils sortent mal satisfaits d'ici. D'où pourrait venir leur mécontentement ? Il faut savoir un peu ce que c'est. Holà !

---

29. Un *bel esprit* s'exprime avec élégance et s'y entend en littérature. **30.** Un *homme de condition* est inférieur à un homme de qualité, mais dépasse évidemment l'homme du peuple qu'est le valet. **31.** Élégance, raffinement dans les manières, esprit et charme. **32.** *Brutal* : grossier, bestial. **33.** Par cette formule, les deux jeunes gens prennent congé de manière très sèche. **34.** Didascalie ajoutée en 1734.

SCÈNE III

Marotte, Gorgibus

Marotte : Que désirez-vous, Monsieur ?

Gorgibus : Où sont vos maîtresses ?

Marotte : Dans leur cabinet[35].

Gorgibus : Que font-elles ? *cream*

Marotte : De la pommade pour les lèvres.

Gorgibus : C'est trop pommadé[36]. Dites-leur qu'elles descendent ! Ces pendardes-là[37], avec leur pommade, ont, je pense, envie de me ruiner. Je ne vois partout que blancs d'œufs, lait virginal, et mille autres brimborions que je ne connais point. Elles ont usé, depuis que nous sommes ici, le lard d'une douzaine de cochons, pour le moins, et quatre valets vivraient tous les jours des pieds de mouton qu'elles emploient[38].

SCÈNE IV

Magdelon, Cathos, Gorgibus

Gorgibus : Il est bien nécessaire, vraiment, de faire tant de dépense pour vous graisser le museau. Dites-moi un peu ce que vous avez fait à ces Messieurs, que[39] je les vois sortir avec tant de froideur ? Vous avais-je pas commandé de les recevoir comme des personnes que je voulais vous donner pour maris ?

---

35. Lieu le plus retiré dans une grande maison. **36.** Néologisme sur *pommade*, créé par Gorgibus dans sa colère. **37.** Le féminin *pendardes*, appliquée à deux jeunes bourgeoises, est rare ; c'est plutôt un valet qu'on traite de *pendard* (« qui mérite d'être pendu ») ! **38.** Le *lait virginal* est une liqueur pour blanchir les mains et le visage ; l'*œuf*, le *lard* et les *pieds de mouton* entrent dans la composition des produits de beauté du temps. **39.** *Que* consécutif, que la langue classique peut employer seul (comprendre : qu'avez-vous fait de tellement désagréable… que).

MAGDELON : Et quelle estime, mon père, voulez-vous que nous fassions du procédé irrégulier[40] de ces gens-là ?

CATHOS : Le moyen, mon oncle, qu'une fille un peu raisonnable se pût accommoder de leur personne ?

GORGIBUS : Et qu'y trouvez-vous à redire ?

MAGDELON : La belle galanterie que la leur ! Quoi ? débuter d'abord par le mariage ?

GORGIBUS : Et par où veux-tu donc qu'ils débutent ? par le concubinage ? N'est-ce pas un procédé dont vous avez sujet de vous louer toutes deux, aussi bien que moi ? Est-il rien de plus obligeant que cela ? Et ce lien sacré où ils aspirent n'est-il pas un témoignage de l'honnêteté de leurs intentions ?

MAGDELON : Ah ! mon père, ce que vous dites là est du dernier[41] bourgeois. Cela me fait honte de vous ouïr parler de la sorte, et vous devriez un peu vous faire apprendre le bel air des choses[42].

GORGIBUS : Je n'ai que faire ni d'air ni de chanson. Je te dis que le mariage est une chose sainte et sacrée, et que c'est faire en honnêtes gens que de débuter par là.

MAGDELON : Mon Dieu, que si tout le monde vous ressemblait, un roman serait bientôt fini ! La belle chose que ce serait, si d'abord Cyrus épousait Mandane, et qu'Aronce de plain-pied[43] fût marié à Clélie[44] !

GORGIBUS : Que me vient conter celle-ci ?

MAGDELON : Mon père, voilà ma cousine qui vous dira, aussi bien que moi, que le mariage ne doit jamais arriver qu'après les autres aventures. Il faut qu'un amant, pour être agréable, sache

---

40. Manière de faire qui n'est pas comme il faut, qui est contraire aux règles et rites suivis par les galants des romans. **41.** *Du dernier* suivi de l'adjectif est une manière de marquer le superlatif qui fut d'abord du langage précieux ; les pecques emploieront encore ce tour à la sc. 9. Dans leur bouche, *bourgeois* est la pire des insultes, pour dire « commun, grossier, épais ». **42.** La manière distinguée d'agir. **43.** Sans difficulté. **44.** Noms de deux couples d'amants qu'on trouvait dans les deux romans célèbres alors de Mlle de Scudéry : *Artamène ou Le Grand Cyrus*, et *La Clélie* ; ces amants ne se voyaient réunis qu'après une longue quête, émaillée de multiples aventures, dont Magdelon va bientôt donner le schéma.

débiter les beaux sentiments, pousser[45] le doux, le tendre et le passionné, et que sa recherche[46] soit dans les formes. Premièrement, il doit voir au temple[47], ou à la promenade, ou dans quelque cérémonie publique, la personne dont il devient amoureux ; ou bien être conduit fatalement[48] chez elle par un parent ou un ami, et sortir de là tout rêveur et mélancolique. Il cache un temps sa passion à l'objet aimé[49], et cependant lui rend plusieurs visites, où l'on ne manque jamais de mettre sur le tapis une question galante[50] qui exerce les esprits de l'assemblée. Le jour de la déclaration arrive, qui se doit faire ordinairement dans une allée de quelque jardin, tandis que la compagnie s'est un peu éloignée ; et cette déclaration est suivie d'un prompt courroux, qui paraît à notre rougeur, et qui, pour un temps, bannit l'amant de notre présence. Ensuite il trouve moyen de nous apaiser, de nous accoutumer insensiblement au discours de sa passion, et de tirer de nous cet aveu qui fait tant de peine. Après cela viennent les aventures, les rivaux qui se jettent à la traverse d'une inclination établie, les persécutions des pères, les jalousies conçues sur de fausses apparences, les plaintes, les désespoirs, les enlèvements, et ce qui s'ensuit. Voilà comme les choses se traitent dans les belles manières, et ce sont des règles dont, en bonne galanterie, on ne saurait se dispenser. Mais en venir de but en blanc à l'union conjugale, ne faire l'amour[51] qu'en faisant le contrat du mariage, et prendre justement le roman par la queue ! Encore un coup, mon père, il ne se peut rien de plus marchand[52] que ce procédé ; et j'ai mal au cœur de

---

45. L'emploi de *débiter* et de *pousser*, nullement péjoratifs dans la bouche de Magdelon pour l'expression des sentiments, est une raillerie de la part de Molière vis-à-vis de ses précieuses. **46.** Poursuite amoureuse. **47.** Pour éviter le mot *église*, on se sert du masque de l'Antiquité et on emploie *temple*, mot du beau langage de surcroît. Mais, dans *Tartuffe* (v. 283), Molière n'hésitera pas à parler de l'église. **48.** Par la fatalité, ce qui est plus noble qu'un arrangement matrimonial bourgeois ! **49.** La femme aimée. **50.** Allusion à ces questions d'amour à la mode, que l'on soutenait et disputait comme une thèse (p. ex. : l'amour platonique est-il possible ?). **51.** Faire sa cour. **52.** Digne d'un marchand, grossier ; aussi péjoratif que *bourgeois*.

la seule vision[53] que cela me fait.

GORGIBUS : Quel diable de jargon entends-je ici ? Voici bien du haut style.

CATHOS : En effet, mon oncle, ma cousine donne dans le vrai de la chose[54]. Le moyen de bien recevoir des gens qui sont tout à fait incongrus en galanterie[55] ? Je m'en vais gager qu'ils n'ont jamais vu la carte de Tendre[56], et que les Billets-Doux, Petits-Soins, Billets-Galants et Jolis-Vers sont des terres inconnues pour eux. Ne voyez-vous pas que toute leur personne marque cela, et qu'ils n'ont point cet air qui donne d'abord bonne opinion des gens ? Venir en visite amoureuse avec une jambe tout unie, un chapeau désarmé de plumes, une tête irrégulière en cheveux, et un habit qui souffre une indigence de rubans[57] ! Mon Dieu, quels amants sont-ce là ? Quelle frugalité d'ajustement, et quelle sécheresse de conversation ! On n'y dure[58] point, on ne tient pas. J'ai remarqué encore que leurs rabats ne sont pas de la bonne faiseuse, et qu'il s'en faut d'un grand demi-pied que leurs hauts-de-chausses ne soient assez larges[59].

GORGIBUS : Je pense qu'elles sont folles toutes deux, et je ne puis rien comprendre à ce baragoin. Cathos, et vous, Magdelon...

MAGDELON : Eh ! de grâce, mon père, défaites-vous de ces noms étranges, et nous appelez autrement[60] !

---

53. La seule idée d'une cour aussi peu romanesque lui lève le cœur. **54.** Traduction : dit les choses comme il faut. **55.** Cathos donne de bons témoignages du style précieux. **56.** La fameuse *Carte de Tendre* parut au t. I de la *Clélie* de Mlle de Scudéry, en 1654. *Petits-Soins* est une localité où doivent passer ceux qui vont à *Tendre-sur-Reconnaissance* ; *Jolis-Vers, Billet-Galant* et *Billet-Doux* sont des étapes sur la route qui conduit à *Tendre-sur-Estime*. **57.** C'est-à-dire que l'habillement des jeunes gens est sobre *(frugalité d'ajustement !)* : ils ne portent pas de *canons* (ornements de dentelle qui s'attachaient au-dessus du genou) ; leur chapeau est sans plume (avec la métaphore guerrière de *désarmé*) ; leurs cheveux ne sont point frisés ; et leur habit manque de rubans. **58.** On ne peut pas rester avec cela, le supporter. **59.** L'habillement intéresse décidément les précieuses ! Les *rabats* étaient des cols de toile qui se rabattaient sur la poitrine ; les hauts-de-chausses se portaient désormais plus bouffants. **60.** *Cathos* (qui se prononçait *Catau*) comme *Magdelon* sont des diminutifs bien populaires de Catherine et de Madeleine ; on comprend d'autant

GORGIBUS : Comment, ces noms étranges ? Ne sont-ce pas vos noms de baptême ?

MAGDELON : Mon Dieu, que vous êtes vulgaire ! Pour moi, un de mes étonnements, c'est que vous ayez pu faire une fille si spirituelle[61] que moi. A-t-on jamais parlé dans le beau style de Cathos ni de Magdelon ? et ne m'avouerez-vous pas que ce serait assez d'un de ces noms pour décrier le plus beau roman du monde ?

CATHOS : Il est vrai, mon oncle, qu'une oreille un peu délicate pâtit furieusement[62] à entendre prononcer ces mots-là ; et le nom de Polyxène, que ma cousine a choisi, et celui d'Aminte[63], que je me suis donné, ont une grâce dont il faut que vous demeuriez d'accord.

GORGIBUS : Écoutez, il n'y a qu'un mot qui serve[64] : je n'entends point que vous ayez d'autres noms que ceux qui vous ont été donnés par vos parrains et marraines ; et pour ces Messieurs dont il est question, je connais leurs familles et leurs biens, et je veux résolument que vous vous disposiez à les recevoir pour maris. Je me lasse de vous avoir sur les bras, et la garde de deux filles est une charge un peu trop pesante pour un homme de mon âge.

CATHOS : Pour moi, mon oncle, tout ce que je vous puis dire, c'est que je trouve le mariage une chose tout à fait choquante. Comment est-ce qu'on peut souffrir la pensée de coucher contre un homme vraiment nu ?

MAGDELON : Souffrez[65] que nous prenions un peu haleine parmi le beau monde de Paris, où nous ne faisons que d'arriver.

---

plus que les précieuses veuillent abandonner ces prénoms qu'elles considèrent comme leur étant étrangers (*étranges*), et suivre la mode de se trouver un nom d'emprunt ! **61.** Dégagée de la vulgarité de la matière et pleine d'esprit, selon Mme Cuénin. **62.** Avec fureur. Il n'est point de précieuse qui ne le dise cent fois le jour, écrit un contemporain. **63.** Deux noms empruntés à des romans, *Polyxène* et *Polexandre* ; Polyxène est aussi une héroïne de *La Précieuse* de l'abbé de Pure. **64.** ·C'est-à-dire, il faut parler franc et sans déguisement· (Richelet). **65.** Permettez, supportez.

Laissez-nous faire à loisir le tissu de notre roman, et n'en pressez point tant la conclusion.

Gorgibus : Il n'en faut point douter, elles sont achevées. Encore un coup, je n'entends rien à toutes ces balivernes. Je veux être maître absolu ; et pour trancher toutes sortes de discours, ou vous serez mariées toutes deux avant qu'il soit peu, ou, ma foi, vous serez religieuses : j'en fais un bon serment.

SCÈNE V

[Cathos, Magdelon]

Cathos : Mon Dieu, ma chère[66], que ton père a la forme enfoncée dans la matière[67] ! que son intelligence est épaisse, et qu'il fait sombre dans son âme !

Magdelon : Que veux-tu, ma chère, j'en suis en confusion pour lui. J'ai peine à me persuader que je puisse être véritablement sa fille, et je crois que quelque aventure, un jour, me viendra développer[68] une naissance plus illustre.

Cathos : Je le croirais bien ; oui, il y a toutes les apparences du monde. Et pour moi, quand je me regarde aussi...

SCÈNE VI

Marotte, Cathos, Magdelon

Marotte : Voilà un laquais qui demande si vous êtes au logis, et dit que son maître vous veut venir voir.

Magdelon : Apprenez, sotte, à vous énoncer moins vulgairement ! Dites : « Voilà un nécessaire[69] qui demande si vous êtes en commodité d'être visibles. »

---

66. Comme on le voit, les précieuses abusent de l'expression. 67. Souvenir d'Aristote : la *forme* de Gorgibus, son âme, est enfoncée dans sa *matière*, son corps. 68. Faire connaître. 69. « Les précieuses ont appelé un laquais un *nécessaire*, parce qu'on en a toujours besoin » (Furetière).

MAROTTE : Dame, je n'entends point le latin, et je n'ai pas appris, comme vous, la filofie dans *Le Grand Cyre*[70].

MAGDELON : L'impertinente ! Le moyen de souffrir cela ? Et qui est-il, le maître de ce laquais ?

MAROTTE : Il me l'a nommé le marquis de Mascarille.

MAGDELON : Ah ! ma chère, un marquis[71] ! Oui, allez dire qu'on nous peut voir ! C'est sans doute un bel esprit qui aura ouï parler de nous.

CATHOS : Assurément, ma chère.

MAGDELON : Il faut le recevoir dans cette salle basse, plutôt qu'en notre chambre[72]. Ajustons un peu nos cheveux au moins, et soutenons notre réputation. Vite, venez nous tendre ici dedans le conseiller des grâces[73] !

MAROTTE : Par ma foi, je ne sais point quelle bête c'est là. Il faut parler chrétien[74], si vous voulez que je vous entende !

CATHOS : Apportez-nous le miroir, ignorante que vous êtes ! Et gardez-vous bien d'en salir la glace par la communication de votre image ! *(Elles sortent[75].)*

---

70. Marotte déforme plus ou moins gravement les mots : *filofie* pour *philosophie* et *Le Grand Cyre* pour *Le Grand Cyrus* de Mlle de Scudéry. **71.** Les pecques ne savent apparemment pas que *marquis* est un titre très dévalorisé. **72.** Les précieuses de Molière reçoivent au rez-de-chaussée et non, comme les vraies précieuses, dans leur chambre aménagée en ruelle (voir *infra*, la n. 117). **73.** Le miroir, que Marotte va leur apporter *ici dedans*, dans un cabinet proche probablement. **74.** *Parler chrétien*, c'est parler un langage qu'on puisse entendre (« un style qui ne ressente plus le paganisme », précise Furetière). **75.** Didascalie de 1734.

SCÈNE VII

Mascarille, Deux Porteurs

Mascarille : Holà, porteurs[76], holà ! Là, là, là, là, là, là. Je pense que ces marauds-là ont dessein de me briser, à force de heurter contre les murailles et les pavés.

Premier Porteur : Dame, c'est que la porte est étroite. Vous avez voulu aussi que nous soyons entrés jusqu'ici.

Mascarille : Je le crois bien. Voudriez-vous, faquins[77], que j'exposasse l'embonpoint[78] de mes plumes aux inclémences de la saison pluvieuse ? et que j'allasse imprimer mes souliers en boue[79] ? Allez, ôtez votre chaise d'ici !

Deuxième Porteur : Payez-nous donc, s'il vous plaît, Monsieur !

Mascarille : Hem ?

Deuxième Porteur : Je dis, Monsieur, que vous nous donniez de l'argent, s'il vous plaît.

Mascarille, *lui donnant un soufflet* : Comment, coquin, demander de l'argent à une personne de ma qualité ?

Deuxième Porteur : Est-ce ainsi qu'on paie les pauvres gens ? Et votre qualité nous donne-t-elle à dîner[80] ?

Mascarille : Ah ! ah ! ah ! je vous apprendrai à vous connaître ! Ces canailles-là s'osent jouer[81] à moi.

Premier Porteur, *prenant un des bâtons de sa chaise* : Çà, payez-nous vitement[82] !

Mascarille : Quoi ?

Premier Porteur : Je dis que je veux avoir de l'argent tout à l'heure[83].

---

76. L'invention des chaises à porteurs couvertes est récente.   **77.** Au sens propre (vieilli au XVIIᵉ siècle), le *faquin* est le porteur, le portefaix ; ici, terme de mépris : « canaille, misérable ».   **78.** L'état de bonne santé, bonne mine ; mot plaisant quand il est appliqué aux plumes qui ornent le chapeau de Mascarille !   **79.** Crotter mes souliers.   **80.** Le *dîner* est le repas du milieu du jour.   **81.** En osant s'attaquer au marquis de Mascarille, en s'y frottant, les porteurs n'ont pas conscience de leur rang très inférieur.   **82.** Vite, rapidement.   **83.** Sur-le-champ.

MASCARILLE : Il est raisonnable[84].

PREMIER PORTEUR : Vite donc !

MASCARILLE : Oui-da. Tu parles comme il faut, toi ; mais l'autre est un coquin qui ne sait ce qu'il dit. Tiens ! Es-tu content ?

PREMIER PORTEUR : Non, je ne suis pas content : vous avez donné un soufflet à mon camarade, et... *(Levant son bâton[85].)*

MASCARILLE : Doucement. Tiens, voilà pour le soufflet ! On obtient tout de moi, quand on s'y prend de la bonne façon. Allez, venez me reprendre tantôt pour aller au Louvre, au petit coucher[86] !

SCÈNE VIII

MAROTTE, MASCARILLE

MAROTTE : Monsieur, voilà mes maîtresses qui vont venir tout à l'heure.

MASCARILLE : Qu'elles ne se pressent point : je suis ici posté commodément pour attendre.

MAROTTE : Les voici !

SCÈNE IX

MAGDELON, CATHOS, MASCARILLE, ALMANZOR

MASCARILLE, *après avoir salué* : Mesdames[87], vous serez surprises, sans doute, de l'audace de ma visite ; mais votre

---

84. Ce porteur est raisonnable, ou : cela est raisonnable. **85.** Didascalie ajoutée en 1734. **86.** Mascarille ne risque pas d'assister au petit coucher du roi : seuls restaient alors auprès de lui, avant qu'il ne se couche effectivement, les officiers de la chambre les plus nécessaires et quelques privilégiés. **87.** Appeler *mesdames* des jeunes filles de la bourgeoisie, c'est les flatter en leur donnant un titre réservé aux femmes haut titrées ; mais c'est aussi la manière commune de dire dans le style noble des romans et du théâtre.

réputation vous attire cette méchante[88] affaire, et le mérite a pour moi des charmes[89] si puissants que je cours partout après lui.

MAGDELON : Si vous poursuivez le mérite, ce n'est pas sur nos terres que vous devez chasser.

CATHOS : Pour voir chez nous le mérite, il a fallu que vous l'y ayez amené.

MASCARILLE : Ah ! je m'inscris en faux contre vos paroles. La renommée accuse[90] juste en contant ce que vous valez ; et vous allez faire pic, repic et capot[91] tout ce qu'il y a de galant dans Paris.

MAGDELON : Votre complaisance pousse un peu trop avant la libéralité de ses louanges ; et nous n'avons garde, ma cousine et moi, de donner de notre sérieux dans le doux de votre flatterie[92].

CATHOS : Ma chère, il faudrait faire donner des sièges.

MAGDELON : Holà, Almanzor !

ALMANZOR : Madame.

MAGDELON : Vite, voiturez-nous ici les commodités de la conversation[93] !

MASCARILLE : Mais au moins, y a-t-il sûreté ici pour moi ?

CATHOS : Que craignez-vous ?

MASCARILLE : Quelque vol de mon cœur, quelque assassinat de ma franchise[94]. Je vois ici deux yeux qui ont la mine d'être de fort mauvais garçons, de faire insulte aux libertés, et de traiter une âme de Turc à More[95]. Comment diable, d'abord qu'on[96] les approche, ils se mettent sur leur garde meurtrière[97] ? Ah ! par ma

---

88. Mauvaise. **89.** Une force magique qui m'attire comme un sortilège. **90.** Déclare. **91.** Marquer des points et n'en laisser marquer aucun par son adversaire au jeu de piquet. **92.** Traduction : de répondre à la douceur de votre compliment. **93.** Expression précieuse pour désigner les fauteuils ; à noter que certains fauteuils, dont le dossier pouvait se hausser ou s'abaisser, étaient appelés effectivement *chaises de commodité.* **94.** Liberté. **95.** Traiter de Turc à Maure : « agir avec quelqu'un dans la dernière rigueur, ne lui relâcher rien » (Furetière). **96.** Dès qu'on. **97.** Une *garde* est une posture pour l'escrime ; *meurtrière*, elle vise à tuer l'adversaire.

foi, je m'en défie, et je m'en vais gagner au pied[98], ou je veux caution bourgeoise[99] qu'ils ne me feront point de mal.

MAGDELON : Ma chère, c'est le caractère enjoué.

CATHOS : Je vois bien que c'est un Amilcar[100].

MAGDELON : Ne craignez rien, nos yeux n'ont point de mauvais desseins, et votre cœur peut dormir en assurance sur leur prud'homie[101].

CATHOS : Mais de grâce, Monsieur, ne soyez pas inexorable à ce fauteuil qui vous tend les bras il y a un quart d'heure ; contentez un peu l'envie qu'il a de vous embrasser.

MASCARILLE, *après s'être peigné*[102] *et avoir ajusté ses canons*[103] : Eh bien, Mesdames, que dites-vous de Paris ?

MAGDELON : Hélas ! qu'en pourrions-nous dire ? Il faudrait être l'antipode[104] de la raison, pour ne pas confesser que Paris est le grand bureau[105] des merveilles, le centre du bon goût, du bel esprit et de la galanterie.

MASCARILLE : Pour moi, je tiens que hors de Paris, il n'y a point de salut pour les honnêtes gens.

CATHOS : C'est une vérité incontestable.

MASCARILLE : Il y fait un peu crotté ; mais nous avons la chaise.

MAGDELON : Il est vrai que la chaise est un retranchement merveilleux contre les insultes de la boue et du mauvais temps[106].

MASCARILLE : Vous recevez beaucoup de visites ? Quel bel esprit est des vôtres ?

---

98. Fuir, en langage trivial. **99.** Un répondant solvable, comme un bourgeois bien connu de la ville. **100.** Personnage de la *Clélie*, type de l'amant gai et empressé auprès des dames. **101.** Honnêteté, droiture. **102.** *Les Lois de la galanterie* de Sorel (1644, puis 1658) conseillaient, après les premiers compliments, de peigner sa perruque ou ses cheveux. Dans la scène, Molière s'inspire plusieurs fois de ce texte. **103.** Voir la n. 57 sur cet ornement de la culotte. Comme le reste du costume de Mascarille, les canons étaient fastueux, amples et surabondamment embellis de rubans. **104.** L'opposé ; l'emploi figuré de ce mot n'est pas propre aux précieux. **105.** Le *bureau* est l'agence, le magasin, et, d'une manière générale, le lieu où on trouve ce dont on a besoin. **106.** Traduction : la chaise empêche que l'on ne se crotte.

MAGDELON : Hélas ! nous ne sommes pas encore connues ; mais nous sommes en passe de l'être, et nous avons une amie particulière qui nous a promis d'amener ici tous ces Messieurs du *Recueil des pièces choisies*[107].

CATHOS : Et certains autres qu'on nous a nommés aussi pour être les arbitres souverains des belles choses.

MASCARILLE : C'est moi qui ferai votre affaire mieux que personne : ils me rendent tous visite ; et je puis dire que je ne me lève jamais sans une demi-douzaine de beaux esprits[108].

MAGDELON : Eh ! mon Dieu, nous vous serons obligées de la dernière[109] obligation, si vous nous faites cette amitié ; car enfin il faut avoir la connaissance de tous ces Messieurs-là si l'on veut être du beau monde. Ce sont ceux qui donnent le branle à la réputation dans Paris, et vous savez qu'il y en a tel dont il ne faut que la seule fréquentation pour vous donner bruit[110] de connaisseuse, quand il n'y aurait rien autre chose que cela. Mais pour moi, ce que je considère particulièrement, c'est que, par le moyen de ces visites spirituelles[111], on est instruite de cent choses qu'il faut savoir de nécessité et qui sont de l'essence d'un bel esprit. On apprend par là chaque jour les petites nouvelles galantes, les jolis commerces[112] de prose et de vers. On sait à point nommé : « Un tel a composé la plus jolie pièce du monde sur un tel sujet ; une telle a fait des paroles sur un tel air ; celui-ci a fait un madrigal sur une jouissance ; celui-là a composé des stances sur une infidélité ; Monsieur un tel écrivit hier au soir un sixain à Mademoiselle une telle, dont elle lui a envoyé la réponse ce matin sur les huit heures ; un tel auteur a fait un tel dessein[113] ; celui-là en est à la troisième partie de son roman ; cet

---

107. Allusion aux volumes de *Poésies choisies...* publiés par Ch. de Sercy depuis 1653, et qui rassemblaient à chaque fois près de 150 poètes (ce qui ferait beaucoup de messieurs à recevoir !) ; dans le plus récent on trouvait les noms de P. Corneille, Benserade, Scudéry, Boisrobert... **108.** Mascarille prétend recevoir les écrivains à son petit lever, comme les grands seigneurs. **109.** Voir la n. 41. **110.** Renommée. **111.** Qui exercent l'esprit. **112.** Échanges de textes qui se font, comme le remarque G. Couton, par manuscrits qu'on recopie et qu'on se transmet. **113.** A tel projet littéraire.

autre met ses ouvrages sous la presse[114]. « C'est là ce qui vous fait valoir dans les compagnies ; et si l'on ignore ces choses, je ne donnerais pas un clou de tout l'esprit qu'on peut avoir.

CATHOS : En effet, je trouve que c'est renchérir sur le ridicule[115] qu'une personne se pique d'esprit et ne sache pas jusqu'au moindre petit quatrain qui se fait chaque jour. Et pour moi, j'aurais toutes les hontes du monde s'il fallait qu'on vînt à me demander si j'aurais vu quelque chose de nouveau que je n'aurais pas vu.

MASCARILLE : Il est vrai qu'il est honteux de n'avoir pas des premiers tout ce qui se fait ; mais ne vous mettez pas en peine : je veux établir chez vous une Académie[116] de beaux esprits, et je vous promets qu'il ne se fera pas un bout de vers dans Paris que vous ne sachiez par cœur avant tous les autres. Pour moi, tel que vous me voyez, je m'en escrime un peu quand je veux ; et vous verrez courir de ma façon, dans les belles ruelles[117] de Paris, deux cents chansons, autant de sonnets, quatre cents épigrammes et plus de mille madrigaux, sans compter les énigmes et les portraits[118].

MAGDELON : Je vous avoue que je suis furieusement pour les portraits ; je ne vois rien de si galant que cela.

MASCARILLE : Les portraits sont difficiles et demandent un esprit profond. Vous en verrez de ma manière, qui ne vous déplairont pas.

CATHOS : Pour moi, j'aime terriblement les énigmes.

---

114. Ces potins littéraires animaient la société précieuse ; ils renvoient à des réalités : on avait écrit des pièces sur une infidélité ou sur une jouissance, on pratiquait volontiers le madrigal ou les stances, on répondait à des vers, etc. **115.** Augmenter son ridicule. **116.** Une société littéraire à l'image de la célèbre Académie fondée par Richelieu. **117.** Au sens restreint, la *ruelle* est l'espace laissé entre un côté du lit et le mur, où l'on peut mettre des sièges et s'installer en vue de la conversation. Par extension, « ruelle se dit aussi des alcôves et des lieux parés où les dames reçoivent leurs visites, soit dans le lit, soit sur des sièges. Les galants se piquent d'être gens de ruelles, d'aller faire de belles visites. Les poètes vont lire leurs ouvrages dans les ruelles pour briguer l'approbation des dames » (Furetière). **118.** Tous les genres énumérés par Mascarille furent pratiqués par les poètes précieux.

MASCARILLE : Cela exerce l'esprit, et j'en ai fait quatre encore ce matin, que je vous donnerai à deviner.

MAGDELON : Les madrigaux sont agréables, quand ils sont bien tournés.

MASCARILLE : C'est mon talent particulier ; et je travaille à mettre en madrigaux toute l'histoire romaine[119].

MAGDELON : Ah ! certes, cela sera du dernier beau. J'en retiens un exemplaire au moins, si vous le faites imprimer.

MASCARILLE : Je vous en promets à chacune un, et des mieux reliés. Cela est au-dessous de ma condition ; mais je le fais seulement pour donner à gagner aux libraires, qui me persécutent[120].

MAGDELON : Je m'imagine que le plaisir est grand de se voir imprimé.

MASCARILLE : Sans doute. Mais à propos, il faut que je vous die[121] un impromptu que je fis hier chez une duchesse de mes amies, que je fus visiter ; car je suis diablement fort sur les impromptus.

CATHOS : L'impromptu est justement la pierre de touche de l'esprit.

MASCARILLE : Écoutez donc !

MAGDELON : Nous y sommes de toutes nos oreilles.

MASCARILLE :

Oh, oh ! je n'y prenais pas garde :
Tandis que, sans songer à mal, je vous regarde,
Votre œil en tapinois me dérobe mon cœur.
Au voleur, au voleur, au voleur, au voleur !

CATHOS : Ah ! mon Dieu ! voilà qui est poussé dans le dernier galant.

MASCARILLE : Tout ce que je fais a l'air cavalier ; cela ne sent point le pédant[122].

---

119. Entreprise particulièrement bouffonne que de vouloir faire rentrer l'histoire romaine dans ces petites pièces de vers à thème généralement galant ! **120.** Mascarille tranche du gentilhomme, qui, à la différence des autres écrivains, ne veut tirer aucun profit de ses œuvres ; et pourtant les libraires se les arrachent ! **121.** Comme *dise*. **122.** Opposition de ce qui est *cavalier*, digne d'un gentilhomme, d'un amateur éclairé, et de ce qui sent son *pédant* — ce savant, ce tâcheron des lettres qui répugne désormais aux beaux esprits et aux honnêtes gens.

MAGDELON : Il[123] en est éloigné de plus de deux mille lieues.

MASCARILLE : Avez-vous remarqué[124] ce commencement : *Oh, oh ?* Voilà qui est extraordinaire : *oh, oh !* Comme un homme qui s'avise[125] tout d'un coup : *oh, oh !* La surprise : *oh, oh !*

MAGDELON : Oui, je trouve ce *oh, oh !* admirable.

MASCARILLE : Il semble que cela ne soit rien.

CATHOS : Ah ! mon Dieu, que dites-vous ? Ce sont là de ces sortes de choses qui ne se peuvent payer[126].

MAGDELON : Sans doute ; et j'aimerais mieux avoir fait ce *oh, oh !* qu'un poème épique[127].

MASCARILLE : Tudieu ! vous avez le goût bon.

MAGDELON : Eh ! je ne l'ai pas tout à fait mauvais.

MASCARILLE : Mais n'admirez-vous pas aussi *je n'y prenais pas garde ?* *Je n'y prenais pas garde,* je ne m'apercevais pas de cela ; façon de parler naturelle : *je n'y prenais pas garde. Tandis que sans songer à mal,* tandis qu'innocemment, sans malice, comme un pauvre mouton ; *je vous regarde,* c'est-à-dire, je m'amuse[128] à vous considérer, je vous observe, je vous contemple. *Votre œil en tapinois...* Que vous semble de ce mot *tapinois* ? n'est-il pas bien choisi ?

CATHOS : Tout à fait bien.

MASCARILLE : *Tapinois,* en cachette ; il semble que ce soit un chat qui vienne de prendre une souris : *tapinois.*

MAGDELON : Il ne se peut rien de mieux.

MASCARILLE : *Me dérobe mon cœur,* me l'emporte, me le ravit. *Au voleur, au voleur, au voleur, au voleur !* Ne diriez-vous pas que c'est un homme qui crie et court après un voleur pour le faire arrêter ? *Au voleur, au voleur, au voleur, au voleur !*

---

123. Cela. **124.** Merveilleuse idée que de faire commenter, de manière suffisante et platement pédante, son impromptu particulièrement indigent par Mascarille ! Molière utilisera un procédé analogue dans *Les Femmes savantes,* III, 2, où les trois savantes s'extasieront devant le sonnet et l'épigramme de Trissotin. **125.** Qui fait réflexion. **126.** « On dit aussi pour bien louer quelque chose ou quelqu'un : Cela ne se peut payer » (Furetière). **127.** *L'épopée* venait en tête de la hiérarchie des genres. **128.** Je m'attarde.

MAGDELON : Il faut avouer que cela a un tour spirituel et galant.

MASCARILLE : Je veux vous dire l'air que j'ai fait dessus.

CATHOS : Vous avez appris la musique ?

MASCARILLE : Moi ? Point du tout.

CATHOS : Et comment donc cela se peut-il ?

MASCARILLE : Les gens de qualité savent tout sans avoir jamais rien appris.

MAGDELON : Assurément, ma chère.

MASCARILLE : Écoutez si vous trouverez l'air à votre goût. *Hem, hem. La, la, la, la, la.* La brutalité de la saison a furieusement outragé la délicatesse de ma voix ; mais il n'importe, c'est à la cavalière[129].

                          (Il chante :)
    Oh, oh ! je n'y prenais pas, etc[130].

CATHOS : Ah ! que voilà un air qui est passionné ! Est-ce qu'on n'en meurt point ?

MAGDELON : Il y a de la chromatique[131] là-dedans.

MASCARILLE : Ne trouvez-vous pas la pensée bien exprimée dans le chant ? *Au voleur !...* Et puis, comme si l'on criait bien fort : *au, au, au, au, au voleur !* Et tout d'un coup, comme une personne essoufflée : *au voleur !*

MAGDELON : C'est là savoir le fin[132] des choses, le grand fin, le fin du fin. Tout est merveilleux, je vous assure ; je suis enthousiasmée de l'air et des paroles.

CATHOS : Je n'ai encore rien vu de cette force-là.

MASCARILLE : Tout ce que je fais me vient naturellement, c'est sans étude.

MAGDELON : La nature vous a traité en vraie mère passionnée, et vous en êtes l'enfant gâté.

MASCARILLE : À quoi donc passez-vous le temps ?

---

129. Sans préparation, de manière libre et aisée, sans règles, d'une manière qui ne sente pas son homme de métier, bref, comme un gentilhomme. **130.** Abréviation ajoutée en 1734. **131.** Le substantif féminin *chromatique* est un terme de musique : « le second des trois genres qui abonde en demi-tons » (Furetière). **132.** Ce qu'il y a de plus caché, de plus subtil, de plus secret.

CATHOS : À rien du tout.

MAGDELON : Nous avons été jusqu'ici dans un jeûne effroyable de divertissements.

MASCARILLE : Je m'offre à vous mener l'un de ces jours à la comédie[133], si vous voulez ; aussi bien on en doit jouer une nouvelle que je serai bien aise que nous voyions ensemble.

MAGDELON : Cela n'est pas de refus.

MASCARILLE : Mais je vous demande d'applaudir comme il faut, quand nous serons là. Car je me suis engagé de faire valoir la pièce, et l'auteur m'en est venu prier encore ce matin. C'est la coutume ici, qu'à nous autres gens de condition les auteurs viennent lire leurs pièces nouvelles, pour nous engager à les trouver belles et leur donner de la réputation ; et je vous laisse à penser si, quand nous disons quelque chose, le parterre ose nous contredire. Pour moi, j'y suis fort exact ; et quand j'ai promis à quelque poète, je crie toujours : « Voilà qui est beau ! », devant que les chandelles soient allumées[134].

MAGDELON : Ne m'en parlez point : c'est un admirable lieu que Paris ; il s'y passe cent choses tous les jours qu'on ignore dans les provinces, quelque spirituelle qu'on puisse être.

CATHOS : C'est assez : puisque nous sommes instruites, nous ferons notre devoir de nous écrier comme il faut sur tout ce qu'on dira.

MASCARILLE : Je ne sais si je me trompe, mais vous avez toute la mine d'avoir fait quelque comédie[135].

MAGDELON : Eh ! il pourrait être quelque chose de ce que vous dites.

MASCARILLE : Ah ! ma foi, il faudra que nous la voyions. Entre nous, j'en ai composé une que je veux faire représenter.

---

133. Au théâtre, où on verra une nouvelle pièce.   **134.** Mascarille nous renseigne ici sur quelques habitudes de la vie théâtrale du temps. Souvent, les auteurs lisaient ou jouaient d'abord leur œuvre en l'hôtel particulier de quelque grand personnage qui, avec sa société, s'en faisait le soutien lors de la représentation publique ; cette sorte de petite cabale d'aristocrates prétendait imposer son goût au *parterre, i.e.* au public populaire et bourgeois qui était debout devant la scène, en louant la pièce avant même le début du spectacle.   **135.** Une pièce de théâtre.

CATHOS : Hé, à quels comédiens[136] la donnerez-vous ?

MASCARILLE : Belle demande ! Aux grands comédiens. Il n'y a qu'eux qui soient capables de faire valoir les choses ; les autres sont des ignorants qui récitent comme l'on parle : ils ne savent pas faire ronfler les vers et s'arrêter au bel endroit. Et le moyen de connaître où est le beau vers, si le comédien ne s'y arrête et ne vous avertit par là qu'il faut faire le brouhaha[137] ?

CATHOS : En effet, il y a manière de faire sentir aux auditeurs les beautés d'un ouvrage ; et les choses ne valent que ce qu'on les fait valoir.

MASCARILLE : Que vous semble de ma petite-oie[138] ? La trouvez-vous congruente à l'habit ?

CATHOS : Tout à fait.

MASCARILLE : Le ruban est bien choisi.

MAGDELON : Furieusement bien. C'est Perdrigeon[139] tout pur.

MASCARILLE : Que dites-vous de mes canons[140] ?

MAGDELON : Ils ont tout à fait bon air.

MASCARILLE : Je puis me vanter au moins qu'ils ont un grand quartier[141] plus que tous ceux qu'on fait.

MAGDELON : Il faut avouer que je n'ai jamais vu porter si haut l'élégance de l'ajustement.

MASCARILLE : Attachez un peu sur ces gants la réflexion de votre odorat.

_____

136. Trois théâtres se disputent alors le public parisien : l'Hôtel de Bourgogne, où jouent ceux qu'on appelle les *grands comédiens* ; le théâtre du Marais ; le Petit-Bourbon, où la troupe de Molière joue en alternance avec celle des Italiens.   **137.** Première attaque de Molière contre ses rivaux, dont, dans *L'Impromptu de Versailles*, il fera la caricature sur la scène même. On voit ici ce que Molière leur reproche : une diction emphatique et ronflante, attentive aux effets immédiats sur le public (on lui indique l'endroit où il doit bruyamment admirer !), mais contraire à ce naturel que Molière a toujours voulu imposer dans le débit et dans le jeu des comédiens.   **138.** Par comparaison avec l'abattis (tête, cou, gésier, etc.) qu'on ôtait de l'oie pour la mettre à la broche, la *petite-oie* désignait « les rubans, les bas, le chapeau, les gants, et tout ce qu'il faut pour assortir un habit » (*Dictionnaire* de l'Académie).   **139.** Célèbre mercier de Paris.   **140.** Voir la n. 103.   **141.** Un *quartier* d'étoffe est le quart d'une aune (environ 30 cm).

MAGDELON : Ils sentent terriblement bon.

CATHOS : Je n'ai jamais respiré une odeur mieux condition-née[142].

MASCARILLE : Et celle-là ? *(Il donne à sentir les cheveux de sa perruque[143].)*

MAGDELON : Elle est tout à fait de qualité ; le sublime[144] en est touché délicieusement.

MASCARILLE : Vous ne me dites rien de mes plumes ; comment les trouvez-vous ?

CATHOS : Effroyablement belles.

MASCARILLE : Savez-vous que le brin[145] me coûte un louis d'or ? Pour moi, j'ai cette manie de vouloir donner généralement sur[146] tout ce qu'il y a de plus beau.

MAGDELON : Je vous assure que nous sympathisons vous et moi : j'ai une délicatesse furieuse[147] pour tout ce que je porte ; et jusqu'à mes chaussettes[148], je ne puis rien souffrir qui ne soit de la bonne ouvrière.

MASCARILLE, *s'écriant brusquement* : Ahi, ahi, ahi, doucement ! Dieu me damne, Mesdames, c'est fort mal en user. J'ai à me plaindre de votre procédé ; cela n'est pas honnête.

CATHOS : Qu'est-ce donc ? qu'avez-vous ?

MASCARILLE : Quoi ? toutes deux contre mon cœur, en même temps ? m'attaquer à droit[149] et à gauche ? Ah ! c'est contre le droit des gens[150]. La partie n'est pas égale ; et je m'en vais crier au meurtre.

CATHOS : Il faut avouer qu'il dit les choses d'une manière particulière.

MAGDELON : Il a un tour admirable dans l'esprit.

---

142. Le parfum des gants est pourvu des qualités requises. **143.** Didascalie de 1734. **144.** Traduction : le cerveau, où montent les odeurs. **145.** On disait un *brin* de plume, comme on disait deux *brins* de cheveux. **146.** *Donner sur* : s'attacher à, rechercher de préférence. **147.** *Délicatesse* : affectation d'une personne difficile à contenter. L'intensif précieux *furieuse* est passablement contradictoire avec *délicatesse*, et donc particulièrement amusant accolé à ce mot. **148.** « Bas de toile qui n'a point de pied et qu'on met sur la chair et sous le bas de dessus » (Richelet). **149.** Du côté droit, vers la droite. **150.** Le droit international.

Cathos : Vous avez plus de peur que de mal, et votre cœur crie avant qu'on l'écorche.

Mascarille : Comment diable ! il est écorché depuis la tête jusqu'aux pieds.

SCÈNE X

Marotte, Mascarille, Cathos, Magdelon

Marotte : Madame, on demande à vous voir.

Magdelon : Qui ?

Marotte : Le vicomte de Jodelet.

Mascarille : Le vicomte de Jodelet ?

Marotte : Oui, Monsieur.

Cathos : Le connaissez-vous ?

Mascarille : C'est mon meilleur ami.

Magdelon : Faites entrer vitement !

Mascarille : Il y a quelque temps que nous ne nous sommes vus, et je suis ravi de cette aventure.

Cathos : Le voici.

SCÈNE XI

Jodelet, Mascarille, Cathos, Magdelon, Marotte

Mascarille : Ah ! vicomte !

Jodelet, *s'embrassant l'un l'autre*[151] : Ah ! marquis !

Mascarille : Que je suis aise de te rencontrer !

Jodelet : Que j'ai de joie de te voir ici !

Mascarille : Baise-moi donc encore un peu, je te prie.

Magdelon : Ma toute bonne, nous commençons d'être connues ; voilà le beau monde qui prend le chemin de nous venir voir.

---

151. Comprendre : Jodelet *et Mascarille* s'embrassant l'un l'autre.

MASCARILLE : Mesdames, agréez que je vous présente ce gentilhomme-ci. Sur ma parole, il est digne d'être connu de vous.

JODELET : Il est juste de venir vous rendre ce qu'on vous doit ; et vos attraits exigent leurs droits seigneuriaux sur toutes sortes de personnes.

MAGDELON : C'est pousser vos civilités jusqu'aux derniers confins de la flatterie.

CATHOS : Cette journée doit être marquée dans notre almanach[152] comme une journée bienheureuse.

MAGDELON : Allons, petit garçon, faut-il toujours vous répéter les choses ? Voyez-vous pas qu'il faut le surcroît d'un fauteuil ?

MASCARILLE : Ne vous étonnez pas de voir le vicomte de la sorte : il ne fait que sortir d'une maladie qui lui a rendu le visage pâle comme vous le voyez[153].

JODELET : Ce sont fruits des veilles de la cour et des fatigues de la guerre.

MASCARILLE : Savez-vous, Mesdames, que vous voyez dans le vicomte un des vaillants hommes du siècle ? C'est un brave à trois poils[154].

JODELET : Vous ne m'en devez rien[155], marquis ; et nous savons ce que vous savez faire aussi.

MASCARILLE : Il est vrai que nous nous sommes vus tous deux dans l'occasion[156].

JODELET : Et dans des lieux où il faisait fort chaud.

MASCARILLE, *les regardant toutes deux* : Oui, mais non pas si chaud qu'ici. Hai, hai, hai !

JODELET : Notre connaissance s'est faite à l'armée ; et la

---

152. L'*almanach* est le calendrier où figurent fêtes, jours fériés, etc. ; la visite du vicomte prend rang dans ces événements à marquer. 153. N'oublions pas que Jodelet jouait le visage enfariné. Selon G. Couton, il y aurait peut-être aussi une allusion indirecte à la santé de l'acteur, compromise par une vérole mal soignée. *Cf. infra*, sc. 12, *in fine*. 154. Il est des plus braves (par assimilation avec le velours à deux ou *à trois poils*, à trois fils de trame, qui est le meilleur). 155. Vous êtes aussi vaillant que moi. 156. Au combat.

première fois que nous nous vîmes, il commandait un régiment de cavalerie sur les galères de Malte[157].

MASCARILLE : Il est vrai. Mais vous étiez pourtant dans l'emploi avant que j'y fusse ; et je me souviens que je n'étais que petit officier encore, que vous commandiez deux mille chevaux.

JODELET : La guerre est une belle chose. Mais, ma foi, la cour récompense bien mal aujourd'hui les gens de service[158] comme nous.

MASCARILLE : C'est ce qui fait que je veux pendre l'épée au croc[159].

CATHOS : Pour moi, j'ai un furieux tendre pour les hommes d'épée.

MAGDELON : Je les aime aussi ; mais je veux que l'esprit assaisonne la bravoure.

MASCARILLE : Te souvient-il, vicomte, de cette demi-lune que nous emportâmes sur les ennemis au siège d'Arras[160] ?

JODELET : Que veux-tu dire avec ta demi-lune ? C'était bien une lune tout entière.

MASCARILLE : Je pense que tu as raison.

JODELET : Il m'en doit bien souvenir, ma foi : j'y fus blessé à la jambe d'un coup de grenade, dont je porte encore les marques. Tâtez un peu, de grâce ; vous sentirez quelque coup : c'était là.

CATHOS : Il est vrai que la cicatrice est grande.

MASCARILLE : Donnez-moi un peu votre main, et tâtez celui-ci, là, justement au derrière de la tête. Y êtes-vous ?

MAGDELON : Oui, je sens quelque chose.

---

157. Si l'ordre de Malte avait bien ses galères, jamais on n'y trouva de cavalerie ! **158.** Les deux personnages veulent persuader aux pecques que, en tant que nobles, ils sont officiers à l'armée. Mais on dit aussi des valets qu'ils sont des gens de service ; par-dessus la tête des précieuses, Jodelet rappelle à Mascarille qu'ils ne sont tous deux que des laquais en train de jouer aux nobles. **159.** *Pendre au croc*, c'est déposer, laisser de côté. **160.** *La demi-lune*, en avant de la muraille, est une fortification en forme de demi-cercle ; la plaisanterie de la *lune entière*, attribuée au marquis de Nesle, devait être traditionnelle. Mascarille fait certainement allusion au siège d'Arras de 1654, que Turenne avait fait lever à la tête des troupes royales, Condé commandant les Espagnols.

MASCARILLE : C'est un coup de mousquet que je reçus la[161] dernière campagne que j'ai faite.

JODELET, *découvrant sa poitrine*[162] : Voici un autre coup qui me perça de part en part à l'attaque de Gravelines[163].

MASCARILLE, *mettant la main sur le bouton de son haut-de-chausses* : Je vais vous montrer une furieuse plaie.

MAGDELON : Il n'est pas nécessaire : nous le croyons sans y regarder.

MASCARILLE : Ce sont des marques honorables, qui font voir ce qu'on est.

CATHOS : Nous ne doutons point de ce que vous êtes.

MASCARILLE : Vicomte, as-tu là ton carrosse ?

JODELET : Pourquoi ?

MASCARILLE : Nous mènerions promener ces dames hors des portes, et leur donnerions un cadeau[164].

MAGDELON : Nous ne saurions sortir aujourd'hui.

MASCARILLE : Ayons donc les violons pour danser !

JODELET : Ma foi, c'est bien avisé.

MAGDELON : Pour cela, nous y consentons ; mais il faut donc quelque surcroît de compagnie.

MASCARILLE : Holà ! Champagne, Picard, Bourguignon, Casquaret, Basque, la Verdure, Lorrain, Provençal, la Violette[165] ! Au diable soient tous les laquais ! Je ne pense pas qu'il y ait gentilhomme en France plus mal servi que moi. Ces canailles me laissent toujours seul.

MAGDELON : Almanzor, dites aux gens de Monsieur qu'ils aillent quérir des violons, et nous faites venir ces Messieurs et ces dames d'ici près, pour peupler la solitude de notre bal.

---

161. Lors de la. **162.** Didascalie de 1734. **163.** La ville de Gravelines fut prise sur les Espagnols, en août 1658, par le maréchal de La Ferté. **164.** *Cadeau :* repas, fête que l'on donne principalement à des dames (*Dictionnaire* de l'Académie). Mascarille propose qu'on sorte de Paris pour l'une des promenades à la mode : sur le cours au-delà de la porte Saint-Antoine, vers le bois de Vincennes, ou sur le cours de la Reine, vers Chaillot. **165.** Ce genre d'énumération copieuse et coléreuse de laquais par un maître qui veut donner l'impression d'être servi par une nombreuse valetaille se trouve déjà chez Scarron (*Don Japhet d'Arménie*, II, 1).

MASCARILLE : Vicomte, que dis-tu de ces yeux ?

JODELET : Mais toi-même, marquis, que t'en semble ?

MASCARILLE : Moi, je dis que nos libertés auront peine à sortir d'ici les braies nettes[166]. Au moins, pour moi, je reçois d'étranges secousses, et mon cœur ne tient plus qu'à un filet[167].

MAGDELON : Que tout ce qu'il dit est naturel ! Il tourne les choses le plus agréablement du monde.

CATHOS : Il est vrai qu'il fait une furieuse dépense en esprit.

MASCARILLE : Pour vous montrer que je suis véritable, je veux faire un impromptu là-dessus. *(Il médite[168].)*

CATHOS : Eh ! je vous en conjure de toute la dévotion de mon cœur : que nous ayons quelque chose qu'on ait fait pour nous !

JODELET : J'aurais envie d'en faire autant ; mais je me trouve un peu incommodé de la veine poétique, pour la quantité des saignées que j'y ai faites ces jours passés[169].

MASCARILLE : Que diable est cela ? Je fais toujours bien le premier vers ; mais j'ai peine à faire les autres. Ma foi, ceci est un peu trop pressé ; je vous ferai un impromptu à loisir[170], que vous trouverez le plus beau du monde.

JODELET : Il a de l'esprit comme un démon.

MAGDELON : Et du galant, et du bien tourné.

MASCARILLE : Vicomte, dis-moi un peu : y a-t-il longtemps que tu n'as vu la comtesse ?

JODELET : Il y a plus de trois semaines que je ne lui ai rendu visite.

MASCARILLE : Sais-tu bien que le duc m'est venu voir ce matin, et m'a voulu mener à la campagne courir un cerf avec lui ?

MAGDELON : Voici nos amies qui viennent.

---

166. Sans qu'il leur arrive malheur (les *braies*, caleçons ou bas de chemise, pouvaient être salies par les conséquences de la peur). **167.** Fil ténu. **168.** Didascalie de 1682 et 1734. **169.** Jolie métaphore filée à partir du sens figuré (« inspiration ») de *veine* ! **170.** Plaisanterie assez facile, mais amusante : l'*impromptu*, poésie improvisée, ne se fait pas *à loisir* !

SCÈNE XII

JODELET, MASCARILLE, CATHOS, MAGDELON, MAROTTE, LUCILE, CÉLIMÈNE, ALMANZOR, VIOLONS[171]

MAGDELON : Mon Dieu, mes chères, nous vous demandons pardon. Ces Messieurs ont eu fantaisie de nous donner les âmes des pieds[172] ; et nous vous avons envoyé quérir pour remplir les vides de notre assemblée.

LUCILE : Vous nous avez obligées, sans doute.

MASCARILLE : Ce n'est ici qu'un bal à la hâte ; mais l'un de ces jours nous vous en donnerons un dans les formes. Les violons sont-ils venus ?

ALMANZOR : Oui, Monsieur ; ils sont ici.

CATHOS : Allons donc, mes chères, prenez place !

MASCARILLE, *dansant lui seul comme par prélude* : La, la, la, la, la, la, la, la.

MAGDELON : Il a tout à fait la taille élégante.

CATHOS : Et a la mine de danser proprement[173].

MASCARILLE, *ayant pris Magdelon* : Ma franchise va danser la courante[174] aussi bien que mes pieds. En cadence, violons, en cadence ! Oh ! quels ignorants ! Il n'y a pas moyen de danser avec eux. Le diable vous emporte ! Ne sauriez-vous jouer en mesure ? La, la, la, la, la, la, la, la. Ferme, ô violons de village[175] !

JODELET, *dansant ensuite* : Holà ! ne pressez pas si fort la cadence : je ne fais que sortir de maladie.

---

171. Liste complétée d'après 1734. **172.** Traduction : les violons. **173.** Traduction : il danse bien, avec élégance. **174.** Ma liberté va danser la *courante*, danse fort à la mode. Il faut comprendre, comme G. Couton le suggère : ma liberté, mise à mal par vos beaux yeux, va s'enfuir en courant ; mon cœur va être tout à fait pris. **175.** C'est insulter les violons : des violoneux sont évidemment inférieurs aux musiciens qui font danser un marquis et un vicomte.

SCÈNE XIII

Du Croisy, La Grange, Mascarille, [etc.]

La Grange, *un bâton à la main*[176] : Ah ! Ah ! coquins, que faites-vous ici ? Il y a trois heures que nous vous cherchons.

Mascarille, *se sentant battre* : Ahy ! ahy ! ahy ! vous ne m'aviez pas dit que les coups en seraient aussi.

Jodelet : Ahy ! ahy ! ahy !

La Grange : C'est bien à vous, infâme que vous êtes, à vouloir faire l'homme d'importance.

Du Croisy : Voilà qui vous apprendra à vous connaître.
    (Du Croisy et La Grange sortent[177].)

SCÈNE XIV

Mascarille, Jodelet, Cathos, Magdelon, Marotte, Lucile, Célimène, Violons[178]

Magdelon : Que veut donc dire ceci ?

Jodelet : C'est une gageure[179].

Cathos : Quoi ? vous laisser battre de la sorte !

Mascarille : Mon Dieu, je n'ai pas voulu faire semblant de rien ; car je suis violent, et je me serais emporté.

Magdelon : Endurer un affront comme celui-là, en notre présence !

Mascarille : Ce n'est rien : ne laissons pas d'achever. Nous nous connaissons il y a longtemps ; et entre amis, on ne va pas se piquer pour si peu de chose.

---

176. Didascalie de 1682 et 1734. **177.** Didascalie de 1682. **178.** Liste complétée d'après 1734. **179.** C'est une action étrange, dont on ne perçoit pas le motif.

SCÈNE XV

Du Croisy, La Grange, Mascarille, Jodelet, Magdelon, Cathos, Lucile, Célimène, Violons[180]

La Grange : Ma foi, marauds, vous ne vous rirez pas de nous, je vous promets. Entrez, vous autres ! *(Trois ou quatre spadassins entrent[181].)*

Magdelon : Quelle est donc cette audace, de venir nous troubler de la sorte dans notre maison ?

Du Croisy : Comment, Mesdames, nous endurerons que nos laquais soient mieux reçus que nous ? qu'ils viennent vous faire l'amour[182] à nos dépens, et vous donnent le bal ?

Magdelon : Vos laquais ?

La Grange : Oui, nos laquais ; et cela n'est ni beau ni honnête de nous les débaucher[183] comme vous faites.

Magdelon : Ô ciel ! quelle insolence !

La Grange : Mais ils n'auront pas l'avantage de se servir de nos habits pour vous donner dans la vue[184] ; et si vous les voulez aimer, ce sera, ma foi, pour leurs beaux yeux. Vite, qu'on les dépouille sur-le-champ !

Jodelet : Adieu notre braverie[185].

Mascarille : Voilà le marquisat et la vicomté à bas.

Du Croisy : Ah ! ah ! coquins, vous avez l'audace d'aller sur nos brisées ? Vous irez chercher autre part de quoi vous rendre agréables aux yeux de vos belles, je vous en assure.

La Grange : C'est trop que de nous supplanter, et de nous supplanter avec nos propres habits.

Mascarille : Ô Fortune, quelle est ton inconstance !

Du Croisy : Vite, qu'on leur ôte jusqu'à la moindre chose !

La Grange : Qu'on emporte toutes ces hardes[186], dépêchez ! Maintenant, Mesdames, en l'état qu'ils sont, vous pouvez

---

180. Liste d'après 1734. **181.** Didascalie de 1682 et 1734. **182.** Voir la n. 51. **183.** Les détourner de leur devoir. **184.** *Donner dans la vue :* plaire. **185.** Élégance des habits (être *brave*, c'est être bien vêtu, élégant). **186.** Vêtements, parures.

continuer vos amours avec eux tant qu'il vous plaira ; nous vous laissons toute sorte de liberté pour cela, et nous vous protestons, Monsieur et moi, que nous n'en serons aucunement jaloux[187].

CATHOS : Ah ! quelle confusion !

MAGDELON : Je crève de dépit.

VIOLONS, *au marquis*: Qu'est-ce donc que ceci ? Qui nous paiera nous autres ?

MASCARILLE : Demandez à Monsieur le vicomte !

VIOLONS, *au vicomte*: Qui est-ce qui nous donnera de l'argent ?

JODELET : Demandez à Monsieur le marquis !

SCÈNE XVI

GORGIBUS, MASCARILLE, MAGDELON, [etc.]

GORGIBUS : Ah ! coquines que vous êtes, vous nous mettez dans de beaux draps blancs[188], à ce que je vois ! et je viens d'apprendre de belles affaires, vraiment, de ces Messieurs qui sortent.

MAGDELON : Ah ! mon père, c'est une pièce[189] sanglante qu'ils nous ont faite.

GORGIBUS : Oui, c'est une pièce sanglante, mais qui est un effet de votre impertinence[190], infâmes ! Ils se sont ressentis[191] du traitement que vous leur avez fait. Et cependant, malheureux que je suis, il faut que je boive l'affront.

MAGDELON : Ah ! je jure que nous en serons vengées, ou que je mourrai en la peine. Et vous, marauds, osez-vous vous tenir ici, après votre insolence ?

MASCARILLE : Traiter comme cela un marquis ! Voilà ce que c'est que du monde ! La moindre disgrâce nous fait mépriser de ceux

---

187. La Grange, Du Croisy, Lucile et Célimène sortent alors. **188.** Actuellement, l'expression se limite à *mettre dans de beaux draps.* **189.** Voir la n. 28. **190.** Inconvenance, maladresse. **191.** Ils ont gardé de la rancune.

qui nous chérissaient. Allons, camarade, allons chercher fortune autre part : je vois bien qu'on n'aime ici que la vaine apparence, et qu'on n'y considère point la vertu toute nue[192]. *(Ils sortent tous deux.)*

SCÈNE XVII

Gorgibus, Magdelon, Cathos, Violons

Violons : Monsieur, nous entendons que vous nous contentiez à leur défaut[193], pour ce que nous avons joué ici.

Gorgibus, *les battant* : Oui, oui, je vous vais contenter, et voici la monnaie dont je vous veux payer. Et vous, pendardes, je ne sais qui me tient que je ne vous en fasse autant. Nous allons servir de fable et de risée à tout le monde, et voilà ce que vous vous êtes attiré par vos extravagances. Allez vous cacher, vilaines[194], allez vous cacher pour jamais ! *(Seul[195].)* Et vous, qui êtes cause de leur folie, sottes billevesées, pernicieux amusements des esprits oisifs, romans, vers, chansons, sonnets et sonnettes, puissiez-vous être à tous les diables !

Fin

---

192. Dans la déconfiture, Mascarille garde de l'humour ! **193.** Que vous nous payiez à leur place. **194.** Aussi grossières que des paysannes pour s'être plu avec des laquais. **195.** Didascalie de 1734.

DORIMOND

L'École des cocus,
ou
La Précaution inutile
(1659)

Comme Molière et comme Brécourt, Dorimond est un comédien qui écrivit du théâtre. Parisien né vers 1628, Nicolas Drouin, dit Dorimond, connut l'errance des comédiens de campagne, dans diverses troupes, en particulier des troupes protégées, comme celle du duc Gaston d'Orléans ou celle de la duchesse de Montpensier, la Grande Mademoiselle. Grâce aux archives, on repère son passage à Nantes (1652), à Saint-Fargeau, Amiens et Namur (1653-1656), à Marseille (1657-1658), à Lyon où il fit jouer son Festin de Pierre ou Le Fils criminel (1658) ; à Chambéry, en 1659, il est chef de la troupe de la Grande Mademoiselle et il touche double part « en considération de sa poésie à laquelle il s'applique particulièrement », dit le contrat[1]. De fait, ses petites pièces, comme La Rosélie et celles qui vont suivre, apportent du succès à la troupe. Après avoir séjourné à Turin, à Dijon, la troupe gagne Gand et La Haye (juin-octobre 1660).

Quand il arrive avec sa troupe à Paris, au début de décembre 1660, Dorimond est précédé d'une réputation flatteuse. Installé dans la salle de la rue des Quatre-Vents, il donne aux Parisiens L'Inconstance punie, La Femme industrieuse, L'Amant de sa femme et La Comédie de la comédie — pièces dont il entreprend l'impression — et redonne Le Festin de Pierre. Son brusque départ de la capitale s'explique par un drame de famille : sa femme Marie Dumont s'est sauvée avec le gagiste de la troupe. À la mi-février 1661, la troupe est à Bruxelles. En dépit de ses malheurs privés, Dorimond a donc repris la route des comédiens de campagne ; on saisira son passage à Rouen (été 1661) ou à Metz (septembre 1666), mais sa troupe est surtout

---

1. S. W. Deierkauf-Holsboer, *Le Théâtre du Marais*, II : *Le Berceau de l'opéra et de la Comédie-Française. 1646-1673*, Paris, Nizet, 1958, p. 138.

*signalée à Bruxelles, Gand, La Haye, entre 1661 et 1665.
Dorimond meurt avant 1673.*

L'École des cocus ou La Précaution inutile, *qui lance la mode
des* Écoles, *suivie bientôt par* L'École des maris *et* L'École des
femmes *de Molière[2], est difficile à dater. H. C. Lancaster[3] émet
l'hypothèse vraisemblable que la comédie a été composée en
1659, mais nous ne savons ni où ni quand elle fut créée ; sa
représentation n'est pas attestée lors du séjour parisien — ce qui
n'est pas une preuve absolue, d'ailleurs. Le 12 avril 1661,
Dorimond obtint un privilège pour la publication de sa pièce ; il
le céda conjointement aux deux libraires Ribou et Quinet, qui
mirent chacun en circulation le même texte (achevé d'imprimer
du 6 août 1661).*

Le titre de La Précaution inutile *et son contenu viennent d'une
nouvelle de Scarron[4], elle-même assez fidèlement imitée de
l'espagnol[5]. Le héros de Scarron est un jeune gentilhomme de
Grenade, Don Pèdre, qui va de désillusion en désillusion avec les
femmes dont il tombe successivement amoureux : l'une, qui le
fait languir, accouche clandestinement ; l'autre lui préfère un
nègre ; une troisième le trompe bientôt avec un jeune écolier ; le
retour inopiné du mari interrompt l'aventure avec la quatrième ; quant à la dernière, une sotte qu'il a fait élever dans
l'ignorance et qu'il a épousée, elle est séduite par un galant !
Dorimond a changé la victime de ces désillusions et a choisi, au
lieu d'un gentilhomme misogyne, un Capitan ridicule comme
cocu prédestiné ; il l'a flanqué d'un Docteur ; il a surtout réduit
et passablement transformé la série des prétendantes. La
dernière surtout intéresse, car, par le relais de Dorimond,
l'ingénue de Scarron retiendra bientôt Molière pour façonner
l'Agnès de* L'École des femmes ; *Molière aura alors bien*

---

2. H. C. Knutson, « Comedy as a "school" : the beginning of a title form",
Australian Journal of French Studies, January-April 1983, pp. 3-14. **3.** *A
History of French Dramatic Literature in the Seventeenth Century,* Part
III : *The Period of Molière. 1652-1672,* vol. I, 1936, pp. 207-210. **4.** *La
Précaution inutile* (1655) est la première des *Nouvelles tragi-comiques*
de Paul Scarron (voir l'éd. R. Guichemerre, S. T. F. M., diffusion : Paris,
Nizet, 1986, pp. 19-100). **5.** Quatrième des *Novelas amorosas y
ejemplares* de Maria de Zayas y Sotomayor (1637).

plus à prendre chez Scarron que dans la pièce de Dorimond, par trop schématique.

L'École des cocus ou La Précaution inutile *n'est qu'une farce, comme toutes les petites comédies dont le public est friand depuis le retour de Molière à Paris. Dès la dédicace, elle présente l'originalité de mêler la prose et le vers (alexandrins et octosyllabes). Mais sa longueur et sa construction font penser à l'ancienne farce.* L'École des cocus *est une revue, un défilé des femmes ou filles que voudrait épouser le Capitan ; seule trace d'intrigue : la dernière mésaventure avec la niaise Cloris, choisie et épousée par le Capitan avant son départ, mais déniaisée alors par un jeune homme (scènes 5 à 12). Des effets scéniques assez sommaires font aussi penser à la farce : la naissance du nouveau-né brandi sur la scène ; Cloris cuirassée et armée pendant l'absence du mari, frappant le valet Trapolin ; le Capitan portant lui-même cuirasse et toujours prêt à reculer quand on le menace.*

Comme le valet Trapolin et l'amoureux Léandre (les préoccupations terre à terre de l'un faisant contraste avec les préoccupations amoureuses de l'autre), le Docteur et le Capitan sont empruntés à la commedia dell'arte. *Notons toutefois que le Docteur, qui nous gratifie de dénombrements entiers et systématiques de son savoir sur les questions abordées, dont les monologues pédants restent parfois indéchiffrables, est beaucoup moins ridicule que beaucoup d'autres exemplaires du type ; c'est qu'il est intégré au dialogue, qu'il écoute, répond, de même qu'il s'intègre à la vie, puisqu'il épousera une des femmes refusées par le Capitan. Pour celui-ci, il représente une sorte de conseiller narquois qui prédit le cocuage, sans l'ambiguïté qu'y mettaient les savants consultés par Panurge sur la même question du mariage, au* Tiers Livre.

Le Capitan est aussi un type usé ; il n'a plus l'éclat des grands Matamores, ni dans la fanfaronnade ni dans la reculade. Cet « avaleur de braves », au langage un peu pédant, qui se prétend cousin d'Hector, est surtout envisagé ici comme mari maladroit qui apprend à ses dépens que le calcul était sot d'épouser une niaise ; les très fréquentes et très lourdes allusions à son cocuage assuré, à ses cornes, nous plongent encore dans la gauloiserie de la farce traditionnelle.

Les femmes ne sont pas ménagées dans la farce de Dorimond — autre aspect de l'influence gauloise. Lucinde est prise des douleurs de l'enfantement au moment même où elle vante sa vertu. Philis paraît bien fine, un peu trop fine peut-être. Quant à la «pauvre novice» qu'est Cloris, ignorante des réalités du mariage, mais aussi de toute morale, rien ne la retiendra de suivre un galant de passage, ni de tout avouer à son mari[6].

Dorimond a donc réuni les ingrédients nécessaires au plaisir de la farce, mais sans talent particulier, ni aucune profondeur.

Nous suivons le texte ancien et pratiquement identique de Jean Ribou et Gabriel Quinet, 1661, qui donnèrent les seules éditions de la petite comédie. Un certain nombre de corrections proposées par H. Gaston Hall dans son édition moderne («Dorimond : L'Escole des cocus, ou la precaution inutile», Australian Journal of French Studies, vol. IX, n° 2, 1972, pp. 117-147) sont à retenir. Nous numérotons les vers, mais pas les lignes de prose.

---

6. Sur ce genre d'ingénues, voir Ch. Mazouer, *Le Personnage du naïf dans le théâtre comique...*, 1979, pp. 117-120.

L'ÉCOLE DES COCUS,
OU
LA PRÉCAUTION INUTILE

Comédie

À Monsieur de Santigny[1]

Monsieur,

Je vous adresse *La Précaution inutile*; vous en appuierez la vérité, vous en ferez valoir les leçons, et ferez connaître à tout le monde qu'elle est encore plus inutile qu'on ne le[2] saurait croire. De quelque précaution dont on puisse user avec vous, il est malaisé de se défendre de vous aimer; les hommes d'esprit vous donnent une amitié solide, et les belles dames une amour parfaite. C'est pourquoi, Monsieur, je me suis figuré que *La Précaution inutile* ne serait point mal en vos mains, et que même elle y devait être,

Pour bien dire aux maris des champs et de la ville
    Qu'ils trouveraient toujours chez vous,
    S'ils allaient devenir jaloux,
    La Précaution inutile.

---

1. Ce gentilhomme italien n'est pas connu autrement que par ce qu'en dit ici Dorimond.　**2.** Je corrige l'orig. *les,* évidemment fautif (probablement entraîné par *les leçons* qui précèdent).

Je pourrais ici parler de toutes vos perfections, mais je sais que vous avez trop d'esprit et trop de modestie pour souffrir[3] la louange. L'Italie qui vous a donné la naissance vous a fait part de tout ce qu'elle a de rare, et n'a mis dans votre âme que de beaux sentiments. Et la France, dont vous avez pris le bel air[4], a si bien achevé l'ouvrage qu'il est impossible de rien trouver en vous qui ne soit fort.

Vous êtes séparé du commun des humains :
Dans l'amour des vertus vous n'êtes que constance ;
Vous avez la douceur et le bel air de France,
Et la force d'esprit des anciens Romains.

Mais, Monsieur, admirez, je vous prie, comme la précaution est chose inutile avec vous. Quelque connaissance que j'en aie, me voilà pris : je m'étais défendu de vous louer, et cependant vos perfections, malgré ma précaution, m'obligent à vous louer lorsque je n'ai que le dessein de vous prier d'accepter ma comédie, comme une marque de l'estime que j'ai pour vous. Il ne se faut précautionner d'aucune chose que de la manière de vous bien dire que j'ai dessein d'être toute ma vie,

Monsieur,

Votre très humble
et très obéissant serviteur,
D. R.

---

3. Supporter.   **4.** Manières distinguées.

LE CAPITAN.

LE DOCTEUR.

LUCINDE, amante du Capitan.

PHILIS, amante du Capitan.

CLORIS, femme du Capitan.

LÉANDRE, amant[5] de Cloris.

[TRAPOLIN[6], valet de Léandre.]

La scène est à Boulogne[7].

SCÈNE PREMIÈRE

LE CAPITAN, *seul* :

Ce siècle est si fertile en animaux cornus[8],   1

On voit tant de coquettes, on voit tant de cocus,

Qu'il faut qu'avant l'hymen je me précautionne,

Pour jouer à jeu sûr avec une mignonne.

Je ne veux point enfin couver les œufs d'autrui[9].   5

Quelque fol se fierait aux femmes d'aujourd'hui !

---

5. Comme H. G. Hall, je corrige l'orig. *amante*. **6.** Comme le *Capitan*,
le *Docteur* et *Léandre* (rôle d'amoureux), *Trapolin* est un masque de la
commedia dell'arte (*Trappolino* est à rapprocher de *trappola*, « piège », et
de *trappoleria*, « tromperie »); en 1662, Dorimond publia, autour de ce
personnage de valet, une comédie intitulée *La Comédie des comédies ou
Les Amours de Trapolin*. **7.** Deux bourgades françaises de ce nom
pourraient servir de cadre à la comédie : Boulogne-la-petite (notre
Boulogne-Billancourt), bien connue dès le Moyen Âge avec son bois, ou
Boulogne-sur-Mer (on disait Boulogne-la-grande). Mais, au XVIIᵉ siècle,
le nom de la célèbre ville italienne de *Bologna* est régulièrement
transcrit en *Boulogne* (voir, p. ex., dans *Colombine avocat pour et contre*
de Fatouville [1685], que Gherardi recueillit dans son *Théâtre italien*);
étant donné le nombre de types italiens que contient la liste des
personnages, la comédie de Dorimond pourrait bien se dérouler dans la
Bologna italienne. **8.** Pour désigner les maris trompés. **9.** Il ne veut
pas élever des enfants qui ne seraient point de lui, comme ces oiseaux
qui couvent les œufs que le coucou a déposés dans leur nid.

Quand un pauvre mari s'arrête à leurs caresses,
Elles lui font passer pour vertu leurs souplesses[10],
En leur tâtant le col, les chatouillant[11] un peu,
Comme Jason faisait les taureaux jette-feu[12] ;   10
Elles les rendent doux, remplis de complaisance,
Tandis que l'os frontal fleurit en abondance[13],
Tandis que l'on cajole[14] et qu'on dit le bon mot[15],
Et que le mari passe à peu près pour un sot[16].
On croit avoir un fils fait durant la nuit brune,   15
Que quelque autre aura fait au beau clair de la lune.
Je veux, pour n'être point en danger de cela,
Me précautionner. Mais voyons qui va là.

SCÈNE II

Le Docteur *vient, et* Le Capitan *continue*

Le Capitan :
Docteur, vous me voyez dans une grande peine :
Je veux me marier et mon âme incertaine   20
Craint fort le cocuage.

Le Docteur :
                         Eh bien, cerveau léger,
Ne va pas sur la mer si tu crains le danger !

Le Capitan :
Ainsi, vous voyez bien...

---

10. Moyens adroits et subtils pour parvenir à leurs fins. **11.** *Chatouiller :*
« toucher légèrement quelque personne en quelque partie délicate, en
sorte que cela lui cause quelque plaisir ou émotion » (Furetière).
12. Les *taureaux jette-feu* (avec l'emploi burlesque, par ce militaire,
d'un adjectif composé comme aimaient en fabriquer les poètes de la
Pléiade) sont ceux dont l'haleine était de feu et que Jason dut dompter
pour s'emparer de la Toison d'or.   **13.** Toujours les cornes des cocus.
14. Flatte. **15.** La femme endort la méfiance du mari par des mots
vivement et finement exprimés, des *bons mots*. **16.** C'est-à-dire un
mari trompé.

LE DOCTEUR :

                Oui, tu ferais naufrage,
Si tu cinglais dessus la mer du mariage.

LE CAPITAN :

C'est pourquoi je m'en vais faire en homme prudent.   25
Afin de prévenir ce fâcheux accident.

LE DOCTEUR : *Accident* est ce qui peut être ou n'être pas en son
sujet, sans aucunement le détruire ni corrompre, ni par sa
présence ni par son absence. Il se pourrait bien dire en français
advenant, car c'est ce qui advient aux substances sans être de
leur essence ; et est de deux sortes : l'un séparable de son sujet,
comme la crainte, le froid et le chaud d'un corps, la blancheur
d'une muraille ; l'autre inséparable, comme la blancheur du
cygne et de la neige, la noirceur d'un corbeau ou d'un
Éthiopien, la cicatrice d'une plaie fermée[17]. Il y a d'une autre
sorte d'accidents[18], comme qui vous donnerait du bout du gros
orteil dans l'orifice du ponant[19] et vous fracasserait l'os sacrum ;
une décharge sur les omoplates, une autre sur les clavicules, une
apostrophe sur la moitié de la face[20] : ce sont autres sortes
d'accidents.

LE CAPITAN :

Enfin je suis ravi, Docteur, de l'abondance
De votre bel esprit et de votre science.

LE DOCTEUR : Science est ou universelle, ou singulière ; l'une
est appelée actuelle, l'autre habituelle. L'actuelle est celle qui est
acquise par une seule démonstration ; habituelle est celle qui est
composée d'un grand nombre de sciences actuelles tendantes[21]

---

17. Le DOCTEUR explique assez clairement l'essentielle distinction
aristotélicienne entre la *substance* (ce qui est permanent et sert de
support aux qualités successives) et l'*accident* (ce qui peut avoir lieu et
disparaître sans destruction du sujet). **18.** Deuxième sens du mot
accident : ce qui arrive de manière fortuite ; les exemples du Docteur
sont frappants ! **19.** Cette amusante métaphore pédantesque désigne
le derrière ; un coup de pied au derrière fracasserait l'os du
bassin ! **20.** Encore un joli pédantisme pour désigner le coup au
visage. **21.** Malgré Vaugelas, le XVIIᵉ siècle, qui ne distingue pas
toujours entre le participe présent et l'adjectif verbal, accorde encore le
participe présent au féminin pluriel. — Le Docteur poursuit ses
distinctions scolastiques des catégories de la *science*.

à même sujet, ainsi qu'une habitude résulte de plusieurs et fréquentes actions. La science étant une certaine et infaillible connaissance, elle ne peut être des[22] choses singulières, lesquelles coulant et roulant toujours par une vicissitude[23] incertaine et muable[24] et en leur être et en leurs accidents, ne peuvent fonder aucune science assurée. Pour l'entière et parfaite intelligence[25], il faut savoir que la science est la connaissance de quelque chose par sa cause, non par les causes, d'autant qu'il y peut échoir plusieurs causes d'un même effet, comme l'efficiente, la matière, la forme et la fin[26]. Il y a la science naturelle, par laquelle il est aisé de voir et de connaître que je suis un homme et que vous êtes un âne ; il y a la nécromancie[27], par laquelle je devine que vous serez du naturel des chevreaux, que les cornes vous croîtront de bonne heure.

Le Capitan :

Quand je serai mari, pour amortir sa flamme[28],
Qui se hasardera de cajoler[29] ma femme ?   30
Depuis Hector, Achille et le grand Hannibal,
Depuis Jason, Ajax, a-t-on rien vu d'égal ?
Depuis César, Hercule, Alexandre et Pompée,
A-t-on rien vu que moi d'égal à leurs épées[30] ?
Mais donnez donc quelque ordre à vos raisonnements :   35
Pour moi, je n'entends rien à tous vos documents[31].
Aux coquets trop fringants je donne des entraves ;
Je suis un duelliste, un avaleur de braves.

Le Docteur : Or, d'autant que pour bien distinguer les choses et les bien rapporter chacune à sa catégorie ou prédicament[32], il

---

22. Être science des. **23.** Instabilité, disposition à changer. **24.** Inconstant, sujet au changement. **25.** Pour bien comprendre. **26.** La scolastique conserva les distinctions faites par Aristote dans sa *Métaphysique*, entre la cause *efficiente*, la cause *matérielle*, la cause *formelle* et la cause *finale*. **27.** Évocation des morts pour connaître l'avenir. **28.** Pour assouvir son amour, sa sensualité. **29.** Courtiser. **30.** Pour *valeur guerrière*, par métonymie. L'orgueilleux Capitan se met au-dessus des plus grands héros, conquérants et généraux de l'Antiquité gréco-latine. **31.** Enseignements, leçons. **32.** Mot synonyme de *catégorie* ; en logique aristotélicienne, une *catégorie* est un des chefs généraux sous lesquels nous rangeons toutes nos idées.

importe de connaître si leurs noms sont anonymes, synonymes ou paronymes, suivant la méthode d'Aristote, même avant d'entrer aux catégories, nous interpréterons ces trois mots-là, et jetterons quelque règle fondamentale. Concernant l'intelligence des catégories des synonymes, les uns sont homonymants, les autres homonymés. L'homonyme homonymant est le mot ou le nom commun également à plusieurs choses, comme *chien* — car il convient non seulement à un animal terrestre et domestique, mais aussi à un poisson et à un astre. Les synonymes synonymants sont les mêmes choses signifiées par cet homonyme homonymant : par exemple, *vouloir*, c'est un synonyme synonymant ; *souhaiter, convoiter, désirer, vouloir* sont synonymes synonymés. Enfin, homonymes homonymés homonymants, synonymes synonymés synonymants, paronymes paronymés paronymants veulent dire, faire entendre, faire connaître, interpréter, concevoir, exprimer plusieurs choses[33].

Le Capitan :

Mais après tout cela, dis, que définis-tu ?

Le Docteur :

Enfin je définis que tu seras cocu[34].   40

Le Capitan :

Les dames de ce temps sont donc d'étranges dames.

Le Docteur :

Cela n'adviendra pas par le défaut des femmes ;
Cela t'arrivera par un noir ascendant
D'un astre dont ton sort fut toujours dépendant[35],
Par une inspection qu'as sur ta face morne   45
Le bélier, le croissant avec le capricorne[36].

---

33. Au tout début de ses *Catégories*, Aristote définit très sobrement *homonymes* et *synonymes* ; le Docteur se lance pour sa part dans un luxe de distinctions qui deviennent délirantes, et qui sont une caricature de la scolastique tardive et décadente. **34.** Le Docteur quitte la prose pour l'alexandrin. **35.** Un astre impose à la destinée du Capitan son influence maléfique. **36.** En l'état, l'explication grammaticale de ce texte semble impossible. Le sens général en est pourtant clair : le Capitan est sous l'influence d'astres ou de constellations dont les cornes, d'une manière ou d'une autre, sont un attribut qui se reportera sur le futur cocu. Le *Bélier* et le *Capricorne* (qu'on figure par un bouc) sont dotés de cornes ; *être logé au croissant* (de la lune), c'est appartenir à la confrérie des maris trompés.

Des esprits féminins le mieux moriginé[37]
Se corrompt avec un esprit prédestiné ;
C'est le sort du mari, non celui de la femme,
Qui fait naître chez eux une illicite flamme[38].　　　　50
Et bien souvent on voit un homme encor garçon
Être un sot[39] ; et par là, vous l'êtes tout de bon.
Enfin un honnête homme est toujours honnête homme,
Un sot est toujours sot ; c'est ainsi qu'on vous nomme.
Sa femme n'y fait rien, qu'elle soit sage ou non ;　　　55
L'un ni l'autre jamais ne peut perdre son nom.

　　　Le Capitan :
Ce discours ambigu ne me contente guère.

　　　Le Docteur :
Oui, l'on peut être sot du ventre[40] de la mère.

　　　Le Capitan :
Toutefois, en usant de ma précaution...

　　　Le Docteur :
Toutefois tu suivras le destin d'Actéon[41].　　　　60

　　　Le Capitan :
C'en est trop, Docteur d'Arcadie[42] :
Ton discours me met en furie.
Va dans la Mésopotamie
Ou bien dedans l'Éthiopie,
Dans le Japon ou dans l'Indie[43],　　　　65
De peur que ta langue hardie
Par moi ne soit anéantie !
Va-t'en dedans l'Andalousie

---

37. Le mieux élevé *(moriginé)* des esprits féminins, la femme la mieux
élevée. **38.** Un amour adultère. **39.** Bien que n'étant pas encore
marié, le Capitan peut déjà se considérer comme un cocu (*sot*, voir n.
16), puisque telle est sa nature, sa destinée. **40.** Dès le ventre. **41.** *Actéon* fut transformé en cerf par Artémis, donc doté sur le
front de superbes bois. **42.** Dans l'Antiquité, la région grecque de
l'*Arcadie* était fameuse pour ses ânes ; le *Docteur d'Arcadie* n'est qu'un
âne. — Le Capitan et le Docteur utilisent maintenant l'octosyllabe dans
deux belles répliques opposées, fondées chacune sur la même rime, la
série en *-ie* étant contrée par la série en *-asse*. **43.** L'Inde (forme
appelée par la rime).

Ou bien du côté d'Arabie,
Ou, pour mieux dire, en ta patrie   70
Que l'on appelle Bêtinie[44],
Ou bien, sot Docteur, je te prie,
Va-t'en au diable en diablerie !

LE DOCTEUR :
Si je me mets sur ta carcasse,
Satyre cornu, fils de bagasse[45],   75
Un coup de pied dans la culasse[46]
Te fera faire la grimace
D'un constipé sur ta terrasse[47],
D'un qui sur le bassin trépasse,
D'un malsain prenant de la casse[48].   80
Et sur ta tête et sur ta face,
Tant de coups rendront ta voix lasse
Et t'enfonceront la cuirasse[49]
Que tu me quitteras la place.

LE CAPITAN :
Docteur, soyons amis.

LE DOCTEUR :
                                 Oh, le vaillant soldat[50] !   85

---

44. Formation burlesque sur *bête* : pays de la bêtise. **45.** *Bagasse* ou *bagace* : putain, garce (Molière emploie le mot dans *L'Étourdi*, V, 9) — Prononcé tel qu'il est écrit, ce vers compte une syllabe de trop. **46.** Le cul, par métaphore avec la partie qui fait le fond du canon ou d'une arme à feu ; Le Roux signale l'expression *une femme est renforcée sur la culasse*, pour dire qu'elle a les hanches larges et de grosses fesses. **47.** Cette *terrasse* intrigue. S'agirait-il du terme de sculpture (« surface du socle sur laquelle reposent les pieds de la figure »), le Docteur assimilant le Capitan à une sculpture grimaçante ? Ou *terrasse* est-il pris au sens le plus habituel ? Ou faut-il simplement un mot en *asse* pour la série des rimes... ? **48.** *Casse* : « fruit qui vient aux Indes, dont la moelle sert à purger. Les médecins de France ne purgent guère qu'avec la casse » (Furetière). **49.** Le Capitan pouvait bien — ridicule supplémentaire — paraître armé sur la scène. **50.** Retour définitif à l'alexandrin.

SCÈNE III

LE DOCTEUR, LUCINDE, LE CAPITAN

LE CAPITAN :

Ma maîtresse paraît. Regarde, que d'éclat !
Depuis fort peu de temps j'ai quitté vingt maîtresses ;
À cet objet tout seul j'adresse mes caresses[51]
Parce que j'ai connu sa pudeur et sa foi,
Et qu'elle m'aime enfin, et n'aimera que moi.   90

LE DOCTEUR :

Ce cas est fort douteux.

LE CAPITAN :

              Beauté, l'honneur des dames,
Quand prendrez-vous le temps de soulager mes flammes ?

LUCINDE :

Je vous ai mille fois assuré que mon cœur
N'aime que vous et n'a que vous pour son vainqueur.
Mais je prends tant de soin pour me conserver pure,   95
Qu'un simple mot d'amour me tient lieu d'une injure.
Je suis fort sage enfin ; je le dis, croyez-moi !
Mon honneur m'entretient[52], il me donne la loi.
En vérité, l'honneur est une belle chose.
On a beau soupirer pour mes lys, pour ma rose[53],   100
Quand mes yeux auraient mis le feu dans l'univers,
Ma pudeur ne verrait jamais mes sens pervers.
Mais quelle douleur me prend ? À l'aide, à l'aide, à l'aide !
Ne puis-je ici trouver ni secours ni remède ?
Laissez-moi, s'il vous plaît ! Un cruel mal de cœur   105
Me tourmente beaucoup. Ah ! Dieu, quelle douleur !

LE CAPITAN :

Elle est toute modeste, elle est fort solitaire.

---

51. Soins, égards, marques d'affection. **52.** Me maintient dans l'état de pureté et de fidélité. **53.** Pour moi, qui ai un teint de lys et de rose, un teint blanc et vermeil (selon la manière poétique) ; par métonymie, les lys et la rose désignent la personne même de Lucinde.

LE DOCTEUR :

Mais dans ce petit coin, qu'est-ce qu'elle peut faire ?

LE CAPITAN :

Elle est allée enfin prier avec chaleur
Les dieux de lui vouloir conserver son honneur.   110
Ah ! que je serai bien avecque cette belle !
Heureux, heureux mari !

LUCINDE, *crie* :

　　　　　　　　　　　À l'aide !

LE CAPITAN :

　　　　　　　　　　　　　　　Que veut-elle ?
Je n'oserais entrer[54]. N'importe, il faut mourir.

LE DOCTEUR :

Qu'il est vaillant !

LE CAPITAN :

　　　　　　　Docteur, allons la secourir !
　　　　　　(*Il prend un enfant dans un berceau.*)
Hélas ! je la croyais aussi chaste que belle.   115

LE DOCTEUR :

Elle a fait un poupon, cette beauté fidèle.
Heureux, heureux mari ! Eh bien ! pauvre cerveau,
Tu t'allais empêtrer de la vache et du veau[55].

LE CAPITAN :

Que je suis malheureux !

LE DOCTEUR :

　　　　　　　　　　　La chose est apparente
Que tu dois recueillir les fruits qu'un autre plante.   120

LE CAPITAN :

Cependant, prenons soin de ce petit poupon ;
Il nous le faut donner dedans cette maison.
Sans ma précaution n'étais-je pas frelore[56] ?
Ah ! que je me veux bien précautionner encore !
Docteur, cet autre objet[57] qui vient au petit pas   125
Me voudrait engager avecque ses appas ;

---

54. Le Capitan a peur d'aller secourir Lucinde, qui s'est retirée pour accoucher ! **55.** Manière grossière de dire : de la mère et de l'enfant. **56.** Perdu. **57.** Femme aimée.

Elle use pour cela de haute rhétorique[58].
Mais elle est encor trop fine pour ma boutique.

LE DOCTEUR :
Enfin, mon pauvre ami, le panache[59] t'attend ;
Comme le grand Seigneur tu porteras croissant[60].   130

SCÈNE IV

LE DOCTEUR, LE CAPITAN, PHILIS

PHILIS :
Eh bien ! cher Capitan, votre âme est-elle encore
Dans ce doute cuisant qui[61] le jaloux dévore ?

LE CAPITAN :
J'y suis et j'y serai tant que j'aurai des yeux,
Et tant que je verrai des fourbes sous les cieux.
Docteur, si celle-ci pouvait être capable   135
De ne me point fourber, que je la trouve aimable !
Tâchez de le connaître[62].

LE DOCTEUR :
                              Il faut donc la sonder.
Sans cela je ne puis rien du tout décider.

LE CAPITAN :
Vous êtes si savant avec votre doctrine[63] :
Vous pouvez bien savoir à quoi la belle incline.   140

LE DOCTEUR :
Il faut donc que je jette un œil de Galien,
Pour cela, dans son dispotaire[64] féminin.

---

58. D'un style élevé, savant. **59.** Un *panache* de cerf, coiffure du mari
trompé. **60.** Le *croissant* est le symbole de l'empire turc ; le sultan de
Constantinople *(le grand Seigneur)* l'arbore, et tout cocu l'imite, qui est
sous le signe du croissant (voir n. 36 au v. 46). **61.** Je corrige l'orig.
que, évidemment fautif. Comprendre : ce doute cuisant *qui* dévore le
jaloux. **62.** De savoir si elle ne me trompera pas. **63.** Connaissances,
science. **64.** Quelle est cette partie de la femme que le Docteur doit
examiner comme le grand médecin de l'Antiquité ? Le mot est inconnu,
et l'étymologie n'aide guère (en grec *potèr* et *potèrion* signifient « le vase,
la coupe »). En tout cas, ici comme au vers 194, *dispotaire* désigne la
femme par métonymie.

PHILIS :

Eh bien! cher Capitan, ou plutôt mon Pyrame,
Quand pour votre Thisbé[65] serez-vous tout de flamme?

LE CAPITAN :

Je vous aimerais bien, mais votre esprit coquet   145
Me fait craindre de vous quelque fatal[66] effet.
Car vous en savez trop, oui, vous êtes trop fine ;
Et ce n'est plus pour vous à présent que j'incline.
Je veux me marier, mais je veux épouser
Une innocente, afin de la mieux maîtriser[67].   150

PHILIS :

C'est pour me divertir que je vous dis que j'aime.
Je me ris.

LE CAPITAN :

      De qui donc?

PHILIS :

              Capitan, de vous-même.
Mais je vous veux donner une bonne leçon.
Vous voulez épouser une sotte, un oison,
Une beauté stupide, une pauvre ignorante,   155
Pour n'être point trompé, pour qu'elle soit constante?
Que c'est un animal méchant et dangereux
Qu'une femme ignorante, et qu'il est vicieux !
Une beauté subtile, une gentille[68] femme,
En trompant son mari saura cacher sa flamme.   160
Mais la niaise enfin, en l'actéonisant[69],
N'aura pas au besoin l'esprit assez présent,

---

65. Savante, Philis s'assimile avec son amant au jeune couple d'amoureux babyloniens dont Ovide a conté la légende, très célèbre en Occident, dans ses *Métamorphoses*. **66.** Voulu par le destin ; le Docteur lui a dit plus haut qu'il était prédestiné à être « sot ». **67.** Bientôt l'Arnolphe de Molière affichera la même prétention : « Et celle que j'épouse a toute l'innocence / Qui peut sauver mon front de maligne influence » (*L'École des femmes*, I, 1, v. 79-80). Mais Arnolphe et le Capitan de Dorimond doivent à Don Pèdre, héros de la nouvelle de Scarron publiée en 1655, *La Précaution inutile*. **68.** *Gentille* : qui sait plaire par sa beauté et aussi, dans le présent contexte, par ses qualités d'habileté. **69.** En le rendant cerf comme *Actéon*, en lui plantant des cornes de cocu ; voir *supra*, v. 60, n. 41.

Ne saura pas non plus, en faisant la colère[70],
Sortir bien à propos d'une méchante[71] affaire ;
Et souvent, Capitan, une sotte fera   165
Son pauvre homme cocu, et l'en avertira.

    Le Docteur :

Ho ! ho ! vous en savez de la belle manière.
Je vous estime fort, ô femme singulière !

    Philis :

Enfin j'en sais un peu. J'ai l'esprit clairvoyant,
Fort subtil et profond, et beaucoup pénétrant.   170

    Le Docteur :

Je le vois bien, *neque caece*[72] *neque cocles.*
Cet homme *est generis communis*[73].

    Le Capitan :

Dites, si j'épousais de ces[74] beautés bigotes
Qui ruminent toujours, qui sans cesse marmottent[75] ?
Elle serait honnête, elle n'aurait pour but   175
Que le soin de songer à faire son salut.

    Philis :

Non, non. Une bigote, en ce siècle où nous sommes,
Tromperait Dieu, les saints avecque[76] tous les hommes.
Ce n'est point votre fait, ne vous y fiez pas,
Car vous vous jetteriez dans quelque autre embarras ! 180

    Le Capitan :

Ainsi je ne sais plus de quel côté me rendre.

---

70. *Colère* est adjectif (« qui se met en colère ») : en faisant mine de
s'emporter. **71.** Mauvaise. **72.** Cette forme est grammaticalement
impossible. Ou le Docteur veut dire qu'il le voit bien, qu'*il n'est ni
aveugle ni borgne*; et alors il faudrait *caecus.* Ou il veut dire qu'il voit
bien que Philis a l'esprit clairvoyant (v. 169-170), qu'*elle n'est ni aveugle,
ni borgne*; et alors il faudrait *caeca.* Je mets un point après le v. 171 ;
mais ce vers pourrait aussi se rapporter au vers suivant ; il faudrait alors
caecus et qu'une virgule termine le v. 171. **73.** Est du genre commun ;
le Docteur juge ici la sottise du Capitan, à côté de la finesse de Philis. Ce
vers, avec ses 9 syllabes, est très incomplet. **74.** Une de ces. **75.** Qui
murmurent sans cesse leurs prières entre leurs dents. **76.** Et (la forme
avecque, bisyllabique, est nécessaire pour la métrique, ici comme
souvent ailleurs). La fausse dévotion et l'hypocrisie sont déjà égrati-
gnées.

PHILIS :
Je vous conseille...

LE CAPITAN :

          Et quoi donc ?

PHILIS :

                De vous aller pendre.

LE DOCTEUR :
Voilà bien conseiller.

LE CAPITAN :

            Oh ! discours superflus !
J'aimerais encor mieux être au rang des cocus.
J'en ai grand-peur pourtant, et si je me marie,   185
Je n'en réchapperai nullement, sur ma vie.

PHILIS :
Ne vous mariez point ! On dit que tu ne dois,
Lorsque tu crains la feuille, aller dedans le bois[77].

LE DOCTEUR :
Ma foi, vous me charmez, votre beauté me pique.
Si je pouvais entrer dans votre république,   190
Et payant bien le droit que payent les bourgeois,
Comme étranger je m'y naturaliserois[78].

PHILIS :
Bien, bien ! Dans un moment nous parlerons d'affaire.

LE DOCTEUR :
Pour votre dispotaire[79] je quitte ma grand-mère.
Quoi qu'il arrive enfin, je vivrai sous vos lois ;   195
Vos yeux seront mes dieux, mes soleils et mes rois.
Capitan, si ma flamme avec elle est trompée,
Pour le moins je mourrai d'une fort belle épée.

---

77. Le Roux explique ainsi le proverbe *Qui a peur des feuilles ne doit point aller au bois* : ‹ ne pas s'engager en des entreprises dont on craint de faire les frais. › **78.** Le Docteur file la métaphore politique : il aspire à être accueilli dans l'État (la *république*) de Philis, et se montre prêt à acquitter les impôts qu'y doit tout citoyen *(bourgeois)*. Tout cela pour dire qu'il deviendrait volontiers son soupirant et qu'il l'épouserait volontiers ! La modernisation *naturaliserais* (orig. *naturaliserois*) occulterait la rime. **79.** Voir *supra* la n. 64, au v. 142.

SCÈNE V

PHILIS, LE CAPITAN, LE DOCTEUR, CLORIS

CLORIS :
Jadis le Capitan m'adressait tous ses vœux.

LE CAPITAN :
Ah ! voici la beauté qui me doit rendre heureux.   200
Docteur, elle n'a point ni d'esprit ni de ruse.
Elle est comme il me faut : c'est une bonne buse.
Je vous laisse Philis. Voulez-vous m'épouser ?

CLORIS :
Et qu'est-ce qu'épouser ?

LE DOCTEUR :
                              Hé ! c'est s'humaniser.

PHILIS :
Quelle niaise, ô dieux !

LE CAPITAN :
                              Cette pauvre novice   205
Sans esprit ne peut pas inventer de malice.
Allons nous marier !

CLORIS :
                    Mais étant mon époux,
Dites-moi, s'il vous plaît, que demanderez-vous ?

LE DOCTEUR :
Il vous demandera de faire bonne mine,
Et puis d'attendre au lit l'influence bénigne   210
Qui donne de la joie et chatouille les sens,
Et qui fait pulluler les animaux parlants[80].

CLORIS :
Allons donc, je le veux ! Allons, je suis en âge !
Et je puis aisément franchir ce doux passage.

PHILIS, *au Docteur* :
Allons, mon cher Docteur, et sans perdre de temps   215
Vous m'apprendrez le code avec le droit des gens[81].

---

80. Ses circonlocutions viennent au secours du Docteur pour tâcher
d'expliquer le désir et la génération à l'ingénue. **81.** Ce Docteur est un

SCÈNE VI

Trapolin, Léandre

LÉANDRE :

Ce climat[82] est fort doux, les dames en sont belles.

TRAPOLIN :

Et pour moi, je sais bien de meilleures nouvelles.

LÉANDRE :

Que sais-tu ?

TRAPOLIN :

        Qu'on y voit de fort bons cabarets,

Où nous pourrions aller nous rendre le teint frais.   220

LÉANDRE :

Ah ! que j'ai vu passer une dame jolie !

TRAPOLIN :

Et moi, je viens de voir...

LÉANDRE :

        Quoi donc ?

TRAPOLIN :

             L'hôtellerie.

LÉANDRE :

Que j'aimerais à voir un œil friand et beau[83] !

TRAPOLIN :

Que j'aimerais à voir une longe de veau !

LÉANDRE :

Que j'aime un sein de lys[84] !

TRAPOLIN :

        Que j'aime une mignonne[85],   225

Quand son ventre est rempli d'excellent vin de Beaune !

LÉANDRE :

Que je suis amoureux du sexe féminin !

---

docteur en droit ; l'université de Bologne était particulièrement célèbre, dès le Moyen Age, pour son école de droit : argument supplémentaire possible pour situer la comédie à Bologne. Le droit des gens est le droit international ; *cf. Les Précieuses ridicules*, sc. 9. **82.** Pays, contrée. **83.** Un œil agréable, qui flatte la vue, et beau — par métonymie, une belle fille. **84.** Blanc, au teint de lis ; *cf. supra*, v. 100, n. 53. **85.** Maîtresse, fille.

TRAPOLIN :
Que je suis amoureux du repas et du vin !

LÉANDRE :
Lorsque je vois des dents blanches comme des perles,
Quand je vois des cheveux aussi noirs que des merles, 230
Quand j'en vois de cendrés, de châtains et de blonds,
Flottant sur un sein blanc bouclés à gros bouillons[86],
Une taille bien faite, une hanche fournie
Et pourtant déchargée[87], ah ! mon âme est ravie.
Lorsque je vois des pieds bien faits et bien tournés, 235
Des yeux bien animés, bien émerillonnés[88],
Une démarche grave, une façon galante,
Alors mon cœur s'engage à chercher une amante.
C'est dans ce grand amas de charmes innocents
Que je me laisse aller au pouvoir de mes sens. 240

TRAPOLIN :
Et pour moi, quand je vois cette beauté divine
Qui charme et rit toujours, qu'on appelle cuisine ;
Quand j'y vois un potage avec un gros chapon,
Des poulets, des pigeons, avec un gros dindon,
Un ragoût bien friand[89], une table charmante, 245
C'est où mon cœur s'engage à chercher une amante.
C'est dans ce grand amas de charmes innocents.
Que je me laisse aller au pouvoir de mes sens.

LÉANDRE :
Tu m'interromps toujours avecque ta cuisine.

TRAPOLIN :
Enfin, vive l'amour, Monsieur, pourvu qu'on dîne ! 250

LÉANDRE :
Allons, viens faire un tour pour chercher l'appétit !

TRAPOLIN :
Le mien est tout trouvé. Ah ! que j'ai de dépit !

---

86. Frisés par anneaux et qui tombent en onde sur le sein.
87. *Décharger* c'est retrancher ce qui est superflu, ce qui nuit ; Léandre cherche une beauté à la taille modérément fournie. **88.** Éveillés, vifs (comme *l'émerillon*, la femelle du faucon). **89.** Appétissant, au sens propre.

SCÈNE VII

Le Capitan :
Enfin, je suis mari, et mari d'importance[90].
Avec ma femme enfin, je suis en assurance,
Car elle ne sait pas ce que c'est que pécher.   255
Mais afin que pas un ne la puisse approcher,
Tandis que je m'en vais à ma grange[91] hors la ville,
J'ai mis dessus son dos la cuirasse d'Achille
Et le divin armet[92] de mon cousin Hector,
Et puis dedans sa main la pertuisane[93] encor.   260
Je lui donne un bon pli les premières journées
Afin d'en profiter le reste des années.
Mais la voici qui vient. Ainsi l'homme de cœur
Prend soin de conserver sa gloire et son honneur.

SCÈNE VIII

Cloris, *armée*[, Le Capitan

Le Capitan] *(Il continue.)* :
Demeurez en ce lieu le temps de mon voyage !   265
Voilà de mon pays la loi de mariage ;
Elle porte qu'ainsi l'on assure l'honneur
Pour nous faire éviter un amant suborneur.

SCÈNE IX

Léandre, Trapolin, Cloris

Cloris :
À ce que je puis voir, c'est un sot avantage
Que d'être en ce pays dedans le mariage.   270

---

90. Tout à fait mari (*d'importance*: beaucoup, fortement). **91.** La maison des champs. **92.** Casque. Les pièces de l'armure sont évidemment héritées des héros grecs, qui sont de la familiarité ou de la famille du fanfaron ! **93.** Sorte de hallebarde.

LÉANDRE :

Ah, dieux ! que de beauté, que d'attraits, que d'appas !
Trapolin, approchons ! Je crois que c'est Pallas[94].
Allons la saluer ! Ah ! c'est une déesse.

TRAPOLIN :

Ah ! je crois bien plutôt que c'est une diablesse.
Ma foi, j'en ai grand-peur.

LÉANDRE :

          Va donc !

TRAPOLIN :

                    Allez-y, vous !   275

LÉANDRE :

Je veux...

TRAPOLIN :

     Je ne veux pas.

LÉANDRE :

                Redoute mon courroux !

TRAPOLIN :

Mais il faut pourtant voir de près sa contenance.
(Cloris le frappe.)
Au diable la figure[95], avec son influence[96] !

LÉANDRE :

Beauté, l'étonnement des hommes et des dieux,
N'était-ce pas assez des armes de vos yeux ?   280
Pourquoi vous mettez-vous en ce fier équipage[97] ?
Votre visage doux aime-t-il le carnage ?

CLORIS :

Monsieur, vous étonnant de l'état où je suis,
Ignorez-vous les lois de ce fâcheux pays ?
Les femmes de ces lieux sont en cet équipage   285
Pour garder leur honneur dedans le mariage.

---

94. Car elle est armée, comme *Pallas Athèna* qui sauta tout armée de la tête de Zeus. **95.** Cette forme, dont on ne peut dire si elle est déesse ou diablesse. **96.** C'est l'action physique, concrète, frappante qui s'exerce depuis la « figure » sur le malheureux valet. **97.** Cet accoutrement terrible, guerrier.

LÉANDRE :
Vraiment, dans ce pays on fait de rudes lòis.
Dans le nôtre on agit d'un air bien plus courtois.
Ah ! si vous le saviez...

CLORIS :

Je brûle de l'entendre.

LÉANDRE :
Venez avecque moi, je pourrai vous l'apprendre.   290
(*Ils sortent.*)

TRAPOLIN, *seul* :
La donne[98] est susceptible[99] ! Elle le suit, ma foi.
Voilà Pallas par terre, amour lui fait la loi.

SCÈNE X

LE DOCTEUR, PHILIS

PHILIS :
Docteur, nous voilà bien.

LE DOCTEUR :

Tout à fait bien, ma belle.
Nous sommes mariés, soyez-moi bien fidèle !

PHILIS :
Voyez cette innocente : elle suit un galant.   295

LE DOCTEUR :
Je l'avais bien prévu. Le pauvre Capitan !

---

98. De l'italien *donna* : dame ; Furetière précise : « il ne se dit qu'en mauvaise part, pour signifier une courtisane ». Trapolin ne va pas jusque-là, mais il remarque que la fille a facilement suivi le galant. **99.** Elle reçoit facilement les impressions, les influences — ici, celles du galant amoureux.

SCÈNE XI

Le Docteur, Philis, Le Capitan

Le Capitan :
Je n'ai su demeurer longtemps à la campagne,
Et je reviens trouver ma gentille[100] compagne.
De sa simplicité je dois tout espérer.

Le Docteur :
Capitan, nous verrons qui s'en pourra parer[101].   300

Philis :
Mon mari n'aura point pour moi martel en tête,
Car je sais ménager la petite conquête[102].

Le Capitan :
Si je savais quelqu'un qui se pût figurer
De cajoler[103] ma femme et me déshonorer,
Il serait hors d'état de faire des caresses,   305
Car je déchirerais son corps en mille pièces.

Philis :
Ceux qui parlent beaucoup n'ont jamais grand effet[104].

Le Docteur :
Par la mort, je ferais...

SCÈNE XII

Philis, Le Docteur, Le Capitan, Cloris, Trapolin, Léandre

Léandre :
                    Adieu, divin objet[105].
Que je baise vos mains !

Philis :
                    Capitan, faites rage !

---

100. Belle, mignonne. **101.** Qui pourra se louer de cette simplicité. **102.** Je comprends : je sais ménager la conquête que j'ai faite du
Docteur comme époux, en lui étant fidèle. **103.** Voir *supra*, v. 30,
n. 29. **104.** Réalisation, actes. **105.** Léandre s'adresse à Cloris, qui a
quitté ses armes.

LE CAPITAN :
La prudence sied bien avecque le courage.   310
    PHILIS :
Quoi ! vous souffrez ainsi cet outrage à vos yeux ?
    LE CAPITAN :
Je fais ce que je puis pour être furieux[106].
    LÉANDRE :
Encore un coup[107], adieu, divin objet, ma reine !
    TRAPOLIN :
Adieu, belle Pallas !
    LE CAPITAN :
                    Rage, fureur, feu, haine !
Tu mourras, suborneur !
        (Léandre revient et le regarde fièrement[108].)
    LÉANDRE :
                    À qui donc parlez-vous ?   315
Est-ce à moi ?
            (Il revient encore.)
    LE CAPITAN :
                Non, Monsieur, non, ce n'est pas à vous.
    PHILIS :
Vraiment vous êtes brave, et brave à toute outrance[109] !
    LE CAPITAN :
Je le suis quand je veux. Donnez-moi patience !
Je ne l'ai pas tué, le traître, en ce moment ;
Je retarde sa mort d'une heure seulement.   320
Mais venez là, traîtresse ! Où sont, où sont vos armes ?
    CLORIS :
Cet étranger courtois, civil et plein de charmes
Me les a fait quitter et m'a dit, ébahi,
Que l'on n'exerçait[110] point ces lois en son pays ;
Que les femmes avaient, après le mariage,   325
Des armes à la main qui faisaient moins d'outrage ;

---

106. Noter la plaisante diérèse. **107.** L'éd. orig. imprime ce segment comme une didascalie ; je rétablis la continuité de l'alexandrin prononcé par Léandre. **108.** D'un regard farouche. **109.** Jusqu'à l'excès. **110.** Pratiquait.

Qu'elles avaient des lois plus douces qu'en ces lieux.
Aussitôt mon esprit s'est montré curieux :
J'ai brûlé du désir de les pouvoir apprendre,
Et lui-même a voulu me les faire comprendre.   330

    Le Capitan :

Ah ! vous me disiez bien qu'une sotte ferait
Son pauvre homme cocu et l'en avertirait.
Je vous enfermerai désormais, ignorante.
Rentrez, rentrez ici, sotte, bête, innocente !

    Philis :

Adieu, cher Capitan, adieu ! Consolez-vous.   335

    Le Docteur :

Allez-vous-en chanter avecque les coucous[111] !

    Philis :

Allez dire aux maris des champs et de la ville
Que la précaution leur est chose inutile.

Fin

---

111. Pour railler les maris trompés, *coucous* servait à l'égal de *cocus*.

LA FONTAINE

Les Rieurs du Beau-Richard

(1660)

Alors que La Fontaine, qui va atteindre la quarantaine, désire
« tenter sa chance parmi les poètes protégés par Foucquet[1] » — il
compose pour lui Adonis, *puis* Le Songe de Vaux *—, et s'installer*
à Paris, il se voit souvent retenu à Château-Thierry, dans les
années 1658-1659, pour ses affaires ou pour les obligations de
sa charge de maître des eaux et forêts. Les Rieurs du Beau-
Richard *témoignent de cet enracinement local et provincial.*
Pour ses amis de Château-Thierry qui en sont les acteurs, le poète
fait d'une anecdote locale un divertissement théâtral joyeux,
dont le décor est le carrefour du Beau-Richard à Château-
Thierry. Une allusion au mariage de Louis XIV permet de situer
la petite comédie entre novembre 1659 et juin 1660. Mais l'esprit
du Prologue, qui fait parler un membre de la société joyeuse de
Château-Thierry dénommée les Rieurs du Beau-Richard, nous
renvoie tout à fait aux fêtes carnavalesques et à leurs
manifestations théâtrales ; on a donc raison d'assigner à la
pièce, dont le manuscrit nous est parvenu par hasard, la date du
Carnaval de 1660.

Cette pièce inédite découverte en 1825 est un ballet, dont les
buit entrées sont précédées d'un Prologue. Mais le cadre
dramaturgique du ballet ne doit pas faire illusion : Les Rieurs du
Beau-Richard *s'apparentent en réalité à la farce gauloise,*
parfaitement à sa place en période de carnaval, et dont l'esprit
marquera à ce point les futurs Contes *de notre poète qu'il*
reprendra la même anecdote, en 1665, pour le Conte *d'une*
chose arrivée à Château-Thierry. Par sa longueur — moins de
200 vers, Prologue compris —, par son mètre — le souple
octosyllabe —, Les Rieurs *font penser à la farce médiévale. Bien*
plus encore par la saveur du réalisme quotidien, la volonté de
faire rire d'un bon tour et la situation dramatique elle-même.

---

1. R. Duchêne, *Jean de La Fontaine*, Paris, Fayard, 1990, p. 124. Voir tout
le chapitre 16, qui s'achève par l'analyse des *Rieurs du Beau-Richard.*

En particulier, Les Rieurs *sont très proches par l'intrigue de la fameuse farce médiévale du* Poulier à six personnages, *où une meunière, d'accord avec son mari, berne et plume deux gentilshommes amoureux de son corps. Chez La Fontaine, c'est le mari, un savetier endetté, qui imagine d'utiliser sa jolie épouse pour attirer le marchand de blé créditeur dans ce piège ; ce marchand s'inscrit dans la plus pure tradition des amants bernés par leur sensualité[2] : méfiant en affaires, assez vain de sa réussite, un peu crédule et rendu sans méfiance par son goût pour la savetière. Tout cela prestement enlevé. Comme La Fontaine paraît plus à l'aise dans cette farce-ballet que dans sa traduction de la grande comédie de* L'Eunuque *de Térence, en cinq actes, publiée en 1654 !*

Mais, si Les Rieurs *empruntent à la farce son esprit, ses situations et ses types, ils le font avec une légèreté bien propre au poète du* XVIIᵉ *siècle. N'oublions pas qu'il s'agit d'un ballet ! Si tout n'était peut-être pas dansé et chanté « en la présente comédie » (expression employée au vers 18 du Prologue), l'ambiance générale du petit spectacle était marquée par la fantaisie sans pesanteur du ballet. Là où la farce du* Poulier *montre beaucoup, fait dire et fait agir sur la scène brutalement, crûment, avec parfois une cruauté difficilement supportable (le meunier prend son plaisir avec les épouses des deux nobles, sur scène, sous les yeux mêmes des cocus qui n'osent souffler mot depuis leur cachette, le poulailler), le ballet des* Rieurs *effleure plus rapidement, atténue, se contente d'une allusion, utilisant l'euphémisme. Retenue, élégance, vivacité de l'écriture, qui n'excluent pas la finesse ni la délicatesse : un simple mot suggère beaucoup sur le désir ou la cruauté d'un personnage.*

Dans sa jolie bluette, La Fontaine a su reprendre en l'allégeant la thématique des farces conjugales, singulièrement plus rudes.

---

2. Voir Ch. Mazouer, *Le Personnage du naïf dans le théâtre comique...,* 1979, p. 112.

Nous transcrivons le texte donné par H. Régnier (Œuvres de La Fontaine, t. VII, Paris, Hachette, 1891, pour « Les Grands Écrivains de la France » ; l'annotation de cette édition reste de la plus grande utilité), puis par P. Clarac (La Fontaine, Œuvres complètes. T. I. : Œuvres diverses, Paris, Gallimard, 1958, pour « La Pléiade », pp. 349-360). Les vers du Prologue et ceux du ballet proprement dit sont numérotés à part.

À consulter : Charles Mazouer, « Les Rieurs du Beau-Richard : vitalité de la tradition des farces gauloises en 1660 », xviie siècle, no 97, 1972, pp. 71-83.

LES RIEURS DU BEAU-RICHARD

Ballet

PROLOGUE

Le théâtre représente le carrefour du Beau-Richard¹ à Château-Thierry.

UN DES RIEURS² parle³

Le Beau-Richard tient ses grands jours⁴,   1
Et va rétablir son empire.
L'année est fertile en bon tours;
Jeunes gens, apprenez à rire.

---

1. Selon les érudits, les marches d'une chapelle située sur la place du Beau-Richard, au carrefour de trois rues, servaient autrefois de lieu de réunion, surtout les soirs d'été, aux « rieurs » de Château-Thierry.   **2.** On a pu supposer avec vraisemblance que, comme bien d'autres villes, Château-Thierry avait sa société joyeuse, les *Rieurs du Beau-Richard*. Ces associations de laïques, vivantes surtout dans la deuxième moitié du XVᵉ siècle et au XVIᵉ siècle, mais ayant poursuivi au-delà, avec moins de liberté, leurs activités, héritèrent de l'esprit de gaieté et de moquerie de l'antique Fête des Fous; réunies sous la direction d'un prince ou d'un abbé facétieux — les *Enfants-sans-souci* de Paris sont dirigés par le *Prince des sots*; les *Conards* de Rouen obéissaient à leur *Abbé* —, les compagnies étaient à l'affût des ridicules que leur fournissait la chronique locale, et, à l'occasion d'une fête comme le carnaval, en faisaient l'objet de quelques scènes de comédie proposées au rire public.   **3.** Selon cette indication, le Prologue était parlé. Tout le reste était-il chanté, comme le dit Régnier? On ne peut être aussi affirmatif.   **4.** *Grands jours*: « Assemblée ou compagnie extraordinaire de juges [...] qui ont commission d'aller dans les provinces éloignées pour écouter les plaintes des peuples et faire justice » (*Dictionnaire* de l'Académie). C'est par une plaisanterie tout à fait dans le style parodique des sociétés joyeuses que l'association des Rieurs s'assimile à l'État royal qui institue des grands jours pour assurer sa souveraineté (son *empire*) en matière de justice; dans leurs assises, les Rieurs se contenteront d'examiner les bons tours survenus dans l'année !

Tout devient risible ici-bas,   5
Ce n'est que farce et comédie ;
On ne peut quasi faire un pas,
Ni tourner le pied qu'on en rie[5].

Qui ne rirait des précieux ?
Qui ne rirait de ces coquettes   10
En qui tout est mystérieux,
Et qui font tant les Guillemettes[6] ?

Elles parlent d'un certain ton,
Elles ont un certain langage
Dont aurait ri l'aîné Caton[7],   15
Lui qui passait pour homme sage.

D'elles pourtant il ne s'agit
En la présente comédie.
Un bon bourgeois s'y radoucit
Pour une femme assez jolie.   20

« Faites-moi votre favori,
Lui dit-il, et laissez-moi faire. »
La femme en parle à son mari,
Qui répond, songeant à l'affaire :

« Ma femme, il vous faut l'abuser,   25
Car c'est un homme un peu crédule.
Sous l'espérance d'un baiser,
Faites-lui rendre ma cédule[8].

---

5. Sans qu'on en rie. **6.** *Guillemette* : « se dit populairement par dérision de toute femme ou fille à qui l'on veut marquer du mépris et que l'on blâme, et est synonyme de sotte, imbécile, *fatua, stulta*, de même qu'on disait autrefois *Guillaume* par mépris » (*Dictionnaire* de Trévoux). **7.** *Caton l'Ancien* ou *le Censeur* (234-149 *ante Christum*), qui lutta contre le laxisme des mœurs romaines ; les ridicules précieuses dérideraient ce sévère Romain ! **8.** Écrit par lequel on reconnaît une dette.

Déchirez-la de bout en bout,
Car la somme en est assez grande. 30
Toussez après. Ce n'est pas tout :
Toussez si haut qu'on vous entende.

Il ne faut pas tarder beaucoup,
De crainte de quelque infortune.
Toussez, toussez encore un coup, 35
Et toussez plutôt deux fois qu'une.

Ainsi fut dit, ainsi fut fait.
En certain coin l'époux demeure,
Le galant vient frisque et de hait[9],
La dame tousse à temps et heure. 40

Le mari sort diligemment[10],
Le galant songe à s'aller pendre ;
Mais il y songe seulement
— Cela n'est pas trop à reprendre[11].

Tous les galants craignent la toux : 45
Elle a souvent troublé la fête.
Nous parlons aussi comme époux ;
Autant nous en pend à la tête[12].

---

9. Pimpant et joyeux. Archaïsmes voulus de La Fontaine, car *frisque* et *de hait* sont des mots du xvie siècle hors d'usage (*debet* ou *dehait* est bien attesté dans les farces des xve et xvie siècles) ; de surcroît, ils sont un écho de Rabelais, qui peint Frère Jean des Entommeures « jeune, galant, *frisque, de hait...* » (*Gargantua*, 27). **10.** Avec rapidité, en hâte. **11.** On ne peut trop le blâmer d'avoir *seulement* songé à se pendre. **12.** Allusion aux cornes, attributs des maris trompés.

LES RIEURS DU BEAU-RICHARD

PERSONNAGES[13]

LE SAVETIER.
LA FEMME DU SAVETIER.
UN MARCHAND DE BLÉ.
UN NOTAIRE.
UN MEUNIER ET SON ÂNE.
DEUX CRIBLEURS[14].

La scène est à Château-Thierry, sur la place du Marché.

Le théâtre représente la place du Marché de Château-Thierry. On y distingue, sur le devant, la boutique d'un savetier, peu éloignée du comptoir d'un marchand de blé.

PREMIÈRE ENTRÉE[15]

UN MARCHAND, *ayant devant lui, sur son comptoir, des sacs de blé* :

J'ai de l'argent, j'ai du bonheur.　　　　　　　　　　　　1
Aux mieux fournis[16] je fais la nique.
Et si j'avais un petit cœur[17],
J'aurais de tout dans ma boutique.

---

13. Dans une note manuscrite, Tallemant dès Réaux précisa le nom des acteurs qui jouèrent ces rôles ; ce sont des noms bien connus de Château-Thierry. Deux remarques : le seul rôle féminin est joué par un homme ; un autre compère se déguise en âne — deux habitudes très anciennes, qui remontent au Moyen Age. **14.** Les *cribleurs* passent le blé au crible pour trier le bon grain. **15.** *L'entrée* est la division des ballets ; elle correspond à une scène en dramaturgie. **16.** Pourvus. Le marchand pense, au-delà de l'abondance des marchandises, à l'opulence en général. **17.** Une fille qui m'aimerait et que j'aimerais. Arnolphe dit familièrement à Agnès : « Mon pauvre petit cœur... » (*L'École des femmes*, V, 5).

SECONDE ENTRÉE

Le Marchand, Deux Cribleurs

Les Deux Cribleurs :
Monsieur, si vous avez du blé   5
Où quelque ordure[18] se rencontre,
Nous vous l'aurons bientôt criblé.
    Le Marchand :
Tenez, en voici de la montre[19].
    Les Cribleurs :
Six coups de crible, assurez-vous
Que la moindre ordure s'emporte !   10
Rien ne reste à faire après nous,
Tant nous criblons de bonne sorte.
                  Les cribleurs s'en vont.

TROISIÈME ENTRÉE

Le Marchand, Un Savetier

Le Savetier, *sortant de sa boutique, et s'adressant au marchand* :
Bonjour, Monsieur.
    Le Marchand :
                  Comment vous va ?
Le ménage est-il à son aise ?
    Le Savetier :
Las ! nous vivons cahin-caha,   15
Étant sans blé, ne vous déplaise.
À présent on ne gagne rien.
Cependant il faut que l'on vive.

---

18. Petit débris étranger au grain.   **19.** De l'étalage, *i. e.* plus exposé à l'« ordure ».

LE MARCHAND :

Je fais crédit aux gens de bien ;

Mais je veux qu'un notaire écrive.   20

Voyez ce blé !

    LE SAVETIER :

              Il est bien gris.

    LE MARCHAND :

Cette montre[20] est beaucoup plus nette.

    LE SAVETIER :

Voici mon fait : dites le prix !

    LE MARCHAND :

Quarante écus.

    LE SAVETIER :

             C'est chose faite.

Mine dans muid[21].

    LE MARCHAND :

             C'est un peu fort.   25

    LE SAVETIER :

Faut six setiers[22].

    LE MARCHAND :

             J'en suis d'accord.

Le notaire est ici tout proche.

    Le savetier sort pour aller quérir un notaire.

---

20. Le marchand montre un autre endroit de son étalage — cette *montre* qu'il vient de faire cribler — au savetier qui n'appréciait pas le premier lot désigné. **21.** La *mine* et le *muid* sont d'anciennes mesures de capacité, la *mine* contenant la moitié d'un setier (soit, environ 79 litres) et le *muid* pouvant varier selon les provinces de 440 litres à 750 litres. Il paraît (voir la note 10 de l'éd. P. Clarac) qu'à Château-Thierry (mais l'expression a dû être employée ailleurs), on disait que le vendeur donnait *mine dans muid* quand il ajoutait, sans les faire payer, 2 mesures au muid de blé acheté, qui en comportait 48. Rappelons que les poids et mesures variaient selon la région, et que les mesures de capacité variaient aussi selon ce qu'on mesurait. **22.** Il me faut six setiers ; le *setier* contenait environ 156 litres.

QUATRIÈME ENTRÉE

Le Marchand, Un Notaire, Le Savetier, *vers la fin*

Le Notaire :
Avec moi l'on ne craint jamais
Les *et caetera*[23] de notaire ;
Tous mes contrats sont fort bien faits,   30
Quand l'avocat me les fait faire.

Il ne faut point recommencer ;
C'est un grand cas quand on m'affine[24] ;
Et Sarasin m'a fait passer
Un bail d'amour à Socratine[25].   35

Mieux que pas un, sans contredit,
Je règle une affaire importante.
Je signerai, ce m'a-t-on dit,
Le mariage de l'Infante[26].
Tandis que le notaire danse encore, le savetier entre sur la fin,
et dit au notaire, en montrant le marchand :
Le Savetier :
Je dois à Monsieur que voilà,   40

_____

23. «Dieu nous garde des *etc.* de notaire et des quiproquos d'apothicaire », dit le proverbe. Les *etc.* de notaire terminent les actes notariés ;
leur imprécision était source de surprises et de contestations. **24.** C'est
un événement bien remarquable quand on me trompe. **25.** *Socratine*
est le nom littéraire de Mlle Bertaut ; le poète François *Sarasin* lui
déclara son amour dans des stances où on lit ces deux vers : «Je vous
passerai dès demain / *Un bail d'amour* devant notaires ». **26.** Allusion
au mariage de Louis XIV avec l'infante Marie-Thérèse, gage de la paix des
Pyrénées entre la France et l'Espagne ; cette allusion permet de dater *Les
Rieurs du Beau-Richard* entre novembre 1659 (signature du traité) et
juin 1660 (célébration du mariage.) Mais l'hypothèse plus précise de P.
Clarac, qui assigne comme date le carnaval de 1660, est fort plausible et
répond parfaitement à l'esprit de la représentation de cette farce-
ballet.

Et c'est un mot qu'il en faut faire[27].

LE NOTAIRE, *écrivant*:
Par-devant les..., *et caetera*...
C'est notre style de notaire.

LE MARCHAND, *au notaire*:
Mettez pour six setiers de blé!
Mine dans muid.

LE NOTAIRE:
                    Quelle est la somme?   45

LE MARCHAND:
Quarante écus.

LE NOTAIRE:
                    C'est bon marché.

LE SAVETIER:
C'est que Monsieur est honnête homme.

LE NOTAIRE:
Payable quand?

LE MARCHAND:
                    À la Saint-Jean[28].

LE SAVETIER:
Jean ne me plaît[29].

LE MARCHAND:
                    Que vous importe?
Craignez-vous de voir un sergent[30]   50
Le lendemain à votre porte?

LE SAVETIER:
À la Saint-Nicolas est bon.

LE MARCHAND:
Jean...Nicolas... rien ne m'arrête.

LE NOTAIRE:
C'est d'hiver[31]?

---

27. Il faut faire par écrit une reconnaissance de dette. **28.** À la Saint-Jean d'été, le 24 juin. **29.** Comprendre: je préférerais la date de la fête d'un autre saint, plus tardive dans le calendrier. **30.** Le *sergent* est l'huissier qui viendra réclamer la dette non recouvrée. **31.** La *Saint-Nicolas d'hiver* tombait le 6 décembre; le savetier obtient un délai supplémentaire de six mois (qui se serait réduit de trois mois si l'on avait choisi la Saint-Nicolas d'été, le 10 septembre).

LE SAVETIER :

Oui.

LE NOTAIRE :

Signez-vous ?

LE SAVETIER :

Non.

LE NOTAIRE :

A déclaré[32]... La chose est faite.   55

Le notaire présente l'obligation étiquetée[33] au marchand, et dit :
Tenez.

LE MARCHAND, *donnant une pièce de quinze sous au notaire* :
Tenez.

LE NOTAIRE :

Il ne faut rien.

LE MARCHAND :

Cela n'est pas juste, beau sire.

LE SAVETIER :

Monsieur, je le paierai fort bien
En retirant[34]...

LE NOTAIRE :

C'est assez dire[35].

*Le notaire et le savetier sortent. Le marchand reste dans sa
boutique.*

---

32. Le savetier ne sait pas signer et le déclare ; le notaire en inscrit la
déclaration.   **33.** Le notaire met une *étiquette* de papier, qui porte les
noms des parties et du notaire, sur la reconnaissance de dette
(*l'obligation*), l'acte qu'il vient d'établir.   **34.** Au moment où, venant
payer ma dette, je retirerai l'obligation.   **35.** Formule de congé : c'est
assez parler.

CINQUIÈME ENTRÉE

Un Meunier et son Âne

Le Meunier :
Celui-là ment bien par ses dents,   60
Qui nous fait larrons[36] comme diables.
Diables sont noirs, meuniers sont blancs,
Mais tous les deux sont misérables.

Le meunier semble un Jodelet
Fariné d'étrange manière[37].   65
Le diable garde le mulet[38],
Tandis qu'on baise[39] la meunière.

Ai-je un mulet, il est quinteux[40] ;
Et je ne suis pas mieux en mule[41]
Si j'ai quelque âne, il est boiteux ;   70
Au lieu d'avancer, il recule.

Celui-ci marche à pas comptés ;
On le prendrait pour un chanoine.
Allons donc, mon âne !

---

36. Qui nous fait la réputation d'être voleurs.   **37.** Parce qu'il est recouvert de la farine qu'il moud, le meunier ressemble à l'acteur *Jodelet*, qui se farinait le visage pour entrer en scène — comme nous l'avons vu dans les farces précédentes, et en particulier dans *Les Précieuses ridicules*. Cette allusion à Jodelet signale le succès du farceur à l'époque.   **38.** *Garder le mulet*, c'est attendre longtemps quelqu'un qui vous a laissé à la porte pour garder le mulet sur lequel il est venu, c'est n'être pas de la fête ; voir Le Roux : « quand un homme fait attendre un autre à une porte, à quelque rendez-vous, jusqu'à l'impatienter, on dit qu'il lui fait garder le mulet ».   **39.** *Baiser*, c'est donner des baisers. — Les vers 66-67 signifient qu'on peut embrasser la meunière en toute tranquillité, les importuns, comme le mari, restant à la porte ; dans la tradition des genres populaires — fabliaux, contes, farces —, les meunières, souvent alléchantes, ont assez mauvaise réputation.   **40.** Capricieux, fantasque ; le *Dictionnaire* de l'Académie relève l'expression *quinteux comme une mule*, et celui de Le Roux *quinteux comme la mule du pape*.   **41.** Je n'ai pas plus de satisfaction avec une mule.

L'ÂNE :

Attendez[42] !

Je n'ai pas mangé mon avoine.   75

LE MEUNIER :

Vous mangerez tout votre soûl.

L'ÂNE, *sentant une ânesse* :

Hin-han, hin-han !

LE MEUNIER :

Que veut-il dire ?

Hé quoi ! mon âne, êtes-vous fou ?

Vous brayez quand vous voulez rire.

Le marchand fait délivrer du blé au meunier. Celui-ci le paie, et
tous deux sortent avec l'âne porteur des sacs de blé.

SIXIÈME ENTRÉE

LA FEMME DU SAVETIER *entre d'abord seule, et ensuite* LE MARCHAND
DE BLÉ

LA FEMME :

Que mon mari fait l'assoté[43] !   80

Il ne m'appelle que son âme.

Si j'étais homme, en vérité,

Je n'aimerais pas tant ma femme.

Sur la fin du couplet de la femme, le marchand de blé entre, et
dit à part en regardant la boutique du savetier :

LE MARCHAND :

Ce logis m'est hypothéqué[44].

L'homme me doit, la femme est belle :   85

---

42. La plaisanterie de l'âne parlant sur scène est une des plus vieilles de
notre théâtre, puisqu'on la trouvait déjà dans les drames liturgiques en
latin joués dans les églises, avec l'ânesse de Balaam ! **43.** *Être assoté*,
c'est être rendu sot par la passion ; mot vieilli au XVIIᵉ siècle. Cf. le *Dom*
Juan de Molière, II, 1, où « la grosse Thomasse » est dite « assotée du
jeune Robain ». **44.** Comme créancier du savetier, le marchand de blé
a une hypothèque sur sa maison.

Nous ferions bien quelque marché,
Non avec lui, mais avec elle.
                    Il s'adresse à la femme.
Vous me devez. Mais, entre nous,
Si vous vouliez... bien à votre aise...
    LA FEMME :
Monsieur, pour qui me prenez-vous ?...   90
Voyez un peu frère Nicaise[45] !
    LE MARCHAND :
Accordez-moi quelque faveur !
    LA FEMME :
Pourquoi cela ?
    LE MARCHAND :
           Comme ressource[46].
Songez que votre serviteur[47]
A beaucoup d'argent dans sa bourse.   95
    LA FEMME :
Je n'ai souci de votre argent.
    LE MARCHAND :
Pour faire court en trois paroles,
La courtoisie[48] ou le sergent[49],
Ou bien payez-moi six pistoles[50] !
    LA FEMME :
Je suis pauvre, mais j'ai du cœur[51].   100
Plutôt que mes meubles l'on crie[52],

---

45. Le nom de *Nicaise* est choisi pour sa ressemblance avec le vieux mot *nice*, « niais, simple » ; voir le conte de La Fontaine intitulé *Nicaise*. Un *frère Nicaise* est un sot, un naïf. **46.** *Comme ressource* dans la situation d'endettement qui est celle du ménage du savetier et de sa femme. **47.** Au sens de l'amoureux. **48.** *La courtoisie* : familièrement, les faveurs d'une femme. **49.** Voir la n. 30, au v. 50. **50.** 6 pistoles font 60 livres ou 60 francs ; la dette totale du savetier est de 40 écus, soit 120 livres ou 120 francs. Le marchand oublie la moitié de la dette... **51.** Du courage. **52.** *Crier des meubles*, c'est les mettre à l'enchère, les vendre à l'encan. C'est ce qui arriverait au mobilier du savetier s'il ne pouvait rembourser sa dette — déshonneur public.

Comme j'ai soin de notre honneur,
Je ferai tout.

>   *Le marchand entre dans la boutique du savetier.*

Le Marchand :

>   Ma douce amie,
On doit apporter du vin frais.
Quelque régal il nous faut faire.   105

SEPTIÈME ENTRÉE

La Femme et Le Marchand, *tous deux dans la boutique, et*
Un Pâtissier *qui apporte la collation*

Le Pâtissier :
Un bon bourgeois se met en frais...
Il aperçoit le marchand qui caresse la femme du savetier, et dit
>   *à part :*
Oh ! oh ! voici bien autre affaire.
Mais ne faisons semblant de rien...

>   *Il s'adresse au marchand et à la femme :*

Bonjour, Monsieur ; bonjour, Madame !

Le Marchand :
Tous tes dauphins[53] ne valent rien.   110

Le Pâtissier :
En voici de bons, sur mon âme !

Le Marchand :
Mets sur ton livre[54], pâtissier :
Je n'ai pas un sou de monnoie[55].

Le pâtissier sort, et le marchand, buvant à la santé de la femme,
>   *dit :*
À vous !

---

53. Sous ce nom de *dauphin*, les dictionnaires connaissent un fromage de Maroilles, auquel on donnait la forme d'un dauphin. À cause de sa forme, une pâtisserie, voire un petit pâté à la viande, comme le dit P. Clarac, a pu prendre le même nom.   **54.** Le marchand fait mettre sur son compte le prix des dauphins qu'il paiera plus tard.   **55.** Graphie ancienne conservée pour la rime avec *voie*.

LA FEMME :
     À vous !... Mais le papier ?

LE MARCHAND, *montrant le papier qui contient l'obligation que le savetier a souscrite à son profit* :
Le voilà !

LA FEMME :
     Donnez, que je voie !   115
Donnez, donnez, mon cher Monsieur !

LE MARCHAND :
Avant, donnez-moi la victoire[56] !

LA FEMME :
Je suis vraiment femme d'honneur[57] ;
Quand j'ai juré, l'on me peut croire.
Déchirez !

LE MARCHAND, *déchirant à plusieurs reprises un coin de l'obligation* :
     Crac...

LA FEMME :
     Déchirez donc !   120
Vous n'en déchirez que partie.

LE MARCHAND, *déchirant le papier en entier* :
Il est déchiré tout au long.

LA FEMME, *toussant* :
Hem !

LE MARCHAND :
     Qu'avez-vous, ma douce amie ?

LA FEMME, *toussant encore plus fort* :
C'est le rhume.

LE MARCHAND :
     Foin de la toux !
Assurément, ce sont défaites[58].   125

---

56. C'est-à-dire : cédez-moi, accordez-moi vos faveurs. **57.** Femme de parole. **58.** Échappatoires.

HUITIÈME ENTRÉE

[La Femme, Le Marchand, Le Savetier]

Le Savetier, *accourant en diligence au signal, et disant d'un air railleur et courroucé*:
Ah! Monsieur, quoi! vous voir chez nous?
C'est trop d'honneur que vous nous faites.

Le Marchand, *se levant*:
Argent! argent!

Le Savetier, *d'un air menaçant et cherchant à prendre l'obligation que le marchand tient à la main*:
Papier! papier!

Le Marchand, *effrayé*[59]:
Si je m'oblige à vous le rendre...

Le Savetier, *s'avançant furieux sur le marchand*:
Ce n'est mon fait. Point de quartier!   130
Je ne me laisse point surprendre.

Le marchand remet le papier au savetier, et sort de sa boutique et du théâtre. Le savetier et sa femme éclatent de rire. L'on danse.

Fin

---

59. Car il craint la colère du savetier qui vient de le surprendre chez lui, avec sa femme.

MOLIÈRE

Sganarelle, ou Le Cocu imaginaire
(1660)

Six mois après Les Précieuses ridicules, *le 28 mai 1660, Molière crée sur son théâtre du Petit-Bourbon une autre petite comédie :* Sganarelle ou Le Cocu imaginaire, *qui, accompagnant des grandes pièces (tragédies et comédies en cinq actes) diverses au fil des représentations, obtiendra un succès honorable. La preuve de celui-ci est fournie par une nouvelle indélicatesse du libraire Ribou, qui avait déjà obligé Molière à publier à la hâte ses* Précieuses ; *Ribou imprima en août 1660, sans l'aveu de Molière, le texte de* Sganarelle *qu'un certain Neuf-Villenaine prétendait avoir retenu par cœur en allant aux représentations, et l'accompagnait d'un résumé en prose dû au même personnage, utile d'ailleurs pour les renseignements qu'il donne sur le jeu des acteurs. Molière réagit par la voie judiciaire ; mais un arrangement dut être trouvé, car Ribou réimprima* Sganarelle *jusqu'en 1666, sans grand changement. On lira donc ci-après le texte original de 1660, enrichi d'un certain nombre de didascalies fournies par l'édition collective de 1734, qui rend compte des traditions du jeu scénique.*

À sa manière, Sganarelle *exploite la thématique de l'illusion, déjà bien mise en valeur dans* Les Précieuses *et promise à d'autres développements. Pour une raison ou pour une autre, la femme de Sganarelle, Sganarelle, Lélie puis Célie se trompent successivement sur la réalité et basculent dans l'erreur : la femme de Sganarelle parce qu'elle est mal aimée, Sganarelle parce qu'il est obsédé par la crainte du cocuage, Lélie et Célie parce qu'ils sont des amants contrariés et inquiets de leur avenir, tous se précipitent sur les apparences, les interprètent sans réflexion selon leurs craintes et se croient, à tort, trompés et trahis ; comme le dira Sganarelle pour conclure, une forte apparence « peut jeter dans l'esprit une fausse créance » (vers 655). Cette cascade des méprises, où le portrait de Lélie joue un rôle capital, engendre la construction et le rythme de la pièce : chacun entre à son tour dans la danse de l'erreur et de l'illusion* et, par une sorte d'effet « boule de neige », les malentendus s'additionnent jusqu'à l'épaississement de l'imbroglio de la scène 22, où la suivante de Célie doit démêler l'écheveau et « finir ce galimatias » (vers 572).

Au plaisir de l'intrigue s'ajoute le plaisir de rire de Sganarelle, celui qui se croit cocu. Ce type de Sganarelle, ce masque créé par Molière était déjà apparu en valet dans Le Médecin volant ; Molière le réutilisera encore plusieurs fois, jusqu'en 1666. On a essayé[1] de définir l'identité et la personnalité constante du type à travers ses avatars de valet, de bourgeois tourmenté par le spectre du cocuage, ou de père ; la personne de l'acteur Molière et son jeu devaient faire beaucoup pour imposer l'idée d'une permanence, réelle aussi dans certains traits psychologiques, certains sentiments ou certains préjugés. Dans Sganarelle, nous avons affaire à un bourgeois de Paris taraudé par la jalousie et l'angoisse du cocuage, à un cocu imaginaire, cocu dans sa seule imagination, comme d'autres seront gentilhomme ou malade dans leur seule imagination. Cette peur d'être cocu et cette illusion de l'être font rire.

Mais Molière a ajouté à son personnage un autre aspect — une autre illusion —, qui permet de belles situations comiques : le vaniteux Sganarelle est un fanfaron ; ce bourgeois pleutre, médiocre veut se poser en héros tragique offensé et bouillonnant de vengeance. L'alternance et le décalage sont plaisants entre la volonté affirmée, en termes d'ailleurs bien bourgeois, de venger sa honte et son honneur, et la peur viscérale des coups, la lâcheté platement étalée. Ce jeu que, jusqu'à Scarron, la tradition comique du poltron n'avait cessé d'exploiter, culmine à la scène 21 où le lâche, revêtu d'une vieille armure, se bourre de coups de poing et de soufflets, se morigène pour tenter de s'entraîner au courage et à la vengeance contre Lélie, qu'il n'ose même pas tuer par-derrière et auquel il n'adresse qu'un timide reproche verbal.

On devine aisément la carrière que ce personnage de

---

1. J.-M. Pelous, « Les Métamorphoses de Sganarelle : la permanence d'un type comique », *R.H.L.F.*, 1972, n° 5-6., pp. 821-849.

Sganarelle offrait à l'acteur Molière ! « Jamais personne ne sut si bien démonter son visage », note Neuf-Villenaine dans son commentaire de la scène 12 ; sa peur et son illusion du cocuage, le combat de sa pleutrerie avec son amour-propre offraient de la matière aux changements du visage, aux mimiques appuyées et plaisantes, aux gestes excessifs. Comme l'écrit un contemporain, par les métamorphoses burlesques de son visage et de son corps, le farceur Molière l'emportait sur les Tabarin, les Trivelin et tous les farceurs les plus grotesques.

Farce assurément que ce Sganarelle, par la longueur, le rythme, l'importance du jeu de l'acteur et de l'action scénique, par la présence de simples silhouettes comme celle du rustre Gros-René[2], que jouait Du Parc, ou de la femme de Sganarelle, qui n'a pas même de nom, par celle du grotesque central qui fait retrouver le thème gaulois du cocuage, encore destiné à retenir le dramaturge. Mais l'on sent bien que Molière est en train de renouveler le genre de la farce. L'octosyllabe est abandonné au profit de l'alexandrin, qui ne quitte pas le bon ton ; pour être vive, l'intrigue n'en est pas moins soignée. Le milieu des personnages change : nous sommes dans la bourgeoisie parisienne, et si le cocuage est beaucoup évoqué, il est dans l'imagination et non dans la réalité. Si les personnages secondaires ne sont qu'esquissés, le trait ne manque pas de vérité ; et ces personnages annoncent, comme le remarquent les études sur Molière, ceux qui peupleront les comédies ultérieures. Gorgibus précise le modèle de ces pères tyranniques, intéressés par l'argent, attachés aux vieilles valeurs et refusant les nouvelles idées, les nouveaux livres, les nouveaux comportements ; il risque de faire de sa fille une mal mariée. Le couple tout italien des amoureux illustre, après *Le Dépit amoureux* et avant tous ces charmants ballets de brouille superficielle, l'irréalisme de ces jeunes gens qui se croient trop vite trahis. Il n'est pas jusqu'au rôle très court de la suivante, toute d'équilibre humain et de bon sens, qui n'ait sa saveur propre.

---

2. Ch. Mazouer, *Le Personnage du naïf dans le théâtre comique...*, 1979, p. 196.

Oui, avec Les Précieuses ridicules, *puis avec* Sganarelle, *Molière a mis au point, en prose et en vers, des modèles nouveaux pour le vieux genre de la farce.*

SGANARELLE, OU LE COCU IMAGINAIRE

Comédie[1]

À MONSIEUR DE MOLIÈRE

Chef de la troupe des Comédiens de Monsieur,
frère unique du Roi.

MONSIEUR,

Ayant été voir votre charmante comédie du *Cocu imaginaire*
la première fois qu'elle fit paraître ses beautés au public, elle me
parut si admirable, que je crus que ce n'était pas rendre justice
à un si merveilleux ouvrage que de ne le voir qu'une fois, ce qui

---

1. L'édition Ribou, 1660, que nous suivons, ajoute : *avec les arguments
de chaque scène.* Pourquoi ? C'est que Molière a encore été victime
d'une indélicatesse. Un inconnu du nom de *Neuf-Villenaine* (parfois
appelé *Neufvillaine*) prétendit avoir retenu par cœur les vers de la pièce
entendue au théâtre, l'avoir transcrite pour un hobereau de ses amis, et,
pour éviter, selon lui, une édition pirate et fautive à partir de copies ainsi
indiscrètement diffusées, il fit publier par Ribou *Sganarelle ou Le Cocu
imaginaire*, avec un résumé en prose de chaque scène ; il y joignit une
épître à Molière, où il affirme agir dans l'intérêt du dramaturge, et une
autre à cet ami gentilhomme de campagne destinataire de sa
transcription réalisée de mémoire. En fait, tout cela se fit évidemment
sans l'aveu de Molière, qui, devant cette piraterie, demanda une
perquisition chez Ribou. Dans la plupart des éditions ultérieures,
Molière laissera toutefois ce résumé, ces « arguments » rédigés par Neuf-
Villenaine et qu'il n'a pas voulus ; nous en donnerons des extraits en
note quand ils intéressent la représentation et le jeu des acteurs, en
particulier celui de Molière, que Neuf-Villenaine a vus et appréciés.

m'y fit retourner cinq ou six autres ; et comme on retient assez
facilement les choses qui frappent vivement l'imagination, j'eus
le bonheur de la retenir entière sans aucun dessein prémédité,
et je m'en aperçus d'une manière assez extraordinaire. Un jour,
m'étant trouvé dans une assez célèbre compagnie, où l'on
s'entretenait et de votre esprit et du génie particulier que vous
avez pour les pièces de théâtre, je coulai mon sentiment parmi
celui des autres ; et pour enchérir par-dessus à ce qu'on disait à
votre avantage, je voulus faire le récit de votre *Cocu imaginaire* ;
mais je fus bien surpris, quand je vis qu'à cent vers près, je savais
la pièce par cœur, et qu'au lieu du sujet, je les avais tous récités ;
cela m'y fit retourner encore une fois pour achever de retenir ce
que je n'en savais pas. Aussitôt un gentilhomme de la campagne
de mes amis, extraordinairement curieux de ces sortes d'ouvrages, m'écrivit et me pria de lui mander[2] ce que c'était que *Le
Cocu imaginaire*, parce que, disait-il, il n'avait point vu de pièce
dont le titre promît rien de si spirituel, si elle était traitée par un
habile homme. Je lui envoyai aussitôt la pièce que j'avais
retenue, pour lui montrer qu'il ne s'était pas trompé ; et comme
il ne l'avait point vu représenter, je crus à propos de lui envoyer
les arguments[3] de chaque scène, pour lui montrer que, quoique
cette pièce fût admirable, l'auteur, en la représentant lui-même,
y savait encore faire découvrir de nouvelles beautés. Je n'oubliai
pas de lui mander expressément, et même de le conjurer de
n'en laisser rien sortir de ses mains ; cependant, sans savoir
comment cela s'est fait, j'en ai vu courir huit ou dix copies dans
cette ville, et j'ai su que quantité de gens étaient prêts de la faire
mettre sous la presse ; ce qui m'a mis dans une colère d'autant
plus grande, que la plupart de ceux qui ont décrit cet ouvrage
l'ont tellement défiguré, soit en y ajoutant, soit en y diminuant,
que je ne l'ai pas trouvé reconnaissable ; et comme il y allait de
votre gloire et de la mienne que l'on ne l'imprimât pas de la
sorte, à cause des vers que vous avez faits et de la prose que j'y
ai ajoutée, j'ai cru qu'il fallait aller au-devant de ces Messieurs

---

2. Faire savoir. **3.** Le sommaire de chaque scène, mais aussi des
témoignages sur leur représentation.

qui impriment les gens malgré qu'ils en aient[4], et donner une copie qui fût correcte (je puis parler ainsi, puisque je crois que vous trouverez votre pièce dans les formes). J'ai pourtant combattu longtemps avant que de la donner ; mais enfin j'ai vu que c'était une nécessité que nous fussions imprimés, et je m'y suis résolu d'autant plus volontiers, que j'ai vu que cela ne vous pouvait apporter aucun dommage, non plus qu'à votre troupe, puisque votre pièce a été jouée près de cinquante fois. Je suis,

MONSIEUR,

Votre très humble serviteur***.

———————

À UN AMI

MONSIEUR,

Vous ne vous êtes pas trompé dans votre pensée lorsque vous avez dit (avant que l'on le jouât) que si *Le Cocu imaginaire* était traité par un habile homme, ce devait être une parfaitement belle pièce. C'est pourquoi je crois qu'il ne me sera pas difficile de vous faire tomber d'accord de la beauté de cette comédie, même avant que de l'avoir vue, quand je vous aurai dit qu'elle part de la plume de l'ingénieux auteur des *Précieuses ridicules*. Jugez après cela si ce ne doit pas être un ouvrage tout à fait galant[5] et tout à fait spirituel, puisque ce sont deux choses que son auteur possède avantageusement. Elles y brillent aussi avec tant d'éclat, que cette pièce surpasse de beaucoup toutes celles qu'il a faites, quoique le sujet de ses *Précieuses ridicules* soit tout à fait spirituel, et celui de son *Dépit amoureux* tout à fait galant. Mais vous en allez vous-même être juge dès que vous l'aurez lue, et je suis assuré que vous y trouverez quantité de vers qui ne se peuvent payer[6], que plus vous relirez, plus vous connaîtrez avoir été profondément pensés. En effet, le sens en est si

———————

4. Malgré eux.   5. Élégant, bien entendu.   6. Qui sont excellents en leur genre, qui sont impayables.

mystérieux, qu'ils ne peuvent partir que d'un homme consommé dans les compagnies[7]; et j'ose même avancer que Sganarelle n'a aucun mouvement jaloux, ni ne pousse aucun sentiment[8] que l'auteur n'ait peut-être ouï lui-même de quantité de gens au plus fort de leur jalousie, tant ils sont exprimés naturellement. Si bien que l'on peut dire que quand il veut mettre quelque chose au jour, il le lit premièrement dans le monde (s'il est permis de parler ainsi); ce qui ne se peut faire sans avoir un discernement aussi bon que lui, et aussi propre à choisir ce qui plaît. On ne doit donc pas s'étonner, après cela, si ses pièces ont une si extraordinaire réussite, puisque l'on n'y voit rien de forcé, que tout y est naturel, que tout y tombe sous le sens, et qu'enfin les plus spirituels confessent que les passions produiraient en eux les mêmes effets qu'ils produisent en ceux qu'il introduit sur la scène.

Je n'aurais jamais fait si je prétendais vous dire tout ce qui rend recommandable l'auteur des *Précieuses ridicules* et du *Cocu imaginaire*. C'est ce qui fait que je ne vous en entretiendrai pas davantage, pour vous dire que quelques beautés que cette pièce vous fasse voir sur le papier, elle n'a pas encore tous les agréments que le théâtre donne d'ordinaire à ces sortes d'ouvrages. Je tâcherai toutefois de vous en faire voir quelque chose aux endroits où il sera nécessaire pour l'intelligence[9] des vers et du sujet, quoiqu'il soit assez difficile de bien exprimer sur le papier ce que les poètes appellent jeux de théâtre, qui sont de certains endroits où il faut que le corps et le visage jouent beaucoup, et qui dépendent plus du comédien que du poète, consistant presque toujours dans l'action[10]. C'est pourquoi je vous conseille de venir à Paris, pour voir représenter *Le Cocu imaginaire* par son auteur, et vous verrez qu'il y fait des choses qui ne vous donneront pas moins d'admiration que vous aura donné la lecture de cette pièce. Mais

---

7. Un homme accompli, parfait, éprouvé par et dans la fréquentation de toutes sortes de sociétés. **8.** L'orig. porte: *aucuns sentiments* — le pluriel *aucuns* étant couramment utilisé au xviie siècle. Nous modernisons. **9.** La compréhension. **10.** C'est ce que l'acteur fait sur scène avec son corps, son visage, etc.

je ne m'aperçois pas que je vous viens de promettre de ne vous plus entretenir de l'esprit de cet auteur, puisque vous en découvrirez plus dans les vers que vous allez lire que dans tous les discours que je vous en pourrais faire. Je sais bien que je vous ennuie, et je m'imagine vous voir passer les yeux avec chagrin par-dessus cette longue épître ; mais prenez-vous-en à l'auteur[11]... Foin ! je voudrais bien éviter ce mot d'auteur, car je crois qu'il se rencontre presque dans chaque ligne, et j'ai déjà été tenté plus de six fois de mettre MONSIEUR DE MOLIÈRE en sa place. Prenez-vous-en donc à MONSIEUR DE MOLIÈRE, puisque le voilà. Non, laissez-le toutefois, et ne vous en prenez qu'à son esprit, qui m'a fait faire une lettre plus longue que je n'aurais voulu, sans toutefois avoir parlé d'autres personnes que de lui, et sans avoir dit le quart de ce que j'avais à dire à son avantage. Mais je finis, de peur que cette épître n'attire quelque maudisson[12] sur elle, et je gage que dans l'impatience où vous êtes, vous serez bien aise d'en voir la fin, et[13] le commencement de cette pièce.

ACTEURS[14]

GORGIBUS, bourgeois de Paris.
CÉLIE, sa fille.
LÉLIE, amant de Célie.
GROS-RENÉ, valet de Lélie.
SGANARELLE, bourgeois de Paris, et cocu imaginaire.
SA FEMME.
VILLEBREQUIN, père de Valère.
LA SUIVANTE de Célie.
UN PARENT de Sganarelle.

La scène est à Paris.

---

11. À l'auteur de *Sganarelle* : Molière. **12.** Vieille forme de *malédiction*. **13.** Et de voir. **14.** Nous avons déjà rencontré un certain nombre de ces personnages chez Molière, dans de précédents avatars. Voir *supra*, la liste des personnages de *La Jalousie du Barbouillé*, pour Gorgibus (qui fut aussi le père des précieuses ridicules) et pour Villebrequin ; et celle du *Médecin volant* pour Gros-René et Sganarelle. Molière tenait ce dernier rôle, avec des habits de satin rouge cramoisi.

SCÈNE PREMIÈRE

Gorgibus, Célie, Sa Suivante

Célie, *sortant tout éplorée, et son père la suivant*:
Ah! n'espérez jamais que mon cœur y consente.   1
    Gorgibus:
Que marmottez-vous là, petite impertinente?
Vous prétendez choquer[15] ce que j'ai résolu?
Je n'aurai pas sur vous un pouvoir absolu?
Et par sottes raisons votre jeune cervelle   5
Voudrait régler ici la raison paternelle?
Qui de nous deux à l'autre a droit de faire loi?
À votre avis, qui mieux, ou de vous ou de moi,
Ô sotte, peut juger ce qui vous est utile?
Par la corbleu[16]! gardez d'échauffer trop ma bile: 10
Vous pourriez éprouver, sans beaucoup de longueur[17],
Si mon bras sait encor montrer quelque vigueur.
Votre plus court sera[18], Madame la mutine,
D'accepter sans façons l'époux qu'on vous destine.
J'ignore, dites-vous, de quelle humeur il est,   15
Et dois auparavant consulter s'il vous plaît.
Informé du grand bien qui lui tombe en partage,
Dois-je prendre le soin d'en savoir davantage?
Et cet époux, ayant vingt mille bons ducats[19],
Pour être aimé de vous, doit-il manquer d'appas[20]?   20
Allez, tel qu'il puisse être, avecque cette somme
Je vous suis caution qu'il est très honnête homme.
    Célie:
Hélas!

---

15. Affronter, résister à. **16.** *Corbleu*: juron, comme *corbieu*, par altération de *corps Dieu*, corps de Dieu. **17.** Longueur de temps, durée prolongée. *I. e.*: vous pourriez éprouver sous peu. **18.** Le plus court sera pour vous. **19.** Qu'il s'agisse du *ducat d'or* ou du *ducat d'argent* (qui vaut la moitié du ducat d'or), la somme totale est impressionnante. **20.** Attraits, charmes.

GORGIBUS :

    Eh bien, « hélas ! » Que veut dire ceci ?
Voyez le bel *hélas !* qu'elle nous donne ici !
Hé ! que si la colère une fois me transporte,   25
Je vous ferai chanter *hélas !* de belle sorte !
Voilà, voilà le fruit de ces empressements
Qu'on vous voit nuit et jour à lire vos romans :
De quolibets d'amour[21] votre tête est remplie,
Et vous parlez de Dieu bien moins que de Clélie[22].   30
Jetez-moi dans le feu tous ces méchants écrits,
Qui gâtent tous les jours tant de jeunes esprits !
Lisez-moi comme il faut, au lieu de ces sornettes,
Les *Quatrains* de Pibrac, et les doctes *Tablettes*
Du conseiller Matthieu[23], ouvrage de valeur,   35
Et plein de beaux dictons à réciter par cœur.
La Guide des pécheurs[24] est encore un bon livre.
C'est là qu'en peu de temps on apprend à bien vivre ;
Et si vous n'aviez lu que ces moralités,
Vous sauriez un peu mieux suivre mes volontés.   40

    CÉLIE :

Quoi ? vous prétendez donc, mon père, que j'oublie
La constante amitié[25] que je dois à Lélie ?

---

21. Le *quolibet* est une plaisanterie insipide, un trait d'esprit de mauvais goût ; Gorgibus fait probablement allusion, sans donner absolument au mot son sens exact, aux raffinements, qu'il tient pour fadaises, de l'amour tel qu'il est traité dans les romans, et aux recherches spirituelles du langage précieux de l'amour. **22.** *Clélie* est l'héroïne du roman du même nom de Mlle de Scudéry, qui enthousiasmait déjà les précieuses ridicules. **23.** Les *Quatrains* (1575 ; *Continuation des quatrains*, 1576) du magistrat Guy du Faur de Pibrac, et les *Tablettes de la vie et de la mort* (1616) de Pierre Matthieu, conseiller du roi et historiographe de France, sont des œuvres morales qui eurent un grand succès ; elles formulent une sagesse qui plaît peut-être à Gorgibus, mais qui est peu faite pour agréer à sa fille, jeune amoureuse de 1660 ! **24.** *La Guia de pecadores* a été composée en 1555 par le dominicain espagnol Louis de Grenade ; deux traductions françaises en avaient été données dans les années 1650. **25.** L'amour constant.

J'aurais tort si, sans vous, je disposais de moi ;
Mais vous-même à ses vœux engageâtes ma foi[26].

GORGIBUS :

Lui fût-elle engagée encore davantage,   45
Un autre est survenu dont le bien l'en dégage[27].
Lélie est fort bien fait ; mais apprends qu'il n'est rien
Qui ne doive céder au soin d'avoir du bien ;
Que l'or donne aux plus laids certain charme pour plaire,
Et que sans lui le reste est une triste affaire.   50
Valère, je crois bien, n'est pas de toi chéri ;
Mais, s'il ne l'est amant[28], il le sera mari.
Plus que l'on ne le croit ce nom d'époux engage,
Et l'amour est souvent un fruit du mariage.
Mais suis-je pas bien fat[29] de vouloir raisonner   55
Où de droit absolu j'ai pouvoir d'ordonner ?
Trêve donc, je vous prie, à vos impertinences ;
Que je n'entende plus vos sottes doléances !
Ce gendre doit venir vous visiter ce soir.
Manquez un peu, manquez à le bien recevoir !   60
Si je ne vous lui vois faire fort bon visage,
Je vous… Je ne veux pas en dire davantage.

SCÈNE II

CÉLIE, SA SUIVANTE

LA SUIVANTE :

Quoi ? Refuser, Madame, avec cette rigueur,
Ce que tant d'autres gens voudraient de tout leur cœur !
À des offres d'hymen répondre par des larmes,   65
Et tarder tant à dire un oui si plein de charmes !
Hélas ! que ne veut-on aussi me marier !

---

26. Fidélité ; Gorgibus lui-même a poussé sa fille à s'engager auprès de Lélie. **27.** La venue d'un prétendant plus riche doit amener Célie à renier sa promesse à l'égard de Lélie. **28.** Tant qu'il fait sa cour avant le mariage. **29.** Sot.

Ce ne serait pas moi qui se[30] ferait prier ;
Et loin qu'un pareil oui me donnât de la peine,
Croyez que j'en dirais bien vite une douzaine.   70
Le précepteur qui fait répéter la leçon
À votre jeune frère a fort bonne raison
Lorsque, nous discourant des choses de la terre,
Il dit que la femelle est ainsi que le lierre,
Qui croît beau[31] tant qu'à l'arbre il se tient bien serré,   75
Et ne profite point s'il en est séparé.
Il n'est rien de plus vrai, ma très chère maîtresse,
Et je l'éprouve en moi, chétive pécheresse.
Le bon Dieu fasse paix à mon pauvre Martin[32] !
Mais j'avais, lui vivant, le teint d'un chérubin[33],   80
L'embonpoint[34] merveilleux, l'œil gai, l'âme contente ;
Et je suis maintenant ma commère dolente[35].
Pendant cet heureux temps, passé comme un éclair,
Je me couchais sans feu dans le fort[36] de l'hiver ;
Sécher même les draps[37] me semblait ridicule.   85
Et je tremble à présent dedans la canicule.
Enfin il n'est rien tel, Madame, croyez-moi,
Que d'avoir un mari la nuit auprès de soi ;
Ne fût-ce que pour l'heur[38] d'avoir qui vous salue
D'un *Dieu vous soit en aide*[39] ! alors qu'on éternue.   90

    CÉLIE :

Peux-tu me conseiller de commettre un forfait,
D'abandonner Lélie et prendre ce mal-fait[40] ?

---

30. Me ; le xviie siècle employait ainsi *se* avec la première personne (et avec la seconde). **31.** Bellement, bien. **32.** C'est le nom du défunt mari de la suivante. **33.** Le teint frais et resplendissant d'un ange. **34.** *Embonpoint*: état de bonne santé, bonne mine. **35.** La *commère dolente* est une personne qui se plaint toujours ; la suivante est devenue celle qu'on appelle *ma commère dolente*. **36.** Au plus fort. **37.** *Sécher les draps* du lit en hiver, c'est leur ôter leur humidité en passant la bassinoire. **38.** Le bonheur. **39.** Formule équivalant au moderne *À vos souhaits !* **40.** Valère, le nouveau et laid prétendant.

La Suivante :
Votre Lélie aussi n'est, ma foi, qu'une bête.
Puisque si hors de temps[41] son voyage l'arrête ;
Et la grande longueur de son éloignement   95
Me le fait soupçonner de quelque changement.
Célie, *lui montrant le portrait de Lélie* :
Ah ! ne m'accable point par ce triste présage !
Vois attentivement les traits de ce visage :
Ils jurent à mon cœur d'éternelles ardeurs ;
Je veux croire après tout qu'ils ne sont pas menteurs,   100
Et comme c'est celui que l'art y représente,
Il conserve à mes feux une amitié constante[42].
La Suivante :
Il est vrai que ces traits marquent[43] un digne amant,
Et que vous avez lieu de l'aimer tendrement.
Célie :
Et cependant il faut... Ah ! soutiens-moi !
          (Laissant tomber le portrait de Lélie.)
La Suivante :
                              Madame,   105
D'où vous pourrait venir... ? Ah ! bons dieux ! elle pâme.
Hé vite, holà, quelqu'un !

SCÈNE III

Célie, La Suivante, Sganarelle

Sganarelle :
                    Qu'est-ce donc ? Me voilà.
La Suivante :
Ma maîtresse se meurt.

---

41. Au-delà du délai raisonnable. **42.** Et comme Lélie est bien tel que le peintre l'a représenté (le peintre lui a donné une mine loyale et constante), son amour est constant et fidèle à mon amour. **43.** Indiquent.

SGANARELLE :

Quoi ? ce n'est que cela ?
Je croyais tout perdu, de crier[44] de la sorte.
Mais approchons pourtant. Madame, êtes-vous morte ?   110
Hays ! elle ne dit mot.

LA SUIVANTE :

Je vais faire venir
Quelqu'un pour l'emporter. Veuillez la soutenir !

SCÈNE IV

CÉLIE, SGANARELLE, SA FEMME

SGANARELLE, *en lui passant la main sur le sein* :
Elle est froide partout et je ne sais qu'en dire.
Approchons-nous pour voir si sa bouche respire.
Ma foi, je ne sais pas, mais j'y trouve encor, moi,   115
Quelque signe de vie.

LA FEMME DE SGANARELLE, *regardant par la fenêtre* :
Ah ! qu'est ce que je vois ?
Mon mari dans ses bras... ! Mais je m'en vais descendre :
Il me trahit sans doute[45], et je veux le surprendre.

SGANARELLE :

Il faut se dépêcher de l'aller secourir.
Certes, elle aurait tort de se laisser mourir :   120
Aller en l'autre monde est très grande sottise,
Tant que dans celui-ci l'on peut être de mise[46].
    (Il l'emporte avec un homme que la suivante amène.)

---

44. À vous entendre crier. **45.** Sans aucun doute. **46.** *Être de mise*, pour une monnaie, c'est avoir cours ; « on dit figurément qu'un *homme est de mise* pour dire qu'il est bien fait de sa personne, qu'il a de l'esprit, qu'il est propre au commerce du monde » (*Dictionnaire* de l'Académie).

SCÈNE V

La Femme de Sganarelle, *seule* :
Il s'est subitement éloigné de ces lieux,
Et sa fuite a trompé mon désir curieux.
Mais de sa trahison je ne fais plus de doute,   125
Et le peu que j'ai vu me la découvre toute.
Je ne m'étonne plus de l'étrange froideur
Dont je le vois répondre à ma pudique ardeur[47] :
Il réserve, l'ingrat, ses caresses à d'autres,
Et nourrit leurs plaisirs par le jeûne des nôtres.   130
Voilà de nos maris le procédé commun :
Ce qui leur est permis leur devient importun.
Dans les commencements ce sont toutes merveilles ;
Ils témoignent pour nous des ardeurs nonpareilles.
Mais les traîtres bientôt se lassent de nos feux,   135
Et portent autre part ce qu'ils doivent chez eux.
Ah ! que j'ai de dépit que la loi n'autorise
À changer de mari comme on fait de chemise !
Cela serait commode ; et j'en sais telle ici
Qui comme moi, ma foi, le voudrait bien aussi.   140
    (*En ramassant le portrait que Célie avait laissé tomber.*)
Mais quel est ce bijou que le sort me présente ?
L'émail en est fort beau, la gravure charmante.
Ouvrons.

---

47. Cette épouse insatisfaite annonce un peu la Cléanthis d'*Amphitryon*,
qui se plaindra également de la froideur de son mari Sosie.

SCÈNE VI[48]

SGANARELLE ET SA FEMME

SGANARELLE :
>   On la croyait[49] morte, et ce n'était rien.
> Il n'en faut plus qu'autant[50] ; elle se porte bien.
> Mais j'aperçois ma femme.

SA FEMME, *se croyant seule*[51] :
>   Ô ciel ! c'est miniature[52],   145
> Et voilà d'un bel homme une vive peinture.

SGANARELLE, *à part, et regardant sur l'épaule de sa femme* :
> Que considère-t-elle avec attention ?
> Ce portrait, mon honneur[53], ne nous dit rien de bon.
> D'un fort vilain soupçon je me sens l'âme émue.

SA FEMME, *sans l'apercevoir, continue* :
> Jamais rien de plus beau ne s'offrit à ma vue ;   150
> Le travail plus que l'or s'en doit encor priser.
> Hon ! que cela sent bon[54] !

---

48. Relevons deux remarques de Neuf-Villenaine sur cette scène. La première : « Mais devant que de parler des discours qu'ils tiennent ensemble sur le sujet de leur jalousie, il est à propos de vous dire qu'il ne s'est jamais rien vu de si agréable que les postures de Sganarelle, quand il est derrière sa femme : son visage et ses gestes expriment si bien la jalousie qu'il ne serait pas nécessaire qu'il parlât pour paraître le plus jaloux de tous les hommes » ; on en disait autant au XVIIe siècle des postures et grimaces de l'Italien Scaramouche, qui jouait en alternance avec le Français Molière au Petit-Bourbon et qui lui apprit beaucoup. Et plus loin, sur la querelle entre les époux : « cette dispute donne un agréable divertissement à l'auditeur, à quoi Sganarelle contribue beaucoup par des gestes qui sont inimitables et ne se peuvent exprimer sur le papier ». **49.** L'hémistiche s'achève après ce verbe : césure enjambante que Molière a laissée passer. **50.** Il n'y a plus qu'à recommencer. **51.** Didascalie de 1734. **52.** *Miniature* (ou *mignature* au XVIIe siècle) : peinture plus délicate que les autres, qui demande à être regardée de près, dit Furetière. **53.** Sganarelle s'adresse à son honneur d'époux ; dès lors va le tarauder le soupçon d'être cocu. **54.** La femme approche seulement la miniature pour la sentir ; Sganarelle croit qu'elle la baise.

SGANARELLE, *à part*:

>   Quoi ? peste ! le baiser !
> Ah ! j'en tiens[55].

SA FEMME *poursuit*:

>   Avouons qu'on doit être ravie
> Quand d'un homme ainsi fait on se peut voir servie[56] ;
> Et que, s'il en contait avec attention,   155
> Le penchant serait grand à la tentation.
> Ah ! que n'ai-je un mari d'une aussi bonne mine,
> Au lieu de mon pelé, de mon rustre... !

SGANARELLE, *lui arrachant le portrait*:

>   Ah ! mâtine[57] !
> Nous vous y surprenons en faute contre nous,
> Et diffamant l'honneur de votre cher époux.   160
> Donc, à votre calcul, ô ma trop digne femme,
> Monsieur, tout bien compté, ne vaut pas bien Madame ?
> Et, de par Belzébuth qui vous puisse emporter,
> Quel plus rare parti pourriez-vous souhaiter ?
> Peut-on trouver en moi quelque chose à redire ?   165
> Cette taille, ce port que tout le monde admire,
> Ce visage si propre à donner de l'amour,
> Pour qui mille beautés soupirent nuit et jour ;
> Bref, en tout et partout, ma personne charmante
> N'est donc pas un morceau dont vous soyez contente ? 170
> Et pour rassasier votre appétit gourmand,
> Il faut à son mari le ragoût d'un galant[58] ?

SA FEMME :

> J'entends à demi-mot où va la raillerie.
> Tu crois par ce moyen...

---

55. Je suis attrapé, trompé ; je suis cocu. **56.** Courtisée. **57.** Injure populaire qui assimile à un chien, à un *mâtin*. **58.** Le *ragoût* est un mets avec sauce et ingrédients « pour donner de l'appétit à ceux qui l'ont perdu » (Furetière) ; au menu qui n'excite plus son appétit (son mari), la femme de Sganarelle doit ajouter un plat plus relevé qui le réveillera (un amant).

SGANARELLE :
                         À d'autres, je vous prie !
La chose est avérée, et je tiens dans mes mains   175
Un bon certificat du mal dont je me plains[59].

SA FEMME :
Mon courroux n'a déjà que trop de violence[60],
Sans le charger encor d'une nouvelle offense.
Écoute, ne crois pas retenir mon bijou,
Et songe un peu...

SGANARELLE :
                         Je songe à te rompre le cou.   180
Que ne puis-je, aussi bien que je tiens la copie,
Tenir l'original !

SA FEMME :
                    Pourquoi ?

SGANARELLE :
                              Pour rien, m'amie[61].
Doux objet de mes vœux, j'ai grand tort de crier,
Et mon front[62] de vos dons vous doit remercier.
(Regardant le portrait de Lélie).
Le voilà, le beau fils, le mignon de couchette[63],   185
Le malheureux tison de ta flamme secrète,
Le drôle avec lequel... !

SA FEMME :
                         Avec lequel... ? Poursuis !

SGANARELLE :
Avec lequel, te dis-je,... et j'en crève d'ennuis[64].

SA FEMME :
Que me veut donc par là conter ce maître ivrogne ?

SGANARELLE :
Tu ne m'entends que trop, Madame la carogne[65].   190

---

59. Le cocuage. **60.** Diérèse. **61.** Ancienne forme de ce que nous disons *mon amie*. **62.** Il y sent pousser les cornes du cocu. **63.** « On appelle *mignon de couchette* un beau jeune homme propre à faire l'amour (*i. e.* : à courtiser les femmes) » (Furetière). **64.** Au XVIIᵉ siècle, *ennui* a le sens fort de « chagrin, tourment, désespoir ». **65.** Déjà le Barbouillé (*La Jalousie du Barbouillé*, sc. 4) traitait rudement Cathau et sa femme Angélique de *carognes*, de femmes de mauvaise vie.

Sganarelle est un nom qu'on ne me dira plus,
Et l'on va m'appeler seigneur Corneillius[66].
J'en suis pour mon honneur ; mais à toi qui me l'ôtes,
Je t'en ferai du moins pour un bras ou deux côtes[67].

SA FEMME :

Et tu m'oses tenir de semblables discours ?   195

SGANARELLE :

Et tu m'oses jouer de ces diables de tours ?

SA FEMME :

Et quels diables de tours ? Parle donc sans rien feindre !

SGANARELLE :

Ah ! cela ne vaut pas la peine de se plaindre !
D'un panache de cerf[68] sur le front me pourvoir,
Hélas ! voilà vraiment un beau venez-y-voir[69] !   200

SA FEMME :

Donc, après m'avoir fait la plus sensible offense
Qui puisse d'une femme exciter la vengeance[70],
Tu prends d'un feint courroux le vain amusement[71]
Pour prévenir l'effet de mon ressentiment ?
D'un pareil procédé l'insolence est nouvelle :   205
Celui qui fait l'offense est celui qui querelle.

SGANARELLE :

Eh ! la bonne effrontée ! À voir ce fier[72] maintien,
Ne la croirait-on pas une femme de bien ?

SA FEMME :

Va, poursuis ton chemin, cajole[73] tes maîtresses,
Adresse-leur tes vœux et fais-leur des caresses !   210

---

66. Plaisanterie trouvée aussi chez les Italiens, pour désigner le seigneur cornu, le seigneur cocu.   **67.** Je te casserai du moins un bras ou deux côtes en te battant.   **68.** Cette image du cocuage, nous l'avons vu, est constante dans la tradition des farces et des petites comédies.   **69.** On dit *Voilà un beau venez-y-voir* pour dire : c'est une chose dont on fait peu de cas (Furetière).   **70.** Elle croit avoir surpris son mari Sganarelle en train de la tromper.   **71.** Tu *m'amuses*, tu me retardes, tu essaies de faire diversion en faisant semblant d'être en colère.   **72.** Farouche.   **73.** Courtise.

Mais rends-moi mon portrait sans te jouer de moi !
(Elle lui arrache le portrait et s'enfuit.)
   SGANARELLE, *courant après elle* :
Oui, tu crois m'échapper. Je l'aurai malgré toi.

SCÈNE VII

LÉLIE, GROS-RENÉ

   GROS-RENÉ :
Enfin, nous y voici. Mais, Monsieur, si je l'ose,
Je voudrais vous prier de me dire une chose.
   LÉLIE :
Eh bien, parle !
   GROS-RENÉ :
              Avez-vous le diable dans le corps   215
Pour ne pas succomber à de pareils efforts ?
Depuis huit jours entiers, avec vos longues traites,
Nous sommes à piquer de chiennes de mazettes[74],
De qui le train maudit nous a tant secoués,
Que je m'en sens pour moi tous les membres roués[75] ;   220
Sans préjudice encor d'un accident bien pire,
Qui m'afflige un endroit que je ne veux pas dire[76].
Cependant, arrivé, vous sortez bien et beau[77],
Sans prendre de repos, ni manger un morceau.
   LÉLIE :
Ce grand empressement n'est point digne de blâme :   225
De l'hymen de Célie on alarme mon âme.
Tu sais que je l'adore ; et je veux être instruit,

---

74. Une *mazette* est un mauvais cheval ; l'expression dépréciative *chiennes de*, particulièrement amusante ici, renforce l'idée de montures détestables qu'il a fallu faire avancer à coups d'éperons. **75.** Est *roué* celui qui a subi le supplice de la roue ; par exagération, Gros-René est tellement moulu par la pénible chevauchée forcée et las, que ses membres sont comme roués. **76.** Ses fesses ont souffert de la chevauchée ! **77.** Bel et bien, quoi qu'il en coûte.

Avant tout autre soin, de ce funeste bruit[78].

GROS-RENÉ :

Oui ; mais un bon repas vous serait nécessaire[79],
Pour s'aller[80] éclaircir, Monsieur, de cette affaire ;   230
Et votre cœur, sans doute, en deviendrait plus fort
Pour pouvoir résister aux attaques du sort.
J'en juge par moi-même ; et la moindre disgrâce[81],
Lorsque je suis à jeun, me saisit, me terrasse.
Mais quand j'ai bien mangé, mon âme est ferme à tout,   235
Et les plus grands revers n'en viendraient pas à bout.
Croyez-moi : bourrez-vous[82], et sans réserve aucune,
Contre les coups que peut vous porter la fortune ;
Et pour fermer chez vous l'entrée à la douleur,
De vingt verres de vin entourez votre cœur !   240

LÉLIE :

Je ne saurais manger.

GROS-RENÉ, *à part ce demi-vers* :

        Si fait[83] bien moi, je meure[84] !
Votre dîner pourtant serait prêt tout à l'heure[85].

LÉLIE :

Tais-toi, je te l'ordonne !

---

78. De la réalité de cette nouvelle terrible pour moi. **79.** Cette opposition des préoccupations, matérielles chez le valet et amoureuses chez le maître, n'est pas sans rappeler la sc. 6 de *L'École des cocus ou La Précaution inutile* de Dorimond (voir *supra*), où le maître Léandre n'a souci que des belles filles du pays, alors que son valet Trapolin ne recherche que les cabarets avec leurs bons morceaux et leurs bons vins. **80.** On attendrait *vous aller* ; le xviie siècle présente de ces ruptures de l'accord en personne du pronom personnel. Cf. *supra*, au v. 68, n. 30. **81.** Malheur, infortune. **82.** Bourrez-vous, chargez-vous de nourriture, comme on charge un fusil de bourre. **83.** Tous les éditeurs corrigent ici l'orig. *si ferai*, d'après la leçon commune à partir de 1682. Comprendre : moi, je mangerais bien. **84.** Subjonctif sans *que* ; comprendre : que je meure si je ne souhaite pas manger ! Moi, je mangerais bien, sur ma vie ! **85.** Votre déjeuner *(dîner)* serait prêt sur-le-champ *(tout à l'heure).*

GROS-RENÉ :
                    Ah ! quel ordre inhumain !
LÉLIE :
J'ai de l'inquiétude, et non pas de la faim.
GROS-RENÉ :
Et moi, j'ai de la faim, et de l'inquiétude   245
De voir qu'un sot amour fait toute votre étude[86].
LÉLIE :
Laisse-moi m'informer de l'objet de mes vœux[87],
Et, sans m'importuner, va manger si tu veux !
GROS-RENÉ :
Je ne réplique point à ce qu'un maître ordonne.

SCÈNE VIII

LÉLIE, *seul* :
Non, non, à trop de peur mon âme s'abandonne :   250
Le père m'a promis, et la fille a fait voir
Des preuves d'un amour qui soutient mon espoir.

SCÈNE IX

SGANARELLE, LÉLIE

SGANARELLE, *sans voir Lélie, et tenant dans ses mains le portrait*[88] :
Nous l'avons, et je puis voir à l'aise la trogne
Du malheureux pendard qui cause ma vergogne[89].
Il ne m'est point connu.
LÉLIE, *à part* :
                    Dieu ! qu'aperçois-je ici ?   255
Et si c'est mon portrait, que dois-je croire aussi ?

---

86. *Étude* : soin particulier apporté à quelque chose, zèle. **87.** Célie, l'objet de son amour. **88.** Didascalie de 1734. **89.** Ma honte (celle d'être cocu).

SGANARELLE *continue*:

Ah! pauvre Sganarelle! à quelle destinée
Ta réputation est-elle condamnée!
(Apercevant Lélie qui le regarde, il se retourne d'un autre côté.)
Faut...

    LÉLIE, *à part*:

      Ce gage ne peut, sans alarmer ma foi[90],
Être sorti des mains qui le tenaient de moi.   260

    SGANARELLE, *à part*[91]:

Faut-il que désormais à deux doigts l'on te montre,
Qu'on te mette en chansons, et qu'en toute rencontre[92]
On te rejette au nez le scandaleux affront
Qu'une femme mal née[93] imprime sur ton front?

    LÉLIE, *à part*:

Me trompé-je?

    SGANARELLE, *à part*[94]:

          Ah! truande, as-tu bien le courage[95]   265
De m'avoir fait cocu dans la fleur de mon âge?
Et femme d'un mari qui peut passer pour beau,
Faut-il qu'un marmouset[96], un maudit étourneau...?

    LÉLIE, *à part, et regardant encore son portrait*:

Je ne m'abuse point: c'est mon portrait lui-même.

    SGANARELLE *lui retourne le dos*:

Cet homme est curieux.

    LÉLIE, *à part*:

          Ma surprise est extrême.   270

    SGANARELLE:

À qui donc en a-t-il?

    LÉLIE, *à part*:

        Je le veux accoster.

---

90. Si son portrait a quitté les mains de Célie, Lélie craint pour son amour; lui est resté fidèle, et non Célie.   **91.** Didascalie de 1734.
92. Occasion, circonstance.   **93.** D'origine roturière.   **94.** Didascalie de 1734.   **95.** Le *courage* est le cœur, comme siège du sentiment ou de la volonté; Sganarelle ne peut pas admettre que sa femme ait des sentiments et une ardeur tels qu'elle le fait cocu.   **96.** *Marmouset*: « figure d'homme mal peinte », dit Furetière; et il ajoute: « on le dit aussi d'un homme mal bâti ».

(Haut.)

Puis-je... ?[97] Hé ! de grâce, un mot !

    SGANARELLE *le fuit encore* :

                         Que me veut-il conter ?

    LÉLIE :

Puis-je obtenir de vous de savoir l'aventure
Qui fait dedans vos mains trouver cette peinture ?

    SGANARELLE, *à part, et examinant le portrait qu'il tient et Lélie* :

D'où lui vient ce désir ? Mais je m'avise ici...   275
Ah ! ma foi, me voilà de son trouble éclairci !
Sa surprise à présent n'étonne plus mon âme :
C'est mon homme, ou plutôt c'est celui de ma femme.

    LÉLIE :

Retirez-moi de peine, et dites d'où vous vient...

    SGANARELLE :

Nous savons, Dieu merci, le souci qui vous tient.   280
Ce portrait qui vous fâche est votre ressemblance ;
Il était en des mains de votre connaissance ;
Et ce n'est pas un fait qui soit secret pour nous
Que les douces ardeurs de la dame et de vous.
Je ne sais pas si j'ai, dans sa galanterie[98],   285
L'honneur d'être connu de votre seigneurie ;
Mais faites-moi celui de cesser désormais
Un amour qu'un mari peut trouver fort mauvais.
Et songez que les nœuds du sacré mariage...

    LÉLIE :

Quoi ? celle, dites-vous, dont vous tenez ce gage... ?   290

    SGANARELLE :

Est ma femme, et je suis son mari.

    LÉLIE :

                         Son mari ?

---

97. En 1734, on trouve ici la didascalie suivante : « *Sganarelle veut s'éloigner* ». **98.** Sganarelle fait mine de s'adresser à Lélie avec le respect qu'on doit à un grand seigneur (voir le *votre seigneurie* du vers suivant) ; il marque donc ce respect en parlant de Lélie et de ses qualités à la troisième personne : *dans sa galanterie*. Comprendre cette dernière expression ainsi : vous qui êtes un galant, vous qui avez une aventure avec ma femme.

SGANARELLE :
Oui, son mari, vous dis-je, et mari très marri[99].
Vous en savez la cause, et je m'en vais l'apprendre
Sur l'heure à ses parents.

SCÈNE X

LÉLIE, *seul* :

           Ah ! que viens-je d'entendre ?
L'on me l'avait bien dit, et que c'était de tous   295
L'homme le plus mal fait qu'elle avait pour époux.
Ah ! quand mille serments de ta bouche infidèle
Ne m'auraient pas promis une flamme éternelle,
Le seul mépris d'un choix si bas et si honteux
Devait bien soutenir l'intérêt de mes feux[100],   300
Ingrate, et quelque bien... Mais ce sensible outrage
Se mêlant aux travaux[101] d'un assez long voyage,
Me donne tout à coup un choc si violent
Que mon cœur devient faible, et mon corps chancelant.

SCÈNE XI

LÉLIE, LA FEMME DE SGANARELLE

LA FEMME DE SGANARELLE, *se croyant seule*[102] :
Malgré moi mon perfide...[103] Hélas ! quel mal vous presse ? 305
Je vous vois prêt, Monsieur, à tomber en faiblesse.
LÉLIE :
C'est un mal qui m'a pris assez subitement.
LA FEMME DE SGANARELLE :
Je crains ici pour vous l'évanouissement.

---

99. Contrarié, fâché ; le jeu de mots *mari / marri* était ordinaire. **100.** L'idée d'épouser un mari si mal fait et donc de faire un choix si méprisable, à elle seule aurait dû t'amener à me rester fidèle. **101.** Fatigues. **102.** Didascalie de 1734. **103.** Après ces mots, 1734 donne la didascalie : « *Apercevant Lélie* ».

Entrez dans cette salle en attendant qu'il passe.

LÉLIE :
Pour un moment ou deux j'accepte cette grâce. 310

SCÈNE XII

SGANARELLE ET LE PARENT DE SA FEMME[104]

LE PARENT :
D'un mari sur ce point j'approuve le souci.
Mais c'est prendre la chèvre[105] un peu bien vite aussi ;
Et tout ce que de vous je viens d'ouïr[106] contre elle
Ne conclut point, parent, qu'elle soit criminelle.
C'est un point délicat ; et de pareils forfaits, 315
Sans les bien avérer, ne s'imputent jamais[107].

SGANARELLE :
C'est-à-dire qu'il faut toucher au doigt[108] la chose.

LE PARENT :
Le trop de promptitude à l'erreur nous expose.
Qui sait comme en ses mains ce portrait est venu,
Et si l'homme, après tout, lui peut être connu ? 320
Informez-vous-en donc ! Et si c'est ce qu'on pense,
Nous serons les premiers à punir son offense[109].

---

104. L'argument de Neuf-Villenaine loue le jeu de Molière-Sganarelle, dont il voudrait pouvoir montrer le portrait : « Il faudrait avoir le pinceau de Poussin, Le Brun et Mignard pour vous représenter avec quelle posture Sganarelle se fait admirer dans cette scène, où il paraît avec un parent de sa femme. L'on n'a jamais vu tenir de discours si naïfs, ni paraître avec un visage si niais, et l'on ne doit pas moins admirer l'auteur pour avoir fait cette pièce, que pour la manière dont il la représente. Jamais personne ne sut si bien démonter son visage, et l'on peut dire que dedans cette pièce il en change plus de vingt fois... » 105. Selon Furetière, *prendre la chèvre* (comme *se cabrer*) signifie « se fâcher à la légère ». 106. Deux syllabes. 107. Sagesse de ce parent (un « bon vieillard » selon Neuf-Villenaine) : on ne porte pas une telle accusation sans la prouver, sans en vérifier l'exactitude, la vérité, sans l'*avérer*. 108. *Toucher au doigt* ou *toucher du doigt* : voir clairement. 109. L'offense qu'elle vous fait, le déshonneur qu'elle vous cause.

SCÈNE XIII

SGANARELLE, *seul*:
On ne peut pas mieux dire. En effet, il est bon
D'aller tout doucement. Peut-être sans raison
Me suis-je en tête mis ces visions cornues[110],   325
Et les sueurs au front m'en sont trop tôt venues.
Par ce portrait enfin dont je suis alarmé
Mon déshonneur n'est pas tout à fait confirmé.
Tâchons donc par nos soins...

SCÈNE XIV

SGANARELLE, SA FEMME, LÉLIE, *sur la porte de Sganarelle, en parlant
à sa femme*

SGANARELLE, *à part, les voyant*[111] :

Ah ! que vois-je ? Je meure[112],
Il n'est plus question de portrait à cette heure :   330
Voici, ma foi, la chose en propre original.
LA FEMME DE SGANARELLE *à Lélie*:
C'est par trop vous hâter, Monsieur ; et votre mal,
Si vous sortez sitôt[113], pourra bien vous reprendre.
LÉLIE :
Non, non, je vous rends grâce, autant qu'on puisse rendre,
De l'obligeant secours que vous m'avez prêté.   335
SGANARELLE, *à part*:
La masque[114] encore après lui fait civilité[115] !
(*La femme de Sganarelle rentre dans sa maison*[116].)

---

110. Extravagantes. Mais comme Sganarelle se voit cocu, *cornu*, il joue
probablement sur les mots *visions cornues*. **111.** C'est la didascalie de
1734 ; l'orig. est simplement : «SGANARELLE *poursuit*». **112.** Que je
meure (subjonctif). *Je meure* est une sorte de serment renforçant une
déclaration ; voir *supra*, au v. 241. **113.** Si vite, si promptement. **114.** *La masque* est une femme laide ou rouée. **115.** Fait des
politesses. **116.** Didascalie de 1734.

SCÈNE XV

SGANARELLE, LÉLIE

SGANARELLE, *à part*:
Il m'aperçoit. Voyons ce qu'il me pourra dire.
    LÉLIE, *à part*:
Ah! mon âme s'émeut, et cet objet m'inspire...
Mais je dois condamner cet injuste transport,
Et n'imputer mes maux qu'aux rigueurs de mon sort.   340
Envions seulement le bonheur de sa flamme.
(Passant auprès de lui et le regardant.)
Oh! trop heureux d'avoir une si belle femme!

SCÈNE XVI

SGANARELLE, CÉLIE *à sa fenêtre, voyant Lélie qui s'en va*[117]

    SGANARELLE, *seul*:
Ce n'est point s'expliquer en termes ambigus.
Cet étrange propos me rend aussi confus
Que s'il m'était venu des cornes à la tête.   345
(Regardant le côté par où Lélie est sorti.)
Allez, ce procédé n'est point du tout honnête.
    CÉLIE, *à part en entrant*:
Quoi? Lélie a paru tout à l'heure à mes yeux.
Qui[118] pourrait me cacher son retour en ces lieux?
    SGANARELLE, *sans voir Célie*:
«Oh! trop heureux d'avoir une si belle femme!»
Malheureux bien plutôt de l'avoir, cette infâme,   350
Dont le coupable feu[119], trop bien vérifié,

---

117. Dans cette scène, sauf après le vers 352, je donne systématiquement les didascalies de 1734, scéniquement plus explicites et plus claires. **118.** Sens neutre: qu'est-ce qui pourrait. **119.** L'amour adultère.

Sans respect ni demi[120] nous a cocufié !
(Célie approche peu à peu de lui, et attend que son transport[121]
soit fini pour lui parler.)
Mais je le laisse aller après un tel indice,
Et demeure les bras croisés comme un jocrisse[122] ?
Ah ! je devais du moins lui jeter son chapeau,   355
Lui ruer[123] quelque pierre, ou crotter son manteau,
Et sur lui hautement, pour contenter ma rage,
Faire au larron d'honneur[124] crier le voisinage.

    Célie, *à Sganarelle :*
Celui qui maintenant devers[125] vous est venu
Et qui vous a parlé, d'où vous est-il connu ?   360
    Sganarelle :
Hélas ! ce n'est pas moi qui le connaît[126], Madame ;
C'est ma femme.
    Célie :
              Quel trouble agite ainsi votre âme ?
    Sganarelle :
Ne me condamnez point d'un deuil hors de saison,
Et laissez-moi pousser des soupirs à foison.
    Célie :
D'où vous peuvent venir ces douleurs non communes ?   365
    Sganarelle :
Si je suis affligé, ce n'est pas pour des prunes ;
Et je le donnerais à[127] bien d'autres qu'à moi

---

120. Sans respect ni demi-respect, sans aucun respect. C'était un usage populaire d'ajouter à un mot, pour le nier tout à fait, *ni demi* ; dans *Le Dépit amoureux,* Molière écrit « sans sujet ni demi » (I, 1, v. 60). **121.** La manifestation de son désespoir et de sa colère de se croire cocu. **122.** *Jocrisse* est un terme injurieux et populaire, pour désigner un benêt qui se laisse mener par sa femme. **123.** Lancer, jeter. **124.** Le *larron d'honneur* est celui qui ôte l'honneur à un mari. Sganarelle aurait dû, pense-t-il, désigner son larron d'honneur Lélie à la vindicte et aux cris du voisinage ! **125.** Préposition : du côté de, vers. **126.** *Qui* attire la troisième personne, alors que l'antécédent devrait entraîner la première. **127.** *Le donner à :* donner quelque chose à supporter à quelqu'un ; comprendre : je mets les autres au défi de supporter sans irritation, sans colère *(chagrin)* une infortune comme la mienne.

De se voir sans chagrin au point où je me vois.
Des maris malheureux vous voyez le modèle :
On dérobe l'honneur au pauvre Sganarelle. 370
Mais c'est peu que l'honneur dans mon affliction[128],
L'on me dérobe encor la réputation.

CÉLIE :

Comment ?

SGANARELLE :

       Ce damoiseau[129], parlant par révérence[130],
Me fait cocu, Madame, avec toute licence[131] ;
Et j'ai su par mes yeux avérer[132] aujourd'hui 375
Le commerce[133] secret de ma femme et de lui.

CÉLIE :

Celui qui maintenant...

SGANARELLE :

       Oui, oui, me déshonore :
Il adore ma femme, et ma femme l'adore.

CÉLIE :

Ah ! j'avais bien jugé que ce secret retour
Ne pouvait me couvrir[134] que quelque lâche tour ; 380
Et j'ai tremblé d'abord[135], en le voyant paraître,
Par un pressentiment de ce qui devait être.

SGANARELLE :

Vous prenez ma défense avec trop de bonté.
Tout le monde n'a pas la même charité ;
Et plusieurs qui tantôt ont appris mon martyre, 385
Bien loin d'y prendre part, n'en ont rien fait que rire.

CÉLIE :

Est-il rien de plus noir que ta[136] lâche action[137],
Et peut-on lui trouver une punition ?

---

128. Amusante diérèse sur la finale, comme sur celle de *réputation*, qui rime avec *affliction*.   **129.** Selon Furetière, se dit ironiquement d'un homme qui fait le beau fils, d'un galant de profession.   **130.** Révérence parler ; pour excuser l'inconvenant *cocu* qui va suivre.   **131.** Liberté. **132.** Établir la vérité de. Voir *supra*, la n. 107, au v. 316.   **133.** Relation, fréquentation. **134.** Me cacher, me dissimuler. **135.** Aussitôt. **136.** Célie s'adresse dès lors à Lélie absent.   **137.** Encore deux diérèses à la rime.

Dois-tu ne te pas croire indigne[138] de la vie,
Après t'être souillé de cette perfidie ?   390
Ô ciel ! est-il possible ?

SGANARELLE :

                        Il est trop vrai pour moi.

CÉLIE :

Ah ! traître ! scélérat ! âme double et sans foi[139] !

SGANARELLE :

La bonne âme !

CÉLIE :

                Non, non, l'enfer n'a point de gêne[140]
Qui ne soit pour ton crime une trop douce peine.

SGANARELLE :

Que voilà bien parler !

CÉLIE :

                        Avoir ainsi traité   395
Et la même innocence et la même bonté[141] !

SGANARELLE, *soupire haut* :

Hay !

CÉLIE :

        Un cœur qui jamais n'a fait la moindre chose
A mérité l'affront où ton mépris l'expose ![142]

SGANARELLE :

Il est vrai.

CÉLIE :

                Qui bien loin... Mais c'est trop, et ce cœur
Ne saurait y songer sans mourir de douleur.   400

SGANARELLE :

Ne vous fâchez pas tant, ma très chère Madame :
Mon mal vous touche trop, et vous me percez l'âme.

CÉLIE :

Mais ne t'abuse pas jusqu'à te figurer
Qu'à des plaintes sans fruit[143] j'en veuille demeurer :

---

138. Comprendre : est-il possible que tu te croies digne.
139. Fidélité. **140.** *Gêne* : supplice. **141.** L'innocence et la bonté
mêmes. **142.** Comprendre ainsi l'indignation de Célie : comment un
cœur innocent a-t-il pu mériter d'être trahi ? **143.** Effets, résultat.

Mon cœur, pour se venger, sait ce qu'il te faut faire,   405
Et j'y cours de ce pas ; rien ne m'en peut distraire.

SCÈNE XVII[144]

SGANARELLE, *seul* :
Que le ciel la préserve à jamais de danger !
Voyez quelle bonté de vouloir me venger !
En effet, son courroux, qu'excite ma disgrâce,
M'enseigne hautement ce qu'il faut que je fasse ;   410
Et l'on ne doit jamais souffrir sans dire mot
De semblables affronts, à moins qu'être un vrai sot[145].
Courons donc le chercher, ce pendard qui m'affronte[146] ;
Montrons notre courage à venger notre honte.
Vous apprendrez, maroufle, à rire à nos dépens,   415
Et sans aucun respect faire cocus les gens !
(Il se retourne ayant fait trois ou quatre pas.)
Doucement, s'il vous plaît ! Cet homme a bien la mine
D'avoir le sang bouillant et l'âme un peu mutine[147] ;
Il pourrait bien, mettant affront dessus affront,
Charger de bois mon dos comme il a fait mon front[148].   420
Je hais de tout mon cœur les esprits colériques,
Et porte grand amour aux hommes pacifiques ;
Je ne suis point battant, de peur d'être battu,
Et l'humeur débonnaire est ma grande vertu.
Mais mon honneur me dit que d'une telle offense   425
Il faut absolument que je prenne vengeance.
Ma foi, laissons-le dire autant qu'il lui plaira :

---

144. Début du commentaire de Neuf-Villenaine : « Si j'avais tantôt besoin de ces excellents peintres que je vous ai nommés pour dépeindre le visage de Sganarelle, j'aurais maintenant besoin et de leurs pinceaux et de la plume des plus excellents orateurs pour vous décrire cette scène. » **145.** *Sot* : « homme sans réflexion », et aussi « mari trompé ». **146.** *Affronter* : tromper. **147.** *Mutine* : prête à se fâcher, à s'emporter. **148.** Jeu de mots sur le bois du bâton qui frotterait son dos, et les bois de cerf, apanage symbolique du front des cocus.

Au diantre qui pourtant rien du tout en fera[149] !
Quand j'aurai fait le brave et qu'un fer, pour ma peine,
M'aura d'un vilain coup transpercé la bedaine,   430
Que par la ville ira le bruit de mon trépas,
Dites-moi, mon honneur, en serez-vous plus gras ?
La bière est un séjour par trop mélancolique,
Et trop malsain pour ceux qui craignent la colique.
Et quant à moi, je trouve, ayant tout compassé[150],   435
Qu'il vaut mieux être encor cocu que trépassé.
Quel mal cela fait-il ? la jambe en devient-elle
Plus tortue[151], après tout, et la taille moins belle ?
Peste soit qui premier[152] trouva l'invention
De s'affliger l'esprit de cette vision[153],   440
Et d'attacher l'honneur de l'homme le plus sage
Aux choses que peut faire une femme volage !
Puisqu'on tient à bon droit tout crime personnel,
Que fait là notre honneur pour être criminel[154] ?
Des actions d'autrui l'on nous donne le blâme.   445
Si nos femmes sans nous ont un commerce infâme[155],
Il faut que tout le mal tombe sur notre dos !
Elles font la sottise, et nous sommes les sots[156] !
C'est un vilain abus, et les gens de police[157]
Nous devraient bien régler[158] une telle injustice.   450
N'avons-nous pas assez des autres accidents
Qui nous viennent happer en dépit de nos dents[159] ?
Les querelles, procès, faim, soif et maladie
Troublent-ils pas assez le repos de la vie,

---

149. Qu'aille au diable celui qui suivrait les injonctions de l'honneur et irait chercher vengeance ! **150.** *Compasser* : considérer, peser. **151.** *Tortu* : qui n'est pas droit, qui est de travers. **152.** La peste soit de celui qui le premier. **153.** Deux fois une diérèse à la rime. **154.** Si on considère que la responsabilité de la faute incombe à celui qui l'a commise, pourquoi l'honneur du mari serait-il responsable de l'inconduite de sa femme ? **155.** Des rapports adultères. **156.** Toujours la double entente du mot *sot*, « niais » et « cocu ». **157.** Ceux qui s'occupent de la législation, des lois. **158.** Corriger, faire cesser. **159.** Manière de parler proverbiale pour dire « malgré nous ».

Sans s'aller, de surcroît, aviser sottement   455
De se faire un chagrin[160] qui n'a nul fondement ?
Moquons-nous de cela, méprisons les alarmes,
Et mettons sous nos pieds les soupirs et les larmes.
Si ma femme a failli, qu'elle pleure bien fort ;
Mais pourquoi moi pleurer, puisque je n'ai point tort ?   460
En tout cas, ce qui peut m'ôter ma fâcherie[161],
C'est que je ne suis pas seul de ma confrérie[162] :
Voir cajoler[163] sa femme et n'en témoigner rien
Se pratique aujourd'hui par force gens de bien.
N'allons donc point chercher à faire une querelle   465
Pour un affront qui n'est que pure bagatelle.
L'on m'appellera sot de ne me venger pas ;
Mais je le serais fort de courir au trépas.
(Mettant la main sur son estomac[164].)
Je me sens là pourtant remuer une bile
Qui veut me conseiller quelque action virile.   470
Oui, le courroux me prend ; c'est trop être poltron !
Je veux résolument me venger du larron[165].
Déjà pour commencer, dans l'ardeur qui m'enflamme,
Je vais dire partout qu'il couche avec ma femme[166].

---

160. Irritation, accès de colère.   **161.** *Fâcherie* : tristesse, chagrin causé par une contrariété.   **162.** Celle des maris trompés.   **163.** Courtiser. **164.** Poitrine.   **165.** De celui qui m'a volé mon honneur.   **166.** Une courageuse et fine résolution couronne joliment ce beau monologue où, suivant la longue tradition comique des fanfarons, le poltron fait alterner les intentions viriles commandées par l'honneur et les bonnes raisons de ne pas s'exposer au danger !

SCÈNE XVIII

GORGIBUS, CÉLIE, LA SUIVANTE

CÉLIE :
Oui, je veux bien subir une si juste loi.   475
Mon père, disposez de mes vœux et de moi ;
Faites, quand vous voudrez, signer cet hyménée[167] !
À suivre mon devoir je suis déterminée ;
Je prétends gourmander[168] mes propres sentiments,
Et me soumettre en tout à vos commandements.   480
  GORGIBUS :
Ah ! voilà qui me plaît, de parler de la sorte.
Parbleu ! si grande[169] joie à l'heure me transporte
Que mes jambes sur l'heure en cabrioleraient,
Si nous n'étions point vus de gens qui s'en riraient.
Approche-toi de moi, viens çà que je t'embrasse :   485
Une telle action[170] n'a pas mauvaise grâce ;
Un père, quand il veut, peut sa fille baiser[171],
Sans que l'on ait sujet de s'en scandaliser.
Va, le contentement de te voir si bien née[172]
Me fera rajeunir de dix fois une année.   490

SCÈNE XIX

CÉLIE, LA SUIVANTE

LA SUIVANTE :
Ce changement m'étonne.

---

167. Le mariage avec Valère. **168.** Dominer, maîtriser. **169.** Une si grande. *À l'heure* : maintenant. **170.** Diérèse. **171.** *Embrasser* est serrer dans ses bras ; *baiser* est donner des baisers. **172.** Fille de noble origine ; en fait, le bourgeois Gorgibus est satisfait de la soumission de sa fille, et il y voit un signe de bonne race.

CÉLIE :

                    Et lorsque tu sauras
Par quel motif j'agis, tu m'en estimeras.

    LA SUIVANTE :

Cela pourrait bien être.

    CÉLIE :

                    Apprends donc que Lélie
A pu blesser mon cœur par une perfidie ;
Qu'il était en ces lieux sans...

    LA SUIVANTE :

                    Mais il vient à nous.   495

SCÈNE XX

CÉLIE, LÉLIE, LA SUIVANTE

    LÉLIE :

Avant que pour jamais je m'éloigne de vous,
Je veux vous reprocher au moins en cette place...

    CÉLIE :

Quoi ? me parler encore ? Avez-vous cette audace ?

    LÉLIE :

Il est vrai qu'elle est grande ; et votre choix est tel,
Qu'à vous rien reprocher[173] je serais criminel.   500
Vivez, vivez contente, et bravez ma mémoire,
Avec le digne époux qui vous comble de gloire !

    CÉLIE :

Oui, traître ! j'y veux vivre ; et mon plus grand désir,
Ce serait que ton cœur en eût du déplaisir.

    LÉLIE :

Qui rend donc contre moi ce courroux légitime ?   505

    CÉLIE :

Quoi ? tu fais le surpris et demandes ton crime ?

---

173. À vous reprocher quelque chose (sens positif de *rien*).

SCÈNE XXI[174]

Célie, Lélie, Sganarelle, La Suivante

Sganarelle *entre armé* :

Guerre, guerre mortelle à ce larron d'honneur
Qui sans miséricorde a souillé notre honneur !

Célie, *à Lélie, lui montrant Sganarelle*[175] :

Tourne, tourne les yeux sans me faire répondre !

Lélie :

Ah ! je vois...

Célie :

     Cet objet suffit pour te confondre.   510

Lélie :

Mais pour vous obliger bien plutôt à rougir.

Sganarelle, *à part* :

Ma colère à présent est en état d'agir :
Dessus ses grands chevaux[176] est monté mon courage ;

------

174. Extrait de l'argument de Neuf-Villenaine : comme Sganarelle · est
de ceux qui n'exterminent leurs ennemis que quand ils sont absents,
aussitôt qu'il aperçoit Lélie, bien loin de lui passer l'épée au travers du
corps, il ne lui fait que des révérences ; et puis se retirant à quartier, il
s'excite à faire quelque effort généreux et à le tuer par-derrière ; et se
mettant après en colère contre lui-même de ce que sa poltronnerie ne
lui permet pas seulement de le regarder entre deux yeux, il se punit lui-
même de sa lâcheté par les coups et les soufflets qu'il se donne, et l'on
peut dire que, quoique bien souvent l'on ait vu des scènes semblables,
Sganarelle sait si bien animer cette action, qu'elle paraît nouvelle au
théâtre. Cependant que Sganarelle se tourmente ainsi lui-même, Célie et
son amant n'ont pas moins d'inquiétude que lui, et ne se reprochent que
par des regards enflammés de courroux leur infidélité imaginaire, la
colère, quand elle est montée jusqu'à l'excès, ne nous laissant pour
l'ordinaire que le pouvoir de dire peu de paroles. · **175.** Pour toute la
scène, nous avons retenu de préférence les didascalies de
1734.   **176.** Les chevaliers allaient en guerre sur de petits chevaux et
montaient, pour combattre, sur de grands chevaux ; d'où l'expression
monter sur ses grands chevaux. Le courage de Sganarelle est monté sur
ses grands chevaux, car le poltron arrive armé de toutes pièces sur la
scène pour livrer bataille à Lélie.

Et si je le rencontre, on verra du carnage.
Oui, j'ai juré sa mort ; rien ne peut l'empêcher.   515
Où je le trouverai, je le veux dépêcher[177].
(Tirant son épée à demi, il approche de Lélie.)
Au beau milieu du cœur il faut que je lui donne...

        LÉLIE, *se retournant* :
À qui donc en veut-on ?

        SGANARELLE :
                            Je n'en veux à personne.

        LÉLIE :
Pourquoi ces armes-là ?

        SGANARELLE :
                            C'est un habillement

                                    (À part.)
Que j'ai pris pour la pluie. Ah ! quel contentement   520
J'aurais à le tuer ! Prenons-en le courage.

        LÉLIE, *se retournant encore* :
Hay ?

        SGANARELLE :
    Je ne parle pas.
*(À part, se donnant des coups de poing sur l'estomac[178], après
        s'être donné des soufflets pour s'exciter.)*
                        Ah ! poltron dont j'enrage[179] !
Lâche ! vrai cœur de poule !

        CÉLIE, *à Lélie* :
                            Il t'en doit dire assez,
Cet objet dont tes yeux nous paraissent blessés.

        LÉLIE :
Oui, je connais que par là vous êtes coupable   525
De l'infidélité la plus inexcusable
Qui jamais d'un amant puisse outrager la foi[180].

---

177. *Dépêcher* : se débarrasser de, tuer. 178. Voir *supra*, n. 164, avant
le vers 469. 179. Que je suis poltron, et combien je m'en veux de
l'être ! 180. Qui jamais puisse outrager l'amour fidèle d'un amant. —
L'objet en cause (v. 524) est la personne de Sganarelle : Célie croit que
Lélie l'a fait cocu et Lélie croit que Célie l'a épousé.

SGANARELLE, *à part* :
Que n'ai-je un peu de cœur[181] !

CÉLIE :

                              Ah ! cesse devant moi,
Traître, de ce discours l'insolence cruelle[182] !

SGANARELLE, *à part* :
Sganarelle, tu vois qu'elle prend ta querelle[183].   530
Courage, mon enfant, sois un peu vigoureux !
Là, hardi! tâche à faire un effort généreux,
En le tuant tandis qu'il tourne le derrière[184].

LÉLIE, *faisant deux ou trois pas sans dessein, fait retourner
Sganarelle qui s'approchait pour le tuer* :
Puisqu'un pareil discours émeut[185] votre colère,
Je dois de votre cœur me montrer satisfait,   535
Et l'applaudir ici du beau choix qu'il a fait.

CÉLIE :
Oui, oui, mon choix est tel qu'on n'y peut rien reprendre.

LÉLIE :
Allez, vous faites bien de le vouloir défendre.

SGANARELLE :
Sans doute elle fait bien de défendre mes droits.
Cette action[186], Monsieur, n'est point selon les lois :   540
J'ai raison de m'en plaindre ; et si je n'étais sage,
On verrait arriver un étrange carnage.

LÉLIE :
D'où vous naît cette plainte, et quel chagrin[187] brutal... ?

SGANARELLE :
Suffit ! Vous savez bien où le bois me fait mal[188].
Mais votre conscience et le soin de votre âme   545

---

181. De courage. **182.** Autre inversion. **183.** *Querelle* : cause, intérêts de quelqu'un. **184.** Quel sursaut de bravoure que de tuer son adversaire par-derrière (« tandis qu'il tourne le derrière », dit Sganarelle, qui mêle le style du héros de tragédie au langage le plus populaire) ! **185.** *Émouvoir* : mettre en mouvement, ébranler. **186.** 3 syllabes. **187.** Voir *supra*, v. 456, n. 160. *Brutal* : grossier, digne d'une bête brute. **188.** Toujours à la tête ! Certaines éditions donnent : *où le bât me fait mal* ; il y a en effet interférence entre *où le bois me fait mal*, *où le bât me blesse* et *où le bois me blesse*.

Vous devraient mettre aux yeux que ma femme est ma femme,
Et vouloir à ma barbe en faire votre bien
Que[189] ce n'est pas du tout agir en bon chrétien.

LÉLIE :
Un semblable soupçon est bas et ridicule.
Allez, dessus ce point n'ayez aucun scrupule :   550
Je sais qu'elle est à vous ; et, bien loin de brûler...

CÉLIE :
Ah ! qu'ici tu sais bien, traître, dissimuler !

LÉLIE :
Quoi ? me soupçonnez-vous d'avoir une pensée
De qui son âme ait lieu de se croire offensée ?
De cette lâcheté[190] voulez-vous me noircir ?   555

CÉLIE :
Parle, parle à lui-même, il pourra t'éclaircir.

SGANARELLE, *à Célie* :
Vous me défendez mieux que je ne saurais faire,
Et du biais qu'il faut vous prenez cette affaire.

SCÈNE XXII

CÉLIE, LÉLIE, SGANARELLE, SA FEMME, LA SUIVANTE

LA FEMME DE SGANARELLE, *à Célie* :
Je ne suis point d'humeur à vouloir contre vous
Faire éclater, Madame, un esprit trop jaloux ;   560
Mais je ne suis point dupe et vois ce qui se passe.
Il est de certains feux de fort mauvaise grâce[191] ;
Et votre âme devrait prendre un meilleur emploi
Que de séduire un cœur qui doit n'être qu'à moi.

CÉLIE :
La déclaration est assez ingénue[192].   565

---

189. La langue moderne placerait ce *que* au début du vers précédent (et *que* vouloir...). **190.** Action basse, indigne. **191.** Certaines amours sont condamnables. **192.** Directe, franche, et bien sotte car l'accusation porte à faux.

SGANARELLE, *à sa femme* :
L'on ne demandait pas, carogne[193], ta venue.
Tu la viens quereller lorsqu'elle me défend,
Et tu trembles de peur qu'on t'ôte ton galant.
   CÉLIE :
Allez, ne croyez pas que l'on en ait envie.
(Se tournant vers Lélie.)
Tu vois si c'est mensonge ; et j'en suis fort ravie.   570
   LÉLIE :
Que me veut-on conter ?
   LA SUIVANTE :
                            Ma foi, je ne sais pas
Quand on verra finir ce galimatias[194].
Déjà depuis longtemps je tâche à le comprendre ;
Et si[195], plus je l'écoute et moins je puis l'entendre.
Je vois bien à la fin que je m'en dois mêler.   575
(Allant se mettre entre Lélie et sa maîtresse.)
Répondez-moi par ordre, et me laissez parler !
(À Lélie.)
Vous, qu'est-ce qu'à son cœur peut reprocher le vôtre ?
   LÉLIE :
Que l'infidèle a pu me quitter pour un autre ;
Que, lorsque sur le bruit[196] de son hymen fatal
J'accours tout transporté d'un amour sans égal,   580
Dont l'ardeur résistait à se croire oubliée[197] ;
Mon abord[198] en ces lieux la trouve mariée.
   LA SUIVANTE :
Mariée ! à qui donc ?
   LÉLIE, *montrant Sganarelle* :
                            À lui.

---

193. Voir *supra*, au v. 190, n. 65.   **194.** Ces propos obscurs, inintelligibles ; de fait, dans cette scène, Molière a fait la somme de tous les malentendus entre les personnages.   **195.** Et pourtant.   **196.** Voir *supra*, au v. 228, n. 78.   **197.** L'ardeur de mon amour (= mon ardent amour) était si grande qu'elle ne pouvait pas croire que Célie pouvait l'oublier et la trahir en se mariant ailleurs.   **198.** Mon arrivée.

LA SUIVANTE :
Comment, à lui ?

LÉLIE :
Oui-da.

LA SUIVANTE :
Qui vous l'a dit ?

LÉLIE :
C'est lui-même, aujourd'hui.

LA SUIVANTE, *à Sganarelle* :
Est-il vrai ?

SGANARELLE :
Moi ? j'ai dit que c'était à ma femme   585
Que j'étais marié.

LÉLIE :
Dans un grand trouble d'âme
Tantôt de mon portrait je vous ai vu saisi[199].

SGANARELLE :
Il est vrai : le voilà.

LÉLIE :
Vous m'avez dit aussi
Que celle aux mains de qui vous aviez pris ce gage
Était liée à vous des nœuds du mariage.   590

SGANARELLE, *montrant sa femme* :
Sans doute[200]. Et je l'avais de ses mains arraché,
Et n'eusse pas sans lui découvert son péché.

LA FEMME DE SGANARELLE :
Que me viens-tu conter par ta plainte importune ?
Je l'avais sous mes pieds rencontré par fortune[201].
Et même, quand, après ton injuste courroux,   595
(Montrant Lélie.)
J'ai fait, dans sa faiblesse, entrer Monsieur chez nous,
Je n'ai pas reconnu les traits de sa peinture.

---

199. « Je vous ai vu tenant, tout troublé, mon portrait », plutôt que : « C'est avec un grand trouble de mon âme que je vous ai vu en possession de mon portrait » ; mais les deux interprétations sont possibles. **200.** Sans aucun doute, assurément. **201.** Par hasard.

CÉLIE :
C'est moi qui du portrait ai causé l'aventure ;
Et je l'ai laissé choir en cette pâmoison
(*À Sganarelle.*)
Qui m'a fait par vos soins remettre à la maison[202].   600
    LA SUIVANTE :
Vous voyez que sans moi vous y seriez encore,
Et vous aviez besoin de mon peu d'ellébore[203].
    SGANARELLE, *à part*[204] :
Prendrons-nous tout ceci pour de l'argent comptant ?
Mon front l'a, sur mon âme, eu bien chaude pourtant[205] !
    SA FEMME :
Ma crainte toutefois n'est pas trop dissipée ;   605
Et doux que soit le mal, je crains d'être trompée[206].
    SGANARELLE, *à sa femme*[207] :
Hé ! mutuellement croyons-nous gens de bien !
Je risque plus du mien que tu ne fais du tien[208] ;
Accepte sans façon le marché qu'on propose !
    SA FEMME :
Soit. Mais gare le bois[209] si j'apprends quelque chose !   610
    CÉLIE, *à Lélie, après avoir parlé bas ensemble* :
Ah ! dieux ! s'il est ainsi, qu'est-ce donc que j'ai fait ?
Je dois de mon courroux appréhender l'effet.
Oui, vous croyant sans foi, j'ai pris, pour ma vengeance,
Le malheureux secours de mon obéissance[210] ;

---

202. À la sc. 4, avec l'aide d'un homme, Sganarelle a emporté Célie évanouie chez elle. **203.** Sans l'*ellébore* (remède à la folie) de la suivante, les personnages seraient encore dans la confusion et le malentendu. **204.** Didascalie de 1734. **205.** *L'avoir bien chaude* : avoir une grande alarme ; toujours la crainte des cornes. **206.** Comprendre : et quelque doux que soit le mal d'être trompée en pareil cas, je crains néanmoins de l'être. Elle voudrait bien croire que son mari a été fidèle, mais n'en est pas absolument sûre. **207.** Didascalie de 1734. **208.** Le déshonneur d'être cocu est plus grand pour moi que pour toi. **209.** Toujours le panache de cerf, dont sa femme menace Sganarelle s'il ne lui est pas fidèle. **210.** Pour me venger de vous que je croyais infidèle, j'ai obéi à mon père et accepté d'épouser Valère.

Et depuis un moment mon cœur vient d'accepter   615
Un hymen que toujours j'eus lieu de rebuter.
J'ai promis à mon père ; et ce qui me désole...
Mais je le vois venir.

LÉLIE :

Il me tiendra parole.

SCÈNE XXIII

CÉLIE, LÉLIE, GORGIBUS, SGANARELLE, SA FEMME, LA SUIVANTE

LÉLIE :

Monsieur, vous me voyez en ces lieux de retour
Brûlant des mêmes feux, et mon ardente amour[211]   620
Verra, comme je crois, la promesse accomplie
Qui[212] me donna l'espoir de l'hymen de Célie.

GORGIBUS :

Monsieur, que je revois en ces lieux de retour
Brûlant des mêmes feux, et dont l'ardente amour
Verra, que vous croyez, la promesse accomplie   625
Qui vous donna l'espoir de l'hymen de Célie,
Très humble serviteur à Votre Seigneurie[213].

LÉLIE :

Quoi ? Monsieur, est-ce ainsi qu'on trahit mon espoir ?

GORGIBUS :

Oui, Monsieur, c'est ainsi que je fais mon devoir.
Ma fille en suit les lois.

CÉLIE :

Mon devoir m'intéresse,   630

---

211. Le mot est souvent féminin au XVIIᵉ siècle, même au singulier.
212. Construire : verra accomplie la promesse qui... **213.** Formule
ironiquement déférente pour exprimer une fin de non-recevoir. On
remarquera les trois rimes féminines successives : *accomplie* et *Célie*,
reprises du discours de Lélie, à quoi Gorgibus ajoute de son cru, en
écho, *Seigneurie*.

Mon père, à dégager vers lui votre promesse[214].

GORGIBUS :

Est-ce répondre en fille à mes commandements ?
Tu te démens bien tôt de tes bons sentiments !
Pour Valère tantôt... Mais j'aperçois son père.
Il vient assurément pour conclure l'affaire.	635

SCÈNE DERNIÈRE

CÉLIE, LÉLIE, GORGIBUS, SGANARELLE, SA FEMME, VILLEBREQUIN,
LA SUIVANTE

GORGIBUS :

Qui[215] vous amène ici, seigneur Villebrequin ?

VILLEBREQUIN :

Un secret important que j'ai su ce matin,
Qui rompt absolument ma parole donnée.
Mon fils, dont votre fille acceptait l'hyménée,
Sous des liens cachés trompant les yeux de tous,	640
Vit, depuis quatre mois, avec Lise en époux ;
Et comme des parents le bien et la naissance
M'ôtent tout le pouvoir d'en casser l'alliance,
Je vous viens...

GORGIBUS :

              Brisons là ! Si, sans votre congé,
Valère votre fils ailleurs s'est engagé,	645
Je ne vous puis celer que ma fille Célie
Dès longtemps[216] par moi-même est promise à Lélie ;
Et que, riche en vertus[217], son retour aujourd'hui
M'empêche d'agréer un autre époux que lui.

VILLEBREQUIN :

Un tel choix me plaît fort.

---

214. *Dégager sa promesse*, c'est la tenir ; comprendre : mon devoir m'engage vivement *(m'intéresse)* à devenir la femme de Lélie, afin que vous puissiez tenir votre promesse à son égard. **215.** Qu'est-ce qui. *Cf. supra*, v. 348, n. 118. **216.** Depuis longtemps. **217.** Comme Lélie est riche en vertus.

LÉLIE :

                     Et cette juste envie   650
D'un bonheur éternel va couronner ma vie[218].

  GORGIBUS :
Allons choisir le jour pour se donner la foi[219] !

  SGANARELLE, *seul*[220] :
A-t-on mieux cru jamais être cocu que moi ?
Vous voyez qu'en ce fait la plus forte apparence
Peut jeter dans l'esprit une fausse créance[221].   655
De cet exemple-ci ressouvenez-vous bien ;
Et quand vous verriez tout, ne croyez jamais rien !

Fin de *Sganarelle*

---

218. E. Despois comprend que Lélie s'adresse à Gorgibus : cette juste
envie que vous avez de tenir votre parole va, *etc.* ; G. Couton pense au
contraire que Lélie s'adresse à Célie : cette passion légitime (celle de
Célie pour Lélie, probablement) va me donner un bonheur éternel. On
peut hésiter, encore que le contexte donne plutôt raison à Despois. **219.** Le jour des épousailles, les deux époux se promettront
fidélité. **220.** Didascalie de 1734. Resté seul sur la scène, Sganarelle
s'adresse au public. **221.** Une fausse conviction, une fausse
croyance.

CHEVALIER

Le Cartel de Guillot
(1660)

Avec Le Cartel de Guillot, *nous retournons au théâtre du Marais, où Chevalier, l'un des comédiens de la troupe, broche pour ses camarades une petite comédie en octosyllabes — mètre traditionnel de la farce —, destinée à compléter le spectacle; comme Brécourt l'année précédente au même théâtre, comme Molière pour son Petit-Bourbon, comme Dorimond pour sa troupe ambulante, comme bientôt Poisson pour l'Hôtel de Bourgogne, l'acteur Chevalier se fait dramaturge et sacrifie au regain de la farce, instrument de la concurrence entre les théâtres.*

Jean Simonin, dit Chevalier, a joué en province avant de s'installer à Paris; c'est Larocque, directeur de la troupe du Marais, qui l'engagea dans ce théâtre, en 1655. Chevalier resta dans la troupe jusqu'en 1669[1], date après laquelle on le trouve à La Haye et à Bruxelles. Après Le Cartel de Guillot, *et encouragé par le succès, Chevalier donne d'autres farces:* Les Galants ridicules ou Les Amours de Guillot et de Ragotin, La Désolation des filous sur la défense des armes, La Disgrâce des domestiques *et* Les Barbons amoureux rivaux de leurs fils, *toutes publiées en 1662; il fera jouer et publiera encore cinq autres pièces, qui prendront parfois les dimensions de la comédie de mœurs[2].*

Le Cartel de Guillot, *joué à l'automne de l'année 1660, constitue donc un coup d'envoi. La dédicace est empreinte d'une grande modestie d'auteur: Chevalier sait que « les premiers fruits » de sa muse ne sont pas un chef-d'œuvre, ce qui n'est pas étonnant pour un homme « qui n'a jamais su qu'à*

1. Voir S. W. Deierkauf-Holsboer, *Le Théâtre du Marais, t. II: Le Berceau de l'opéra et de la Comédie-Française. 1648-1673*, Paris, Nizet, 1958. **2.** Voir H. C. Lancaster, *A History of French Dramatic Literature in the Seventeenth Century*, Part III: *The Period of Molière. 1652-1672*, vol. 1, 1936, chap. ix, pp. 312-336.

peine son *A, B, C* » ; il publie cependant sa « petite comédie » et
demande protection pour elle. Modestie d'usage chez tout
comédien qui prend la plume, et qu'on retrouvera chez un
Raymond Poisson quand il se lancera de la même manière dans
la carrière de dramaturge[3].

Il est vrai que l'idée de départ est mince et passablement
invraisemblable : poursuivant chacun une vengeance particulière, un père et sa fille ont l'idée de faire se battre en duel un
galant et un valet dont ils veulent la mort. Policarpe, vieillard
cacochyme, en veut à son valet Guillot, ivrogne invétéré, d'avoir
fait rater une partie fine qu'il avait prévue ; quant à Angélique,
elle pardonne mal à son fiancé La Rocque de l'avoir délaissée au
dernier bal, et elle l'accuserait de la trahir pour quelque
coquette. La drôlerie vient du ton et du langage tragiques
qu'emploient le père et la fille pour déplorer leurs malheurs
respectifs ; ces personnages quelconques prennent leur disgrâce
terriblement au sérieux et moulent leurs plaintes excessives —
l'objet en est carrément burlesque pour Policarpe — dans le
court octosyllabe. Plus burlesque encore est la rencontre entre le
gentilhomme La Rocque, fait aux règles de l'honneur, et le valet
populaire et couard Guillot, qui vient le provoquer en duel sans
le savoir ; la pièce culmine sur ce « combat ridicule » — c'est le
sous-titre de la farce, ajouté ultérieurement —, qui est une
parodie de duel.

Le rôle de La Rocque était tenu, sous son nom de théâtre
même, par le chef de la troupe du Marais. On pense bien que
c'est Chevalier lui-même qui tenait le rôle vedette de la farce,
celui de Guillot. Comme Mascarille et Sganarelle créés par
Molière, comme Crispin bientôt créé par R. Poisson, Guillot est un
type de valet inventé par l'acteur Chevalier ; paraissant dans plus
de dix comédies, il fit les beaux jours du Marais. « Peureux,
ivrogne et vantard, Guillot — écrit Jean Émelina[4] — apparaît
donc comme le descendant de Gros-Guillaume (le nom est le
même, sous forme de diminutif) et de Jodelet. »

3. Voir l'éd. Ch. Mazouer du *Baron de la Crasse* et de *L'Après-soupé des
auberges* de R. Poisson, S. T. F. M., diffusion : Paris, Nizet, 1987.   **4.** Jean
Émelina, *Les Valets et les servantes dans le théâtre comique en France de
1610 à 1700*, Cannes-Grenoble, 1975, pp. 154-155.

Ici, Guillot⁵ est d'abord un « gros sot » facilement manœuvré par Angélique, qui l'envoie lui-même porter à La Rocque le cartel qui le concerne et qui le constitue champion de la querelle de sa maîtresse, en lui disant qu'il s'agit d'un poulet, puis le convainc de se battre avec La Rocque qu'elle lui peint comme un lâche. Nous avons laissé entendre de quelle manière bouffonne Guillot, fanfaron et lâche, se comporte, à rebours de tous les usages, pendant ce duel ; à chaque fois qu'on en vient aux mains, Guillot se couche à terre pour éviter l'assaut de La Rocque ! Simple et niais, Guillot l'est-il totalement ? C'est à voir. Sans compter sa capacité à décrire la culture (fort étendue : Angélique serait-elle une de ces précieuses, comme le pense Guillot ?) de sa maîtresse, la maîtrise dont il fait montre dans le maniement du langage, en particulier à la scène 7 (il mêle burlesquement les expressions populaires à des expressions recherchées et à des néologismes plaisants) laisse à penser que ses bêtises et ses inconvenances sont plus jouées, voulues que naturelles. Guillot serait ainsi le dernier badin que nous rencontrons sur notre route ; nous le pensons apte à donner de la joie !

Nous suivons, en le débarrassant de ses coquilles évidentes, le texte original publié à Paris, chez Jean Ribou, en 1661 (achevé d'imprimer le 12 février 1661), qui est conservé à l'Arsenal (Rf 5801) ; c'est la seule édition publiée du vivant de Chevalier, qui est mort avant 1674. Néanmoins, certaines leçons du Cartel de Guillot ou Le Combat ridicule *publié à La Haye, par Adrian Moetjens, en 1682, ne sont pas inintéressantes (Arsenal : Rf 5337).*

---

5. Voir Ch. Mazouer, *Le Personnage du naïf dans le théâtre comique...*, 1979, p. 142.

LE CARTEL DE GUILLOT[1]

À M<small>ADEMOISELLE DE</small>*****

M<small>ADEMOISELLE</small>,

Je m'imagine que vous ne serez pas moins surprise de me voir imprimé que Guillot semble l'être quand il trouve que le billet qu'il porte de la part de sa maîtresse Angélique au sieur de La Rocque son amant est un cartel[2] pour se couper la gorge avec lui. En effet, c'est une chose qui le doit surprendre. Car qui penserait qu'une fille se servirait de son valet pour venger un outrage qu'elle croit avoir reçu de celui qu'elle aime de toutes les ardeurs de son âme, et que, sous l'appât trompeur d'un poulet qu'elle lui peint rempli de douceurs, elle lui envoie un billet qui marque la grandeur de son ressentiment, et qui lui désigne que Guillot est celui qu'elle a choisi pour tirer raison de[3] son offense prétendue ? Aussi, qui croirait qu'un homme qui n'a jamais su qu'à peine son A, B, C, pût faire paraître un livre au jour, et que l'imprimeur qui prend le soin de le mettre sous la

---

1. VAR. : 1682 ajoute le sous-titre : *ou Le Combat ridicule.* **2.** Provocation en duel. **3.** Tirer vengeance de.

presse se flattât d'en retirer pour le moins les frais de l'impression ? Toutes ces choses ne vous doivent pas moins étonner que Guillot l'est à la vue du cartel. Mais pour cesser votre étonnement, vous n'avez qu'à prendre la peine de vous ressouvenir que nature est une grande maîtresse[4], et qu'elle nous montre plus de choses en un moment que l'art ne fait en dix ans, sans examiner si Angélique demeure dans les bornes que la bienséance et la modestie prescrivent à celles de son sexe, et si le sieur de La Rocque a raison de se compromettre si légèrement avec un valet sur un simple écrit qu'un premier mouvement de jalousie a fait naître, ou si Guillot, après la lecture du cartel, doit vraisemblablement entreprendre de se battre contre celui que sa maîtresse Angélique lui destinait pour maître. Souffrez, MADEMOISELLE, que je vous demande votre protection pour cette petite comédie. Je sais bien que, comme vous êtes une des personnes du monde la plus accomplie, on[5] ne vous devrait présenter que des chefs-d'œuvre. Mais il y a grande apparence que je passerais toute ma vie sans vous donner des marques de mon zèle et de mes respects, si j'attendais d'une muse ignorante[6] un ouvrage qui pût avec justice mériter la protection que je vous demande en faveur de celui-ci. Je sais bien encore que, si vous blâmez ma hardiesse, cette[7] bonté naturelle que vous possédez au plus éminent degré se révoltera pour moi contre vous-même, et qu'elle vous dira que [si] cette pièce avait été dans la plus haute perfection, je vous l'aurais présentée comme je vous la présente avec tous ses défauts. Enfin, MADEMOISELLE, sans exagérer davantage les fautes dont ma petite comédie est remplie, ni le haut et plein mérite dont le ciel vous a été si libéral et par qui vous donnez de

---

4. Chevalier veut probablement faire comprendre deux choses : 1/ que la *nature* est assez puissante pour permettre à l'individu peu instruit qu'il est de composer une comédie ; 2/ que les données de sa comédie peuvent paraître invraisemblables, mais que le vrai, ce que produit la *nature*, peut passer le vraisemblable.   **5.** Orig. : *qu'on* ; je supprime ce deuxième *que*, redondant.   **6.** Comme un R. Poisson, et comme d'autres comédiens auteurs de petites comédies, de simples farces, Chevalier insiste sur la faiblesse de ses dons poétiques.   **7.** Orig. : *que cette* ; je supprime cet autre *que* redondant.

l'admiration à tous ceux qui ont le bien d'approcher votre personne, vous souffrirez que j'obéisse à ma destinée et à mon inclination, qui veulent que je vous donne des preuves d'une soumission respectueuse, en vous offrant les premiers fruits de ma muse. Peut-être que ceux qui liront cette pièce, n'y[8] trouvant pas leur compte, ne pourront s'empêcher d'en dire du mal ; mais je m'assure qu'ils ne désapprouveront pas le dessein que j'ai eu de vous l'offrir, quand même ils n'auraient pas l'avantage de vous connaître, pourvu qu'ils croient que rien n'est plus véritable que ce que je dis de vous, et qu'ils aient pente[9] à rendre au vrai mérite ce que la raison obtient aisément des belles âmes. Je vous avoue que si le hasard me faisait rencontrer auprès de ceux[10] qui sans injustice diront du mal de ma petite comédie, je ne pourrais m'empêcher de crier comme Guillot fait au sieur de La Rocque : « Garde l'honneur ![11] » ; mais peut-être aussi que je m'altérerais trop les poumons à force de crier, si je voulais entreprendre ma défense par cette voie. Non, je ne suis point d'avis de me faire mourir pour défendre une mauvaise cause. Que le lecteur en dise du bien ou du mal, tout cela me sera indifférent ; et je serai pleinement satisfait si vous daignez jeter les yeux sur elle, si vous ne vous fâchez point quand vous trouverez au bas de cette lettre la qualité que je prends de,

MADEMOISELLE,

Votre très humble, très obéissant serviteur,

CHEVALIER

---

8. Orig. : *et n'y* ; je supprime ce *et* absurde. **9.** Tendance, inclination. **10.** Si le hasard m'amenait à me battre en duel avec ceux. **11.** Voir le v. 538, où, par cette formule, Guillot arrête le bras meurtrier de son adversaire, au cours du duel burlesque.

ACTEURS

POLICARPE[12], père d'Angélique.
LA ROCQUE[13], amant d'Angélique.
ANGÉLIQUE, fille de Policarpe.
GUILLOT[14], valet de Policarpe.

La scène est dans la maison de Policarpe.

SCÈNE I

POLICARPE, ANGÉLIQUE

ANGÉLIQUE :
Que ma destinée est fâcheuse !   1
Hélas ! que je suis malheureuse !
POLICARPE :
Dis-moi, pourquoi te plains-tu tant ?
Ton esprit n'est jamais content ;
Je te vois toujours en furie.   5
Sachons d'où vient ta fâcherie.
ANGÉLIQUE :
On ne la saurait concevoir ;
Enfin je suis au désespoir.
Et si vous saviez mon injure[15],
Vous me plaindriez, je vous jure.   10
POLICARPE :
Dis-la donc !
ANGÉLIQUE :
        Oyez[16], s'il vous plaît !

---

12. Dans *La Feinte Mort de Jodelet* de Brécourt, Policarpe est déjà le nom du père de la jeune première. **13.** C'est le nom de théâtre du chef même de la troupe du Marais, Pierre Regnault Petitjean. **14.** Chevalier jouait vraisemblablement lui-même ce personnage qu'il inventa pour ses farces du Marais. **15.** Le tort qu'on m'a causé. **16.** Cette vieille forme montre que la fille se prend vraiment au tragique !

Ah ! quand vous saurez quelle elle est,
Vous me croirez fort misérable.

POLICARPE :

Tu me ferais donner au diable,
Avecque tes tristes clameurs.   15
Eh bien, quels sont donc tes malheurs ?

ANGÉLIQUE :

Rien n'est au monde si sensible,
Si détestable, si terrible.
Hélas ! quel destin est le mien !

POLICARPE :

Pour moi, je crois que ce n'est rien,   20
Puisque tu ne le veux pas dire.
Endêve[17], fâche-toi, soupire,
Pleure, crie et te plains[18] ici ;
Montre-toi toute de souci,
Toute triste, toute joyeuse,   25
Toute riante ou rechineuse[19] ;
Ressens ou du mal ou du bien,
Je m'en sens moins touché que rien.
Après cela, je me retire.

ANGÉLIQUE :

Hé ! mon père, je vais tout dire.   30
Mais donnez-vous un peu de temps ;
Car mes déplaisirs sont si grands
Que je n'ose...

POLICARPE :

                    Ah ! quelle pendarde[20] !
Être née enfin babillarde,
Et garder si fort le secret !   35
L'on te va mettre au cabinet[21],

---

17. Enrage. **18.** Et plains-toi. **19.** *Rechigneux* ou *rechineux*, au XVIe siècle, signifie « maussade ». **20.** Appellation plutôt réservée aux valets dignes d'être pendus ; mais nous voyons, dans nos farces et comédies, des maris ou des pères traiter femme ou fille de *pendarde*. **21.** Le *cabinet* est justement le lieu où l'on range ce qu'on a de plus précieux en fait de livres, tableaux, etc.

Ainsi que le plus rare ouvrage
Qui se voit vu durant notre âge ;
Car c'est un miracle en ce point
Qu'être fille et ne parler point,
Au moins de tout ce qui te touche.   40

ANGÉLIQUE :

Apprenez-le donc par ma bouche.
La Rocque, qui se dit charmé
De moi qui l'ai toujours aimé,
M'a fait un affront, un outrage,
Dont je déteste[22], dont j'enrage,   45
Mais un outrage sans égal.
Hier, comme nous étions au bal,
Il mena toutes les galantes[23]
Danser et branles et courantes[24],
Leur donna tout son entretien   50
Et me régala d'un beau rien[25].
Ce qui me fâche davantage
Est que cet ingrat, ce volage
Fait le soupirant, le transi
(Au moins on me l'a dit ainsi)   55
Pour une certaine coquette ;
Il tient la chose fort secrète,
Car on dit qu'il veut l'épouser.
Moi je veux, sans temporiser,
Lui montrer, avant qu'il l'épouse,   60
Ce que peut une âme jalouse.

POLICARPE :

Il te méprise, ce fripon ?
Ah ! que ne suis-je encor garçon[26] !
Que n'ai-je ma vigueur première,
Avecque ma grande rapière   65

---

22. Intransitif, *détester* signifie « pester, jurer, faire des impréca-
tions ». **23.** Désigne ici les filles prêtes aux aventures amoureuses. **24.** *Branle* et *courante* sont des danses anciennes. **25.** Et ne
fit rien pour moi, me laissa tomber. **26.** Jeune homme.

Et ma vieille arquebuse à croc[27] !
Ma foi, la mort lui serait hoc[28] ;
S'il en réchappait, je te jure,
Ce serait une belle cure[29].

Mais n'étant plus dans ma verdeur,   70
Il faut chercher quelque bretteur[30]
Qui lui donne dans la bedaine
D'une olinde ou d'une vienne[31],
Ou d'un pistolet ; me chaut peu
Qu'il meure ou de fer ou de feu !   75
Lui que je voulais pour mon gendre
T'a fait cet affront, cet esclandre[32] ?
Il en périra, le pendard.

Mais laissons ces discours à part,
Et voyons ce qu'il nous faut faire   80
Pour au plus tôt nous en défaire ;
Il faut avant qu'il soit demain
Lui voir perdre le goût du pain.

Tu viens de me faire ta plainte ;
Mais apprends que j'ai l'âme atteinte   85
D'un mal aussi grand que le tien[33].

Que maudit soit la valetaille,
La sotte engeance, la canaille[34],

---

27. La *rapière* était une épée longue et affilée. L'*arquebuse à croc* était une « arme à feu plus pesante qu'à l'ordinaire, qu'on tirait autrefois sur une fourchette ou par les petites ouvertures d'une muraille » (Furetière). **28.** *Être hoc* : être sûr, assuré. **29.** *Cure* est un terme de chirurgien : traitement, guérison ; comprendre : ce serait miraculeux s'il s'en sortait. **30.** Un *bretteur* porte la *brette*, épée plus longue que celle des gentilshommes, et se bat volontiers. **31.** *Olinde* et *vienne* : noms donnés à des lames d'épée fabriquées dans ces deux villes (*Olinde* est *Olinda*, au Brésil ou *Solingen*, en Westphalie ; *Vienne* est la ville française du Dauphiné). **32.** « Vieux mot qui signifiait autrefois un accident fâcheux qui troublait, interrompait le cours d'une affaire » (Furetière). **33.** Il manque un vers après ce vers 86 (la rime reste en suspens). 1682 en ajoute un : « Et qui pourtant ne sera rien », aussi plat que contestable ; nous ne l'intégrons pas au texte. **34.** *Canaille* : « se dit de la populace, des gens qui n'ont ni naissance, ni bien, ni courage » (Furetière).

Qui ne sert qu'à boire et manger[35],
Et souvent nous fait enrager !   90
Sache que Guillot, cet ivrogne
Dont je veux maltraiter la trogne,
M'a fait recevoir un affront
Qui n'a jamais eu de second.
Pour ragaillardir[36] ma vieillesse,   95
J'avais prié quelque jeunesse[37]
De venir dîner[38] avec moi.
Sais-tu ce qu'il m'a fait ?

   Angélique :

               Eh quoi ?

   Policarpe :

Au lieu de songer à nous faire
Un morceau de fort bonne chère,   100
Comme j'avais su l'ordonner,
Il n'a pas cessé d'ivrogner[39]
Durant toute la matinée.
Enfin, quand l'heure fut sonnée,
Ces gens vinrent avec grand bruit,   105
Pensant que le dîner fût cuit,
Se promettant sur ma prière[40]
De faire la débauche[41] entière.
Même, croyant tout apprêté,
Dirent leur bénédicité ;   110
Mais, trouvant tout plus froid que glace,
Leur emploi fut de dire grâces[42].
Ainsi nous eûmes tous l'honneur

---

35. Qui ne fait rien d'autre que de boire et de manger.
36. *Ragaillardir* : « donner de la joie, ou rendre à quelqu'un la joie qu'il a perdue » (Furetière). **37.** Quelques jeunes gens. **38.** Déjeuner (c'est le repas du milieu du jour). **39.** Se livrer à l'ivrognerie. **40.** Se promettant, puisque je les avais invités. **41.** *Débauche* désigne, sans idée d'excès, le repas que la compagnie se réjouissait de prendre ensemble. **42.** On récite le *bénédicité* avant le repas ; mais comme le repas était froid et immangeable, les convives sont aussitôt passés aux *grâces*, qui se disent après le repas.

De dîner ensemble par cœur[43].
Ce qui m'émeut encor la bile,   115
C'est que ce fat[44], ce malhabile
Me fit un tour ces jours passés,
Dont il paiera les pots cassés.
Comme j'avais ma sciatique,
Mon cours de ventre, ma colique[45],   120
Avec[que] mon grand mal de dents,
Mes ordinaires accidents,
Mon rhume, ma toux, ma migraine,
Ma fluxion[46], ma courte haleine[47],
Ma palpitation de cœur,   125
Bien loin de plaindre ma douleur,
Le traître se donnait carrière[48]
Et me souhaitait dans la bière,
En me disant que mon trépas
Ne s'avançait qu'au petit pas.   130
Vois si j'ai lieu d'être en colère !
C'est pourquoi je m'en veux défaire.
Sais-tu bien ce que nous ferons
Pour nous venger de nos affronts ?
La Rocque t'a fait un outrage ;   135
Moi, Guillot, un[49] de quoi j'enrage.
Il faut, pour nous bien venger d'eux,
Les faire entrebattre tous deux[50].
Guillot ne se voudra pas battre ;
La Rocque, assez opiniâtre,   140
Imprimera sur son minois
La figure[51] de ses cinq doigts.

---

43. *Dîner par cœur* : « façon de parler basse et du langage familier, pour dire ne dîner point, non pas volontairement, mais contre son gré » (Le Roux). **44.** Sot. **45.** Ce vers un peu nauséabond insiste sur les fonctions d'évacuation du ventre. **46.** Faut-il penser à une congestion, à une fluxion sur le poumon ? C'est douteux. La *fluxion* désigne souvent un simple rhume. **47.** Ma difficulté à respirer. **48.** Se laissait librement aller à ses propos odieux sur ma mort trop lente à venir. **49.** À moi, Guillot a fait un outrage. **50.** Les faire se battre entre eux. **51.** La marque. La Rocque donnera une gifle à Guillot.

Guillot vomira quelque injure ;
L'autre, assez fougueux je m'assure,
Lui donnera de sa façon   145
Quelque grand coup d'estramaçon[52].
De ce coup proviendra la fièvre ;
Guillot, étourdi comme un lièvre,
Malgré l'avis du médecin
Voudra toujours boire du vin :   150
Fièvre et vin, brûlant ses entrailles,
Avanceront ses[53] funérailles ;
Car sans doute qu'il en mourra.
Je serai satisfait par là.
Pour te venger sans plus attendre,   155
La Rocque après nous ferons pendre[54].
Voilà les moyens importants
De nous rendre tous deux contents.

ANGÉLIQUE :

Mais comment ferons-nous, mon père ?

POLICARPE :

Voici ce que nous devons faire,   160
Sans nous mettre en tête martel[55] :
Il faut envoyer un cartel[56]
Par Guillot au sieur de La Rocque.

ANGÉLIQUE :

Il craint trop d'avoir sur sa toque[57] ;
Il n'y voudra jamais aller.   165

POLICARPE :

Il lui faudra dissimuler
Que ce soit pour une querelle[58].

---

52. *Estramaçon* (encore un mot vieilli au xviie siècle) désigne le coup qu'on donne du tranchant d'une forte épée, et la longue épée elle-même à deux tranchants.   **53.** Nous adoptons le texte de 1682 et corrigeons l'orig. *ces.*   **54.** Pour meurtre, à la suite d'un duel ; cf. *infra*, les v. 509 et 602.   **55.** Sans nous mettre *martel en tête* ; inversion pour la rime avec *cartel.*   **56.** Guillot sera chargé d'un billet qui ne sera autre qu'un appel au duel ; voir *supra*, n. 2.   **57.** Sur son bonnet, c'est-à-dire sur sa tête ; il craint trop pour lui un mauvais coup.   **58.** Il faudra lui cacher que c'est pour défendre ta cause par un combat, par un duel.

Dis-lui que ta peine est mortelle
De ne voir point ton cher amant;
Qu'en ce billet est[59] le tourment   170
Que tu souffres de son absence;
Que tout ton bien est sa présence.
Aussitôt il le portera.

   ANGÉLIQUE :
Vous avez raison, il ira.
J'avais déjà bien su l'écrire;   175
Mais à Guillot je n'osais dire
Qu'il[60] l'allât porter en ce jour
En le nommant billet d'amour,
Et n'aurais pas osé le faire
Sans avoir l'aveu de mon père.   180
Mais enfin, puisque vos bontés
Me lèvent ces difficultés,
Allez, laissez à mon adresse
Le soin d'achever cette pièce[61].
Je veux entretenir Guillot.   185

SCÈNE II

ANGÉLIQUE, GUILLOT

   ANGÉLIQUE :
Guillot, écoute un petit mot.

   GUILLOT :
Que vous plaît-il, notre[62] maîtresse ?

   ANGÉLIQUE :
J'ai besoin de ton adresse
Pour porter ce petit poulet[63].

---

59. Est exprimé. **60.** Nous corrigeons l'orig. fautif *qui l'allât*, et suivons 1682. **61.** Cette farce, cette ruse. **62.** Usage populaire du possessif pluriel, à la place du singulier. **63.** Ce mot va prêter à l'équivoque traditionnelle, le valet ignorant le sens de « billet d'amour ». Chevalier reprend la situation de la sc. 1 de la *Farce des bossus*, entre Horace l'amoureux et son valet Grattelard.

GUILLOT, *le mettant à terre et l'appelant*:
Petit, petit, petit follet !   190
Un poulet ! Souffrez que j'oppose
À cette drôlesque[64] de chose,
Que qui vivrait de ce gibier
Ferait des repas de papier.
C'est avoir l'âme bien burlesque[65]   195
Qu'appeler de ce nom grotesque[66]
Un papier. Poulet[67] vient d'un œuf.
Envoyez-lui plutôt un bœuf :
Étant[68] une plus grosse bête,
Le présent sera plus honnête[69].   200
    ANGÉLIQUE :
Ce que tu dis ne sert de rien.
Mais, Guillot, écoute-moi bien ;
(Lui montrant le billet.)
C'est là que sont toutes mes peines.
    GUILLOT :
C'est assez de porter les miennes ;
Portez les vôtres, s'il vous plaît[70] !   205
    ANGÉLIQUE :
Tu ne comprends pas ce que c'est.
Sache donc que je te veux dire
Qu'en ce billet est mon martyre[71].
    GUILLOT :
Et pourquoi me martyriser ?
Suis-je un homme à m'aller briser   210
Sous le faix[72] de votre martyre ?
De mes maux ce[73] serait le pire ;
J'aime beaucoup mieux voir le jour.

---

64. Dérivé d'esprit burlesque de *drôle*; Guillot trouve particulièrement drôle l'idée d'appeler *poulet* un morceau de papier. **65.** C'est se montrer bien ridicule. **66.** L'orig. a l'autre forme *(crotesque)* du mot au XVIIe siècle ; *grotesque* signifie «bizarre». **67.** Le poulet. **68.** Comme le bœuf est. **69.** Convenable. **70.** «J'ai du mal assez à porter mes tourments, sans me charger de ceux d'autrui», disait Grattelard à Horace (*Farce des Bossus*, sc. 1). **71.** L'expression de mes peines amoureuses. **72.** Fardeau. **73.** L'orig. *se* doit être corrigé, comme le fait 1682.

ANGÉLIQUE :

Gros sot, c'est un billet d'amour
Écrit à Monsieur de La Rocque.   215
Porte-lui ! Ton discours me choque ;
Laisse là tous tes quolibets[74].
Ce sont mes amoureux secrets.

GUILLOT :

Ah ! vous êtes donc amoureuse,
Vous qui faisiez la précieuse !   220
Il fallait sans dissimuler
Me dire le tout sans parler[75].

ANGÉLIQUE :

Encore un coup, porte ma lettre,
Guillot, et je te puis promettre
Que La Rocque t'embrassera   225
Du moment qu'il[76] la recevra.
Rends-moi donc vite cet office[77].

GUILLOT :

J'y vais.

SCÈNE III

*Angélique sort d'un côté et La Rocque entre de l'autre. Et Guillot,
ayant dit à sa maîtresse « J'y vais », il va du côté de La Rocque et,
ne le voyant pas, il lui donne de la tête dans le ventre.*

GUILLOT, LA ROCQUE

GUILLOT *continue* :

    Le destin m'est propice,
Monsieur, de vous trouver ici.
Lisez la lettre que voici,   230

---

74. Tes plaisanteries insipides, de mauvais goût. **75.** Nous avons déjà
rencontré, dans la 2ᵉ farce tabarinique de 1624, sc. 1, cette tournure
absente des dictionnaires, et qui doit signifier « dire droitement, sans
biaiser, sans barguigner ». **76.** Dès qu'il. **77.** Ce service.

D'Angélique votre maîtresse.
J'allais chez vous avec vitesse
Pour vous la porter promptement.

	La Rocque :
Elle m'oblige[78] infiniment.

	Guillot, *interrompant La Rocque alors qu'il veut lire* :
Si tout haut vous la vouliez lire,					235
Pour me pouvoir apprendre à dire
Ces beaux mots qu'on dit en amour,
Afin de m'en servir un jour ?
Car ma maîtresse est éloquente.

	La Rocque :
Ah ! je sais qu'elle est fort savante.					240
Oui, je la[79] vais lire tout haut.
Mais avant que[80] la lire, il faut,
Mon cher Guillot, qu'on me promette
De tenir la chose secrète.

	Guillot :
Monsieur, je serai fort discret.					245
Confiez-moi votre secret,
Vous n'en aurez jamais reproche.

	La Rocque :
Écoute donc, Guillot, approche ;
Et conçois[81] bien tous ces grands mots !

	Guillot, *l'interrompant toujours* :
Ma maîtresse n'a nul défaut ;					250
Elle est aussi belle qu'aimable.
Elle a de l'esprit comme un diable.

	La Rocque, *voulant toujours lire* :
Il est vrai.

	Guillot, *poursuivant[82] de l'interrompre* :
			Ces[83] mots sont charmants

---

78. *Obliger* signifie ici « plaire ».	**79.** L'orig. *le* était à corriger ; 1682 a :
Je vais la lire.	**80.** *Avant que* + infinitif marque couramment
l'antériorité au xviie siècle, à côté de *avant de* ou *avant que de* +
infinitif.	**81.** Comprends.	**82.** Continuant.	**83.** On pourrait admet-
tre aussi la leçon de 1682 : *ses.*

Plus que le style des romans.
Elle a lu...

LA ROCQUE :
      Te voudrais-tu taire ?   255

GUILLOT :
Les œuvres du sieur de La Serre,
De Balzac et de Scudéry[84].
Peste ! elle a l'esprit bien fleuri[85],
Et sait parfaitement écrire.

LA ROCQUE, *s'ennuyant d'être*[86] *interrompu* :
Mais si vous ne me laissez lire,   260
Je me fâcherai contre vous.

La Rocque reprend la lettre voulant la lire, et comme il pense[87]
    ouvrir la bouche, Guillot l'interrompt.

GUILLOT :
Elle a le langage fort doux ;
Enfin elle sait toutes choses.
Elle a lu les *Métamorphoses*[88]
Et les plus célèbres écrits,   265
L'histoire de Jean de Paris[89],
Celle de Pierre de Provence[90].

---

84. Ni *Jean Guez de Balzac* (1597 ?-1654), surtout célèbre comme épistolier, ni *Jean Puget de La Serre* (1600 ?-1665), polygraphe qui entassa les ouvrages de morale et d'histoire, ne furent romanciers ; en revanche *Georges de Scudéry* (1601-1667) publia d'énormes et célèbres romans, que sa sœur Madeleine avait écrits pour une bonne part. **85.** Un *esprit fleuri* est un esprit remarquable par l'éclat et par l'agrément. **86.** Éprouvant de la contrariété à être. **87.** Quand il est sur le point de. **88.** D'Ovide. **89.** *Jean de Paris* est un personnage de légende, héros d'un roman en prose du xvᵉ siècle, *Jehan de Paris.* Fils d'un roi de France, devenu roi à son tour, ce personnage va chercher l'infante de Castille à lui promise depuis longtemps comme femme. En route, il se fait passer pour un bourgeois nommé Jean de Paris, et il éblouit son concurrent le roi d'Angleterre par un étalage de faste et de luxe ; il conquiert aisément le cœur de l'infante. **90.** Le célèbre roman de chevalerie anonyme de *Pierre de Provence et la belle Maguelonne* racontait les aventures du fils du comte de Provence et de la fille du roi de Naples. Comme Jean de Paris qui précède, et Robert le diable qui suit, ces personnages restaient très populaires au xviiᵉ siècle, grâce à la littérature de colportage qui diffusait leurs aventures (voir R. Mandrou, *De la culture populaire aux xviiᵉ et xviiiᵉ siècles*, Paris, Stock, 1964).

C'est un abîme de science ;
Aussi chacun en fait grand cas.
Elle a lu tous les almanachs,   270
Et d'Ésope toute la fable[91] ;
Même jusqu'à Robert le diable[92].
C'est un miracle en raccourci.
        La Rocque, *se fâchant* :
Sais-tu, fat[93] que je vois ici,
Qu'au lieu de lire haut la lettre,   275
Comme tu me l'as fait promettre,
Que tu n'en auras pas le bien[94] ?
        Guillot :
Monsieur, je ne dirai plus rien.
Lisez haut, je vous en conjure.
        La Rocque *lit la lettre* :
Lisons. *Monsieur, touchant l'injure[95]*   280
Que vous me fîtes hier au soir,
Ce billet vous fera savoir,
M'ayant tout à fait outragée,
Que je veux en être vengée[96].
Si Guillot vous trouve aujourd'hui,   285
Coupez-vous la gorge avec lui.
Voilà ce que, dans ma colère,
Mon cœur avec plaisir espère.   (*À Guillot.*)

---

91. Toutes *les* fables, bien entendu ; mais il ne faut pas trop en
demander à Guillot, qui met sur le même plan Ovide, les romans et
légendes médiévales, Ésope, et l'almanach !   **92.** *Robert le diable* est un
personnage légendaire, qui, pour expier sa barbarie, fit pénitence en
contrefaisant l'insensé.   **93.** Sot ; voir *supra*, v. 116, n. 44. — Chevalier
aura bien exploité le jeu comique des interruptions répétées et
intempestives !   **94.** Syntaxe elliptique, embrouillée et fautive (le *que*
du v. 277 est en trop après celui du v. 275) ; mais le sens est clair : sais-
tu que, si tu continues de m'interrompre, au lieu de lire tout haut la lettre
comme promis, je ne le ferai pas et tu seras privé du plaisir de cette
lecture.   **95.** Tort ; voir *supra*, v. 9, n. 15.   **96.** Comprendre : vous
saurez que, comme vous m'avez outragée, je veux en être vengée.

Guillot, ta maîtresse me fait
Une querelle sans sujet,   290
Car je n'ai jamais eu pour elle
Qu'une amour[97] constante et fidèle.
Et si l'honneur m'était moins cher,
Je saurais fort bien m'empêcher,
Par le respect que je lui porte,   295
De suivre l'ardeur qui m'emporte.
Mais, puisqu'il y va de l'honneur,
Je ne puis sans manquer de cœur[98]
Refuser de la satisfaire.
Guillot, terminons cette affaire,   300
Puis après nous saurons en quoi
Ta maîtresse se plaint de moi.
Il faut à son billet souscrire[99].

    Guillot, *lui arrachant le billet* :
Donnez, vous ne savez pas lire.
Qui, moi, vous couper le gosier ?   305
Je ne suis point un meurtrier,
Je suis trop ami de nature.
Voyons. *(Il lit.) Monsieur, touchant l'injure*
Que vous me fîtes hier au soir,
Ce billet vous fera savoir,   310
M'ayant tout à fait outragée,
Que je veux en être vengée.
Si Guillot vous trouve aujourd'hui,
Coupez-vous la gorge avec lui.
Voilà ce que, dans ma colère,   315
Mon cœur avec plaisir espère.
Voilà le malheureux Guillot
Pris par le mufle[100] comme un sot.
Que ferai-je ? Ah ! maudite fille !
Quoi, me prendre pour un soudrille[101],   320

---

97. *Amour* est souvent féminin au singulier. **98.** De courage.
99. Au sens figuré : se soumettre à ce que veut le billet. **100.** Attrapé,
comme on attrape un animal par le *mufle*. **101.** *Soudrille* : « méchant
et misérable soldat dont on ne fait point de cas » (Furetière).

M'envoyer porter un poulet
Pour couper mon pauvre sifflet[102] !
Vit-on jamais une maîtresse
Être à son valet plus traîtresse ?   *(À la Rocque.)*
Non, Monsieur, n'ayez point de peur ;   325
Je ne suis point gladiateur.
Ce n'est pas manque de courage,
Mais je n'aime point le carnage ;
Et puis je sais trop mon devoir.
Je vous souhaite le bonsoir.   330

    La Rocque :
Allons vite, il en faut découdre[103].

    Guillot :
Monsieur, je ne puis m'y résoudre ;
Ce sera pour une autre fois.

    La Rocque :
Ah ! cela n'est pas en ton choix ;
Il faut qu'il t'en coûte la vie.   335

    Guillot :
Mourir, je n'en ai point d'envie.
Je ne suis pas en bon état.

    La Rocque :
Quoi, tu refuses le combat ?
Il faut vider[104] notre querelle.

    Guillot :
Monsieur, j'entends que l'on m'appelle ;   340
Laissez-moi sortir, s'il vous plaît.

    La Rocque :
Ah ! Guillot, je vois ce que c'est :
Ta mémoire ailleurs occupée
T'a fait oublier ton épée.
Va la prendre, et reviens ici !   345
Je reviendrai sans faute aussi.
Cependant[105] nous allons nous battre

---

102. Pour qu'on me coupe la gorge. **103.** Il faut en découdre. **104.** L'orig. a l'ancienne graphie *vuider*. **105.** Pendant ce
temps, pendant que tu iras chercher ton épée.

Ici près, quatre contre quatre.
J'en vais deux ou trois embrocher,
Puis je te viendrai dépêcher[106].   350
Mais si tu manques de t'y rendre,
Au premier jour tu dois t'attendre
D'avoir mille coups de ma main.
Adieu, Guillot, jusqu'à demain !

SCÈNE IV

GUILLOT, *seul* :
Ah ! quel avaleur de charrettes[107] ;   355
Et quelle épouvantable brette
Porte cet abatteur de bras[108] !
Va, si j'y viens tu m'y prendras.
Je croyais qu'il m'allait dissoudre
D'un seul de ses regards en poudre[109] ;   360
De la façon qu'il m'a pressé,
J'ai cru que j'étais fracassé.
Encore (n'en sais-je rien ?) je pense
Qu'il m'a fait insulte à la panse[110] ;
Mais non, il ne m'a point touché.   365
M'en voilà quitte à bon marché !
Je veux bien qu'Astaroth[111] me gratte
Si je retombe sous sa patte ;

---

106. *Dépêcher* : se débarrasser de, tuer.   **107.** Un *avaleur de charrettes* ou un *avaleur de charrettes ferrées* est un fanfaron, un rodomont.   **108.** Cette expression peut s'entendre au sens de « redoutable duelliste », ou, avec ironie, pour signifier que La Rocque serait plus vantard que dangereux ; mais tout le monologue de Guillot prouve que, s'il traite La Rocque de fanfaron, il en a une peur affreuse et le considère donc comme un personnage réellement dangereux, qu'il fera tout pour éviter. Pour *brette*, voir *supra*, v. 71, n. 30.   **109.** Construire et comprendre : qu'il allait me réduire en poussière d'un seul regard.   **110.** Guillot a eu tellement peur qu'il croit que les simples paroles de La Rocque ont mis réellement, physiquement à mal sa chère bedaine !   **111.** C'est le nom d'un diable ; *Astaroth* paraissait dans les mystères médiévaux, avec Belzébuth et Satan, comme suppôt de Lucifer.

Il n'en ferait pas à deux fois.
N'est-ce pas lui que je revois ?   370
Non, c'est notre bonne maîtresse.
Ah ! vous voilà, double traîtresse !
Qui diable dirait, à la voir,
Qu'elle eut un si malin vouloir[112] ?

SCÈNE V

Angélique, Guillot

Angélique :
Ah ! Dieu te gard'[113], La Guillotière.   375
Guillot :
Ah ! Dieu vous gard', la meurtrière,
Qui risquez un pauvre garçon
Contre un Roland, contre un Samson[114].
C'est un billet doux, disait-elle.
Et c'est ma sentence mortelle[115].   380
À moi votre pauvre valet,
À moi plus simple qu'un poulet
Qu'on amuserait d'un grain d'orge !
M'envoyer me couper la gorge !
Allez, vous avez très grand tort.   385
Angélique :
Quoi, tu crains La Rocque si fort ?
Que ta personne est idiote[116] !
Sais-tu que ce n'est qu'un pagnote[117] ;
Que s'il t'avait seulement vu
Faire un moment le résolu,   390

---

112. Une volonté malveillante, capable de me nuire.   **113.** Ici comme au vers suivant, la métrique exige l'élision du *e* muet de *garde*.   **114.** La Rocque n'est plus un fanfaron ! Il est assimilé au preux *Roland*, le compagnon de Charlemagne contre les Sarrasins, et au *Samson* biblique, fléau des Philistins.   **115.** De mort.   **116.** *Idiot* : «sot, niais, peu rusé, peu éclairé» (Furetière).   **117.** *Pagnote*, adj. et nom : poltron, lâche, peu hardi.

Il serait mort dessus la place.
Sa bravoure n'est que grimace ;
S'il t'avait vu l'épée en main,
Il se serait enfui soudain.
Comme il m'a fait une injustice, 395
Je veux que la peur l'en punisse ;
Fais-lui donc[118] plus tôt que plus tard.
(Elle lui donne une épée et un poignard.)
Prends cette épée et ce poignard,
Et t'en va le trouver sur l'heure !
Tu lui diras qu'il faut qu'il meure ; 400
Lui, tout étourdi de ce mot,
Tâchera d'apaiser Guillot.
Mais si tu feins d'être en colère,
Jurant, pestant comme il faut faire,
Tu le verras courir bien fort. 405

    Guillot, *l'épée en main* :
S'il s'enfuit, sans doute[119] il est mort :
En honnête homme par-derrière,
Zeste[120], un grand coup de ma rapière !
Puis je lui couperai les bras.
Mais aussi, s'il ne s'enfuit pas ? 410
Alors, ce sera bien le diable[121].

    Angélique :
C'est une chose indubitable ;
Te voyant, il mourra d'effroi.
Adieu.

    Guillot :
    Reposez-vous sur moi !
(À part.)
Je vous dis, pourvu qu'il s'en aille[122]. 415

---

118. Fais-lui donc peur. 119. Sans aucun doute. 120. Interjection qui souligne plaisamment l'action imaginaire et victorieuse de Guillot. 121. *C'est (là) le diable* : « terme bas et burlesque pour dire *c'est là la difficulté*, ce qu'il y a de fâcheux dans une affaire » (Le Roux). 122. L'orig. ne donne pas de didascalie, mais dispose le v. 415 entre parenthèses ; en aparté, Guillot rectifie : sa maîtresse pourra compter sur lui..., pourvu que l'adversaire fuie !

ANGÉLIQUE :

Tu seras vainqueur sans bataille.
Tiens-toi tout certain de cela !

GUILLOT :

Vous m'assurez qu'il s'enfuira ?
Car si tantôt il faisait rage...

ANGÉLIQUE, *s'en allant* :

Il mourra de peur.

SCÈNE VI

GUILLOT, *seul* :

         C'est dommage !   420
Le pauvre garçon, je le plains
S'il faut qu'il tombe entre mes mains.
Le voici. Tenons mine fière[123].
La peur lui serre la croupière[124]
De me rencontrer sur ses pas.   425

SCÈNE VII

GUILLOT, LA ROCQUE

LA ROCQUE *à Guillot* :

Ah ! vous voici donc ! Pourpoint bas[125] !

---

123. Farouche, sauvage. **124.** La *croupière* est, au sens propre, la partie du harnais qui, passant par-dessous la queue du cheval, vient se rattacher à la selle par-dessus la croupe ; par métonymie, le mot désigne la partie de la croupe où passe la croupière et, avec transfert aux personnes, peut désigner populairement le derrière. En employant *serrer la croupière* au figuré, Guillot veut dire que La Rocque est saisi, embarrassé par la peur, prisonnier d'elle, comme un cheval dont on resserre la croupière. **125.** Le *pourpoint* est l'habillement masculin qui couvre la partie supérieure du corps depuis le cou jusqu'à la ceinture ; « les duellistes mettaient *pourpoint bas* pour montrer qu'ils se battaient sans supercherie » (Furetière).

Vous êtes un fort galant homme.
Çà, vite, que je vous assomme[126] !
Déboutonnez donc le pourpoint !

GUILLOT :

Cet homme ne s'enfuira point. 430
Diable, que sa fierté[127] m'afflige !
Il ne s'enfuira pas, vous dis-je.

LA ROCQUE :

Vidons[128] notre affaire, et sans bruit !

GUILLOT :

Au diablezot[129] comme il s'enfuit !

LA ROCQUE :

Songez, mon brave, à vous défendre ; 435
Dépêchons[130], et sans plus attendre !
Vous en mourrez, je vous promets.

GUILLOT :

Non, il ne s'enfuira jamais.
Je donne au diable la maîtresse,
L'âme damnée[131], la tigresse 440
Qui m'a donné ce chien d'emploi[132]
Pour se défaire ici de moi.

LA ROCQUE :

Ah ! je n'aime point qu'on retarde[133].
Çà, courage ! Êtes-vous en garde ?

---

126. Au sens propre, *assommer*, c'est tuer avec quelque chose de lourd, « tuer cruellement » (Richelet). **127.** L'orig. porte *fermeté*, qui fait une syllabe de trop pour l'octosyllabe ; j'adopte la leçon de 1682. *Fierté* : sauvagerie, cruauté. **128.** *Vuidons*, écrit l'orig. ; voir *supra*, v. 339 et la n. 104. **129.** Exclamation familière (graphie ancienne : *au diable zot*) pour signifier : vous voyez bien qu'il ne s'enfuit pas, vous ne me ferez pas croire qu'il va s'enfuir. **130.** Hâtons-nous ! On emploie aujourd'hui la forme pronominale. **131.** Il faut prononcer le *e* muet de *damnée* (3 syllabes), devant la consonne qui suit — ce qui est contraire aux règles de la prosodie classique, laquelle éliminait une telle forme (damn*ée la* : voyelle + *e* muet + consonne) à l'intérieur d'un vers. **132** *Chien de* : expression dépréciative ; les burlesques et Molière l'appliquent à n'importe qui et n'importe quoi. **133.** Qu'on tarde.

Si vous ne voulez vous presser,   445
Je vous vais les bras fracasser ;
Vous éprouverez ma furie.

    GUILLOT, *à part ce premier vers* :
Il n'entend point de raillerie.
Ah ! Monsieur, me voilà tout prêt.
Mais enfuyez-vous, s'il vous plaît.   450

    LA ROCQUE :
Quoi, faquin[134], vous avez l'audace
De me croire l'âme si basse ?
C'est à ce coup qu'il faut mourir.

    GUILLOT, *à part* :
Cet homme qui devait s'enfuir,
Voyez s'il branle[135] de sa place !   455

    LA ROCQUE :
Comment, je vous vois tout de glace ?
Essayons donc[136] avec ce fer
Si nous pourrons vous réchauffer.

    GUILLOT :
Je croirai faire des merveilles
Si j'en sors pour mes deux oreilles[137].   460
Mais si je m'emportais aussi,
Peut-être il s'enfuirait d'ici.
Prenons notre humeur fulminante[138].
Ah ! si je prends ma massacrante[139],
Je vous en donnerai cent coups,   465
Et je vous ferai filer doux.

    LA ROCQUE :
Allons ! c'est ce que je demande.

---

134. Le *faquin* est l'homme de rien ; toute la scène oppose le noble, fait aux règles de l'honneur et de la vaillance, au valet populaire et couard. **135.** Remue, bouge. **136.** Je rajoute ce *donc* de 1682, qui donne un octosyllabe complet. **137.** *S'en sortir pour ses deux oreilles*, comme *rapporter ses oreilles* ou *emporter ses oreilles*, signifie revenir sain et sauf de l'armée ou de quelque péril. **138.** Celle qui lance la foudre ! **139.** *Ma massacrante* est mon épée qui massacre ; Guillot, pour se donner l'air effrayant, crée un néologisme éclatant !

GUILLOT :
S'il s'enfuit, je veux qu'on me pende !
Cet obstiné veut m'enfiler[140]
Auparavant que[141] s'en aller.   470
Continuons notre arrogance !
Je suis un brave à outrance[142],
Et si je mets flamberge au vent[143],
Tu perdras le nom de[144] vivant.
Avant ces malheurs sanguinaires,   475
Donne donc ordre à tes affaires,
Et touchant ton dernier moment,
Songe à faire ton testament.
Voilà l'ordre que tu dois suivre
Étant près de[145] cesser de vivre ;   480
Car je te vais exterminer.

LA ROCQUE :
Et moi, je m'en vais te donner
De l'épée au travers le[146] ventre ;
C'est à ce coup qu'il faut qu'elle entre.
Prends garde à toi !

GUILLOT :

          Double faquin !   485
Attends, je ne suis pas en main[147].

---

140. *Enfiler* : «passer son épée au travers du corps d'une personne» (Richelet). Les vers 468-471 sont évidemment prononcés en aparté ; comme dans toute la scène, même si des didascalies ne le signalent pas, les répliques de Guillot sont pour partie dites en aparté pour partie adressées à La Rocque. **141.** Je corrige l'orig. *Auparavant que de* et supprime le *de*, pour avoir un vers juste. Comme *avant que* (voir *supra*, n. 80 au v. 242), *auparavant que* peut se construire, alors, directement avec l'infinitif. **142.** Excessivement brave, courageux. **143.** *Mettre flamberge au vent* : tirer son épée (*Flamberge* était le nom donnée parfois à l'épée de Roland). **144.** Il faut absolument corriger l'orig. : *le monde vivant*, et suivre la leçon de 1682 : *le nom de vivant*. **145.** L'orig. donne *prêt de* (sur le point de) ; mais on sait que jusqu'à la fin du siècle, *prêt* pouvait se confondre avec *près*. Nous modernisons. **146.** Malgré Vaugelas (qui rejette *à travers du corps* et *au travers le corps*), ce tour subsiste ici, pour «à travers le ventre». **147.** *Être en main* : avoir la facilité, être à son aise.

Prends ce côté, je prendrai l'autre !
(Il change de côté.)
C'est là que la victoire est nôtre.
Si tu m'en crois, ne te bats point ;
Tu seras sot au dernier point   490
Si tu dégaines contre un homme
Qui ne se bat point qu'il n'assomme[148].
La[149] pitié me parle pour toi ;
Retire-toi de devant moi !
Sur mon âme, je désespère   495
De t'immoler[150] à ma colère.
Songe donc à gagner au pied[151],
Ou tu vas être estropié.
Si j'entre en garde meurtrière[152],
Te voilà dans le cimetière.   500
Car j'ai le bras si vigoureux
Que qui s'en pare est bien heureux.
Dès que ma valeur s'évertue,
Que je vais sur le pré[153], je tue ;
Et si je fais le moindre effort   505
Contre un homme, il est homme mort.
Regarde ce que tu veux faire !

    La Rocque :
Te tuer pour me satisfaire[154].

    Guillot :
Puis après tu seras pendu.
(À part.)
Ah ! pourquoi suis-je ici venu ?   510
(Haut.)
Je vais des pieds jusqu'à la tête

---

148. Voir *supra*, v. 428, n. 126. **149.** Nous corrigeons l'orig. *ma*
d'après 1682. **150.** Je suis au désespoir d'avoir à t'immoler.
151. *Gagner au pied*, c'est s'enfuir. **152.** En termes d'escrime, une
garde est une « posture dont on se campe pour porter des bottes et se
défendre » (Richelet). Guillot menace de choisir une de ces postures,
une de ces figures, capable d'obtenir la mort de l'adversaire *(meurtrière).*
153. *Aller sur le pré*, c'est aller en un lieu pour se battre en duel.
154. Pour défendre mon honneur.

Te pourfendre comme une bête,
Dedans mon furibond transport[155].

LA ROCQUE :

Ah! par le ventre, par la mort!

GUILLOT, *se laissant tomber de peur* :

Ah! ma pauvre âme est délogée   515
De cette estocade allongée[156].
Non, elle est encor dans mon corps.
Je croyais être au rang des morts,
Et j'en ai la hanche rompue.

LA ROCQUE :

Lève-toi donc, que je te tue!   520

GUILLOT, *à terre* :

Oui, c'est pour me faire lever
Que de me vouloir achever[157].
Et si je demeurais à terre,
Me ferais-tu toujours la guerre?

LA ROCQUE :

Non, sur mon honneur j'ai juré   525
Que jamais je n'affronterai
Personne avec cet avantage.

GUILLOT, *à terre* :

Si bien que ton honneur t'engage
Ce dis-tu, de ne tuer pas[158]
Un homme quand il est à bas?   530

LA ROCQUE :

Plutôt la mort mon sort achève[159]!

---

155. Le *furibond transport* est la manifestation de sa colère.
156. L'*estocade* désigne une grande épée et la blessure faite de la pointe
de l'épée ; on *allonge des estocades*, c'est-à-dire des coups qui font
reculer. Le coup d'épée de La Rocque n'a été qu'une menace, mais
Guillot se voit déjà mort, l'âme séparée, *délogée* du corps.
157. Syntaxe étrange ; on attendrait la construction inverse, car le sens
est clair : me faire lever, c'est vouloir m'achever (La Rocque ne peut
assaillir et tuer son adversaire que s'il est debout).   **158.** Voir les *çay je
dit* et autres *ce ma til dit* qui émaillent le récit du paysan Pierrot (Molière,
Dom Juan, II. 1). *Tuer* vaut 2 syllabes.   **159.** Que plutôt la mort achève
mon sort! Subjonctif de souhait sans *que*.

GUILLOT, *se couchant*:

Diable emporte[160] si je me lève !
Messieurs[161], ne faites point dè bruit,
Je dors. Bonsoir et bonne nuit.

    LA ROCQUE :

Ah ! c'est par trop d'impertinence   535
Qu'abuser[162] de ma patience !
Si je laisse aller ma fureur,
Je pourrai bien...

    GUILLOT, *à terre*:

               Garde l'honneur[163] !
Souviens-toi qu'il t'intéresse[164]
À ne point faire de bassesse.   540

    LA ROCQUE :

Non, je [te] jure et te promets,
Guillot, de n'en faire jamais.

    GUILLOT :

De sorte donc que de ta vie
Tu n'exerceras ta furie
Sur moi d'aucun estramaçon[165],   545
Me tenant de cette façon ?

    LA ROCQUE :

Non, ni d'autres coups, je te jure.
Car c'est une lâcheté pure
Que de battre un homme en cet état.

    GUILLOT :

Sais-tu bien que tu n'es qu'un fat,   550
Un coquin, un bélître, un traître[166],

---

160. *Idem*: que le diable m'emporte.   **161.** Le facétieux Guillot, qui
n'accorde aucun sérieux à son duel, s'adresse aux spectateurs avant de
s'allonger pour éviter d'avoir à se battre !   **162.** On comprend : c'est
une trop grande impertinence que d'abuser ainsi de ma patience. Mais
ces deux vers seraient plus clairs si l'on supprimait le *que* initial de
536.   **163.** Conduis-toi selon l'honneur, c'est-à-dire : n'attaque pas un
homme comme moi qui se trouve à terre !   **164.** Souviens-toi que
l'honneur t'engage.   **165.** Voir *supra*, la n. 52 au v. 146.   **166.** En toute
impunité, Guillot peut donc insulter La Rocque. *Fat*: sot ; *bélître*: gueux,
fripon, maraud.

Et que tu n'oserais paraître
Jamais devant les braves gens.
Tu fais le brave à contretemps[167].

   La Rocque :
Je ne puis souffrir cet outrage. 555

   Guillot :
Songe à quoi ton honneur t'engage,
Homme lâche, infâme et sans cœur[168].

   La Rocque :
Ah ! c'en est trop.

   Guillot :
             Garde l'honneur !
Me tuant dessus cette place,
Tu ternirais toute ta race[169]. 560

   La Rocque, *à part* :
Je vais feindre de m'esquiver,
Afin qu'il se puisse lever.
Allons jusque dehors[170] la porte.
        (La Rocque se cache.)

   Guillot *se lève* :
Va, que le grand diable t'emporte
Dans le fond de l'enfer tout droit ! 565
Je savais bien qu'il s'enfuirait.

   La Rocque *revient furieux* :
Ah ! par le ventre, par la tête !

   Guillot, *se laissant retomber* :
Malepeste soit de[171] la bête !
Je crois que je suis étripé.
Dites, Messieurs, m'a-t-il frappé ? 570
Demandez sous la galerie[172]

---

167. Dans ces deux vers, le *brave* signifie l'homme vaillant, courageux. **168.** Sans courage. **169.** La faute faite contre l'honneur infli-
gerait une flétrissure à toute la race. **170.** *Dehors* est préposition,
construite directement (« hors de »). **171.** *Malepeste* (ou *malepeste*) *de*
ou *malepeste soit de* : interjection de surprise et de mécontentement. **172.** Guillot continue de s'adresser aux spectateurs, et prend à
partie ceux qui sont assis sous la galerie des loges, construites sur les
côtés du théâtre du Marais.

Si mon âme n'est point flétrie[173].
Mais c'est trop faire le poltron ;   *(Il se lève.)*
Il faut se battre pour de bon.
Je m'en vais te donner, prends garde !   575
Dans le baril à la moutarde[174].
Sache que je suis un fendant[175].

    La Rocque :

Et moi, sache que maintenant,
Quoique tu croies être invincible,
Te percer[176] à jour comme un crible.   580
Allons, ferme, tiens-toi gaillard[177] !

    Guillot :

Ah ! tu me presses trop, pendard.

    La Rocque :

Comment ! encor l'on m'injurie ?

    Guillot, *lui rendant son épée* :

Tais-toi, je te donne la vie.
Va, dis à tous les gens d'honneur   585
Que je suis un homme de cœur,
Qu'à vaincre je te fais la nique[178].

    La Rocque :

Et toi, dis à mon Angélique,

---

173. Si mon âme n'a pas perdu sa vie, sa vitalité, *id est*, si je ne suis point mort. **174.** Tabarin usait déjà de cette expression imagée (sc. 5 de la 1ʳᵉ farce tabarinique de 1622) pour désigner le ventre, et, par extension, la personne. — Je corrige le *Dedans* orig. en *Dans*, pour obtenir un vers juste. **175.** Homme qui menace, qui veut se faire passer pour brave, fanfaron. **176.** Il faut suppléer un « *je m'en vais* te percer » pour rendre le texte compréhensible. La Rocque va percer de trous le corps de Guillot, au point de le rendre semblable à un *crible*, instrument à l'aide duquel on sépare ce qui est fin de ce qui est plus gros. **177.** Vaillant, hardi. **178.** Le lâche Guillot vient de donner son épée à La Rocque en signe de soumission et de défaite ; mais il masque cette lâcheté par la bravade verbale, fait mine de laisser la vie sauve à son adversaire, et affirme mépriser la victoire sur lui. *Faire la nique à quelqu'un*, c'est lui témoigner moquerie et mépris. En 1682, le vers 587 est très clair : « Et qu'à vaincre je fais la nique » (je me moque de vaincre) ; la leçon originale comporte un deuxième complément, le *te*, qui embrouille le sens : au mépris de la victoire est mêlé le mépris (affiché verbalement) pour La Rocque.

Qu'alors qu'elle m'écoutera,
Sa mauvaise humeur passera.   590
Adieu, brave La Guillotière.

SCÈNE VIII

GUILLOT, *seul*:
Si mon âme n'eût été fière[179],
Il ne m'aurait pas craint si fort.

SCÈNE IX

POLICARPE, ANGÉLIQUE, GUILLOT

POLICARPE :
Eh bien, qu'as-tu fait ?
        GUILLOT :
                        Il est mort.
        POLICARPE :
Ah ! pauvre homme ! Comment, pouacre[180],   595
Avoir commis un tel massacre !
Est-il mort sans avoir parlé ?
        GUILLOT :
Enfin, c'est un homme sanglé[181] ;
Il en vient d'avoir pour son compte.
        ANGÉLIQUE :
Ah ! traître, n'as-tu point de honte   600
De nous causer un tel malheur ?
Je te ferai pendre, voleur.

_____

179. Féroce, indomptable ; voir *supra*, v. 423, n. 123. **180.** Il faut évidemment corriger l'orig. *poulacre*. *Pouacre* est un mot bas (•sale, vilain•), par lequel on reproche à quelqu'un sa saleté physique et sa vilenie ; c'est ce sens moral que vise Policarpe, qui vient de s'apitoyer sur le sort présumé du plus noble La Rocque (•pauvre homme !•). De même, comme Hermione s'en prend à Oreste qui a tué Pyrrhus (*Andromaque*, V, 3), Angélique insulte plus bas Guillot, qu'elle avait chargé de tuer son amant ! **181.** Un *homme sanglé* est un homme qui en tient, qui est perdu.

Policarpe :

Et qu'as-tu fait des deux épées[182] ?

Guillot :

Je les ai toutes deux passées
Tout au beau milieu de son corps ;   605
Il les emporte là dehors.
Quoique son mal soit incurable,
Il s'en est enfui comme un diable.

Policarpe :

(*La Rocque paraît et entre tout doucement.*)
Mais je pense que je le vois.
Oui, c'est lui, je le reconnais[183].   610

Guillot :

Il semble que ce soit lui-même.

Policarpe :

Enfin, ma surprise est extrême
De le voir ressembler si fort.

SCÈNE X

Policarpe, Angélique, La Rocque, Guillot

Policarpe *poursuit, à La Rocque* :

Mais, Monsieur, n'êtes-vous pas mort ?

La Rocque :

Moi, Monsieur ! par quel artifice[184] ?   615
Je vis, et pour votre service.
Mais quel étonnement vous tient ?

Guillot :

Ah ! c'est son esprit[185] qui revient ;
Ou bien sa blessure est guérie

---

182. À l'issue du duel, le vainqueur détient l'épée du vaincu ; or Guillot
a les mains vides... **183.** Chevalier fait rimer *voy* et *reconnoy*, dont la
terminaison était effectivement identique dans la prononciation du xviie
siècle ; la modernisation graphique rend compte de la divergence
survenue plus tard dans la prononciation des deux finales qui ne riment
plus. **184.** À la suite de quel *artifice*, de quelle ruse, pouvez-vous me
croire mort ? **185.** L'esprit du mort.

Par la poudre de sympathie[186].　　　620
Car il était mort comme il faut,
Et sans y trouver de défaut[187].
Mais que venez-vous ici faire
Esprit malin, mon adversaire ?

LA ROCQUE :

Je viens rendre ces armes-ci　　　625
À l'objet[188] qui fait mon souci.
Je sais que j'ai pu vous déplaire ;
Mais c'était sans penser le faire.
On dit que ce qui fit mon mal
Est qu'hier au soir, dans le bal,　　　630
Je fis danser les autres dames.
Cela peut-il blesser nos flammes[189] ?
Je ne croyais pas vous fâcher ;
Cessez de me le reprocher.
Mais à quoi songiez-vous, cruelle,　　　635
D'employer pour votre querelle
Un valet ? Ah ! c'est m'outrager.
Un valet pouvait-il venger
Le digne objet de mon martyre[190] ?
Mais je n'y trouve rien à dire,　　　640
Et je ne veux rien condamner,
Quoi que vous vouliez m'ordonner.
Mais, Monsieur, pourrai-je vous faire
À présent une humble prière
De m'accorder en ce beau jour　　　645
L'unique objet de mon amour ?

ANGÉLIQUE :

Vous ne manquerez pas d'excuses
Pour nous faire approuver vos ruses.

---

186. Poudre faite de vitriol séché au soleil, que l'on jetait sur le sang sorti d'une blessure et que l'on prétendait guérir la personne blessée, quoiqu'elle fût éloignée ; c'est « une pure charlatanerie », dit Furetière. Cette poudre, inventée par Sir K. Digby, est mentionnée au v. 1182 du *Menteur* de P. Corneille, dès 1644.　187. Il était mort absolument, il ne manquait rien à sa mort.　188. La femme aimée, Angélique.　189. Notre amour.　190. Toujours Angélique, l'objet de ses peines amoureuses.

Mais enfin, par ces derniers mots,
Je me vois l'esprit en repos.   650
J'ai su qu'une flamme secrète
Vous brûlait pour une coquette,
Et que...

   POLICARPE :

          Laissons notre courroux !
Oui, Monsieur, ma fille est à vous,
Et je vous en fais ma promesse.   655
Mais Guillot m'a fait une pièce[191]
Que je ne saurais oublier.

   LA ROCQUE :

Monsieur, j'ose vous supplier,
Puisque le bonheur nous rassemble,
De pardonner le tout ensemble.   660
Il fera mieux à l'avenir.

   POLICARPE :

J'avais dessein de le bannir ;
Mais, pour l'amour de vous, qu'il rentre.

   GUILLOT :

Me voilà donc dedans mon centre
D'être toujours votre valet[192].   665
Mais n'envoyez plus de poulet
Qui soit fabriqué de la sorte ;
Ou vous chercherez qui le porte.
Car sachez que je n'aime pas
L'amour à coups de coutelas.   670

Fin

---

191. Un mauvais tour. Plus qu'au mensonge de Guillot qui a affirmé
avoir vaincu et tué La Rocque, Policarpe songe encore à l'affront fait lors
du dîner offert à ses jeunes amis (voir v. 85 *sq.*), et qui engendra l'idée
d'envoyer Guillot se faire assommer par La Rocque.   **192.** Encore une
syntaxe peu nette, mais un sens sûr : en conservant sa place de valet chez
Policarpe, Guillot rejoint son *centre*, le milieu qui lui convient, où il a ses
plaisirs et ses commodités.

DORIMOND

La Femme industrieuse
(1661)

Cet autre « petit ouvrage » de Dorimond qu'on va lire est nettement supérieur, comme l'a noté H. C. Lancaster[1], à L'École des cocus *qu'on a pu lire précédemment ; et, contrairement à* L'École des cocus, *la représentation de* La Femme industrieuse *semble attestée lors du séjour parisien de Dorimond et de sa troupe, entre décembre 1660 et février 1661[2]. La petite comédie fut publiée avec un privilège du 26 mars 1661 ; Molière la connut évidemment pour son* École des maris, *donnée pour la première fois en juin 1661.* L'École des maris *et* La Femme industrieuse *dérivent toutes deux d'une idée du* Décaméron *de Boccace, passée chez Lope de Vega.*

La Femme industrieuse *oppose deux conceptions et deux groupes de personnages : ceux qui revendiquent et obtiennent la liberté du désir, ceux qui s'y opposent et échouent à s'y opposer.*

D'entrée de jeu, Isabelle, la femme visiblement mal mariée du Capitan, clame pour le jeune Léandre un amour qui est « démon », qui la possède, qui la tourmente, et qui trouve vite les voies de son accomplissement ; au douzième vers de la pièce, Isabelle a imaginé un stratagème pour prévenir et faire venir Léandre, malgré le geôlier aposté par son mari : elle utilisera le précepteur de Léandre comme messager inconscient qui, par une série de va-et-vient entre Isabelle et Léandre qui constituent la trame de l'action, finira par les réunir et les unir. Revendication féminine (féministe ?) du désir : « quand une femme veut » sa liberté amoureuse, elle l'obtient contre le jaloux qui l'enferme. Quant à lui, Léandre est en train de se dégager du joug de son précepteur ; il refuse sa morale, désire se divertir et non se marier. Galant, Léandre rejette la science du pédant, qui

1. H. C. Lancaster, *A History of French Dramatic Literature in the Seventeenth Century,* Part III : *The Period of Molière. 1653-1672,* vol. I, 1936, pp. 210-212.   **2.** Voir la notice de *L'École des cocus,* pp. 319-322.

*passe désormais pour ridicule ; son modèle est le courtisan. Assez
grossier avec ce savoureux personnage épisodique qu'est
Colinette, Léandre comprend vite les intentions d'Isabelle et y
répond dans le style galant et précieux, jusqu'à la rencontre
charnelle et à l'assouvissement chez Isabelle, où les amants sont
surpris par le mari de retour.*

*Mari, geôlier et précepteur sont heureusement des niais ; il
s'agit du Capitan, de Trapolin et du Docteur[3], personnages déjà
rencontrés dans* L'École des cocus, *mais beaucoup plus
intéressants dans la présente farce. « Jaloux fantasque », le
Capitan fait garder sa femme comme un fort ! Il a le tort de
quitter le logis pour partir en guerre contre le royaume de
Coquetterie, pourfendre coquets et autres habitants du royaume
de Tendre, et se faire le champion de tous les maris contre les
galants qui menacent le mariage. Pour dire son dessein
singulièrement antiprécieux, le Capitan mélange plaisamment le
style militaire et les avalanches d'allégories mises à la mode par
ces cartes qui fleurirent, à partir de la carte de Tendre, chez et
contre les précieuses. Mais l'enfermement et la répression sont
voués à l'échec. Le geôlier préposé à la garde d'Isabelle, Trapolin,
valet grossier attaché surtout à la mangeaille, vaniteux et
crédule, sera aisément berné par Isabelle et par Léandre, et
gardera très mal la femme du Capitan. Ce dernier, de retour
après une victoire qui va paraître dérisoire contre alcovistes et
ruellistes du pays de la Coquetterie, est aussi sot et crédule que
son valet : il croit au déguisement de Léandre en fantôme,
déguisement dont il s'effraie, et se persuade d'être bien le mari
d'une femme d'honneur !*

*Quant au Docteur, précepteur imbu de ces sciences et de cette
morale antique qu'il n'a pas réussi à imposer à son élève, qui à
l'occasion refuse d'écouter autrui en l'assommant avec des
séries d'énumérations (Dorimond se souvient de la tradition et
de Molière), il vaut surtout ici comme entremetteur involontaire
dans un adultère qu'il réprouve ; manœuvré par Isabelle qui
joue devant lui au parangon de vertu, et persuadé de protéger sa*

---

3. Voir Ch. Mazouer, *Le Personnage du naïf dans la comédie...*, 1979,
pp. 113-114, 129 et 146-147.

vertu, il répète à Léandre, qui comprend vite la ruse, les plaintes d'Isabelle contre les poursuites, pour le moment imaginaires, de Léandre !

Molière, sans doute, donnera bientôt dans les trois actes de L'École des maris *une version autrement humaine et profonde de la même donnée dramatique, avec ce premier coup de génie comique qui consiste à confier le rôle de l'entremetteur involontaire au jaloux même qui monte la garde autour de sa future. Mais* La Femme industrieuse, *avec ses rigoureux alexandrins, sa construction soignée, les figures grossières et grotesques des types comiques traditionnels et passablement figés mis en échec par des personnages plus modernes, donne un bon exemple de ce qu'est devenue, en dehors de Molière, au seuil des années 1660, la farce française. Elle clôt bien notre recueil.*

Nous suivons le texte de l'édition originale : La Femme industrieuse, *comédie,* Paris, chez Gabriel Quinet, 1661 *(Arsenal : Rf 6048). Une édition de 1662 (*la Femme industrieuse, *comédie par Monsieur Dorimond, comédien de Mademoiselle,* Anvers, chez Guillaume Colles*) et une autre, posthume, de 1692 (*la Femme industrieuse, *comédie,* Sur l'imprimé, à Paris*) peuvent proposer quelques corrections indispensables, que nous adoptons.*

LA FEMME INDUSTRIEUSE

À Monsieur d'Anglure[1]

MONSIEUR,

S'il fallait proportionner les offrandes que l'on vous fait à la grandeur de votre mérite, on ne vous en ferait jamais, et je n'aurais pas eu la témérité de vous faire don de ce petit ouvrage. Sur cette assurance[2], et dans la connaissance que j'ai de votre générosité et de la beauté de votre âme, j'ai pris la liberté de vous le présenter. Si vous jetez les yeux sur la hardiesse que je prends, considérez aussi, MONSIEUR, que vous attirez les cœurs de tout le monde par votre bel esprit, par la douceur de votre accueil et de votre conversation, et qu'on ne se peut défendre de vous le témoigner et de s'honorer de la glorieuse qualité,

> MONSIEUR,
> [de] votre très humble et très obéissant serviteur,
> DORIMOND.

---

1. C'est peut-être à Nicolas d'Anglure, comte de Bourlémont (1620-1706) que Dorimond dédie sa comédie ; les d'Anglure étaient une très ancienne famille noble. **2.** Avec la claire conscience que de toute façon mon offrande serait sans proportion avec votre mérite.

Dorimond

Acteurs[3]

Isabelle, femme du Capitan.
Le Capitan.
Trapolin, valet du Capitan.
Léandre, amant d'Isabelle.
Le Docteur, précepteur de Léandre.
Colinette.

La scène est à Paris.

SCÈNE PREMIÈRE

Isabelle :

Impatient[4] amour, démon[5] qui me possède,   1
Pour le mal que tu fais, n'as-tu point de remède ?
Tu me fais tant de mal ! Informes-en l'auteur ;
Va le blesser du trait dont tu perces mon cœur ;
Va le brûler des feux dont je suis consommée[6] !   5
Si j'aime, pour le moins fais que je sois aimée !
Celui pour qui je souffre ignore mon tourment.
Rends nos ennuis[7] communs, fais qu'il m'aime en l'aimant[8] !

---

3. Comme dans *L'École des cocus*, on retrouve des personnages de la *commedia dell'arte* : le *Capitan* et le *Docteur*, les amoureux *Isabelle* et *Léandre*, le valet *Trapolin* (voir *supra*, l'annotation des acteurs de *L'École des cocus*) ; seul le nom de *Colinette* est français. **4.** Qui ne peut supporter la contrainte, l'insatisfaction. **5.** L'amour est comme un génie, un esprit mauvais qui fait souffrir Isabelle tant qu'il n'est pas satisfait. **6.** Consumée. **7.** Tourments. **8.** *En l'aimant* : tandis que je l'aime, puisque je l'aime.

Malgré mes surveillants, inspire-moi l'adresse[9]
De lui faire savoir la douleur qui me presse !   10
Tu viens à mon secours, amour, je le sens bien.
Il faut aller trouver certain homme de bien
Dont il suit les conseils. C'est un vrai pédagogue,
Dont la taille crochue et la mine de dogue[10]
Ne donnent point d'ombrage aux maris de ces lieux.   15
Je lui dirai : «Monsieur, on me suit en tous lieux.
Un jeune homme de qui vous avez la conduite,
Parce qu'il est bien fait et qu'il a du mérite,
S'imagine qu'il a déjà gagné mon cœur.
Réprimez sa folie, arrêtez son ardeur ! »   20
Pour peu que ce jeune homme ait d'esprit et d'adresse[11],
Il viendra droit au but ; il verra ma finesse[12].
Voilà le vrai moyen, malgré mes espions[13],
De voir l'heureux succès[14] de mes intentions.
Quand une femme veut, le plus jaloux fantasque[15]   25
Est arrêté tout court, courût-il comme un Basque[16].

---

9. *Adresse*: moyen ingénieux, ruse, fourberie. Cette *adresse* remonte à Boccace ; dans le *Décaméron* (3e journée, 3e nouvelle : *Entremetteur malgré lui*), une femme mariée utilise le moine qui la confesse pour faire savoir qu'elle l'aime au gentilhomme dont elle s'est éprise. L'idée est ensuite passée chez Lope de Vega. Mais on sait que la reprise de ce stratagème par Dorimond a inspiré Molière qui, dans *L'École des maris*, a ce coup de génie de confier le rôle d'entremetteur involontaire, non à un personnage extérieur (le moine chez Boccace, le Docteur chez Dorimond), mais au jaloux même qui enferme la jeune fille.   **10.** Voilà qui renseigne sur l'apparence que l'acteur devait donner au personnage du Docteur ! Scarron (*Jodelet souffleté*, II, 2) avait usé de la même comparaison à propos du visage de Jodelet.   **11.** S'il a ne serait-ce qu'un peu d'esprit et d'adresse.   **12.** Ruse.   **13.** Deux diérèses à la rime : *espi-ons* et *intenti-ons*.   **14.** Le *succès* est l'issue, le résultat, sans précision ; *l'heureux succès* est donc la réussite, le succès au sens moderne.   **15.** *Fantasque*: «capricieux, bourru, qui a des manières ou des humeurs extraordinaires» (Furetière).   **16.** *Courir comme un Basque*: «marcher vite et longtemps ; parce que ceux de Biscaye sont en réputation pour cela» (Furetière).

SCÈNE II

Le Capitan, Isabelle

Le Capitan :
Écartez-vous, blondins, alcovistes[17], galants[18],
Champions de l'amour[19], amoureux indolents !
Petit fort soutenu de colonnes d'ivoire[20],
Je vous garderai bien, et j'aurai de la gloire.   30
Mais la première femme a, pour un bien chéri,
Pour nos malheurs trompé le ciel et son mari[21].
Et les filles pourraient bien tenir de la mère ;
Tout le sexe est fragile et la femme est légère.
Faisons donc bonne garde à l'entour de ce fort ;   35
Faisons ronde. Qui vive ? Ah ! coquets, par la mort[22] !
Qui vive donc ?

Isabelle :
                    Mari !

Le Capitan :
                    Qui va là ?

Isabelle :
                    Soupirs, plainte.

---

17. *Alcovistes* désigne d'une manière générale les gens de qualité ou les beaux esprits qui étaient les habitués des alcôves, *i. e.* des parties de leurs chambres où les précieuses installaient des sièges pour recevoir la compagnie. **18.** *Galant* peut désigner quelqu'un de distingué, de raffiné ; mais le Capitan pense surtout aux galants au sens de « ceux qui recherchent les aventures amoureuses ». **19.** Les *champions de l'amour* sont ceux qui défendent les droits de l'amour, au besoin sans respect du mariage. *Champions* : 3 syllabes. **20.** C'est sa femme que le Capitan désigne ainsi. Ce militaire — et ce mari sur la défensive — assimile son corps à un *fort* soutenu par les *colonnes d'ivoire* que sont les jambes. **21.** Allusion à Ève, la première femme, dont le livre de la Genèse raconte qu'elle trompa Adam et désobéit à Dieu pour goûter le fruit défendu — par quoi le péché entra dans le monde. **22.** Le Capitan croit déjà son fort assiégé par galants et coquets, et le défend comme une bonne sentinelle qui pousse son « Qui vive ? » en apercevant quelqu'un !

Le Capitan :
Et pour qui?
    Isabelle :
          Pour mari.
    Le Capitan :
                Passez donc, et sans crainte !
Si c'était pour galants, ils n'auraient[23] pu rentrer,
Quand vous en auriez dû mille fois suffoquer.   40
Qui va là? qui va là?
    Isabelle :
          La foi de Mariage[24].
    Le Capitan :
Bon cela ! Si c'était Monsieur Concubinage,
Il pourrait promptement retourner sur ses pas.
Mais visitons un peu tous nos meilleurs soldats[25].
Ma charge est de grand soin[26], et de plus elle est telle   45
Qu'un mari doit partout planter la sentinelle.
Pour le front, promptement venez ici, Pudeur !
Pour les yeux, Modestie est un garçon de cœur[27].
Pour la bouche, je sais un soldat d'importance :
Pose le caporal[28], il s'appelle Silence.   50
Pour le sein, il nous faut mettre Sincérité ;
Sur le cœur, il nous faut mettre Fidélité.
Ces endroits-là sont ceux des premières approches ;
Aussi nous y mettrons des soldats sans reproche.
Pour l'endroit où l'amour ne fut jamais oisif,   55
Que faire ? Il nous y faut mettre Génératif[29].
Voilà la place en ordre, et j'en laisse la garde

---

23. L'orig. omet la négation ; il faut la rétablir. **24.** La fidélité à l'engagement du mariage. **25.** Le Capitan aime les allégories et il va personnifier, comme autant de soldats qu'il met à leur poste, les différentes qualités qui peuvent aider sa femme à garder sa fidélité. **26.** Elle mérite beaucoup d'attention et d'efforts. **27.** Courage. **28.** L'orig. donne *corporal*, autre forme du mot dont on se servait encore. *Pose le caporal*: disposons à cette place le caporal. **29.** Le Capitan confie la garde du sexe au soldat qu'il appelle *Génératif*, dont le nom signifie « qui a puissance d'engendrer » !

Au brave Trapolin. Mais d'où vient qu'il retarde[30] ?

ISABELLE :

C'est qu'il sait que je suis une femme de bien,
Qu'il n'appartient qu'à moi de me garder fort bien.   60

SCÈNE III

TRAPOLIN, ISABELLE, LE CAPITAN

TRAPOLIN :

Pour bien garder un fort, il faut chose certaine :
Bien boire et bien manger, et remplir sa bedaine.
La mienne l'est, j'en jure, et j'en ai le hoquet.
Mais approchons du fort. Vois-je pas un coquet ?
Qui va là ?

LE CAPITAN :

    C'est mari.

TRAPOLIN :

        Je suis pire qu'un Suisse[31] :   65
Je méconnais mon maître en lui rendant service.
Morbleu, retirez-vous !

LE CAPITAN :

        Arrête, Trapolin !

TRAPOLIN :

Je percerai ta panse et ferai du boudin.

LE CAPITAN :

Quoi ! moi qui suis mari ?

TRAPOLIN :

       Il n'est mari qui tienne.
Je gouverne le fort, que personne n'y vienne !   70

---

30. Qu'il tarde. **31.** Portiers, les Suisses avaient une réputation bien
assurée : « Un Suisse est stupide, brutal, farouche, sévère », dit Le Roux
dans son *Dictionnaire* ; « il rebiffe tout le monde ». Comme gardien,
Trapolin est pire qu'un Suisse, puisqu'il fait mine de ne pas reconnaître
son maître et lui interdit d'entrer, pour mieux le servir !

Le Capitan :

Extrait[32] de ma valeur et de mes actions,
Toi qui m'as vu dompter cent mille nations[33],
Ton courage me plaît, je ne suis plus en peine :
Tu garderas ma femme en brave capitaine.
Ainsi qu'un gros jambon couvre-toi de lauriers[34] !   75
Je m'en vais mettre au jour[35] d'autres exploits guerriers.
Certain petit État nommé Coquetterie[36],
Gouverné par un roi nommé Galanterie,
Attaque incessamment[37] mariage et maris,
Et de leur république[38] il poursuit le débris[39],   80
N'aime que le désordre et rien que l'inconstance.
Et moi, j'en veux aller réprimer l'insolence.
Je vais premièrement dans l'île des Coquets
Les vaincre ; et mes goujats[40] mangeront leurs poulets.
Puis j'irai massacrer tous les peuples de Tendre,   85
De leurs cœurs amoureux jeter au vent la cendre.
Villages, villes, bourgs, bourgades et châteaux

---

32. *Extrait* : abrégé, copie. **33.** Deux diérèses à la rime. **34.** Les feuilles de laurier parfument le jambon, mais servaient aussi, chez les Anciens, à tresser des couronnes aux vainqueurs (*se couvrir de lauriers*, c'est acquérir la gloire par les armes)! **35.** Mettre en lumière, accomplir. **36.** En 1654, l'abbé d'Aubignac publie, contre les précieuses, une *Nouvelle Histoire du temps, ou La Relation véritable du Royaume de la Coquetterie*, qui est une navigation allégorique au cours de laquelle on trouve l'*Île des Coquets*, dont la capitale est *Coquetterie* et le prince régnant Amour Coquet ; la même année, dans le premier volume de la *Clélie*, Mlle de Scudéry donne sa fameuse carte de Tendre, qui a circulé avant l'impression et est sans doute antérieure à l'idée de d'Aubignac. Quoi qu'il en soit, les cartes allégoriques vont être à la mode et dessiner des manières passablement différentes de concevoir l'amour et une intrigue amoureuse, comme le souligne J.-M. Pelous : le pays de Tendre est le plus vertueux, alors qu'on se dévergonde élégamment sur les terres de Coquetterie ; les précieuses se situent dans l'entre-deux ; plus loin habitent les libertins. Notre Capitan suit ici le principe des territoires allégoriques, et, sans faire de distinction, s'en prendra successivement au royaume de Coquetterie puis aux peuples de Tendre, dont les mœurs amoureuses lui paraissent mettre en péril l'institution du mariage. **37.** Sans discontinuation. **38.** État. **39.** La destruction. **40.** Les *goujats* sont les valets d'armée.

De Chansons, Billets-Doux, Stances et Madrigaux[41]
Seront de[42] mes soldats traités d'étrange sorte ;
Ils en feront carnage, ou le diable m'emporte !   90
Les Soupirs, les Sanglots, les Plaintes à leur tour,
Par mes ordres verront avorter l'art d'amour.
Doux-Regard pourrait bien en prendre la défense,
Suivi d'Inquiétude et de Persévérance.
Mais je veux que Soupçon leur coupe le chemin ;   95
C'est un chef admirable, il est homme de main[43].
Protestations, Soins, Feu-déclaré, Visite,
Larmes, Vers-Amoureux, Entreprise, Conduite[44] :
Ces pays-là seront mis à feu comme à sang,
Sans que l'on ait égard à mérite ni rang.   100
Enfin, je reviendrai vainqueur et plein de vie
Du royaume orgueilleux de la Coquetterie.
Je veux que les maris me doivent leur bonheur,
M'élèvent un trophée en[45] superbe vainqueur.
Le mariage enfin est une république   105
Qui doit durer malgré tout l'aristocratique[46].

---

41. Les genres poétiques à la mode chez les précieuses donnent leurs noms aux villes et bourgades du pays de Tendre ; la carte de Mlle de Scudéry comporte effectivement trois villages d'étapes dénommés Jolis-Vers, Billet-Galant et *Billet-Doux*, sur le chemin qui relie les villes de Nouvelle-Amitié et de Tendre-sur-Estime. **42.** Par. **43.** Homme d'exécution. **44.** Cette avalanche d'allégories fait penser au *Roman de la Rose. Le siège de Beauté*, qu'on lit dans la *Nouvelle Histoire du temps*... de l'abbé d'Aubignac, décrit les escadrons de *Doux-Regards*, de *Chansons*, de *Soupirs*, de *Plaintes*... La plupart des allégories des vers 97 et 98, qui désignent des noms de lieux, se retrouvent sur une autre carte galante, la *Carte du Royaume d'amour* établie par Tristan l'Hermite avant 1655 ; celle-ci comporte le bourg d'*Inquiétude*, une *Hôtellerie de Doux-Regard*, les villes, villages ou lieux-dits *Visite, Soupirs, Soins-sur-Complaisance, Feu-déclaré, Protestations, Entreprendre*, qui finissent par mener à Jouissance, capitale du royaume (voir E. P. Mayberry Senter, « Les Cartes allégoriques romanesques du XVIIᵉ siècle. Aperçu des gravures créées autour de l'apparition de la "Carte de Tendre" de la *Clélie* en 1654 », *Gazette des Beaux-Arts*, LXXXIX (1977), pp. 133-144). **45.** Comme à un. **46.** Les vers 105-106 impliquent que le Capitan compare le mariage à un État populaire *(une république)* qui veut se maintenir malgré les tentatives d'instauration d'un gouvernement qui serait détenu par un petit nombre de gens de bien *(l'aristocratique)*.

L'empire des Coquets est trop grand. Par ma foi,
Je veux que leur débris[47] ne se doive qu'à moi.

TRAPOLIN :

Les maris vous devront leur nouvelle disgrâce ;
Les jaloux ont toujours du pire[48] quoi qu'on fasse.   110
Mais, Monsieur, dans combien[49] serez-vous de retour ?

LE CAPITAN :

Pour ces exploits, je veux le demi-quart d'un jour.
Adieu !

ISABELLE :

      Faites, Amour, le succès de ma flamme !
S'ils captivent mon corps, ils n'ont rien sur mon âme.
Et mon aimable amant, sous votre autorité[50],   115
Peut tout seul se vanter de ma captivité[51].

SCÈNE IV

LE DOCTEUR, LÉANDRE

LE DOCTEUR :

Quoi, tous mes documents et toute ma doctrine[52]
Ne pourront réprimer votre humeur libertine[53] ?
De la philosophie avez-vous le dégoût ?
Avec moi voulez-vous pousser Socrate à bout ?   120
Et le divin Platon se plaint de vous encore !
Ferez-vous plus longtemps enrager Pythagore ?
Zénon se plaindra-t-il incessamment de vous ?
Mettrez-vous Démosthène en un plus grand courroux ?
Et, profitant si peu de leurs doctes merveilles,   125

---

47. Voir *supra*, v. 80, n. 39. **48.** *Du pire* : désavantage, perte.
49. Dans combien de temps. **50.** L'autorité d'Amour, à qui elle
s'adresse. **51.** Isabelle joue sur les sens de *captiver* et *captivité* : au
sens propre, le Capitan et Trapolin la retiennent prisonnière ; au sens
figuré, elle est l'esclave de la passion que lui inspire Léandre. **52.** *Documents* : enseignements ; *doctrine* : science. **53.** Il
s'agit ici de la licence des mœurs.

Voulez-vous que Bias vous coupe les oreilles[54] ?

LÉANDRE :

Pour vivre en honnête homme...

LE DOCTEUR :

                    Et, suivant mon souhait,
Veux-tu que Cicéron te donne ici le fouet ?
Ou que voyant ta tête, une tête de mule,
Cet orateur du moins te donne une férule[55] ?   130

LÉANDRE :

Il faut être galant[56].

LE DOCTEUR :

                    Et que Sinesius[57]
D'un coup de poing te mette au chemin des vertus ?
Veux-tu qu'Anaximandre en de doctes manières
Te vienne ici donner mille coups d'étrivières[58] ?

LÉANDRE :

Les pédants sont raillés[59].

LE DOCTEUR :

                    Veux-tu que les moraux[60]   135
Te donnent mille coups, te mettent en morceaux ?

---

54. Aux philosophes grecs connus (*Socrate, Platon, Pythagore, Zénon* d'Élée), le pédant ajoute l'orateur athénien *Démosthène* et *Bias*, un des sept sages de la Grèce ; tous fournissent de merveilleuses doctrines (*doctes merveilles*), de belles leçons morales dont Léandre a fait fi.   **55.** L'orateur romain est convoqué pour donner de la *férule* (« petite palette de bois ou de cuir ») dans la main de l'écolier Léandre !   **56.** Pour le jeune homme, *l'honnêteté* (voir le v. 127) implique la recherche des aventures amoureuses, la *galanterie.*   **57.** Il s'agit très probablement du philosophe grec *Synesios* (370-415), auteur d'un petit traité de morale intitulé *Dion*, et qui, devenu évêque de Ptolémaïs en Cyrénaïque, tenta de concilier le platonisme et le christianisme.   **58.** *Anaximandre*, philosophe présocratique de l'école de Milet, est maintenant convoqué pour donner des *coups d'étrivières* (*l'étrivière* est la courroie à laquelle est suspendu l'étrier). *En de doctes manières* n'est pas très clair ; je comprends : « à sa manière de savant », comme il le ferait Sénèque qui appliquerait un soufflet avec une sentence morale (v. 137).   **59.** L'honnête homme méprise désormais la science des pédants.   **60.** Les moralistes, les philosophes qui se sont occupés de la vie morale.

Que Sénèque t'applique avec une sentence
Un soufflet qui t'apprenne à quitter l'insolence ?

LÉANDRE :

J'aime l'indépendance.

LE DOCTEUR :

             Et de nos libertins
Veux-tu suivre toujours les sentiments mutins[61] ?   140
Veux-tu tromper Philis, Amarante, Isabelle ;
De leur honneur perdu faire une bagatelle ?

LÉANDRE :

Je veux ce que je veux.

LE DOCTEUR :

             Et suivre[62] une Cloris,
Consommer ta jeunesse auprès son teint de lys[63] ?
Lui dire tous les jours : «Madame, je vous aime.   145
Admirez ma langueur et mon amour extrême»?
Et puis dire du ton de tous nos courtisans :
«Ah! qu'elle est adorable! Ah! les beaux yeux mourants!
L'insensibilité d'une âme indépendante
De périr à ses yeux ne se croit pas exempte[64].   150
Dieu me damne, beaux yeux, je perds la liberté»?
Faire la révérence et, le corps démonté,
Mettre la tête à bas, hausser les deux épaules,
Du pied broder la chambre[65], et perdre cent paroles ?
Faire le fat ? Enfin, être au rang des oisons[66],   155
Et secouer le joug de toutes mes leçons ?

---

61. Léandre se dit honnête homme, mais il cherche surtout à s'émanciper de son précepteur et des règles qu'il lui a inculquées ; il est en révolte *(mutin)* contre ces règles et préfère la liberté (comme les *libertins*). **62.** Tous les infinitifs de la tirade dépendront des *veux-tu* des vers 140-141. **63.** Consumer ta jeunesse auprès de son teint extrêmement blanc. Dans cette tirade, le Docteur se moque joliment des galants de ruelle ou de cour ; le pédant déconsidéré s'en prend aux courtisans. **64.** Imitation des amphigouris du langage galant et précieux : mon âme insensible et indépendante se voit contrainte de périr d'amour aux yeux d'une Cloris, et de devenir son esclave. **65.** Fort jolie métaphore : le galant et le courtisan font comme de la broderie sur le parquet de la chambre en remuant leurs pieds. **66.** *Fat* et *oison* désignent un sot, un imbécile.

LÉANDRE :

Docteur, n'est-il pas temps que je quitte l'école ?
En passant, je verrai Cujas avec Bartole[67].
Mais aussi j'irai voir, et fort assidûment,
Les dames, compagnie[68], et je ferai l'amant.   160

LE DOCTEUR :

Eh bien ! je te propose une fille admirable.

LÉANDRE :

De quelle qualité ?[69]

LE DOCTEUR :

                De femme.

LÉANDRE :

                            Ah ! misérable !
Vouloir couper la gorge au printemps de mes jours !
Vouloir m'assassiner ! Rengainez vos discours !
Je vous ai fait sans doute une mortelle offense.   165
Comment ? Me marier ! Je meure[70] si j'y pense.
Je veux me divertir. Adieu, Docteur, adieu !

LE DOCTEUR :

Cupidon[71] te conduise en un honnête lieu !
Voilà comme il me traite ! Après que son étude
M'a coûté mille soins[72], il n'a qu'ingratitude.   170

SCÈNE V

ISABELLE, TRAPOLIN *armé* [, puis LE DOCTEUR]

ISABELLE :

Vous faites, Trapolin, fort mal votre devoir.
Devez-vous endurer que l'on me puisse voir ?

---

67. *Cujas*, jurisconsulte français du XVIe siècle ; *Bartole (Bartolo)*, jurisconsulte italien du XIVe siècle. Léandre ne les verra pas en passant ; il se moque de son maître ! **68.** Comprendre : les gens assemblés dans les réunions mondaines. **69.** En quelle qualité ? **70.** Que je meure. Voir *supra*, Molière, *Sganarelle*, v. 241, n. 84. **71.** Le dieu de l'amour. **72.** Après que son éducation et son instruction m'ont coûté mille soucis.

TRAPOLIN :
Ventre, qui vous a vue ?

ISABELLE :

                    Un papillon qui m'aime,
Qui vole autour de moi. Mais je garde moi-même
Ce que toute la terre aurait peine à garder.   175
Un atome devrait ne me pas regarder.
Si je pouvais, j'irais jusques au fond de l'âme
Corriger les désirs.

TRAPOLIN :

                    Ah ! la pudique femme !

ISABELLE :
Écoute ! Je connais un savant, un Docteur
Ami des bonnes mœurs, amoureux de l'honneur.   180
Il loge près d'ici. Le voilà ! Va lui dire
Que je lui veux parler et que je le désire.

TRAPOLIN :
Morbleu, que cette femme a de sincérité !
Pour son bijou[73], je crois qu'il est en sûreté.
(Il s'adresse au Docteur.)
Mon révérend[74] Docteur, une dame fort belle   185
(À ce qu'elle m'a dit, fort sage et très fidèle)
Voudrait bien vous parler sur un cas[75] réservé
— Cas pour lequel je veille, et que j'ai conservé.

LE DOCTEUR :
Un cas ? Il est des cas de diverses manières,
Et mes opinions y sont fort singulières.   190

---

73. C'est le sexe, le bijou indiscret de Diderot.   **74.** *Révérend* est un titre d'honneur d'ordinaire réservé aux religieux.   **75.** Trapolin puis le Docteur vont jouer avec différents sens du mot *cas*, si riche et si vague. En langage théologique, un *cas réservé* est un péché que seul l'évêque ou le pape peut absoudre ; mais Trapolin veut dire simplement qu'Isabelle désire consulter le Docteur sur un scrupule de conscience. À l'inverse, le *cas* pour lequel il veille (v. 188) a certainement un sens grivois (le *cas* désigne les parties sexuelles de la femme ; *montrer son cas*, c'est montrer son sexe). *Catus* (v. 191) : cas, aventure (un ex. chez La Fontaine). *Cas fortuits (ibid.)* : événements accidentels. *Les cas bien ou mal conduits* (v. 192) sont des affaires.

Même il est des catus, et des cas fortuits.
Selon les cas, les cas sont bien ou mal conduits.
    TRAPOLIN :
C'est une question.
    LE DOCTEUR :

           Question ? Pour les sages
Il est des questions barbares et sauvages ;
Il est des questions et des questionneurs   195
Qui sont très importuns à tous les auditeurs.
    TRAPOLIN :
C'est un doute fondé.
    LE DOCTEUR :

           Débrouille ton langage[76] !
Un doute mal fondé cause bien du ravage.
    TRAPOLIN :
C'est un amour malin[77].
    LE DOCTEUR :

           L'amour ne l'est jamais.
Mais, pour les[78] amoureux, ils sont bons ou mauvais.   200
Pour parler des amours, des amants, des amantes,
Les hommes sont constants, les femmes inconstantes.
    TRAPOLIN :
Ah ! laissez-moi parler !
    LE DOCTEUR :

           Parler ? Auparavant,
Vois si tu peux passer pour animal parlant.
Quand on parle avec moi, l'ami, toujours j'affecte   205
De savoir si l'on est bête, homme ou bien insecte.
Alors que je le sais, je mesure mon sens
Et le proportionne au fort de leurs accents[79].

---

76. Parle clairement !   **77.** *Malin* : méchant, nuisible. À quel *amour malin* fait allusion Trapolin ? À celui d'un papillon pour Isabelle (v. 173-174) ? Comme le Docteur ne le laisse pas s'expliquer, nous ne le saurons jamais clairement...   **78.** Quant aux.   **79.** Comprendre : je calcule et j'ajuste mon effort de compréhension à ce qu'ils peuvent dire et penser de mieux.

Peut-être en te parlant, j'offenserais mon être ;
Parler te convient moins que hurler et que paître.   210

TRAPOLIN :
Je parlerai.

LE DOCTEUR :
                Tais-toi, ne hausse point la voix !
Tu mettrais la raison dans les derniers abois[80].
Le bon sens est choqué quand tu formes un langage[81] :
Articuler la voix n'est pas de ton usage.

TRAPOLIN, *s'emportant* :
Que le diable t'emporte avecque ton latin !   215
Ma maîtresse t'attend, il faut venir soudain[82].
Voilà le révérend ennemi du profane[83] !
Qu'un Docteur est fâcheux ! J'aimerais mieux un âne.
Je vous laisse avec lui. Ce maudit harangueur
Tout aujourd'hui, je crois, me portera malheur.   220

SCÈNE VI

LE DOCTEUR, ISABELLE

LE DOCTEUR :
Brillant astre vivant, belle reine des fières[84],
Que désirent de moi vos beautés meurtrières ?
Vos printaniers appas, vos attraits sans quartier[85],
Qui font brûler les gens dans le mois de janvier...

ISABELLE :
Monsieur, le bruit commun de votre estime[86]   225
Me fait avoir recours à votre esprit sublime.
Vous êtes précepteur d'un jeune homme bien fait,

---

80. À la dernière extrémité.   **81.** Un discours, des paroles.   **82.** Aussi-tôt. Si l'on en croyait le texte original de la didascalie *(l'emportant)*, Trapolin joindrait le geste à l'invitation ! C'est un peu improbable : nous corrigeons.   **83.** Des gens ignorants, étrangers aux mystères de la science.   **84.** Des femmes *fières*, cruelles ; le Docteur se laisse aller au langage amoureux des galants !   **85.** Qui ne font pas de quartier, sans pitié.   **86.** L'estime dont la renommée vous crédite.

Mais qui sait mal son monde et sait peu ce qu'il fait.
Je suis femme d'honneur, ardente comme braise
Au combat des vertus.

    Le Docteur :

               Eh bien ! j'en suis bien aise.   230

    Isabelle :

Ce jeune homme, en un mot, a la témérité
De venir tous les jours insulter ma beauté,
Avecque des regards dont le trop de licence
Fait trembler ma pudeur et craindre ma prudence.
Or, vous n'ignorez pas le faible des humains ;   235
Qu'honneur[87] en vain souvent a fait de bons desseins.
Et si, dans les combats des mauvaises pensées,
Satan ne voyait point ses forces repoussées
Par les gens comme vous, et d'honneur et de bien[88],
L'honneur serait bien faible, et ne serait plus rien.   240
Dites-lui donc, Monsieur, qu'il[89] me doit mieux connaître,
Et qu'il ne vienne plus autour de ma fenêtre ;
Que mon honneur s'offense à l'y voir si souvent,
Et que je ne suis pas une tête à l'évent[90] ;
Que l'honneur m'est cent fois plus que ne m'est la vie ;   245
Qu'il cesse, s'il ne veut voir punir sa folie.

    Le Docteur :

Ô femme singulière, et femme qui ne fut,
S'il faut que vous soyez femme et non Belzébuth[91],
On vous doit élever un trophée admirable !
Comment, vous êtes femme et n'êtes pas un diable ?   250
Comment, vous êtes femme et suivez la vertu ?
Ah ! sans doute l'amour ne vous a pas connu.

---

87. Vous n'ignorez pas que l'honneur.   **88.** Gens d'honneur et gens de bien.   **89.** Jusqu'au vers 246, tous les *que* seront commandés par l'unique *dites-lui*.   **90.** *Une tête à l'évent* est un esprit léger, sans solidité.   **91.** Isabelle est si *singulière*, si unique par sa vertu, qu'une femme telle qu'elle n'a pu exister, et qu'on peut même se demander si elle est vraiment femme ou diable, comme *Belzébuth*.

ISABELLE :
Je connais bien l'amour et j'y suis fort sensible,
Encore que son feu ne me soit pas nuisible.
Ma vertu n'est point due à mon tempérament ;   255
Je la dois tout entière à mon raisonnement[92].

LE DOCTEUR :
Vous en savez beaucoup pour être vertueuse.
Baste, vaille que vaille !

ISABELLE :
                              En âme langoureuse[93],
À celui qui me garde il fait des compliments,
Sous qui sont trop cachés ses tendres sentiments.   260
Et le pauvre garçon, peu fait au stratagème,
Si je n'avais le soin de me garder moi-même,
Tomberait dans le piège[94] ; et mon honneur serait,
Sans ma rare sagesse, où le galant voudrait.

LE DOCTEUR :
Allez, vous valez trop et vous êtes trop sage !   265
Vous allez devenir l'exemple de notre âge[95].
Je le vais gourmander et lui faire savoir
Qu'il doit, ainsi que vous, faire bien son devoir.
(Elle sort.)
Est-ce une illusion, est-ce chose réelle ?
Rencontrer dans ce temps une femme fidèle !   270
Pour moi, je suis confus.

---

92. Sa vertu n'est pas due à sa constitution physique *(tempérament)*, à
sa nature, mais à la puissance de sa raison et de sa volonté
(raisonnement).   **93.** Avec la langueur de l'amour ; il s'agit de Léandre
et de ce qu'il fait prétendument.   **94.** *Le pauvre garçon* qui serait berné
(et qui le sera effectivement à la sc. 9) est Trapolin, le gardien
d'Isabelle.   **95.** De notre époque.

SCÈNE VII

Léandre, Le Docteur

Le Docteur :

                    Perdez-vous la raison,
D'aller rôder sans cesse autour de la maison
D'une femme d'honneur qui m'en a fait des plaintes,
Qui dit qu'à son honneur vous donnez des atteintes[96] ?

Léandre :

Moi ? Je n'ai point encore assez vu de beauté   275
Pour voir, mon cher Docteur, périr ma liberté.
Je la possède encore[97].

Le Docteur :

                    Et cette belle dame
À qui si finement[98] vous dites votre flamme,
Par de faux compliments adressés au valet ?

Léandre :

Que me voulez-vous dire ?

Le Docteur :

                    Apprenez, mon cadet,   280
Qu'il faut être plus sage, ou bien que votre vie
Dans ces occasions sera bientôt finie.

Léandre :

La maison, le valet et la femme, ma foi,
Sont connus, mon cher père[99], à tout autre qu'à moi.

Le Docteur :

Ah ! que vous êtes fort dessus la négative[100] !   285

Léandre, *bas* :

Mais ne serait-ce point un bonheur qui m'arrive,
Une bonne fortune ? Ah ! que je suis grossier[101] !
Apprenons sa maison.

---

96. Coups, blessures.   **97.** Je ne suis pas encore amoureux, je suis libre.   **98.** Par une ruse, indirectement.   **99.** L'apostrophe répond au *cadet* du v. 280.   **100.** Pour la négation, pour nier.   **101.** Parce que je n'ai pas tout de suite compris que le Docteur pouvait servir de messager involontaire à une femme qui m'aime.

Le Docteur :
>   Il ne faut plus nier.

Léandre :
La maison seulement ne m'en est pas connue.

Le Docteur :
La voilà, franc pendard ! Détournez-en la vue,   290
Ou bien j'irai moi-même avertir ses parents.
Adieu, gouvernez-vous et rappelez vos sens[102] !

SCÈNE VIII

Léandre :
Cette femme gardée à toute heure, sans cesse,
Pour m'apprendre ses feux a trouvé cette adresse[103].
Je ne l'ai jamais vue et ne la connais pas.   295
Il faut qu'elle ait en moi trouvé quelques appas[104],
Et que pour arriver au bonheur que j'espère,
Elle m'instruise ainsi de ce que je dois faire.
Profitons, s'il se peut, de cette occasion !

SCÈNE IX

Léandre, Trapolin, *armé, à la porte,* Isabelle *à la fenêtre*

Isabelle :
Voilà le cher objet qui fait ma passion !   300
La ruse a réussi ; l'amour est un grand maître[105].

Léandre :
Sans doute que voilà la dame à la fenêtre.
Dieux, la rare merveille ! Amour, je suis heureux.
Il faut lui témoigner même ardeur, mêmes feux.

---

102. Reprenez la direction de votre conduite et retrouvez votre
raison ! **103.** Voir *supra*, v. 9, n. 9. **104.** Attraits. **105.** C'est aussi la
leçon de *L'École des maris* et de *L'École des femmes* de Molière !

Adressons un discours à ce valet pour elle ;   305
C'est, si je l'ai compris, le désir de la belle.

TRAPOLIN :

Qui va là ? Qui va là ? Qui va là ? Qui ? Qui ? Qui ?

LÉANDRE :

Un homme qui vous aime, et votre bon ami.
Mon brave[106], je vous dois, oui, je vous dois la vie ;
Sans vous, par des voleurs elle m'était ravie.   310

TRAPOLIN :

Moi, je vous ai servi[107] ? Quand ai-je fait cela ?

LÉANDRE :

Tantôt, mon brave Hector, quand je passais par là,
Alexandre, Orondate, Achille[108].

TRAPOLIN :

                              Je me nomme
Trapolin, autrement le brave et galant homme.
Mais quand aurais-je fait cette belle action ?   315
Il est vrai que mon bras est d'exécution[109] ;
Je frappe rudement, je suis inexorable.

LÉANDRE :

Lorsque vous vous battez, vous frappez comme un diable.

TRAPOLIN :

La nuit passée encor, je songeais fortement
Que je me battais bien, et généreusement[110].   320
Peut-être en ce temps-là je vous sauvai la vie.

LÉANDRE :

Certes, je vous la dois ; mon âme en est ravie.

TRAPOLIN :

Je l'avais oublié.

---

106. Ici et dans les vers suivants, *brave* a le sens de « vaillant,
courageux ». **107.** Secondé contre les voleurs. **108.** Trapolin se voit
assimilé aux héros de la guerre de Troie, *Hector* et *Achille*, au roi de
Macédoine *Alexandre*, et enfin à *Orondate*, héros de *Cassandre*, roman
célèbre de La Calprenède (10 tomes de 1642 à 1645). **109.** Mon bras
sait exécuter des entreprises hardies. Diérèse dans *exécution*, comme
dans *action*, à la fin du vers précédent. **110.** Vaillamment, avec
grandeur d'âme.

LÉANDRE :
L'on ne se souvient pas

Toujours des actions, et du cœur et du bras[111].

TRAPOLIN :

Je commence à le voir.

LÉANDRE :
J'ai suivi les écoles,   325

Et je ne sais pas mal arranger mes paroles.

Souffrez que je vous fasse un petit compliment,

Que je vous veux donner, mon brave, en paiement[112].

TRAPOLIN :

Je suis dans les honneurs ; me voilà dans le lustre[113].

Il n'est que de se faire et de se rendre illustre[114].   330

Parlez, je vous entends[115].

LÉANDRE, *à sa dame* :

Miracle de nos jours, admirable sujet d'estime, trésor de perfections, divinité visible, j'éprouve en ce moment que vous voir et devenir votre captif est une même chose ; que de vous connaître et vous aimer sont deux actes inséparables, et qu'il est constant qu'on ne peut plus vivre que pour vous, quand on s'est trouvé assez heureux pour vous connaître. Vous m'avez fait une grâce dont je m'avoue indigne ; car j'ai fort bien compris que vous me désirez à votre service[116]. Je vous consacre ma vie ; et pour vous faire un serment solennel, je jure par vous-même que tant qu'elle durera, je serai tout vôtre. Les dieux ne doivent point parler aux mortels ; ils ont des façons muettes pour s'expliquer. Usez-en de même ! Vous pouvez d'un regard m'apprendre si vous souhaitez que je continue à vous servir, si vous m'aimez, si vous désirez que je vous aime toujours.

(Elle lui fait signe, et lui témoigne qu'elle l'aime.)

---

111. Des actions (3 syllabes), du courage *(cœur)* et de la vaillance (*le bras*, au figuré) dans l'action accomplie. **112.** *Paiement* (graphie originale : *payement*) : 3 syllabes. **113.** Dans l'éclat de la gloire. **114.** *Illustre* est en facteur commun aux deux verbes *se rendre* et *se faire*. **115.** Ce vers restera incomplet, sans deuxième hémistiche. **116.** Dans toute cette harangue, Léandre parle le langage amoureux traditionnel de l'admiration et du service de la dame, qui court de la courtoisie médiévale à la préciosité, en passant par le pétrarquisme.

TRAPOLIN :

Ah ! vous avez esprit[117], Trapolin vous le dit.

On ne m'a jamais fait un si galant débit.

Mais bien qu'en tout ici mon esprit vous admire,

J'y trouve toutefois quelque chose à redire :   335

Vous remuez les yeux beaucoup plus qu'il ne faut.

Pour moi, ce compliment est de deux pieds trop haut[118].

Il faut, selon mon sens, que l'on proportionne

Les regards à l'objet, les mots à la personne.

LÉANDRE :

Eh bien ! une autre fois, Monsieur, je le ferai.   340

Vous devez cependant m'en savoir fort bon gré.

TRAPOLIN :

Allez, je suis content, et je vous remercie.

Employez-moi toujours à vous sauver la vie !

On me craint, on m'estime et l'on fait cas de moi.

Il n'est, ma foi, rien tel que d'être dans l'emploi[119].   345

Mais au combat je suis par trop inexorable.

Trêve pour un moment ! Allons trinquer en diable !

SCÈNE X

COLINETTE, *seule* :

Je ne sais ma foi plus comment me ménager[120] ;

Ces diables de blondins me font tous enrager :

L'un me prend mes galants[121], l'autre me prend mes

[tresses ;   350

---

117. De l'esprit. **118.** Pour cause : en style galant, élevé, Léandre, par-dessus la tête de Trapolin, s'adresse à Isabelle qui est à sa fenêtre ! **119.** · On dit absolument qu'un homme *est dans l'emploi* pour dire qu'il est dans le service à l'armée · (Furetière). Trapolin rêve un peu : il n'est que la sentinelle apostée par le Capitan ! **120.** *Se ménager* : se conduire avec sagesse, avec circonspection. **121.** *Galant* désigne ici un nœud de rubans ; cet objet de toilette passa de mode.

Ils me font mille maux à force de caresses.
J'aimerais mieux mourir que perdre mon honneur.
Je me souviens du jour que j'en perdis la fleur,
Mais en ligne directe[122], et par le mariage.
Je parus si pudique, et si simple, et si sage !   355
Dame, j'étais jolie et j'avais des appas.
Je suis encor passable et je ne déplais pas.
Le veuvage m'ennuie, il faut que je l'avoue.

SCÈNE XI

LÉANDRE, COLINETTE

LÉANDRE :
Ah ! voici notre folle ; il faut que je m'en joue.
COLINETTE :
Dieux ! Fuyons ces coquets et leurs friands[123] discours.   360
LÉANDRE :
Eh bien, rare beauté, me fuirez-vous toujours ?
Peut-on voir ce beau sein et cette belle gorge[124] ?
COLINETTE :
Trédame ![125] vous ardez plus qu'une ardente forge[126].
Laissez-moi, laissez-moi ! Que me voulez-vous donc ?
LÉANDRE :
Je veux toucher ce sein, cet aimable téton.   365

---

122. La *ligne directe* est celle qui va de père en fils. Colinette n'emploie pas l'expression au sens exact ; elle dit ainsi, de manière plaisante, qu'elle a perdu sa virginité de manière convenable, par le mariage, non par son inconduite. 123. *Friand* : qui flatte, agréable. 124. *Gorge* désigne aussi le sein de la femme. 125. Par Notre-Dame ! Juron populaire féminin (« surtout des femmes de Paris aux halles et d'autre menu peuple », dit Le Roux). Une servante comme Catin (*Le Zig-zag*, farce incluse dans *Le Baron de la Crasse* de R. Poisson), non sans affinités avec Colinette, l'emploie volontiers ; même Madame Jourdain ne dédaignera pas d'y recourir (Molière, *Le Bourgeois gentilhomme*). 126. Vous brûlez davantage qu'une forge brûlante. *Ardre*, « brûler », est vieilli et hors d'usage au XVIIᵉ siècle.

COLINETTE :

Diable de suborneur ! Allons, tu n'es pas sage.
On ne peut toucher là que par le mariage.
Jeunes filles, croyez que tous les cajoleurs[127]
Sont tous des inconstants, des fourbes, des menteurs.
On mène à Billets-Doux, et puis à Sérénades ;   370
De là vont à Visite, à Bal, à Promenades[128].
Et c'est là qu'on se prend comme glu à moineaux
Dedans le trébuchet de nos godelureaux[129].
Avec[que] tout cela, je t'aime, mon Léandre.

LÉANDRE :

Moi, je ne t'aime point. Va-t'en te faire pendre !   375
Je n'ai pas le loisir de jouer avec toi ;
J'ai trop affaire ailleurs.

COLINETTE, *seule* :

                    Il est joli, ma foi !
Va, fripon, va, pendard, morveux, Jean de Nivelle[130] !
Il t'appartient vraiment d'avoir l'âme cruelle,
D'avoir de la rigueur et de la cruauté.   380
Sans doute vous verrez qu'il était dégoûté ;
Nous sommes fort mal faite et beaucoup déchirée[131].
Encore un coup, fripon, va chercher ta denrée[132] !
Monsieur de Criquenique, escroc et frelampié,

---

127. Les galants, qui courtisent les femmes. **128.** Les parcours
amoureux allégoriques influencent jusqu'à la populaire Colinette ! Les
cajoleurs envoient des billets doux, offrent des sérénades, puis passent
aux visites, bals et promenades avec la belle. **129.** *Godelureau* :
« jeune fanfaron, pimpant et coquet, qui se pique de galanterie, de bonne
fortune » (Furetière). Les moyens énumérés aux vers 370-371 agissent
comme la *glu*, retiennent les belles et les font tomber dans le piège
(*trébuchet*), comme des *moineaux* (je corrige l'orig. *mon-
neaux*). **130.** *Jean de Nivelle* est, dans les chansons anciennes, le type
de celui qui s'occupe de niaiseries, du sot prétentieux. C'est aussi celui
qui fuit quand on l'appelle, comme le fait Léandre. **131.** N'est pas trop
déchirée, selon Furetière, une femme qui mérite qu'on la cajole, qu'on
la courtise ; c'est à elle-même que s'adresse Colinette avec son *nous
sommes*. **132.** *Denrée* est pris ici en mauvaise part, pour désigner une
mauvaise marchandise (*i. e.* : des filles moins bien qu'elle).

Maraud, croquant, fripon, pied gris, pied plat, plat pied[133] ! 385
Va, je ne t'aime plus. Mon âme est enragée ;
Je te ferai périr et je mourrai vengée.
Hélas ! je l'aime encore et je mourrai d'ennui[134].
Allons dans un désert pour nous plaindre de lui !

SCÈNE XII

Le Docteur :
Il faut un peu savoir de cette belle dame,   390
Si Léandre s'obstine à lui montrer sa flamme.
Ho, holà !

SCÈNE XIII

Trapolin, Le Docteur, Isabelle

Trapolin, *mangeant* :
          Qui va là ? Redoutez mon courroux !
Ah ! venez, révérend, on ne craint rien de vous.
Le Docteur :
Eh bien, notre étourdi cesse-t-il sa poursuite ?
Isabelle :
Il fait pis que jamais ; sans mentir il m'irrite.   395
Vous n'avez pas suivi ma juste intention,

---

133. Ces deux vers proposent une riche palette d'injures. *Monsieur de Criquenique*, au nom fantaisiste, désigne visiblement un homme de rien. *Frelampié (frelampier)* : pour dire « homme de rien, de peu de mérite » (Le Roux) ; désignait à l'origine le frère qui allumait les lampes du couvent (*frère-lampier*). *Pied plat, plat pied* et *pied gris* ont le même sens. « on appelle par injure *pied plat, pied gris,* un paysan, un homme grossier » (Le Roux). **134.** De chagrin, de désespoir. Savoureux mélange, chez Colinette, de la verve populaire et du haut style amoureux ; sa retraite dans un lieu solitaire, dans un *désert,* pour cacher son désespoir amoureux, est amusante.

Ou bien il ne suit pas votre correction.
Loin de se corriger et devenir plus sage,
Il m'a désobligée par un nouvel outrage.
Il faut qu'il ait été consulter les démons,   400
Que d'eux et non de vous il suive les leçons.
Il a su découvrir au bois de notre porte
Une petite fente, et sa malice accorte[135]
A mis dans cette fente un petit billet doux,
Qui, le trouvant[136], m'a mis dedans un grand courroux.   405
Mais ce qui m'a jetée dans la dernière rage[137],
C'est que j'ai justement trouvé dans mon passage
Cette bourse qui tient quatre cents louis d'or[138].
La voilà. Rendez-lui, puis lui dites encore
Qu'il sait peu ce qu'il fait, que sans doute il ignore   410
Que pour la vertu même[139] ici chacun m'honore,
Que je ne suis pas femme à prendre ses louis,
Que les yeux de quelque autre en seraient éblouis,
Et que, s'il revient plus[140] auprès de cette porte,
Il aura ce qu'on doit aux galants de sa sorte !   415
    Le Docteur :
Allez, je vous promets qu'il n'y reviendra plus.
Ah ! le méchant pendard ! Me voilà tout confus.
    Isabelle :
Ah ! s'il y revient plus, pour corriger sa flamme,
Je le ferai tuer, j'en jure par mon âme.
    Le Docteur :
Veuillez lui pardonner encor pour cette fois !   420
    Isabelle :
Comme moi, que d'honneur il suive donc les lois !
Adieu.

---

135. Adroite, habile.   **136.** Quand je l'ai trouvé. On pourrait corriger ce vers 405 en : *m'a mise dans un grand courroux*, plus satisfaisant pour la syntaxe.   **137.** Dans une rage extrême.   **138.** La bourse contient une somme assez considérable.   **139.** Comme l'image même de la vertu.   **140.** Encore, dorénavant.

SCÈNE XIV

Léandre, Le Docteur

Le Docteur :
    Vertu, vertu, comme[141] avez-vous pu faire
Pour trouver une femme et fidèle et sincère ?
Léandre :
Depuis que je t'ai vue, adorable beauté,
Je souffre incessamment[142], je suis inquiété[143] ;   425
Et dans l'espoir de voir ma flamme couronnée,
Un moment m'est un jour, un jour m'est une année.
Le Docteur :
Eh bien, méchant garçon, orgueilleux suborneur,
Tu n'as pas été voir cette femme d'honneur[144] !
Léandre :
Quoi, qu'est-il arrivé ?
Le Docteur :
              La fente de la porte[145].   430
Tu vas de fente en fente, et la fente t'emporte.
Prends bien garde à la fente, et que fente jamais
Ne te porte à porter d'impertinents poulets !
Léandre :
Pater, expliquez-vous !
Le Docteur :
           Cette dame est venue
Se plaindre encore à moi de ton ardeur connue.   435
Mais elle t'avertit d'éviter son courroux,
Et m'a dit que tu viens de mettre un billet doux
Par la fente de l'huis, qu'à peine on peut connaître[146].
Certes, il faut que tu sois en amour un grand maître !

---

141. Comment. **142.** Voir *supra*, v. 79, n. 37. **143.** Privé de repos, de quiétude par le désir et le tourment amoureux. **144.** Affirmation ironique. **145.** Le Docteur est en verve : il va jouer avec le mot *fente* répété (sans omettre une allusion grivoise), avec *porte* et *porter*, et bientôt avec *vertu* et les jurons dérivés. **146.** C'est avec difficulté qu'on peut s'aviser de l'existence de cette fente sur la porte d'Isabelle.

Et que[147] dessus le seuil se sont trouvés encor,   440
Outre le billet doux, quatre cents louis d'or.
Les voilà qu'elle rend[148] ; sa vertu s'en offense.
Ils te feront besoin pour quelque autre dépense.
Enfin elle m'a dit que toutes les vertus
Prennent[149] son intérêt, ne t'épargneront plus :   445
La vertuchou[150] viendra pour te casser la tête,
La vertubleu le nez de même que la tête[151],
La vertuguienne encor ne t'épargnera pas,
Et les autres vertus te casseront les bras.
Enfin, prends garde à toi ! Ton âme est avertie.   450
Bon averti vaut deux[152] ; prends donc soin de ta vie !
(Le Docteur sort.)
    Léandre :
Bon averti vaut deux en matière d'amour.
Ah ! bel astre plus beau que n'est l'astre du jour[153],
Ô femme généreuse et beauté sans pareille,
Me donner cette bourse ! Amour, quelle merveille !   455
Pour me faire un présent, feindre que je l'ai fait !
Quel esprit, quelle adresse, et quel bizarre effet[154] !
Supposant un billet[155], cette reine des belles
M'apprend qu'elle souhaite avoir de mes nouvelles.
La fente de la porte est le petit endroit   460
Par où je lui ferai tenir quelque billet[156].
En me venant noircir, en me faisant coupable,
Elle m'instruit de tout, elle m'est favorable.
Voici des vers tout prêts ; allons les y porter

---

147. Et elle m'a dit que. **148.** Voilà ces louis qu'elle te rend. **149.** *Prenant* serait plus satisfaisant ; il faut comprendre : les vertus prennent sa défense et ne t'épargneront pas. **150.** Les jurements de comédie formés sur *vertu-* sont comme d'autres vertus particulières qui viendront venger Isabelle en cassant chacune quelque partie du corps de Léandre ! **151.** L'orig. porte : *qu'à la fête*, peu compréhensible ; Anvers, 1662 : *qu'à la tête*, qui est meilleur. Je corrige davantage encore. **152.** Nous disons : un homme averti en vaut deux. **153.** Poncif de la poésie amoureuse qui compare la femme aimée au soleil. **154.** Quelle ruse, et quelle exécution originale ! **155.** Faisant état d'un billet qui n'existe pas. **156.** Les vers 460 et 461 ne riment pas.

Par ce petit endroit qu'elle m'a su dicter.   465
Il y faut ajouter quelque reconnaissance
Des quatre cents louis et de sa bienveillance.
(Léandre écrit au bas des vers quelques mots de prose.)
Voilà la fente. Amour, seconde mon dessein,
Et fais que ce billet tombe en sa belle main !

SCÈNE XV

Isabelle, *à la fenêtre*:
Il a mis le billet ; prenons-le pour le lire.   470
Il a fort bien compris qu'il me devait écrire.
(Elle lit le billet.)

> *Je suis un esclave soumis*
> *Dessous le joug de votre empire*[157] *;*
> *Et je dirai, s'il m'est permis,*
> *Que pour vous seule je respire,*   475
> *Et que jusqu'aux Enfers*
> *Je porterai vos fers.*

Je reçois votre présent parce que je paraîtrais trop vain[158] *en le refusant. Mais sachez que mon amour s'irrite un peu de ce que vous lui voulez donner des liens dorés*[159]*. Si vous aviez ce dessein, il ne fallait me donner que trois nœuds de vos cheveux. Je suis trop généreux pour en recevoir d'autres, et je ne reçois ces quatre cents pistoles que pour vous plaire, et pour vous faire voir que je fais tout ce qu'il vous plaît ordonner*[160] *à votre Léandre.*

---

157. De votre souveraineté. L'amant est *esclave soumis*, porte les chaînes (les *fers*) de l'esclavage... **158.** Trop orgueilleux, pas assez humble. **159.** Léandre joue sur les contenus possibles de l'expression. Les *liens dorés* sont ici la reconnaissance de Léandre pour les louis d'or ; deux lignes plus bas, Léandre désignera ainsi les cheveux d'or d'Isabelle. **160.** On sait que le XVIIe siècle emploie souvent *ce qui* à la place de *ce qu'il*; nous modernisons l'orig. *ce qui*. D'autre part, par archaïsme, *il plaît* était encore construit avec un infinitif sans préposition (nous dirions : ce qu'il vous plaît *d'*ordonner).

Que son style est galant ! Il est indispensable
De lui rien[161] refuser ; il est par trop aimable.
Trouvons donc le moyen qu'il vienne en ma maison.   480

SCÈNE XVI

ISABELLE, TRAPOLIN

TRAPOLIN :
Quel billet tenez-vous ?
    ISABELLE :
                Là ? C'est une oraison
Merveilleuse à calmer un peu d'inquiétude[162],
Pour apaiser l'aigreur du tourment le plus rude.
    TRAPOLIN :
Ah ! ce ne sont pas là de ces femmes du temps,
Qui ne lisent jamais que billets de galants.   485
Prêtez-moi l'oraison, femme en vertus insigne[163] !
    ISABELLE :
Il faut jeûner trois jours afin d'en être digne ;
Mais jeûner comme il faut, au pain tout sec, à l'eau,
Se bien discipliner[164], quitter le bon morceau,
Quitter l'excellent vin, le chapon et la bisque[165].   490
    TRAPOLIN :
De ne la voir jamais je cours donc un grand risque.
Quitter mes bons amis, les bons vins, les chapons !
Une longe de veau[166] vaut mieux que cent leçons.
Jeûner ? Je suis trop pâle. Isabelle est si maigre !
Je veux m'entretenir dans mon humeur allègre.   495

---

161. De *ne* lui rien ; le XVIIe siècle ne fait pas toujours accompagner le *rien* négatif de la négation. **162.** *Inquiétude* : souci, tourment. **163.** Remarquable par ses vertus. **164.** *Se discipliner*, c'est se mortifier en se donnant des coups du fouet appelé *discipline* (le faux dévot Tartuffe mentionne sa *discipline*). **165.** Bon potage de coulis d'écrevisses. **166.** Morceau de boucherie : partie du veau entre le cuisseau et les côtelettes de filet.

Gardez votre billet, il me met en courroux.
Belle, jeûnez pour moi ; je mangerai pour vous.

ISABELLE :

Laisse-moi, je te prie, avecque ce bon père.
J'aime de ce Docteur le conseil salutaire.

SCÈNE XVII

LE DOCTEUR, ISABELLE

LE DOCTEUR :

Ne voulez-vous jamais me laisser en repos ?   500
Vous plaindrez-vous toujours par de nouveaux propos ?

ISABELLE :

Quoi ! Voulez-vous, Monsieur, que j'endure sans cesse
Les persécutions d'une sotte jeunesse ?
Je ne vous ferai plus mes plaintes, sans mentir.
Mon mari saura tout, je vais l'en avertir.   505
Je ménage[167] ceci comme une femme sage ;
Mais il faut que j'éclate après un tel outrage.

LE DOCTEUR :

Hélas ! n'éclatez pas, car naturellement
La femme éclate assez de son tempérament[168].
Que vous a-t-il donc fait de nouveau, je vous prie ?   510

ISABELLE :

Le plus sanglant affront. Ah ! j'en suis en furie.
Il sait que mon époux est hors de la maison,
Qu'il est à la campagne ; et ce traître garçon...
— Mais il faut bien qu'il ait l'esprit diabolique,
Voyant la grande ruse où son esprit s'applique ! —   515
Enfin, il est venu par le mur du jardin,
A monté par-dessus, et s'est glissé soudain
Tout le long d'un figuier, et sans se faire entendre
Est venu justement au-dessous de ma chambre,

---

167. *Ménager* : manier, conduire avec adresse. **168.** Voir *supra*,
v. 255, et la n. 92.

A grimpé comme un chat, et si subtilement   520
Qu'il est enfin entré dans mon appartement.
Ma pudeur s'est émue, et d'une telle sorte
Que longtemps il m'a crue une personne morte.
Ma vertu...

    Le Docteur :

           N'a-t-il rien fait à cette vertu ?

    Isabelle :

Ah ! je l'ai fait sortir et l'ai si bien battu   525
Qu'il sait bien, à présent, de quel bois je me chauffe,
Et si je suis fidèle ou de légère étoffe[169].

    Le Docteur :

Cette étoffe n'est pas de l'étoffe du temps.
Nature n'en peut plus trouver chez les marchands ;
Aussi n'en fait-on plus, de cette belle étoffe.   530
Vous valez, sage femme, un sage philosophe.

    Isabelle :

Allez lui dire donc qu'il cache son ardeur !
Pour la dernière fois je vous parle, Docteur.
Je ne me plaindrai plus ; mais si plus[170] il m'outrage,
Et s'il me prend jamais pour autre qu'une sage[171],   535
Si pour m'ôter l'honneur il fait aucun[172] effort,
Je lui ferai donner cent coups après sa mort[173].

    Le Docteur :

Où le rencontrerai-je ? Il va perdre la vie,
Car cette sage femme est en grande furie.

---

169. *D'étoffe mince, de petite* ou *de basse étoffe* signifient de naissance basse et de peu de mérite ; *de légère étoffe* est à comprendre ainsi : de qualité morale médiocre, sans vertu et sans fidélité. Le Docteur va proposer quelques variations sur ce mot *étoffe* qu'Isabelle emploie figurément. **170.** Voir *supra*, v. 414, n. 140. **171.** Pour une femme qui n'est pas sage. **172.** Un (valeur positive de *aucun*). **173.** Quelle détermination dans la vengeance poursuivie !

SCÈNE XVIII

LÉANDRE, LE DOCTEUR

LE DOCTEUR :
Eh bien, qu'en dites-vous ? Vous a-t-on bien frotté[174] ?   540
　　LÉANDRE :
Comment ? Instruisez-moi de cette nouveauté !
　　LE DOCTEUR :
Tu fais donc l'ignorant. Ah ! grimpeur de murailles !
Comme aux méchants chevaux il te faut des morailles[175].
　　LÉANDRE :
Mon père, instruisez-moi. Que veut dire ceci ?
　　LE DOCTEUR :
Cette dame, fripon, vient encore d'ici.   545
Elle s'est plainte à moi d'une nouvelle offense,
Et m'a dit qu'ayant su de son mari l'absence[176],
Tu t'es comme un pendard glissé dans sa maison,
Et que pour arriver à cette trahison,
Tu t'es jeté dedans par-dessus la muraille,   550
De même qu'un voleur et qu'un franc rien qui vaille[177] ;
Que le long d'un figuier tu t'es laissé glisser,
Et qu'après, le jardin ayant su traverser,
Tu t'es ainsi qu'un chat lancé dans sa fenêtre,
Où dès le même instant qu'elle t'a vu paraître,   555
Elle a fait mention de sa grande vertu,
S'est pâmée à tes yeux et puis t'a bien battu.
Mais tu mourras s'il faut que son mari le sache ;
Tu t'en dois assurer, car sa vertu se fâche.
　　LÉANDRE :
Docteur, vous m'instruisez plus que vous ne pensez ;   560

----

174. *Frotter* : battre, maltraiter, rosser.   175. *Morailles* : outil dont on
« se sert pour tenir en sujétion le nez du cheval quand il est dans le
travail » (Furetière) ; cette sorte de tenailles, qui contient le cheval ou le
punit, est en fer.   176. L'orig. a : *l'offense*, faute évidente corrigée par
Anvers, 1692, que nous suivons.   177. Un *rien qui vaille* est une
personne sans mérite, sans valeur.

Mes feux par vos avis se verront apaisés[178].

LE DOCTEUR :

Enfin, il faut guérir le mal qui vous possède.

LÉANDRE :

Allez, vous m'en venez d'apprendre le remède.

LE DOCTEUR :

Vous voilà, me croyant, plus heureux à mon gré[179].

LÉANDRE :

Pas encor. Mais dans peu, Docteur, je le serai.　　　　　565

LE DOCTEUR :

Adieu, travaillez donc à[180] vous rendre plus sage !

LÉANDRE :

Oui, je vais travailler, et pour mon avantage !

SCÈNE XIX

LE CAPITAN, TRAPOLIN

LE CAPITAN, *revenant de la guerre de la Coquetterie* :

Enfin de tous côtés la gloire m'environne.

Pour le bien des maris, dans les champs de Bellone[181],

J'ai défait les Coquets ; on n'en parlera plus.　　　　　570

Nous vivrons en repos : les galants sont vaincus ;

J'ai rasé leurs châteaux, j'ai saccagé leurs villes,

J'ai démoli leurs forts, j'ai désolé[182] leurs îles.

Et notre république[183] est si bien en repos

Qu'on me doit ce qu'on doit aux plus vaillants héros.　　　　　575

Ma belle...

---

178. La réplique est évidemment à double entente, comme la suite du dialogue. **179.** Puisque vous me croyez, vous voilà plus heureux selon mes conceptions (le Docteur croit que Léandre a renoncé à l'amour). **180.** Donnez-vous donc de la peine pour. **181.** *Dans les champs de Bellone* : à la guerre (*Bellone* était la déesse romaine de la guerre.). **182.** *Désoler* : ravager, détruire. **183.** Notre État, l'État des maris.

TRAPOLIN, *en sentinelle* :
    Qui va là ?
LE CAPITAN :
                Mari couvert de gloire,
Mari, mari qui vient d'emporter la victoire.
Mais écoute, je vais te faire le portrait[184]
Du plus âpre combat qui jamais se soit fait ;
Et jamais Atropos[185], avec sa pâle trogne,   580
Ne reçut tant de gloire, et n'eut tant de besogne.
Aussitôt que je fus dans le camp des maris,
Dont je fus général, l'ennemi fut surpris.
Il se met en bataille et nous veut reconnaître.
Je mets l'ordre partout, et le voyant paraître,   585
Je le vais recevoir avec quatre escadrons
De jaloux irrités conduits par les Soupçons[186],
Chefs assez redoutés dans l'armée ennemie,
Et dont l'âme jamais ne parut endormie.
Là nous attaquons avec tant de fierté[187]   590
Que la victoire va d'un et d'autre côté.
Je vole à l'aile droite, et je cours à la gauche.
Je frappe incessamment[188], comme un pré je la fauche ;
Et pour tôt achever, courant de rang en rang,
Pour les noyer je fais une mer de leur sang.   595
J'admirai la valeur de quelques alcovistes ;
Je leur criai quartier[189], ainsi qu'aux ruellistes[190].

---

184. *Portrait* : représentation exacte. **185.** Étant la Parque qui coupe le fil de la vie des mortels, *Atropos* a eu de la besogne lors du combat ! **186.** Dans ce récit de bataille bourré de termes militaires, reparaissent encore des personnages allégoriques. **187.** Sauvagerie, cruauté. **188.** Voir *supra*, v. 79, n. 37, et v. 425. **189.** Je leur proposai la vie sauve. **190.** Les *ruellistes* sont les habitués des *ruelles* — la *ruelle* étant l'espace laissé libre entre le lit et la muraille, de chaque côté du lit, et dans lequel étaient disposés des sièges pour les visites que la maîtresse de maison recevait étendue dans son lit. La ruelle et l'alcôve sont les deux parties de la chambre qui pouvaient servir de lieu de réception ; *alcovistes* et *ruellistes* désignent les mêmes beaux esprits et galants qui composaient ces compagnies. Voir *supra*, la n. 17, au v. 27.

Ils n'en voulurent point ; et j'aimai leur valeur,
Et ne dédaignai pas d'en être le vainqueur.
Le régiment constant fit merveille, fit rage ;   600
L'inconstant[191] prit la fuite et manqua de courage.
Les blondins tout d'un coup nous lâchèrent le pied[192] ;
Et les voyant sans cœur[193], ils me firent pitié.
La fortune partout nous fit craindre dans l'âme.
Mais comme la victoire est une sage femme,   605
Elle se vient ranger du côté des maris,
Me fit maître du camp, et nous donna le prix.
Maris, ne craignez plus ! Vivez sans jalousie !
J'ai conquis le pays de la Coquetterie.

TRAPOLIN :
Moi, j'ai sauvé la vie à certain gars de bien.   610

LE CAPITAN :
Et comment as-tu fait ?

TRAPOLIN :

           Ma foi, je n'en sais rien.
Sans tant verser de sang, sans se mettre en furie,
Sans se peiner beaucoup, mon bras sauve la vie.

LE CAPITAN :
Allons tôt[194] voir ma femme. Ouvrez la porte, ouvrez !

SCÈNE XX

ISABELLE, *à la fenêtre,* LÉANDRE, TRAPOLIN, LE CAPITAN

LÉANDRE :
Hélas ! que ferons-nous ?

LE CAPITAN :

           Ouvrez tôt ! Dépêchez[195] !   615

---

191. Le *régiment constant* désigne celui des maris, commandé par le Capitan, le régiment *inconstant* celui des coquets, des blondins et des galants, qui se caractérisent par le changement en amour. **192.** Reculèrent, prirent la fuite devant nous. **193.** Comme je les voyais sans courage. **194.** Promptement. **195.** Hâtez-vous ! On dirait aujourd'hui : · dépêchez-vous ! ·

ISABELLE :
Dieux, que je crains pour moi !
LÉANDRE :
                              Moi, je crains pour vous-même.
ISABELLE :
Nous voilà l'un et l'autre en un péril extrême.
TRAPOLIN :
Ouvrez, la vertu même[196] !
LE CAPITAN :
                              Ouvrez donc ! Et comment,
Trapolin ? D'où procède un tel retardement[197] ?
TRAPOLIN :
Ma foi, je n'en sais rien. Je ne suis pas un diable.   620
LE CAPITAN :
Et qui le doit savoir, malheureux, misérable ?
Je devais[198] tout occir. Quelque dariolet[199],
Qui n'aura pas osé me prêter le collet[200],
Qui se sera sauvé comme un poltron infâme,
En trahison sera venu trouver ma femme.   625
Voilà le fort surpris malgré le « qui va là ? ».
Aux armes, Trapolin !
TRAPOLIN :
                              Tout doux, mon maître, holà !
N'aviez-vous pas conquis, dites sans raillerie,

---

196. Ouvrez, Isabelle, vous qui êtes la vertu même ! **197.** Délai, retard. **198.** Comme c'est courant au XVIIᵉ siècle avec le verbe *devoir*, l'imparfait de l'indicatif marque l'éventualité et exprime une action qui aurait pu se produire et ne s'est pas produite : j'aurais dû tout tuer, mais je ne l'ai pas fait. **199.** *Dariolet/dariolette* : domestique ou servante qui s'entremet des galanteries de son maître (*Dariolette* est un personnage de confidente dans l'*Amadis*) ; la *Nouvelle Histoire du temps...* de l'abbé d'Aubignac cite, parmi les manuscrits que contient la bibliothèque de l'île des Coquets, *La Dariolette travestie*, « où sont expliquées les adresses de négocier sans être suspecte aux mères ni aux maris, et de porter poulets sans les faire crier » (éd. de 1655, p. 52). Le Capitan emploie le mot comme un terme de mépris à l'égard d'un coquet. **200.** *Prêter le collet*, selon Furetière, c'est se battre corps à corps.

Le royaume important de la Coquetterie?
Dites donc, grand vainqueur!

LE CAPITAN:

              Oui, oui. J'en suis patron,   630
J'en suis maître absolu.

TRAPOLIN:

            Qu'appréhendez-vous donc?

LE CAPITAN:

Je crains qu'on m'ait joué d'un tour de vieille guerre[201].
Ouvrez, ou je mettrai cette maison par terre!

ISABELLE, *à la fenêtre*:

Comment sortirez-vous?

LÉANDRE:

          Ne vous peinez de rien[202]!
Allez, allez ouvrir; je sortirai fort bien.   635
Faites fort l'effrayée, et criez la première.
Selon que j'agirai, secondez ma manière.
(Il lui parle à l'oreille.)
Il faut...

ISABELLE:

    Oui, j'entends bien. Ah! Monsieur!

LE CAPITAN, *voyant sortir un fantôme*[203]:

              Qu'avez-vous?
Qu'avez-vous? Mais que vois-je?

TRAPOLIN:

           Ah! le diable est chez nous.
C'est bien pis qu'un amant. Mon âme est effrayée;   640
Et la frayeur a fait de la galimafrée[204]

---

201. *Tour de vieille guerre*: ruses, adresses qui sont à la disposition d'un homme expérimenté. 202. *Se peiner*: se donner du mal. 203. La tromperie par un fantôme est ancienne dans la tradition comique; elle remonte à la *Mostellaria* de Plaute et elle a été mise en œuvre, au XVIe siècle, dans *Les Esprits* de notre Larivey. 204. La *galimafrée* est une fricassée de vieux restes de viande; on devine quel ragoût la peur a produit dans la culotte de Trapolin, selon une tradition que nous avons déjà vue illustrée par Tabarin!

Dans mes chausses. L'esprit[205], ayez pitié de moi !
À vos genoux je suis très soumis, par ma foi.

LE CAPITAN :

Je suis transi de peur, l'esprit ; je vous honore.
C'est l'ombre d'un amant qui me poursuit encore.   645
Une seconde fois, pour vaincre les amants,
Les irai-je chercher dedans leurs monuments[206] ?

LÉANDRE, *en esprit*[207] :

Capitan, Trapolin, rendez-moi vos épées !

LE CAPITAN :

Les voilà, qui de sang sont encore trempées.

LÉANDRE :

Il n'en est plus besoin : ta femme a la vertu.   650
Mais, brave Trapolin, dis-moi, me connais-tu[208] ?

TRAPOLIN :

Fort mal, et je ne veux jamais vous mieux connaître.

LÉANDRE, *au Capitan* :

Et vous ?

LE CAPITAN :

Tout aussi mal. Voulez-vous[209] disparaître !

LÉANDRE :

Je suis l'ombre de l'un de tes meilleurs parents,
Qui, tandis que tu vas désoler[210] les galants,   655
Veille comme il le faut à l'honneur de ta femme.
Je te puis assurer qu'elle est honnête dame ;
La plus haute vertu partout lui doit céder.
Mais s'il la faut garder, je la viendrai garder.
Adieu, Pluton[211] m'attend ; je vais en l'autre monde.   660

---

205. Apostrophe adressée à Léandre déguisé en fantôme. 206. Tombeaux. 207. Déguisé *en esprit*, en fantôme. 208. *Connaître* signifie ici « reconnaître, identifier ». 209. Toutes les éditions donnent : *veillez-vous*, qui n'a pas de sens ; nous faisons la correction plausible. 210. Voir *supra*, v. 573, n. 182. 211. *Pluton* est le dieu qui règne sur le monde des morts.

Le Capitan, *à sa femme* :
Ah ! vertu sans pareille ! Ah ! vertu sans seconde !
Isabelle, *à Léandre* :
Belle ombre, où fuyez-vous ? Hélas ! embrassez-moi,
Bel esprit.
Léandre :
           Recevez ces marques de ma foi[212].
Je vous promets ici que jusque dans la tombe
Mon cœur vous servira d'éternelle hécatombe[213].   665
Trapolin :
Ils s'embrassent.
Le Capitan :
         N'importe ! Ah ! ma femme est sans peur.
Trapolin :
Empêchez-le !
Le Capitan :
        Non pas : il veille à son honneur.
Que cet esprit est bon, et qu'il est raisonnable[214] !
Trapolin :
L'esprit a de l'esprit.
Léandre, *voulant embrasser Trapolin* :
          Mon cher !
Trapolin :
             Allez au diable !
Le Capitan :
Adieu, Monsieur l'esprit.
Léandre :
          Adieu ! Songez bien tous   670
À ne mettre jamais de gardien chez vous.
Le Capitan :
Non, je n'en mettrai plus : ma femme est par trop sage ;

---

212. De ma fidélité ; Léandre parle évidemment de sa fidélité amoureuse. **213.** *L'hécatombe* est le sacrifice de cent bœufs ; Léandre veut dire que son cœur sera éternellement offert en sacrifice à sa déesse Isabelle, qu'il sera toujours fidèlement amoureux. **214.** Cet esprit agit selon la *raison*, qui est le propre de l'homme.

À sa rare vertu je ferais trop d'outrage.
Me voilà trop heureux, car me voilà vainqueur,
Et de plus le mari d'une femme d'honneur.   675

    TRAPOLIN :

Au diable les maris avec leur jalousie !
Je n'ai jamais reçu plus de peur de ma vie.
Ne soyez plus jaloux de peur d'être repris[215],
Et de trouver chez vous de semblables esprits.

Fin

---

215. Censurés.

Table

La Fontaine

Les Amours de Psyché et de Cupidon

Quatre amis se promènent dans le parc de Versailles pour admirer les fastes du Roi-Soleil. Ils agrémentent leur visite en écoutant l'un d'eux raconter l'étrange histoire de Psyché et Cupidon — version mise à jour d'un mythe vieux comme le monde, la Belle et la Bête. De la Grèce primitive à la France de Louis XIV, de l'allégorie platonicienne sur le destin de l'âme au divertissement galant, La Fontaine cherche, et trouve, un merveilleux équilibre. *Les Amours de Psyché* tiennent du reportage et du conte de fées, ils exorcisent une sombre affaire de monstre par l'humour et par le style.

Notre édition reproduit pour la première fois le texte dans sa version originale. Outre l'introduction de Michel Jeanneret, elle offre de nombreuses notes, un glossaire des mots difficiles et un index des noms propres, qui permettront de saisir les ruses et les résonances d'un récit dont la grâce pourrait masquer la profondeur. Une série d'images sur le Versailles de 1670 vient compléter les descriptions de La Fontaine.

Introduction, commentaires et notes de Michel Jeanneret.
Avec la collaboration de Stefan Schœttke.

Charles Perrault

Contes

À l'origine, les récits du temps où les bêtes parlaient, contés à la veillée dans la France d'avant les villes ; aujourd'hui, des récits qui, au sens propre, s'adressent à tous de sept à soixante-dix-sept ans. Tous cependant n'y chercheront pas, n'y trouveront pas la même chose. Au cours de l'âge classique Charles Perrault s'est employé à transformer le folklore en littérature transparente et mystérieuse, exigeante et rouée, comme le rire des enfants. « Dis-moi qui tu relis », demandait François Mauriac, « je te dirai qui tu es. » Nous n'en finissons pas de relire ces *Contes*, assurés que nous sommes d'y trouver, chaque fois, un peu plus.

La Rochefoucauld
Maximes

Un moraliste? Nullement. C'est un romancier, le premier en date de nos romanciers. Tout lui vient de l'imagination, de la brusque perception qu'il a d'un sentiment humain par la capture d'un regard ou d'un mot. Chacune de ses maximes est une intrigue découverte. Au lieu de développer l'histoire, il la réduit, lui donne une articulation, l'incline selon son humeur.

Cette humeur est sombre. C'est que, dans le monde, là où il vit, on ne pénètre un peu profondément les êtres que par les défaillances et les ruptures.

IMPRIMÉ EN FRANCE PAR BRODARD ET TAUPIN
Usine de La Flèche (Sarthe).
LIBRAIRIE GÉNÉRALE FRANÇAISE - 6, rue Pierre-Sarrazin - 75006 Paris.

ISBN : 2 - 253 - 05916 - 1   ◈ 30/4492/2